物业管理信息系统应用教程

苏宝炜 编著

清华大学出版社
北京

内容简介

本书系统全面地介绍了物业服务业务运作与信息系统应用的基本知识、方法及一些典型的应用案例，使读者了解到物业服务管理信息系统的设计、使用、改进、技巧等，从而更好地开展物业服务工作，本书采用以物业服务业务运作和信息系统应用两条主线结合的编写方法，内容循序渐进，着重使用实践的讲述，包括数据库应用软件及其源代码。

本书既可以作为物业服务企业高层决策领导、中层管理人员、基层操作人员参考用书，也适合大中专物业服务相关专业的学生作为物业服务信息化管理辅导教材。此外，对于相关计算机应用软件开发人员、物业服务行业信息化工作者也有一定的参考价值，是一本集教学、培训、查询、应用、参考等诸多功能于一体的多功能实用指导手册。

图书在版编目（CIP）数据

物业管理信息系统应用教程 / 苏宝炜编著．—北京：清华大学出版社，2011.6
ISBN 978-7-302-25216-0

Ⅰ．①物…　Ⅱ．①苏…　Ⅲ．①物业管理—管理信息系统—教材　Ⅳ．①F293.33-39

中国版本图书馆 CIP 数据核字(2011)第 060543 号

责任编辑：陆浥晨
责任校对：宋玉莲
责任印制：杨　艳

出版发行：清华大学出版社　　**地　　址**：北京清华大学学研大厦 A 座
http://www.tup.com.cn　　**邮　　编**：100084
社　总　机：010-62770175　　**邮　　购**：010-62786544
投稿与读者服务：010-62776969，c-service@tup.tsinghua.edu.cn
质 量 反 馈：010-62772015，zhiliang@tup.tsinghua.edu.cn
印 刷 者：北京密云胶印厂
装 订 者：三河市溧源装订厂
经　　销：全国新华书店
开　　本：185×260　　**印　　张**：20.25　　**字　　数**：466 千字
版　　次：2011 年 6 月第 1 版　　**印　　次**：2011 年 6 月第 1 次印刷
印　　数：1～4000
定　　价：39.00 元

产品编号：038555-01

前言 FOREWORD

信息产业化颠覆了旧有经济格局，房地产如此，物业服务行业同样如此。随着社会经济的发展，消费观念也随之产生着变化。人们的需求已不仅仅是物质生活的提升，而且需要更高层次精神生活的满足。针对这一需求变化，物业服务行业除了提高从业人员素质、提升服务质量外，采用严格规范的管理方法，实施先进的管理模式已经成为当务之急。

对于服务行业庞杂的基础业务信息，采用传统的手工信息资料维护管理方式，存在文档资料松散残缺、信息收集处理速度慢、共享困难、难以对服务业务本身进行过程跟踪与质量监督等诸多问题，已经难以满足现代服务业对于基础信息的处理要求。于是，人们开始思考如何在保证服务品质的前提下，最大限度简化服务流程，有效利用业务信息并共享资源；怎样利用计算机及借助信息管理系统，总结经验，分析问题，提高工作效率，并实现辅助服务企业进行正确决策等。要借助管理信息系统实现服务行业质量品质管理的提高，这一观点已经成为有效提升企业市场竞争力的普遍共识。服务信息化管理不仅仅在于简化管理手段，更是在为服务行业增加更大的升值与利润空间。

服务企业在信息化管理实践过程中遇到了很多问题，不仅信息化管理推进差强人意，实施效果也与预期目标相距甚远。更令人担忧的是对信息化把握的偏差，不仅给服务企业造成了很多不必要的资源浪费，甚至对企业将来的良性发展形成了一种无形的障碍。造成以上尴尬局面的原因很多，有计算机硬件技术不够成熟、网络技术不够普及的原因，但对于服务管理信息系统的肤浅了解和对服务工作流程体系的认识误区，更是问题产生的关键。如何找到构建服务管理信息系统的有效方法，才是解决这一问题的根本因素。为此，作者凭借专业知识和多年积累的实践工作经验编写本书，目的就是推进物业管理信息化发展进程，改变当前许多服务企业普遍存在的共性问题，促进整个服务行业信息化管理的良性健康发展。

本书既可以作为物业服务企业高层决策领导、中层管理人员、基层操作人员的参考用书，也适合大中专物业服务相关专业的学生作为物业服务信息化管理辅导教材。此外，对于相关计算机应用软件开发人员、物业服务行业信息化工作者、信息化系统或 Access 数据库开发和应用的各类人员也有一定的参考价值，是集教学、培训、查询、应用、参考等诸多功能于一体的多功能实用指导手册。

本书在撰写过程中参考了大量资料，姜淑秀老师、张画如老师付出了辛勤劳动，并提出了宝贵的意见和建议，苏光信老师进行了整理、统稿工作，李浩老师进行了校对、审读工作，谨致以诚挚的谢意。李薇薇、苏宝昕、陆嘉完成了排版工作，李奇、李季、冀惠芳参加了工作协调和文字编写工作，在此一并表示感谢。

由于笔者水平有限，不足之处在所难免，敬请广大读者批评指正，联系邮箱：subaowei@sina.com。

苏宝炜
2010年10月于北京

目录 CONTENES

第一章

物业管理信息系统概述

管理信息系统(management information system,MIS)主要任务是最大限度地利用现代计算机及网络通信技术加强企业的信息管理,通过对企业拥有的人力、物力、财力、设备、技术等资源的调查了解,获得正确的数据,加工处理并编制成各种信息资料及时提供给管理人员,以便进行正确的决策,不断提高企业的管理水平和经济效益。目前,企业的计算机网络已成为企业进行技术改造及提高企业管理水平的重要手段。

第一节　物业管理信息系统的产生

物业管理行业是在传统的房屋管理基础上发展而来的新兴行业,近年来获得了长足的发展。随着人们生活水平的提高、住宅不断多样化,物业管理作为一门科学的内涵已经超出了传统定性描述和评价的范畴,发展成为采用多种手段对物业进行综合管理,并能对有关物业的资料进行归类总结、整理分析、定性与定量评价、发展预测等。

应用物业管理信息系统,能使物业服务走向正规化、程序化、决策科学化。利用计算机网络的各种优势,根据物业管理原则,对物业小区的各种服务进行统一、规范的管理,实现计算机对楼房、业主、设备的统计,查询,修改,添加等工作。针对物业服务覆盖范围广、客户量大、系统设施复杂的特征,构建先进的计算机物业管理系统平台,实现对物业的动态控制和各种资源的集约与优化,提升基础管理水平,高效、规范、优质地实施物业服务。

一、物业服务信息化管理的内容

现代化的物业企业管理需要现代化的管理手段,物业服务信息化管理是现代物业服务的重要组成部分和必然的发展方向。随着物业服务企业的不断发展,需要利用先进的科学手段和管理方法对其下属各部门进行统一管理和监控,使物业服务者能迅速地了解物业服务企业的经营管理状况,作出正确的决策,达到简化物业服务工作量、提高工作效率、最大程度地节约资源的目的。因此,引入现代化计算机管理手段,建立个性化的物业管理信息系统,并通过物业管理信息系统实现各个部门与总部系统联网,不但能够极大地降低管理、服务人员的工作强度,提高管理服务人员的工作效率,而且可以全面提高物业服务企业的现代化管理水平,促使物业服务企业向现代化、规范化、数字化方向发展。物业服务信息化管理通常包括如下内容。

① 利用互联网(Internet),搭建企业自己的网站,用于对内和对外的信息交流、宣传。

② 创建数据库,管理各类信息、数据。

③ 各类管理软件的使用以及工作流的管理。

物业管理信息系统就是运用现代计算机技术，把有关物业服务信息物化在各种设备中，并由这些设备和物业服务人员构成一个为物业服务目标服务的人机信息处理系统。通过信息系统的应用，可以使物业服务的许多日常工作实现自动化。例如，利用计算机控制建筑物的空调系统、防火安全自动报警系统、建筑物内的垂直交通系统、照明系统、建筑物部件及附属设备、安全报警系统、大厦保安系统、辅助物业服务人员工作的资产管理信息系统、建筑物出租（租客、租金、租约）管理系统、财务分析与管理系统、管理决策辅助支持系统、人员管理系统等。自动化对物业服务产生两个明显的效果：首先能提高效率，达到降低成本的效果。因为自动化可以使在员人数相同或减少的情况下，在一段指定的时间内做更多的工作。其次能提高成效，达到增值的效果。因为借助自动化可以引进崭新的服务或加强现有的服务，向业主提供更高水准或更优良的服务，这既能提高物业服务的收入水平，又能达到物业增值的效果。

二、信息化建设在物业服务中的目的与意义

1. 信息化建设在物业服务中的目的

信息化建设主要是从物业服务工作要求出发，围绕着提高物业服务企业的工作效率、减轻人们繁重劳动，解决一些靠人力无法解决或不易解决的问题；避免或减少重复的劳动，使信息化建设得以化整为零，实现分步建设，完成分步存储，达到信息共享。此外，信息化建设的目的还应包括运用计算机信息管理技术，对物业服务全过程实行计算机管理；提高信息处理和反馈的速度，对各种信息、处结果实行授权查阅。最终形成一个由人、计算机等组成的能进行物业管理信息搜集、传递、贮存、加工、维护和使用的系统。物业服务信息化建设是物业服务管理现代化的基础，同时也是物业服务智能化的突出表现；不仅是处理技术从手工处理到计算机处理的转变，更是物业服务行业在知识经济时代及市场竞争格局下实现管理现代化的必由之路。

2. 信息化建设在物业服务中的意义

(1) 实现信息共享

信息是一种资源，它能够被消费。信息共享其实就是使信息资源在更广泛的范围被消费，这样才能更大地体现其价值。现在，经由网络能够很方便地查询各地的物业管理情况以及物业服务企业情况等，这种对信息的消费方式正在成为人们生活不可或缺的部分。国外有权威机构已将信息的消费作为评价生活质量的一个重要指标。未来的社会对信息的消费会越来越大，实现信息共享就是满足这一需求的重要途径。

(2) 实现方法共享

方法共享就是公开能够获取某种信息服务的方法，人们可以借助它去获取某种信息服务。目前，方法共享可以归结为两种表现形式：第一，只能访问某一特定的数据集（信息化的信息）获取信息；第二，能够访问同一类数据集获取信息。显然，后一种表现形式是值得推崇的。之所以有这两种不同的表现形式，主要在于前者没有推行完整的技术标准，而后者实施了完整的技术标准。现阶段，气象部门在信息化的推进中还缺乏统一的技术

标准，致使同一类信息化的产品种类繁多，却各有不同，这必定会增大信息化推进过程中的难度，是一个有待解决的问题。

三、信息化管理对物业服务市场运行环境的影响

信息通过 Internet，实现不同区域、不同时间的共享，加强各物业服务行业中各企业间的信息交流，也使得顾客更方便、快捷地了解行业动态、企业信息以及服务特性，从而也加大了物业服务企业对外的宣传力度以及各行业的监督力度。

1. 方便了物业市场信息的流通

物业服务信息化具有低成本和快通道的优势，打破了物业市场的区域性限制，缩短了各种信息流通的时间，免去了烦琐的收集信息过程，使服务和消费更为贴近。

2. 形成了物业服务企业公平竞争的平台

由于 Internet 将千家万户联系了起来，同一区域或不同区域物业服务企业都能呈现在顾客眼前，使得物业服务企业之间的服务差异更为直观、全面和便捷可查。而且，将来现实世界的每宗交易都会在 Internet 中被全面记录下来，使得整个社会的信息流动变得更透明化，竞争也更公平化，从而为不同能力的开发商提供了一个公平竞争的平台。

3. 为业主提供了更多物业管理信息

Internet 所提供的信息量极为丰富，过去由经纪人和房地产公司垄断的信息资源在 Internet 上都可以查到，一些专业类的物业管理网站还建立了庞大的数据库并提供了条件搜索功能，使顾客能够方便快速地在大量信息中“各取所需”。

四、信息化管理在物业服务过程中的用途

1. 在广告过程中有助于宣传项目

随着信息产业的高速发展，以 Internet 为传播媒介的网络广告的优势越来越明显。与传统媒体广告相比，网络广告传播范围广、交互性强、针对性强，受众数量可准确统计，实时、灵活、成本低，感官性强烈。我国 Internet 用户数目大、增速快，主要的 Internet 用户群体受教育水平较高，有较高的收入以及更高的预期收入，而且大多是房屋使用群体。所以，物业服务企业很有必要通过 Internet 这一新的媒体宣传自己所开发的项目。目前，网络广告市场正在以惊人的速度增长，网络广告已经成为传统四大媒体（电视、广播、报纸、杂志）之后的第五大媒体。

2. 在服务过程中有助于双向沟通

网站与传统宣传媒体相比最大的优势是可以做到与业主的双向沟通，Internet 的应用可使物业服务企业拥有一个更容易进行内外信息交流的平台，而且这样的平台会有更大的开放性和灵活性。物业服务企业在服务项目的前、中、后期有计划地制作和发布物业服务相关信息，就可以使业主随时地了解物业管理的整体概况及基本框架，从而可使业主感受到物业服务企业提供服务的可靠性。物业服务企业还可以通过 Internet 积极参与到同（准）业主们的交流中，帮助业主了解物业管理更详细的情况、动态，澄清某些谣言和误

会,从而获得业主的信赖、增强业主对该物业管理的购买信心,同时也可能为物业服务企业赢得更多潜在客户。从业主的角度考虑,网站中的对话、BBS 等手段有助于使业主进一步了解所需资料的详细情况。

3. 提高物业服务企业的管理效率

通过数据库的建立和管理软件的使用,人力资源管理信息、财务信息以及其他信息按照权限的设定,各级管理人员能在第一时间获取所需信息,并及时进行决策和采取管理信息。通过对工作流的管理,能使原来烦琐的审批程序和复杂的各类报表,进行自动分配,各负其责,逐步实现责权统一。企业员工借助 BBS 和对话平台,提供对企业的各项合理化意见,也能从不同的页面、平台获取自己所需的知识。因此,随着 IT 时代的到来,物业服务企业在利用传统管理手段的同时,应加快自身信息化建设,进一步减低管理成本,提高管理效率,树立简捷、高效的新形象。

第二节　物业管理信息系统分析

物业管理信息系统是以人为主导,利用计算机硬件和软件、网络通信设备以及其他办公设备,对物业管理中涉及的建筑物、客户、费用、工程设备、管理人员、绿地、附属设施、治安消防、交通、清洁卫生、投诉等信息资料统一进行收集、传输、加工、储存、计算、更新和维护等项操作,反映企业的各种运行状况,以企业战略竞优、提高效益和效率为目的,支持企业的高层决策、中层控制、基层运作,促进企业实现规划目标的应用系统。

一、物业管理信息系统概述

物业服务企业的领导和员工,必须从科学发展的高度充分认识到:建立信息系统不仅是处理技术从手工处理到计算机处理的转变,更是市场竞争和知识经济时代实现管理现代化的必由之路。物业管理信息系统是物业服务的“神经系统”,它能改进传统的管理思想、管理方式和管理行为,是物业管理现代化的基础。

1. 物业管理信息系统的特征

① 功能覆盖物业管理的主要环节,与其他软件配合实现物业管理的办公自动化。

② 采用方便灵活的输入方法。

③ 采用高效的查询与输出手段。

④ 与其他软件有很好的兼容能力。

⑤ 具有与外界交流信息的网络系统。

⑥ 辅助管理人员的日常工作。

2. 物业管理信息系统结构分析

物业管理信息系统结构由物业服务业务功能决定,包括物业服务企业内部各职能部门的业务信息和物业区域情况信息两大部分。物业管理信息系统结构可以围绕物业服务企业管理的主要业务,如房屋管理、环境卫生管理、绿化管理、治安管理、财务管理和经营性项目管理,并考虑具体的组织结构来确定。正确处理物业管理信息系统结构关系,是提高系统功能和效益的关键环节。

二、物业管理信息系统的功能

物业管理信息系统将使企业的管理得到固化，在这个环境下最大限度地把企业资源（如客户资源、公司资源等）积累在企业的内部，提供超越传统手工运营的管理手段，并从效率上提升空间和企业管理优化持续改进的可能性。物业管理信息系统是一种手段、一种工具、一个环境，它使企业管理运作顺畅，使优秀的管理方法在每一个相关工作角色的工作任务中，确保企业的经验和资源保留下来，不会因员工的离职影响公司的管理和运营的连续性。通过物业管理信息系统，实现总公司对各分公司及管理处业务数据、财务数据实时掌控；实现对整个公司资源的调配控制；实现业务数据与财务数据一体化；节省公司人工成本；规范和统一管理控制；增加数据的高度可追溯性；更加精确的库存成本核算；可以进行即时的财务分析。

通过实施物业服务管理信息化建设，对各种管理流程、活动、岗位与制度等进行系统的梳理、明确和提炼，促使物业服务企业从感性操作走向理性操作，从人治管理走向制度管理。在物业服务管理信息化中将材料采购、工程维修、设备保养与维修等各项主要业务的操作过程设计为计划、审批、派工、回单、结算、统计等规范化的操作处理流程，实现在信息流动过程中对各个环节业务处理的过程控制和责任跟踪。建立信息管理体系，将分散的各类物业管理信息纳入统一的网络化的物业管理信息平台，实现企业动态资源的过程控制；提供更为完整的、集约化的物业服务；实现系统内部信息资源的共享，提高整个企业协同工作能力和工作效率。物业服务管理信息化以多级权限管理模式，适应企业层次化的管理构架，实现与各物业项目的链接，实时采集相关系统中的数据，实施集约化管理。能够快速、自动、准确地查询、统计、汇总和打印各种所需的报表，实现管理的可视性和可控性，为公司领导提供可靠的决策依据。

使用物业管理信息系统可以节省大量的人力、物力和财力，提高工作效率和服务质量。一般来讲，其功能主要体现在以下几个方面。

1. 完整的工程及服务档案，提高管理水平

物业服务除了涉及房产、业主和客户管理之外，更需要的是提供工程设施维护、维修、装修服务与管理。计算机网络提供的完整的工程档案与服务档案可以使管理人员随时了解最新的情况，更可以规范维护、服务标准，帮助管理人员合理安排工作时间。

2. 各项费用自动计算，减少人工差错与负担

物业服务中一项重要的工作是各项费用的计算、统计、汇总，然而由于费用项目较多、计算方法烦琐，手工操作不但操作差错率较高，而且工作负担繁重。计算机管理利用了计算机运算速度快、准确率高的特点，使各项费用的计算、统计、汇总工作变得既简单又方便。

3. 自动控制各项费用收缴，保证公司收益

管理费用的收缴是管理公司能够正常运营的保证。通过客户自觉交费和人工催收，往往效率较低，难以应付自如。计算机管理可以随时监控客户交费和欠费情况，自动打印缴费通知书和催款通知书，提高收费效率，使收费工作应付自如，提高资金的回收速度。

4. 全方位的快速查询，减少重复劳动

物业服务中房产资料、业主资料、住户资料以及文件档案的数量庞大，手工整理、统计汇总工作量非常大，而且烦琐，查询某房产或业主资料往往需要较长的时间。通过计算机辅助管理，可以随时按业主名称、房号、房类、面积等多种条件任意查询，减少大量重复工作，大大提高工作效率。

5. 灵活、准确的收费，提高财务工作效率

管理面积越大、客户数量越多，财务收费工作越繁重，大量水电费、管理费等其他费用收费不但繁杂，而且容易产生差错。用计算机管理收费，灵活性、准确性大大提高。客户不但可以分项付款，还可以预付各项费用，大大降低财务收费人员的劳动强度和工作量。

6. 全面的统计分析，提高决策依据

在物业服务的市场竞争中，计算机快速、自动、强大的统计汇总功能和丰富的报表打印功能，使各项数据的统计汇总、分析表格一应俱全，可以随时查阅最新的详细情况，并依次快速、准确地做出决策，提高物业公司的管理水平与竞争力。

7. 安全的权限管理

操作系统、数据库和用户密码三级权限设置，最大程度保障系统安全。按用户角色划分用户权限级别，角色业务范围内业务通行无阻，共享范围内资源共享；角色业务范围外从根本上不配置应用功能程序，彻底保证系统各用户角色模式下业务数据权限安全。

三、管理服务系统在物业服务行业应用难点

就目前管理服务系统在物业服务中的发展现状来看，物业管理信息系统应用到目前为止还没有形成规模，归纳起来，妨碍管理服务系统在物业服务行业应用的主要难点表现在以下几个方面。

1. 认识问题

旧有的观念认为，信息系统再好，也不能产生经济效益，或直接产生效益。因此，网络对企业来说是锦上添花，可有可无。其实，这是粗放型经济模式下产生的误区，持该观点的人不了解管理出效益的真谛，不了解管理与技术的内在联系。网络虽然不能直接产生效益，但它可以产生间接的、无形的、长久的经济效益。

2. 数据概念

目前，物业服务方面的数据库基本没有什么标准和规定，完全是各单位根据自己的需要开发一些小型应用。这些数据库各自为政，互不兼容，如租金管理、基金管理、售房管理等。各部门的数据，尤其是基础数据不共享或不能共享，这样就造成了许多重复工作，浪费时间和精力。近年来，数据库软件平台发展很快，特别是以 Internet 技术为平台的应用是资料信息共享的新方式，随着网络系统的建立，在网络上运行通用和专用物业服务数据库将是必要的。

3. 数值计算

物业服务有关费用的计算的难点不在于计算机软件，而在于物业服务收费数学力学模型的概念化和准确界定。一般来说，数值计算的数学力学模型确定之后，根据确定性模型，再去编制计算机程序不是困难的事情，甚至许多数值计算问题根本用不着自己去编程序。随着物业服务向集约化、专业化方向发展，这种服务的计费模型将是必须解决的一个问题。普通物业服务人员只要熟悉类似于 Excel 的分析、计算、制表和绘图功能，基本上就可以满足基本的数值计算和资料汇总的要求。

4. 文档管理

文档管理是物业服务的重要内容，历来是各单位技术档案管理的重点之一。一些重要物业的技术档案还有保密性，有严格的管理规定。计算机技术的应用使得传统的档案管理受到冲击。例如，要求一线作业人员的原始作业记录都要归档，不得轻易改动，新技术和旧管理必将产生冲突，因为计算机中的数据可以改动。物业服务的计算机资料应该包括文字资料、结构图件、图像和语音资料等，实际上早已不再是传统意义上单纯的文件档案和图件资料了，取而代之的是多媒体形式的文档。

5. 网络系统

物业服务网络系统的应用目前尚处在初级阶段，少数单位的局域网可以进行一些文件传输或数据交换，已经走出了网络应用的第一步，但离真正意义上的网络应用还有相当大的差距。少数单位正在进行深层次的探讨，如按物业类型分类，进行商品房、写字楼、公房等专门类型的系统开发。网络的意义无人质疑，难点是投入与具体应用，其间有许多问题需要认真研究并加以解决。

第三节　物业管理信息系统建设存在的问题

社会的迅速发展，使物业服务具备了信息化管理的条件。实现“E 化物业服务”不仅是现实的需要，也是可持续发展的需要。物业服务的信息化建设要结合企业发展、服务需求、信息化技术的实际，做好规划，理性实施，避免选型滞后、效果欠佳和脱离实际、浪费资金的后果。

一、物业管理信息系统建设的现实性

一方面，物业服务的市场化、规模化、集约化进程，使得物业服务企业的管理结构日益庞大。同时，物业服务工作涉及面广、政策性强、技术应用复杂、日常服务管理工作量大，通过传统人工管理方式，将大大增加管理成本。成本控制、内部沟通、管理难度的增加，迫切要求采用网络化的信息传输机制，提升资源的共享利用率，提高物业管理效率。另一方面，随着消费者对住宅网络与智能化的依赖越来越强，“E 化物业服务”的呼声也越来越高。无人化管理、无纸化办公、电子货币服务、社区网络服务的推出，不仅简化了“E 化物业服务”的管理手段，更为项目提升了利润空间。因此构建以传统社区服务为基础，以多媒体社区服务信息网为依托，以 Internet 网为纽带的新型社区物业管理信息系统，将为物

业服务提供新的经济增长点和长期可持续的发展空间。

二、物业管理信息系统建设现状

国家建设部住宅与房地产业司已将是否使用计算机进行管理列入了物业服务企业评定级别的项目之中,此举大大推动了物业服务信息化的实施。

为了提高自身的管理水平,降低成本,适应市场竞争,许多物业服务企业已引入了"物业管理信息系统",即通过计算机网络和专业软件对物业实施即时、规范、高效的管理。在引入该系统后住户档案将通过计算机进行管理,通过在水、电、煤气上设置读数装置可以实现远程自动抄表,减少了业主的麻烦。服务中心在接到业主报修后,会立刻打出工程部的报修单,提高了日常维修的服务质量。每月计算机会自动将各项费用汇总,并打印出统一的收费通知,大大节省了物业服务企业的人力、物力投入,降低了成本。目前,北京、上海、深圳等城市的众多物业服务企业已经开通了物业管理信息系统。

物业管理信息系统是一种新型的管理系统,包含了先进的管理思想。物业管理信息系统基于工作流、物流、资金流、信息流,对工作当中涉及的人、财、物进行管理。目前建设的物业管理信息系统一般包括两个模块。一是对外模块。建立一个强大的数据库,客户可以通过互联网上的访问登录口,查询到和自己相关的信息,包括具体的水电度数等财务数据。对相关数据有疑义的业主,还可以直接在网上向物业服务企业提出核查。如果客户长期出差,主要负责客户诉求信息的整理汇总,然后制成单据派给相应的职能部门。信息的来源,除了网络,还包括来自电话、上门以及其他工作人员转达等渠道。二是对内模块。该模块可实现办公自动化和无纸化办公,提高工作效率、环保而节约,也可降低沟通成本。客户可以直接在网上和对口部门沟通,相应部门及时对客户的诉求做出反应。

三、物业服务信息化建设的问题

1. 选型滞后

作为一套能够真正反映管理个性化的物业管理信息系统软件,首先应该构建在一个包括良好的网络、数据库、程序语言和兼容操作系统的平台上,这是物业服务企业成功运用管理信息系统的第一步。但由于网络架构的建立不理想,限制了物业服务企业未来业务的开展。

在信息化建设的具体应用层面,物业管理信息系统软件则成为很多物业服务企业实现信息化建设的首要选择。这些应用软件系统在给物业服务企业带来极大的管理效益的同时,也带来了另外一个棘手的问题:那就是总部与分支机构在信息化水平方面的差距进一步扩大,造成了"信息孤岛"现象。许多具备一定实力的物业服务企业在总部应用管理信息系统软件后,由于这些应用软件多数是 C/S 架构,属于局域网内部应用型软件,无法直接被分支机构使用,造成了重要资源无法共享。虽然 DDN 专线、VPN 等传统的远程接入解决方案能解决这一问题,但 DDN 专线的费用太高,而 VPN 由于采用分布式部署方式,需要在每个管理处安装和维护客户端,由于项目部一般没有专业的网络管理员,维护工作全部由总部的 IT 部门完成,大大增加了 IT 部门的工作量。

2. 缺乏沟通

物业管理信息系统软件的制作过程一般是由物业服务企业提出工作流程，并对流程之间的关系进行识别，之后交软件制作商进行系统的实现。为获得全面、有效的工作流程及其关联关系，通常都会有一个反复的确认过程，物业服务企业把软件制作公司当做自己的合作伙伴，通过合作方式共同完成物业服务信息化软件的调整、完善。有些物业服务企业与软件制作商合作不够，造成对工作关联关系把握不到位。

3. 后劲不足

对于物业管理信息系统而言，一般是通过自行开发、委托开发或购买商品化软件来实现的。其中最行之有效的，也是应用最广泛的是购买成型商品化软件。但现在市场上的产品良莠不齐，软件制作公司对于物业管理系统的开发往往是当做工程而不是产品来做，容易造成软件投入使用后与实际工作很难协调。对软件开发与使用缺乏配合，会直接导致实施信息化管理效果欠佳。

四、防止信息化建设偏差的方法

不同物业服务企业的实际工作需要、业务开展范围和资金支持能力，对物业管理信息系统的建立形式、工作方式、规模大小的运作也应各有不同。不但要考虑通用物业管理软件网络结构和功能要求，还要注意各系统之间的流程和关联关系；此外，还要充分考虑信息系统软件运行环境的适宜性、兼容性、更新扩展性，以及后期使用阶段的操作维护便捷性等因素。否则，以上这些建立和应用物业服务信息化软件中出现的偏差，很可能导致系统最终运行的失败。

为防止信息化建设出现偏差，首先要明确阶段目标，以模块化方式逐步完善系统功能，避免贪大求全、投入递增、完工无期、效益难望的情况发生。其次，物业管理系统蕴涵并反映了企业的各项业务运作与管理思想，因此需要各业务部门的积极参与。否则，将导致不能全面反映业务需求、实施效率低、决策慢等问题，企业领导层应充分认识到物业服务信息化的意义，投入足够的人力资源，使各部门积极参与和配合完成系统的分析、开发和应用过程。再次，与系统开发商密切合作，物业服务企业与开发商应加强在系统咨询、诊断、分析、决策、技术支持和知识传递方面的合作和理解，提高问题处理和决策的效率。最后，通过认真、系统的培训，使员工充分认识到物业服务信息化的重要性和价值，理解好系统操作模式和相关流程，正确把握技术规程和要领，从而使整个系统资源得到充分的应用和发挥。

物业服务信息化对于推动物业管理的工作程序化、决策科学化、服务细节化意义重大。鉴于物业服务信息化建设的复杂性，实施过程中要进行全面、有效的系统分析，制定正确的实施步骤和技术方法，把最先进的信息技术与企业管理思想融合在一起，这是十分重要的。

第二章

物业管理信息系统的分析与设计

物业管理信息分析是系统开发的一个重要环节，它的目的就是要建立系统的逻辑模型，即从逻辑上规定新系统应具有的功能，而不涉及具体的物理实现方法，也就是解决物业管理信息系统是“干什么”，而不是“怎么干”的问题。

第一节　物业管理信息系统的分析

物业管理信息系统分析的任务是在充分认识原信息系统的基础上，通过问题识别、可行性分析、详细调查、系统化分析，最后完成新系统的逻辑方案设计或称逻辑模型设计。

一、物业管理信息系统初步调查

1. 初步调查内容

(1) 企业概况

包括企业的组织规模、经营效果、发展历史、经营范围、行业发展状况、竞争对手状况、宏观政策等内容，以便确定系统边界、外部环境，对企业的现行管理水平做出初步评价。

(2) 组织机构调查

调查企业的组织机构、职能部门设置以及各部门的规模、人员数量等。

(3) 现行管理系统的业务流程

了解现行物业管理系统的主要业务流程，以便根据地理分布、信息量大小来初步确定系统的合理结构和通信方式。

(4) 现行系统存在的问题

了解现行系统存在的主要问题，现行系统存在的问题多是在新系统的建立过程中需要解决和改进的，应当给予足够的重视。注意收集用户各方面的意见，并能挖掘问题，找出问题的症结所在。

(5) 系统开发条件

了解物业服务企业各级领导以及相关的业务人员对系统开发的态度、对系统目标和范围的意见，以及技术水平、投资费用等。

(6) 系统资源状况

调查当前企业的计算机应用的情况、规模和水平，企业的现金流量状况，业务人员的技术素质等，确定企业在开发信息系统时所能提供的系统资源。

2. 初步调查的方法

初步调查的方法多种多样，包括问卷调查、面谈、座谈会、查阅档案、现场考察等，应该加以综合运用。在初步调查时，应围绕系统规划的资料要求来进行，把握调查的广度和深度。在技巧方面，尽量采用启发式的调查方法，激发用户的思考和想象力，充分获取用户对新系统的建议和功能要求，要尽量避免先入为主的做法。

二、物业服务企业状况分析

根据初步调查结果，对企业的状况进行分析，发现系统存在的问题以及提出改进的方向。分析包括以下内容。

① 明确物业管理信息系统的应用需求、数据处理需求、管理功能需求。

② 现行管理体制的合理性与缺陷，包括机构设置、职能划分、业务流程的合理性。

③ 建立物业管理信息系统，企业内部资源所能投入的能力和适应能力。

④ 外部环境、政策的变化对物业服务企业正常经营管理工作的影响程度。

⑤ 现有的计算机系统的运行效果。

⑥ 影响企业管理水平提高的薄弱环节和瓶颈问题。

三、物业管理信息系统的可行性分析

1. 可行性分析的内容

(1) 系统开发的必要性

如果现行系统的处理能力已经不能满足日益发展的管理要求，并成为实现企业战略目标的障碍，则开发系统是必要的。

(2) 经济可行性分析

主要是预估费用支出和对项目的经济效益进行评价。

(3) 技术可行性分析

指分析当前的软、硬件技术和开发人员水平能否满足系统要求。

(4) 管理的可行性分析

指分析管理人员对开发应用项目的态度和管理条件。

2. 可行性分析报告的编写

(1) 可行性分析报告的内容

① 系统简述。

② 系统的目标。

③ 所需资源、预算和期望效益。

④ 对项目可行性的结论。

(2) 可行性分析结论应明确指出以下内容之一

① 可以立即开发。

② 改进原系统。

③ 目前不可行，或者需推迟到某些条件具备以后再进行。

四、物业管理信息系统详细调查

1. 系统详细调查的对象

物业管理信息系统详细调查的对象是现行系统，目的在于完整掌握现行系统的状况，发现问题和薄弱环节，收集资料，为下一步的系统化分析和提出新系统的逻辑设计做好准备。

2. 系统详细调查的原则

进行系统的详细调查应当遵循以下 4 个原则。

(1) 真实性

系统调查所获得资料要真实，准确反映现行系统的状况。

(2) 全面性

系统调查要尽量全面，不要忽略某些处理过程或者资料。

(3) 规范性

要循序渐进、逐层深入地进行调查，并采用层次分明、通俗易懂的规范化逻辑模型来进行描述。

(4) 启发性

调查就是从用户中获得信息的过程，要真实地描述一个系统，不但要用户的配合，还需要调查人员的逐步引导和启发。

3. 系统详细调查的内容

系统详细调查的内容十分广泛，应当从物业服务企业的经营、管理、资源和环境等几个方面进行定性和定量的调查。

定量调查则主要是对物业服务企业现有系统的工作效率和实际运行效果进行评价，具体内容包括组织机构设置、人员配置、资源供给、服务提供效率、工作响应速度等方面的调查。

五、物业管理信息系统管理功能分析

系统的功能结构一般是多层次的树形结构，调查中可以用功能结构图来描述从系统目标到各项功能的层次关系。

功能分析就是对系统功能进行逐层分解，总目标可看做实现系统的功能，即第一层功能，而其子系统则实现第二层功能，下面的层次就要实现更具体的功能。把系统划分为子系统可以大大简化设计工作。下面为一物业服务企业的管理功能描述。

① 信息管理：公司信息、楼栋位置、客户情况。

② 收费管理：收费类别、收费项目、付款方式。

③ 工程管理：房产维修、施工单位、施工图纸、施工过程管理。

④ 设备管理：设备资料、设备检定、设备维修、仓库和物品管理。

第二节　物业管理信息系统设计概述

在物业管理信息系统设计阶段，设计人员的主要任务是：根据逻辑模型，合理进行系统的总体设计和物理设计，为系统的实施提供必需的技术资料。系统设计阶段有两个目标：①设计一个完全满足用户需求和接口友好的信息系统；②为程序设计人员提供一个清晰、完整、准确的软件设计规格说明书。即使是对同一逻辑模型，若采用不同的物理结构，不同的处理方法，则系统运行的效率将有较大的区别。因此，设计人员必须充分考虑系统的实际条件，以实现一定的目标为目的，按照一定的步骤、方法和原则实现新系统的物理构建。

一、系统设计的目标

系统设计的根本目标是设计出符合逻辑模型要求、能完成逻辑模型规定功能和目标的新系统的物理模型。具体来说，衡量一个物理模型好坏的标准可以从以下几个方面考虑。

1. 运行效率

运行效率主要指系统的处理能力、运行时间和响应时间。处理能力指单位时间内系统所能处理的业务的多少；系统运行时间指系统完成某种任务所花费的时间；响应时间指用户向系统发出一项请求后到系统返回结果所需要的时间。为了实现这一目标，设计人员应考虑尽量减少中间文件数量、减少对外存的访问次数、减少子程序的方法次数，并合理地进行程序设计。

2. 可靠性

可靠性，即系统在运行中的抗干扰能力，如系统保密能力（安全措施），减错、纠错能力，抗病毒能力，排除系统故障后系统的恢复能力。针对这一目标，设计人员要进行系统安全措施的设计，在数据录入时要进行数据的有效性校验、范围控制，同时建立日志文件等，以对系统进行控制。

3. 实用性

系统的功能要完全满足用户的需求，数据处理应该遵循用户的使用习惯，使系统真正好用、实用。

4. 灵活性

社会在进步，事物在不断变化，物业管理行业的不断变化，导致物业管理公司组织机构、管理体制在不断转变，这便要求物业管理信息系统能及时改进，满足管理变化的要求。系统设计人员通常通过模块化结构，减少子系统之间的相互依赖来达到这一目标。

二、系统设计基本原则

1. 经济性

新系统的设计应在满足用户需求的前提下尽可能考虑经济性。

2. 系统性

系统设计应在整体性观点的指导下,使用系统工程的方法设计和建立系统。

3. 模块化结构

对系统进行模块划分,尽可能增大模块的独立性。

4. 精简性

数据处理步骤要以精简为原则,以便减少系统的出错率。

5. 可控制性

加强系统设计过程中文档资料的管理与控制,应尽量减少人工干预,而采用系统进行控制。

6. 参与性

系统设计过程中,设计人员应增加与用户之间的交流,及时掌握用户要求的变化,尽快使用户了解和熟悉新系统。

7. 阶段性

系统在保证总体目标得以实现的前提下,分阶段实现各子系统目标,并逐步扩大和完善系统。

8. 开发工具选择合理

尽量采用数据库管理系统和可视化的面向对象的程序设计语言进行系统设计与开发。

三、系统设计的内容与步骤

为实现系统设计任务,系统分析员应当依照以下步骤完成各项系统设计内容。

1. 总体设计

总体设计即概要设计。这一阶段主要包括以下内容。

(1) 划分子系统:明确各子系统目标和子功能,据此划分功能模块,并控制系统结构图。

(2) 物理配置方案设计,包括系统各种软硬件配置方案。

(3) 优化总体设计方案,并进行方案评估。

2. 详细设计

(1) 代码设计

对系统中需要处理的各种信息进行统一分类编码,确定代码对象和编码方式,以实现系统的数据资源共享,提高系统处理效率。

(2) 数据存储设计

根据新系统逻辑模型设计中有关数据存储的初步逻辑设计,以及已选用的计算机软硬件和使用要求,确定文件系统的结构,设计数据库模式与子模式,保证数据库的完整性和安全性，从而完成数据存储的详细设计。

(3) 输入/输出设计

设计输入/输出的方式与格式，便于数据处理和用户使用。

(4) 绘制处理流程图

用各种符号详细规定处理过程各步骤，将系统流程图具体化为处理流程图。

(5) 编写程序设计说明书

程序说明书是为程序设计人员编写的，以使其能按设计说明书的内容编写程序。

(6) 提交系统设计报告

一旦系统设计报告被审查批准，系统开发就进入系统实施阶段。

四、结构化系统设计方法

结构化设计(structured design，SD)方法是与系统分析阶段所采用的结构化分析方法相对应的一种系统设计方法。它以系统工程理论为基础，在对系统的基本构成及特性、目标等进行了深入研究后，把对象作为整体系统，对其构成要素、信息交换、反馈、控制等进行设计，以实现整体最优。同时这种方法还将与系统实施阶段的结构化程序设计方法相衔接。因此，它已成为物理模型设计的基本指导思想。

1. SD方法的基本思想

(1) 模块化

按照模块化的指导思想，一个复杂系统可以按一定规则构成若干相对独立的、功能单一的模块。模块是结构化系统的基本要素，其功能应当简单明确，模块间联系应该尽量减少。

(2) 自顶向下地逐步分解

这一思想指明了模块划分工作的层次性。首先，将系统整体看做一个模块，按其功能分为若干个子模块，这些子模块各自承担系统部分功能，并协调完成系统总体功能；其次，将每一个子模块分别作为整体，进一步划分下一层功能更简单的子模块，以此类推，直至模块功能不能再划分为止，最终形成层次形的系统结构模型。自上而下，模块功能将逐渐由抽象变为具体。这实际上也为系统设计员指明了设计思路，即应先设计顶层结构，再逐步细化。

(3) 模块主要以三种基本结构形式进行分解

三种基本结构(顺序结构、循环结构和选择结构)以不同的方式相结合，便可形成不同复杂程度的系统。

2. SD方法的优点

(1) 简化问题的解决

通过划分模块，将复杂系统的设计转化为若干简单模块的设计，从而便于系统设计员逐个解决问题，以满足复杂系统要求。

（2）缩短开发周期

模块的独立性使得其设计工作可以平行开展，若干模块的设计工作可以交由不同程序员同时进行，从而加快系统的开发速度。此外模块可以重复使用，不仅提高了其利用率，也将缩短系统整体开发周期。

（3）易于修改和系统优化

模块的划分使得其只需解决简单的内部问题，程序员可以在不考虑模块边界以外问题的情况下进行模块设计，从而减少出错率；即使出现错误，也只需要在模块内部进行修改，不会影响其他模块甚至整个系统。

（4）便于理解系统结构

明确简单的模块功能，使得程序易于理解，系统的结构也清晰了然。

（5）有利于工作量与成本的估算

3. SD 方法的使用原则

（1）SD 方法设计原则

SD 方法设计原则即尽量使每一个模块执行一个功能，且模块间尽可能传送最少量的数据型参数。这一原则并非绝对不变的，因为某些块内联系（如逻辑性、控制参数）也具有易于设计、节省时间等优点。设计员应当根据实际情况权衡处理。

（2）SD 方法中模块划分原则

模块划分对于系统的总体设计非常重要，它的合理与否将直接影响设计质量、系统开发周期、开发成本以及实施维护的便利程度。因此系统设计员在进行模块划分时必须掌握一定的模块划分原则。

① 模块具有最大独立性。这是模块划分所应遵循的最重要、最基本的原则。因为模块独立性越强，与外界联系越少，就越有利于问题的解决。为达到这一目的，通常要求模块的凝聚性最大、耦合性最弱。这两方面相辅相成。若模块凝聚性最大，表明密切联系的组织成分已基本集中于同一模块中，则块间联系减少、耦合性最弱。反之亦然。

② 合理确定模块大小。模块划分过大或过小都不利于系统设计：过大的模块划分，将增加程序编制阅读、测试和维护的难度；而过小又将增加模块接口的复杂性、模块接口的调试工作量，同时还会增加模块调用和返回的次数，降低工作效率。这一标准很难把握，经验表明：一个模块的程序最好能写在同一张纸内，程序行数在 60～100 的范围内比较合理。

③ 将与硬件相关的部分尽可能集中放置；易变动的部分也最好集中，以尽量减少对其进行修改可能影响的模块数。

④ 模块扇入数和扇出数应保持合理，不宜过多，否则将增加问题的复杂性，为系统编制、测试和维护带来困难。所谓模块的扇出数是指一个模块拥有的直接下层模块的个数；而模块的扇入数则是指模块的直接上层模块的个数。

⑤ 通过建立公用模块，尽量消除重复工作，这不仅有利于减少开发时间，而且有利于进行程序编制、调试和维护。

4. SD 方法在系统设计中的步骤

系统设计中使用 SD 方法通常需经历两个基本步骤：

（1）根据系统说明书建立初始结构图；

（2）比较权衡不同方案，对初始结构图实施改进，尽量减少块间联系，加强块内联系。

第三节　物业管理信息系统模块设计

根据公司的规模和业务类型大体可将物业管理信息系统的设计方案分成 5 种：小规模物业服务企业方案、大中等规模物业服务企业方案、信息小区方案、智能大厦方案和集团化综合物业管理方案。

一、模块划分的原则

对物业管理信息系统而言，模块划分通常与系统的设计方案相关，对应不同的设计方案，模块在数量和功能上也略有不同。

二、典型模块的设计划分

无论物业管理信息系统采用哪种方案，通常都包括如下功能模块。

1. 客户服务管理子系统

客户服务管理子系统详见表 2-1 和图 2-1。

表 2-1　客户服务管理子系统

主要功能	说　　明	涉及功能模块
客户管理	对与客户相关的信息、资料进行统一集中管理，如租户合同、客户评估、公共关系	查询系统、自定义报表、任务列表、工作流子系统、预警
收交楼验收	交楼验收（流程）、收楼验收（流程）	查询系统、自定义报表、工作流子系统、预警
钥匙管理	钥匙档案、钥匙借用、钥匙领用、归还登记、钥匙查询	查询系统、自定义报表、任务列表
二次装修	装修业务处理（流程）、出入证管理	查询系统、自定义报表、工作流子系统、任务列表、预警
投诉报修	投诉处理（流程）、维修服务（流程）	查询系统、自定义报表、工作流子系统、任务列表、预警
车位管理	车库档案、公车管理、私车管理、非机动车管理、车库停放统计	查询系统、自定义报表
收发文管理	收文管理、发文管理、传真记录	查询系统、自定义报表
电话管理	直线电话、分机电话档案、申请及变更（流程）	查询系统、自定义报表、工作流子系统、任务列表、预警

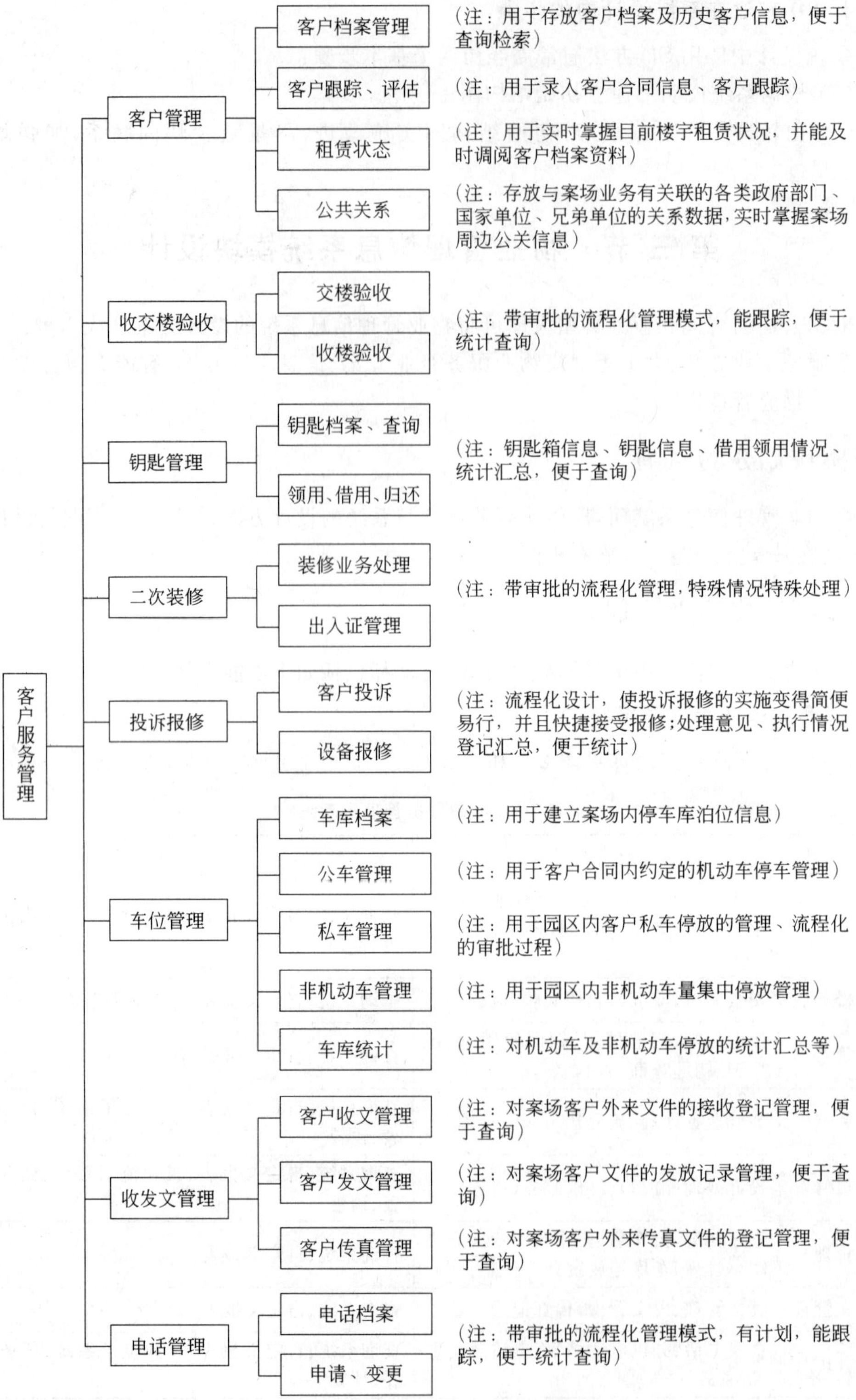

图 2-1　客户服务管理子系统

2. 财务收费管理子系统

财务收费管理子系统详见表 2-2 和图 2-2。

表 2-2 财务收费管理子系统

主要功能	说 明	涉及功能模块
初始化设置	设置需要收取的各项费用名称及其类别，设置各费用的计算方法及收费标准，设定各客户每次收费的时限及其收费项目，分摊设置，分摊运算	查询系统、自定义报表
收费材料准备	建立收费概要、抄表录入/导入、金额录入/导入、费用计算，自动生成相应收费数据	查询系统、自定义报表、
正常收费	预交费用管理、现场收费、收费通知单打印、欠款查询、清还欠款、费用结算	查询系统、自定义报表、任务列表、预警
收费统计	各类费用可按指定时间(日、月、年)统计，按楼层、单元、租户或自定义条件统计分析	查询系统、自定义报表、工作流子系统、任务列表、预警
数据接口	与财务管理软件数据导入接口，可以按户按月导入相应的应收款凭证	查询系统、自定义报表

3. 工程及设备设施管理子系统

工程及设备设施管理子系统详见表 2-3 和图 2-3。

表 2-3 工程及设备设施管理子系统

主要功能	说 明	涉及功能模块
设备管理	建立设备台账，自动导入维护记录；对工程设备的维护服务以项目管理模式进行管理	查询系统、自定义报表、任务列表、预警
维修管理	对工程设备的维修服务以项目管理模式进行管理，区分有偿/无偿	查询系统、自定义报表、工作流子系统、任务列表、预警
能耗管理	包括水、电、煤等表能源的耗用管理	查询系统、自定义报表
工程资料管理	对工程资料、图纸进行统一集中管理和归档，便于查询和调阅；同时使用文件插件功能，可在系统中打开任意格式的工程图纸文件	查询系统、自定义报表
工具仓库	系统利用带审批、审核功能的流程管理模式，可以实现材料的请购流转，使费用申请严格按照公司管理制度进行。维修材料的进出库管理以及坏损材料的回收	查询系统、自定义报表
电梯管理	电梯档案的建立、运行日志记录、电梯故障的登记以及故障分类统计	查询系统、自定义报表
工程巡查记录及规范、安全操作监控	工程巡查记录表，并反映规范、安全操作，实现监控	查询系统、自定义报表

4. 保安及车场管理子系统

保安及车场管理子系统详见表 2-4 和图 2-4。

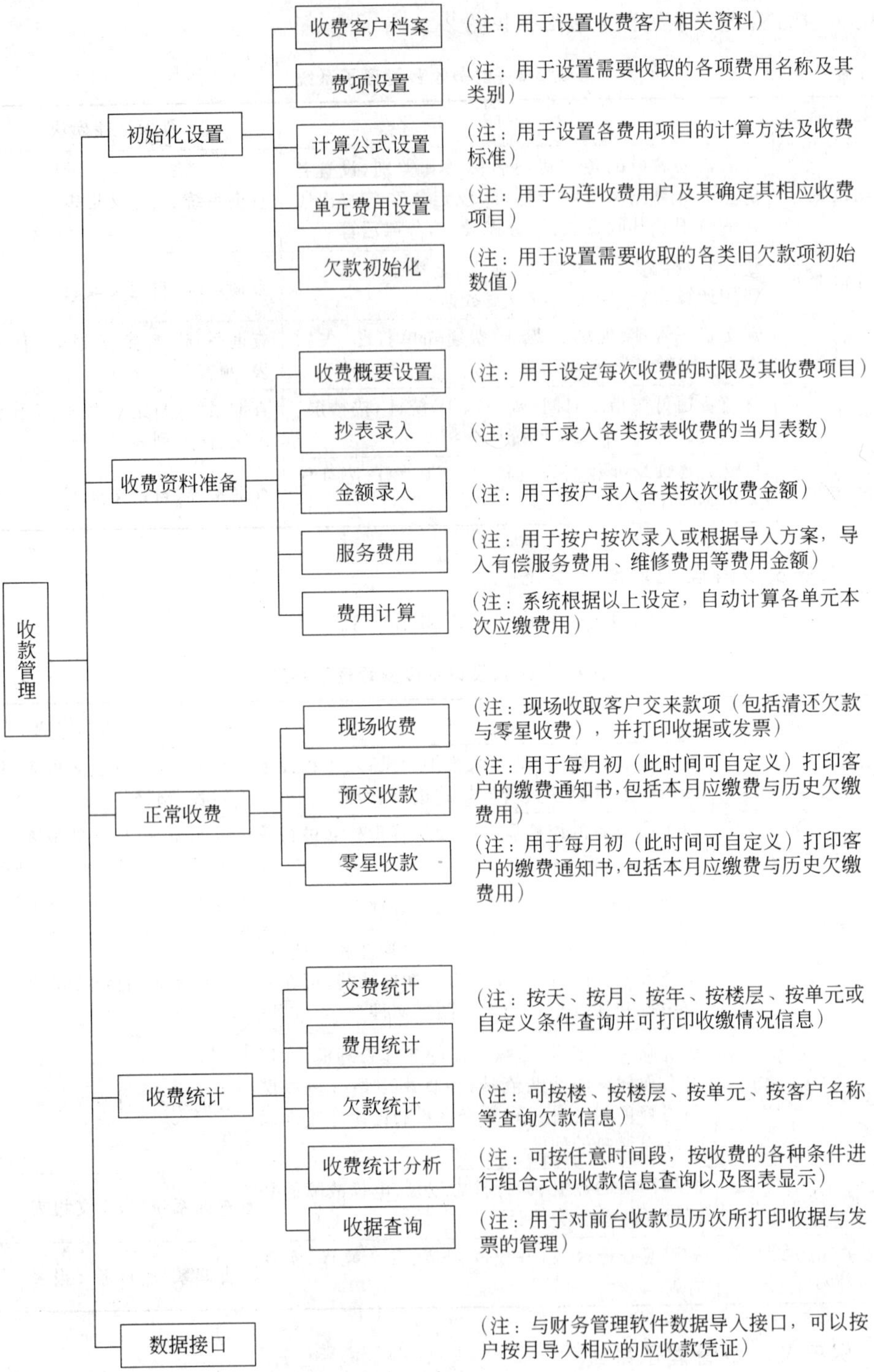

图 2-2　财务收费管理子系统

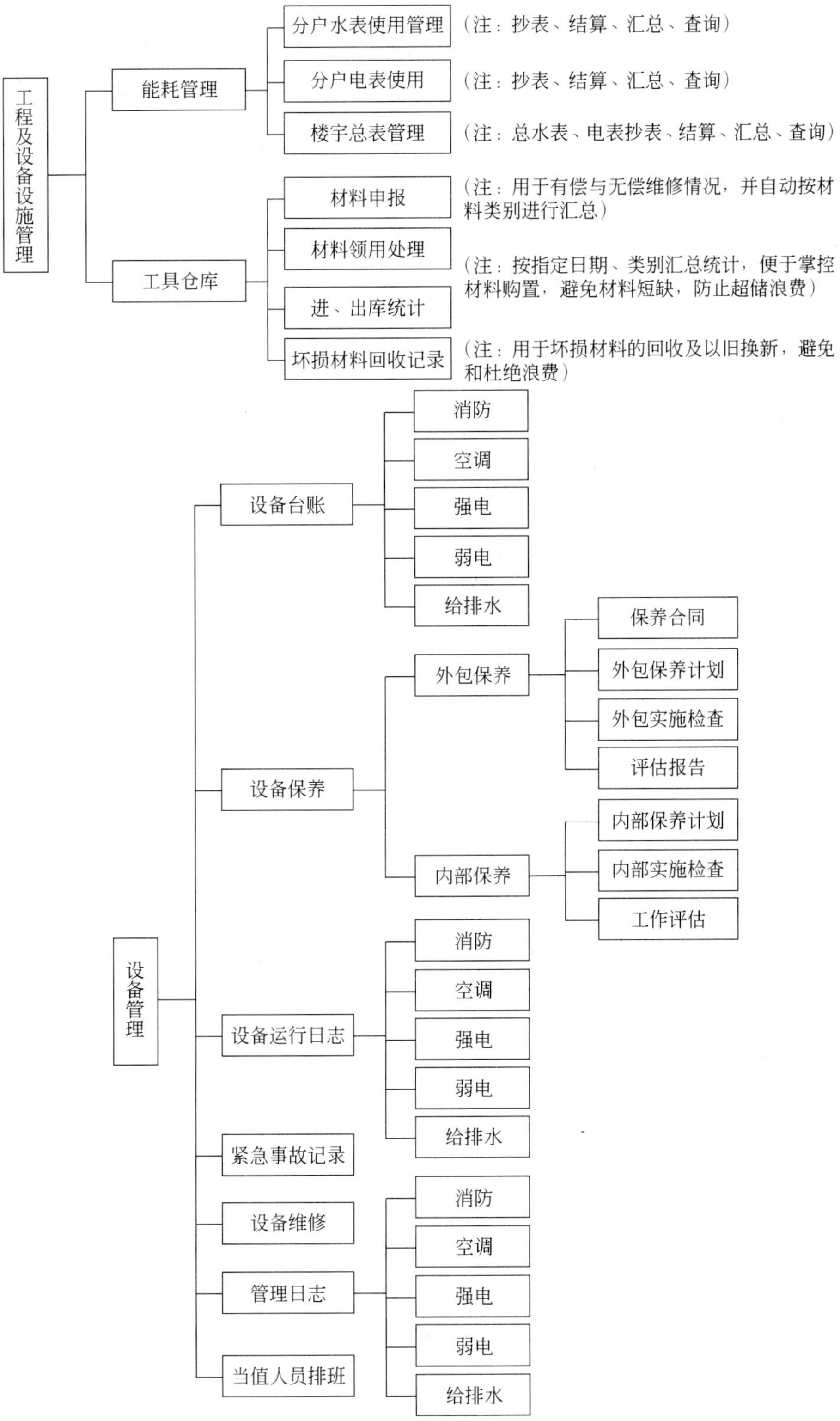

图 2-3　工程及设备设施管理子系统

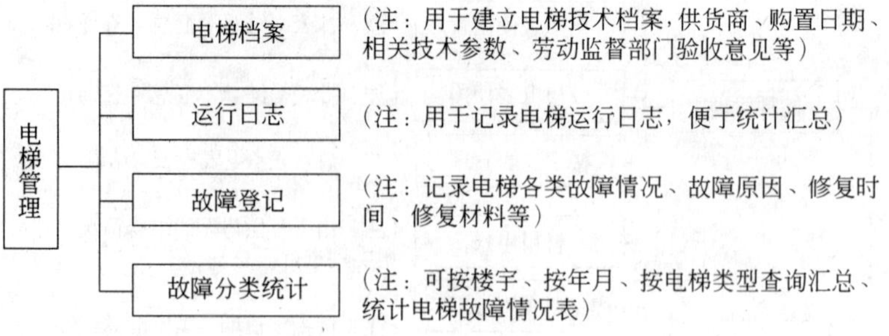

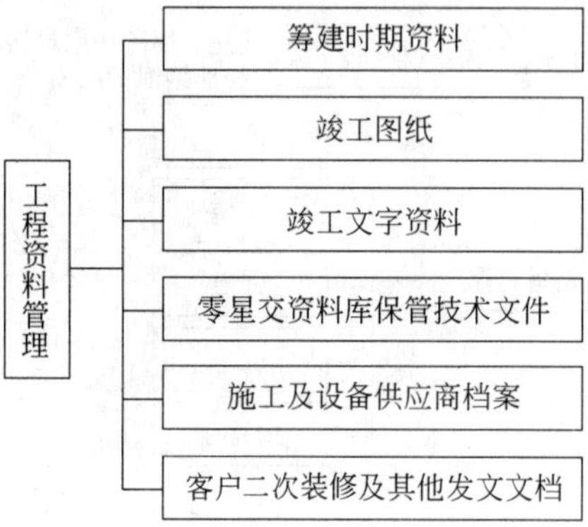

图 2-3（续）

表 2-4　保安及车场管理子系统

主要功能	说　明	涉及功能模块
保安档案管理	记录或查询保安部员工档案信息	查询系统、自定义报表
停车场管理	对进出大厦车辆进行收费管理	查询系统、自定义报表
消防器材管理	消防器材的档案、检查、保养、更换	查询系统、自定义报表
警用物资管理	警用物资的新增、报废、领用、借用	查询系统、自定义报表
日常记录及规范、安全操作监控	各类原始信息录入、归类	查询系统、自定义报表

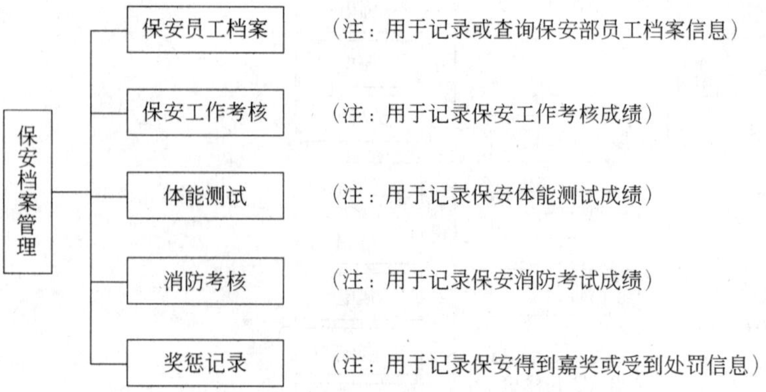

图 2-4　保安及车场管理子系统

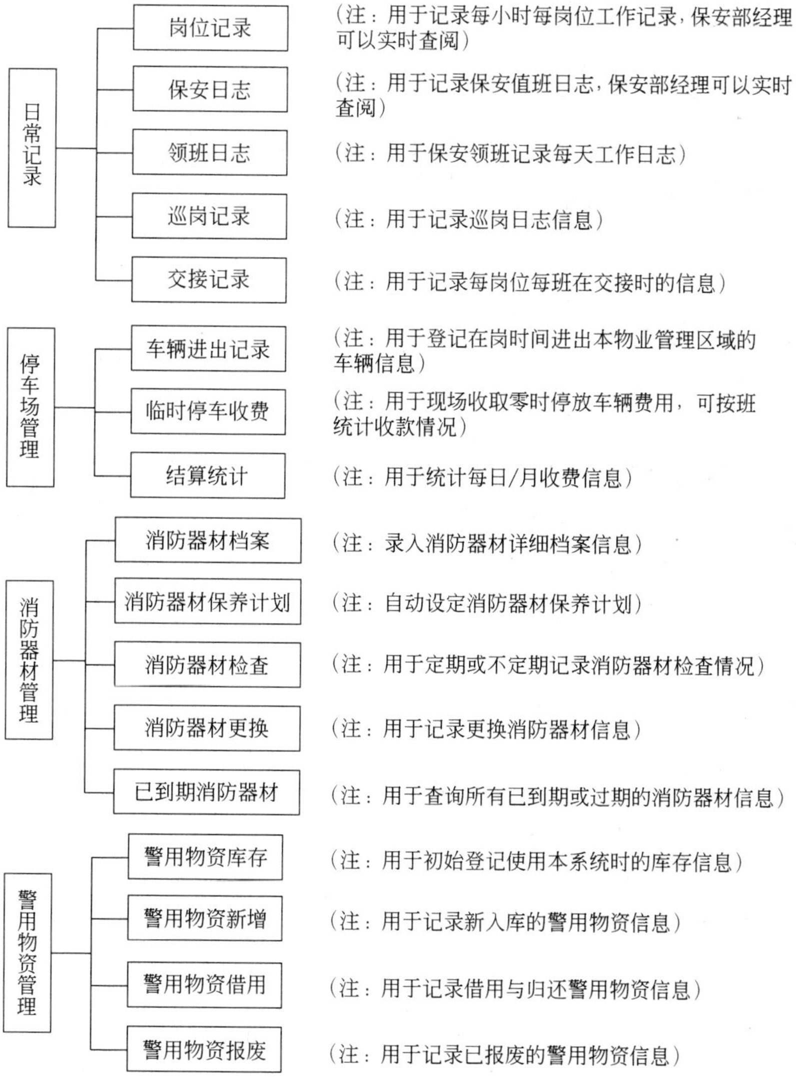

图 2-4（续）

5. 保洁管理子系统

保洁管理子系统详见表 2-5 和图 2-5。

表 2-5　保洁管理子系统

主要功能	说　明	涉及功能模块
保洁合同	保洁部员工档案信息	查询系统、自定义报表
保洁计划	根据大厦设置自动生成计划任务	查询系统、自定义报表
检查记录	对保洁项目的检查	查询系统、自定义报表
评估报告	对保洁项目最后的考核、评估	查询系统、自定义报表

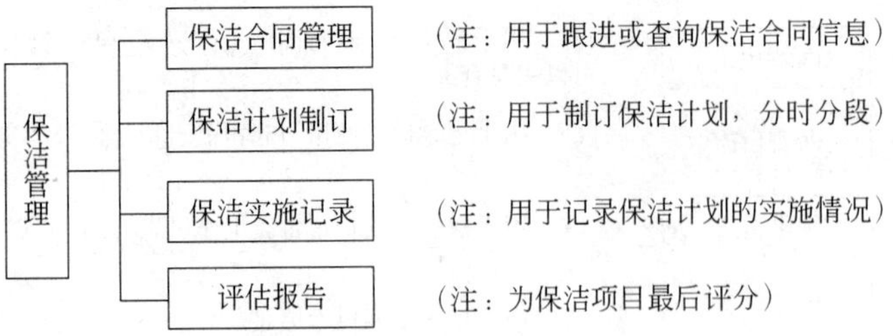

图 2-5　保洁管理子系统

6. 绿化管理子系统

绿化管理子系统详见表 2-6 和图 2-6。

表 2-6　绿化管理子系统

主要功能	说　明	涉及功能模块
绿化合同	植被资料或绿化外包合同管理	查询系统、自定义报表
绿化计划	根据本物业项目自身特点设置自动生成计划任务	查询系统、自定义报表
检查记录	对绿化项目的检查	查询系统、自定义报表
评估报告	对绿化项目的考核、评估	查询系统、自定义报表

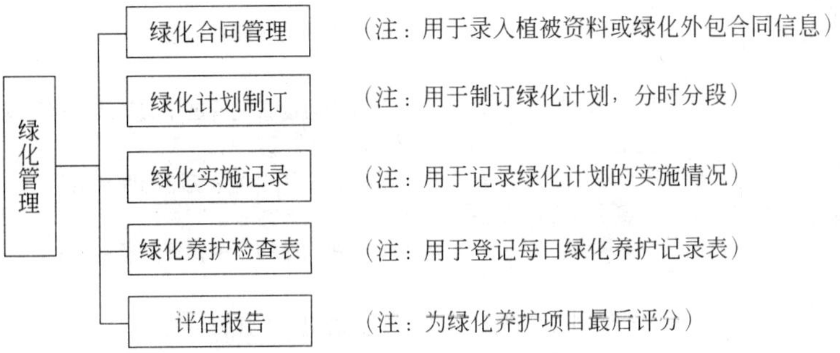

图 2-6　绿化管理子系统

7. 行政事务管理子系统

行政事务管理子系统详见表 2-7 和图 2-7。

表 2-7　行政事务管理子系统

主要功能		说　明	涉及功能模块
固定资产管理		固定资产档案的建立，资产更改、资产报废、资产查询等	查询系统、自定义报表
费用申请/审批		各部门相关费用的申请和审批，可以通过本子系统实现流程化的管理	查询系统、自定义报表
仓库管理	基本资料	物品信息档案、供应商信息、经手人档案	查询系统、自定义报表
	进出仓库管理	对物料的采购入库、退货，各部门的物料领用出库以及多余物料的退仓处理进行综合管理	查询系统、自定义报表、预警提示

续表

主要功能		说　　明	涉及功能模块
仓库管理	库存盘点	定期对库存物料进行盘点清理，便于对短缺、超储物料的及时处理	查询系统、自定义报表、预警提示
	统计查询	对仓库进、出、存状况进行统计、分析	查询系统、自定义报表
物品管理		低值易耗品管理	查询系统、自定义报表

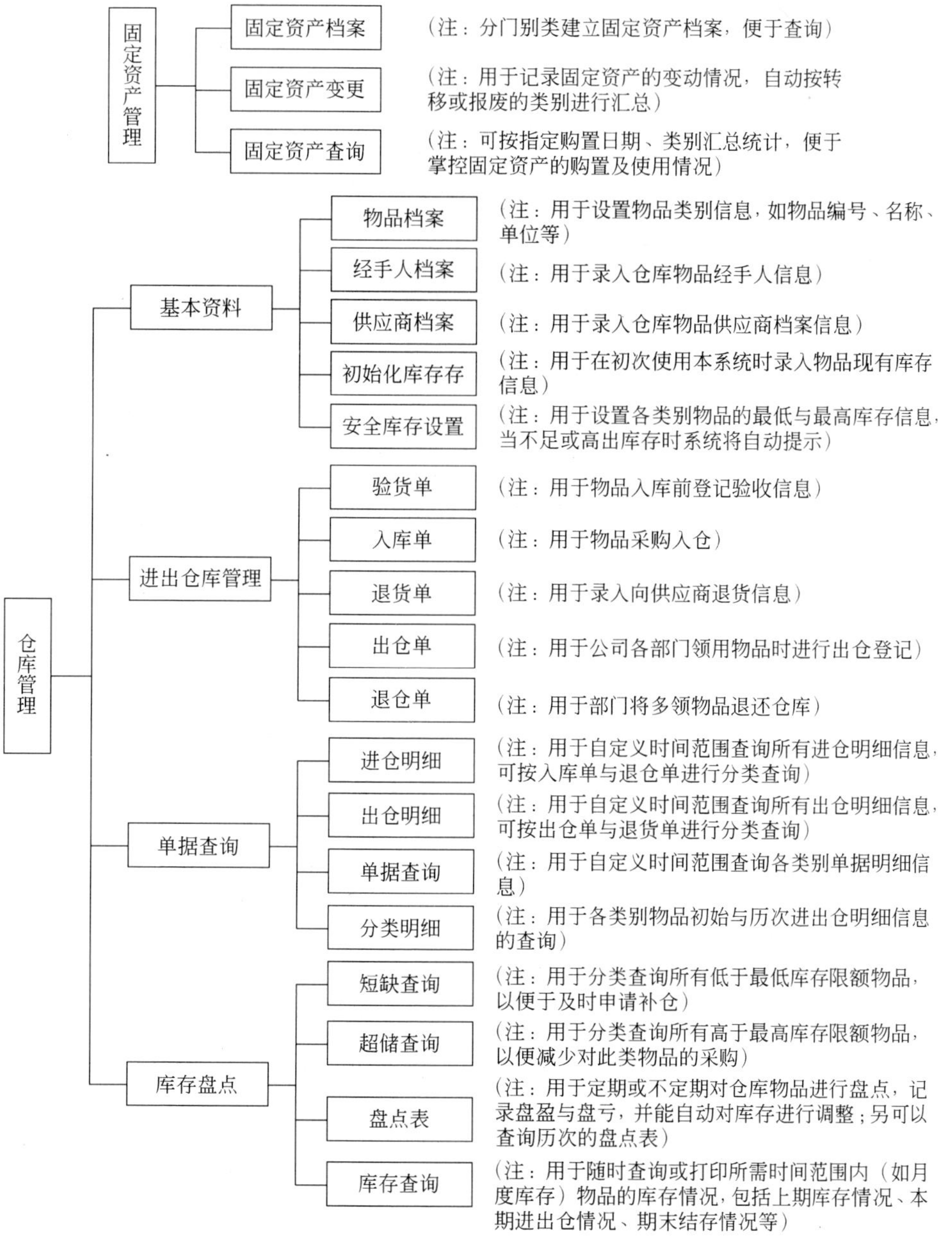

图 2-7　行政事务管理子系统

8. 人力资源管理子系统

人力资源管理子系统详见表 2-8 和图 2-8。

表 2-8 人力资源管理子系统

主要功能	说　　明	涉及功能模块
人事管理	员工档案管理	员工档案、劳动合同、定岗定编、职务变更、员工结构分析等
	员工招聘管理	确定招聘计划、招聘广告管理、人才库管理
	员工培训管理	员工培训计划确定、培训档案管理
	员工考勤管理	考勤项目设置、考勤记录、考勤查询
	流程管理	请假管理、加班申请、奖励管理、处罚记录、转正管理、续签管理、异动管理、辞职申请
	员工工资管理	工资项目设定，工资录入、计算，工资打印输出生成银行代发明细，工资结转，工资查询

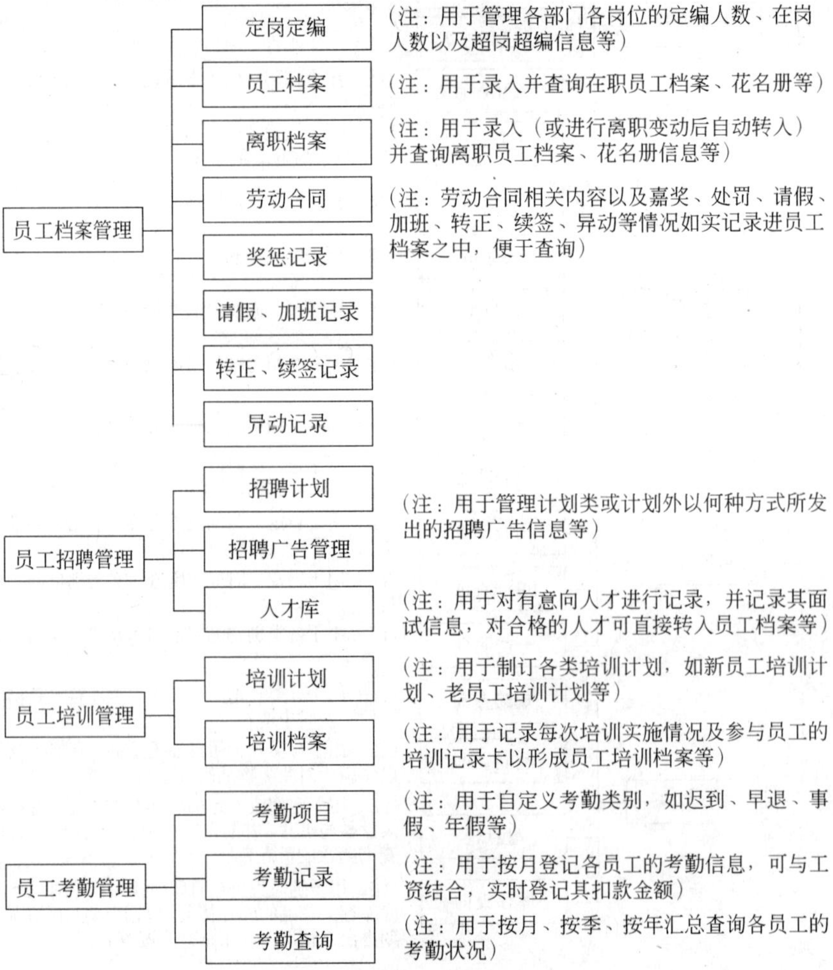

图 2-8　人力资源管理子系统

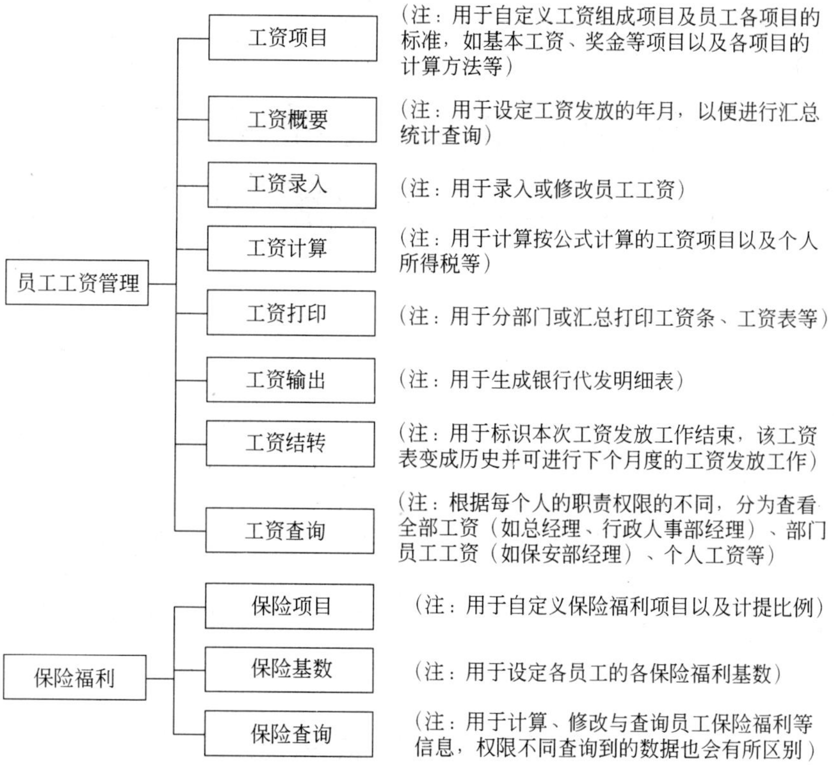
员工工资管理
工资项目
（注：用于自定义工资组成项目及员工各项目的标准，如基本工资、奖金等项目以及各项目的计算方法等）
工资概要
（注：用于设定工资发放的年月，以便进行汇总统计查询）
工资录入
（注：用于录入或修改员工工资）
工资计算
（注：用于计算按公式计算的工资项目以及个人所得税等）
工资打印
（注：用于分部门或汇总打印工资条、工资表等）
工资输出
（注：用于生成银行代发明细表）
工资结转
（注：用于标识本次工资发放工作结束，该工资表变成历史并可进行下个月度的工资发放工作）
工资查询
（注：根据每个人的职责权限的不同，分为查看全部工资（如总经理、行政人事部经理）、部门员工工资（如保安部经理）、个人工资等）
保险福利
保险项目
（注：用于自定义保险福利项目以及计提比例）
保险基数
（注：用于设定各员工的各保险福利基数）
保险查询
（注：用于计算、修改与查询员工保险福利等信息，权限不同查询到的数据也会有所区别）

图 2-8（续）

第三章

物业管理信息系统的应用实施与维护管理

物业管理信息系统实施的主要内容包括物理系统的实施、程序设计与调试、项目管理、人员培训、数据准备与录入、系统转换和评价等。系统实施阶段既是成功地实现新系统的阶段，又是取得用户对系统信任的关键阶段。MIS（management information system，管理信息系统）的规模越大，实施阶段的任务就越复杂。为此，在系统正式实施开始之前，就要制订出周密的计划，即确定出系统实施的方法、步骤、所需的时间和费用。此外，要监督计划的执行，做到既有规划计划又有检查管理，以保证系统实施工作的顺利进行。

第一节　物业管理信息系统购置应用

目前市场上的应用系统软件种类繁多，从单一功能的小软件至覆盖大部分企业业务的大系统，档次分明，其中以ERP（enterprise resource planning，企业资源计划）系统和CRM（customer relationship management，客户关系管理）系统等管理软件为主流。商品软件以规范模式研制，经过反复调试，得到广泛应用，质量有所保证，置商品软件方式可加快信息系统的开发进度。但同时也要注意，规范模式的商品软件对组织的变革，尤其是对流程改革有较大的推动力度，这为企业获得成功带来难度，且具有一定的风险。

一、物业管理信息系统软件的购置

由于每个组织的管理模式不尽相同，也有保持个性的要求，不可能买到能解决所有管理问题的商品软件。为此，必要时不得不采用应用系统软件购置与专门开发并举的集成方式，即对一些管理过程较稳定、模式较统一的功能模块购置商品软件，而对结合具体组织特点的、稳定性较差的或决策难度较大的功能模块采用专门开发。当然，两者应有机地结合，构成一个完整的信息系统。

无论是购置还是专门开发，或两者并举集成的方式，系统分析都是必要的。对集成方式，还有购置与专门开发两类模块的划分选择，二者的接口设计与集成等工作如图3-1所示。商品软件的购置与实施过程如图3-2所示。

商品软件的购置首先由企业提出需求，选择可靠的软件公司，与其洽谈，明确所要达到的目标与总要求，通过双方交流确定具体的需购置的模块；在此基础上软件公司对与模

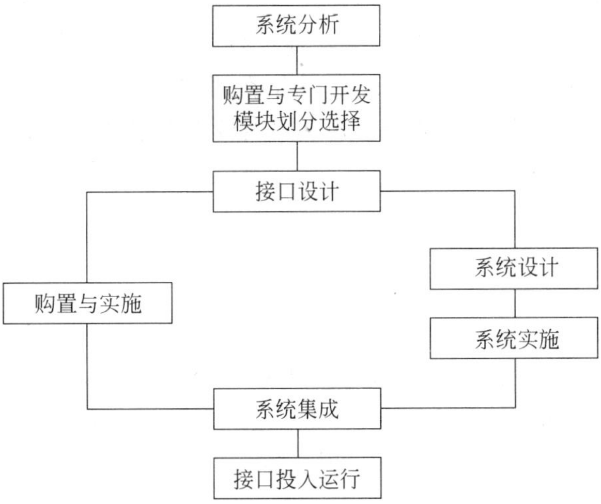

图 3-1　购置与专门开发并举集成方式的开发过程

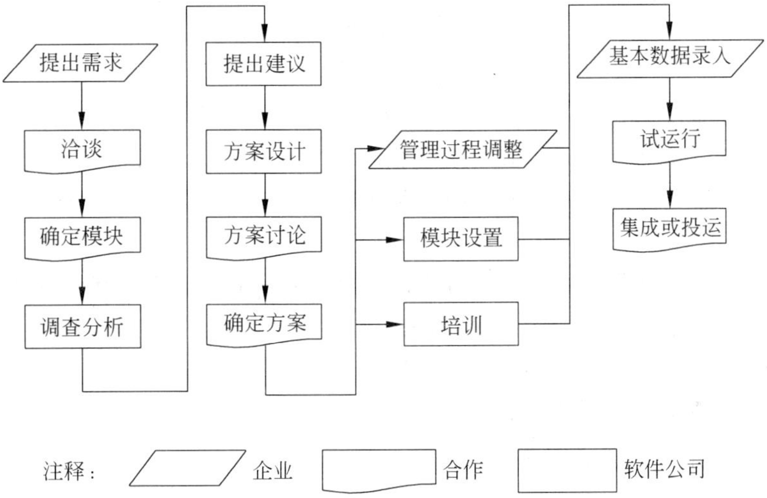

图 3-2　商品软件的购置与实施过程

块有关的管理过程作调查分析与运行方案的设计；方案提出后双方对其作详细的讨论，在需求与可能两方面的某点上取得一致，确定方案；随后，企业与软件公司将正式展开实施工作，其中主要是企业按方案要求对原有管理过程作必要的调整或重组，软件公司为企业有关人员作培训，对模块做功能调节及参数设置，企业还要搭建硬件平台，待系统构成后录入或导入基本数据；完成以上工作后，即可在某个恰当的时间试运行系统，若试运行成功即可进入新老系统的切换和投运阶段。

二、物业管理信息系统软件采购招标及建设方案

（一）物业管理信息系统软件采购招标文件

为了满足物业项目的日常办公和经营的需要，向入住的业户提供更好的服务，实现良

好有序的工作流程，物业管理处决定使用物业管理软件对智能大厦实施物业管理。现阶段对多家公司的物业管理信息系统软件供应商进行评估，本着“公开、公平、公正”的原则进行筛选，选择软件实用性强、品质优良、价格合理、服务一流的软件公司。此次参加的软件公司请认真阅读本邀请函，将邀请函中要求的项目用文字进行详细的描述和解答。

1. 物业项目概况（略）

2. 审核要求

（1）审核公司的资格条件

① 公司必须是独立法人单位。

② 具有为同等类型物业项目服务的工作业绩及实际操作经验。

③ 具有相关的资质证明。

④ 公司必须具有工商局注册的营业执照。

（2）文字说明书要求

① 邀请函回函的编写：使用简体中文，用A4幅面纸书写，并装订成册。

② 邀请函回函的递交：三份相同的文字说明书（由法人或授权委托人签署确认）及单位资格证明文件复印件（加该单位公章）封装在一个外装公文袋中，在外封上清楚注明项目名称和软件公司名称。

③ 邀请函回函交回日期：于____年____月____日止，迟交的回函文件将不作考虑，同时，在回复时将邀请函回函的电子版一并提供。

④ 评估：由物业公司组成评审组根据报价、企业信誉实力、企业服务能力等对回函文字进行评审。

⑤ 邀请函回函注意事项：不得擅自涂改或修订回函的原文，若有任何修改建议，须另附文件。如有任何缺漏、重复或不清楚的地方须立刻通知物业公司，改正有关的缺漏、重复或不清楚的地方。本公司保留进一步商议的权利。

⑥ 如对本邀请函有不理解之处，可在截止日之前向物业公司咨询。

3. 物业管理系统软件需达到的要求

（1）客户服务部模块功能要求

① 可以为掌握业户的基本情况提供信息的查询。包括业户单位名称、联系人姓名、地址、联系方式、钥匙发放、业户公司职员人员情况的记录及其变动情况、营业执照、注册资金、经营范围、业户单元编号、业户信誉情况、业户承租期限、业户免租期的具体时间、物业管理费的缴付情况记录等。

② 建立业户的信誉情况档案、违规记录（如一年中拒交、迟交次数，原因等）。收费管理是物业管理中非常重要的一种管理功能，它是保证企业经营收入按时回收的重要手段。通过查询可以方便地掌握物业管理费收取情况、欠交总金额、业户欠费记录等。也可以进一步设定信誉级别及评价标准（还应参考其他方面，如违章情况、非法经营、拖欠税款、群众举报等），动态地确定业户信誉等级，加强管理，或者作为处罚依据直至终止租赁合同。

③ 可以掌握业户的基本情况并且提供工程报修信息的查询，包括业户单位名称、联系人姓名、单元号码、联系方式、维修项目、维修人、维修时间以及进行回访的情况等。

④ 记录业户或来宾的投诉、问题性质、投诉方与被投诉方、处理回复等。

⑤ 综合服务管理。直接反映出物业管理的水平与质量。可以使各级人员，从领导到具体服务人员，通过查询直接了解物业的服务情况、存在的问题、问题的类属及性质、业户或顾客对服务情况的反映等。从中可以发现管理上存在的问题，同时也可以对从业人员的绩效考核提供依据。

⑥ 对二次装修的施工要有时间、单元、状态、人员等基本情况登记。

(2) 工程部模块功能要求

① 对大厦内所有的机电设备设施及自有固有资产进行分类管理，从其采购到更换，对其厂家、名牌、型号、位置、数量、价格、维修计划、维修记录、保养计划、保养记录、巡查记录进行全面的管理。(如强电系统查询系统需分为高压配电查询系统、动力供电查询系统、照明查询系统、应急发电设备查询系统等)

② 备品备件的出入库管理。完成大厦维修、维护物品的库存物品统计、查询和出入库的统计管理。

③ 可完成每月大厦每家公司的电、水表数据的统计、汇总和计算工作；显示公司名称、位置、上月底数，同时可查询每家公司的能源使用历史记录、累计用量、倍率等。

④ 可查询各专业工具清单及工具借出、归还记录。

⑤ 可自动生成各类工程/库管等报表。

⑥ 二次装修管理。对于客户在大厦内部再次进行的装修情况进行管理，包括以下几点：图纸送审及审批情况、装修保证金缴纳情况、装修公司资料备案情况、监理公司合同登记情况、验收记录情况等。

⑦ 楼层平面分布图与相应单元显示。

(3) 财务部模块功能要求

① 账务系统是财务管理系统的核心之一，与其他业务系统无缝联结，以资金流为核心反映企业的全面管理过程，总账系统主要进行凭证的录入、查询、审核、过账、汇总等操作，自动生成总分类账、试算平衡表、资金日报表等账表；同时提供往来管理，提供多币种处理，特别提供一科目任意种辅助核算，用于个人管理、部门管理、项目管理、跨年查询、组合查询客户资料等。与其他系统结合，提供全面企业管理与控制功能。

② 账簿管理。建立各类明细分类账、数量金额总账、数量金额明细账、多栏账、核算项目、分类总账。

③ 报表。提供各类报表输出，科目余额表可根据科目级次分级列示，自定义报表格式。

④ 月末处理。自动完成月末计提、分摊、转账的过程，自动完成期末外汇调整、结构汇兑损益，生成转账凭证，自动结转损益。

⑤ 往来管理。按余额自动核销，为往来对账单业务提供基础数据，随时和往来单位进行往来核对，保证往来账项金额准确。

⑥ 应收管理系统。系统能对企业的应收账款(包括应收账款、其他应收款、应收票据)进行全面的核算、管理、分析、预测、决策。具有强大的分析管理功能，贴近企业对应收账款实际管理的需要。主要内容包括以下几点：销售发票、合同信息、提保等业务资料录

入;应收账款核销;提供应收账款回款分析;周转分析、往来对账;信用管理;并能根据不同设置提供债权、催款提示等。

⑦ 收费管理主要是指物业管理费、能源费、有偿服务费等相关费用。计算应交费用(可以是按不同周期收取固定物业管理费形式,或者按固定房产单位收取物业管理费,加收水、电、气、空调等产生的相关费用),下达交款通知书,填制收款记录及收款汇总。

(4) 人事部模块功能要求

① 人事档案管理是该系统中主要管理功能之一,主要包括以下几点:员工的姓名、年龄、民族、政治面貌、学识与技能状况、学历、学位、其他专业培训情况及相关证明材料;经历及此前的从业情况及其变化情况;专长、发明创造、专利等证明材料。

② 机构管理模块。企业(上、下两极)机构设置、岗位配备、定编人数;人员编制及目前在岗状况;岗位变动与人员调整记录及相关文件管理;现有人员情况汇总分析,包括人员总数,分布情况,人员在不同管理层中的性别结构、学历结构,不同学历、不同年龄从业人员的总体任职功能等。

③ 合同管理。劳动合同一经签署,具有法律效力,它是以后解决劳资双方纠纷的法律依据,必须妥善管理。合同原件扫描输入,以保证电子档案的法律效力。劳动保险、福利待遇档案:按劳动合同法规定从业人员所应享受的社会保险、医疗保险、失业保险、生育险、住房公积金等的详细记录。

④ 综合服务管理。服务人员在岗、轮休的工作调度安排及安排记录,以便于问题发现时,直接下达任务、进行督办,或者事后的责任追踪。

⑤ 绩效考评管理。主要包括以下几点:出勤管理;职员的业务水平、技能级别及培训考核结果;建立不同岗位职工考核的指标体系,要求指标体系全面、客观,是可量化的指标,并且定下相应指标的重要程度,以及对员工进行综合评价。

⑥ 固定资产管理。能自动生成有关固定资产的凭证,自动计提折旧,利用本系统的数据,生成有关决策用报表,提供固定资产投资、保养、修理等决策依据,处理固定资产的账务核算,计提折旧及设备管理。

⑦ 采购管理。采购系统按采购计划单、收货单、退货单、购货发票、报表、系统维护设置模块,分别完成单据的录入、修改、删除、审核、打印等,实现常规构进、分期付款购入等多种业务,此外,还可以处理购入商品溢余或短缺、进货退出、进货退补价、购货折扣和折让等几种异常情况。

⑧ 库存管理。库存系统按出库、入库、调拨、盘点、报表、系统维护设置模块,完成外购入库、销售出库、盘盈盘亏、其他出入库、锁库等多种业务,对企业商品管理的业务操作进行全面的控制和管理,实现合理控制商品库存,减少成本;同存货核算系统结合能及时反映出物料资金占用的状况和结构。

⑨ 文件处理系统。包括收文管理、发文管理等模块。

(5)"其他"模块功能要求

① 增加公告栏:各级员工均可在此查询公司统一发布的消息。

② 增加查询功能:按权限设置对公司人员公布的相关信息。

③ 增加物业管理 BBS:供公司内员工分享各自的工作经验、教训。

④ 增加提醒功能：对于公司活动、安排任务等提前设置的信息，进行到期、到点的提醒服务。

(6) 备注

① 软件需具备数据共享或链接网络的特性，即具有高度的集成性，可以与安全防范系统、视频监控系统、楼宇自动控制系统相互接驳，并被物业管理模块调取使用。

② 模块/软件平台要具有开放和兼容性、可扩展性，便于日后增加和修改相关内容。

③ 模块/软件平台不仅可以用于房地产项目自身使用，还可以与整个企业集团内部的其他房地产项目实现资源共享。

④ 需要根据员工的不同部门和工作职责定义不同的操作权限。

⑤ 提供本软件系统的备份软件、用户手册等必备物品。

4. 软件系统的其他内容

(1) 软件系统的报价

① 客户服务部管理模块的软件价格：________。

② 工程部管理模块的软件价格：________。

③ 人事行政部管理模块软件价格：________。

④ 财务部管理模块软件价格：________。

⑤ 系统软件整体价格：________。

(2) 其他费用

① ________元。

② ________元。

(3) 系统软件的售后服务和人员培训情况

系统软件的售后服务和人员培训情况详见表 3-1。

表 3-1　系统软件的售后服务和人员培训情况

序号	提供售后服务内容	备注
1	免费的售后服务内容要求(略)	略
2	付费的售后服务内容要求(略)	
3	系统软件的保修期要求(略)	
4	物业人员的培训情况(略)	

(二) 物业管理信息系统软件采购建设方案

软件系统主要包括 4 个主要部分：物业管理、财务管理、人力资源管理及办公自动化(OA)。

1. 物业管理系统

(1) 房产管理

房产管理的功能主要为：

① 存储并永久性保存与百年商城全部房产有关的信息，包括以下几点：百年商城工程项目的提出、合作伙伴与合作协议、申报和审批过程的全部资料，并以资料的原貌格式

保存、待查。

② 存储并永久性保存房产的设计图纸、施工图(以矢量图方式存储)、施工过程的监理情况记录、项目完工交付使用的验收记录及相关资料。

③ 全部出租房产及公共设施的楼层、位置、内部结构、面积、编号等,以及停车场的平面布置图。

房产管理主要管理有关房产的数据与资料,从性质上看多为静态数据,相对稳定,其主要用途是用于有关问题的查询显示。但在使用时,可以采取多种显示形式,甚至把与之相关的动态数据连接起来。例如,显示整个百年商城的外观、楼层、出入通道,亦可以显示G层、B层、一层、二层等,采用超文本菜单形式任意选择显示部位;从内容方面看,比如某一房屋单元,除显示其所在楼层、位置、结构、面积外,还可显示其租赁情况、租赁变迁情况以及租赁人的有关情况。由于利用了集成的数据库管理技术,在不同的查询功能中可以充分共享所有数据。

(2) 设备管理

物业中,除房产外,设备占有很大比重,包括以下几点。

① 供暖设备安装地点、控制室位置、冷热管道走向和主要控制阀门设置情况可以利用三维图形或者各层的水平剖视图形式存储,清晰而直观。

② 供风系统、供电系统、消防系统、上下水系统、燃气供应系统、电梯系统、通信及计算和网络系统等的设备情况,也可以利用三维图形或者各层的水平剖视图形式存储,清晰而直观。

③ 主要设备的技术档案。包括设备名称、规格、价格、出厂日期、安装日期、生产厂家、地址等;设备安装、调试运行记录及验收报告。

以上管理的大部分是设备有关的静态数据,相当于设备档案管理,可以图文相间的方式为查询服务。此外,设备管理尚需管理相当数量的动态数据。如:各设备系统的运行记录、日常维护记录、设备故障记录、故障处理机消耗记录。可以通过对动态数据的分析掌握各类系统的事故发生原因、类型、频度,可以进一步分析其原因所在,改进相应系统。也可以通过汇总分析,掌握设备运行的成本变化情况以及成本变动的主要原因。

(3) 租赁管理

① 各房产单元的租赁业户记录:单元编号、租赁期(进入时间、退出时间)、租赁合同、租金的计算方法说明、租金交付方式。

② 承租变革情况:各房产单元的现承租情况及此前租方的变革情况,租申请记录:希望的楼层位置、面积,可以支付的租金限额,联系方式(包括延长租期的业户)。

租赁管理的目的在于及时掌握房产租赁的动态情况。比如:查询近日租约到期的房产单元,业户名称,有无再承租申请等。这样不仅可以掌握情况,及时在租期结束之前办理好所有事宜,也可以及时与其他承租方取得联系。另外,也可以通过查询准确掌握租赁的各种情况,分析房产楼层、位置、面积对租赁的影响,为调整租金提供基础。

(4) 业户管理

业户管理包括业户名称、姓名、地址、联系方式;从业人员情况的记录及其变动情况;营业执照、注册资金、经营范围;业主信誉情况;违法经营(包括超范围经营、逃税)记录、顾客投诉记录、租金的交付情况记录。另外也可以建立一个业户信誉评价指标体系,对其综合评价分出信誉等级,分别管理等。即可以为掌握业户的基本情况提供信息的查询。

(5) 备品管理

在物业服务活动中,备品的消耗是整个管理成本的重要组成部分。管理中的备品主要有两类。

① 日常办公用品(包括劳保用品、必要的工具等)明细账、备品入库记录、领取凭证及出库记录,以保证备品的进、出、存平衡。

② 设备维护、维修用备品(包括设备管理中提到的所有设备)明细账建账,备品的进、出、存记录,日常维护和故障维修的备品消耗清单。

由此可以对备品管理情况一目了然,不仅可以通过查询方式按大类或者按品种了解各种备品的进、出、存情况,还可以分析了解各种备品的使用频度及消耗数量、运营成本和库存资金占用情况,还可以进一步分析并确定备品的合理存量。

(6) 库存管理

库存的管理与房产和设备不同,库存的使用情况具有很强的动态性质。此项管理的目的主要在于动态地调度存车并及时收费。

① 车库平面图,包括区域、车位的划分,入、出通道及具体车位的占、空情况的动态显示,具体车位库存情况的记录。

② 具体车辆租用的情况记录,包括车牌号、车型、车主、通信地址、始末时间。

③ 确定计费方法,计算应缴费用,完成收费凭证制作作为收入凭证。

④ 记录车位出租中出现的问题、事故及处理结论。

在物业服务活动中,除所有业主的销售收入记录外,车库的收费活动恐怕是活动最频繁的部分之一。车库管理可以查询车库、车位、出租和使用情况,车位占、空的动态显示可极大地方便车主,使之无须盲目地到处寻找空车位。这种显示既可以使用大屏幕显示装置,直接给车主以指导,也可以在 PC 上实现,由服务人员给车主以指导,甚至可以对车库进行成本收益分析,进行纵向和横向的比较分析及变化趋势分析,给车位价格的适当调整提供依据。

(7) 收费管理

收费管理主要指导房产租赁中的租赁费用管理。

① 业户基本信息,包括业主、房主单元编号、租赁合同、业主经营状况、销售收入及其变动情况、交款方式等。

② 计算应交费用(可以是按不同季节收取固定租金形式,或者按固定房产单位收取租金,加收水、电、气、暖、风等附加费用),下达交款通知书,进行收款记录及收款汇总。

③ 建立业户的信誉情况档案、违规记录(如一年中拒交、迟交次数,原因等)。

收费管理是物业管理中非常重要的一种管理功能,它是保证企业经营收入按时回收的重要手段。通过查询可以方便地掌握租金收取情况、欠交总金额、业户欠费记录等。也可以进一步设定信誉级别及评价标准(还应参考其他方面,如违章情况、非法经营、拖欠税款、群众举报等),动态地确定业户信誉等级,加强管理,或者作为处罚依据直至终止租赁合同。

(8) 综合服务管理

作为大厦管理者,首先是服务,包括业主乃至顾客。

① 建立各项服务业务的责任岗位及岗位分工(如某些业务采取社会服务方式,比如房产维修,也需有明确的责任人制度)。

② 服务人员在岗、轮休的工作调度安排及安排记录,以便于问题发现时,直接下达任务,进行督办,或者事后的责任追踪。

③ 记录顾客或业主的投诉、问题性质、投诉方与被投诉方、处理回复等。

综合服务管理直接反映出商城管理的水平与质量。可以使各级人员,从领导到具体服务人员,通过查询直接了解商城物业的服务情况、存在的问题、问题的类属及性质、业户或顾客对服务情况的反映等。从中可以发现管理上存在的问题,同时也可以对从业人员的绩效考核提供依据。

(9) 安全与保洁

与综合服务类似,安全保洁亦属服务范畴。

① 区域划分与责任明细。

② 人员安排与值班调度情况。

③ 值班日志及问题处理情况记录。

④ 任务下达及执行情况记录。

(10) 绩效管理

从业人员的业绩如何直接影响到企业形象与品牌,考核的目的在于通过奖罚来提高管理及服务水平。

① 从业人员出勤情况记录,包括出勤天数、病事假天数、旷工天数、迟到早退次数等。

② 日常工作记录、工作量汇总、备品消耗情况。

③ 服务态度、服务质量、工作能力及群众评价。

④ 规章制度遵守情况、事故次数及投诉情况。

此项管理需要由企业上层领导会同人事部门制定切实可行并且可以量化的考核指标,由于这是一个多指标评价问题,所以需要对各项指标的轻重程度予以确认。如此才能对具体从业人员的绩效做出全面、公正、合理的评价。尽管此工作有难度,但却是一项基础性工作,即使不采用计算机管理系统,也必须解决。绩效考核结果可以为员工的安排、续聘、辞退、奖惩提供可靠的依据。(此项管理功能亦可并入人事管理部分)

(11) 查询与报表

物业管理系统中,管理着大量基础信息,通过输入处理(如批量输入、图形输入)、编辑(增、删、改),以保持数据信息的一致性和时效性;通过对数据、图形、文本等不同类型的数据的集成,并通过报表与查询功能实现信息资源的充分共享。

(12) 信息查询

根据各组管理人员的管理需要,该系统可以查询各类信息。如:房产情况,即现状、问题及处理结果、费用等;租赁情况,即租赁现状、租赁变迁、租金收缴、欠租金情况以及承租申请等;设备问题及故障情况汇总、维护费用等;员工的自然情况及绩效等级等;文件及有关法规、会议记录及结论等。

查询内容的组织视需要而定,既可以是某类信息,也可以是与某项专题有关的信息,还可以是按要求把几类信息组合起来查询。

(13) 报表生成

作为企业,在正常的商业行为中,均与有关部门有信息上的联系,企业内部部门之间也是这样。报表(并非一定打印在纸上)是信息交流的重要方式之一。

① 按要求(表格名称、格式、标题)生成定期与非定期固定格式表格(一般是要求上报的报表或者内部部门之间交流的表格)。

② 按要求生成临时性非固定格式报表或者其他综合报表。

③ 按要求生成相应格式的报表(如饼形图、折线图、矩形图)或者平面图形(如平面布置图、管道走向布置图)。

系统中,所有表格均可以自动生成,只需给出所需表格的名字、栏目名称、各栏目长度以及多层目标间的结构关系,无须绘出实际表格,表格生成由系统自动完成。

(14) 分析与辅助决策

系统中存储着大量数据,其数量与日俱增。有些数据可能直接影响到应用,而大量数据通过综合处理、挖掘,才能显出其信息含义,甚至可以给我们的某些决策给予支持。例如,对业户的综合评价,平时记录的是其基本情况以及租金缴纳、违约情况、违法经营启示、群众投诉记录等,当确定了相应的指标体系和对应权重后,就可以对具体业户做出评价,对员工的评价问题也是如此,其评价结果对员工的使用安排、培训、奖惩、工资资金确定提供依据。再比如,可以对物业管理工作的有效性问题通过数据包络分析方法进行分析,以确定其有效程度及无效原因,甚至对物业中所有的管理工作分几大块进行比较,或者与其他同类企业作比较分析。

(15) 调度与指挥

物业服务企业涉及的业务种类繁多、服务地点分散,需要解决和处理的问题具有突发性、随机性的特点,且参与提供服务的物业企业员工数量众多,若使全体员工高效运作,必须要有一套调度与功能。

2. 财务管理系统

(1) 账务处理

账务系统是财务管理系统的核心之一,与其他业务系统无缝联结,以资金流为核心反映企业的全面管理过程,在总账系统主要进行凭证的录入、查询、审核、过账、汇总等操作,自动生成总分类账、试算平衡表、资金日报表等账表;同时提供往来管理、提供多币种处理,特别提供一科目任意种辅助核算,用于个人管理、部门管理、项目管理、跨年查询、组合查询客户资料等。同时与其他系统结合,提供全面企业管理与控制功能。

① 账簿管理。建立各类明细分类账、数量金额总账、数量金额明细账、多栏账、核算项目分类总账。

② 报表。提供各类报表输出,科目余额表可根据科目级次分级列示,自定义报表格式。

③ 月末处理。自动完成月末计提、分摊、转账的过程,自动完成期末外汇调整,汇兑损益,生成转账凭证,自动结转损益。

④ 往来管理。按余额自动核销,供往来对账单业务提供基础数据,随时和往来单位进行往来核对,保证往来账项金额准确。

(2) 报表管理

系统提供了灵活的账务报表生成工具,任何账务报表都可以通过自定义或从其他报表复制而成,分级报表汇总为集团企业、主管机关提供了强大的汇总功能。报表编辑易用,报表单元的尺寸、组合可自由设定。本系统与账务系统的完美结合更令财务人员轻松自如。报表中所有单元的数据可采用三种方法获得:用财务函数定义公式、表间引用、直接调用其他报表的数据直接填数。

该项管理可以提供批量公式自动生成向导,可快速编制部门费用表、个人借支款等管理报表。报表取数自动转换,当子公司平时采用外币进行核算,月末子公司向母公司上报报表时,需要折算为以人民币核算的报表,通过此功能,母公司在接收子公司上报的报表后,可以直接合并编制汇总报表或合并报表。

(3) 固定资产管理

处理固定资产的账务核算,计提折旧及设备管理。灵活的自定义功能,强大的查询功能,能自动生成有关固定资产的凭证,自动计提折旧,利用本系统的数据,生成有关决策用报表,提供固定资产投资、保养、修理等决策依据。提供固定资产卡片自定义功能,用户可自定义固定资产卡片的内容、结构,以及折旧费用、折旧项目、折旧变动政策自定义。固定资产报表设计灵活。

(4) 采购管理

采购系统按采购订单、收货单、退货单、购货发票、报表、系统维护设置模块,分别完成单据的录入、修改、删除、审核、打印等,实现常规购进、分期付款购入、委托加工、受托代销、直销商品购入等多种业务,此外,还可以处理购入商品溢余或短缺、进货退出、进货退补价、购货折扣和折让等几种异常情况。对具体采购业务而言,付款、入库、收票的先后顺序不定,系统允许按照业务的实际发生操作系统相关功能,并保证数据的连续性。

采购订单、收货单、购货发票、退购出库单可通过内置剪贴板复制、剪贴,实现所有单据自由传递;通过导入、导出,实现跨账套、跨网络、跨地域单据自由传递。

(5) 销售管理

销售管理系统按销售订单、销货发票、发货单、退货单、报表、系统维护设置模块,完成常规销售、分期收款销售、直运商品销售、委托代销、受托代销等多种业务;此外,还可以处理销货退回、销售退价和补价、销售折扣与折让等几种商品销售的异常情况。对集体销售业务而言,收款、出库、开票先后顺序不定,系统允许按照业务的实际发生操作系统相关功能,并保证数据的连续性。

销售订单、发货单、销售发票、退销入库单可通过内置剪贴板复制、剪贴、实现所有单据自由传递;通过导入、导出,实现跨账套、跨网络、跨地域单据自由传递。

根据销售订单生成相应发货单,根据发货单生成退销入库单或销售发票,根据销售发票,销售发票与发货单还能同时生成,提供了多种方便灵活的单据生成方式。

(6) 库存管理

库存系统按出库、入库、调拨、盘点、报表、系统维护设置模块,完成外购入库、销售出库、盘盈盘亏、委托代购商品入库和委托代销商品退库、受托代销商品入退库、分期收款发出商品出退库、代管物资出入库、其他出入库、商品调拨、锁库等多种业务,对企业商品管理的业务操作进行全面的控制和管理，实现合理控制商品库存，减少成本；同存货核算系统结合能及时反映出物料资金占用的状况和结构。

采购系统及销售系统录入的入库单、出库单能自动传到仓储系统进行修改、审核、查询等，也可以直接在系统录入采购、销售的出入库单据；在出入库单据中显示商品的即时库存，审核后的出入库交易自动生成库存余额，以满足及时管理的需要。

(7) 应收管理系统

系统能对企业的应收账款(包括应收账款、其他应收款、应收票据)进行全面的核算、管理、分析、预测、决策。具有强大的分析管理功能，贴近企业对应收账款实际管理的需要。主要内容包括以下几点：销售发票、合同信息、提保等业务资料录入；应收账款核销；提供应收账款回款分析；周转分析、往来对账；信用管理；并能根据不同设置提供债权、催款提示等。

提供应收账款提示、普通发票、增值税发票增加、查询、修改功能。并提供支票序时簿管理。以及提供应收单、收款单增加修改、删除、查询功能，同时提供应收单序时簿、收款单序时簿。

用于客户对应收业务的核销，分为手动核销和自动核销两种核销方式。可以进行应收应付、预收、预付相互之间的对冲处理。

(8) 应付管理系统

系统能对企业的应付账款(包括应付账款、其他应付款、应付票据)进行全面的核算、管理、分析、预测、决策。主要内容包括以下几点：应付款款的日常核算，应付账款核销，应付账款的账龄分析，应付往来单位的对账，应付往来单位信用程度的分析，各有关的采购合同的登记、管理，采购发票的登记、管理，应付往来单位的付款票据的登记管理，并能对某些时间较长、金额较大的应付账款提出催款提示等。

系统的自动化较高，输入预设的条件后，能够进行应付账款的自动核销、账龄的自动分析、应付账款有关的凭证的自动生成，大大减轻会计人员的劳动强度，并给应付账款的使用人员提供强有力的数据分析和决策支持工具。

(9) 财务分析

财务分析系统以常规的比例分析、结构分析、对比分析和趋势分析为主，并配之以各类曲线、折线、圆饼等图，形象简洁地加以表达。并可根据需要编制各类分析表。

主要设置财务数据的取数方式和来源，取数参数有从账务处理取数和从报表处理系统取数两种，如果某参数取自报表则需声明在报表中的位置，如果取自账务系统则需录入取数公式和科目。此外还可自定义内部分析比例，以及相应的取数来源。

① 比率分析。主要参考财政部考核企业经济效益的各项指标，如偿债能力分析、赢利能力分析、营运效率分析等指标中的各种比率，根据设置好的取数来源自动计算。

② 结构分析。对资产负债表、损益表等数据，以及任意科目进行结构分析，并配以图形输出分析结果。分析内容可以设成多级，按级展开。

③ 比例分析。能对比率和结构分析结果按时间进行比较和分析，如历年同期分析、全年分析，分析内容可以是单项也可以是多项。

④ 趋势分析。系统将生成各趋势分析表，进行多种指数的分析。

⑤ 周转分析。对应收账款的周转率进行分析,可按年、季、月对应收账款总额或某独立核算单位的周转率进行分析。

3. 人力资源管理信息系统

(1) 人事档案管理

人事档案管理是该系统中主要管理功能之一,所管信息基本上是静态数据,相对稳定,变化不大。主要包括以下几点。

① 具体员工本人的自然状况:姓名、年龄、民族和政治面貌等。

② 学识与技能状况:学历、学位、其他专业培训情况及相关证明材料等。

③ 经历及此前的从业情况及其变化情况。

④ 专长、发明创造、专利等证明材料。

档案虽是一个人的"死材料",并不能说明一个人的能力和未来的发展,但档案材料也为对人的运用和合理安排提供参考信息。

(2) 机构管理模块

人事安排取决于集团公司及其下属企业的组织机构。实际上,机构管理记录了所有职工的岗位分工、职责和权力,规定了其间的隶属关系,从而可保证企业活动的正常而有序。包括以下几点。

① 企业(上、下两级)机构设置、岗位配备、定编人数。

② 人员编制及目前在岗状况。

③ 岗位变动与人员调整记录,及相关文件管理。

④ 现有人员情况汇总分析,包括人员总数、分布情况,在职人员的性别结构、学历结构等。

(3) 招聘管理

企业运作过程中,人员流动将不可避免,新人进入企业的整个过程均可视为招聘管理过程。包括以下几点。

① 企业中各岗位人员聘用条件,如性别、年龄范围、学历要求、从业经历等;试用期和录用期的基本待遇,劳保、医疗保险等社会保障待遇。

② 应聘人员录用的具体标准和考核方式(包括各级别、各类别)。

③ 建立具体的标准细节(也可能包括笔试范围、要求、面试及技能测试,或其他特殊要求)。

招聘管理是企业人员走向各岗位的入门管理,应逐步建立一套规范化程式,使不同时间、不同招聘人员录用的新人均满足统一要求。

(4) 合同管理

劳动合同一经签署,具有法律效力,它是以后解决劳资双方纠纷的法律依据,必须妥善管理。

① 建立劳动合同(此合同须按法律程序签署,必须具有法律效力)档案(必须是合同原件的扫描输入),以保证电子档案的法律效力。

② 劳动保险、福利待遇档案。包括按劳动合同法规定从业人员所应享受的一切待遇,例如社会保险、医疗保险、住房公积金等的档案;逐月交款的详细记录。

合同管理是一项十分重要的管理工作，它能保证一旦劳资双方发生纠纷，可以按合同规定进行有效调解，或者严格按法律程序处理。它也是从业人员一旦被解除劳动合同，能得到公正待遇的依据。

(5) 培训及考核管理

职员培训后才可上岗，老职员亦需要通过不断的再培训提高自身素质，掌握新的业务知识，进一步提高业务能力，为企业发展提高质量的人力资源。因此，应逐步地建立起一套规范化的培训体系，包括如下几个方面。

① 培训内容要求。需逐步完善，以适应企业发展的要求。例如，企业发展历史、管理理念、管理模式、企业文化和企业形象等方面；从业人员素质、形象、岗位业务能力等方面；为适应环境发展及时代要求而必须掌握的知识与技能，如通信技术与计算机使用、操作等。具体要求应根据岗位情况确定。

② 培训计划制订及执行计划、人员安排。

③ 建立考核制度，确定考核内容。通过标准，逐步建立考核题库(笔试)和技能考核的操作要求。

④ 建立在职人员的培训档案。

通过培训管理，以及从业人员培训前后绩效的变化，评估培训工作的实际成果，也可以从出现的问题中吸取经验，改变培训内容，或改进考核方式，使培训工作真正取得效果。

(6) 绩效考评管理

随时检查职员的工作情况，或者定期考核职工业绩，以不断改善和提高服务质量水平，并作为对职员的任用、工作调整的评价依据。主要包括以下几点。

① 出勤管理。通过打卡方式记录职工的出勤情况，对迟到、早退，进行必要的统计、汇总；或者对各部门情况进行比较。

② 建立绩效考核档案。记录员工每日工作日志、工作量、问题处理记录。

③ 服务及时性、服务质量、服务态度，对服务情况的举报，以及服务过程中产生的纠纷。

④ 职员的业务水平、技能级别及培训考核结果。

⑤ 建立不同岗位职工考核的指标体系，要求指标体系全面、客观，最好是可量化的指标，并且定下相应指标的重要程度，以及对员工进行综合评价。

⑥ 绩效考核应该不断完善，尽量客观，结合企业事先制定的考核标准，可以按各项标准给职工以评价，并把评价(针对各项指标)的结果予以量化，在此基础上，可以综合评价每个人的绩效，可以对员工在不同方面的表现进行排队，也可以在诸标准下，对员工的总体情况进行比较，以求改进，这种评价和分析对全面了解职工，以及对其待遇的调整，都能提供量化的依据。

(7) 工资管理

工资管理包括基本工资级别的确定，各种补贴数额的确定，代扣所得税额等资料的保存管理、劳动、医疗等社会保险项目中个人应付额度，工资升、降级调整等。主要包括以下几点。

① 工资档案建立与管理。这是财务部门定期发放工资的基本依据，需要有据可查，

它也是计算人力成本的基本依据。

② 建立并保存员工与社会保障有关的基本事项记录。

③ 实现(与财务系统联合)工资报表的生成和个人工资的制作。

从工资管理中,企业各级领导,可以随时查询职工在企业中的个人收入情况,汇总各类员工的收入水平,分析员工收入的升降趋势,研究员工收入水平是否体现了公平、合理的分配原则。

(8) 查询

① 查询与人事有关的所有基本数据和综合数据,以及相应的分析结果。如:员工工资情况;员工绩效考核结果;在各类考核指示下,员工考核结果的汇总情况、社会保险的详细情况等。

② 查询与人事管理相关的各种文件。如:职工的劳动合同、职工的个人档案、人员培训的基本内容、职工的职责划分情况、相关文件等。

③ 查阅系统中的有关报表。

(9) 报表

① 按要求格式生成所需的全部报表(包括上级报表、内部部门间传送的报表)。

② 按要求生成非固定格式的临时表,或者因某种需要而定的各类综合报表。

(10) 辅助决策

当企业管理中出现某些问题时,比如对物业服务方面的投诉增多,企业效益下滑,或者面临工资调整等问题,企业各级领导都必须在短时间内做出决定,予以解决。在人事管理中,也有着决策分析问题。比如:员工的综合评价问题,需要考虑的是其绩效(其实绩效的考核本身也包括许多方面)、培训成绩、奖惩情况等方面的信息,通过比较分析,排出优劣。再比如在工资调整、奖酬分配等问题上,情况也是如此。总之,辅助决策分析功能可以在基本信息、比较分析、决策选择等方面提供有效的支持。而实际系统中提供哪些方面的决策支持,或者说要对哪些问题的决策提供支持,要看管理上的实际需要而定。

4. OA 系统构成方案

(1) 文件处理系统

① 收文管理:完成单位外来公文的登记、拟办、批阅、主办、阅办、查询等全过程处理。当收到一份公文时,先进行收文扫描登记,然后将公文送给文件拟办人,在拟办人指定批办、承办人后,公文将自动发送至批办、承办人处,依次完成公文处理的全过程,最后将公文归档。

② 发文管理:完成单位内部和对外公文的起草、审批、核稿、签发、发布、存档、查询等全过程处理。当需要发布一篇公文,首先由起草人起草公文,如文件、会议纪要、通知等,然后将公文发给审批人,根据公文性质的不同进行批阅或汇签,在公文全部审批完后,再由签发人进行最后的签发,系统自动生成发文稿,如果是对内发文,系统将自动将公文转至公文发布系统,在本系统中进行自动发布和工作反馈,如果是对外发文,则可以打印装订外发。

③ 审批流程管理:完成单位内部各种申请、报告、文稿、纪要等在网络起草、审批和自动传递的全过程。本人只需在计算机前对待批公文进行处理,审批后的公文会自动传

递给下一审批人。系统提供顺序审批和会签审批两种形式，能处理公文审批流程的异常流程情况，包括审批收回、审批退回、更换审批人、审批跳过等功能，在审批过程中自动发送邮件通知有关人员，并能将成文稿发往公文发布系统，整个自动化系统形成了一个有机整体。

④ 审批形式：公文可以逐渐自动传送实现顺序批阅，也可以同时发给所有审批人进行汇签。

⑤ 签署方式：领导批阅时可对原文进行圈阅和批注，还可写上批阅意见，完成的批阅与实际的批阅件几乎一样。

⑥ 审批退回与收回：对不该自己审批的公文可退回给申请人，由申请人重新提交，申请人也可以随时收回自己的申请。

⑦ 审批跳过：在顺序审批中，对于某些审批人数固定且有些项可以跳过的公文，通过指定审批人角色可以跳过某些项的审批。

⑧ 成文归档：对于审批完成后需要发送的公文可以直接从审批系统发往公文发布系统中，对审批完成且成文归档的公文，任何人都不能修改。

⑨审批提醒：系统允许指定公文审批的时间界限，规定时间到期后系统自动提醒审批人。同时，为保证公文审批的有效性与合法性，系统对审批的公文做了严格的安全处理。

- 系统通过工作日志自动记录所有的公文审批活动，由此可查询公文审批的历史信息，为提供公文审批的合法性提供系统依据。
- 严格控制公文的修改权限，未提交的公文只有作者本人有权修改，提交以后则只有当前审批人有权修改，同时，当前审批人只有签署自己审批意见的权利，无权修改其他审批人的审批意见。
- 系统提供三种公文版本，即原文稿、审批稿和成文稿，对其修改权限作了严格限制，原文稿由系统自动生成，任何人都无权改动，审批稿只有当前审批人有权修改，成文稿发往公文处理系统后，将不能再改动，保证公文审批过程的严肃性，防止公文审批的篡改或歪曲。

(2) 办公处理系统

① 接待管理：完成外来人员的信息录入、审批、接待安排和结果反馈的全过程处理。如接待科接待一批外单位参观人员，首先录入参观人员的信息和具体内容，传送给有关领导批示，根据领导的批示意见确定接待规格和接待单位，上述单位将准备情况自动转给接待科，并通知有关人员负责执行。

② 大事记管理：完成大事记信息的录入、整理和汇总，并自动整理出每月大事和每年大事，按照各种方式提供查询和统计，便于领导了解掌握。

③ 建议管理：对于员工的各类建议提案进行录入、整理、汇总、评分，与职工的贡献挂钩。

④ 信息采编：对于各种报纸、刊物、互联网的有价值信息，如政策、法律、新闻、竞争对手资料等，进行摘录整理，分门别类综合，提供决策人员、业务人员作为办公决策的支持；系统保存所有历史资料，并提供多途径检索支持，同时将最新信息提交电子公告板，向

全单位发放。

(3) 内部信息管理

完成单位内部的各种统计报表、通知、公告、简报以及各种文字、图片信息的网络发布、查阅、信息反馈和存档管理。系统将自动发送邮件通知有关人员，并提供情况反馈功能。

① 支持多种格式：系统提供包括语音、文字、图片、图像等多种格式，用户既能单独使用，也能混合编排，生成形式多样、内容丰富的种类公文，充分体现计算机管理公文的优越性。

② 工作执行情况回复：公文发出后，可自动建立自己的文件夹，所有反馈的回复意见自动收集到该文件夹内，隶属于同一公文，对于公文中涉及本单位或本部门的内容，用户可以通过系统提供的回复功能将个人或本部门的工作执行情况反馈给有关部门，有利于公司各项工作的实施和协调统一，控制工作进展和进度。

③ 阅读控制：在公文系统中发布的公文有严格的阅读权限控制，除单位规定的特权用户和允许的人员外，其他人不可能看到公文内容，保证了公文的安全保密。

(4) 会议管理

会议管理系统对本单位召开的各类会议进行管理，包括会议安排、会议通知、会议记录和纪要，可以在网络上通知会议参加人会议时间、地点，并预先告知有关会议主要议题，以便与会人员做好准备。在安排会议时，可查询会议室和主持人的空闲时间，以免产生冲突。会议召开后，可对会议出席情况及议题进行记录，并生成会议纪要，以便在网络上发布或印刷下发。

(5) 档案管理

① 基础档案管理：内部文件档案基础信息的管理，按照用户的实际应用建立案卷基础信息。此功能由档案管理员完成。

② 案卷档案管理：对提交归档的文件资料进行组卷、移卷、拆卷等管理。封卷后提交到图书馆中供获得阅读权限的用户借阅，并将目录对有权限的用户开放。办公系统完成的收文、发文以及正式的公文，都可转移到档案室进行归档保存，档案管理员对公文进行分类整理，并决定归入哪宗案卷，组卷完毕后可对本案卷封存，封存后的案卷将不能修改，只能在经过管理员同意后借阅，对纸质的案卷可通过计算机扫描成图形后再存入档案库。加上功能强大的全文检索处理，本系统实现了完整的档案计算机管理。

(6) 公共信息系统

① 政策法规：用于保存内部的各类规章制度。网络用户可根据不同的权限查阅相关的内容，便于职工了解单位和上级单位的各项方针政策和规章制度。

② 列车时刻表：用于列车时刻表的录入、修改和查询。可以按照起飞城市、中间城市、终点城市和航班班次等多种方式查询。

(7) 个人信息

① 名片夹：个人地址本、个人通信录的录入、修改和查询。

② 个人资料：个人资料的录入、修改和查询。

③ 日程安排：个人工作台历，用于安排个人的工作、活动，记录自己的工作计划和安

排事项。

(8) 电子邮件

电子邮件实现单位内部各部门、个人之间意见交流。用户可以使用电了邮件与其他单位或个人交流意见、讨论问题及传送材料。邮件可同时发送给多人,系统中根据单位组织机构定义的用户组,在发送邮件时可以利用用户组把邮件发送给一个部门。用户还可以对电子邮件的发送进行控制,发件人既可在计算机上了解自己的邮件是否被正确送到收件人处,收件人是否已经查看,保证双方信息交流的可靠性,也可以转发给其他人员阅读。对个人的电子邮件,只有本人才能查看和管理,别人不可能进入自己的邮箱,有力保证了个人公函和信件的安全保密。

(9) 电子公告板

由员工提出各种问题,进行公开讨论,也可以将各类有益处的文章放在上面。各类面向单位内部的公告信息在计算机网络上起草、发布和查阅。

第二节 物业管理信息系统的应用实施

当系统分析和系统设计完成,并且系统设计报告得到批准之后,物业管理信息系统的工作重点就转入具体的系统实施阶段。在这一阶段,系统开发人员将根据设计阶段提出的新系统实施方案,具体组织物理系统的实施、程序设计、系统测试、系统转换、维护与评价等工作。

程序设计直接关系到能否有效地利用计算机达到预期的目的;系统测试是保证系统质量的关键步骤;系统转换、维护与评价是使新系统按预期目标正常运行,发现系统的不足及薄弱环节,提出系统改进和完善建议的重要措施。

由于系统实施牵涉大量复杂而烦琐的工作,因此对系统实施中各项工作进行一定的统筹安排将有利于缩短系统开发周期,提高系统实施效果,保障系统整体的实施进程。系统开发人员应当预先做好相关工作开展的具体实施计划,制定出实施的方法、步骤及时间安排,并合理估算费用。此外,系统开发人员还应加强对系统实施工作的监督,保证实施计划能够得以顺利进行。

一、物业管理信息系统实施准备工作

在系统开发进入程序设计阶段时,系统开发人员有必要提前做好实施准备工作,以配合系统其他开发工作的进行。系统实施准备工作主要包括以下内容。

1. 计算机系统的实施

计算机系统的实施工作包括购置安装必要的计算机硬件以及营造系统工作环境。计算机硬件的选择在前面已有介绍,一般来说,在符合系统实施要求的前提下,应综合考虑其性价比(性能价格比),并适当考虑为以后的扩充留有余地。计算机系统的安装调试工作应由设备供应商完成,同时它们还应对系统进行常规诊断和校验,并提供机器使用操作的培训服务。

计算机属于精密度较高的设备,对环境变化反应十分敏感。为了保证其正常运行,物

业管理公司还需要为其准备合适的运行环境，主要应考虑计算机对机房的场地要求与场地技术问题。

2. 计算机网络系统的实施

为了适应网络化、智能化、可视化的发展要求，物业管理信息系统应当构建相应的计算机网络。不同规模、不同业务的物业管理公司可根据实际需要选择计算机网络构建方案并予以实施。实施工作内容包括网络设备的购置及安装，制定网络协议，安装服务器，网络性能调试等。

3. 系统软件和应用软件的购置

系统实施的软件系统包括基本系统软件(如操作系统、程序设计语言系统、编译系统等)和支撑环境软件(如数据库管理系统软件、文字处理软件、网络通信软件等)。购置上述软件时，应当在了解软件性能的基础上，综合考虑软件的适用性、兼容性和经济性等主要指标。

4. 人员培训

人员培训工作包括对系统维护人员、基层操作人员以及公司管理人员的培训。这些人员虽然都或多或少参与了系统设计及开发过程，但他们对信息系统的整体性能还缺乏了解，对系统的具体操作要求还未能掌握，因此必须对他们进行有关新系统及计算机基础知识的培训，提高他们使用新系统的实际能力，从而使系统能够发挥应有作用，提高系统实施效益。

5. 数据准备

这一工作主要是使用数据库的数据定义语言，按数据模型在系统内建立数据库结构，将原系统存储的纸质介质上的数据转存至计算机中，以备新系统运行使用。这其中包括了对原系统中不完整数据的大量补充、整理和校验工作，力争数据的存储转换能完整正确。

6. 公司管理结构的改进

从前几章的介绍中可以看出，物业管理信息系统的开发包含了对公司现有结构进行优化的过程。它必将导致公司业务流程的改变、管理制度的重建、管理内容与方法的更新乃至组织结构的重组。对此，物业管理公司应提前做好有关的人事调整、部门合并、职责划分等工作。

7. 建立计算机信息中心

物业管理信息系统作为物业管理公司的一个子系统，需要有一定的机构对其进行维护管理。信息中心便是一个这样的组织。在系统实施前组织建立信息中心有利于综合协调系统实施工作的进行。一般来说，信息中心可以设置系统规划科、程序设计科、运行科、文档管理科等部门；具体人员包括信息中心负责人、系统分析员、系统程序员、应用程序员等。若公司规模较小则可不必建立信息中心，只需设置1～2名技术人员负责系统维护即可，甚至可以聘请外部技术人员定期进行维护。

二、物业管理信息系统程序设计

程序设计是系统实施的最重要的环节，它是根据系统设计说明书中有关模块的处理过程描述，选择合适的程序语言，编制正确、清晰、健壮、易维护、易理解和高效率程序的过程。

1. 程序设计原则

过去主要强调程序的正确和效率，现在已倾向于强调程序的可维护性、可靠性和可理解性，而后才是效率。因此，设计性能优良的程序，除了要正确实现程序说明书所规定的功能外，还要特别遵循以下5条原则。

(1) 可维护性

程序的修改维护将贯穿信息系统生命期，下述原因都可能需要修改程序：

① 程序本身某些隐含的错误；

② 达不到功能要求；

③ 与实际情况有差异；

④ 实际情况发生变化；

⑤ 功能不完善；

⑥ 满足不了用户要求。

用户还会提出新的要求，需对程序修改或扩充；由于软硬件更新换代，应用程序也需要做相应调整或移植。在系统生命期内，程序维护工作量是相当大的。一个程序如果不易维护，那就不会有太大价值。所以，可维护性是目前程序设计所追求的主要目标和主要要求之一。

(2) 可靠性

一个程序应在正常情况下正确工作，而在意外情况下，亦能适当地做出处理，以免造成严重损失。这些都是程序可靠性的范畴。尽管不能希望一个程序达到零缺陷，但它应当是十分可靠的。特别是管理信息系统中的应用程序，可能要对大量的市场信息、企业内部信息等极其重要的管理数据进行加工处理，如果操作结果不可靠或不正确，这样的程序绝对不能用。所以说，管理信息系统中的应用程序一定要可靠。

(3) 可理解性

编写程序如同写文章，易理解是重要的。一个逻辑上完全正确但杂乱无章，无法供人阅读、分析、测试、排错、修改与使用的程序是没有价值的。因此，需要借助命名约定、代码格式化和好的注释来提高可阅读性和可理解性，以便于维护。对大型程序来说，要求它不仅逻辑上正确，能执行，而且应当层次清楚、简洁明了、便于阅读。这是因为程序的维护工作量很大，程序维护人员常要维护他人编写的程序；如果一个程序不易阅读，那么将给程序检查与维护带来极大的困难。要使所写的程序易于阅读，就必须有一个结构清晰的程序框架。实际上，结构清晰是保证程序正确，提高程序的可读性与可维护性的基础。

(4) 效率

程序效率是指计算机资源能否有效地使用，即系统运行时尽量占用较少空间，却能用较快速度完成规定功能。程序设计者的工作效率比程序效率更重要。工作效率的提高，不仅减少经费开支，而且程序的出错率也会明显降低，进而减轻程序维护工作的负担。编程时，要在效率与可维护性、可理解性之间取得动态平衡。

（5）健壮性

健壮性是指系统对错误操作、错误数据输入予以识别与禁止的能力，不会因错误操作、错误数据输入及硬件故障造成系统崩溃。健壮性即系统的容错能力。这是系统长期平稳运行的基本前提，所以一定要做好容错处理。

2. 程序设计的步骤

为保证顺利完成每一个程序的设计，应该遵循以下几个步骤。

（1）明确条件和要求

设计人员接到程序设计任务时，首先要根据系统设计及其他有关资料，弄清楚该程序设计的条件和设计要求，如硬件、软件的状况和采用的语言、编码、输入、输出、文件设置、数据处理等方面的基本要求，以及本程序和其他各项程序之间的关系等。只有明确了这些方面的情况之后，才能进一步考虑程序的设计。

（2）分析数据

数据是程序中加工处理的对象。要设计好一个程序，必须要对处理的数据进行仔细的分析，弄清楚数据的详细内容和特点之后，才能进一步按照要求确定数据的数量和层次结构，安排输入、输出、存储、加工处理的步骤以及一些具体的计算方法。

（3）确定流程

确定流程是为了完成规定的任务而给计算机安排的具体操作步骤。一般用统一的符号把数据的输入、输出、存储、加工等处理过程绘制成程序流程图（简称框图），作为编写程序的依据。

（4）编写程序

编写程序是采用一种程序设计语言，按其规定的语法规则把确定的流程描写出来。在程序的编写过程中，必须仔细考虑处理过程中的每一个细小的环节，并严格遵守语法规则，准确使用各种语句，只有这样才能编写符合要求的程序。

（5）检查和调试

程序编写好之后，还要经过反复严格的检查。检查内容包括程序结构是否得当，语句的选用和组织是否合理，语法是否符合规定，语义是否正确等。一旦发现问题，应及时进行修改。一项程序往往要经过反复多次的检查、调试、修改之后才能通过。

（6）编写程序使用说明书

程序使用说明书是为了向程序使用者说明该程序需要使用的设备，程序输入、输出的安排，操作的步骤，以及出现意外情况时应采取的应急措施等，以便程序有条不紊地运行。

第三节　物业管理信息系统的维护管理

信息系统的管理从广义上讲，涉及整个系统生命周期，也即包括从无到有或由旧变新的系统开发的管理、系统投运后的运行管理及系统评价等。

一、物业管理信息系统维护管理

物业管理信息系统维护管理即对物业管理信息系统的维护与使用管理。要保障信息系统的持续正常运行，实现既定目标，一要建立结合严格的信息系统操作与管理人员的岗位责任制；二要有必要的维护费用，做好日常安检与维护工作，必要时应进行及时的检测更新；三是要按合同约定管理好本系统的设施设备维护，明确责任要求，确保系统完好率符合有关技术标准。

1. 物业管理信息系统维护管理概述

计算机是一种用来存储数据、处理数据、传输数据的重要工具。计算机本身也“日新月异”地向微型化、网络化、智能化方向发展。计算机可以对物业管理的日常事务进行快速而准确的处理，可极大地减少人工的工作量，在很大程度上提高工作效率，从而让物业管理公司把更多的精力投入到更好地为业主服务上面。物业管理信息系统正是实现物业管理市场化、信息化的有效手段，使物业管理从管理无序到管理规范，从垄断经营、价格竞争到人才竞争、质量竞争、品牌竞争等。

2. 物业管理信息系统组成

根据各物业管理公司的需求不同，本系统分成基本模块和可选模块，其中，基本模块由人事管理、基本信息管理、收费管理、设备管理、仓库管理、房屋维护管理、住户投诉管理、权限管理、安全卫生管理、综合查询 10 个子模块组成，可选模块由短信辅助办公、互联网信息处理模块等子模块组成。

3. 物业管理信息系统功能

系统按照 ISO 9000 体系标准设计的管理流程，涵盖了物业管理工作的全过程，并引导用户在使用软件时自然遵循物业管理标准工作模式，实现了规范化管理，提升了管理效率和企业的竞争力，可使企业顺利通过各种资质认证。

同时该系统方便日后升级和扩展，降低维护和管理成本，避免形成信息化过程中的顽疾——“信息孤岛”。同时，基础平台之上的各子系统相互依存、相互协作，最大程度地实现系统间的信息数据共享和协同处理。

二、物业管理信息系统软件采购合同

合 同 号：________________	日　　期：________________
甲　　方：________________	乙　　方：________________
法定住址：________________	法定住址：________________
通信地址：________________	通信地址：________________
邮政编码：________________	邮政编码：________________
电　　话：________________	电　　话：________________
传　　真：________________	传　　真：________________
开 户 行：________________	开 户 行：________________
户　　名：________________	户　　名：________________

账　　号：＿＿＿＿＿＿＿＿＿　　账　　号：＿＿＿＿＿＿＿＿＿
税　　号：＿＿＿＿＿＿＿＿＿　　税　　号：＿＿＿＿＿＿＿＿＿
联 系 人：＿＿＿＿＿＿＿＿＿　　联 系 人：＿＿＿＿＿＿＿＿＿
电子信箱：＿＿＿＿＿＿＿＿＿　　电子信箱：＿＿＿＿＿＿＿＿＿

甲、乙双方就物业管理信息系统软件维护工作，以及信息系统软件的安装、调试、保修及技术培训和技术支持达成共识，双方依据《中华人民共和国合同法》签订本合同。

1. 物业管理信息系统软件情况

(1) 乙方向甲方提供物业管理信息系统及软件安装、调试、维护和培训等相关服务工作。

(2) 物业管理信息系统软件的安装日期以甲方书面通知为准，乙方须于＿＿＿＿日内完成。

(3) 乙方应按照本合同要求做好物业管理信息系统软件的维护工作。

2. 合同金额及支付期限与方式

(1) 物业管理信息系统软件总费用：人民币＿＿＿＿元整(大写：＿＿＿＿元整)。总费用中包含物业管理信息系统软件的安装、培训、实施、售后服务等全部费用。

(2) 费用结算期限

① 首期付款：合同签订 5 个工作日内，甲方向乙方支付物业管理信息系统软件总费用的＿＿＿＿%，即人民币＿＿＿＿元整(大写：＿＿＿＿元整)。乙方应在收到甲方的首期付款后立即开始项目整体实施工作。

② 二期付款：系统安装和培训后 5 个工作日内，甲方向乙方支付物业管理信息系统软件总费用的＿＿＿＿%，即人民币＿＿＿＿元整(大写：＿＿＿＿元整)。

③ 三期付款：系统安装后 3 个月内，甲方向乙方支付物业管理软件总费用的＿＿＿＿%，即人民币＿＿＿＿元整(大写：＿＿＿＿元整)。

(3) 费用结算方式

甲方以支票方式向乙方支付费用，乙方向甲方出据正式发票。

3. 专利权版权

(1) 乙方拥有所有的软件程序专利权版权。

(2) 在没有得到乙方的书面同意下，甲方不得把此合同中的软件程序再次转卖。

(3) 乙方保证有合法的权利向甲方出售和转让本合同项下的软件。如果发生第三方指控侵权，由乙方负责与第三方交涉并承担法律上和经济上的全部责任。

4. 双方的权利和义务

(1) 甲方的权利和义务

① 合同签订后，在整体工程的进行过程中，甲方应给予乙方在甲方现场进行安装、调试工作所必需的环境和条件，并给予积极配合。

② 甲方应负责现场网络通信和硬件设施设备的安装，协助乙方做好系统操作软件和数据库等的安装和调试工作。

③ 甲方遵守本合同中有关付款条件，按时向乙方支付项目款项，如付款期限超过 20

个工作日，乙方有权收取滞纳金，滞纳金按每日合同逾期未付金额的千分之三计算。

(2) 乙方的权利和义务

① 乙方应遵从合同工程进度，按时到现场进行安装、调试等工作。

② 乙方应按本合同所定的软件功能和项目实施工作范围，全力配合甲方按时完成本项目，乙方负责所有乙方所需的人力资源，以完成此工程任务。

③ 乙方遵守本合同中有关系统软件的要求，承担起甲方物业管理信息系统软件的实施及今后系统的扩充、升级、维护工作，并承担系统中软件的安装、调试、保修及技术培训和技术支持工作，如其中出现安装、维护不及时，技术培训支持工作差等情况，甲方有权拒绝支付相关费用，并给予甲方相应的赔偿。

5. 软件维护服务

(1) 乙方同意在软件免费维护期间，向甲方提供以下免费服务：________。

(2) 软件免费维护期为 12 个月，自系统上线时(即乙方的系统软件全部安装在甲方各部门系统中，并调试使用正常之日起)正式生效。免费维护期之后，乙方对甲方的软件维护收取软件维护费，年维护费用为人民币________元整(大写：________元整)。

(3) 为甲方升级软件程式与使用文件。

(4) 在为甲方升级授权使用之软件时，如涉及需要提高硬件设备的配置与性能，则提前一周向甲方提出书面说明，由甲方负责提高事宜。

(5) 维护服务时间为周一至周日(8:00am～6:00pm)。

(6) 电话咨询服务。

(7) 电子邮件咨询服务。

(8) 软件在服务期限内出现程序或软件本身的错误，乙方承诺在 1 个小时内答复并在 1 个工作日内为甲方解决。

(9) 及时更正在使用软件过程中发现的错误(甲方提供相关修改错误的资料)。

(10) 一年提供 12 次现场服务(服务内容可以为系统检验或系统培训)。

6. 软件使用情况

(1) 乙方承担提供给甲方的物业管理信息系统软件，可以使用在甲方所属集团公司其他的房地产项目中，乙方同样承担在其他房地产项目中的软件安装、调试、保修及技术培训和技术支持工作，具体事宜由双方协商解决。

(2) 乙方在收到甲方首付款后 5 个工作日内，向甲方提供软件安装盘一套、用户手册一本、说明书一套。

(3) 如甲方使用其他软件产品需要和乙方的软件产品对接，则由乙方免费提供接口程序和相关资料。

7. 通知

(1) 依照本合同作出的任何通知、要求或其他通信，须采用书面形式送至本合同第一页列明的收件方的通信地址。

(2) 一方发出的通知、要求或其他通信应依下列规定视做已经送达对方：

① 如以挂号信件邮寄，在投邮 7 天后视为收讫；

② 如直接交付，在交付时视为收讫；

③ 如以特快专递发送，在发出 3 天后视为收讫。

8. 保密

（1）无论本合同是否终止，任何一方对于本合同签署、履行及合同内容以及一方因签署及履行本合同而知悉或收到的有关对方的商业秘密、专有信息和客户信息（以下简称保密信息）均负有保密义务。任何一方仅可就其履行其在本合同项下义务之目的而使用该类保密信息。未经对方书面许可，任何一方均不得擅自直接或间接使用或向任何第三方泄露保密信息，否则应承担违约责任并赔偿损失及/或损害。如任何一方依据适用的法律、法规要求需要披露任何保密信息不受上述规定限制。

（2）一方可向其为履行本合同项目的员工、关联企业之员工、顾问、代理人披露保密信息，并应向对方保证其员工、关联企业之员工、顾问、代理人对保密信息履行保密义务，否则上述人员应承担相应的赔偿责任。

（3）以下信息不属于保密信息：

① 有书面证据表明接收信息一方先前已知悉的任何信息；

② 非因接收方的过错而进入公共领域；

③ 接收一方其后从其他途径合法获得的信息。

（4）本合同终止或解除后，双方在本条款下的保密义务应仍然保持有效并对双方具有约束力，直至本合同终止或解除满三年。

（5）乙方保证在未得到甲方的书面同意下，不得将甲方信息透露给其他单位。

9. 合同修改和终止

（1）本合同的订立、生效、履行、修改、解释和终止均应适用中国法律。

（2）如乙方工作未能符合合同规定，经甲方以书面通知后，24 小时内仍未能进行改善，或虽经改善但仍未能满足甲方使用要求时，则甲方有权终止本合同而无须承担任何责任。

（3）在未得到甲方允许的情况下，乙方不得将本合同全部或部分转包、分包给其他公司或人士，否则，甲方有权终止本合同而无须承担任何责任与赔偿，并享有继续索偿的权利。

（4）如乙方因自身原因而无法继续完成本合同规定的工作，必须提前一个月书面通知甲方，经双方协商达成一致后方可终止本合同。

（5）所有本合同有关的争议，双方应通过友好协商解决。如不能妥善解决，双方的任何一方都可以向甲方住所地人民法院提出起诉。

10. 不可抗力

（1）本合同内提及之“不可抗力”是指任何不可预见、不可避免及不能克服的，并对双方履行合同相关条款或补充条款和条件能产生实际影响或不良影响（包括阻止、妨碍或延误合同的履行）的任何条件或情况，包括但不限于：

① 任何政府行为；

② 自然因素如暴风、洪水、雷击、地震或其他自然灾害；

③ 瘟疫、流行病疫或检疫隔离；

④ 战争行为。

（2）甲、乙双方任何一方由于不可抗力的原因不能履行合同时，应及时向对方通报不能履行或不能完全履行的理由，并应在合理时间内提供证明，经对方确认后方允许延期履行、部分履行或者不履行合同，并可根据情况部分或全部免予承担违约责任。

11. 其他

（1）在服务过程中，非甲、乙双方原因造成的第三方或财产损失，双方均无责任。

（2）本合同的未尽事宜，或对本合同的任何变更，经双方协商同意后，可通过由双方授权代表签署并加盖公章的书面形式达成本合同的补充合同。补充合同与本合同具有同等效力，并应取代其所修订的合同条款。

（3）如果本合同的任何条款被宣告无效，则本合同任何其他条款及本合同的整体效力不应受其影响。

（4）本合同替代先前双方所同意的一切书面或口头的通信、意向、陈述或条约。

（5）若在本合同有效期间任何一方发生公司重组、更名、合并、分立等事项，该方应自该事项发生之日起 7 天内书面通知对方。在不影响对方根据本合同或法律应享有的权利的前提下，本合同对发生重组等事项一方的权利义务继受者仍应具有约束力。

（6）本合同一式________份，经双方代表签字盖章后生效，甲方执________份，乙方执________份，具有同等法律效力。

甲方（盖章）：______________	乙方（盖章）：______________
法定代表人（签字）：________	法定代表人（签字）：________
委托代理人（签字）：________	委托代理人（签字）：________
职务：____________________	职务：____________________
身份证号码：______________	身份证号码：______________
签订地点：________________	签订地点：________________
______年______月______日	______年______月______日

第四章

程序设计语言及数据库概述

随着计算机技术的发展,程序设计语言也在不断发展,种类越来越多,功能越来越完善。据不完全统计,目前已有数百种之多。近年来,由于客户机/服务器(C/S)模式在具有高性能的同时又具有很大的灵活性,已被社会,特别是大中型企业广泛接受。

第一节　管理信息系统程序设计的目标

随着计算机应用水平的提高,软件愈来愈复杂,同时硬件价格不断下降,软件费用在整个应用系统中所占的比重急剧上升,从而使人们对程序设计的要求发生了变化。在小程序的设计中,主要强调程序的正确和效率,但对于大型程序,人们则倾向于首先强调程序的可维护性、可靠性和可理解性,然后才是效率。

第一,可维护性。由于信息系统需求的不确定性,系统需求可能会随着环境的变化而不断变化,因此,就必须对系统功能进行完善和调整,为此,就要对程序进行补充或修改。此外,由于计算机软硬件的更新换代也需要对程序进行相应的升级。

MIS寿命一般是3～10年时间,因此,程序维护的工作量相当大。一个不易维护的程序,用不了多久就会因为不能满足应用需要而被淘汰,因此,可维护性是对程序设计的一项重要的要求。

第二,可靠性。程序应具有较好的容错能力,不仅正常情况下能正确工作,而且在意外情况下应便于处理,不致产生意外的操作,从而造成严重损失。

第三,可理解性。程序不仅要求逻辑正确,计算机能够执行,而且应当层次清楚,便于阅读。这是因为程序维护的工作量很大,程序维护人员经常要维护他人编写的程序,一个不易理解的程序将会给程序维护工作带来困难。

第二节　程序设计语言

目前开发物业管理信息系统的前端工具主要选择C/S结构中多用户环境下关系型数据库编程的工具,以保证对用户友好、灵活的前端界面;后台选择一个关系型数据库管理系统。

一、集成编程工具

Microsoft、Borland等著名软件开发商纷纷推出各种集成编程环境,下面简要介绍目前较流行的几个集成编程工具。

1. Visual Basic

Visual Basic(VB)是微软从BASIC发展而来的一种开发工具。目前的版本是Visual Basic 8.0,属于Visual Studio.NET的组成部分。因属于Microsoft.NET架构,又称为Visual Basic.NET。Visual Basic易于使用,是三层客户机/服务器体系结构的重要开发工具。

Visual Basic的特点是用户可以用它迅速开发出一个坚固的应用程序。它常常被认为是一种快速开发应用程序(RAD)工具。Visual Basic如此流行、功能如此强大的主要原因与Microsoft成功的原因相同。Microsoft使用一种复杂的技术,并通过图形界面使之易于使用。

Visual Basic的主要特点是:继承Basic简单易学的特点;适用于Windows环境下的快速编程;采用可视化技术,操作直观;采用面向对象技术;编程模块化、事件化;可用大量的VB控件和模块简化编程;可以调用Windows中的API函数和DLL库;有很好的出错管理机制;与其他程序有很好的沟通性。

2. Visual C++

Visual C++(VC++)是微软公司在Windows 95和Windows NT上建立32位应用程序的强大、复杂的开发工具。它比16位的Windows应用程序或者不使用图形界面的老程序大,而且复杂,但它却减少了程序员所作的实际工作。

VC++对数据库的操作具有快速地集成数据库访问,允许用户建立强有力的数据库应用程序的特点。如:可以使用ODBC(开放式数据库互连)类和高性能的32位ODBC驱动程序,访问各种数据库管理系统;可以使用DAO(数据访问对象)类通过编程语言,访问和操纵数据库中的数据并且管理数据库、数据库对象与结构。其向导工具支持DAO和ODBC类。

Visual C++借助于其生成代码的向导,能在数秒钟内生成可以运行的Windows应用程序外壳。Visual C++附带的微软基础类库(MFC)提供面向对象的应用程序框架,大大简化程序员的编程工作,提高模块的可重用性,成为许多C++编译器进行Windows软件开发的工业标准。Visual C++还提供基于CASE技术的可视化软件自动生成和维护工具AppWizard、ClassWizard等,帮助用户可视化设计程序的用户界面,方便地编写和管理各种类,维护程序源代码,从而提高开发效率。

3. Power Builder

Power Builder是Sybase旗下的PowerSoft公司推出的优秀数据库前端开发工具,也是流行的基于客户机/服务器模式的主流开发工具。

Power Builder采用可视和直观的方式创建应用程序界面和数据库接口,是面向对象的开发工具,也是功能强大的编程语言。通过使用Power Script编写的代码,实现事件驱动程序。

Power Builder是一个开放系统,可以访问任何常用的后台数据库系统。此外,可以通过客户机/服务器开放开发环境的规范与其他PC产品进行集成。

Power Builder 支持多平台开发环境，既可运行在 Windows 环境下，也有运行在其他操作系统的版本。此外，Power Builder 提供两种互联网应用的访问方式。

4. Delphi

Delphi 是美国 Borland 公司推出的功能强大的应用程序开发工具。Delphi 在开发数据库应用程序方面有着众多的优良特性，提供强大的开发基于客户机/服务器模式的数据库应用程序的能力。

Delphi 的基础语言是 Pascal，Pascal 是一种强类型语言，与其他语言相比，它提供一种快速的编译器。优化编译模式在很大程度上提高了代码质量。

Delphi 从其诞生开始就可作为数据库编程工具，数据库访问功能内置于系统内部。Delphi 提供对许多基于文件结构的数据库的支持，通过 ODBC 也可访问许多传统的基于客户机/服务器模式的数据库。

二、关系型数据库软件

在目前的数据库系统中，关系型数据库系统应用最为广泛。按其应用和规模划分，可以分为像 Oracle、DB2、Informix 以及 Sybase 等企业级大型数据库管理系统；像 SOL Server 等部门级中型数据库管理系统；像 Access 和 xBASE 个人台式机或者工作组网络环境的小型数据库管理系统。

1. Oracle

Oracle 是美国 Oracle 公司研制的第一个商品化的对象-关系型数据库管理系统(ORDBMS)。它具有适于事务处理的高可用性、可伸缩性、安全性，还提供超强的处理功能、开放的连接能力、丰富的开发工具。

Oracle 有以下突出的特点：支持大数据库、多用户的高性能的事务处理；遵守数据存取语言、操作系统、用户接口和网络通信协议的工业标准，是一个开放系统，保护用户的投资；实施安全性控制和完整性控制；支持分布式数据库和分布处理；具有可移植性、可兼容性和可连接性。

2. DB2

DB2 是 IBM 公司提供的一种基于 SQL 的关系型数据库产品。目前，DB2 成为能够适用于各种硬件平台和软件平台的产品。各种平台上的 DB2 有共同的应用程序接口，运行在某种平台上的程序可以很容易地移植到其他平台上。

DB2 数据库核心又称做 DB2 公共服务器，采用多进程多线索体系结构，可以运行于多种操作系统上；分别根据相应平台环境做了调整和优化，以便达到较好的性能。

DB2 核心数据库的特色有：支持面向对象的编程；支持多媒体应用程序；具有备份和恢复能力；支持存储过程和触发器，用户可以在建表时显示定义复杂的完整性规则；支持 SQL 查询；支持异构分布式数据库访问；支持数据复制。

3. Informix

Informix 是美国 Informix 软件公司的数据库系统产品，可在 UNIX、Windows NT、NetWare、Macintosh 等各种操作环境下运行。Informix 产品主要分为数据库服务器、网络连接软件、应用开发工具、终端用户访问工具四大类。

Informix 数据库服务器进行数据管理，包括数据存储、数据检索、数据库维护等；主要产品包括：Informix-Online 是适合大型应用、功能强、效率高的 OLAP 数据库服务器；Informix-SE 是易于安装、使用和维护的适合中小型企业使用的数据库服务器。

Informix 应用开发工具主要包括：面向对象的图形化数据库开发工具 Informix-NewEra；针对数据库应用的第四代语言 Informix-4GL；屏幕数据录入格式设计器 Informix-4GL Forms；CASE 工具 Informix-OpenCase/ToolBus；数据库开发工具集 Informix-SQL；数据库编程接口 Informix-ESQL/C；系统维护工具 Informix-DBA。

Informix 终端用户访问工具将数据库复杂性隐藏起来。它为终端提供鼠标指示方式的数据库访问，主要包括 Informix-ViewPoint。Informix 终端用户访问工具建立在超级视图概念之上，使最终用户看到的是一个关于他所要存取的数据的简单描述。

4. Sybase

Sybase 是 Sybase 公司推出的基于客户机/服务器体系结构和多线程技术的高性能数据库服务器。Sybase 数据库产品的特点是：支持 Java 和标准的关系数据库查询语言(SQL)，支持广泛的软、硬件平台，具有优秀的联机事务处理功能。由于这些特点迎合了 20 世纪 90 年代计算机联网的普遍要求，所以 Sybase 数据库产品成为目前最受欢迎的数据库产品之一。

Sybase 数据库产品主要由 Sybase 服务器软件、Sybase 客户软件、Sybase 接口软件等组成。

Sybase 服务器软件包括：面向联机事务处理的可编程服务器 Sybase SQL Server；Sybase SQL Server 的软件扩展 Sybase MPP；Sybase 数据库的单机版本 Sybase SQL Anywhere；在分布式系统之间进行数据复制的 Sybase Replication Server。

Sybase 客户软件包括：用户输入和执行 SQL 语句的交互式环境 I-SQL；嵌入式编译器 10-SQL；窗口操作工具 DWB；基于表格的客户机/服务器应用程序开发工具 APT。

Sybase Client/Server Interface 是客户机/服务器的接口软件，其主要功能是提供一个标准的数据库访问界面，使用户在进行数据库应用系统开发时不必考虑不同的数据库和数据库应用开发工具之间的差异。

5. SQL Server

Microsoft SQL Server 是运行在 Windows NT 上的著名的高性能数据库管理系统。它基于多线程的客户机/服务器体系结构。SQL Server 允许集中管理服务器，提供企业级的数据复制，提供平行的体系结构，支持超大型数据库，可与 OLE 对象紧密集成。

作为一个多线程的客户机/服务器数据库系统，SQL Server 的数据库驻留在一个中央计算机(即服务器)上，用户通过客户机上的应用程序访问服务器上的数据库。在能够访问数据库之前，SQL Server 先对来访的请求做安全验证，验证通过后就处理请求，并且将处理的结果返回应用程序。这种处理方式也是大多数客户机/服务器系统所使用的，即客户机向服务器提出请求，服务器分析处理请求并将结果返回客户机。

相对于多线程的客户机/服务器系统，SQL Server 还可作为存储在本地的单机数据库,即作为一个桌面数据库用。这样,应用程序可将 SQL Server 嵌入进来,作为整个程序的一部分。在这种情况下,不需要为应用程序的每个客户机分配管理员,SQL Server 能够动态进行配置以便达到最优化的运行。

6. Access

Microsoft Access 是微软公司推出的基于 Windows 环境的关系型数据库系统。它采用 Windows 程序设计概念,具有简单易用、功能强大、面向对象的可视化设计等特点。用户用它提供的各种图形化查询工具、屏幕和报表生成器,可以建立复杂的查询,生成复杂的报表,而不用编程和了解 SQL。专业人员通过它提供的各种超级图形工具,不用编程就可创建数据库应用程序。

与其他关系数据库管理系统相比,Access 具有易学易用,快速开发,简化用户的开发工作等优点。

Access 可以构成 C/S 结构中多用户环境下的关系数据库编程的强有力的工具,是一个对用户友好、灵活的前端界面。Access 也是一个个人关系型数据库管理系统,它具有关系型数据库管理系统的强大功能和直观的用户控制的特点,是开发中小型管理信息系统的首选数据库系统。

7. xBASE

xBASE 数据库系统主要包括:xBASE 的代表 dBASE 系列、Fox 公司推出的 Fox 系列(包括 FoxBASE 和 FoxPro)、Nantucket 公司推出的 Clipper 数据库系统等。它们使用同一种库文件结构、相同的语法结构和基本上兼容的语言,因此将它们归为 xBASE 类数据库系统。

1998 年微软公司推出的 Visual FoxPro 6.0 for Windows(VFP 6.0)也可归为 xBASE 类数据库系统。Visual FoxPro 6.0 既具有严谨的数据库结构,也是一个面向对象的集成编程工具。VFP 6.0 具有许多新特性,新增和改进了应用程序开发工具,如组件管理库、代码范围分析器应用程序、项目管理器挂接程序、新增和改进的向导(应用程序向导等)、改进的应用程序框架等功能。

8. Paradox

Paradox 是 Borland 公司推出的一种通用的关系型数据库管理系统。它采用窗口式菜单界面,具有完善的联机帮助功能。它提供面向多种数据库接口,可读取 dBASE、FoxBASE、Lotus 等数据,可在 Paradox 与 FoxBASE 数据库之间建立关系。此外,它还具有以下特点:采用实例查询 QBE 技术,在一个查询中连续查询多个表;具有较强的网络功能,自动对文件和记录加锁,用户可以严格定义读取权限;可以方便地显示旋转、立体直方图等十多种不同类型的图表;提供功能全面、高层次、结构化的数据库设计语言 PAL 编写程序。

第三节　程序开发工具的选择

选择适合管理信息系统的程序开发工具,应从以下几个方面考虑。

1. 用户的要求

如果所开发的管理信息系统由用户负责维护,用户通常会要求用他们熟悉的语言书写程序。

2. 语言的人-机交互功能

选用的语言必须提供友好、美观的人-机交互功能，这对用户来讲是非常重要的。

3. 软件工具

如果某种语言有较丰富的支持程序开发的软件工具可以利用，则系统的实现和调试都变得比较容易。

4. 开发人员的知识

虽然对有经验的程序员来说，学习一种新的程序开发语言并不是十分困难的，但要完全掌握它并用其编写出高质量的程序来，需要经过一段时间的实践。因此，应尽可能选择一种已经为程序员所熟悉的语言。

5. 软件的可移植性

如果开发出的管理信息系统软件将在不同的计算机上运行，或打算在某个部门推广使用，那么应选择一种通用性较强的语言。

第四节　Microsoft Access 数据库概述

Microsoft Access 是一种关系式数据库。关系式数据库由一系列表组成，表又由一系列行和列组成，每一行是一个记录，每一列是一个字段，每个字段有一个字段名，字段名在一个表中不能重复。Access 数据库以文件形式保存，文件的扩展名是. MDB。Access 数据库由 7 种对象组成，它们是表、查询、窗体、报表、宏、模块和页。

1. 表

是数据库的基本对象，是创建其他 6 种对象的基础。表由记录组成，记录由字段组成，表用来存储数据库的数据，故又称为数据表。

2. 查询

可以按索引快速查找到需要的记录，按要求筛选记录并能连接若干个表的字段组成新表。

3. 窗体

提供了一种方便的浏览、输入及更改数据的窗口，还可以创建子窗体显示相关联的表的内容。窗体也称表单。

4. 报表

它的功能是将数据库中的数据分类汇总，然后打印出来，以便分析。

5. 宏

相当于 DOS 中的批处理，用来自动执行一系列操作。Access 列出了一些常用的操作供用户选择，使用起来十分方便。

6. 模块

它的功能与宏类似，但它定义的操作比宏更精细和复杂，用户可以根据自己的需要编写程序。模块使用 Visual Basic 编程。

7. 页

它是一种特殊的直接连接到数据库中数据的 Web 页。通过数据访问页将数据发布到 Internet 或 Intranet 上，并可以使用浏览器进行数据的维护和操作。

第五章

Microsoft Access 数据库安全管理

Microsoft Access 提供了设置数据库安全性的两种传统方法：为打开的数据库设置密码或设置用户级安全，以限制用户访问或更改数据库。除这些方法之外，还可将数据库保存为.MDE 文件以删除数据库中可编辑的 Visual Basic 代码，从而防止对模块报表和窗体的设计进行修改。

第一节 保护 Microsoft Access 数据库文件

一、保护数据库包括以下内容

① 保护 Microsoft Access 数据库文件。

② 使用用户级安全机制保护数据库对象。

③ 保护 Visual Basic for Applications(VBA)代码。

④ 保护数据访问页。

二、保护数据库的一般方法

最简单的保护数据库的方法是为打开的 Microsoft Access 数据库(.mdb)设置密码。设置密码后，打开数据库时将显示要求输入密码的对话框。只有输入正确密码的用户才可以打开数据库。这个方法是安全的，原因在于 Microsoft Access 对密码进行加密，因此直接查看数据库文件是无法得到密码的；但是此方法只应用于打开数据库。

在数据库打开之后，数据库中的所有对象对用户都将是可用的，除非定义用户级安全机制。对于在某个用户组中共享的数据库或是单机上的数据库，设置密码通常就足够了。需要注意的是，如果要复制数据库，则不要使用数据库密码；如果设置了密码，复制的数据库将不能同步。

若要更深层次地保护数据库，可为其加密。使用实用程序或字处理器对数据库加密，可压缩数据库文件而使其难以被破译。

三、为数据库添加和删除密码

1. 添加数据库密码保护数据库

为数据库添加密码的步骤如下。

① 关闭数据库。如果数据库在网络上共享，要确保所有其他用户关闭了该数据库。

② 为数据库复制一个备份并将其存储在安全的地方。

③ 选择"文件"→"打开"命令。

④ 在出现的"打开"对话框中,单击"打开"按钮右侧的箭头,然后单击"以独占方式打开"。

⑤ 选择"工具"→"安全"→"设置数据库密码"命令,打开"设置数据库密码"对话框,如图 5-1 所示。

⑥ 在"密码"文本框中,输入自己的密码。注意密码是区分大小写的。

⑦ 在"验证"文本框中,再次输入密码以进行确认,然后单击"确定"按钮。

这样密码即设置完成。下一次打开数据库时将显示"要求输入密码"的对话框,如图 5-2 所示。

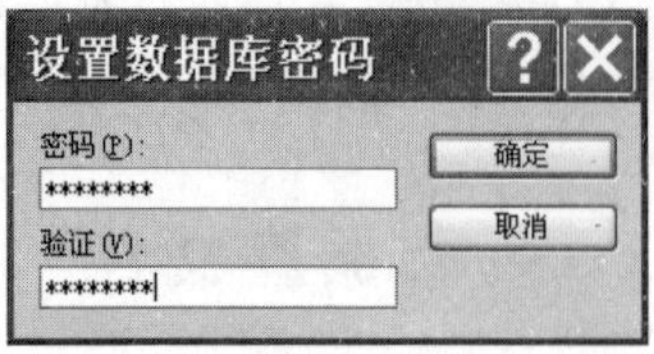

图 5-1 "设置数据库密码"对话框

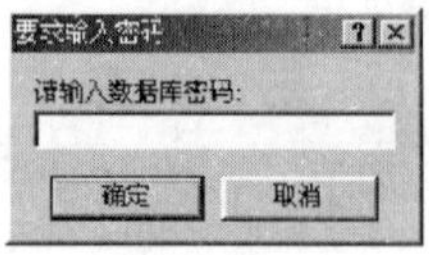

图 5-2 "要求输入密码"对话框

如果丢失或遗忘了密码,则密码不能恢复,因而将无法打开数据库。数据库密码与数据库,而不是与工作组信息文件存储在一起。

如果已定义数据库的用户级安全,而对数据库不具有管理员权限,就不能设置数据库密码。而且,定义的数据库密码是添加到用户级安全机制上的。如果已定义了用户级安全机制,任何基于用户级安全机制权限的限制将保持有效。

如果有密码保护的数据库中的表是链接的,则在创建链接时密码缓存(保存)在链接的数据库中。如果要链接受到密码保护的 Microsoft Access 数据库中的表,必须输入正确的密码。如果输入的密码正确,Microsoft Access 将把数据库的密码与定义链接表的信息一起保存。定义链接之后,任何能够打开表链接的数据库的用户,都能打开链接的表。当用户打开链接表时,Microsoft Access 将采用保存的密码打开表所在的数据库。如果表所在的数据库的密码已经更改,下次在 Microsoft Access 打开链接表之前将要求输入新的密码。

Microsoft Access 以不加密形式保存数据库的密码,如果这使密码保护数据库的安全性降低,最好不要采用数据库密码的方式来保护数据库,相反地可以定义用户级别的安全措施来控制对数据库中敏感数据的访问。

2. 删除数据库密码

删除数据库密码的步骤如下。

(1) 选择"文件"→ "打开"命令。

(2) 在出现的"打开"对话框中,单击"打开"按钮右侧的箭头,然后单击"以独占方式打开"。

(3) 在"要求输入密码"对话框中,输入数据库密码,然后单击"确定"按钮。注意密码是区分大小写的。

(4) 选择"工具"→"安全"→"撤销数据库密码"命令。该命令只在设置了数据库密码之后才可用。

(5) 在"撤销数据库密码"对话框中，输入当前的密码。

(6) 单击"确定"按钮。

四、加密或解密数据库

可以对数据库进行加密，并使其无法通过工具程序或字处理程序解密。数据库解密为加密的反过程。

1. 加密或解密数据库步骤如下

(1) 启动 Microsoft Access 但不打开数据库。在数据库打开时不能对其进行加密或解密。在多用户环境下，如果其他用户打开了数据库，也无法进行加密或解密操作。

(2) 选择"工具"→"安全"→"加密/解密数据库"命令。

(3) 在"加密/解密数据库"对话框中指定要加密或解密的数据库，然后单击"确定"按钮。

(4) 在"数据库加密后另存为"对话框中指定加密或解密之后的数据库名称、驱动器及文件夹，然后单击"确定"按钮。

2. 加密或解密数据库补充说明

如果使用原有的数据库名称、驱动器和文件夹，在加密或解密成功后，Microsoft Access 会自动将原有的数据库替换为加密或解密后的版本。但如果出现错误，Microsoft Access 将保留原有的数据库文件。

如果已经定义了用户级安全机制，若要加密或解密数据库，必须是数据库所有者或者是管理员组的成员，并具有对数据库的"以独占方式打开"权限。否则，将不能进行加密或解密操作；加密数据库不会限制对对象的访问。

如果磁盘空间不能同时容纳原有数据库和加密或解密后的数据库版本，则不能进行加密或解密操作。

第二节　使用用户级安全机制保护数据库对象

保护数据库的最灵活和最广泛的方法是用户级安全机制，这种安全类似于很多网络中使用的方法。使用用户级安全机制的原因有以下两个方面：防止用户无意地更改应用程序所依赖的表、查询、窗体和宏而破坏应用程序；保护数据库中的敏感数据。

一、Microsoft Access 工作组

1. 工作组与用户安全机制

Microsoft Access 工作组是在多用户环境下共享数据的一组用户。如果定义了用户级安全机制，工作组的成员将记录在用户账号和组账号中，这些账号保存在 Microsoft

Access 工作组信息文件中。用户的密码也保存在工作组信息文件中,可以为这些安全账号指定对数据库及其表、查询、窗体、报表和宏的权限。权限本身将存储在安全数据库中。

在 Microsoft Access 中用户的设置在 Windows 中默认的工作组,是由安装程序自动在语言文件夹中创建的工作组信息文件定义的。除非使用"工作组管理员"指定其他的工作组信息文件,否则每次启动 Microsoft Access 时 Microsoft Access 都将使用默认的工作组信息文件。使用"工作组管理员"还可以创建新的 Microsoft Access 工作组信息文件。

在创建安全账号之前,应该选择存储这些安全账号的 Microsoft Access 工作组信息文件。可以使用默认的工作组信息文件,指定其他的工作组信息文件或者创建新的工作组信息文件。如果要确保工作组及其权限不可复制,则不要使用默认的工作组信息文件;并且必须确保所选择的工作组信息文件是使用唯一的工作组 ID(WID)创建的。如果不存在这样的工作组信息文件,应该使用"工作组管理员"重新创建。

在用户级安全机制下,用户需使用 ID 来表明身份,并在启动 Microsoft Access 时输入密码。在工作组信息文件中,他们被标识为组成员。Microsoft Access 提供两个默认组:管理员(命名为管理员组)和用户(被命名为用户组),但可定义其他组。

在大多数数据库上设置用户级安全机制值,将是令人发憷的工作,"设置安全机制向导"使这一过程变得容易,它可以通过一步操作快速完成 Access 数据库安全机制设置。此外,通过执行普通的安全方案——"设置安全机制向导",减少甚至消除了使用"工具"菜单中的"安全"命令的需要。

运行"设置安全机制向导"后,可为数据库和已有的表、查询、窗体、报表和宏指定或删除工作组中的用户账号和组账号的权限。也可为任一在数据库中新建的表、查询、窗体、报表和宏设置默认权限。

可以为组和用户授予权限,规定他们如何使用数据库中的表、查询、窗体、报表和宏。例如,用户组的成员可能可以查看、输入或修改"客户"表中的数据,而非更改表的设计。或者只允许查看"客户联系方式数据表",而不能访问"客户详细资料表"。管理员组的成员则对数据库中的所有表、查询、窗体、报表和宏都具有完全的权限。如果要设置更为细致的控制,可以创建自己的组账号,为其指定适当的权限,然后将用户添加到组中。

若考虑安全用途时,只需要管理员组和用户组,则无须创建其他组;可使用默认的管理员组和用户组。此时,只需为默认的用户组指定适当的权限,为管理员组添加其他的管理员。添加的任何新用户都会自动被添加到用户组中。用户组的典型权限可包括对表和查询的"读数据"和"更新数据",对窗体和报表的"打开/运行"。

若需对不同的用户组进行更细致的控制,可创建自定义的组,为组指定不同的权限,并向适当的组添加用户。为简化权限管理,建议只向组而非用户授权,然后向适当的组添加用户。

2. 组织安全账号的方式

Microsoft Access 工作组信息文件包含如表 5-1 所示的预定义账号。

表 5-1 Microsoft Access 工作组信息文件包含的预定义账号

账 号	功 能
管理员	默认的用户账号。该账号对所用的 Microsoft Access 副本和其他可以使用 Microsoft Jet 数据库引擎的应用程序，如 Microsoft Visual Basic for Applications 和 Microsoft Excel 等都是一样的
管理员组	管理员的组账号。该账号对每个工作组信息文件是唯一的。默认情况下，管理员用户位于管理员组中。在任何时刻管理员组中都至少要有一个用户
用户	包含所有用户账号的组账号。当管理员组的成员创建用户账号时，Microsoft Access 会自动将用户账号添加到用户组中。该账号本身对所有工作组信息文件都是相同的，但它只包含由该工作组的管理员组成员所创建的用户账号。在默认情况下，该账号具有对所有新建对象的全部权限。要删除用户组中的用户账号，只能由管理员组的成员进行

实际上 Microsoft Access 中的安全机制通常都处于打开状态。Microsoft Access 在启动时会自动使用不带密码的管理员用户账号登录所有用户，除非激活某个工作组的登录过程。Microsoft Access 在后台使用管理员账号作为工作组的管理员账号，以及所创建的任意数据库、表、查询、窗体、报表及宏的所有者。

管理员和所有者非常重要，因为他们具有无法撤销的权限。

(1) 管理员(管理员组成员)对工作组中创建的对象始终具有完全权限。

(2) 作为对象所有者的账号，对其所拥有的对象始终具有完全权限，这些对象包括表、查询、窗体、报表或宏。

(3) 作为数据库所有者的账号，始终有权打开其所拥有的数据库。

因为“管理员”用户账号对 Microsoft Access 的每份副本都是相同的，所以为数据库设置安全性的第一步，就是定义管理员和所有者用户账号(或者以一个用户账号同时作为管理员和所有者账号)，然后将“管理员”用户账号从管理员组删除。否则，任何一个使用 Microsoft Access 副本的用户都可以使用“管理员”账号登录到工作组中，并对工作组中的表、查询、窗体、报表和宏具有完全的权限。

例如，要为一个名为“客户资料管理”的数据库设置安全性，可以创建自己的“客服经理”和“客服助理”账号，然后为这两个账号添加密码。

对管理员组可以添加任意多的用户账号，但只有一个用户账号可以拥有数据库本身，即数据库创建时处于活动的用户账号，或者以新建数据库并将其他数据库中的所有对象导入其中的方式获得数据库所有权的账号。不过，组账号可以拥有数据库中的表、查询、窗体、报表和宏。

在各个组中组织用户可以简化数据库安全管理。使用该策略可以为几个组分配权限，然后再将用户添加到适当的组中，而不必分别为每个用户指定对数据库中每个表、查询、窗体、报表和宏的权限。在用户登录到 Microsoft Access 时，将继承所属组的权限。只有使用用户账号才能登录到 Microsoft Access，而不能使用组账号登录。

例如，为“客户资料管理”数据库设置安全性时，可以为部门经理建立一个“客服经理”的组，为部门主管人员建立一个“客服主管”的组，以及为客服人员建立一个“客服助理”的组。然后可以将具有最少限制的权限赋给“客服经理”组，将具有较多限制的权限赋给“客服主管”组，而将具有最多限制的权限赋给“客服助理”组。当为新雇员创建用户账号时，可将其添加到适当的组中，以使该雇员拥有对应于该组的权限。

在建立了用户和组账号之后，可以查看他们之间的关系，方法是选择“工具”→“安全”→“用户与组的账号”命令，然后单击“打印用户和组”按钮。Microsoft Access 将打印有关该工作组中所有账号的报表，显示每个用户从属的组和每个组包含的用户。

二、使用“设置安全机制向导”保护数据库

通过使用“设置安全机制向导”，可使用常用的安全机制方案及对 Microsoft Access 数据库加密来应用用户级安全机制。具体实施步骤如下。

(1) 打开要设置安全机制的数据库。

(2) 选择“工具”→“安全”→“设置安全机制向导”命令。

(3) 如果第一次创建工作组信息文件，则此向导的第一个对话框中只有一个选项可选，单击“下一步”按钮。

工作组信息文件中包含有开发和使用应用程序的所有用户和组的名称。如果要修改当前的工作组信息文件，必须有管理员权限。

(4) 在向导的第二个对话框中决定工作组信息文件的保存位置和使用的 WID，WID 是唯一标识此工作组信息文件的标志。单击“下一步”按钮。

(5) 在接下来的对话框中，可以选择对数据库中的任何一个表、查询、窗体、报表或宏对象设置用户级安全。

(6) 使用此向导还可以选择工作组信息文件中包含哪些组。Access 创建了 7 个用户角色的组账户。

① 备份操作员组——该组可以以独占方式打开数据库进行备份和压缩，但不能看到任何数据库对象。

② 完全数据用户组——该组对编辑数据具有完全的权限，但不能改变任何数据库对象的设计。

③ 完全权限组——该组在所有数据库对象上具有完全的权限，但不能对其他用户指定权限。

④ 新建数据用户组——该组可以读取和插入数据，但不能改变任何数据库对象的设计，也不能删除或更新数据。

⑤ 项目设计者组——该组对于编辑数据和所有对象除了不能改变表或关系以外具有完全的权限。

⑥ 只读用户组——该组可以读取所有数据，但不能改变数据或任何数据库对象的设计。

⑦ 更新数据用户组——该组可以读取或更新数据，但不能改变任何数据库对象的设计，也不能插入或删除数据。

(7) 默认情况下，向导不赋予用户组任何权限，在向导的下一步操作中，可以详细地设置授予用户组的权限，如图 5-3 所示。

(8) 选择左边列表中的“添加新用户”，在“用户名”文本框中输入名称，在“密码”文本

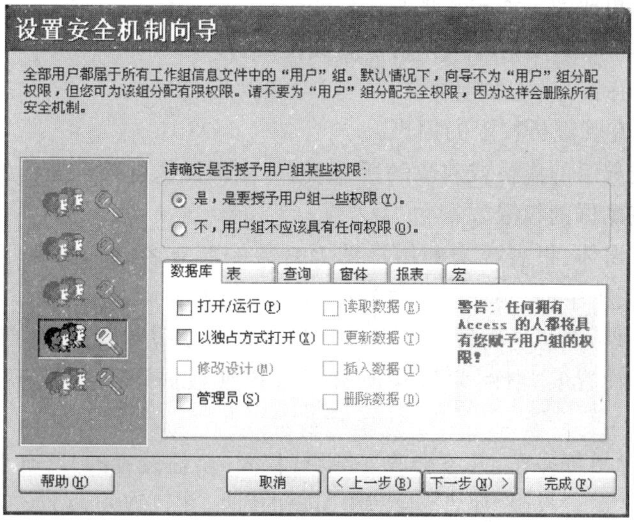

图 5-3 为用户组设置权限

框中设置密码，然后单击“将该用户添加到列表”按钮。

(9) 选择用户，并将用户赋给一个组，将下面组列表中的组名称前面的复选框选中就会把用户加入到该组中。

(10)“设置安全机制向导”为原来的无安全机制的数据库建立一个备份文件，需要将其保存到一个安全的位置。

“设置安全机制向导”以相同的名称及.bak 扩展名为当前的 Access 数据库创建一个备份，并保护当前数据库中选中的对象。

如果当前的 Access 数据库用密码保护 Visual Basic for Applications(VBA)代码，向导将不能运行。必须首先删除密码，然后再运行向导。

使用了向导后，在“设置安全机制向导”报表中，将打印出向导中创建的任何密码。应将此报表保存在一个安全位置，也可用此报表重新创建工作组文件。

三、关于权限

1. 权限的工作方式及其授权指定者

权限有两种类型：显式的和隐式的。显式的权限是指直接授予某一用户账号的权限，该权限对其他用户没有影响。隐式的权限是指授予组账号的权限。将用户添加到组中也就同时授予了用户该组的权限，而将用户从组中删除则取消用户的组权限。

当用户要对设置了安全性的数据库对象进行操作时，该用户所具有的权限是他的显式和隐式权限的交集。用户的安全级别在用户的显式权限和用户所属的组的权限中限制最少。因此，管理工作组最简单的方法就是创建新组并为组而不是单个用户指定权限。然后通过将用户添加到组中或从组中删除的方式来更改单个用户的权限。而且，如果要授予新的权限，使用一个操作即可对一个组中的所有成员授予权限。

以下人员可以更改数据库对象的权限：

(1) 创建数据库时所使用的工作组信息文件的管理员组成员。

(2) 对象的所有者。

(3) 对对象具有管理员权限的用户。

当用户为管理员组的成员或对象的所有者时，在不能执行某个操作的情况下，他们可以授予自己执行该操作的权限。

创建表、查询、窗体、报表或宏的用户即为对象的所有者。其同组用户可以通过"工具"菜单"安全"子菜单中的"用户与组的权限"命令，更改对象的所有权，或者重新创建对象。要重新创建对象，不必从头做起。可以复制该对象，或者将其导入或导出到其他数据库。对整个数据库设置安全性，是转移所有对象包括数据库本身的所有权的最简单的方法。

复制、导入或导出等操作，并不会改变"运行权限"属性设置为"所有者的"查询的所有权。只有当查询的"运行权限"属性设置为"用户的"时，才可以更改"所有者的"查询的所有权。

2. 权限类型

表 5-2 总结了可以指定的各种权限。

表 5-2　Access 中可以指定的用户权限

权　限	允许用户	应用于
打开/运行	打开数据库、窗体或报表或者运行宏	数据库、窗体、报表和宏
独占打开	独占方式打开数据库	数据库
读设计	在"设计"视图中查看对象	表、查询、窗体、报表和宏
修改设计	查看、修改或删除对象的设计	表、窗体、报表和宏
管理员	对于数据库，设置数据库密码、复制数据库以及更改启动属性。对于表、查询、窗体和宏，具有对这些对象和数据的完全访问的权力，包括指定权限的能力	数据库、表、查询、窗体、报表和宏
读数据	查看数据	表和查询
更新数据	查看和修改数据，但不允许插入或删除	表和查询
插入数据	查看和插入数据，但不允许修改或删除	表和查询
删除数据	查看和删除数据，但不允许修改或插入	表和查询

有些权限自动地隐含其他的权限。例如：对表的"更新数据"权限自动隐含"读数据"和"读设计"权限，因为只有具有这两项权限才能修改表中的数据。"修改设计"和"读数据"权限则隐含了"读设计"权限。对宏的"读设计"权限隐含了"打开/运行"权限。

为了在多用户环境中设计窗体、报表、宏和模块，必须以独占方式打开 Microsoft Access 数据库，这意味着用户必须拥有对 Access 数据库的"以独占方式打开"的权限。

通常，对于访问链接表的用户，授予后端数据库中表的"读数据"和"读设计"权限，和对定义在前端数据库中表链接的"修改设计"权限，这样用户可方便地重新链接表。如果要限制所有用户访问后端的表，但仍然允许用户查看数据和重新链接表，就删除所有访问后端表的权限，并使用前端数据库中的查询，将“运行权限”属性设置为“所有者的”。

第三节　保护 VBA 代码

可在模块中和含有密码（每次会话时均须输入）的窗体和报表的模块中，保护 Microsoft Visual Basic for Applications（VBA）代码。此密码禁止未授权的用户对 VBA 代码进行编辑、剪切、粘贴、复制、导出及删除。

为了保护代码中的智能属性，可从数据库中移去可编辑的 VBA 代码，并通过将其保存为 MDE 文件来防止对窗体、报表和模块设计的修改。

一、用密码保护 VBA 代码

在 Microsoft Access 数据库中，可通过使用密码（用户必须输入该密码来查看或编辑“Visual Basic 编辑器”中的 VBA 代码）保护的 VBA 代码来保护所有模块，以及窗体、报表后的模块。只要设置了密码，则每个工作期都需输入一次密码。不仅查看和编辑需要密码，剪切、复制、粘贴、导出及删除任何模块都需要密码。但是要注意，以这种方式保护的 VBA 代码不能阻止用户运行已有的 VBA 代码。

在 Microsoft Access 数据库中，模块及窗体和报表后的模块不再由用户级安全机制保护（在以前的版本中使用）。但是，窗体和报表仍由用户级安全机制保护。这意味着模块、窗体和报表受两个不同安全机制保护。

例如，假设有一定的权限，可以向窗体添加控件，但是如果锁定了 VBA 工程的查看并且该工程使用密码保护，而不知道密码，就无法查看或编辑窗体后的模块。相反，通过用户级安全机制，因为没有拥有对象上的“修改设计”权限，而限制了对窗体或报表的设计，但是如果知道了 VBA 工程的密码就可以访问窗体和报表后的模块。

对此也有例外，即使对窗体或报表拥有了“修改设计”的权限，也不能删除窗体或报表，或将 HasMoudule 属性值设置为 No，因为该操作删除了窗体和报表后的模块。

为 VBA 代码设置密码的步骤如下。

（1）打开含有要保护的 VBA 代码的 Microsoft Access 项目或 Microsoft Access 数据库。

（2）在“数据库”窗口中，选择“工具”→“宏”→“Visual Basic 编辑器”命令，也可以按 Alt＋F11 组合键。

（3）在“Microsoft Visual Basic 编辑器”中，选择“工具”→“〈Access 数据库或 Access 项目名〉属性”命令。

（4）选择“保护”选项卡，如图 5-4 所示。

（5）选中“查看时锁定工程”复选框。

（6）在“密码”文本框中输入密码，在“确认密码”文本中再次输入密码。

下次打开 Access 数据库或 Access 项目时，VBA 代码将通过要求用户输入定义的密码而受到保护，如果密码正确，则可以查看并编辑 VBA 代码。

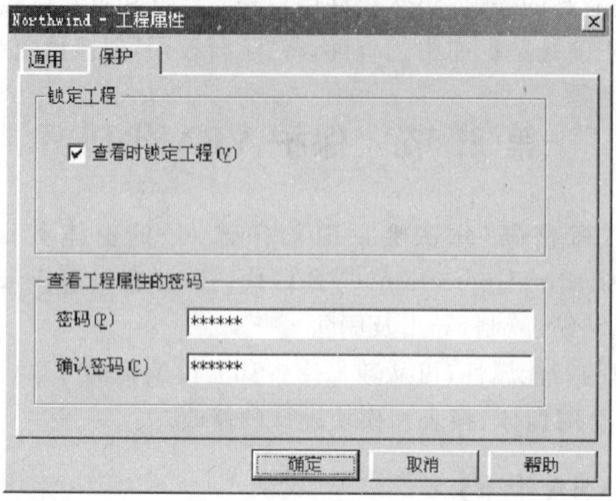

图 5-4 “保护”选项卡

若要删除密码，可以在“〈Access 数据库或 Access 项目名〉属性”对话框中的“保护”选项卡中清除所有信息。如果设置了密码，但没有选中“查看时锁定工程”复选框，则任何人都可以查看和编辑代码，但工程属性对话框是被保护的。不要忘记密码，如果忘记了密码，将不能查看或编辑 VBA 代码。

二、使用 MDE 文件

如果数据库包含 Microsoft Visual Basic 代码，将 Microsoft Access 数据库保存为 MDE 文件，这个过程编译所有模块，删除所有可编辑的源代码，并压缩目标数据库。Visual Basic 代码将继续运行，但不能查看或编辑，由于代码的删除使 Access 数据库变小。另外，内存的使用会得到优化，因而提高性能。

将 Access 数据库保存为 MDE 文件可防止以下操作。

(1) 在“设计”视图中查看、修改或创建窗体、报表或模块。

(2) 添加、删除或更改指向对象库或数据库的引用。

(3) 更改使用 Microsoft Access 或 VBA 对象模型的属性或方法的代码。

(4) 导入或导出窗体、报表或模块。但是，可以在表、查询、数据访问页和宏中导入或导出非 MDE 数据库。任何 MDE 文件中的表、查询、数据访问页或宏都能导入到其他 Access 数据库中，但窗体、报表或模块则不能导入到其他 Access 数据库中。

确认保存了原始 Access 数据库的一个副本。在保存为 MDE 文件的 Access 数据库中，如需要修改窗体、报表或模块的设计，必须打开原始的 Access 数据库以修改它，并再次将它保存为 MDE 文件。如果需要以后修改窗体、报表或模块的设计，将包含表的 Access 数据库保存为 MDE 文件可以创建使不同版本数据协调的并发数据。正是因为这个原因，对于前端/后端应用程序的前端数据库，将 Access 数据库保存为 MDE 文件是最合适的。

在将来的 Microsoft Access 版本中，将不能打开、转换或运行 Microsoft Access MDE 文件中的代码。将 Microsoft Access MDE 文件转换为将来版本的唯一方法是：打开创建 MDE 文件的原始 Access 数据库,对它进行转换,并将转换后的 Access 数据库保存为 MDE 文件。

将 Access 数据库保存为 MDE 文件存在以下限制。

(1) 如果 Access 数据库是使用用户及安全机制进行保护的,则必须符合某些准则条件。

(2) 必须有访问 Visual Basic 代码的密码。

(3) 如果复制了数据库,必须先删除复制系统的表和属性。

(4) 如果 Access 数据库引用了其他 Access 数据库,或加载项,则必须将引用链中的所有 Access 数据库或加载项保存为 MDE 文件。

生成 MDE 文件的步骤如下。

(1) 关闭 Microsoft Access 数据库。如果正在多用户环境中工作,确保所有其他用户已经关闭 Access 数据库。

(2) 选择“工具”→“数据库实用工具”→“生成 MDE 文件”命令。

(3) 在“保存数据库为 MDE”对话框中,指定要另存为 MDE 文件的 Access 数据库,单击 “生成”按钮。

(4) 在“将 MDE 保存为”对话框中,指定 Access 数据库的名称、驱动器以及文件夹。

确保保存了原始 Access 数据库的副本。由于不能修改保存为 MDE 文件的 Access 数据库中的设计窗体、报表或模块,因此如果需要改变这些对象的设计,必须在原始的 Access 数据库中进行,然后再次将 Access 数据库保存为 MDE 文件。

第六章

利用 Access 建立物业服务企业人事档案管理子系统

本节介绍如何利用 Access 建立物业服务企业人事档案管理子系统，实现创建基础数据表、对信息数据进行维护、实现简单查询和数据分析并用密码对系统资料实施保护等功能。

第一节　人事档案管理子系统设计说明

人事档案管理子系统是物业服务企业人力资源管理的主要内容之一。很多管理者发现购买的企业通用管理软件往往不适合自己单位的需求，使用 Access 数据库开发一个适合企业自身的人事档案管理子系统既方便又经济。

一、子系统主要操作功能

可以通过人事档案管理子系统，实现对物业服务企业员工人事档案管理的基本操作，如新员工资料的输入、自动分配工号、人事变动的详细记录、员工信息的查询和修改、离职处理、统计分析各类人员数量比例等。

二、子系统辅助操作功能

可以通过人事档案管理子系统，辅助完成各种操作。辅助功能主要包括基本数据的维护和系统用户的管理等。

第二节　人事档案管理子系统数据库设计

数据库的结构设计是一个非常重要的问题，数据库结构设计的好坏将直接对系统的使用效率以及实现效果产生影响。

一、数据库需求分析

根据系统的数据功能要求，需要设计如下数据信息。

(1) 员工档案信息表，包括姓名(中文)、姓名(英文)、身份证号码、出生日期、籍贯、性别、民族、政治面貌、健康状况、婚姻状况、部门名称、职务名称、最高学历、毕业院校、毕业日期、所学专业、特长、人员类别、职称名称、取得上岗证情况、入职日期、合同编号、离职日期、离职标志等。

（2）工作简历表，包括简历编号、员工编号、开始日期、结束日期、工作单位、工作职务等。

（3）学历表，包括学历编号、学历名称等。

（4）职称表，包括职称编号、职称名称等。

（5）职务表，包括职务编号、职务名称等。

（6）部门表，包括部门编号、部门名称等。

（7）员工联系表，包括员工编号、姓名（中文）、户口所在地、固定电话、紧急联系人、紧急联系电话、手机号码、家庭详细地址、邮政编码、离职日期等。

（8）调动信息表，包括调令编号、受文部门、员工编号、原部门、原职务、新部门、新职务、生效日期等。

（9）离职员工档案表，包括姓名（中文）、姓名（英文）、身份证号码、出生日期、籍贯、性别、民族、政治面貌、健康状况、婚姻状况、部门名称、职务名称、最高学历、毕业院校、毕业日期、所学专业、特长、人员类别、职称名称、取得上岗证情况、入职日期、合同编号、离职日期、离职标志等。

二、数据库总体设计

人事档案管理子系统所要表达的对象就是员工个人基本信息以及由此产生的调动等数据，这就是本子系统所要确定的数据源。在这些数据源中，员工档案信息是最为重要的，它不但是整个数据库的核心数据来源，而且还是这些数据之间的纽带。

三、数据库中表的设计

人事档案管理子系统需要建立 9 个数据表来分别存放相关的数据信息。

（1）员工档案信息表。员工档案信息表的设计见表 6-1。

（2）工作简历表。工作简历表的设计见表 6-2。

（3）学历表。学历表的设计见表 6-3。

（4）职称表。职称表的设计见表 6-4。

表 6-1　员工档案信息表

字段名称	数据类型
员工编号	自动编号
姓名（中文）	文本
姓名（英文）	文本
身份证号码	文本
出生日期	日期/时间
籍贯	文本
性别	文本
民族	文本
政治面貌	文本
健康状况	文本
婚姻状况	文本
部门名称	文本
职务名称	文本
最高学历	文本
毕业院校	文本
毕业日期	日期/时间
所学专业	文本
特长	文本
人员类别	文本
职称名称	文本
取得上岗证情况	文本
入职日期	日期/时间
合同编号	文本
离职日期	日期/时间
离职标志	是/否

表 6-2　工作简历表

字段名称	数据类型
简历编号	自动编号
员工编号	数字
开始日期	日期/时间
结束日期	日期/时间
工作单位	文本
工作职务	文本

表 6-3　学历表

字段名称	数据类型
学历编号	自动编号
学历名称	文本

表 6-4　职称表

字段名称	数据类型
职称编号	自动编号
职称名称	文本

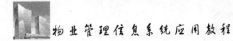

(5) 职务表。职务表的设计见表 6-5。

(6) 部门表。部门表的设计见表 6-6。

表 6-5 职务表

	字段名称	数据类型
	职务编号	自动编号
🔑	职务名称	文本

表 6-6 部门表

	字段名称	数据类型
	部门编号	自动编号
🔑	部门名称	文本

(7) 员工联系表。员工联系表的设计见表 6-7。

(8) 调动信息表。调动信息表的设计见表 6-8。

(9) 离职员工档案表。离职员工档案表的设计见表 6-9。

表 6-7 员工联系表

	字段名称	数据类型
	员工编号	数字
	姓名(中文)	文本
	户口所在地	文本
	固定电话	文本
	紧急联系人	文本
	紧急联系电话	文本
	手机号码	数字
	家庭详细地址	文本
	邮政编码	数字
	离职日期	日期/时间

表 6-8 调动信息表

	字段名称	数据类型
	调令编号	文本
	受文部门	文本
	员工编号	数字
	原部门	文本
	原职务	文本
	新部门	文本
	新职务	文本
	生效日期	日期/时间

表 6-9 离职员工档案表

	字段名称	数据类型
	姓名(中文)	文本
	姓名(英文)	文本
	身份证号码	文本
	出生日期	日期/时间
	籍贯	文本
	性别	文本
	民族	文本
	政治面貌	文本
	健康状况	文本
	婚姻状况	文本
	部门名称	文本
	职务名称	文本
	最高学历	文本
	毕业院校	文本
	毕业日期	日期/时间
	所学专业	文本
	特长	文本
	人员类别	文本
	职称名称	文本
	取得上岗证情况	文本
	入职日期	日期/时间
	合同编号	文本
	离职日期	日期/时间
	离职标志	是/否

第三节 创建数据表和索引

在完成了整个数据库系统的整体设计和表格的设计,下面介绍 Access 中建立数据库的方法。

一、创建数据库

创建数据库的数据操作步骤如下。

(1) 运行 Access,在任务窗格(图 6-1)中,单击“新建”选项组中的“空数据库”选项。

(2) 在打开的对话框中的“文件名”下拉列表框中输入“人事档案管理子系统”,“保存类型”采用默认值,“保存位置”设置为“数据库”文件夹,单击“创建”按钮,如图 6-2 所示。

二、创建表

在完成数据库的创建后,就可以开始创建表了。

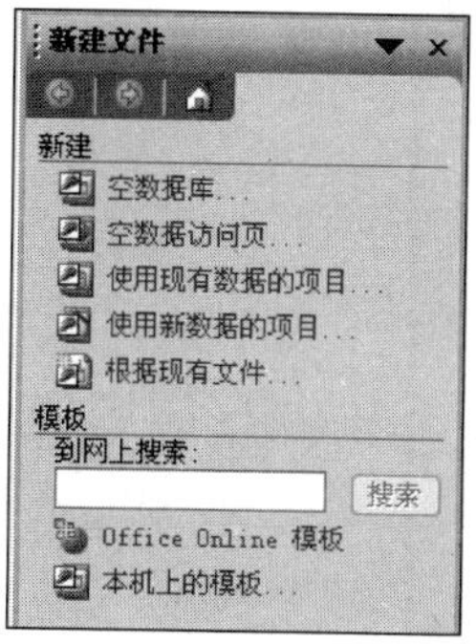

图 6-1 任务窗格

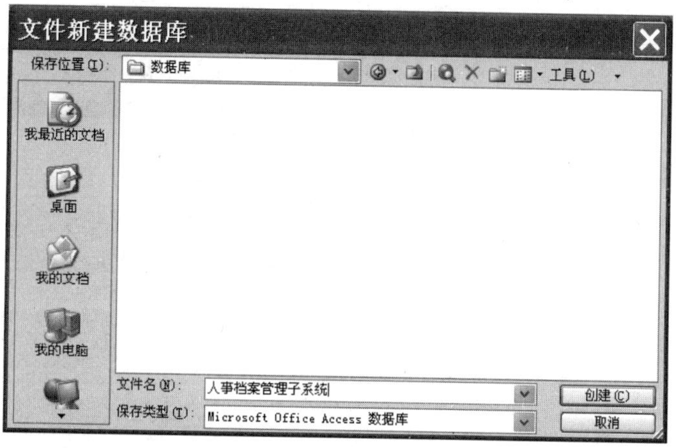

图 6-2 “文件新建数据库”对话框

1. 创建员工档案信息表

由于很多企业往往已经建立了自己的内部管理数据，因此可以利用这些现有的数据信息，通过 Access 提供的导入表的方式创建表，这样不仅可以共享现有数据，还可以提高工作效率、降低成本支出。

采用导入表创建人事档案管理子系统数据库中员工档案信息表的步骤如下。

(1) 打开人事档案管理子系统数据库，在打开的数据库窗口中，选择“文件”→“获取外部数据”→“导入表”命令，打开“导入”对话框。

(2) 在“文件类型”下拉列表框中，选择 Microsoft Excel 选项，在文件列表中选择“员工档案信息表”文件，然后单击“导入”按钮，如图 6-3 所示。

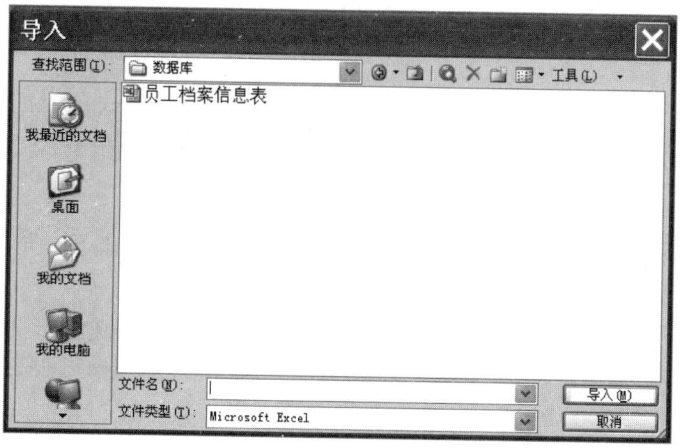

图 6-3 “导入”对话框

(3) 在打开的“导入数据表向导”对话框中，采用默认的“员工档案信息表”，然后单击“下一步”按钮，如图 6-4 所示。

(4) 选中“第一行包含列标题”复选框，单击“下一步”按钮，如图 6-5 所示。

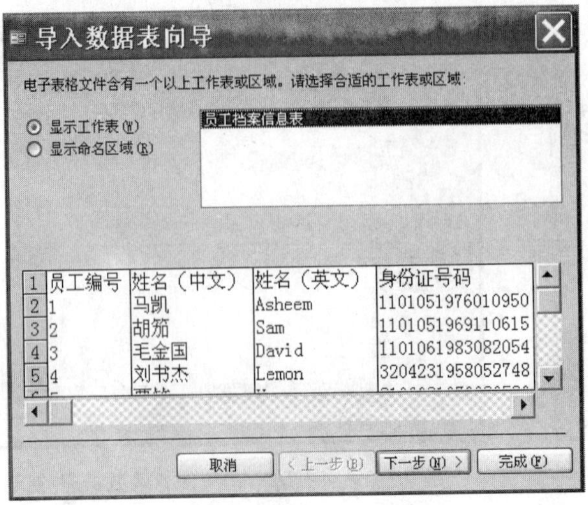

图 6-4 “导入数据表向导”对话框

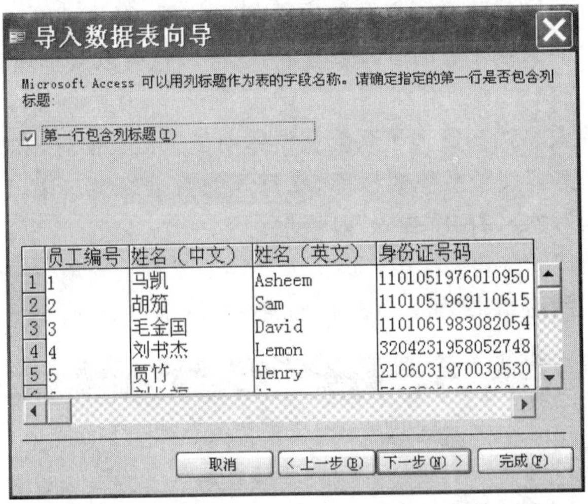

图 6-5 确定指定表的第一行是否包含列标题

(5) 在打开的对话框中,采用默认选项,保存在新表中,单击“下一步”按钮,如图 6-6 所示。

(6) 在打开的对话框中,可以选择每个字段,还可以修改字段信息。这里可以不进行选择,单击“下一步”按钮,如图 6-7 所示。

(7) 在打开的对话框中,选择“我自己选择主键”单选按钮,单击“下一步”按钮,如图 6-8 所示。

(8) 在打开的对话框中,采用系统默认值,单击“完成”按钮,如图 6-9 所示,再单击“确定”按钮,完成表的导入。

在完成表的导入操作以后,还可以在需要的情况下,在设计视图中对导入后的表进行一定的修改。

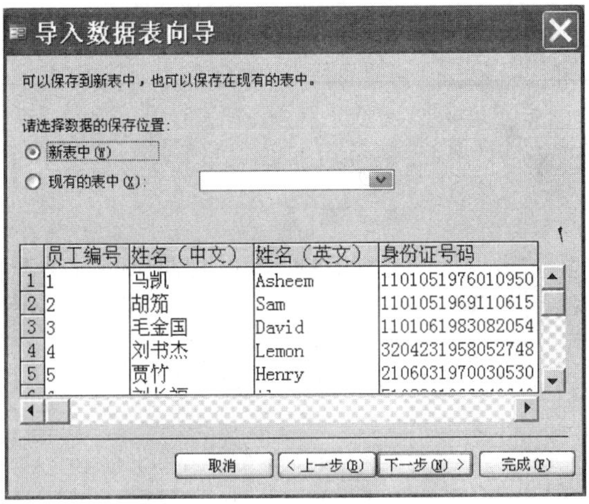

图 6-6　确定数据的保存位置

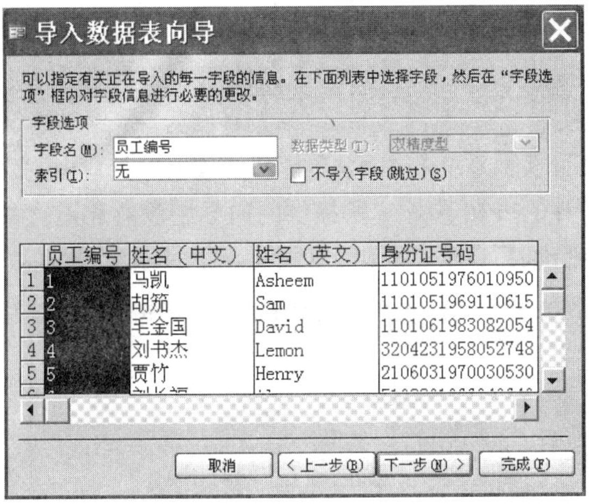

图 6-7　指定正在导入表的每一字段的信息

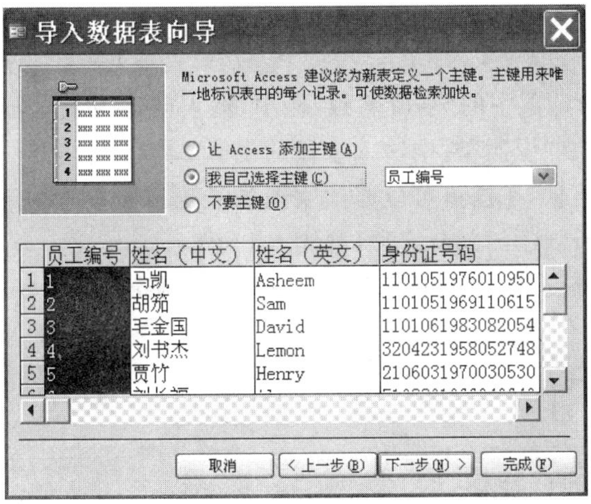

图 6-8　定义主键

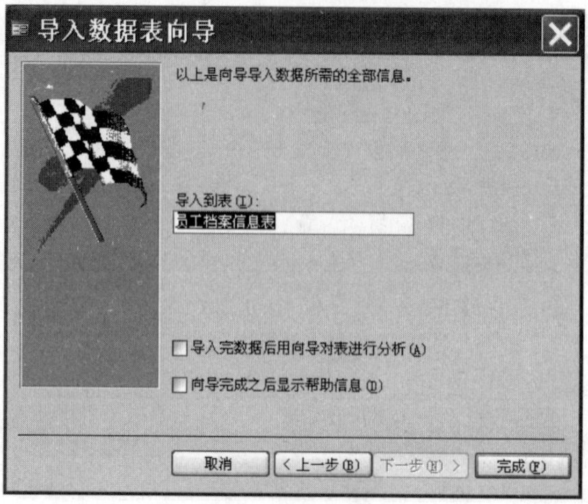

图 6-9 输入表名称

2. 创建离职员工档案表

离职员工档案表是一个比较复杂的表,所以使用表设计器创建比较方便。创建离职员工档案表的步骤如下。

(1) 打开人事档案管理子系统数据库,在打开的数据库窗口中,在左边的列表框中选择"表"选项。由于需要设计的表在 Access 所提供的向导中没有相适合的模板,所以在这里选择右边的"使用设计器创建表"选项。双击"使用设计器创建表"选项,如图 6-10 所示。

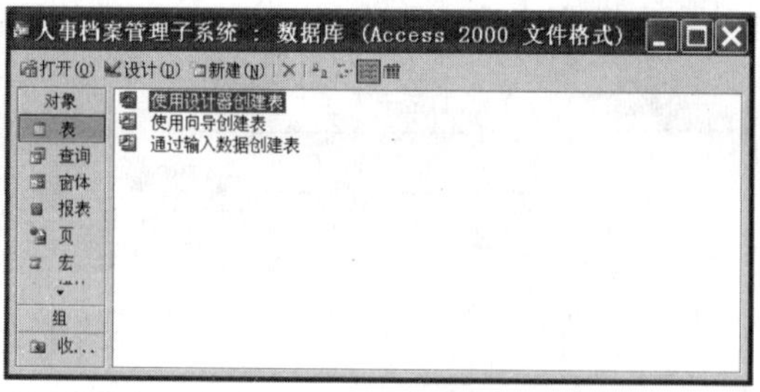

图 6-10 使用设计器创建表

(2) 在打开的表设计器中的"字段名称"栏中,输入创建的字段名称,在"数据类型"中选择字段的类型,然后在"说明"栏中输入字段的说明文字。当选择一个字段时,下面就会显示有关这个字段的信息,在这里可以修改字段的长度以及字段默认值、是否可为空等,这是离职员工档案表所创建的部分字段,如图 6-11 所示。

按照同样的方法,还可以创建工作简历表、学历表、职称表、职务表、部门表、员工联系表、调动信息表等。

三、创建关系和索引

1. 创建主键

在关系型数据库中,主键的作用非常重要。创建主键除了可以保证表中的所有记录

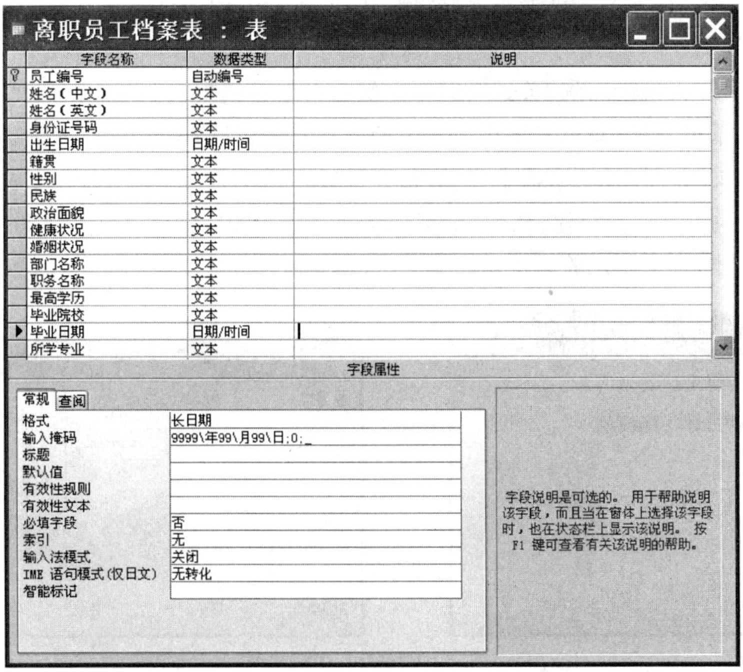

图 6-11　离职员工档案表创建的部分字段

都能够被唯一地识别外，另外主键还是各个表建立关系的基础。为表添加主键的方法具体如下：打开员工档案信息表，在表设计器中单击要作为主键的字段左边的行选择按钮。在这里选择“员工编号”字段，选择“编辑”→“主键”命令，或者右击，在弹出的快捷菜单中选择“主键”命令。这时在该字段左边的行选择器上就会出现钥匙标志，表示这个字段是主键。创建主键见图 6-12。

2. 创建关系

当数据库中包含多个表时，需要通过主表的主键和子表的外键来建立连接，使各个表能够协同工作。创建关系的步骤如下。

(1) 打开数据库窗口，选择“工具”→“关系”命令，或者在工具栏中单击(关系)按钮。打开“关系”窗口，如图 6-13 所示。

字段名称	数据类型
员工编号	自动编号
姓名（中文）	文本
姓名（英文）	文本
身份证号码	文本
出生日期	日期/时间
籍贯	文本
性别	文本

图 6-12　创建主键

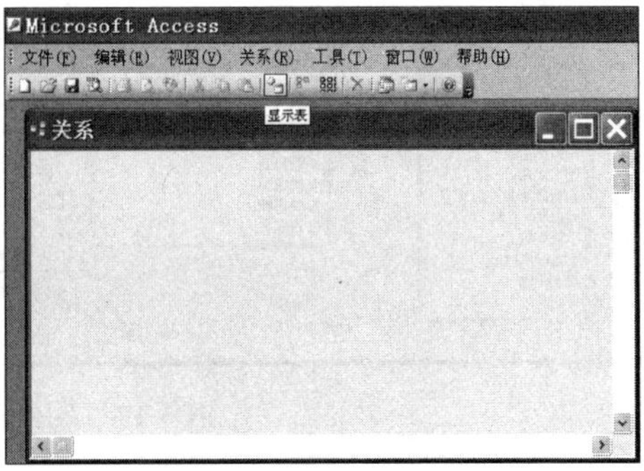

图 6-13　“关系”窗口

(2) 在工具栏中,单击(显示表)按钮,在弹出的对话框中,依次选择其余各表,单击"添加"按钮,如图 6-14 所示。

这样,把上述表格添加到"关系"窗口中,然后再把它们拖放到"关系"窗口中的适当位置。在建立关系时,只需要用鼠标选择员工档案信息表中的"员工编号",拖动这个字段到工作简历表中的"员工编号"字段上,然后松开鼠标。这时就会弹出"编辑关系"对话框,如图 6-15 所示。直接单击"新建"按钮,这时在表的关系图中,就会在两个关联的字段之间出现一条连接线,表示创建关系成功。

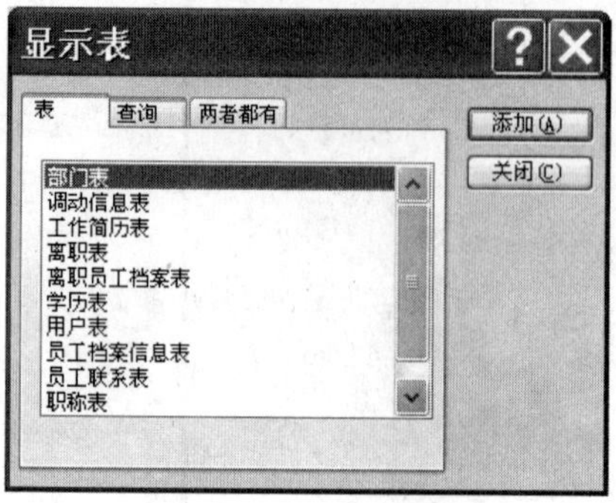

图 6-14 "显示表"对话框

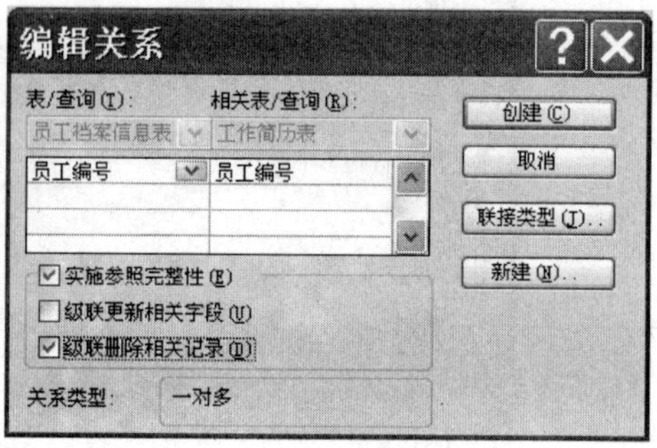

图 6-15 "编辑关系"对话框

由于选中了"实施参照完全性"复选框,则在连接字段的直线两端显示 1 和∞符号。使用同样的方法,创建其他表之间的关系,创建后各表之间的关系如图 6-16 所示。

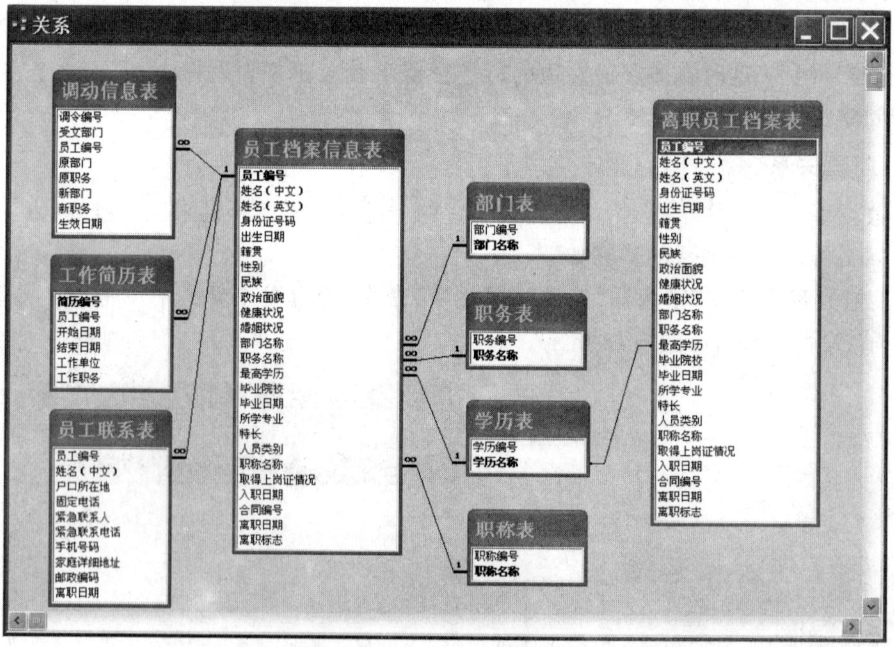

图 6-16 各表之间的关系

第四节 系统查询设计及其实现

在完成了表和关系的创建后，下面的工作就是进行查询设计。

一、创建按部门分析查询

为了宏观掌握企业员工的各类信息，人力资源部经常需要分析现有员工的各种数据。例如：按部门人数分布分析员工的结构，按年龄分布分析员工结构，按性别和按学历分布分析员工结构。按部门分析查询是为了给员工数据分析提供数据源；按年龄分析查询、按学历分析查询和按性别分析查询也都是为了给员工分析提供数据源的。以上 4 个查询都是交叉表查询，使用交叉表查询可以计算并重新组织数据的结构，这样可以更加方便地分析数据。这里以创建部门查询为例，介绍交叉表查询的创建步骤。

(1) 在数据库窗口中，选择“查询”选项，打开查询窗口。然后单击“新建”按钮，打开“新建查询”对话框，选择“交叉表查询向导”，单击“确定”按钮，如图 6-17 所示。

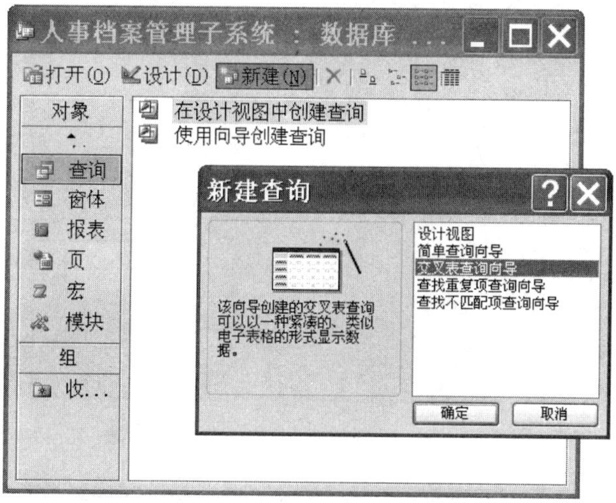

图 6-17 “新建查询”对话框

(2) 在打开的对话框中，选择“查询：员工档案信息查询”选项，然后单击“下一步”按钮，如图 6-18 所示。

(3) 在打开的对话框中，双击“职务名称”选项，然后单击“下一步”按钮，如图 6-19 所示。

(4) 在打开的对话框中，双击“姓名(中文)”字段，然后单击“下一步”按钮，如图 6-20 所示。

(5) 在打开的对话框中，在“函数”列表框中双击“计数”选项，然后单击“下一步”按钮，如图 6-21 所示。

(6) 在打开的对话框中输入“按部门分析查询”，选择“修改设计”单选按钮，然后单击“完成”按钮，如图 6-22 所示。

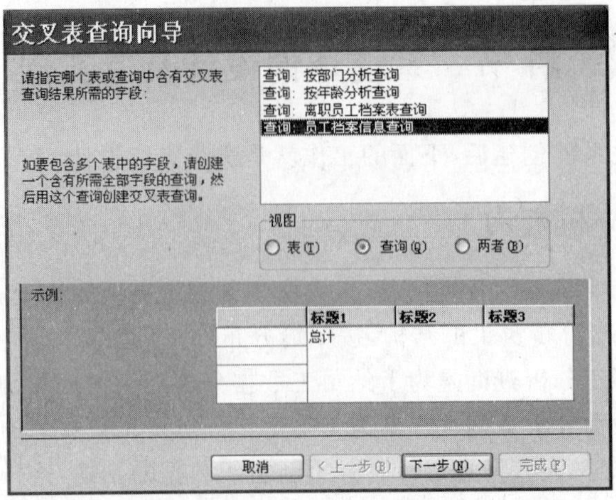

图 6-18　指定哪个表或查询中含有交叉表查询结果所需的字段

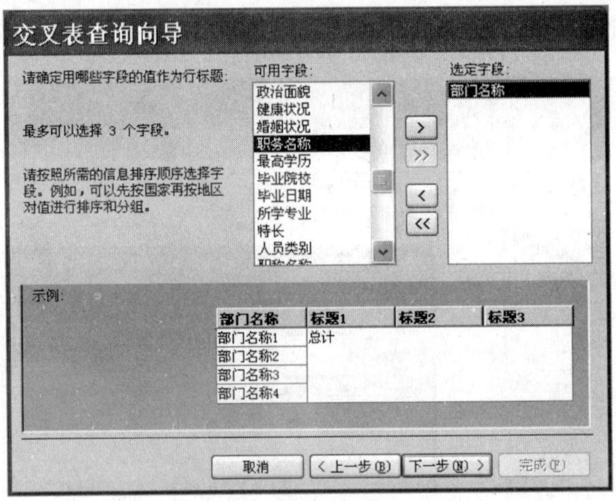

图 6-19　确定用哪些字段的值作为行标题

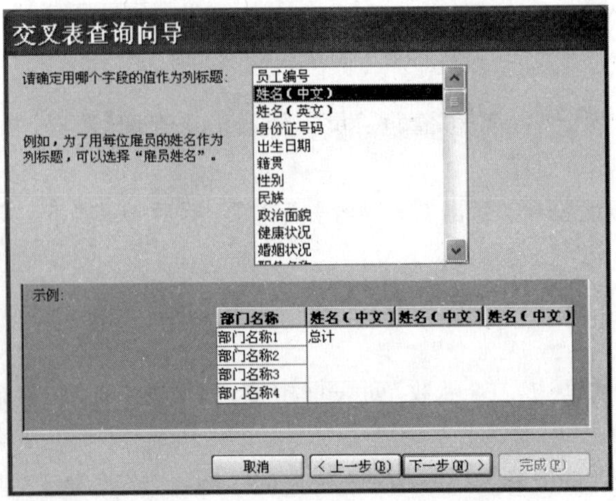

图 6-20　确定用哪个字段的值作为列标题

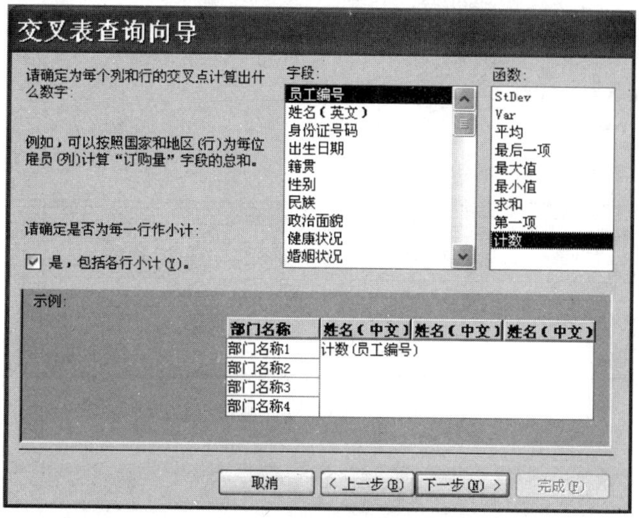

图 6-21 确定为每个列和行的交叉点计算出什么数字

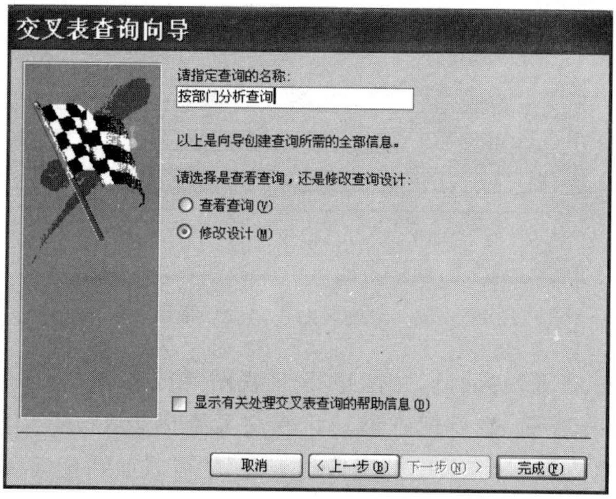

图 6-22 指定查询的名称

(7) 打开查询设计视图，如图 6-23 所示。

(8) 把“姓名(中文)”字段修改为“表达式：‘人数’”，把最后一列“总计”删除，此时的查询设计视图如图 6-24 所示，然后保存查询。

用同样的方法可以创建按性别分析查询和按学历分析查询。

二、创建按年龄分析查询

按年龄分析查询是对员工的年龄进行分段，每 10 年作为一个年龄段，即可分为 20～30 岁、30～40 岁、40～50 岁、50 岁以上几档进行查询。下面将介绍在设计视图中，创建这个交叉表查询的方法，具体创建步骤如下。

(1) 在数据库窗口中，选择“查询”选项，打开“查询”窗口。在“查询列表”窗口中，单

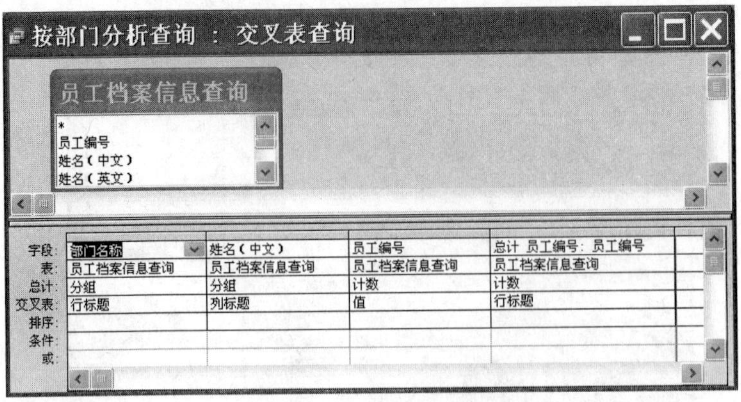

图 6-23　查询设计视图

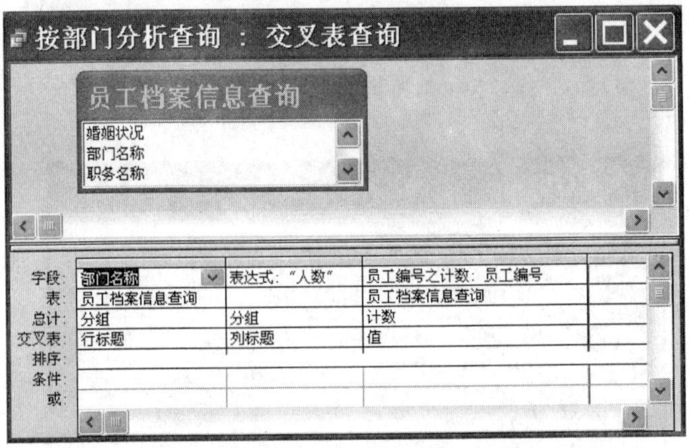

图 6-24　修改后的查询设计视图

击"在设计视图中创建查询"对话框,并打开"设计视图"窗口。

(2) 创建一个选择查询,然后把查询转化为交叉查询。在"显示表"对话框中,双击"查询:员工档案信息查询",则"员工档案信息查询"就被添加到查询设计网格的上部,如图 6-25 所示。

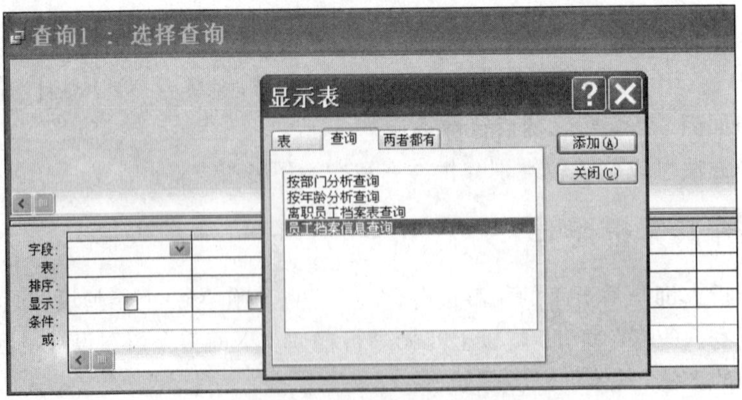

图 6-25　"显示表"对话框

(3) 在设计网格第 1 列的字段行中，输入表达式“年龄：Int((Date()－[出生日期])/3650)＊10 & "——" & Int((Date()－[出生日期])/3650＋1)＊10 & "岁"”；在第 2 列字段行中，输入表达式“表达式："人数"”；在第 3 列字段行中，选择“姓名(中文)”字段。

表达式“Int((Date()－[出生日期])/3650)＊10”的含义是当天日期 Date()减去出生日期，得到两个日期的差；再除以 3650，得到其差中包含几个十年。用 Int 取整后得到 1 位整数，最后乘以 10 后得到 2 位整数。表达式后面的意义也与此相同，只是在取整后加 1。

(4) 选择“查询”→“交叉表查询”命令，这时在查询设计网格中，添加了“总计”和“交叉表”行。

(5) 在第 1、2 列的“总计”行中选择“分组”选项，在第 3 列中选择“计数”选项。

(6) 在第 1、2 列的“交叉表”行中分别选择“行标题”和“列标题”选项，在第 3 列中选择“值”选项，如图 6-26 所示。

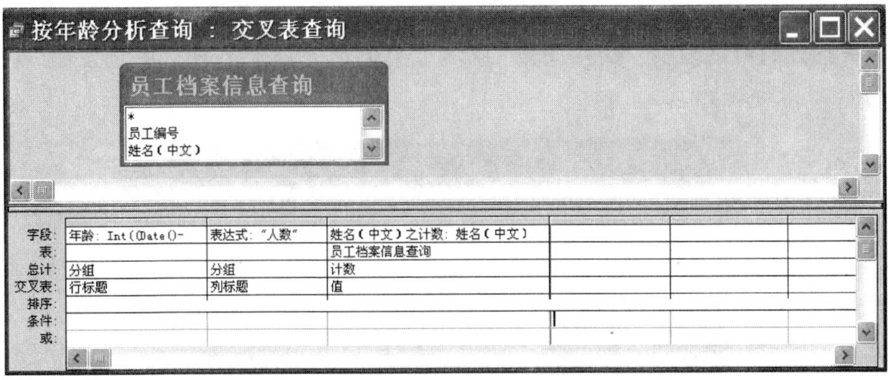

图 6-26　按年龄分析查询设计视图

(7) 在保存后，双击“按年龄分析查询”，打开查询的数据表视图，可以看到查询的创建结果，如图 6-27 所示。

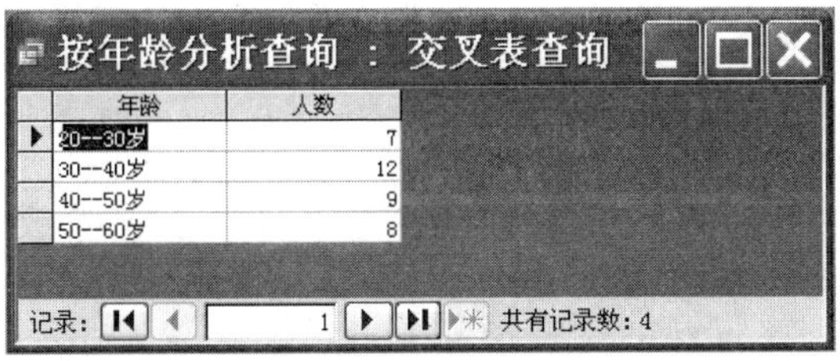

图 6-27　按年龄分析查询数据表视图

三、创建员工档案信息查询

创建员工档案信息查询主要是为了查询在职员工的档案信息，具体操作步骤如下。

(1) 单击“使用向导创建查询”，打开“简单查询向导”对话框。在“表/查询”下拉列表框中选择“表：员工档案信息表”，选中所有字段后，单击“下一步”按钮，如图 6-28 所示。

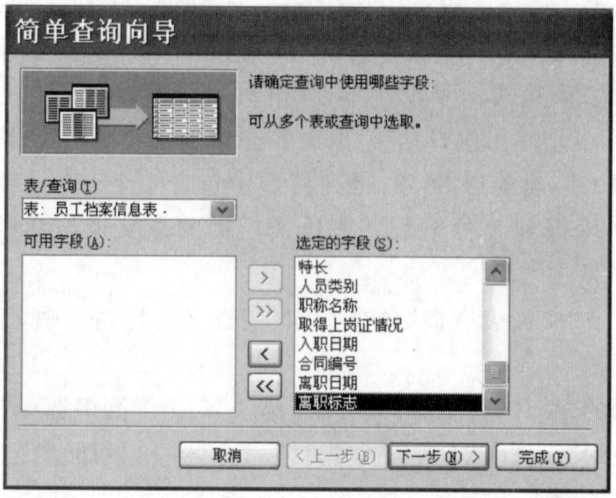

图 6-28 “简单查询向导”对话框

(2) 在打开的对话框中,选择“明细(显示每个记录的每个字段)”单选按钮,单击“下一步”按钮,如图 6-29 所示。

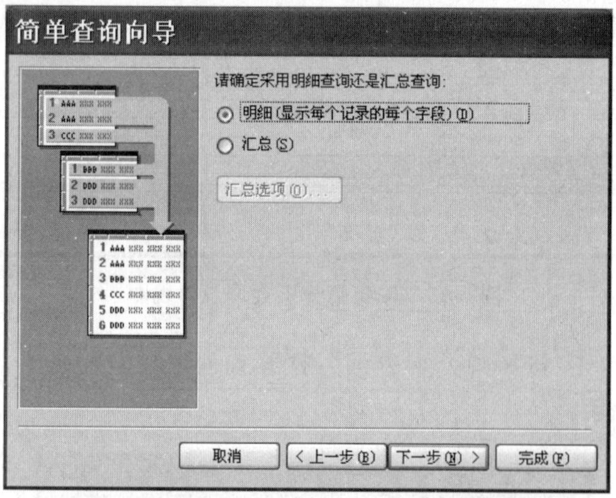

图 6-29 确定采用明细查询还是汇总查询

(3) 在打开的对话框中,输入“员工档案信息查询”,选择“修改查询设计”单选按钮,单击“下一步”按钮,如图 6-30 所示。

(4) 利用设计视图,打开员工档案信息表,在“离职标志”字段的“条件”行处,输入 No,如图 6-31 所示。

四、创建离职员工归档查询

离职员工归档查询是把离职员工的信息从员工档案信息表,追加到离职员工档案表中。离职员工归档查询属于追加查询,需要首先创建一个选择查询,然后把选择查询转换为追加查询。值得注意的是离职员工归档查询需要从员工档案信息表中挑选出离职员工。创建离职员工归档查询的操作步骤如下。

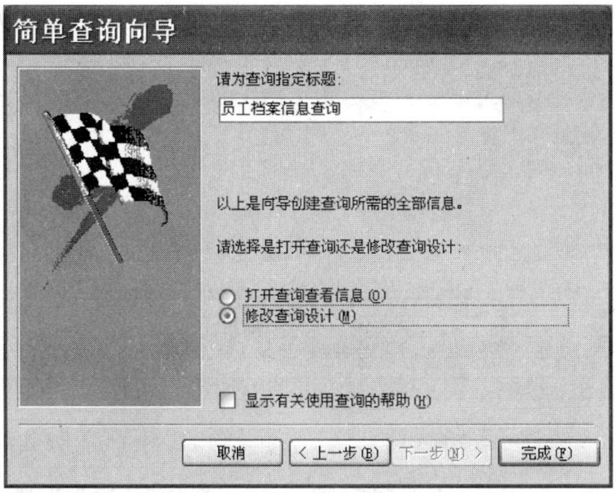

图 6-30　为查询指定标题

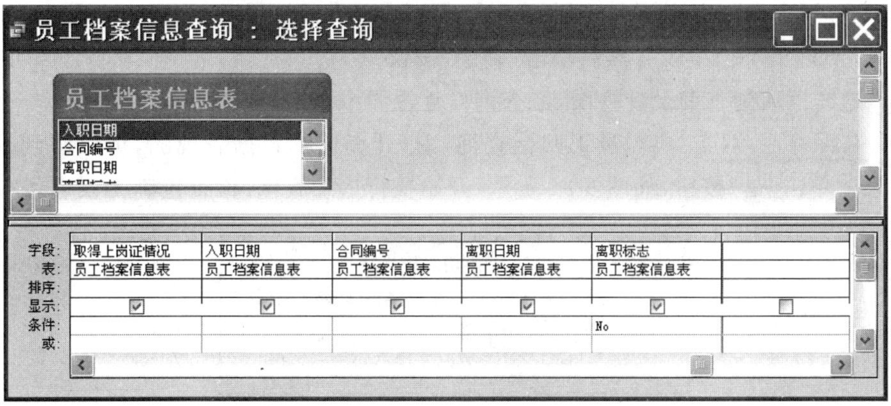

图 6-31　员工档案信息查询设计视图

（1）把创建好的员工档案信息查询复制一个副本，命名为“离职员工归档查询”。

（2）以查询设计视图打开离职员工归档查询，选择“查询”→“追加查询”命令，打开“追加”对话框。在“表名称”下拉列表框中，选择“离职员工档案表”选项，然后单击“确定”按钮，如图 6-32 所示。

图 6-32　“追加”对话框

（3）利用设计视图打开离职员工归档查询，在“离职标志”字段的“条件”行处，输入

Yes,如图 6-33 所示。

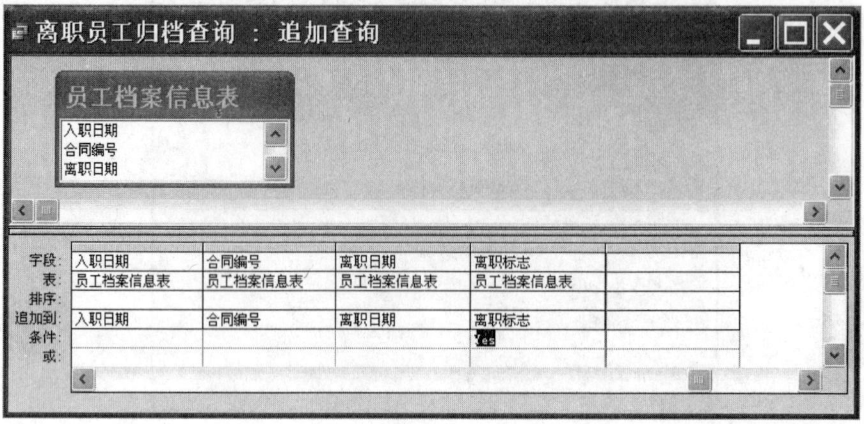

图 6-33　离职员工归档查询设计视图

（4）选择“查询”→“追加查询”命令，这时打开“追加”对话框。在“表名称”下拉列表框中选择“离职员工档案表”，然后单击“确定”按钮。

（5）这时返回到查询设计视图，在查询设计视图中出现“追加到”行。

（6）在保存后，双击“离职员工归档查询”，打开查询的数据表视图，可以看到查询的创建结果。单击“是”按钮，如图 6-34 所示，开始执行追加查询，检查正确无误后保存。

图 6-34　提示框

五、创建离职员工删除查询

离职员工删除查询的作用是删除表中的记录，在人力资源部每月进行汇总工作时使用。下面介绍员工档案信息查询的操作步骤。

（1）选中创建好的“员工档案信息查询”，选择“编辑”→“复制”命令，然后选择“编辑”→“粘贴”命令，在打开的对话框中，输入“离职员工删除查询”。

（2）以查询设计视图打开离职员工删除查询，选择“查询”→“删除查询”命令，在查询设计网格中，添加了“删除”行，在该行中有 Where 表示位置，如图 6-35 所示。

（3）在保存后，双击“离职员工归档查询”，打开查询的数据表视图，可以看到查询的创建结果，检查正确无误后保存。

在此查询创建完成后，在每个月完成查询归档操作后，执行删除上月考勤查询，就可以把上个月的离职员工归档记录删除。

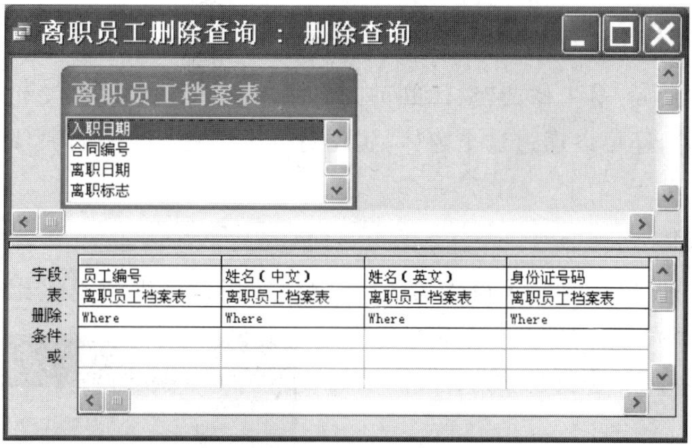

图 6-35　添加“删除”行的查询设计视图

六、创建离职员工档案表查询

离职员工档案表查询是人力资源部查看离职员工档案时使用。

创建离职员工档案表查询和员工档案信息查询的操作步骤基本相同，这里不再赘述。

创建离职员工档案表查询的结果如图 6-36 所示。

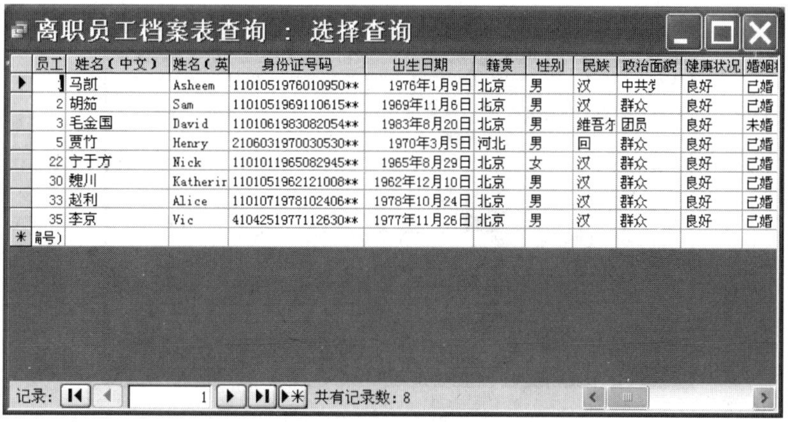

员工	姓名(中文)	姓名(英	身份证号码	出生日期	籍贯	性别	民族	政治面貌	健康状况	婚姻
1	马凯	Asheem	1101051976010950**	1976年1月9日	北京	男	汉	中共党	良好	已婚
2	胡茄	Sam	1101051969110615**	1969年11月6日	北京	男	汉	群众	良好	已婚
3	毛金国	David	1101061983082054**	1983年8月20日	北京	男	維吾尔	团员	良好	未婚
5	贾竹	Henry	2106031970030530**	1970年3月5日	河北	男	回	群众	良好	已婚
22	宁于方	Nick	1101011965082945**	1965年8月29日	北京	女	汉	群众	良好	已婚
30	魏川	Katherir	1101051962121008**	1962年12月10日	北京	男	汉	群众	良好	已婚
33	赵利	Alice	1101071978102406**	1978年10月24日	北京	男	汉	群众	良好	已婚
35	李京	Vic	4104251977112630**	1977年11月26日	北京	男	汉	群众	良好	已婚
编号)										

图 6-36　离职员工档案表查询

第五节　系统窗体的设计与实现

窗体是用户操作数据库的界面，一个软件的好坏除了以功能来判定之外，对用户而言，是否容易操作也是非常重要的考量标准。好的界面不仅方便用户的操作，而且不需要花费太多的时间就能掌握。在 Access 中，设计窗体是件非常愉快的工作，系统提供了一个可视化的操作环境，可以使用户随心所欲地安排按钮、图片和数据的位置。在人事档案管理子系统中，需要建立多个窗体，以提供基本的数据编辑和管理功能。

一、创建“新员工录入/员工修改”窗体

使用“新员工录入/员工修改”窗体既可以完成对新员工的录入，又可以对老员工的记录进行修改。另外，还可以通过这个窗体，实现对员工档案、工作简历、学历信息和调动信息的查询。

1. 创建子窗体

“员工信息管理”窗体是主子窗体的形式，因此使用设计视图创建比较方便。在创建主子窗体的过程中，需要用到两个子窗体：“调动信息表”子窗体和“工作简历表”子窗体。创建步骤如下。

(1) 在数据库窗口中，选中“表”选项，在“表对象”列表窗格中，选中“工作简历表”选项，在工具栏中单击(自动窗体)按钮，立即创建一个“工作简历表”窗体，如图 6-37 所示。

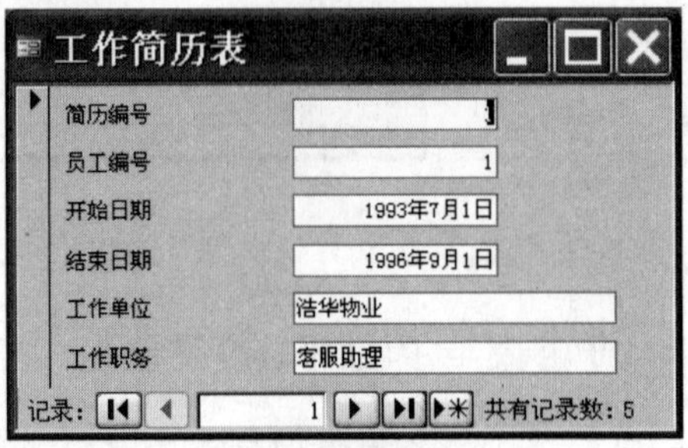

图 6-37 “工作简历表”窗体

(2) 打开窗体设计视图，把简历编号文本框删除，并双击左上角的选定按钮，打开窗体属性对话框，选择“全部”选项卡，把窗体的“默认视图”属性修改为“数据表”，如图 6-38 所示。

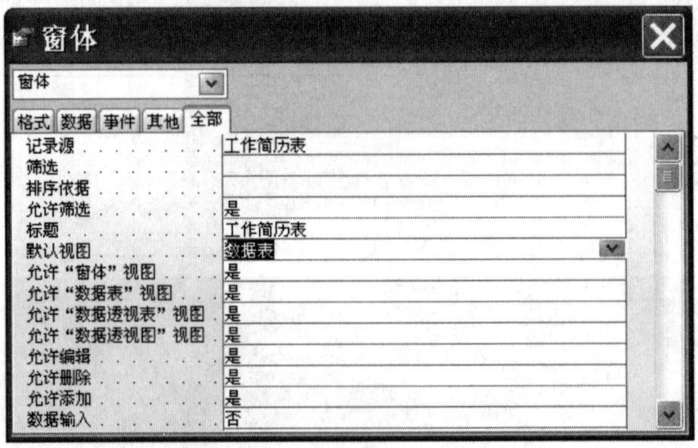

图 6-38 窗体属性对话框(1)

(3) 使用同样的方法，创建“调动信息表”窗体，并进行同样的设置。

2. 创建主窗体

创建“员工信息管理”主窗体的步骤如下。

(1) 在数据库窗口中，选择“窗体”，并在“窗体对象”列表窗格中，单击“在设计视图中创建窗体”图标，打开窗体设计视图。

(2) 选择“视图”→“窗体页眉页脚”命令，添加窗体页眉和页脚。在窗体的页眉节上添加一个标签，标签的标题为“用户信息管理”，字号为 26，字体为宋体，颜色为黑色，并把标签拖放到页眉的居中位置。

(3) 双击窗体左上角的(窗体属性)按钮，打开“窗体”属性对话框，选择“全部”选项

卡，在“记录源”列表中选中“员工档案信息表”，打开“员工档案信息表”的字段列表对话框，如图 6-39 所示。

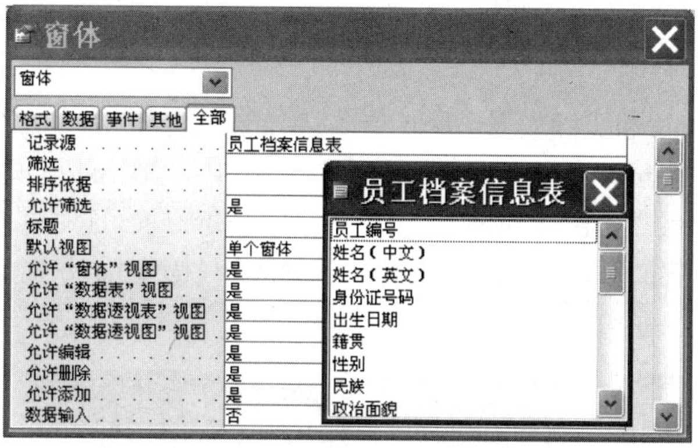

图 6-39 窗体属性对话框(2)

(4) 单击(控件向导)按钮，取消控件向导。在工具箱中单击(选项组)按钮，在主体节绘制出一个矩形框。双击“选项组”附加标签，打开属性对话框，在“标题”文本框中输入“员工基本信息”，适当调整标签的大小，使输入文字可以全部显示。

(5) 在“字段”列表中，将“员工编号”、“姓名(中文)”、“姓名(英文)”、“身份证号码”、“出生日期”、“籍贯”、“性别”、“民族”、“政治面貌”、“健康状况”、“婚姻状况”、“最高学历”、“毕业院校”、“毕业日期”、“所学专业”、“特长”、“人员类别”、“职称名称”、“取得上岗证情况”、“离职日期”、“离职标志”等这些字段拖放到选项组中，并分为 3 列排放。

(6) 在对齐调整中，选中排列的各个控件，选择“格式”→“对齐”→“左对齐”命令。重复上述操作。选中“靠上对齐”方式，使这 3 列控件排列整齐。然后选择“格式”→“水平间距”命令，调整控件水平均匀排列，然后再调整控件垂直均匀排列。

(7) 按照步骤(4)的方法在主体节中，再添加一个选项组，设置附加标签的标题为“员工任职资料”。把“入职日期”、“合同编号”、“部门名称”、“职务名称”等字段添加到这个选项组中，然后对齐排列。设置后的结果，如图 6-40 所示。

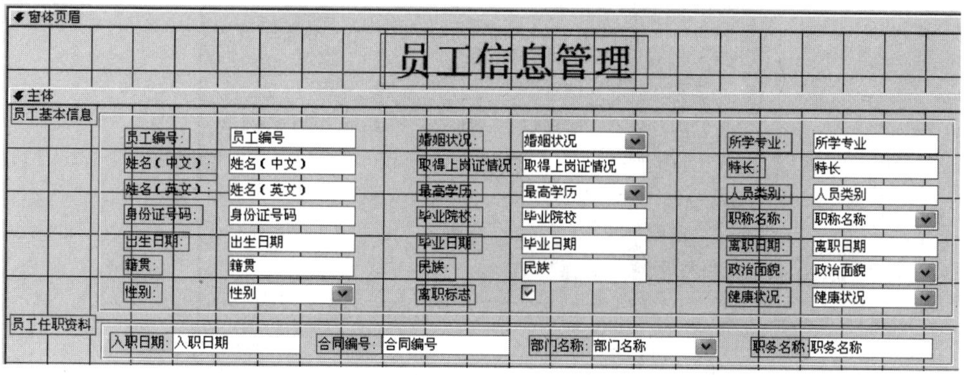

图 6-40 “员工基本信息”和“员工任职资料”选项组的设计

(8) 在工具箱中,单击(选项卡控件)按钮,在主体节选项组的下方画出一个矩形。这样就添加了一个选项卡控件,按照“员工信息管理”选项卡的设置方法,依次把两个选项卡的页名称和标题设置为“工作简历”和“调动信息”。

3. 添加子窗体

添加子窗体的方法和步骤如下。

(1) 单击(控件向导)按钮,打开控件向导。选中“工作简历”页,在工具箱中单击(子窗体/子报表)按钮,在“工作简历”页中画出一个矩形框,这时打开“子窗体向导”对话框。选择“使用现有的窗体”单选按钮,在窗体列表中,选择“工作简历表”选项,然后单击“下一步”按钮,如图 6-41 所示。

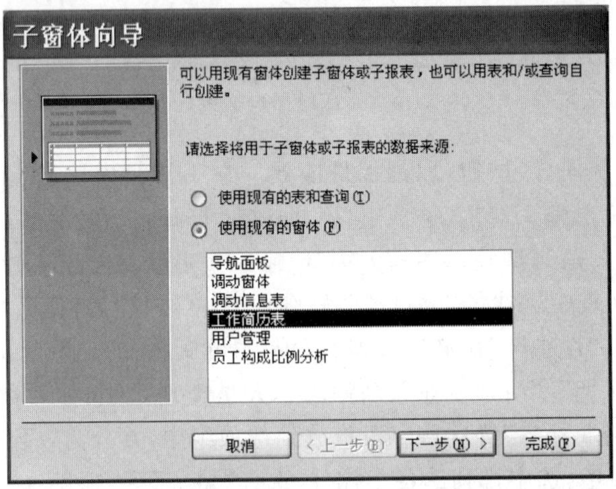

图 6-41　创建子窗体或子报表

(2) 在打开的对话框中,使用默认选项,然后单击“下一步”按钮,如图 6-42 所示。

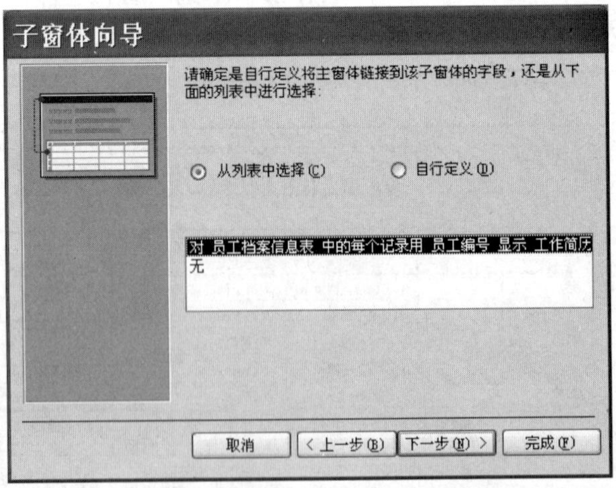

图 6-42　确定主窗体链接到该子窗体的字段

(3) 在打开的对话框中,使用默认的名称,然后单击“完成”按钮,如图 6-43 所示。

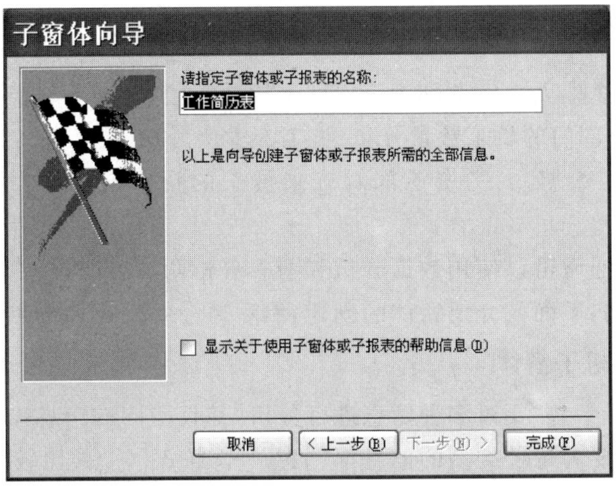

图 6-43　指定子窗体或子报表的名称

(4) 采用同样的方法,在“调动信息”页中,添加“调动信息表”子窗体。

(5) 在设计视图中,把两个子窗体的附加标签删除,然后适当调整选项卡和子窗体的宽度。到此,“员工信息管理”窗体创建完成,创建后的结果如图 6-44 所示。

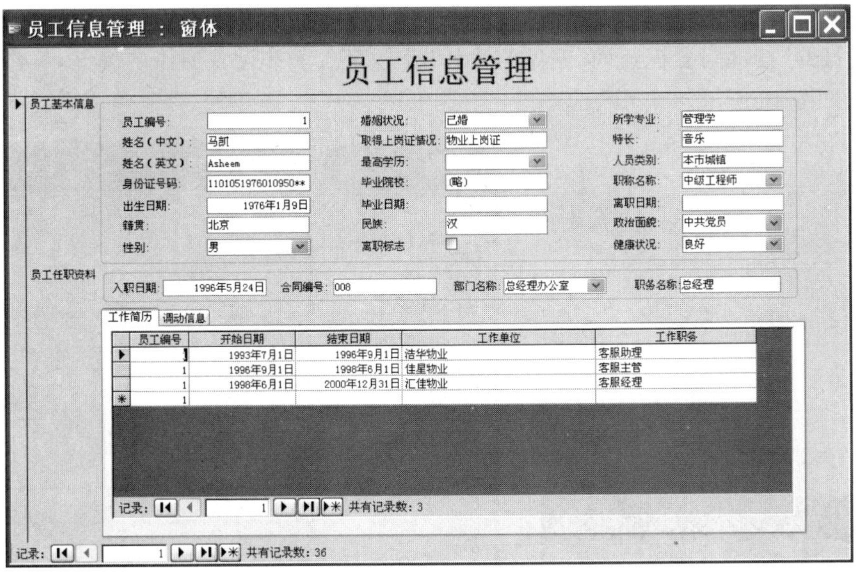

图 6-44　“员工信息管理”窗体的设计结果

打开窗体后,单击窗体下边的记录按钮,可分别进行“转至第一项记录”、“转至前一项记录”、“转至下一项记录”、“转至最后一项记录”、“添加新记录”等操作。在主窗体上显示某个员工的信息后,子窗体也同时显示出该员工的相应信息,这样就形成了主子窗体的联动。

在相应字段上右击,并在“筛选目标”中输入相应信息,可以实现对数据的查询操作。

二、创建按部门分析查询、按部门分析查询图窗体

在员工管理中,企业人力资源部为了宏观掌握员工信息,需要对员工信息进行各种整体分析。例如:每个部门的员工数量分布、员工的学历分布、员工的年龄分布和员工的性别分布等。根据这些数据,人力资源部对未来员工的招聘、员工的培训等做出正确的规划。

对于员工信息,通常可以使用数据分析和图表分析两种方法进行分析,员工信息分析窗体是主子窗体结构,下面先介绍窗体的创建,然后再介绍主窗体的创建。

1. 创建数据分析子窗体

在员工信息分析中,需要对多种信息进行分析,并且不同的信息需要在不同的窗体中显示。但是,并不需要为每种类型的信息都创建一个窗体。一种比较好的方法是分别为数据分析和图表分析创建两个样板窗体,在显示其他信息时,只要在程序中修改相应窗体的数据源就可以实现不同信息的显示。具体操作步骤如下。

(1) 以在查询中已经创建好的"按部门分析查询"交叉表查询为数据源,打开"新建窗体"对话框。选择"自动创建窗体:表格式",在"请选择该对象数据的来源表或查询:"下拉列表框中选择"按部门分析查询",然后单击"确定"按钮,命名为"按部门分析查询",如图 6-45 所示。

(2) 打开"按部门分析查询"窗体的设计视图,双击■并设置窗体的属性,其需要设置的属性如图 6-46 所示。

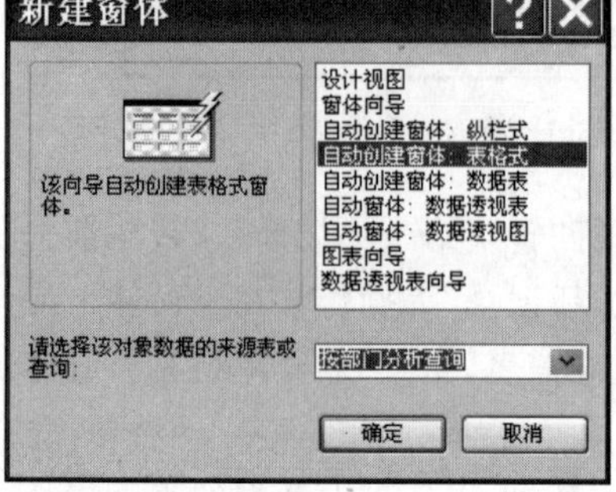

图 6-45 "新建窗体"对话框(1)

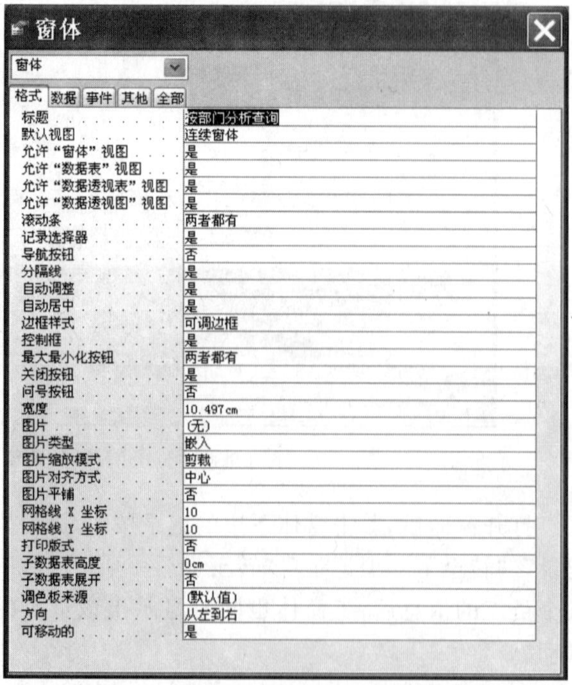

图 6-46 "按部门分析查询"窗体的属性设置

(3) 在“窗体页眉”中，添加一个标签“百分比”，在“主体”中添加一个文本框，并删除标签文本框，在文本框的“控件来源”属性中输入表达式“=[人数]/Sum([人数])”，数据属性“格式”设置为“百分比”，“小数位数”设置为 2。用同样的方法，在“窗体页脚”中，添加两个文本框，独立标签的标题为“合计人数”、100%。在“人数”标签对应的下边，添加一个文本框，在文本框的“控件来源”属性中输入表达式“= Sum([人数])”，如图 6-47 所示。

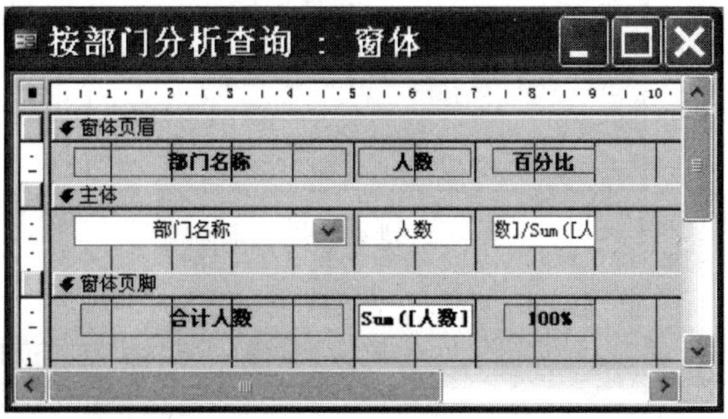

图 6-47　“按部门分析查询”设计视图窗体

(4) 创建“按部门分析查询”窗体后的结果，如图 6-48 所示。

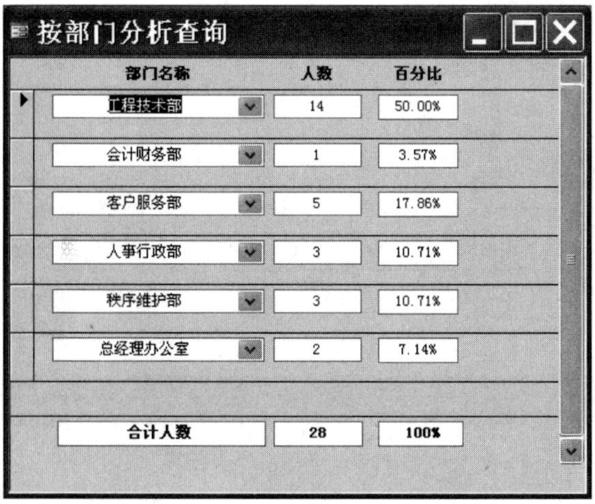

图 6-48　“按部门分析查询”窗体

2. 创建图表分析窗体

以图形或图表形式显示数据，其效果比数字更直观。图表窗体就是用图形来显示数据的。创建图表分析窗体的操作步骤如下。

(1) 在数据库窗口中，选择“窗体”，在工具栏中单击“新建”按钮，打开“新建窗体”对话框。选择“图表向导”选项，在“请选择该对象数据的来源表或查询：”下拉列表框中选择“按部门分析查询”选项，然后单击“确定”按钮，如图 6-49 所示。

(2) 在打开的对话框中，把“部门名称”和“人数”字段全部选中，然后单击“下一步”按钮，如图 6-50 所示。

(3) 在打开的对话框中，选择“三维饼图”，然后单击“下一步”按钮，如图 6-51 所示。

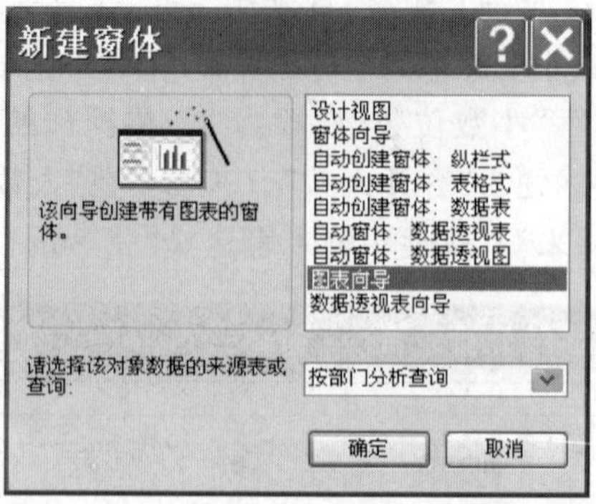

图 6-49 “新建窗体”对话框(2)

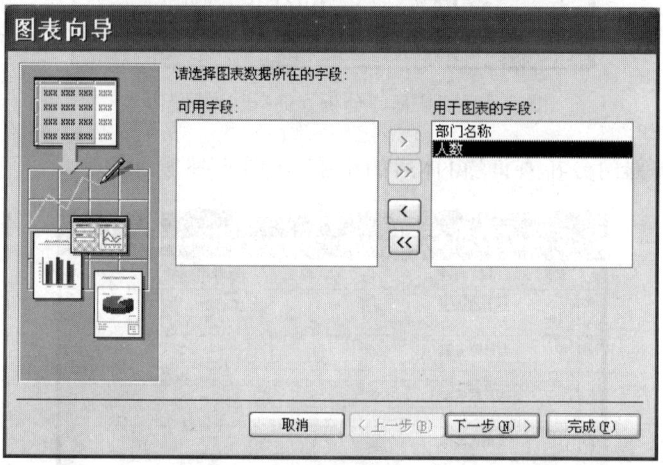

图 6-50 选择图表数据所在的字段

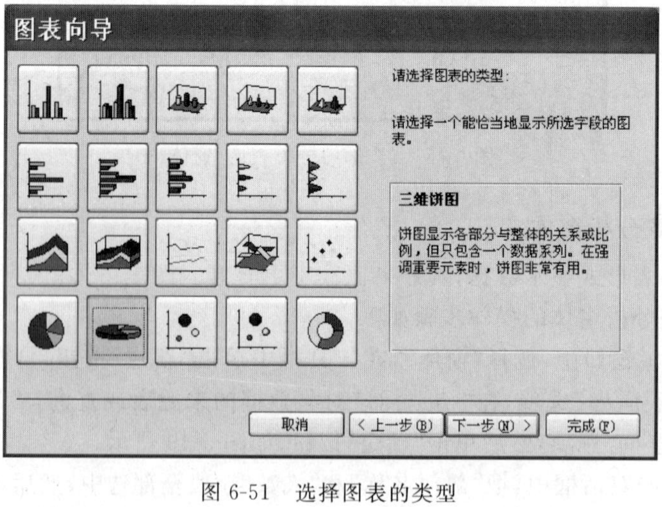

图 6-51 选择图表的类型

(4) 在打开的对话框中，不做修改，单击“下一步”按钮，如图 6-52 所示。

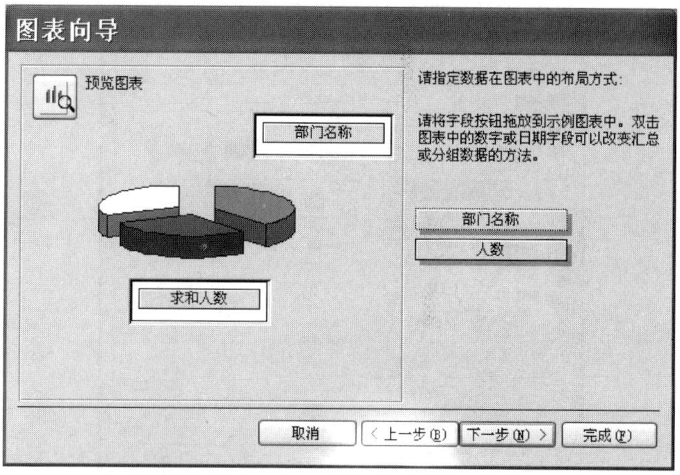

图 6-52　指定数据在图表中的布局方式

(5) 在打开的对话框中,选择“否,不显示图例”和“修改窗体或图表的设计”单选按钮,然后单击“完成”按钮,如图 6-53 所示。

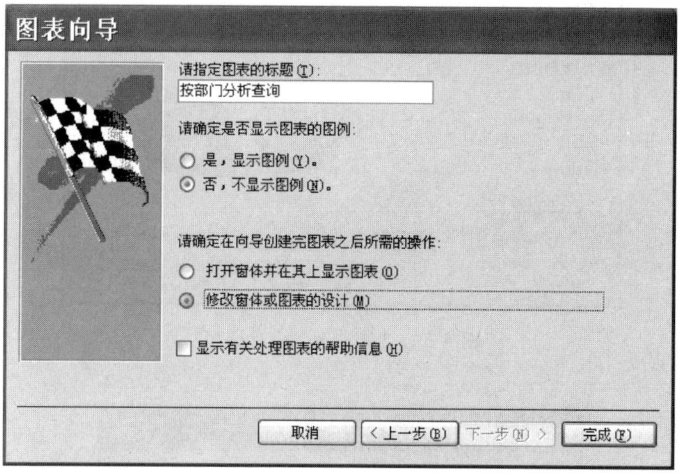

图 6-53　指定图表的标题

(6) 在打开的窗体设计视图中,修改图表的大小,使之与数据分析窗体的高度和宽度相等。

(7) 选择“图表”→“图表类型”命令,打开“图表类型”对话框。选择“分离型三维饼图”,然后单击“确定”按钮,如图 6-54 所示,这样就把图表转变成分离型三维饼图。

(8) 选择“图表”→“图表选项”命令,打开“图表选项”对话框。选中“类别名称”和“百分比”复选框,然后单击“确定”按钮,如图 6-55 所示。

(9) 双击图表区,在打开的“图表区格式”对话框中,选择“图案”选项卡,选中蓝色,然后选择“字体”选项卡,选择字体为宋体,字号为 16,然后单击“确定”按钮,如图 6-56 所示。

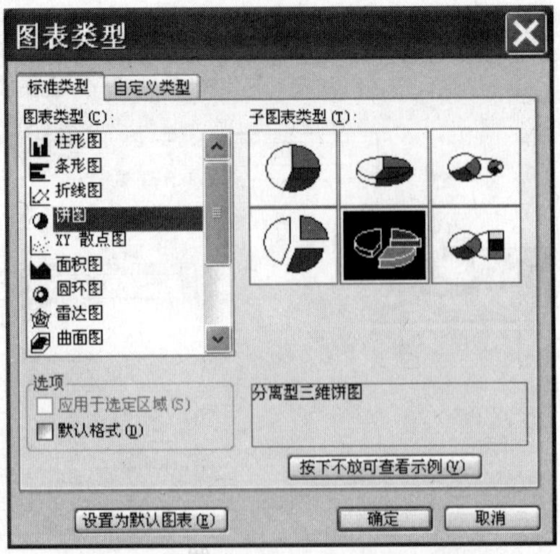

图 6-54 “图表类型”对话框

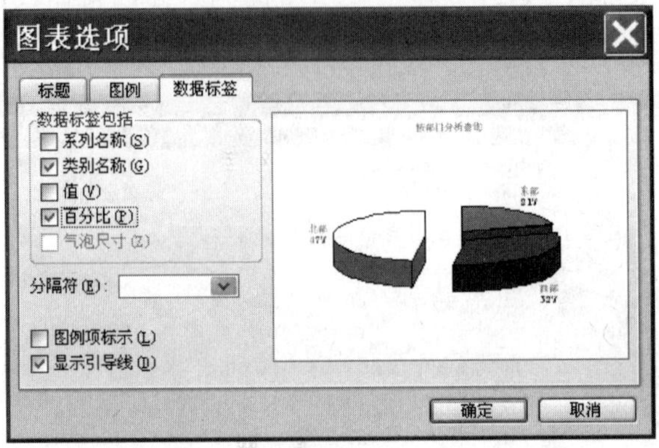

图 6-55 “图表选项”对话框

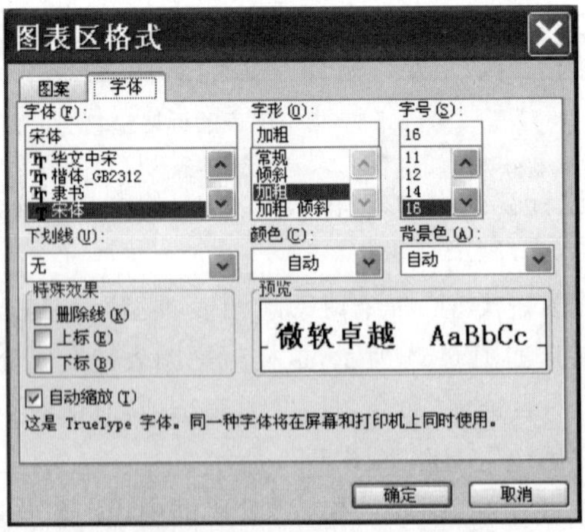

图 6-56 “图表区格式”对话框

(10) 单击右上角的“关闭”按钮。在弹出的“保存”对话框中，把窗体命名为“图表分析”，然后单击“确定”按钮。至此，窗体创建完成，创建结果如图 6-57 所示。

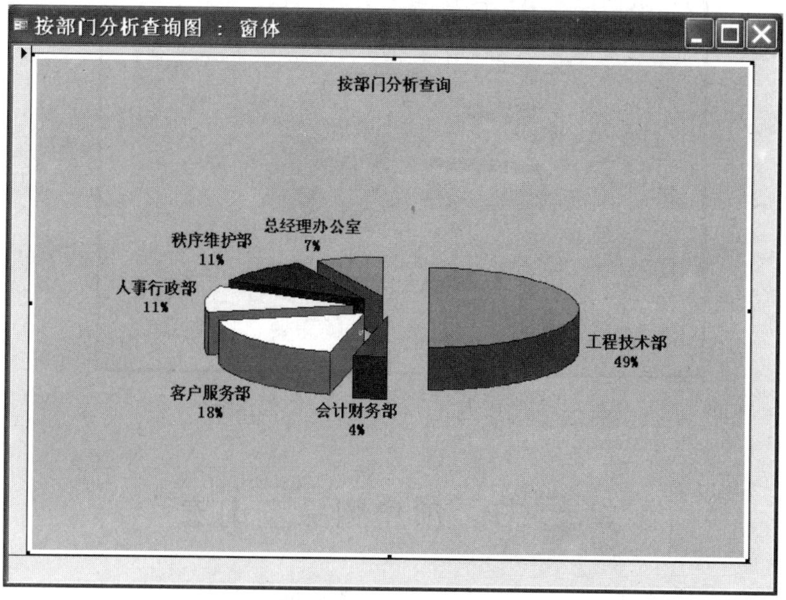

图 6-57　“图表分析”窗体的创建结果

图表窗体的属性设置与数据分析窗体相同。

三、创建按年龄分析查询、按年龄分析查询表窗体

本部分与创建“按年龄分析查询”、“按年龄分析查询图”窗体相同，按照同样的方法和步骤相同，不再重复介绍了，设置的最后结果分别如图 6-58 和图 6-59 所示。

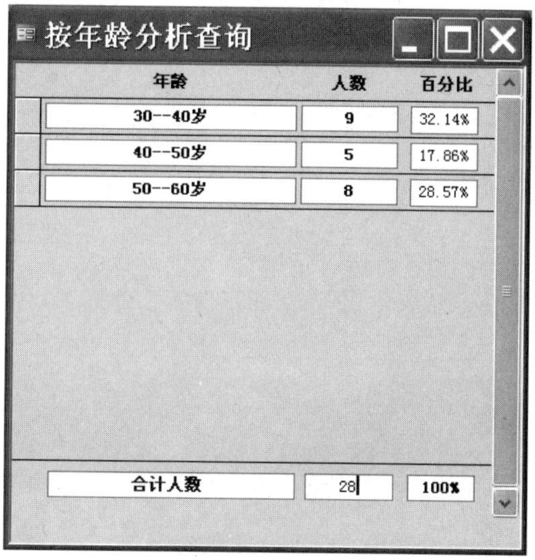
按年龄分析查询
年龄
人数
百分比
30--40岁
9
32.14%
40--50岁
5
17.86%
50--60岁
8
28.57%
合计人数
28
100%

图 6-58　“按年龄分析查询”的创建结果

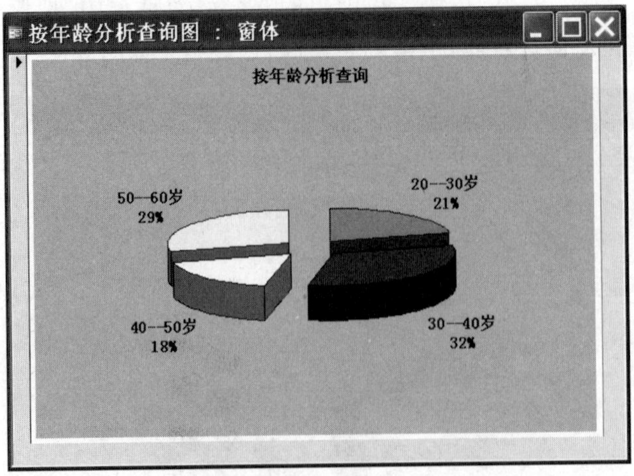

图 6-59 “按年龄分析查询图”的创建结果

第六节 创建删除查询宏

宏是由一系列操作组成的命令集合，可以对数据库中的对象进行各种操作，使用宏可以为数据库应用程序添加许多自动化的功能，并将各种对象连接成一个有机的整体。

在查询设计中，已经创建了“离职员工删除查询”，为了执行这个查询，需要创建“删除查询宏”。创建的步骤如下。

(1) 在“对象”列表中，选择“宏”，在工具栏中单击“新建”按钮，打开“宏”对话框，如图 6-60 所示。

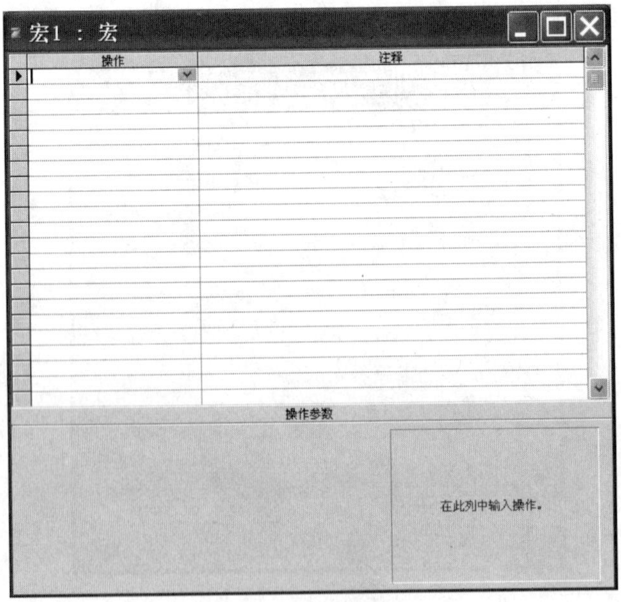

图 6-60 “宏”对话框(1)

(2) 在“操作”列中选择 OpenQuery，在“查询名称”文本框中输入“离职员工删除查询”，如图 6-61 所示。

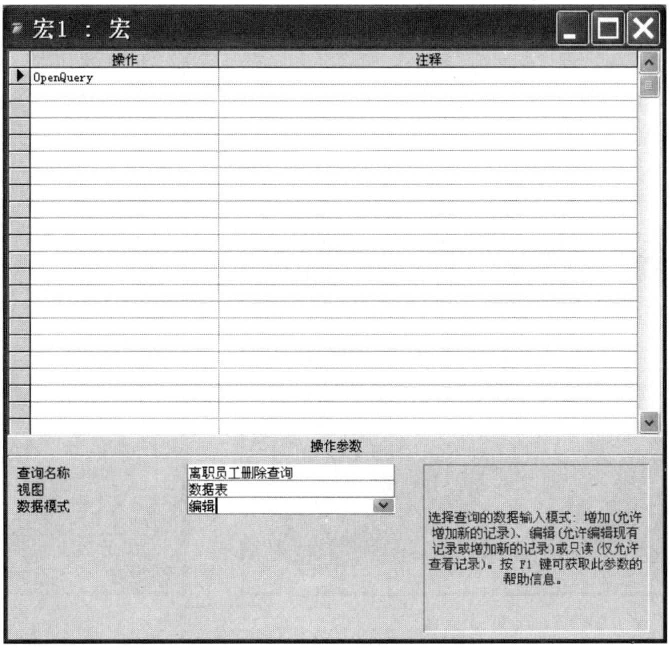

图 6-61　“宏”对话框(2)

(3) 宏名称定义为“删除查询宏”。

第七节　系统的集成与功能浏览

到此，人事档案管理信息子系统的主要对象就都已经创建完成了。下一步，需要把这些对象统一地组织起来，实现在一个窗体中对各个子系统对象的综合控制。在这里，控制窗体被定义为导航面板。

一、创建“导航面板”窗体

创建“导航面板”窗体的步骤如下。

(1) 在数据库窗口中，选择“窗体”，并在“窗体对象”列表窗格中，单击“在设计视图中创建窗体”图标，打开窗体设计视图如图 6-62 所示。

(2) 在工具栏中，单击 Aa (标签)按钮，添加文字“导航面板”，字号 26 粗体，颜色为黑色，并把标签拖放到“主体”的上部。关闭(控件向导)按钮，单击(选项组)按钮，在窗体中分别建立“数据维护查询”、“部门构成分析”、“年龄构成分析”和“离职员工信息”，如图 6-63 所示。

(3) 打开控件向导，单击(命令按钮)，利用控件向导选择“窗体操作”、“打开窗体”，单击“下一步”按钮，如图 6-64 所示。

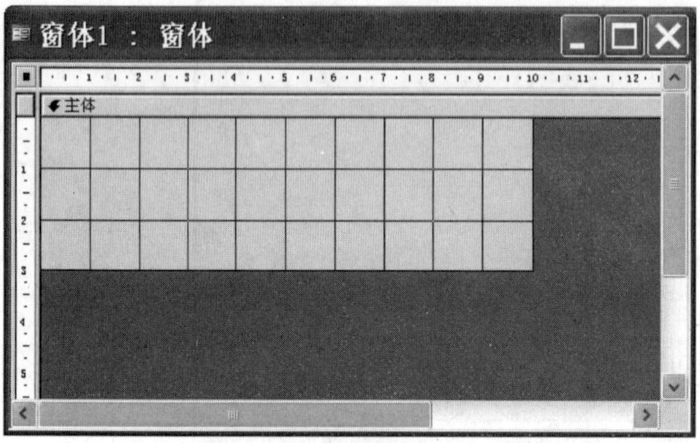

图 6-62　窗体设计视图

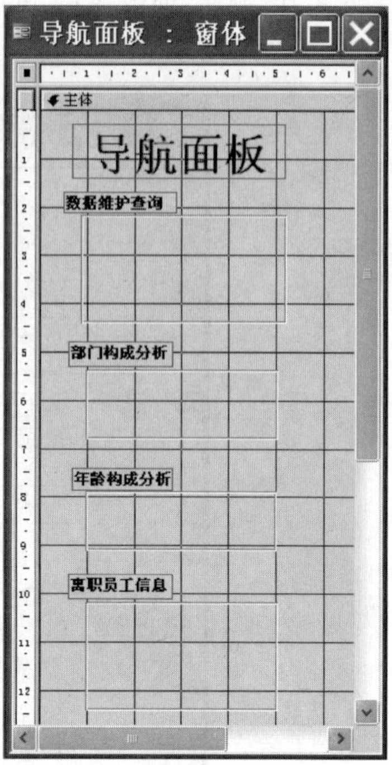

图 6-63　“导航面板”设计窗体

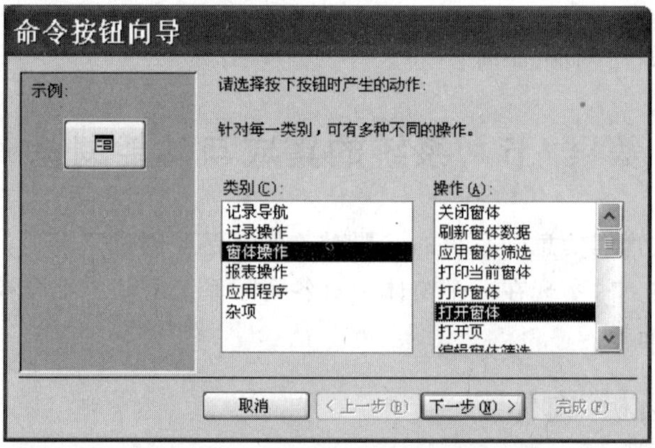

图 6-64　“命令按钮向导”对话框

（4）在打开的对话框中，选择“员工信息管理”选项，单击“下一步”按钮，如图 6-65 所示。

（5）选择“打开窗体并显示所有记录”单选按钮，单击“下一步”按钮，如图 6-66 所示。

（6）在打开的对话框中，选择“文本”单选按钮，输入“全体员工信息管理”，单击“下一步”按钮，如图 6-67 所示。

（7）在打开的对话框中，输入“全体员工信息管理”，单击“完成”按钮，如图 6-68 所示。

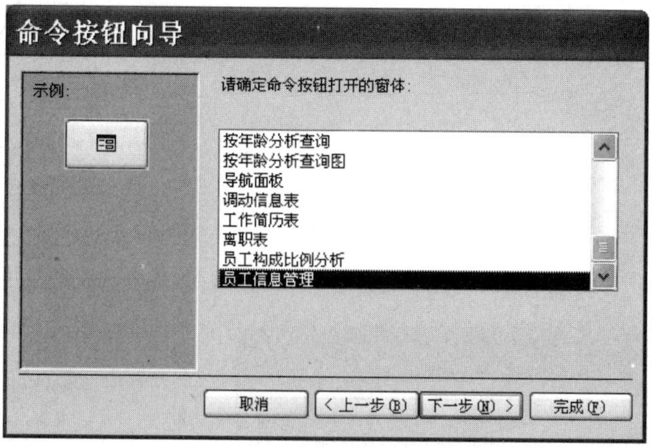

图 6-65　确定命令按钮打开的窗体

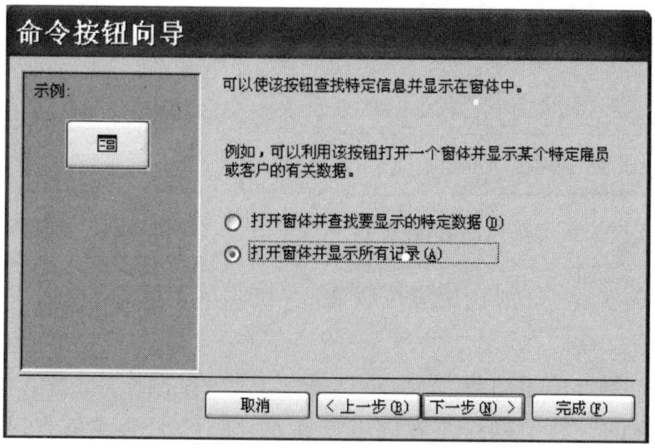

图 6-66　打开窗体并显示所有记录

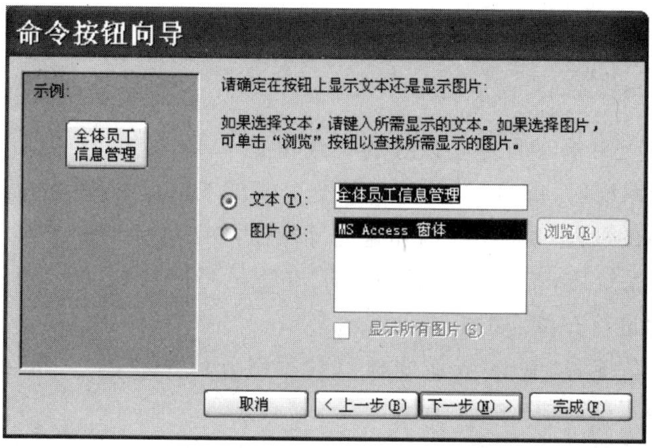

图 6-67　确定在按钮上显示文本还是显示图片

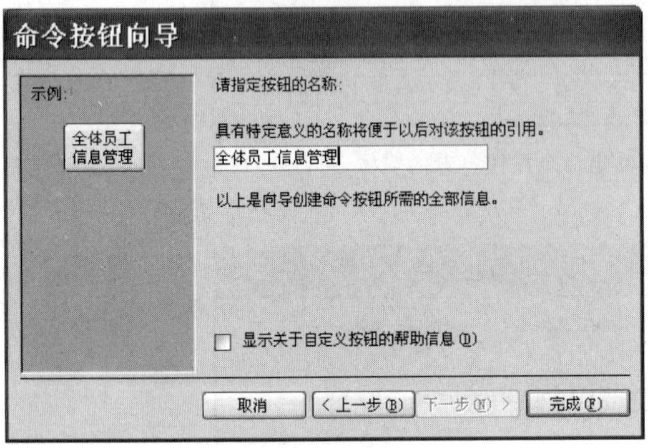

图 6-68　指定按钮的名称

图 6-69　“导航面板”窗体创建结果

（8）按照同样的步骤，分别在相应位置建立“在职员工信息管理”、“表格分析”、“图形分析”、“离职员工信息查询”、“追加信息”、“清空信息”等按钮。注意，在建立“离职员工信息查询”按钮时，在“命令按钮向导”类型中选择“杂项”，在操作中选择“运行查询”，再选择“离职员工档案表查询”，其他操作步骤同上。注意，在建立“清空信息”按钮时，在“命令按钮向导”类型中选择“杂项”，在操作中选择“运行宏”，再选择“删除查询宏”，其他操作步骤同上。在对齐调整中，选中排列的各个控件，然后选择“格式”→“对齐”→“左对齐”命令。创建的结果如图 6-69 所示。

二、系统的功能浏览

现在总览一下人事档案管理子系统的大致功能。

（1）在打开子系统后，单击“导航面板”的“全体员工信息管理”选项，即可实现对全体员工人事档案信息的新建、编辑、添加和查询等操作，如图 6-70 所示。

（2）在打开子系统后，单击“导航面板”的“在职员工信息管理”选项，即可实现对在职员工人事档案信息进行查询，如图 6-71 所示。

（3）在打开子系统后，单击“导航面板”的“表格分析”、“图形分析”选项，即可实现对部门人员构成浏览操作，如图 6-72 所示。

（4）在打开子系统后，单击“导航面板”的“离职员工信息查询”选项，即可实现对离职员工信息的查询操作，如图 6-73 所示。

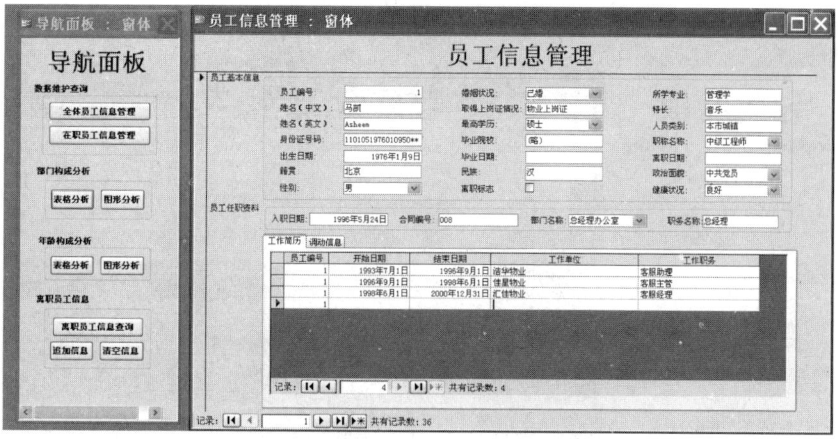

图 6-70 “全体员工信息管理”显示功能

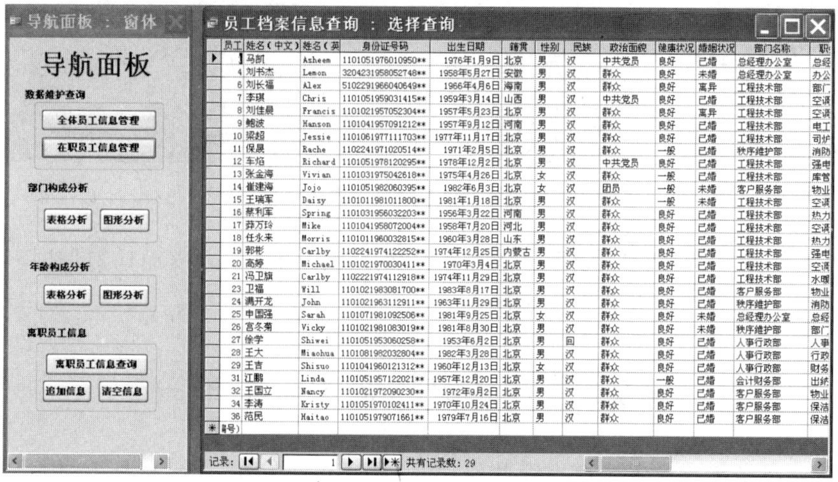

图 6-71 “在职员工信息管理”显示功能

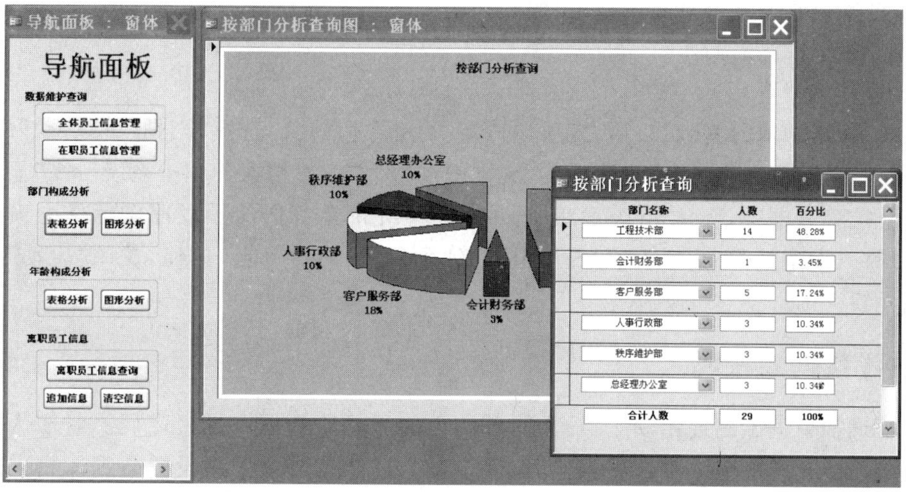

图 6-72 “表格分析”、“图形分析”显示功能

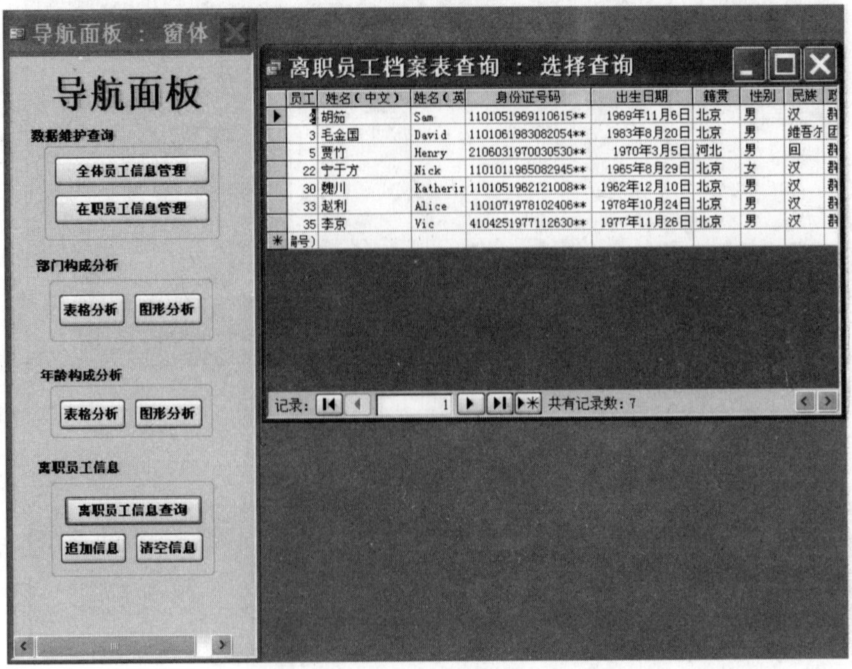

图 6-73 “离职员工信息查询”显示功能

(5) 在打开子系统后，分别单击“导航面板”的“清空信息”和“追加信息”选项，即可实现对离职员工人事档案信息的更新操作。

第八节 系统的调试与发布

系统调试是用来检查系统存在哪些错误，以便在正式发布之前，把所有的错误都尽可能全部予以纠正。在调试过程中，需要输入必要的数据，然后逐一运行所有的查询、窗体等，并检查能否正常运行、能否获得预想的结果。

一、设置启动选项

检查系统没有任何错误以后，就可以设置“启动”选项了。选择“工具”→“启动”命令，打开“启动”对话框。在“应用程序标题”文本框中输入“人事档案管理子系统”，在“显示窗体/页”下拉列表框中，选择“导航面板”选项。用事先准备好的应用程序图标作为窗体和报表的图标，设置后的“启动”对话框如图 6-74 所示。单击“确定”按钮，关闭“启动”对话框完成设置。

二、设置数据库密码

为了维护数据库的使用安全，最为简单的方法就是给数据库设置密码。对于人事档案管理子系统这样的一个存储有企业人员信息的数据库，可以采用设置数据库密码的方法保证系统的安全。为系统设计密码的步骤如下。

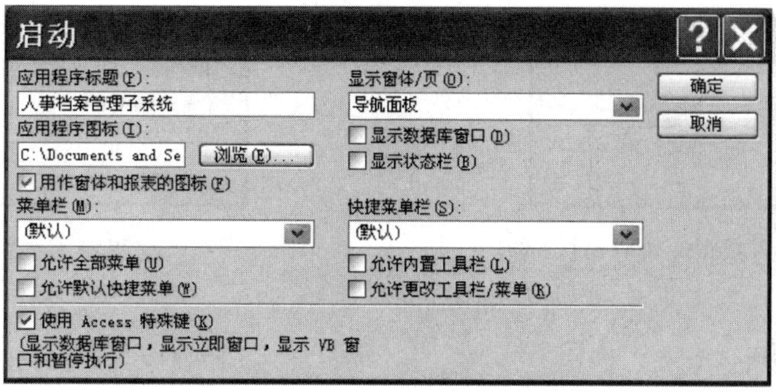

图 6-74　“启动”对话框

(1) 关闭数据库，为了数据资料的安全，可将数据库先复制一份。

(2) 在 Windows 环境下，选择“开始”→“所有程序”→Microsoft Office→Microsoft Office Access 2003，打开 Access 2003 应用程序。

(3) 在应用程序窗口中，选择“文件”→“打开”命令，弹出“打开”对话框。选择“人事档案管理子系统”数据库，然后单击“打开”按钮右侧的下拉箭头，选择“以独占方式打开”命令，如图 6-75 所示。

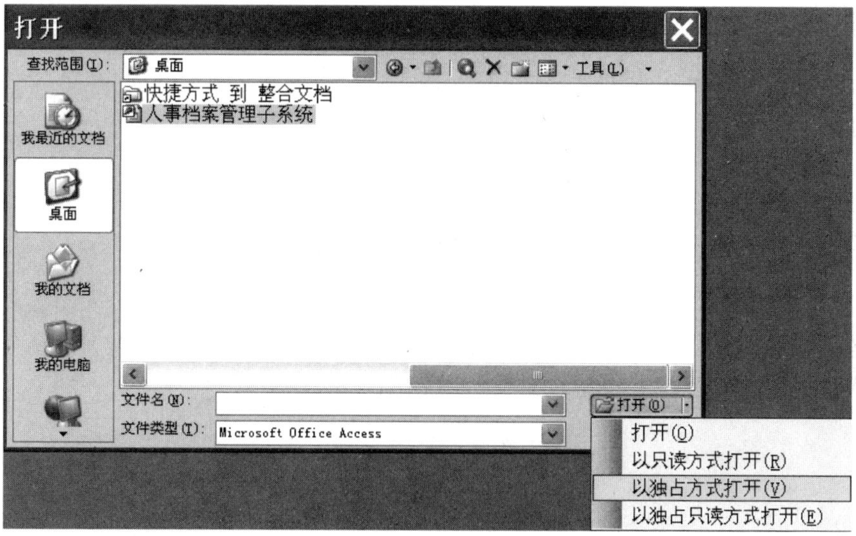

图 6-75　“打开”对话框

(4) 这时打开“人事档案管理子系统”，选择“工具”→“安全”→“设置数据库密码”命令，打开“设置数据库密码”对话框。在“密码”文本框中输入密码，然后在“验证”文本框中再重复输入一遍相同的密码，如图 6-76 所示，然后单击“确定”按钮，密码设置完成。

(5) 在设置密码后，再打开数据库时，便会弹出“要求输入密码”对话框。在“请输入数据库密码”文本框中输入正确的密码后，如图 6-77 所示，单击“确定”按钮，才能打开数据库。

如果遗忘了密码，则密码不能恢复因而将无法再打开数据库。

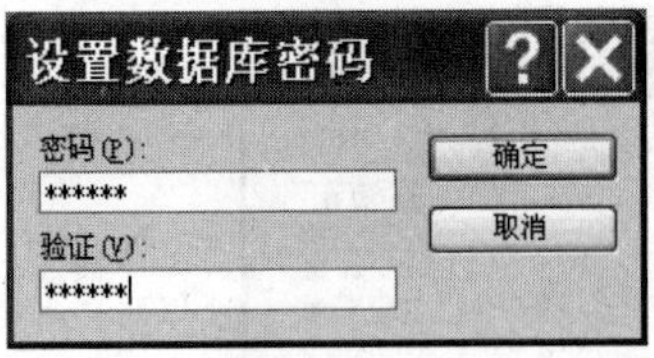

图 6-76 “设置数据库密码”对话框

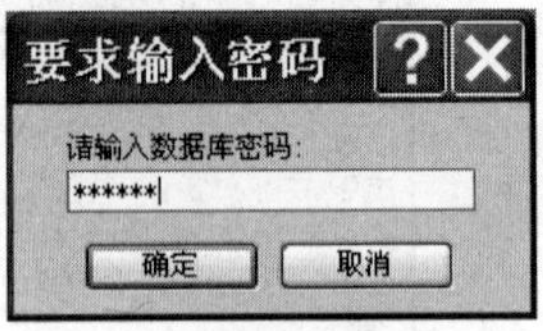

图 6-77 “要求输入密码”对话框

三、系统的发布

设置完成后的数据库就可以进行发布了。用 Access 开发的数据库系统的发布十分简单,只要复制到安装有 Access 及其以上版本的计算机中就可以使用了。

第七章

利用 Access 建立物业服务企业资产资源管理子系统

本节介绍如何利用 Access 建立物业服务企业资产资源管理子系统，实现创建基础数据表、对购入资产进行录入、对资产进行类别管理、对供应商进行管理、实现复杂的综合查询以及自动计算查询数量和金额等功能。

第一节 资产资源管理子系统设计说明

物业服务企业对现有资产资源的管理，对于合理有效地利用资源、提高资产的使用效益显得非常必要。特别是随着企业现有资产及资源的增多，使用 Excel 等表格工作簿进行管理将无法全面、准确地获取资产及资源信息，因此很有必要使用 Access 数据库开发一个适合企业自身的资产资源管理子系统。

一、子系统主要操作功能

可以通过资产资源管理子系统，实现对物业服务企业资产资源资料的输入、信息的查询和修改、进行报废处理、统计资产资源和价值金额等。

二、子系统辅助操作功能

可以通过资产资源管理子系统，辅助完成各种操作。辅助功能主要包括基本数据的维护和系统用户的管理等，以及部门管理功能、类别管理功能和供应商管理功能。

第二节 资产资源管理子系统数据库设计

数据库的结构设计是一个非常重要的问题，数据库结构设计的好坏将直接对系统的使用效率以及实现效果产生影响。

一、数据库需求分析

根据系统的数据功能要求，需要设计如下数据信息。

（1）资产资源基本信息表，包括编号、类别名称、品牌、型号、产品序列号、操作序列号、使用人、使用部门、单位、单价、供应商名称、购置日期、保修期、报废状态标志、备注等。

(2) 部门表,包括部门编号、部门名称等。

(3) 类别表,包括类别编号、类别名称等。

(4) 供应商通联表,包括供应商编号、供应商名称、联系人、联系电话、邮箱地址、联系地址、邮政编码、办公联系电话、备注等。

二、数据库总体设计

对于所要设计的资产资源管理子系统数据库,所要表达的对象就是物业服务企业对于自有资产资源或是委托管理资产资源,以及这些资产资源的供应商、使用部门、使用人等所产生的数据。以上涉及的信息资料就是本数据库所要确定的数据源,在这些数据源中,资产资源基本信息是最重要的,它不但是整个数据库的核心数据来源,而且还是形成这些数据之间关系的纽带。

三、数据库中表的设计

资产资源管理子系统需要建立 4 个数据表来分别存放相关的数据信息。

1. 资产资源基本信息表

资产资源基本信息表的设计见表 7-1。

2. 部门表

部门表的设计见表 7-2。

3. 类别表

类别表的设计见表 7-3。

4. 供应商通联表

供应商通联表的设计见表 7-4。

表 7-1 资产资源基本信息表

字段名称	数据类型
编号	自动编号
类别名称	文本
资产资源名称	文本
品牌	文本
型号	文本
产品序列号	文本
操作序列号	文本
使用人	文本
使用部门	文本
单位	文本
单价	货币
供应商名称	文本
购置日期	日期/时间
保修期	文本
报废状态标志	是/否
备注	备注

表 7-2 部门表

字段名称	数据类型
部门编号	文本
部门名称	文本

表 7-3 类别表

字段名称	数据类型
类别编号	文本
类别名称	文本

表 7-4 供应商通联表

字段名称	数据类型
供应商编号	文本
供应商名称	文本
联系人	文本
联系电话	文本
邮箱地址	文本
联系地址	文本
邮政编码	文本
办公联系电话	文本
备注	文本

第三节 创建数据表和索引

下面将介绍 Access 中建立数据库的方法。

一、创建数据库

创建数据库的操作步骤如下。

(1) 运行 Access,在任务窗格(图 7-1)中,在“新建”选项组中选择“空数据库”选项。

(2) 在打开的对话框的“文件名”下拉列表框中输入“资产资源管理子系统”,“保存类型”采用默认值，“保存位置”设置为“数据库”文件夹，如图 7-2，单击“创建”按钮。

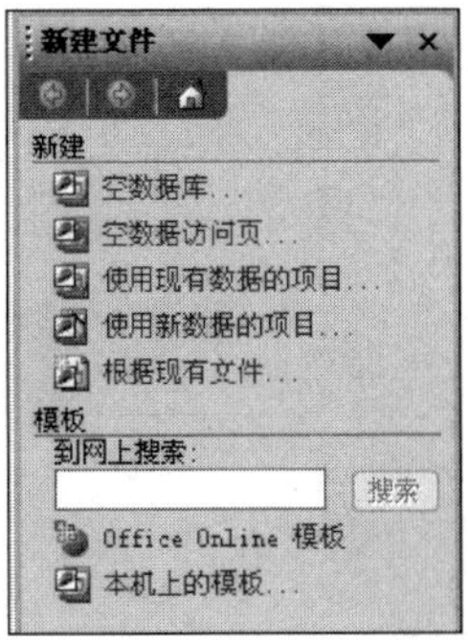

图 7-1　任务窗格

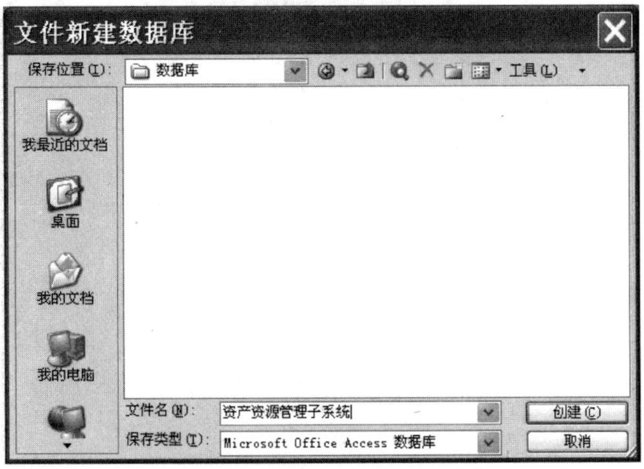

图 7-2　“文件新建数据库”对话框

二、创建表

在完成数据库的创建后，就可以开始创建表的工作了。创建表的操作步骤具体如下。

1. 创建资产资源基本信息表

由于 Access 所提供的向导中没有比较合适的模板，因此这里需要选择“使用设计器创建表”。

(1)在打开的窗口中，在左边“对象”栏中选择“表”选项，并选择“使用设计器创建表”。双击图标或者选择后单击“设计”按钮，就可以打开表设计器窗口，如图 7-3 所示。

(2) 在“字段名称”栏中输入字段名称，在“数据类型”中选择这个字段的类型，然后在“说明”栏中输入这个字段的说明文字。当选择一个字段时，下面还会显示关于这个字段的信息，在这里可以修改字段的长度以及字段的默认值、是否为空等信息。

资产资源基本信息表的设计如图 7-4 所示，其他表的设计方法与此基本相同。

(3) 在为表命名并保存后，就会弹出提示设定主键的对话框，如图 7-5 所示。

(4) 单击“是”按钮，系统就会自动为这个表添加一个字段，并且把这个字段定义为主键；单击“否”按钮，就会关闭这个对话框而且系统不会为这个表添加主键，这时就需要用户自行添加主键。

2. 初始数据的输入

需要输入的初始数据包括部门信息和类别信息，可以根据需要进行设置，输入的数据分别如表 7-5 和表 7-6 所示。

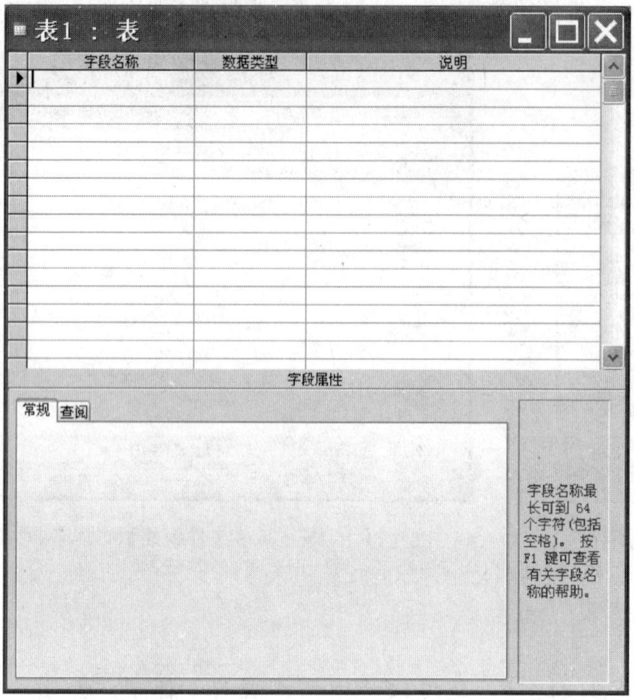

图 7-3　表设计器窗口

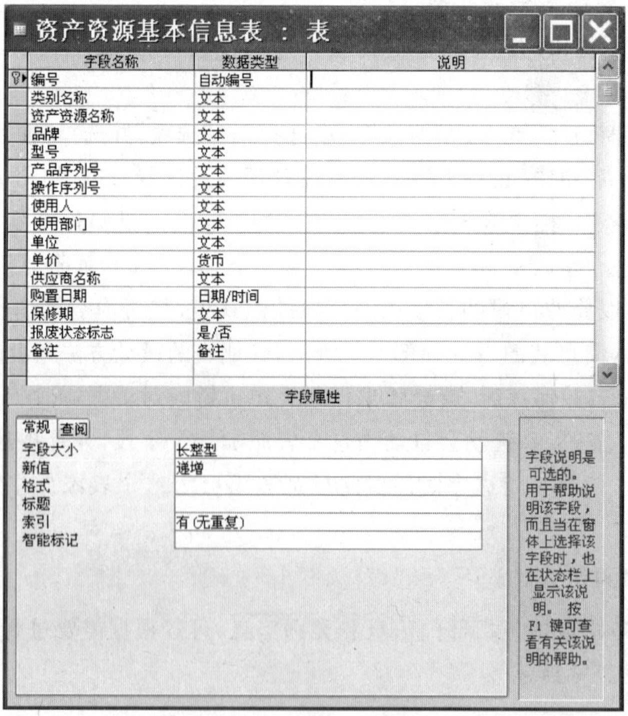

图 7-4　资产资源基本信息表的设计

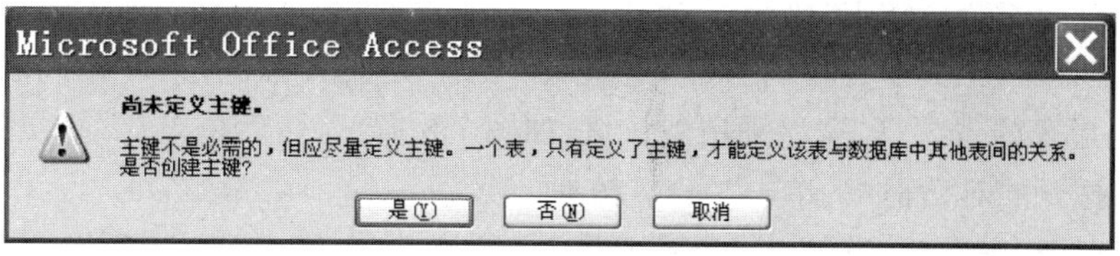

图 7-5　提示设定主键的对话框

表 7-5　部门表

部门编号	部门名称
01	总经理办公室
02	客户服务部
03	工程技术部
04	秩序维护部
05	人事行政部
06	会计财务部

表 7-6　类别表

类别编号	类别名称
01	固定资产
02	办公设备
03	办公家具
04	办公用品
05	清洁用品
06	绿化用品
07	维修用品
08	消防用品

3. 设置输入掩码

输入掩码是字段的属性之一。输入掩码是以占位符的形式指定字段的显示格式，这样当用户输入数据的时候，系统就会给出明确的提示，从而避免用户在输入数据时，出现输入格式和数据位数上的错误。输入掩码适用于数据的格式和数据位数确定的字段，例如日期、邮编和电话等字段。下面将以资产资源基本信息表中“购置日期”字段为例，介绍输入掩码的设置方法。

(1) 以设计视图打开资产资源基本信息表，选中“购置日期”字段，在“字段属性”栏中，选中“输入掩码”选项，然后单击右侧的[...]按钮，首先弹出“输入掩码向导”提示框，如图 7-6 所示，单击“是”按钮。

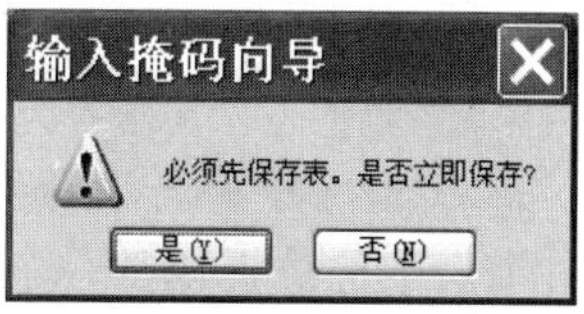

图 7-6　“输入掩码向导”提示框

(2) 在打开的对话框中，选择“长日期(中文)”选项，如图 7-7 所示，单击“下一步”按钮。

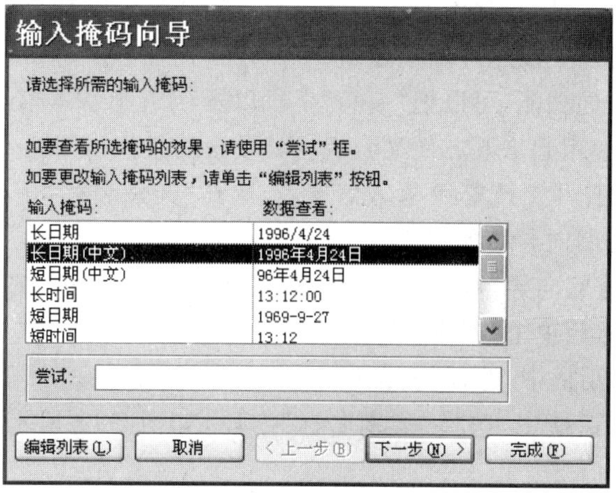

图 7-7　选择所需的输入掩码

(3) 在打开的对话框中,给出了“购置日期”字段的“输入掩码”默认格式。在“占位符”下拉列表框中,给出了占位符符号,这里是“_”符号。在“占位符”下拉列表框中,还可以选择其他形式的占位符,这里采用默认值,如图 7-8 所示,然后单击“下一步”按钮。

(4) 在打开的对话框中,单击“完成”按钮。

(5) 返回到“表属性”窗口,在“购置日期”字段的“输入掩码”属性框中,显示所设置的输入掩码的结果,如图 7-9 所示。

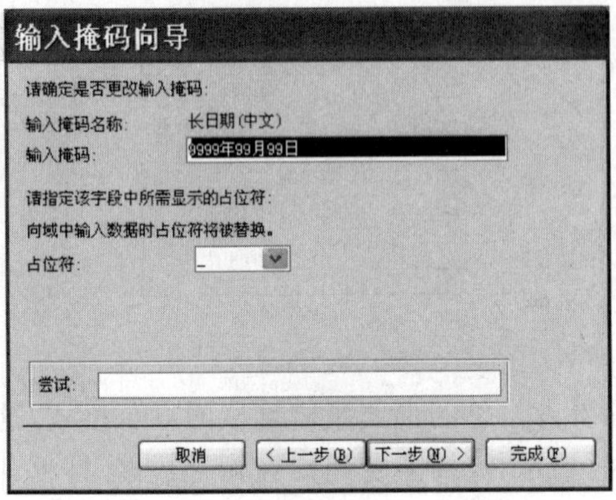

图 7-8　确定是否更改输入掩码

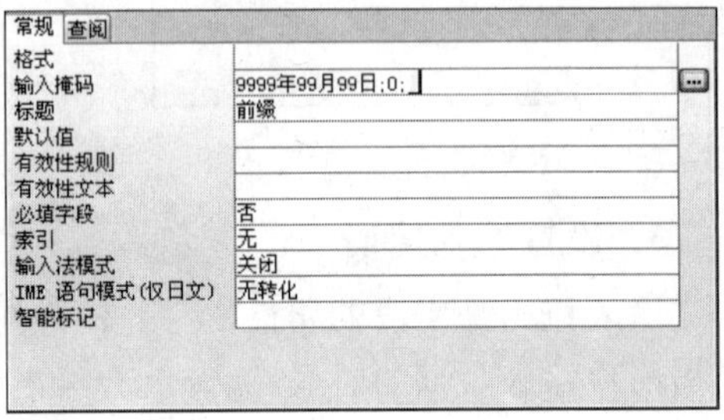

图 7-9　“购置日期”字段的输入掩码设置结果

用同样的方法,可以为其他各表中的数据类型为“日期/时间”的字段设置输入掩码。

4. 设置查阅数据类型

在 Access 中有一个特殊的数据类型——查阅向导。使用查阅向导可以实现查阅另外一个表中的数据或从一个列表中选择字段。这样既可以提高数据录入的效率,又可以保证录入数据的准确性。

在资产资源基本信息表中,“类别名称”字段是与“类别表”的主键“类别编号”字段相互关联。由于已经在两者之间设置了参照完整性,因此资产资源基本信息表中的“类别名称”字段的值必须是在类别表其中的一个值。而“编号”字段本身是数字形式的文本,如果在资产资源基本信息表中以这种形式显示,将非常不直观。而 Access 提供的“查阅向导”提供了一种非常方便的功能,可以把“编号”字段以资产资源基本信息表中的“类别名称”的字段值显示,这样使用起来既方便又直观。其设置的具体步骤如下。

(1) 以设计视图打开资产资源基本信息表,选择“类别名称”字段。单击“数据类型”下拉列表框,选择“查阅向导”,如图 7-10 所示。

(2) 在打开的“查阅向导”对话框中,选择“使用查阅列查阅表或查询中的值”单选按钮,如图 7-11 所示,然后单击“下一步”按钮。

(3) 在打开的对话框中,选择“表: 类别表”,如图 7-12 所示,然后单击“下一步”按钮。

(4) 在打开的对话框中,选择“类别名称”字段,如图 7-13 所示,然后单击“下一步”按钮。

(5) 在后面出现的两个对话框中,分别显示查阅列中的信息和标签的名称,无须进行修改和选择,然后单击“下一步”按钮直到完成。

图 7-10　选择“查阅向导”

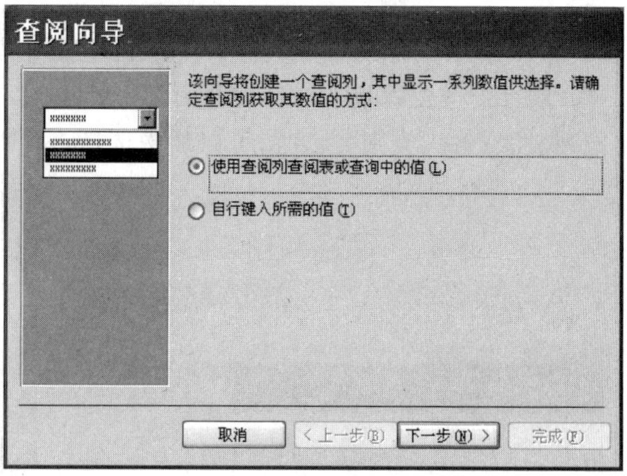

图 7-11　“查阅向导”对话框

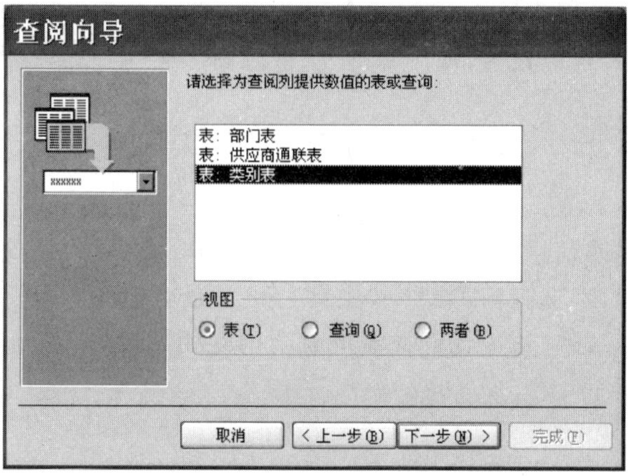

图 7-12　选择为查阅列提供数值的表或查询

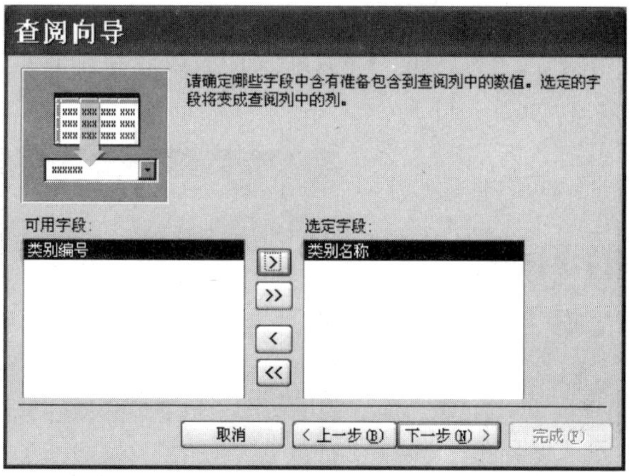

图 7-13　确定哪些字段中含有准备包含到查阅列中的数值

(6) 最后弹出一个“查阅向导”提示框，如图 7-14 所示，单击“是”按钮。该提示框的含义表明，在进行查阅向导设置过程中，实际上是建立了两个表之间的关系。

(7) 保存资产资源基本信息表并回到设计视图，单击“类别名称”字段，就可以打开一个下拉列表，在输入类别名称时，可以从中选择一种类别，如图 7-15 所示。

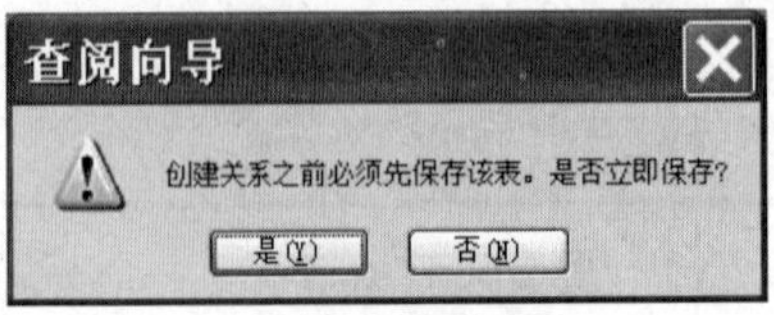

图 7-14 “查阅向导”提示框

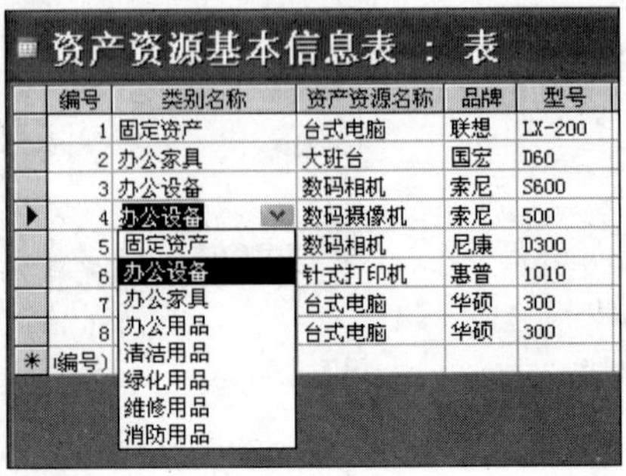

图 7-15 显示类别名称的下拉列表

使用同样的方法，可以设置“使用部门”、“供应商名称”字段的查阅列表。

三、创建关系和索引

1. 创建主键

打开资产资源基本信息表，在表设计器中单击要作为主键的字段左边的行选择按钮。在这里选择“编号”字段，选择“编辑”→“主键”命令，或者右击，在弹出的菜单中选择“主键”命令。这时在该字段左边的行选择器上就会出现钥匙标志，表示这个字段是主键，如图 7-16 所示。

2. 创建关系

在表中定义主键除了可以保证每条记录都能够被唯一识别以外，更重要的是在多个表之间建立关系。当数据库中包含多个表时，需要通过主表的主键和子表的外键来建立连接，使各个表能够协同工作。创建关系的步骤如下。

(1) 打开数据库窗口，选择“工具”→“关系”命令，或者在工具栏中单击(关系)按钮，打开“关系”编辑窗口，如图 7-17 所示。

图 7-16 创建主键

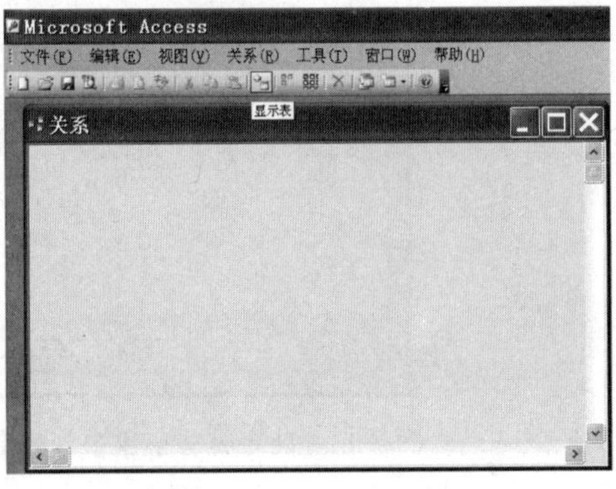

图 7-17 “关系”编辑窗口

（2）在工具栏中，单击（显示表）按钮，打开如图 7-18 所示的对话框。

（3）依次选择其余各表，单击“添加”按钮，所选择的表就会添加到关系视图中，把添加的表拖放到关系窗口的适当位置。

（4）在建立关系时，只需要用鼠标选择资产资源基本信息表中的“员工编号”，拖动这个字段到工作简历表中的“员工编号”字段上，然后松开鼠标。这时就会弹出“编辑关系”对话框，如图 7-19 所示。直接单击“新建”按钮，这时在表的关系图中，就会在两个关联的字段之间出现一条连接线，表示创建关系成功。

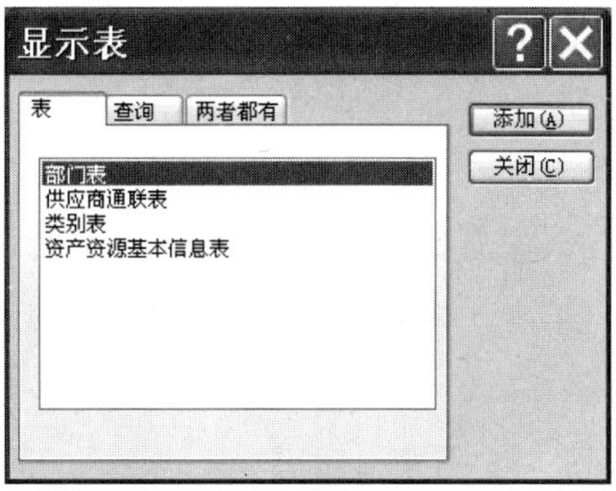

图 7-18　“显示表”对话框

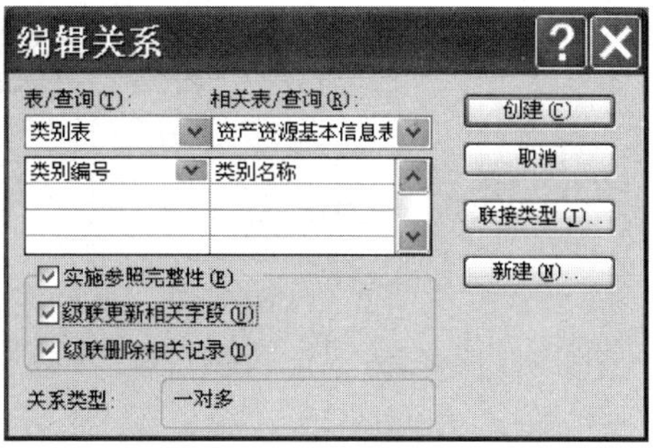

图 7-19　“编辑关系”对话框

（5）由于选择了“实施参照完整性”复选框，则在连接字段的直线两端显示 1 和∞符号。使用同样的方法，创建其他表之间的关系。创建后的结果如图 7-20 所示。

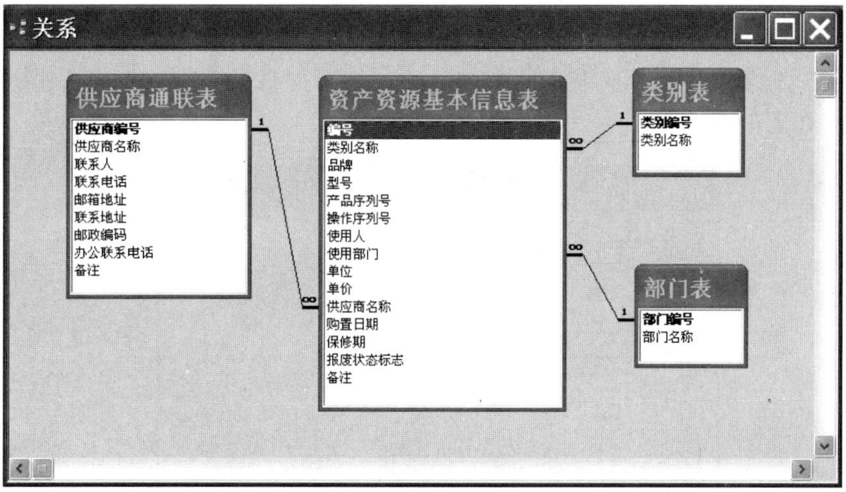

图 7-20　各表之间的关系

第四节　系统查询设计及其实现

资产资源管理子系统中，需要创建三个查询：现有资产资源基本信息表查询、报废资产资源基本信息表查询、资产资源基本信息表查询数据源，分别用来作为现有资产资源的查询数据源、作为报废资产资源的查询数据源、作为资产资源综合查询的数据源。具体创建步骤如下。

一、创建现有资产资源基本信息表查询

创建现有资产资源基本信息表查询的操作步骤如下。

(1) 单击“使用向导创建查询”,打开“简单查询向导”对话框。在“表/查询”下拉列表框中选择“表:资产资源基本信息表”,选中所有字段后,单击“下一步”按钮,如图 7-21 所示。

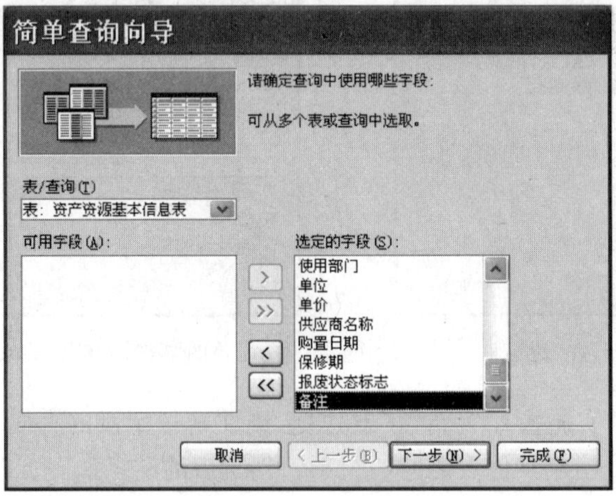

图 7-21 “简单查询向导”对话框

(2) 在打开的对话框中,选择“明细(显示每个记录的每个字段)”单选按钮,单击“下一步”按钮,如图 7-22 所示。

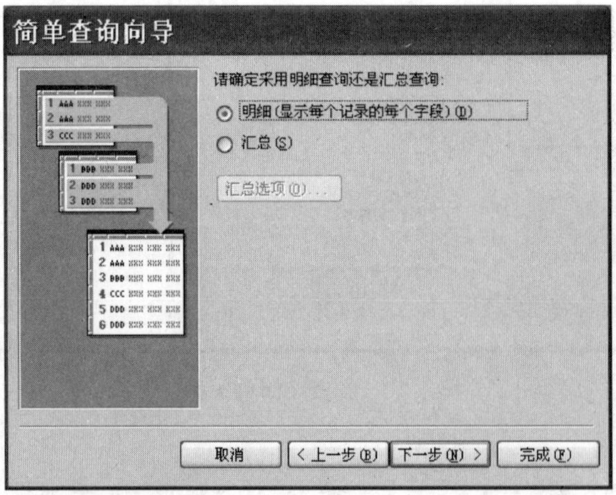

图 7-22 确定采用明细查询还是汇总查询

(3) 在打开的对话框中,选择“现有资产资源基本信息表查询”,选择“修改查询设计”单选按钮,单击“下一步”按钮,如图 7-23 所示。

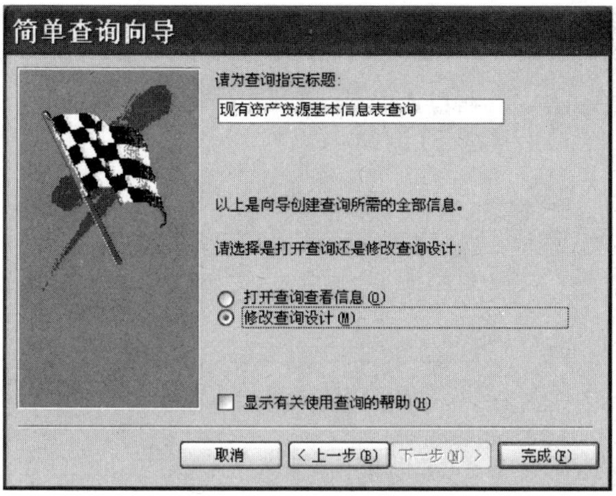

图 7-23　为查询指定标题

(4) 利用设计视图,打开现有资产资源基本信息表查询,在“报废状态标志”字段的“条件”行处,输入 0,如图 7-24 所示。

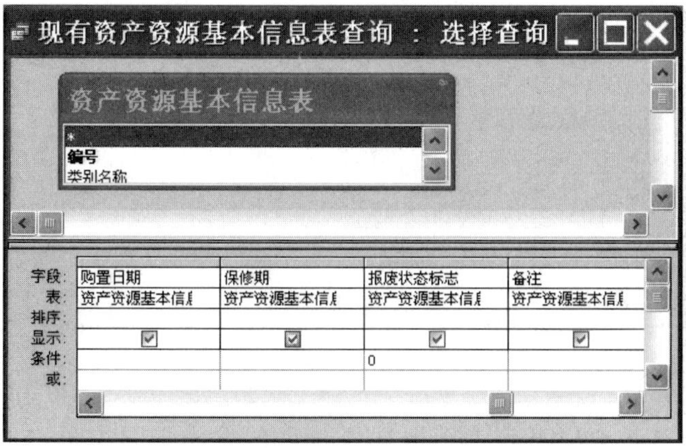

图 7-24　现有资产资源基本信息表查询设计视图

利用同样的方法,可创建报废资产资源基本信息表查询,注意在“报废状态标志”字段的“条件”行处,输入－1。

二、创建资产资源基本信息表查询数据源

与 Access 中普通的参数查询不同,这里创建的参数查询不是在查询运行时要求用户输入的参数值,而是从有关窗体(“资产资源综合查询”窗体)上的控件中获取参数的数值。下面介绍具体的实现方法。

(1) 创建资产资源基本信息表查询数据源需要重复在创建现有资产资源基本信息表查询过程中的步骤(1)、(2)、(3)。

(2) 利用设计视图,打开资产资源基本信息表查询数据源,选中“类别名称”列的“条件”单元格,在工具栏中单击(生成器)按钮,如图 7-25 所示。

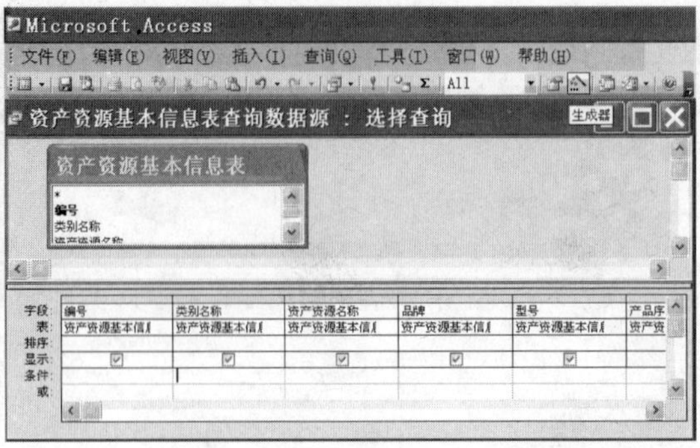

图 7-25 查询设计

(3) 在打开的"表达式生成器"对话框中,输入表达式"Like IIf(IsNull([Forms]![资产资源综合查询]![类别名称]),'*',[Forms]![资产资源综合查询]![类别名称])",如图 7-26 所示,单击"确定"按钮。

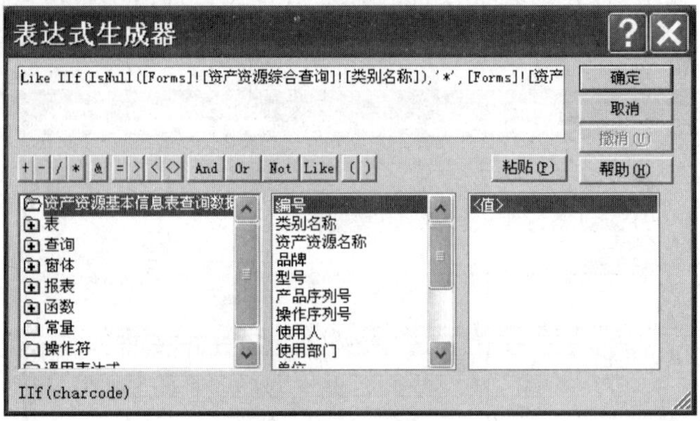

图 7-26 "表达式生成器"对话框

(4) 在资产资源基本信息表查询数据源查询的设计视图中分别对以下字段设置条件。

① 对"使用人"字段设置的条件为:Like IIf(IsNull([Forms]![资产资源综合查询]![使用人]),'*',[Forms]![资产资源综合查询]![使用人])。

② 对"使用部门"字段设置的条件为:Like IIf(IsNull([Forms]![资产资源综合查询]![使用部门]),'*',[Forms]![资产资源综合查询]![使用部门])。

③ 对"单价"字段设置的条件为:Between IIf(IsNull([Forms]![资产资源综合查询]![最低价格]),0,[Forms]![资产资源综合查询]![最低价格]) And IIf(IsNull([Forms]![资产资源综合查询]![最高价格]),100000,[Forms]![资产资源综合查询]![最高价格])。

④ 对"供应商名称"字段设置的条件为:Like IIf(IsNull([Forms]![资产资源综合查询]![供应商名称]),'*',[Forms]![资产资源综合查询]![供应商名称])。

(5) 关闭资产资源基本信息表查询数据源。

第五节　系统窗体的设计与实现

在资产资源管理子系统中，需要建立多个窗体，分别为“资产资源基本信息表”窗体、“供应商管理”窗体、“类别管理”窗体、“部门管理”窗体、“资产资源综合查询”窗体、“导航面板”窗体等，以提供基本的数据编辑和管理功能。

一、创建资产资源基本信息表窗体

1. 创建窗体

创建窗体的操作步骤如下。

(1) 在数据库窗口的“对象”列表中，选择“窗体”选项，在工具栏中单击“新建”按钮，在弹出的“新建窗体”对话框中选择“窗体向导”，如图 7-27 所示，然后单击“确定”按钮。

(2) 打开的“窗体向导”对话框，在“表/查询”下拉列表框中选择“表：资产资源基本信息表”，并选择全部字段，如图 7-28 所示，然后单击“下一步”按钮。

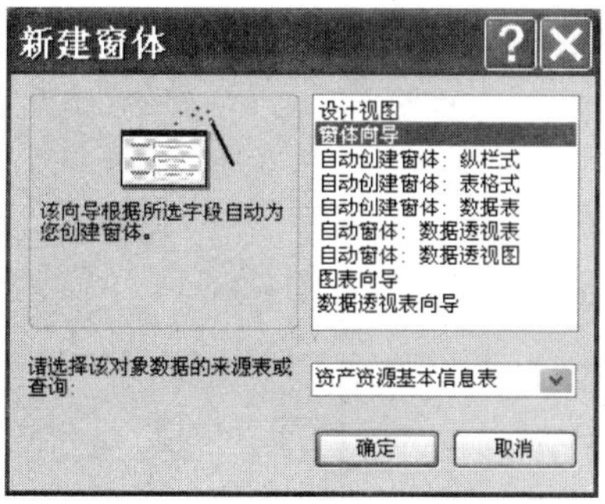

图 7-27　“新建窗体”对话框

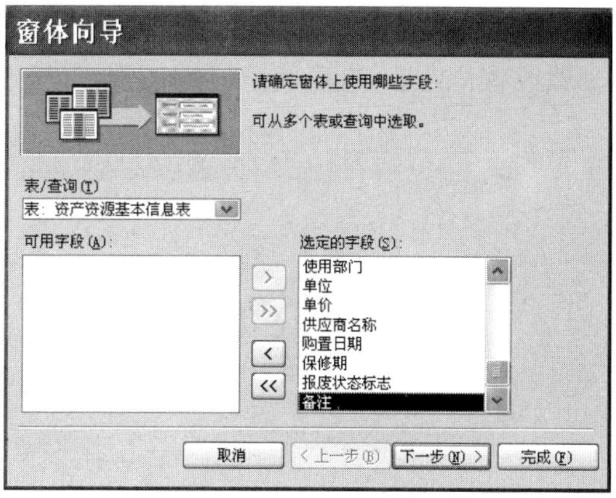

图 7-28　“窗体向导”对话框

(3) 在打开的对话框中，选择“纵栏表”，如图 7-29 所示，然后单击“下一步”按钮。

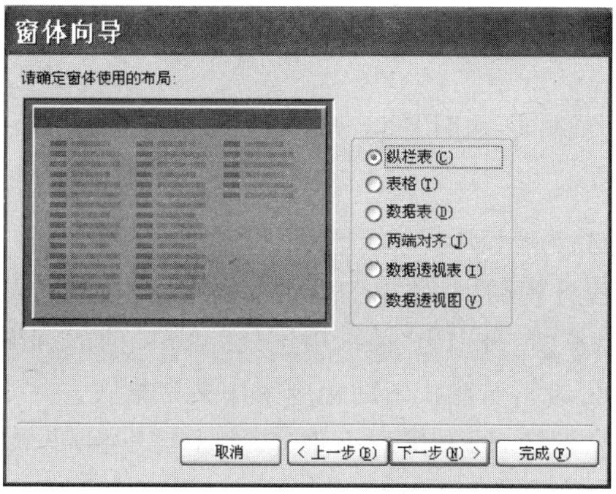

图 7-29　确定窗体使用的布局

(4) 在打开的对话框中,选择"标准",如图 7-30 所示,然后单击"下一步"按钮。

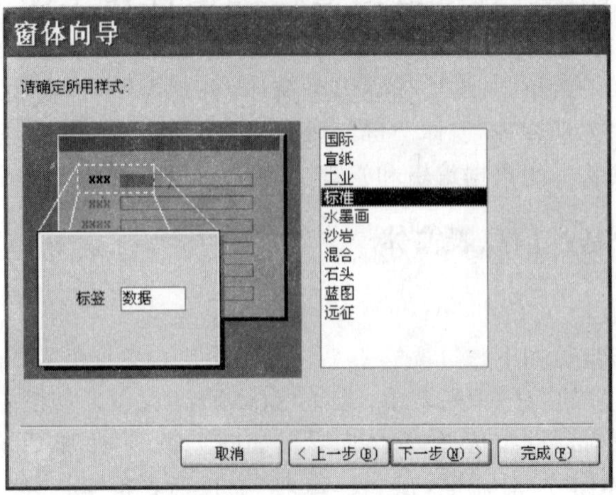

图 7-30　确定所用样式

(5) 在打开的对话框中,输入窗体标题"资产资源基本信息表",如图 7-31 所示。如果需要修改窗体设计,选择"修改窗体设计"单选按钮,然后单击"完成"按钮。

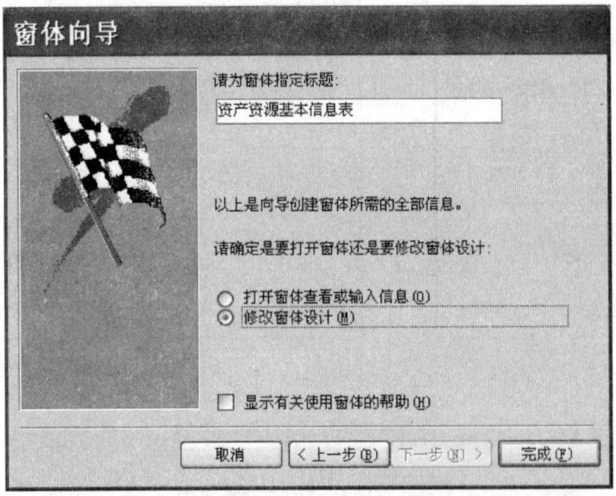

图 7-31　为窗体指定标题

打开的窗体设计视图结果,如图 7-32 所示。

2. 创建命令按钮

创建命令按钮的操作步骤如下。

(1) 在打开的窗体设计视图中,使用工具栏中的"命令按钮向导",在窗体主体的下部区域,依次创建 6 个命令按钮,分别为"前一项记录"、"下一项记录"、"查找记录"、"删除记录"、"添加记录"、"保存记录",这些按钮的标题采用文字格式。

(2) 创建完成的命令按钮,通常排列不整齐,大小也不相同,需要进行设置。在设置前,需要用鼠标选中命令按钮对象。

图 7-32　窗体设计视图

(3) 设置大小相同。选择“格式”→“大小”→“至最高”命令(图 7-33)。

(4) 设置对齐方式。选中命令按钮对象,先“格式”→“对齐”→“靠左”命令,如图 7-34 所示。

(5) 设置水平间距。选中命令按钮对象,选择“格式”→“水平间距”→“相同”命令,如图 7-35 所示。

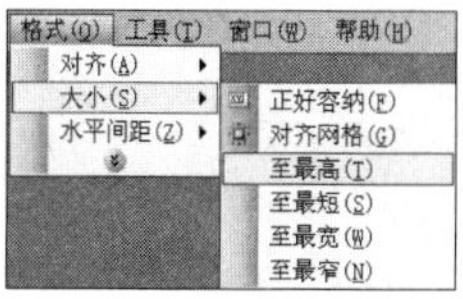

图 7-33　设置大小

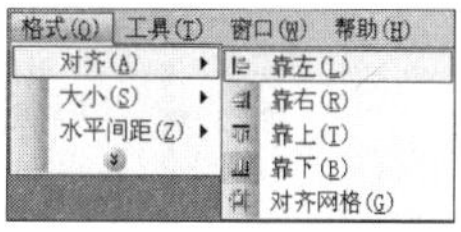

图 7-34　设置对齐方式

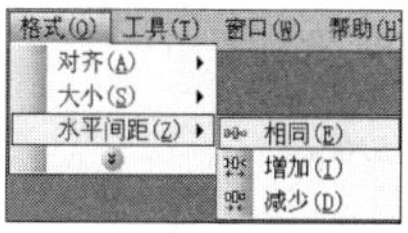

图 7-35　设置水平间距

(6) 单击(选项组)按钮,添加“记录按钮”,完成后保存窗体,如图 7-36 所示。

3. 设置窗体属性

设置窗体属性的操作步骤如下。

(1) 窗体初步完成后,还不太美观,需要进一步修改。打开窗体设计视图,在工具栏中,单击“属性”按钮,打开窗体属性对话框(图 7-37)。选择“全部”选项卡,对窗体的属性进行设置。

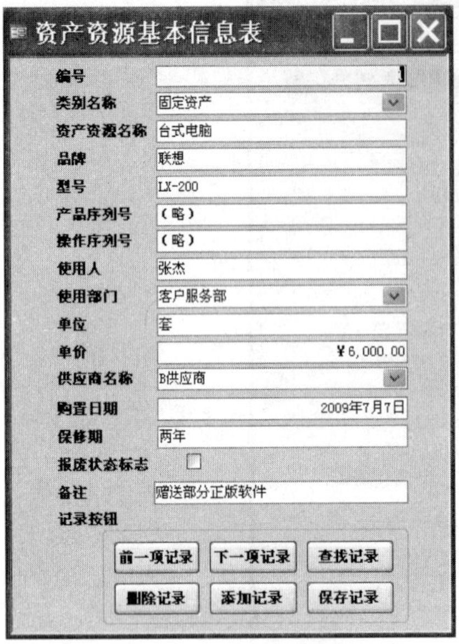

图 7-36　创建窗体命令按钮结果

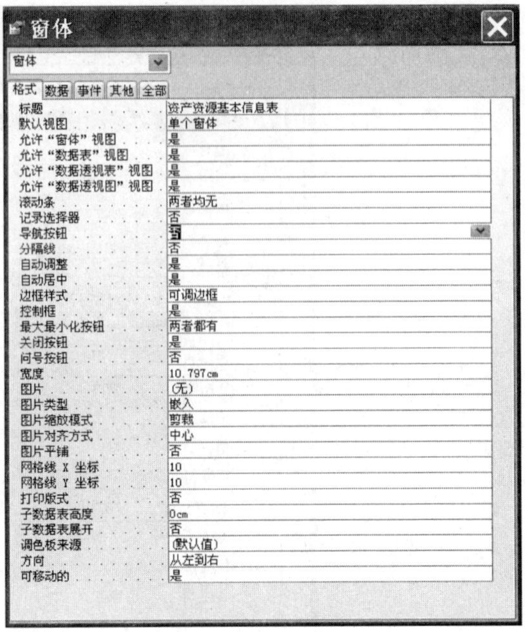

图 7-37　窗体属性对话框

（2）“供应商管理”窗体、“部门管理”窗体、“类别表”窗体的创建与“资产资源基本信息表”窗体的创建方法相同，窗体修饰和属性设置的方法也都一致。创建后的结果分别如图 7-38 至图 7-40 所示。

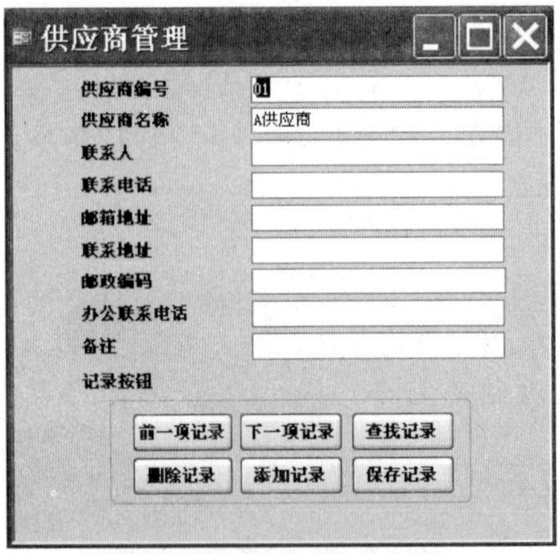

图 7-38　“供应商管理”窗体

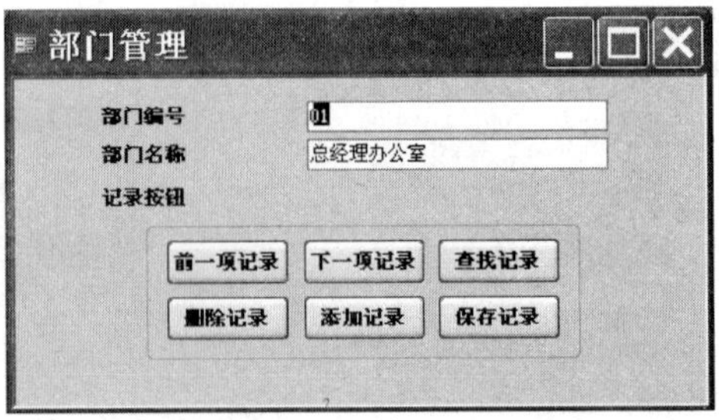

图 7-39　“部门管理”窗体

二、创建资产资源综合查询窗体

“资产资源综合查询”窗体是资产资源管理子系统中最重要的窗体，通过它可以实现对所有资产资源按类别名称、按使用人、按使用部门、按供应商、按购置价格的查询。这种查询是一种多项查询。设备查询窗体属于交互式多参数的查询窗体，其参数的设计和实

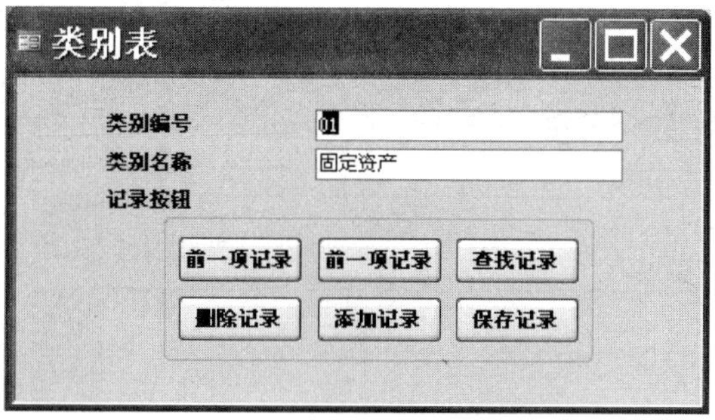

图 7-40 “类别表”窗体

现是不能使用 Access 提供的参数查询实现的，必须使用 VBA 代码实现。

另外，“资产资源综合查询”窗体是一种主子窗体的复杂形式，也就是在查询窗体中还嵌入子窗体，其子窗体就是以资产资源基本信息表查询数据源为数据源所创建的窗体。

1. 添加窗体页眉/页脚

创建“资产资源综合查询”窗体必须在窗体设计视图中实现。创建“资产资源综合查询”窗体的步骤如下。

(1) 在数据库窗口的“对象”列表中，选择“窗体”选项，然后单击“在设计视图中创建窗体”图标，打开新建窗体的设计视图。

(2) 选择“视图”→“窗体页眉/页脚”命令，在窗体设置视图中，除了主体节之外，增加了窗体页眉/页脚节，如图 7-41 所示。

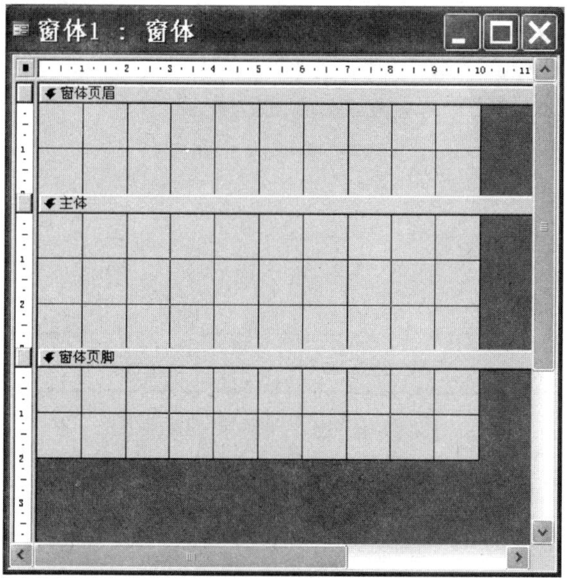

图 7-41 增加了窗体页眉/页脚后的窗体视图

(3) 窗体节的高度和宽度都是可以调整的，只需要用鼠标选中分节标志，当鼠标指针变成双箭头形状后，上下拖动就可以调整高度，如图 7-42 所示。若要增加节的宽度，则把鼠标指针放在节的右边界，当出现左右双箭头后，拖动鼠标就可以调整宽度。

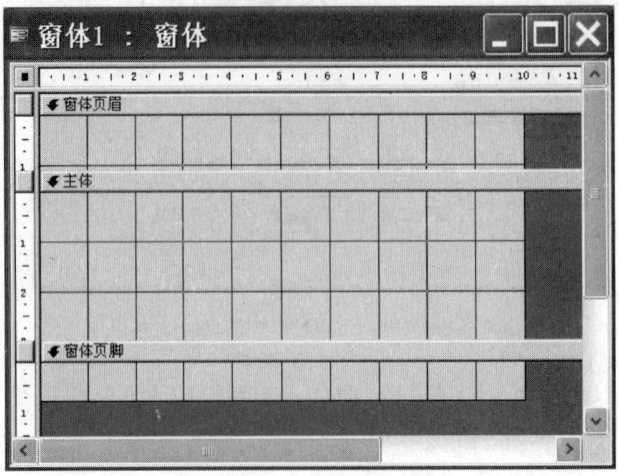

图 7-42 调整节的高度

2. 添加组合框控件

添加组合框控件的操作步骤如下。

(1) 在工具箱中，单击组合控件，在矩形区域的左侧画出一个组合框。打开“组合框向导”对话框，选择“使用组合框查阅表或查询中的值”单选按钮，如图 7-43 所示，单击“下一步”按钮。

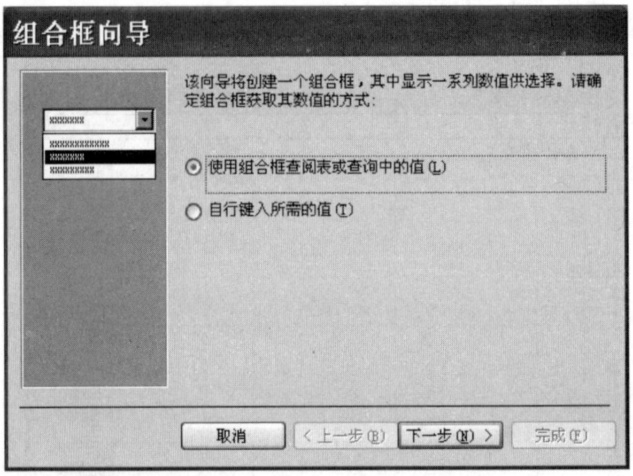

图 7-43 “组合框向导”对话框

(2) 在打开的对话框中，选择“表：部门表”，如图 7-44 所示，然后单击“下一步”按钮。

(3) 在打开的对话框中，单击 >> 按钮，选择所有字段，如图 7-45 所示，然后单击“下一步”按钮。

(4) 在打开的对话框中，选择“部门编号”，排序方式为默认“升序”，如图 7-46 所示，然后单击“下一步”按钮。

(5) 在打开的对话框中，不做任何修改，如图 7-47 所示，单击“下一步”按钮。

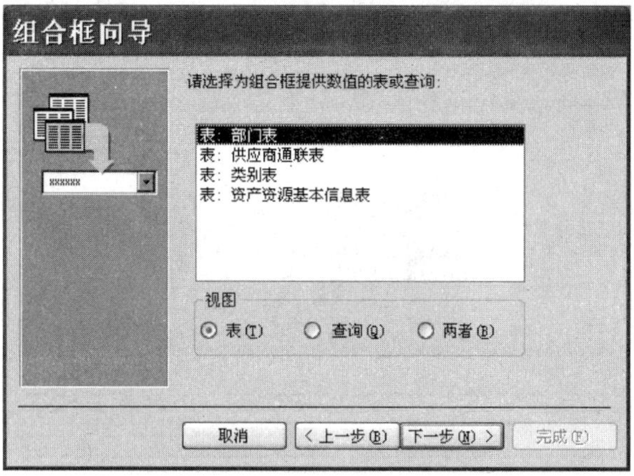

图 7-44　选择为组合框提供数值的表或查询

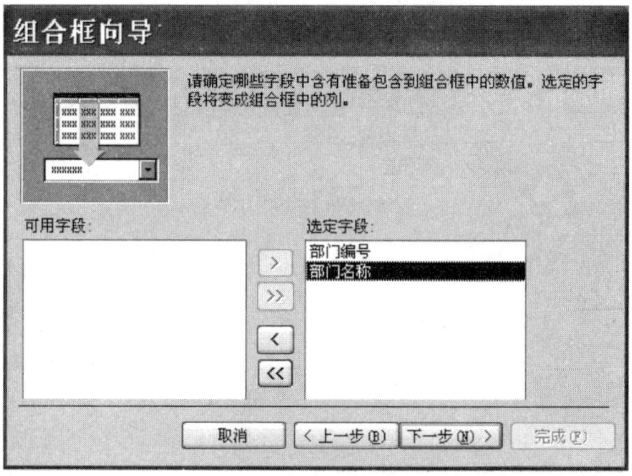

图 7-45　选择字段

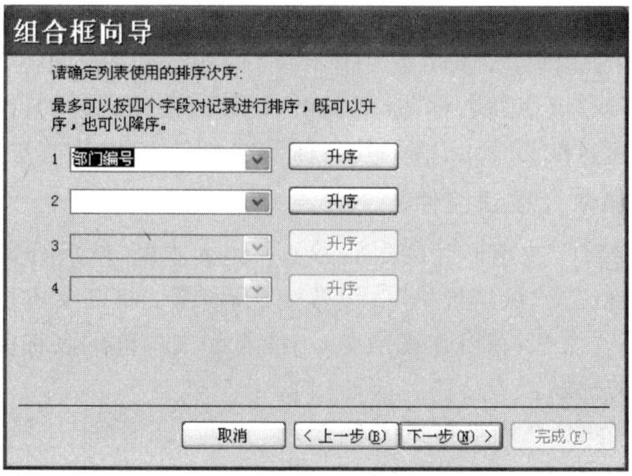

图 7-46　确定列表使用的排序次序

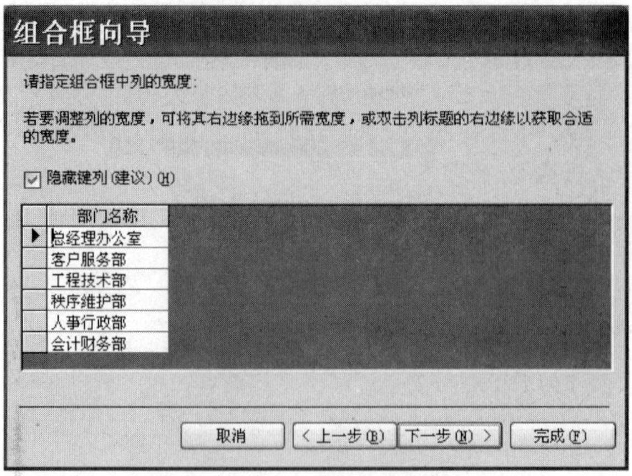

图 7-47　指定组合框中列的宽度

(6) 在打开的对话框中，采用默认标签名称“部门名称”，如图 7-48 所示，然后单击“完成”按钮。

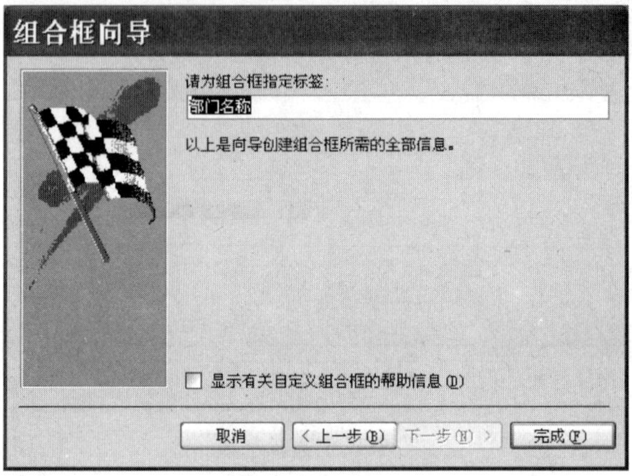

图 7-48　为组合框指定标签

(7) 这里所创建的部门组合框，是为了给按“使用部门”查询提供数据源做准备的。为了给按“类别名称”或“供应商名称”查询提供数据源，使用同样的方法，分别在矩形区内创建类别名称、供应商名称两个组合框，其名称分别命名为“类别管理”和“供应商管理”。

3. 添加文本框和命令按钮控件

(1) 使用文本框控件，在矩形区域内部添加一组文本框，然后分别命名文本框的名称为“使用人”、“最低价格”及“最高价格”。设置完成后，需要把与文本框相关联的标签标题修改为“单价”和“至”。注意，在窗体视图中，不能看到文本框的名称和组合框的名称或标题，看到的只是标签的标题。

(2) 在窗体页眉节中，在矩形框的左侧添加“查询”、“清除”、“预览”和“打印”4 个命令按钮(不使用命令按钮向导)。单击(选项组)按钮，添加“命令按钮”，完成后保存窗体。添加一个文本框，其名称为“日期”，用于显示当前日期，然后把文本框附带的标签删除。最后调整排列和对齐方式，设置的最后效果如图 7-49 所示。

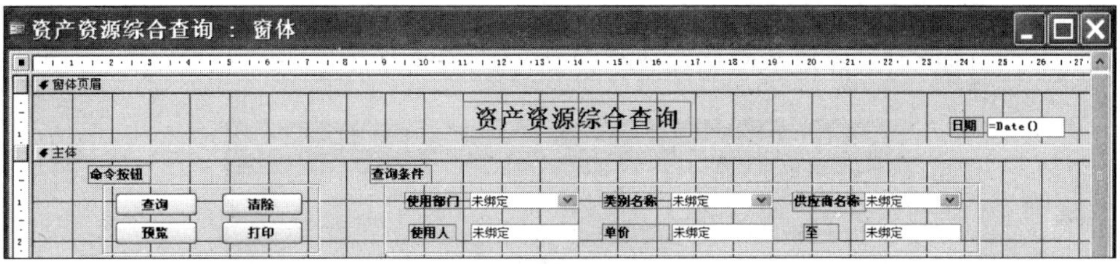

图 7-49 在窗体主体上设置控件后的结果

“查询”和“清除”命令按钮还需要编写事件代码。“预览”和“打印”命令按钮需要打开“报表”,具体方法将在本章第六节介绍。

4. 设置“日期”文本框的数据源和格式

(1) “日期”文本框用于在打开窗体后显示当前的日期。双击“日期”文本框,打开日期属性对话框。选择“全部”选项卡,在“格式”属性栏中,单击右侧的下拉按钮,选择“长日期”,如图 7-50 所示。

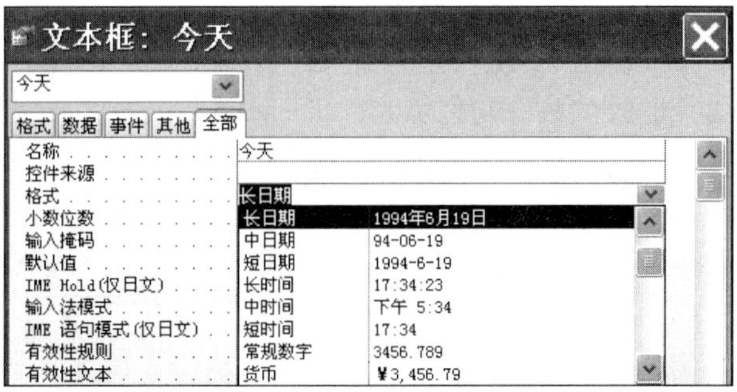

图 7-50 设置日期属性

(2) 单击“控件来源”右边的[...]按钮,打开“表达式生成器”对话框。在对话框下部左侧窗格中,选择“函数”→“内置函数”,则在中间窗格中出现函数列表。在列表中选择“日期/时间”函数,在右侧窗格中,选择 Date 函数。此时在上部的表达式窗格中,出现所选的表达式,如图 7-51 所示,然后单击“确定”按钮。

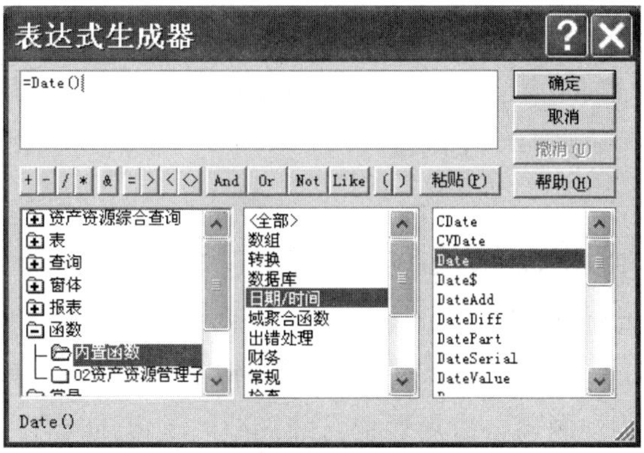

图 7-51 “表达式生成器”对话框

(3) 返回到日期属性对话框中，在“控件来源”属性处显示“＝Date()”，如图 7-52 所示。设置与“日期”文本框相关联的标签的标题为“今天”。

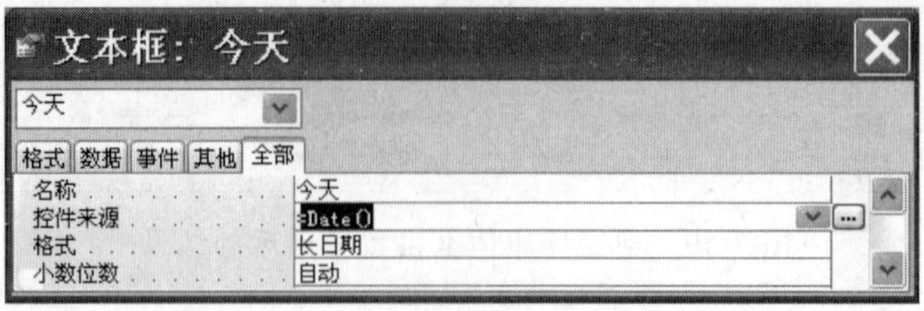

图 7-52　设置控件来源

应该指出，对于类似显示日期这样简单的表达式，最简单的方法是用户直接在控件来源属性的文本框中输入。

5. 设置最低价格和最高价格的数据类型

双击“最低价格”文本框，打开属性对话框。选择“全部”选项卡，选择“格式”属性，单击右边的下拉按钮，从下拉列表中选择“货币”，如图 7-53 所示。再设置“小数位数”属性为 0。

按照同样的方法把“最高价格”文本框的格式设置成“货币”，小数位数设置为 0。

上述设置完成后转换到窗体视图，分别在“最低价格”和“最高价格”文本框中输入价格后自动添加货币符号￥，如图 7-54 所示。

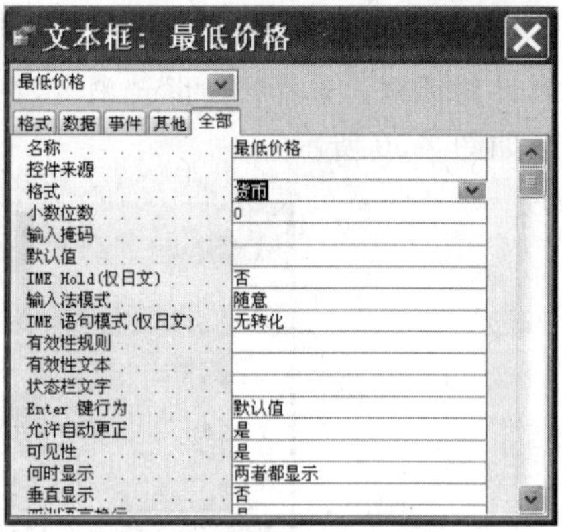

图 7-53　设置格式属性

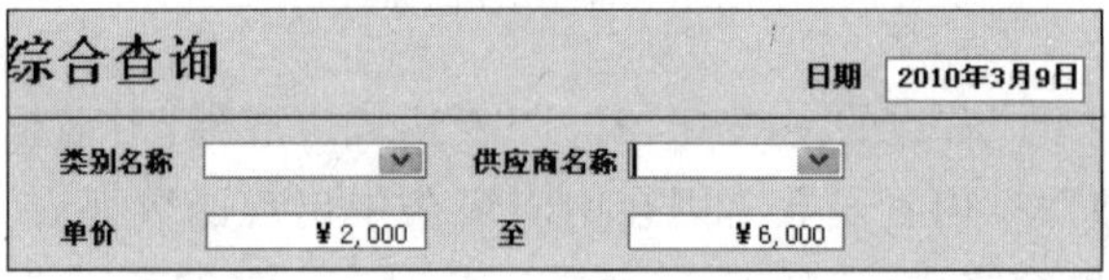

图 7-54　设置文本框后窗体上显示的结果

6. 设置窗体属性

将“资产资源综合查询”窗体中的“滚动条”的属性设置为“两者均无”、“记录选择器”、“导航按钮”和“分隔线”的属性均设置为“否”。

7. 添加子窗体

添加子窗体有多种方法，最基本的方法是使用子窗体/子报表向导。下面使用该方法为设备查询窗体添加子窗体。

(1) 以设计视图打开“资产资源综合查询”窗体，在工具箱中，单击（子窗口/子报表）按钮，在窗体主体节中画出一个矩形框，这时打开“子窗体向导”对话框，如图 7-55 所示，单击“下一步”按钮。

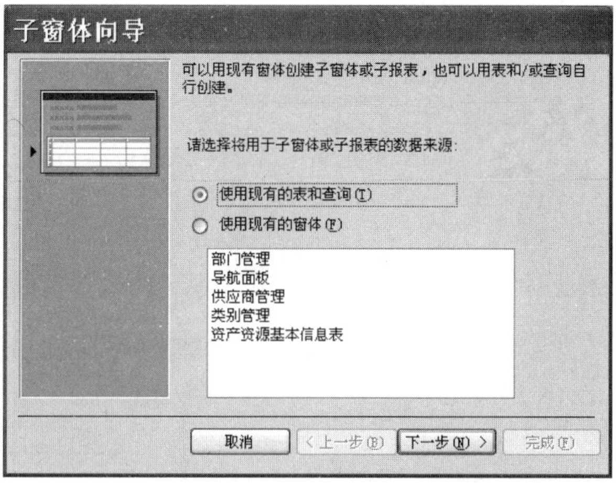

图 7-55　选择将用于子窗体或子报表的数据来源

（2）在打开的对话框中，选择“查询：资产资源基本信息表查询”，然后单击[>>]按钮，选中全部字段，如图 7-56 所示，再单击“下一步”按钮。

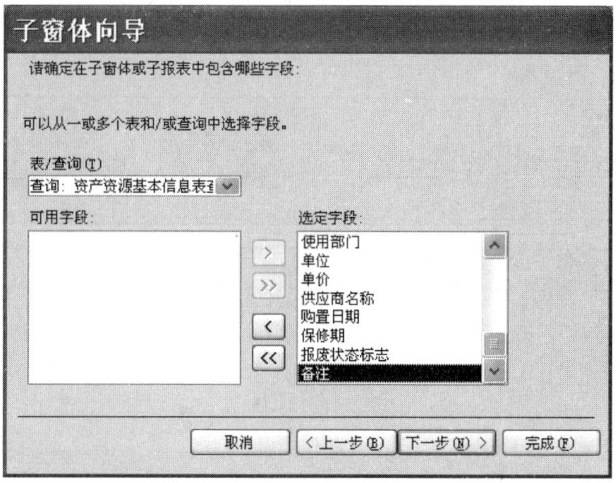

图 7-56　确定在子窗体或子报表中包含哪些字段

（3）在打开的对话框中，使用默认的名称即可，如图 7-57 所示，然后单击“完成”按钮。

（4）子窗体创建后的结果如图 7-58 所示，删除子窗体标签，然后保存窗体。

8. 在子窗体添加计算型控件

在 Access 中，计算型控件使用表达式作为自己的数据源。表达式可以使用窗体或报表的基础表或基础查询中的字段数据，也可以使用窗体或报表上的其他控件的数据。

资产资源管理子系统中，需要在子窗体中添加的两个计算型控件分别用于统计记录数和计算金额总计。添加计算型控件的步骤如下。

（1）以设计视图打开“资产资源基本信息表查询数据源”子窗体，在“窗体页脚”中添

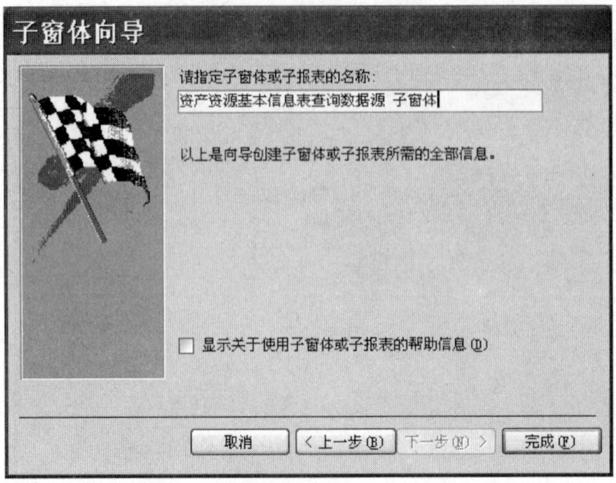

图 7-57 指定子窗体或子报表的名称

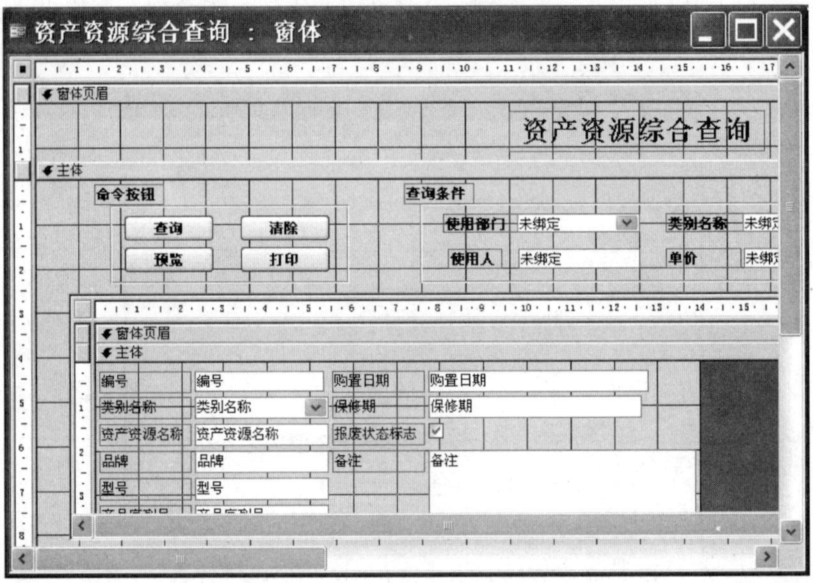

图 7-58 创建子窗体后的结果

加两个文本框,用于计算子窗体中资产资源数量记录数量和资产资源数量合计金额。拖动"窗体页脚"标志,增加页脚窗格的高度。在工具箱中,单击(生成器)按钮,使控件向导按钮处于未选中状态(默认情况下被选中)。

(2) 在工具箱中,选择ab|(文本框)控件按钮,然后在"窗体页脚"节中先后添加两个文本框,然后把它们水平排列。

(3) 双击第一个文本框,打开属性对话框,设置控件名称为"资产资源数量合计",单击控件来源文本框右边的...按钮,打开"表达式生成器"对话框。在对话框下部左侧窗格中,选择"函数"→"内置函数",在中间窗格中选择"全部",在右侧窗格中选择 Count,用"*"代替参数,如图 7-59 所示,然后单击"确定"按钮。

(4) 函数 Count 用来统计基本查询的记录数。如果使用了星号通配符，Count(*)则计算包含 Null 字段在内的所有记录的数目。这时返回到属性对话框，设置结果如图 7-60 所示。

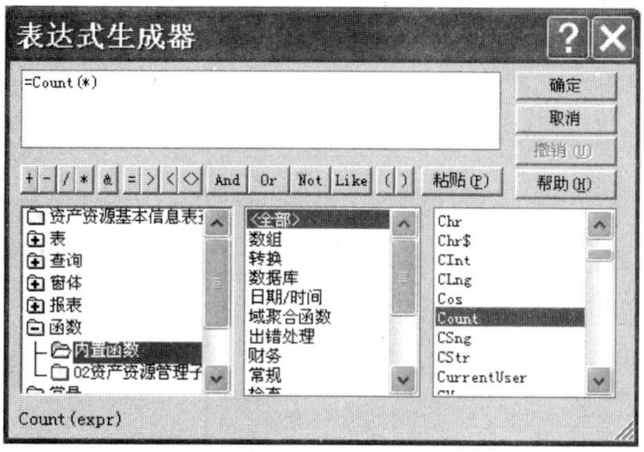

图 7-59　"表达式生成器"对话框(1)

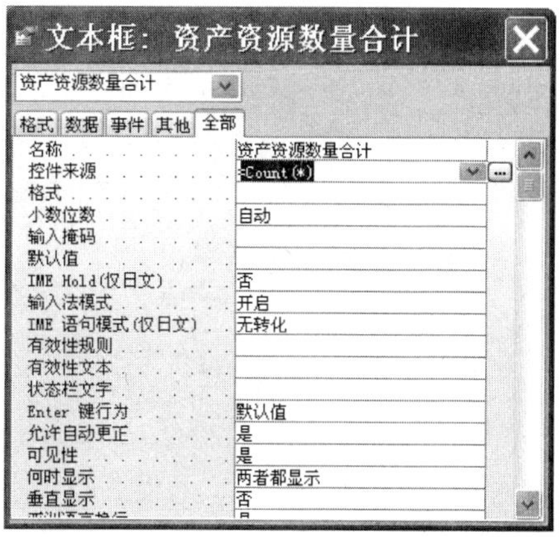

图 7-60　设置资产资源数量合计属性

(5) 双击第二个文本框，打开属性对话框，设置控件名称为"金额合计"。单击"控件来源"属性右边的…按钮，打开"表达式生成器"对话框。在对话框下部左侧窗格中，选择"函数"→"内置函数"，在中间窗格中选择"全部"，在右侧窗格中选择 Sum 函数。在下部窗体中选择"窗体"→"加载的窗体"→"资产资源基本信息表查询数据源 子窗体"，在中间窗格中选择该窗体中的"单价"文本框，表达式修改后的形式如图 7-61 所示。其中，Sum 函数是用来计算单价字段值的总和。

(6) 单击"确定"按钮，返回属性对话框，设置结果如图 7-62 所示。

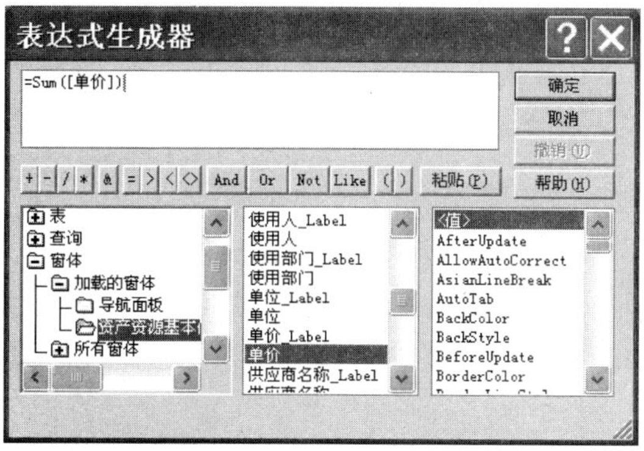

图 7-61　"表达式生成器"对话框(2)

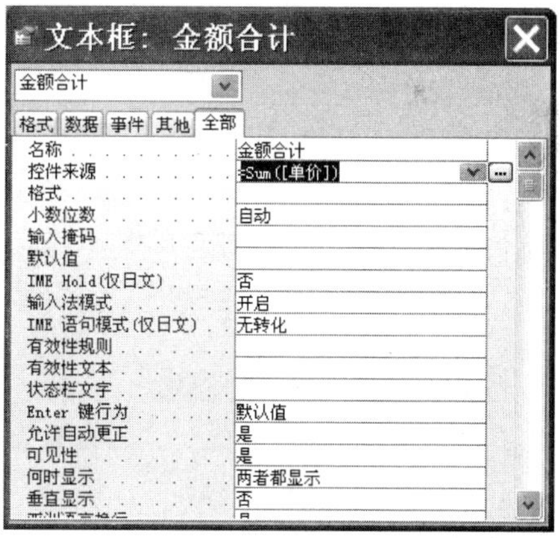

图 7-62　设置金额合计属性

(7) 设置相应标签的标题。把与"资产资源数量合计"文本框相关联的标签标题修改为"资产资源数量合计"，把与"金额合计"文本框相关联的标签标题修改为"金额合计"。设置标签标题的简单方法是，单击标签后，直接在标签中修改文字。设置结果如图 7-63 所示。

图 7-63　计算控件的设置结果

9. 重新添加子窗体

由于修改了子窗体，所以必须把修改后的子窗体重新添加到窗体中，这是因为在“资产资源基本信息表查询数据源 子窗体”不会随着子窗体的修改而自动更新。

以设计视图打开“资产资源综合查询”窗体，把主体节中的子窗体删除。把数据库窗口与“资产资源综合查询”的设计视图窗口并排排列。在数据库窗口中，选中“资产资源基本信息表查询数据源 子窗体”不松开鼠标，将其直接拖到“资产资源综合查询”窗体中的主体中，如图 7-64 所示。松开鼠标，子窗体就被添加到主窗体中。

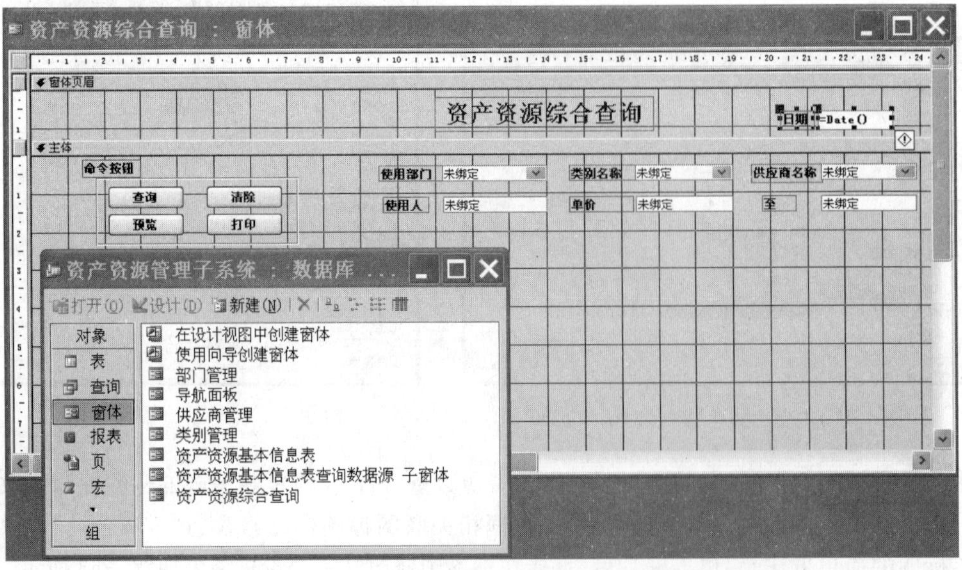

图 7-64　数据库窗体与“资产资源综合查询” 设计视图并排排列

10. 修饰子窗体

创建完成后的子窗体，还需要进行编辑修改，以实现视觉上的美观和获得理想的操作结果。修饰子窗体的操作步骤如下。

(1) 删除子窗体的标签。选中子窗体的标签，不要选中子窗体。注意观察子窗体四周有没有黑色方块(黑色方块又称为控制点)，如果没有表示没有选中子窗体，否则就选中了子窗体。为了避免选择标签时选中子窗体，在选择标签后，把鼠标指针放在标签的左上角，出现"指形"指针。

(2) 拖动鼠标，使标签离开子窗体一定距离。重新选择标签选择窗体上的控件。除了使用双击的方法，还可以用鼠标拖动出一个矩形框进行选择。

(3) 按 Delete 键，把标签删除。如果不小心同时删除了子窗体，可以按 Crtl+Z 快捷键撤销删除操作，然后重新选择。

(4) 选中子窗体，把鼠标指针移到子窗体的左上角，变成"指形"指针，拖动子窗体到主窗体主体节的左上角位置。

(5) 扩展子窗体的宽度。由于子窗体的字段项很多，必须使子窗体达到最大宽度，才可以显示尽可能多的字段。选中子窗体后，把鼠标指针放在子窗体的黑色控制点上，变成双箭头后进行拖动。

(6) 把主窗体扩展到屏幕最大宽度，拖动子窗体的左边界到主窗体的左边界，然后拖动子窗体的右边界，使子窗体的宽度达到屏幕宽度。

(7) 调整字段宽度。把"资产资源综合查询"窗体视图转换到窗体设计视图，把鼠标指针移到字段的分隔线处，这时指针变成带有竖线的双箭头。双击，字段宽度就自动调整为最佳宽度。也可以拖动分隔线到最佳宽度处。依次调整所有字段到最佳宽度。结果如图 7-65 所示。

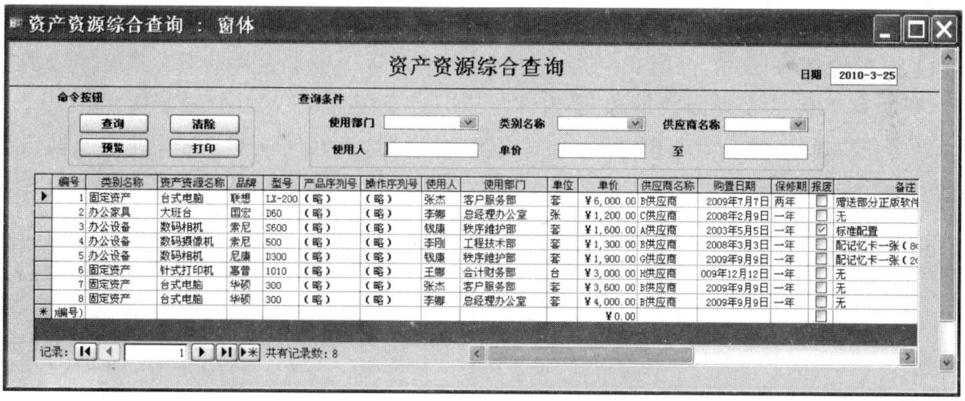

图 7-65　资产资源综合查询设置结果

11. 在主窗体上添加计算控件

为了使主窗体上能够显示所查询的记录数合计和金额合计，需要在"主窗体页脚"节中添加两个计算型文本框。

按照在子窗体中添加计算型控件的方法，在“主窗体页脚”节中添加两个文本框。打开属性对话框，设置第一个文本框的名称为“资产资源数量合计”。使用表达式生成器设置“控件来源”。

(1) 在“表达式生成器”对话框中，在下部左侧窗格中选择 “窗体”→“加载的窗体”→“资产资源综合查询”→“资产资源基本信息表查询数据源 子窗体”，在中间窗格中选择“资产资源数量合计”，这时在表达式窗格中出现了表达式“[资产资源基本信息表查询数据源 子窗体].Form![资产资源数量合计]”，如图 7-66 所示。

(2) 单击“确定”按钮，关闭“表达式生成器”对话框，返回属性对话框，进行属性设置，设置结果如图 7-67 所示。

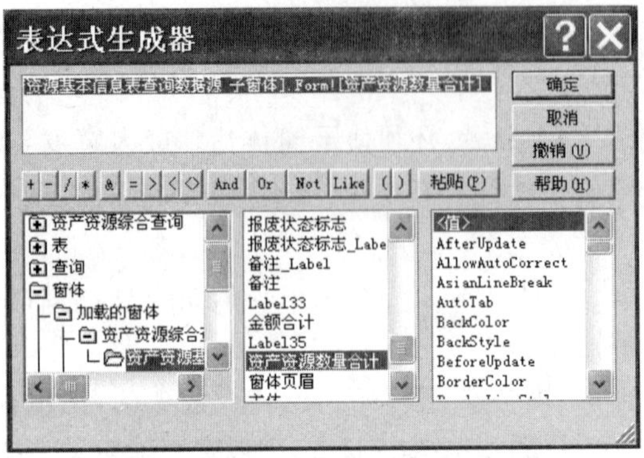

图 7-66 “资产资源数量合计”设计

图 7-67 “资产资源数量合计”属性设置

上面的设置就是把主窗体中计算型控件文本框的数据来源设置为子窗体的计算型控件。

(3) 按照上述方法，设置第二个文本框的名称为“资产资源金额合计”，“控件来源”为“[资产资源基本信息表查询数据源 子窗体].Form!金额合计”，如图 7-68 所示。

(4) 单击“确定”按钮，关闭“表达式生成器”对话框，返回属性对话框，进行属性设置，设置结果如图 7-69 所示。

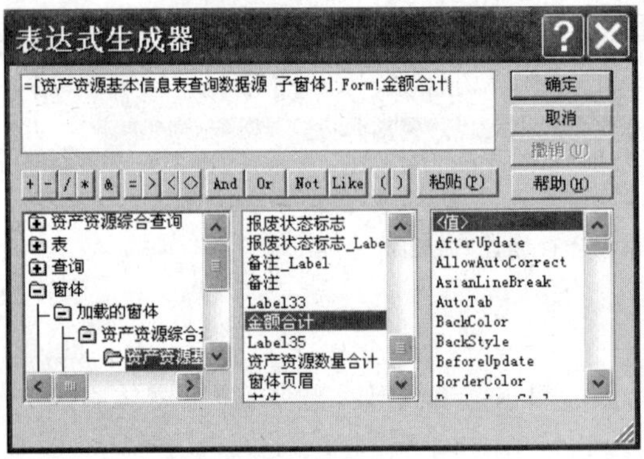

图 7-68 “资产资源金额合计”设计

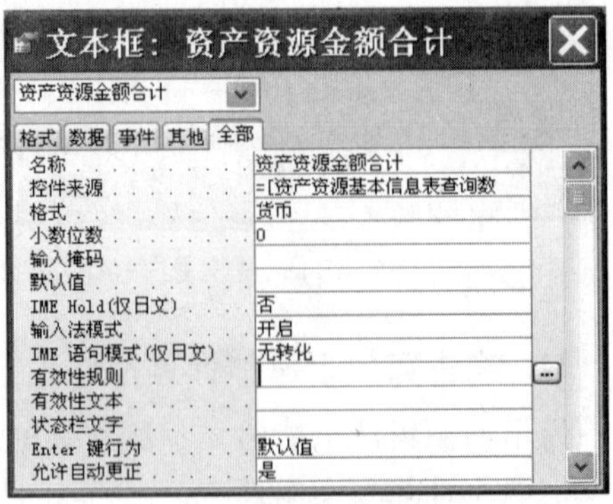

图 7-69 “资产资源金额合计”属性设置

(5) 设置与两个计算型文本框关联的标签的标题分别为“资产资源数量合计”和“资产资源金额合计”。把两个文本框和两个标签的字号均设置为 9，加粗，设置完成后转换到窗体视图，可以看到设置的结果，在“资产资源数量合计”文本框中显示资产资源数量，在“资产资源金额合计”文本框中显示资产资源金额数，如图 7-70 所示。

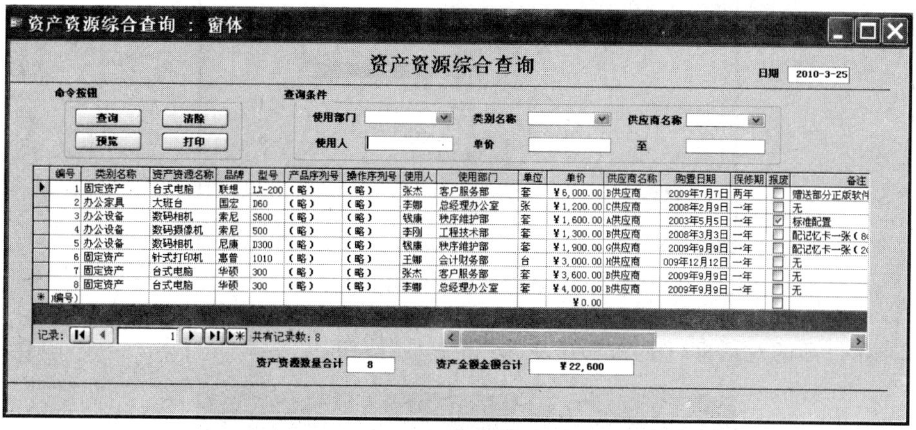

图 7-70　“资产资源综合查询”窗体

第六节　系统报表的设计与实现

一般情况下，一个数据库系统的最终操作是打印输出，而报表就是数据库中的数据通过打印机输出的特有形式。

根据需求分析，资产资源管理系统所需要的报表是在资产资源基本信息表中的查询明细报表。在资产资源管理系统中，报表的主要用途是完成数据的小计、分组和汇总工作。

制作报表如同制作窗体一样，有多种方法，本节将使用报表向导方式创建资产资源基本信息表查询报表。

一、创建报表

使用报表向导创建资产资源基本信息表查询报表的操作步骤如下。

(1) 在数据库窗口中，选择“报表”。在工具栏中单击“新建”按钮，打开“新建报表”对话框。在对话框中选择“报表向导”，在“请选择该对象数据的来源表或查询：”下拉列表框中选择“资产资源基本信息表查询数据源”，如图 7-71 所示，然后单击“确定”按钮。

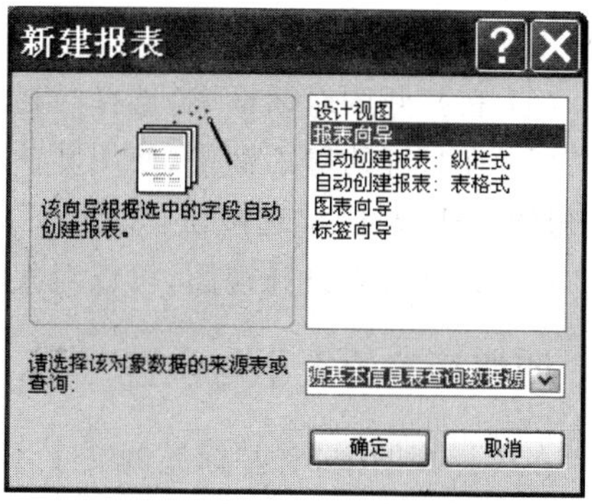

图 7-71　“新建报表”对话框

(2) 在打开的“报表向导”对话框中，单击 >> 按钮，把全部字段添加到“选定的字段”列表框中，在“选定的字段”列表框中选择“类别名称”字段，如图 7-72 所示，然后单击“下一步”按钮。

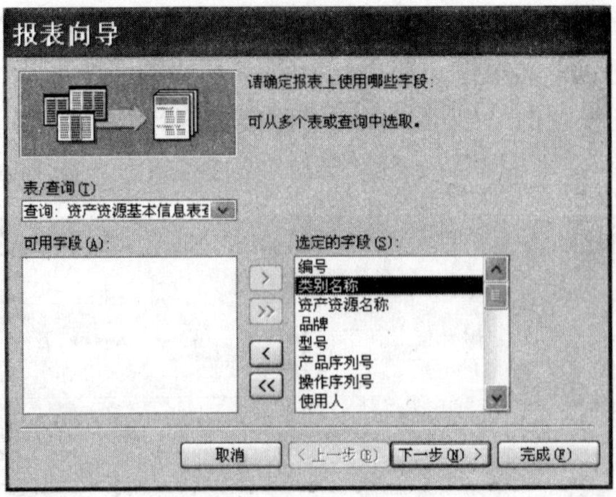

图 7-72　确定报表上使用哪些字段

(3) 在打开的对话框(图 7-73)中单击“下一步”按钮。

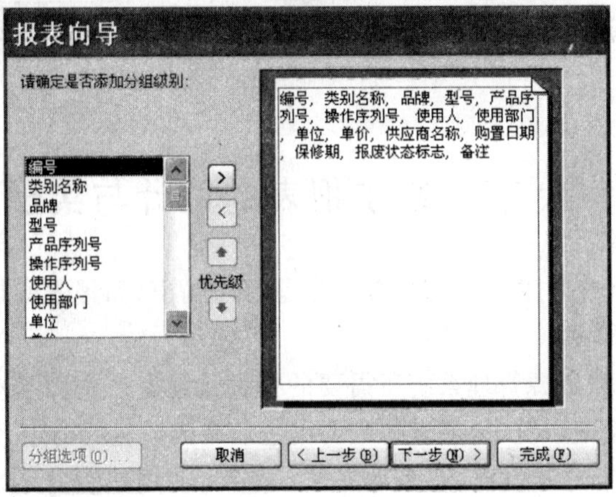

图 7-73　确定是否添加分组级别

(4) 在打开的对话框中,“升序”栏中选择“编号”字段,如图 7-74 所示,然后单击“下一步”按钮。

(5) 在打开的对话框中,选择“表格”单选按钮和“横向”单选按钮,如图 7-75 所示,然后单击“下一步”按钮。

(6) 在打开的对话框中,选择“组织”,如图 7-76 所示,然后单击“下一步”按钮。

(7) 在打开的对话框中,使用默认标题“资产资源基本信息表查询数据源”。然后,选择“修改报表设计”单选按钮,如图 7-77 所示,然后单击“完成”按钮。

(8) 打开报表设计视图,可以对报表进行编辑和修改,如图 7-78 所示。

二、调整标签的大小与位置

在设计视图中,有些标签的文字不能完整显示,因此需要进行调整以完整显示文字,然后适当调整字段文字的大小。

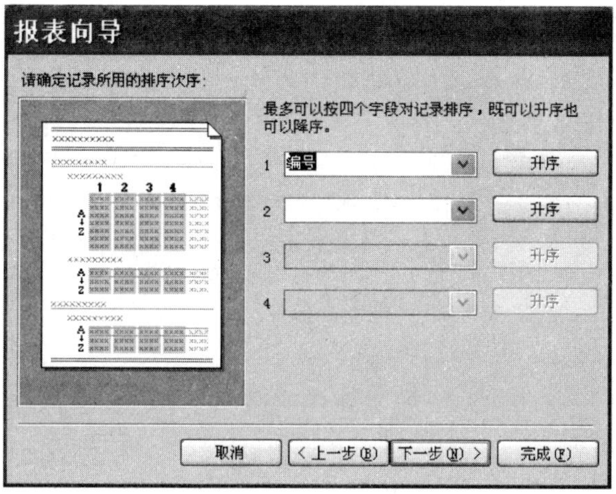

图 7-74　确定记录所用的排序次序

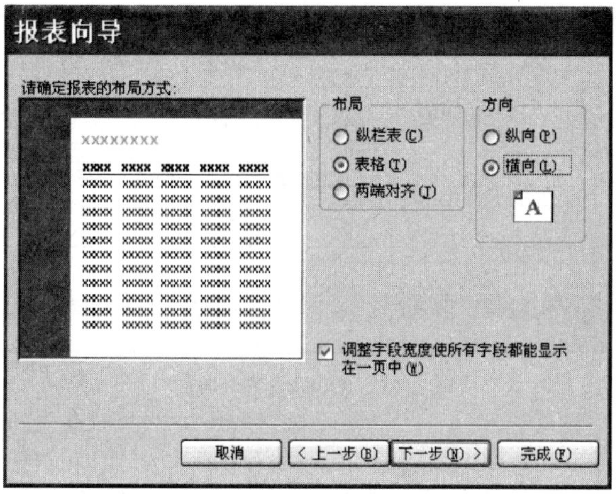

图 7-75　确定报表的布局方式

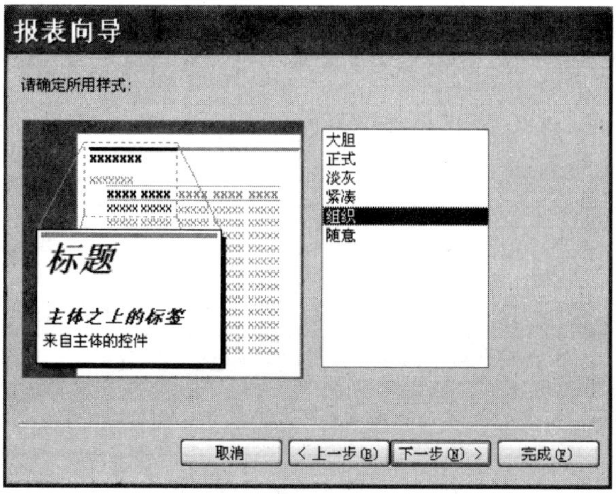

图 7-76　确定所用样式

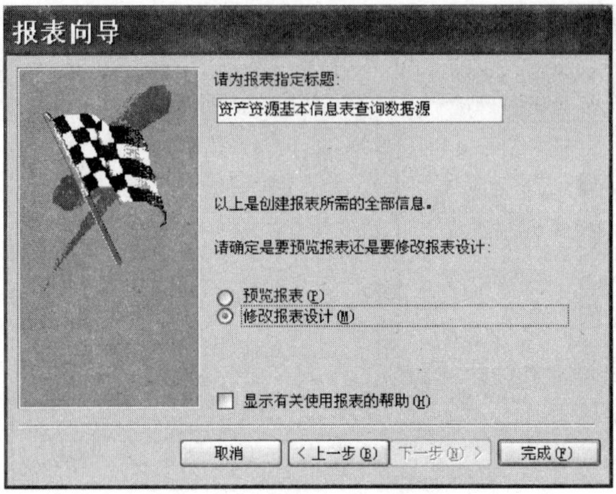

图 7-77　为报表指定标题

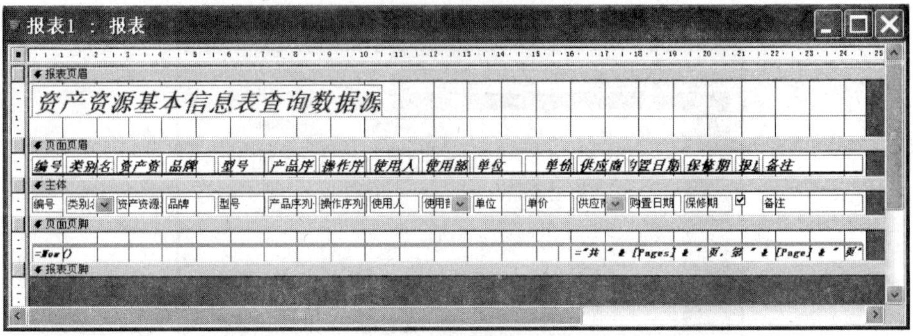

图 7-78　报表的设计视图

(1) 在报表页脚节上,添加两个文本框。把文本框的附加标签的标题分别命名为“资产资源数量合计”、“资产资源金额合计”,在对应的文本框中,分别输入“=Count(*)”、“=Sum([单价])”。修改完成后的报表如图 7-79 所示。

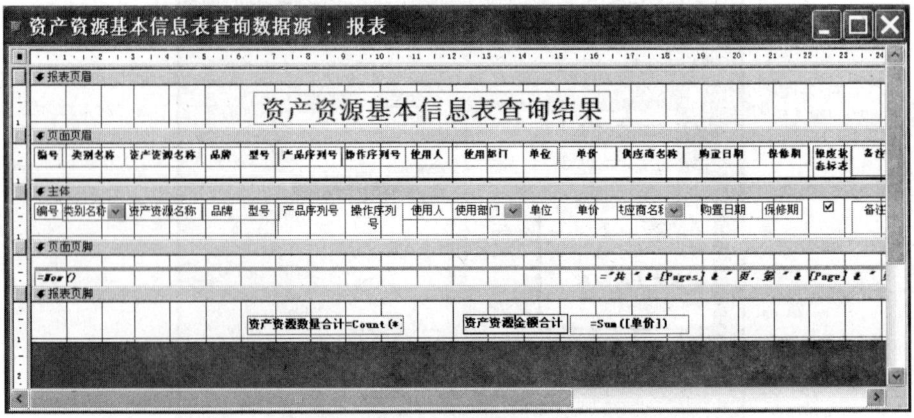

图 7-79　修改后的设计视图

（2）设计完成后的报表显示如图 7-80 所示。

编号	类别名称	资产资源名称	品牌	型号	产品序列号	操作序列号	使用人	使用部门	单位	单价	供应商名称	购置日期	保修期	报废状态标志	备注
1	固定资产	台式电脑	联想	LX-200	（略）	（略）	张杰	客户服务部	套	￥6,000.00	B供应商	2009年7月7日	两年	☐	赠送部分正版软件
2	办公家具	大班台	国宏	D60	（略）	（略）	李娜	总经理办公室	张	￥1,200.00	C供应商	2008年2月9日	一年	☐	无
3	办公设备	数码相机	索尼	S600	（略）	（略）	钱康	秩序维护部	套	￥1,600.00	A供应商	2003年5月5日	一年	☑	标准配置
4	办公设备	数码摄像机	索尼	500	（略）	（略）	李刚	工程技术部	套	￥1,300.00	B供应商	2008年3月3日	一年	☐	配记忆卡一张（8G）
5	办公设备	数码相机	尼康	D300	（略）	（略）	钱康	秩序维护部	套	￥1,900.00	G供应商	2009年9月9日	一年	☐	配记忆卡一张（2G）
6	固定资产	针式打印机	惠普	1010	（略）	（略）	王娜	会计财务部	台	￥3,000.00	H供应商	2009年12月12日	一年	☐	无
7	固定资产	台式电脑	华硕	300	（略）	（略）	张杰	客户服务部	套	￥3,600.00	B供应商	2009年9月9日	一年	☐	无
8	固定资产	台式电脑	华硕	300	（略）	（略）	李娜	总经理办公室	套	￥4,000.00	B供应商	2009年9月9日	一年	☐	无

资产资源数量合计　8　　资产资源金额合计　￥22,600

图 7-80　设计完成后的报表显示

第七节　系统编码实现

本系统所涉及的编码比较少，主要包括“综合信息查询”窗体中的“查询”按钮代码和“清除”按钮代码。

一、“查询”按钮代码

在“综合信息查询”窗体中，需要对“查询”按钮的事件过程进行编码，具体内容如下。

```
Private Sub 查询_Click()
On Error GoTo Err_查询_Click
   '如果有错误 转到错误处理
   Dim strWhere As String
   strWhere="" '设定初始值-空字符串

    If Not IsNull(Me.供应商名称) Then
      '"供应商名称"有输入
      If Len(strWhere)>1 Then
      strWhere=strWhere & "AND([供应商名称]='" & Me.供应商名称 & "')"
      Else
      strWhere="([供应商名称]='" & Me.供应商名称 &"')"
      End If
    End If
```

```
'判断"类别表"条件是否有输入的值
If Not IsNull(Me.类别名称) Then
'"类别表"有输入
 If Len(strWhere)>1 Then
 'Len(strWhere)>1是为了判断前一项查询条件是否已存在
  strWhere=strWhere & "AND([类别名称]='" & Me.类别名称 & " ')"
 Else
  strWhere="([类别名称]='" & Me.类别名称 &" ')"
 End If
End If

    If Not IsNull(Me.使用人) Then
'"使用人"有输入
   If Len(strWhere)>1 Then
  strWhere=strWhere & " AND ([使用人]='" & Me.使用人 & " ')"
 Else
  strWhere="([使用人]='" & Me.使用人 & " ')"
 End If
End If

'判断"部门表"条件是否有输入的值
If Not IsNull(Me.使用部门) Then
 'IsNull表示空,NotIsNull表示非空,既有输入
 strWhere="([使用部门]='" & Me.使用部门 & "')"
End If

 If Not IsNull(Me.最低价格) Then
 '"最低价格)"有输入
  If Len(strWhere)>1 Then
   strWhere=strWhere & " AND ([单价]>=" & Me.最低价格 &")"
  Else
   strWhere="([单价]>=" & Me.最低价格 &")"
  End If
 End If
  If Not IsNull(Me.最高价格) Then
 '"最高价格"有输入
  If Len(strWhere)>1 Then
   strWhere=strWhere & " And ([单价]<=" & Me.最高价格 &")"
  Else
   strWhere="([单价]<=" & Me.最高价格 & " )"
  End If
 End If
```

```
    '让子窗体应用窗体查询
  Debug.Print strWhere
  Me.资产资源基本信息表查询数据源_子窗体.Form.Filter=strWhere
  'Filter-筛选,显示满足查询条件的记录集.本语句设置子窗体的查询筛选条件
  Me.资产资源基本信息表查询数据源_子窗体.Form.Filter=Ture
  'FilterOn 应用设置的查询筛选条件
 DoCmd.DoMenuItem acFormBar, acRecordsMenu, 2, , acMenuVer70
Exit_查询_Click:
  Exit Sub
Err_查询_Click:
    MsgBox Err.Description
    Resume Exit_查询_Click
End Sub
```

二、"清除"按钮代码

在"综合信息查询"窗体中,需要对"清除"按钮的事件过程进行编码,具体内容如下。

```
Private Sub 清除_Click()
On Error GoTo Err_清除_Click
Me.供应商名称=Null
Me.使用部门=Null
Me.类别名称=Null
Me.使用人=Null
Me.最低价格=Null
Me.最高价格=Null
Exit_清除_Click:
  Exit Sub
Err_清除_Click:
    MsgBox Err.Description
    Resume Exit_清除_Click
End Sub
```

三、"打印"按钮代码

在"综合信息查询"窗体中,需要对"打印"按钮的事件过程进行编码,具体内容如下。

```
Private Sub 打印_Click()
On Error GoTo Err_打印_Click

    Dim stDocName As String

    stDocName=ChrW(-29372) & ChrW(20135) & ChrW(-29372) & ChrW(28304) & ChrW
(22522) & ChrW(26412) & ChrW(20449) & ChrW(24687) & ChrW(-30616) & ChrW(26597) &
```

```
ChrW(-29726) & ChrW(25968) & ChrW(25454) & ChrW(28304)
    DoCmd.OpenReport stDocName, acPreview

Exit_打印_Click:
    Exit Sub

Err_打印_Click:
    MsgBox Err.Description
    Resume Exit_打印_Click

End Sub
```

四、"预览"按钮代码

在"综合信息查询"窗体中,需要对"预览"按钮的事件过程进行编码,具体内容如下。

```
Private Sub 预览_Click()
On Error GoTo Err_预览_Click

    Dim stDocName As String

    stDocName=ChrW(-29372) & ChrW(20135) & ChrW(-29372) & ChrW(28304) & ChrW
(22522) & ChrW(26412) & ChrW(20449) & ChrW(24687) & ChrW(-30616) & ChrW(26597) &
ChrW(-29726) & ChrW(25968) & ChrW(25454) & ChrW(28304)
    DoCmd.OpenReport stDocName, acNormal

Exit_预览_Click:
    Exit Sub

Err_预览_Click:
    MsgBox Err.Description
    Resume Exit_预览_Click

End Sub
```

第八节　系统的集成与功能浏览

到此,资产资源管理信息子系统的主要对象就都已经创建完成了。下一步,就需要把这些对象统一组织起来,实现在一个窗体中对各个子系统对象的综合控制。在这里,控制窗体被定义为导航面板。

一、创建导航面板窗体

导航面板就好比一个控制台,使用导航面板可以完成对整个数据库各个模块的管理和控制。导航面板是无数据的窗体，在此窗体上主要放置多个命令按钮，使用这些命令按钮可以打开相对应的窗体。创建“导航面板”窗体的方法和步骤如下。

(1) 在数据库窗口中，选择“窗体”，并在“窗体对象”列表窗格中，单击“在设计视图中创建窗体”图标，打开窗体设计视图(图 7-81)。

(2) 在工具栏中，单击(标签)按钮，添加文字“导航面板”，字号 26，粗体，颜色为黑色，并把标签拖放到“主体”的上部。关闭“控件按钮”，单击(选项组)按钮，在窗体中分别建立“信息维护”、“资料查询”，如图 7-82 所示。

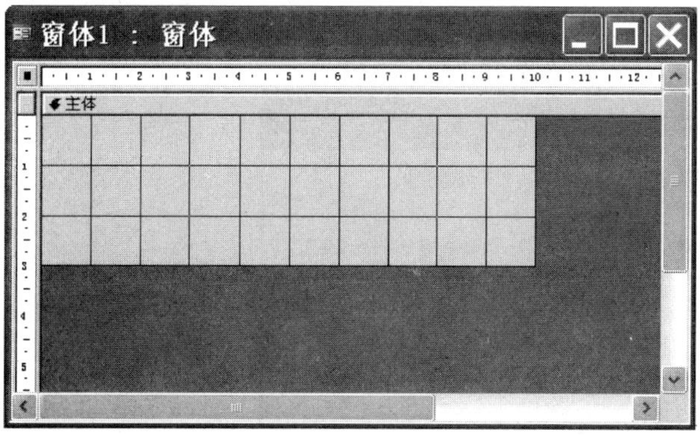

图 7-81　窗体设计视图

图 7-82　“导航面板”设计窗体

(3) 打开“控件向导”，单击(命令按钮)，选择“窗体操作”、“打开窗体”，之后单击“下一步”按钮，如图 7-83 所示。

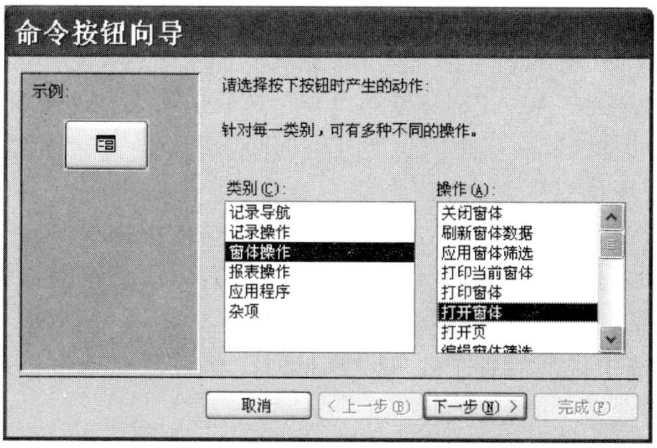

图 7-83　“命令按钮向导”对话框

(4) 在打开的对话框中,选择"资产资源基本信息表"选项,之后单击"下一步"按钮,如图 7-84 所示。

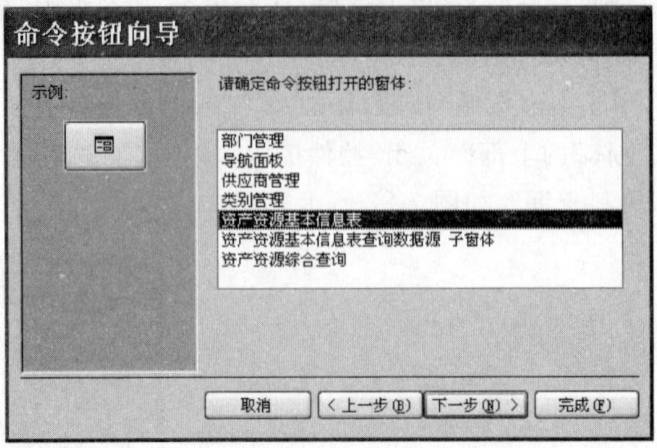

图 7-84　确定命令按钮打开的窗体

(5) 在打开的对话框中选择"打开窗体并显示所有记录"单选按钮,之后单击"下一步"按钮,如图 7-85 所示。

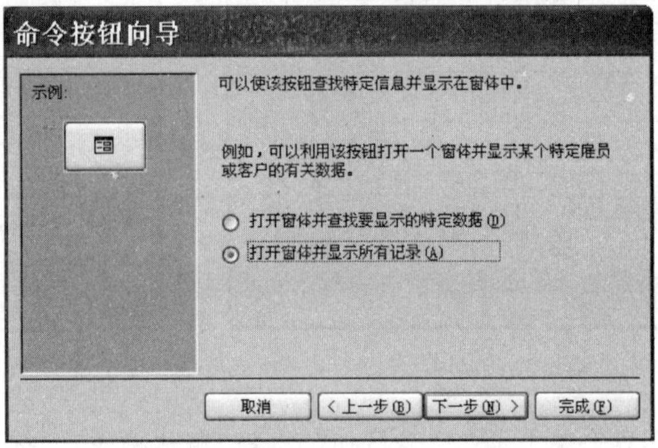

图 7-85　选择"打开窗体并显示所有记录"单选按钮

(6) 在打开的对话框中,选择"文本"单选按钮,同时输入"信息资料维护",之后单击"下一步"按钮,如图 7-86 所示。

(7) 在打开的对话框中,输入"信息资料维护",之后单击"完成"按钮,如图 7-87 所示。

(8) 按照同样的步骤,分别在相应位置建立"供应商管理"、"类别管理"、"部门管理"、"现有信息汇总"、"报废信息汇总"、"信息综合查询"等按钮。注意,在建立"现有信息汇总"按钮时,在"命令按钮向导"类型中选择"杂项",在操作中选择"运行查询",再选择"现有资产资源基本信息表查询",其他操作步骤同上。"报废信息汇总"、"信息综合查询"按钮的建立同"现有信息汇总"按钮的创建步骤相同。

在对齐调整中,选中排列的各个控件,然后选择"格式"→"对齐"→"左对齐"命令,如图 7-88 所示。

(9) 对"导航面板"窗体的其他属性,如导航按钮、分隔线、记录选定器等的设置与本系统其他窗体相同。创建的结果如图 7-89 所示。

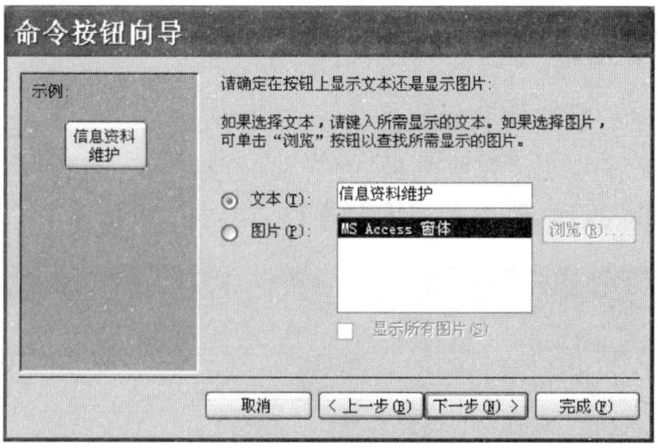

图 7-86　确定在按钮上显示文本还是显示图片

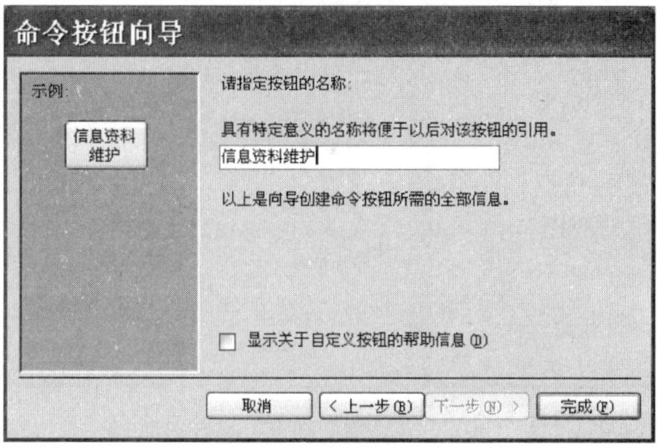

图 7-87　指定按钮的名称

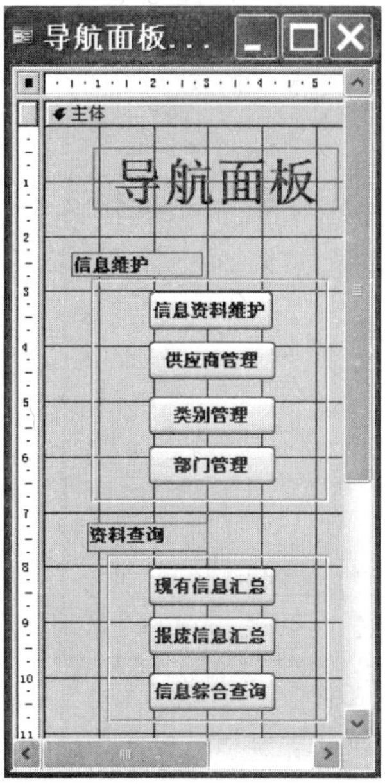

图 7-88　创建"导航面板"窗体

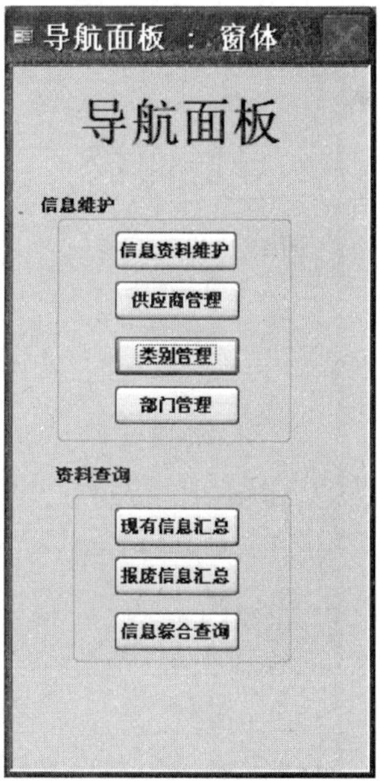

图 7-89　"导航面板"窗体创建结果

二、系统的功能浏览

总览资产资源管理子系统的大致功能。

(1) 在打开子系统后,单击“导航面板”的“信息资料维护”选项,即可实现对资产资源信息的新建、编辑、修改、添加、删除和查询等操作,如图 7-90 所示。

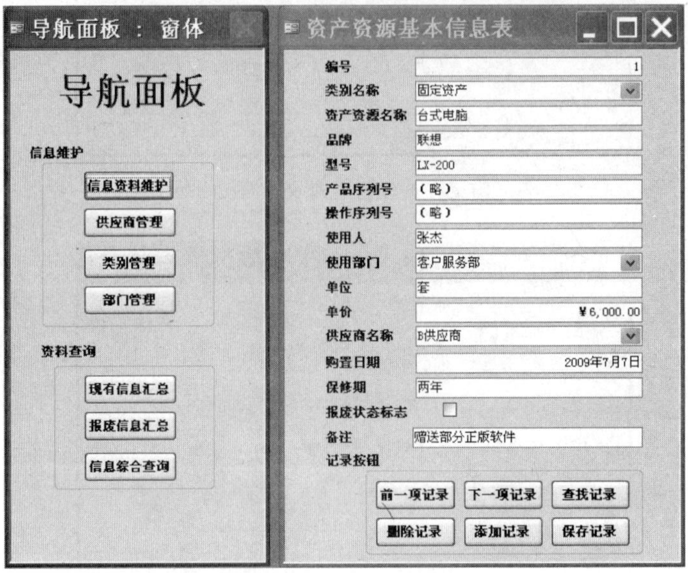

图 7-90 “信息资料维护”显示功能

(2) 在打开子系统后,单击“导航面板”的“供应商管理”选项,即可实现对供应商的相关资料信息进行新建、编辑、修改、添加、删除和查询等操作,如图 7-91 所示。

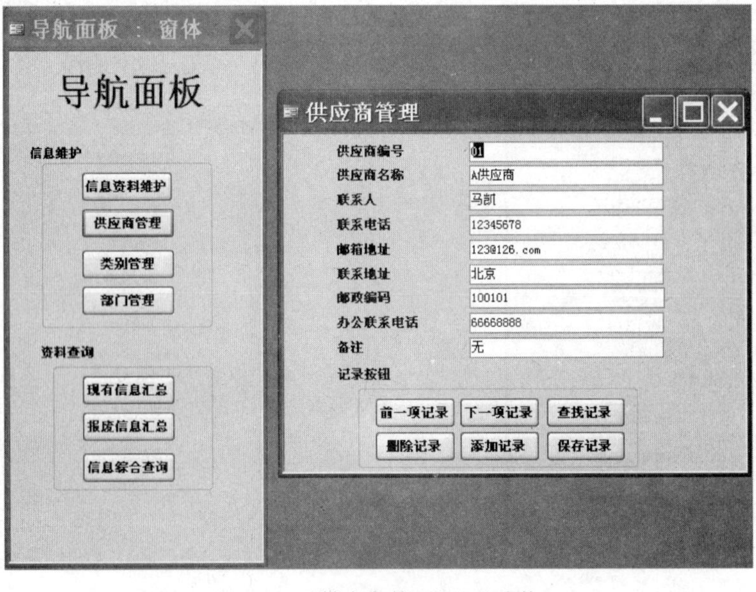

图 7-91 “供应商管理”显示功能

(3) 在打开子系统后，单击“导航面板”的“类别管理”选项，即可实现对资产资源类别信息进行新建、编辑、修改、添加、删除和查询等操作，如图 7-92 所示。

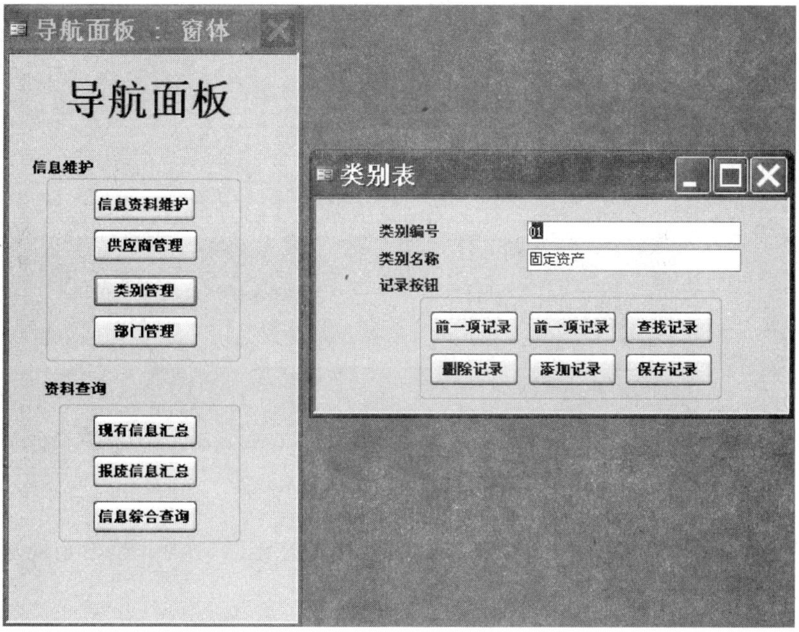

图 7-92　“类别管理”显示功能

(4) 在打开子系统后，单击“导航面板”的“部门管理”选项，即可实现对企业的部门信息进行新建、编辑、修改、添加、删除和查询等操作，如图 7-93 所示。

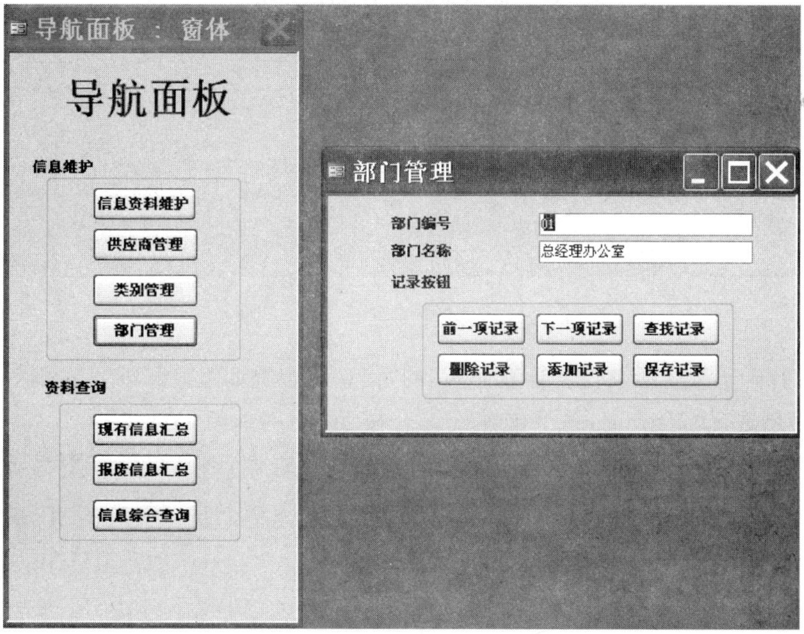

图 7-93　“部门管理”显示功能

(5) 在打开子系统后，单击“导航面板”的“现有信息汇总”选项，即可实现对企业现有资产资源信息进行浏览和打印等操作，如图 7-94 所示。

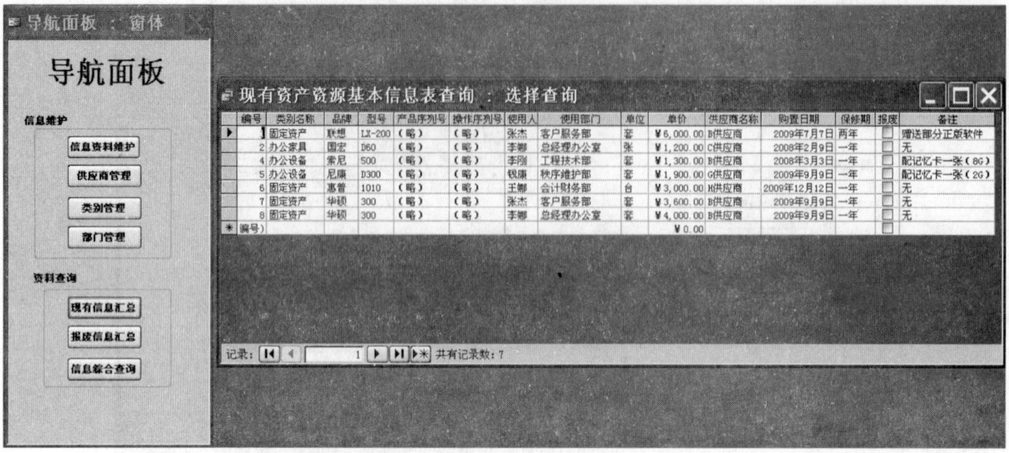

图 7-94 “现有信息汇总”显示功能

(6) 在打开子系统后，单击“导航面板”的“报废信息汇总”选项，即可实现对企业报废资产资源信息进行浏览和打印等操作，如图 7-95 所示。

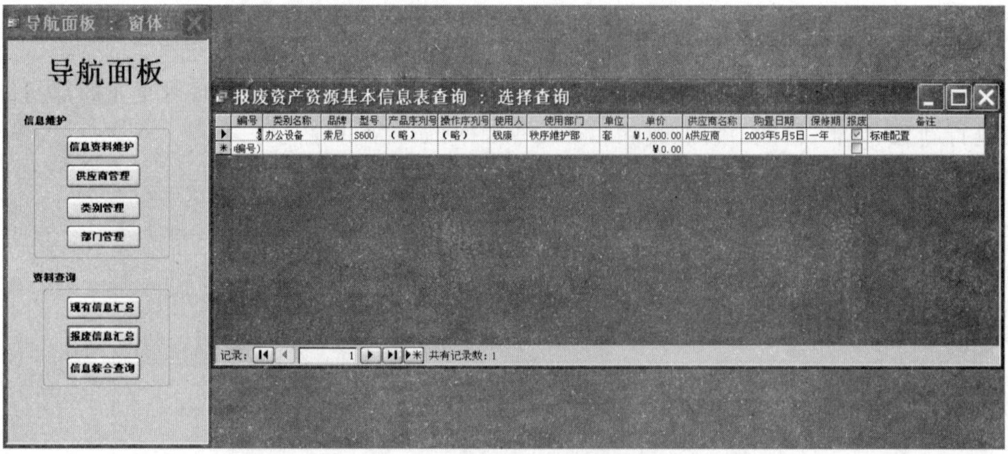

图 7-95 “报废信息汇总”显示功能

(7) 在打开子系统后，单击“导航面板”的“信息综合查询”选项，即可实现对企业全部资产资源信息进行综合查询，并可单独或综合按照“使用部门”、“使用人”、“类别名称”、“供应商名称”和“单价”范围等信息实施对资料的综合查询，并且可以实现对于查询的结果打印预览及打印输出。同时，“信息综合查询”还可以显示查询出的“资产资源数量合计”、“资产资源金额合计”等信息，如图 7-96 所示。

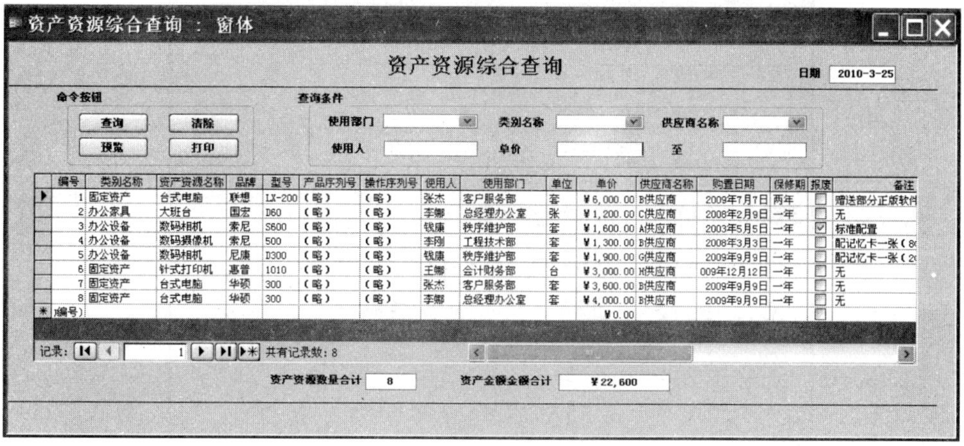

图 7-96　“信息综合查询”显示功能

第九节　系统的调试与发布

系统调试的另一项重要工作就是用来进行优化程序、优化系统。Access 提供了系统性的分析工具，使用这一工具可以自动进行系统性能分析，然后根据分析的结果，决定是否需要进行系统的优化。下面介绍系统性能分析工具的使用。

一、系统性能分析

完成资产资源管理子系统的设计后，需要对这一子系统进行性能分析，然后根据分析结果对数据库进行优化。性能分析的操作步骤如下。

(1) 选择“工具”→“分析”→“性能”命令。在打开的“性能分析器”对话框中，选择“全部对象类型”选项卡，然后单击“全选”按钮，选中全部对象，再单击“确定”按钮，如图 7-97 所示。

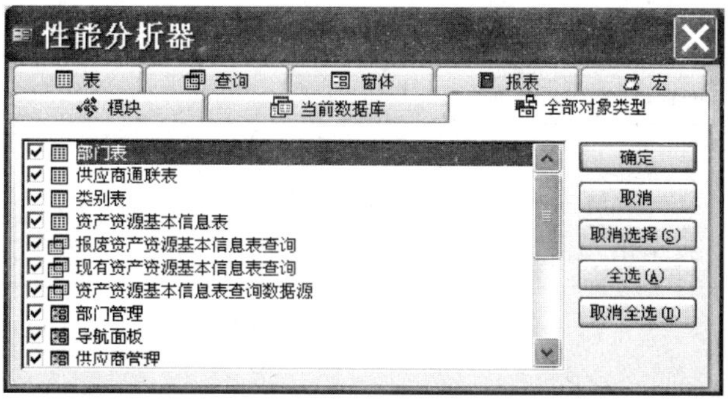

图 7-97　“性能分析器”对话框

(2) 此时，系统开始对全部对象进行性能分析，分析结束后系统将给出分析结果，如图 7-98 所示。

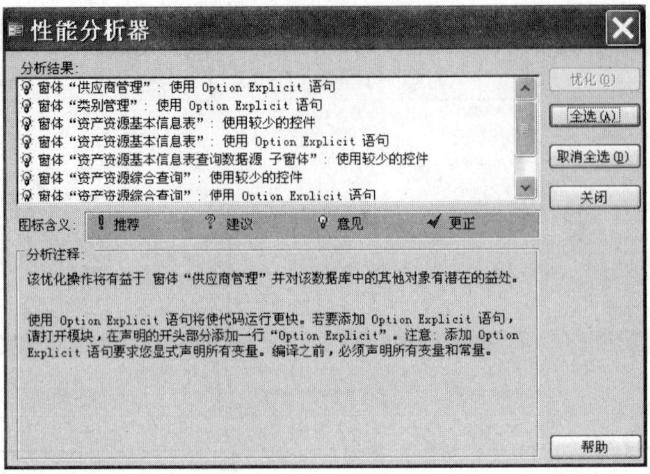

图 7-98　性能分析结果

性能分析器将列出三种分析结果：推荐、建议、意见。当单击"分析结果"列表框中的任何一个项目时，在列表下的"分析注释"框中会显示建议优化的相关信息。在执行建议优化之前，应该先考虑潜在的权衡。若要查看关于权衡的说明，要单击列表中的"建议"，然后阅读"分析注释"框中的相关信息。Access 能执行"推荐"和"建议"的优化项目，但"意见"项目的优化必须要用户自己来执行。

二、设置启动选项

检查系统没有任何错误以后，就可以设置"启动"选项了。选择"工具"→"启动"命令，打开"启动"对话框。在"应用程序标题"文本框中输入"资产资源管理子系统"，在"显示窗体/页"下拉列表框中，选择"导航面板"选项。用事先准备好的应用程序图标作为窗体和报表的图标，设置后的"启动"对话框如图 7-99 所示。单击"确定"按钮，关闭"启动"对话框完成设置。

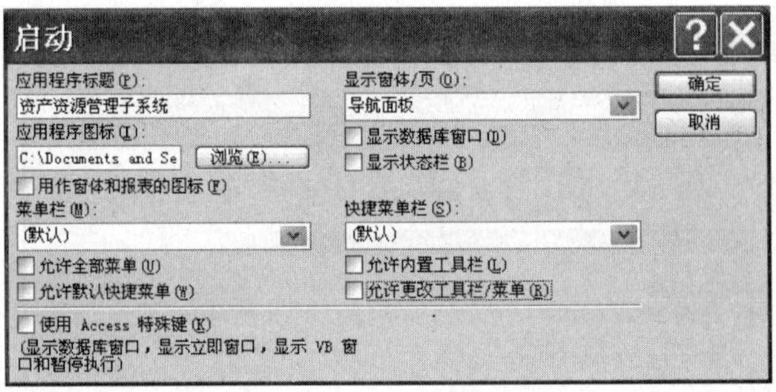

图 7-99　"启动"对话框

三、系统的发布

设置完成后的数据库就可以进行发布了。用 Access 开发的数据库系统的发布十分简单，只要复制到安装有 Access 及其以上版本的计算机中就可以使用了。

第八章

利用 Access 建立物业服务企业来访投诉管理子系统

本章介绍如何利用 Access 建立物业服务企业来访投诉管理子系统。该子系统将实现对客户常用资料数据表及详细资料数据表的录入，对客户来访记录、客户投诉报告、回访记录单进行录入管理，在此基础上，实现对于客户资料、来访记录、投诉报告的综合查询功能，并能够实现把查询的结果进行打印输出，而且整个客户来访、投诉接待以及处理回访都是按照自身的过程逻辑顺序进行，可以方便地引导企业服务人员按照规定的流程进行工作，避免主观人为因素对服务工作的负面影响。

特别是该子系统可以实现按照月度或者规定的时间段，对于客户投诉回访率、投诉处理满意度等相关数据实现累计结果显示和查询结果显示。同时，子系统根据查询结果自动生成的投诉处理结果导航图、投诉回访完成情况导航图和投诉回访满意度导航图等可以作为企业管理层决策的参考依据。

第一节　来访投诉管理子系统设计说明

物业服务企业对客户常用资料及详细资料的了解，可以帮助企业了解客户对于物业服务的需求，特别是对于客户来访信息、客户投诉信息和客户回访信息的有效管理，可以指导企业根据客户的需要有针对性地改进现有工作中的不足，并对以后物业服务的调整指明方向。因此很有必要使用 Access 数据库开发一个适合企业自身的来访投诉管理子系统。

一、子系统主要操作功能

可以通过来访投诉管理子系统，实现对客户常用资料数据表及详细资料数据表的输入、信息的查询和修改，并可对客户资料、来访记录、投诉报告的查询结果实现打印输出。对于相关客户投诉回访率、投诉处理满意度等数据的累计值和动态查询值实现自动统计等，相关投诉处理结果、投诉回访完成情况和投诉回访满意度等可实现自动图形显示。

二、子系统辅助操作功能

可以通过来访投诉管理子系统，辅助完成各种操作。辅助功能主要包括客户数据的维护和日常业务处理等。

第二节　来访投诉管理子系统数据库设计

数据库的结构设计是一个非常重要的问题，数据库结构设计的好坏将直接对系统的使用效率以及实现效果产生影响。

一、数据库需求分析

根据系统的数据功能要求，需要设计如下数据信息。

(1) 客户常用资料表，包括序号、房间编号、客户名称、联系人、称谓、手机号码、单位电话、第一紧急联系人姓名、第一紧急联系电话、第二紧急联系人姓名、第二紧急联系电话、备注等。

(2) 客户详细资料表，包括序号、房间编号、企业性质、注册资金、主要负责人姓名、称谓、国籍、公司规模、常驻大厦办公人员数量、每日上班时间、一周办公时间、备注等。

(3) 来访类型表，包括来访类型编号、来访类型描述等。

(4) 来访形式表，包括来访形式编号、来访形式描述等。

(5) 客户来访记录，包括序号、房间编号、来访日期、来访形式、来访类型、来访人姓名、称谓、来访内容详细描述、来访事项跟进描述、来访事项处理结果、接待记录人员、备注等。

(6) 客户投诉报告单，包括序号、房间编号、投诉日期、投诉时间、投诉形式、投诉人姓名、称谓、投诉联系方式(电话/电邮)、投诉内容详细描述、投诉处理结果、投诉结果描述、未完成原因、接待记录人员、回访判定、客户服务部回访记录序号、备注等。

(7) 客户服务部回访记录单，包括回访记录单序号、投诉日期、回访日期、回访形式、被回访人、称谓、回访内容描述、客户满意度、完成情况、未完成说明、回访记录人员、备注等。

二、数据库总体设计

所要设计的来访投诉管理子系统数据库，分别实现对于客户相关资料信息和对于来访投诉处理信息的管理。其中以客户常用资料表、客户投诉报告和客户服务部回访记录单最为重要。

三、数据库中表的设计

来访投诉管理子系统需要建立7个数据表来分别存放相关的数据信息。

1. 客户常用资料表

客户常用资料表的设计见表8-1。

2. 客户详细资料表

客户详细资料表的设计见表8-2。

表 8-1 客户常用资料表

字段名称	数据类型
序号	自动编号
房间编号	文本
客户名称	文本
联系人	文本
称谓	文本
手机号码	文本
单位电话	文本
第一紧急联系人姓名	文本
第一紧急联系电话	文本
第二紧急联系人姓名	文本
第二紧急联系电话	文本
备注	备注

表 8-2 客户详细资料表

字段名称	数据类型
序号	自动编号
房间编号	文本
企业性质	文本
注册资金	文本
主要负责人姓名	文本
称谓	文本
国籍	文本
公司规模	文本
常驻大厦办公人员数量	文本
每日上班时间	文本
一周办公时间	文本
备注	备注

3. 来访类型表

来访类型表的设计见表 8-3。

4. 来访形式表

来访形式表的设计见表 8-4。

表 8-3 来访类型表

字段名称	数据类型
来访类型编号	自动编号
来访类型描述	文本

表 8-4 来访形式表

字段名称	数据类型
来访形式编号	自动编号
来访形式描述	文本

5. 客户来访记录

客户来访记录的设计见表 8-5。

6. 客户投诉报告单

客户投诉报告单的设计见表 8-6。

7. 客户服务部回访记录单

客户服务部回访记录单的设计见表 8-7。

表 8-5 客户来访记录

字段名称	数据类型
序号	自动编号
房间编号	文本
来访日期	日期/时间
来访形式	数字
来访类型	数字
来访人姓名	文本
称谓	文本
来访内容详细描述	备注
来访事项跟进描述	文本
来访事项处理结果	文本
接待记录人员	文本
备注	备注

表 8-6 客户投诉报告单

字段名称	数据类型
序号	自动编号
房间编号	文本
投诉日期	日期/时间
投诉时间	日期/时间
投诉形式	数字
投诉人姓名	文本
称谓	文本
投诉联系方式（电话/电邮	文本
投诉内容详细描述	备注
投诉处理结果	文本
投诉结果描述	文本
未完成原因	文本
接待记录人员	文本
回访判定	是/否
客户服务部回访记录序号	数字
备注	备注

表 8-7 客户服务部回访记录单

字段名称	数据类型
回访记录单序号	自动编号
投诉日期	日期/时间
回访日期	日期/时间
回访形式	文本
被回访人	文本
称谓	文本
回访内容描述	备注
客户满意度	文本
完成情况	文本
未完成说明	文本
回访记录人员	文本
备注	备注

第三节 创建数据表和索引

下面介绍 Access 中建立数据库的方法。

一、创建数据库

创建数据库的操作步骤如下。

(1) 运行 Access，在任务窗格(图 8-1)中，单击“新建”选项组中的“空数据库”选项。

(2) 在打开的对话框中的“文件名”下拉列表框中输入“来访投诉管理子系统”，“保存类型”采用默认值，“保存位置”设置为“数据库”文件夹，如图 8-2 所示，单击“创建”按钮。

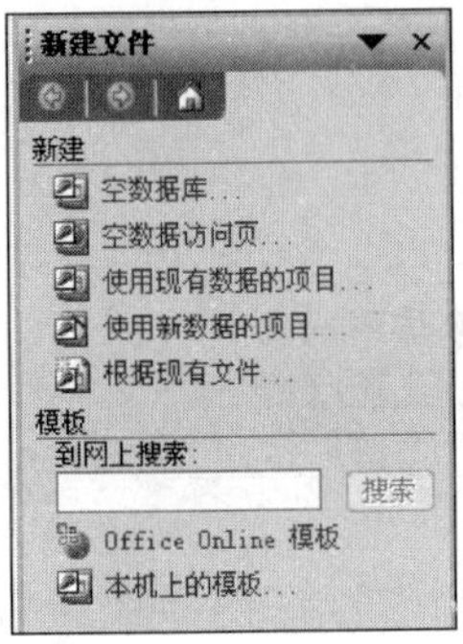

图 8-1　任务窗格

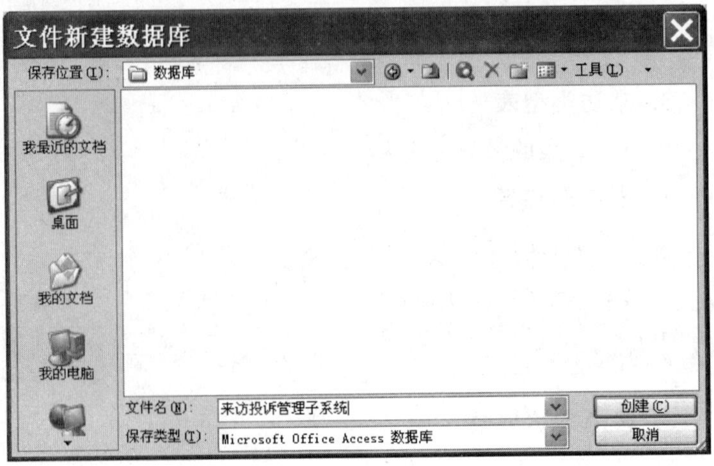

图 8-2　“文件新建数据库”对话框

二、创建表

在完成数据库的创建后，就可以开始创建表的工作了。创建表的操作步骤具体如下。

1. 创建客户常用资料表

由于在 Access 所提供的向导中没有比较合适的模板，因此这里需要选择“使用设计器创建表”。

(1) 在打开的窗口中，在左边“对象”栏中选择“表”选项，并选择“使用设计器创建表”。双击图标或者选择后单击“设计”按钮，就可以打开表设计器窗口，如图 8-3 所示。

(2) 在表设计器窗口中，在“字段名称”栏中输入字段名称，在“数据类型”中选择这个字段的类型，然后在“说明”栏中输入这个字段的说明文字。当选择一个字段时，下面还会显示关于这个字段的信息，在这里可以修改字段的长度以及字段的默认值、是否为空等信息。

客户常用资料表的设计如图 8-4 所示，其他表的设计方法与此基本相同。

按照同样的方法，可以设计“客户详细资料表”、“客户来访记录”、“客户投诉报告单”、“客户服务部回访记录单”等。

(3) 在为表命名并保存后，就会弹出提示设定主键的对话框，如图 8-5 所示。

(4) 单击“是”按钮，系统就会自动为这个表添加一个字段，并且把这个字段定义为主键；单击“否”按钮，就会关闭这个对话框而且系统不会为这个表添加主键，这时就需要自行添加主键。

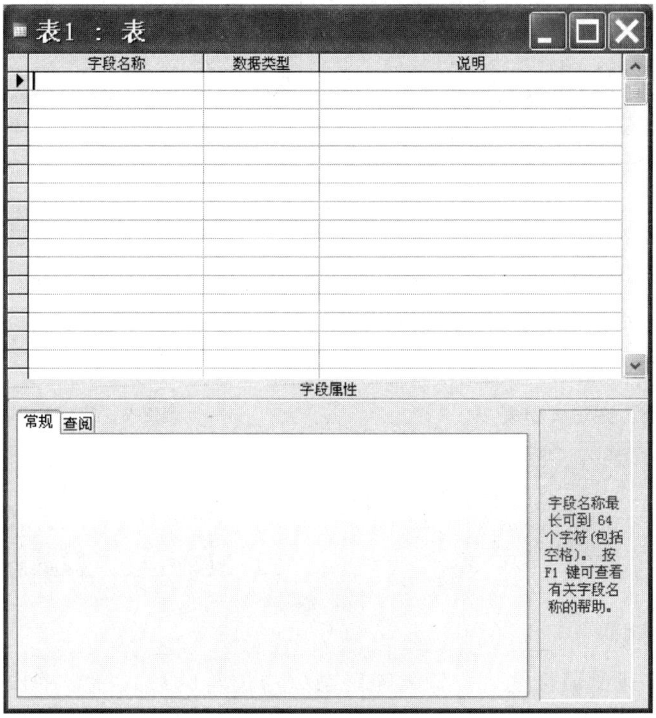

图 8-3　表设计器窗口

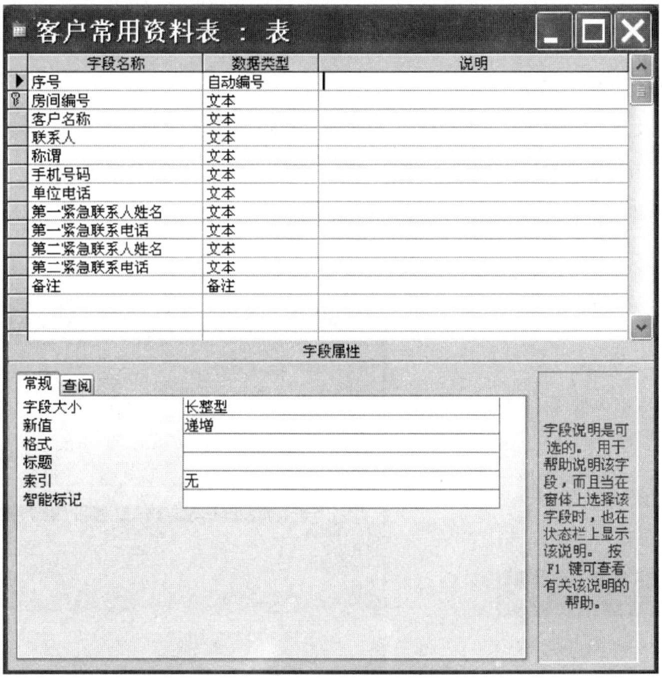

图 8-4　客户常用资料表的设计

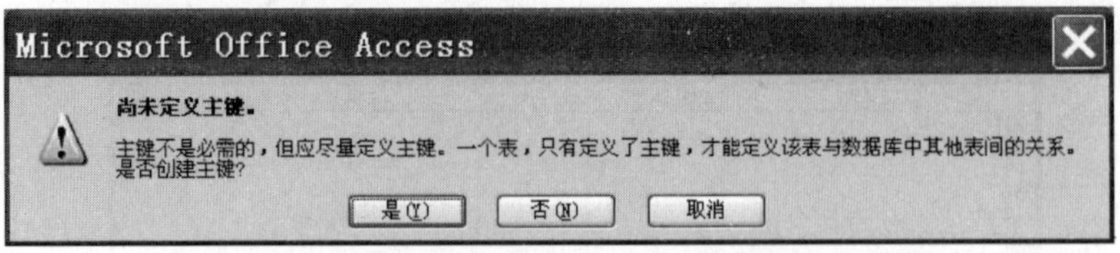

图 8-5　提示设定主键的对话框

2. 初始数据的输入

需要输入的初始数据包括来访类型表和来访形式表，可以根据需要进行设置。输入的数据分别如表 8-8 和表 8-9 所示。

表 8-8　来访类型表

来访类型编号	来访类型描述
1	物业服务咨询
2	日常事务通知
3	紧急事件求助
4	人员服务表扬
5	其他来访事项

表 8-9　来访形式表

来访形式编号	来访形式描述
1	客户来电
2	客户信函
3	网络电邮
4	亲自来访
5	相关人员转达
6	其他形式

3. 设置输入掩码

输入掩码是字段的属性之一。输入掩码是以占位符的形式指定字段的显示格式，这样当用户输入数据的时候，系统就会给出明确的提示，从而避免用户在输入数据时，出现输入格式和数据位数上的错误。输入掩码适用于数据的格式和数据位数确定的字段，例如日期、邮编和电话等字段。下面将以客户来访记录中的"来访日期"字段为例，介绍输入掩码的设置方法。

(1) 以设计视图打开客户来访记录，选中"来访日期"字段，在"字段属性"栏中，选中"输入掩码"选项，然后单击右侧的[...]按钮，首先弹出"输入掩码向导"提示框，如图 8-6 所示，单击"是"按钮。

(2) 在打开的对话框中，选择"长日期(中文)"选项，如图 8-7 所示，然后单击"下一步"按钮。

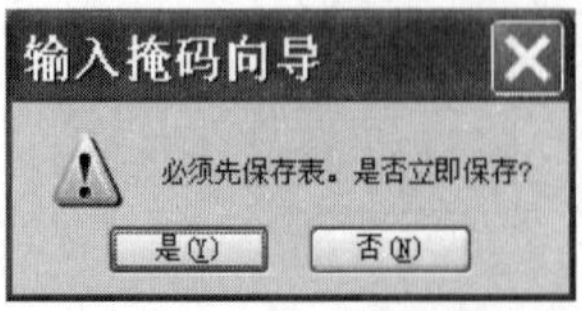

图 8-6　"输入掩码向导"提示框

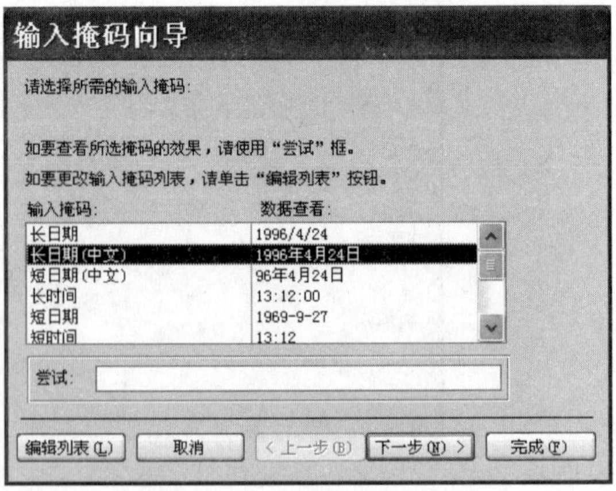

图 8-7　选择所需的输入掩码

(3) 在打开的对话框中，给出了“来访日期”字段的“输入掩码”默认格式。在“占位符”下拉列表框中，给出了占位符符号，这里是“_”符号。在“占位符”下拉列表框中，还可以选择其他形式的占位符，这里采用默认值，如图 8-8 所示，然后单击“下一步”按钮。

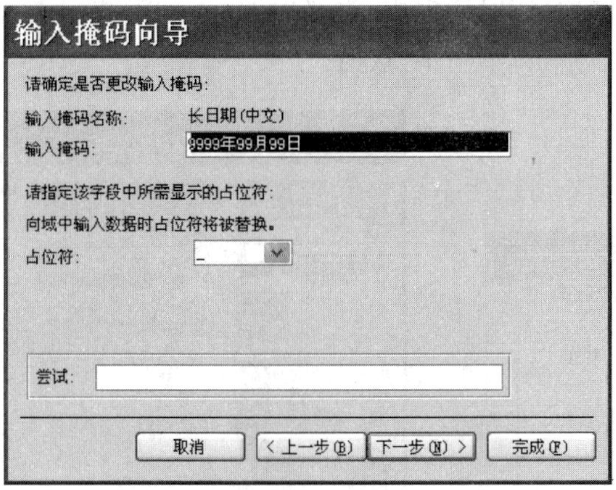

图 8-8　确定是否更改输入掩码

(4) 在打开的对话框中，单击“完成”按钮。

(5) 返回到“表属性”对话框，在“来访日期”字段的“输入掩码”属性框中，显示所设置的输入掩码的结果，如图 8-9 所示。

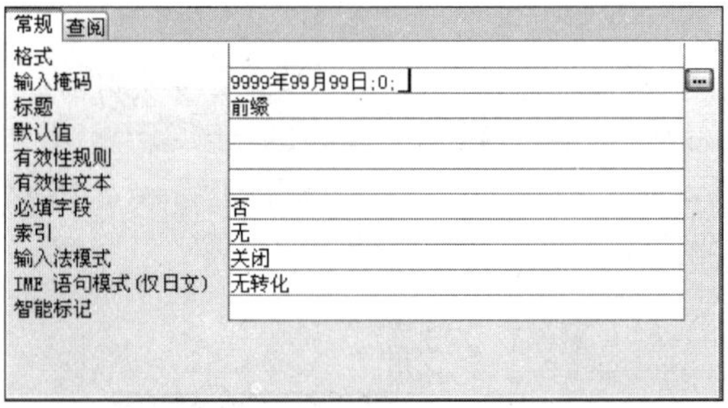

图 8-9　“来访日期”字段的输入掩码设置结果

用同样的方法，可以为其他各表中的数据类型为“日期/时间”的字段设置输入掩码。

4. 设置查阅数据类型

在 Access 中有一个特殊的数据类型——查阅向导。使用查阅向导可以实现查阅另外一个表中的数据或从一个列表中选择字段。这样既可以提高数据录入的效率，又可以保证录入数据的准确性。

在客户来访记录中，“来访形式”字段是与来访类型表的主键“来访类型编号”字段相互关联。由于已经在两者之间设置了参照完整性，因此客户来访记录中的“来访形式”字段的值必须是来访类型表中的一个值。而“来访类型编号”字段本身是数字形式的文本，如果在客户来访记录中以这种形式显示，将非常不直观。而 Access 提供的查阅向导提供了一种非常方便的功能，可以把“来访类型编号”字段以客户来访记录中的“来访形式”的字段值显示，这样使用起来既方便又直观。其设置的具体步骤如下。

（1）以设计视图打开客户来访记录，选择“来访形式”字段。单击“数据类型”下拉列表框，选择“查阅向导”，如图 8-10 所示。

（2）在打开的“查阅向导”对话框中，选择“使用查阅列查阅表或查询中的值”单选按钮，如图 8-11 所示，然后单击“下一步”按钮。

图 8-10　选择“查阅向导”

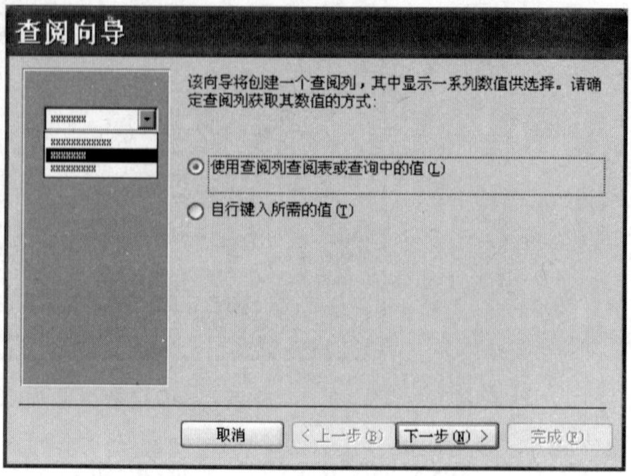

图 8-11　“查阅向导”对话框

（3）在打开的对话框中，选择“表：来访形式表”，如图 8-12 所示，然后单击“下一步”按钮。

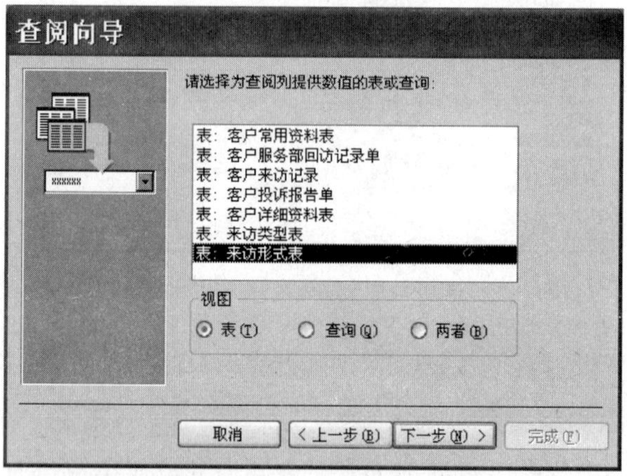

图 8-12　选择为查阅列提供数值的表或查询

（4）在打开的对话框中，选择“来访形式描述”字段，如图 8-13 所示，然后单击“下一步”按钮。

（5）在打开的对话框中，选择“来访形式编号”字段，如图 8-14 所示，然后单击“下一步”按钮。

（6）在打开的对话框（图 8-15）中单击“下一步”按钮。

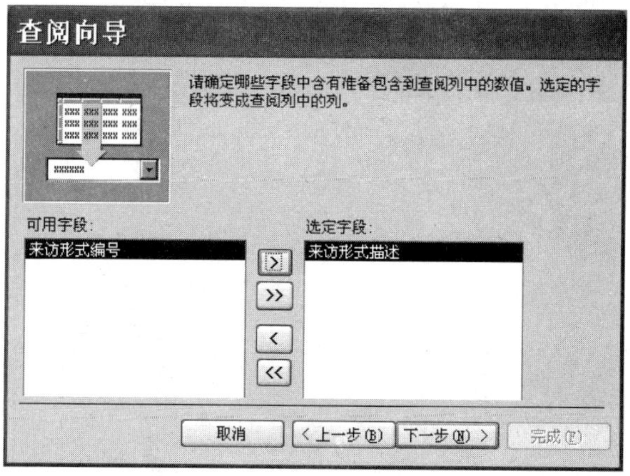

图 8-13　确定哪些字段中含有准备包含到查阅列中的数值

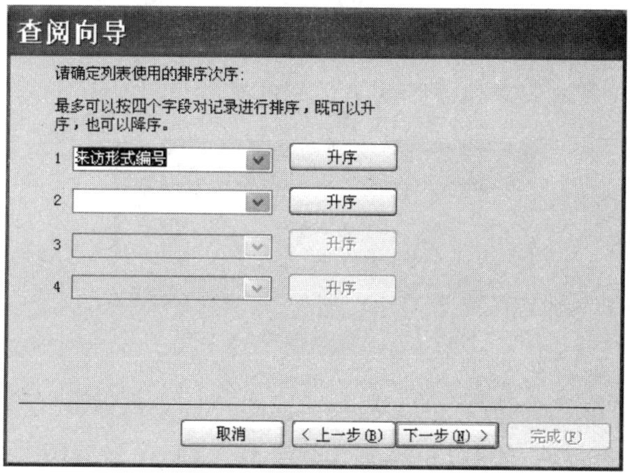

图 8-14　确定列表使用的排序次序

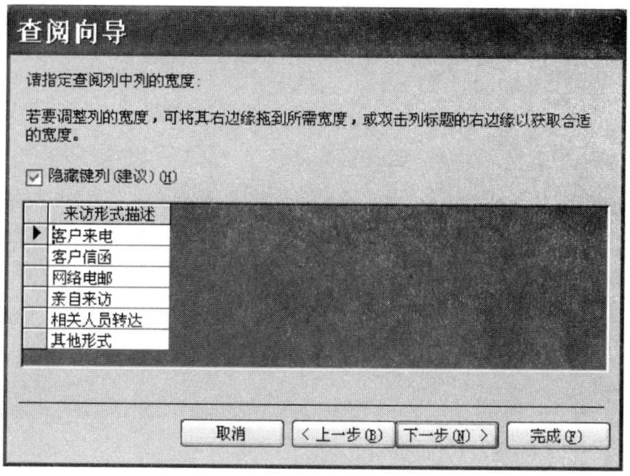

图 8-15　指定查阅列中列的宽度

(7) 在打开的对话框中,采用默认值,如图 8-16 所示,单击"完成"按钮。

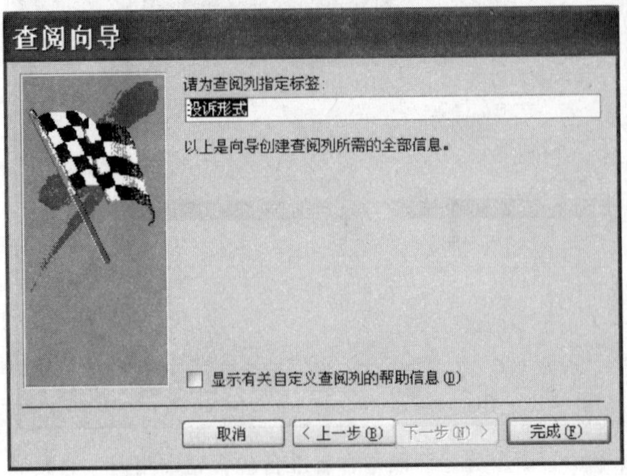

图 8-16　为查阅列指定标签

(8) 弹出"查阅向导"提示框,如图 8-17 所示,单击"是"按钮。该提示框表明,在进行查阅向导设置过程中,实际上是建立了两表之间的关系。

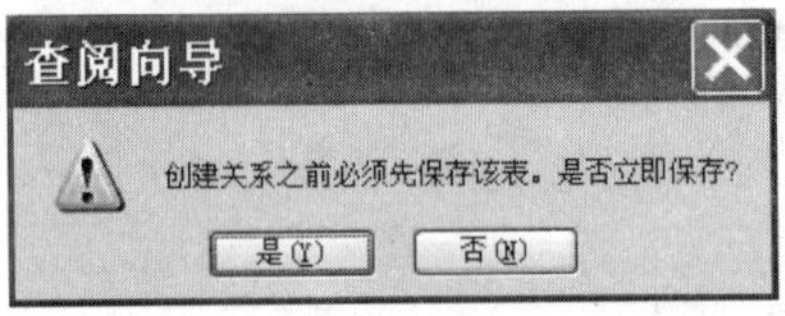

图 8-17　"查阅向导"提示框

(9) 保存"客户来访记录"并回到正常显示视图,单击"投诉形式"字段,可以打开一个下拉列表,在输入"投诉形式"时,可以从中选择一种类别,结果如图 8-18 所示。

序号	房间编号	投诉日期	投诉时间	投诉形式	投诉人姓名	
1	B-0202	2010年2月2日	10:10	客户来电	张	先生
2	B-B102	2010年2月17日	12:10	亲自来访	赵	女士
3	B-B101	2010年2月18日	15:00	网络电邮	(略)	(略)
4	C-0802	2010年2月19日	17:30	客户来电	李薇	女士
6	(略)	2010年2月26日		客户信函	(略)	(略)
7	(略)	2010年2月28日		网络电邮	(略)	(略)
*	0编号)			亲自来访		
				相关人员转达		
				其他形式		

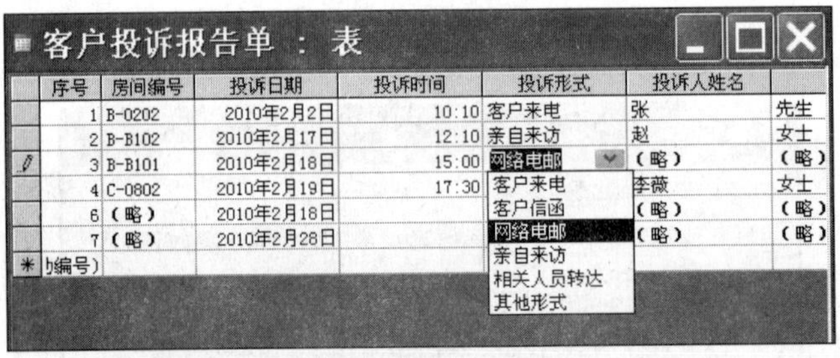

图 8-18　显示投诉形式的下拉列表

使用同样的方法,可以设置"来访类型"等字段的查阅列表。

三、创建关系和索引

1. 创建主键

打开客户常用资料表,在表设计器中单击要作为主键的字段左边的行选择按钮。在这里选择"房间编号"字段,选择"编辑"→"主键"命令,或者右击,在弹出的菜单中选择"主键”命令。这时在该字段左边的行选择器上就会出现钥匙标志，表示这个字段是主键，如图 8-19 所示。

2. 创建关系

在表中定义主键除了可以保证每条记录都能够被唯一识别以外，更重要的是在多个表之间建立关系。当数据库中包含多个表时，需要通过主表的主键和子表的外键来建立连接，使各个表能够协同工作。创建关系的设置步骤如下。

(1) 打开数据库窗口，选择“工具”→“关系”命令，或者在工具栏中单击“关系”按钮，打开“关系”编辑窗口，如图 8-20 所示。

图 8-19　创建主键

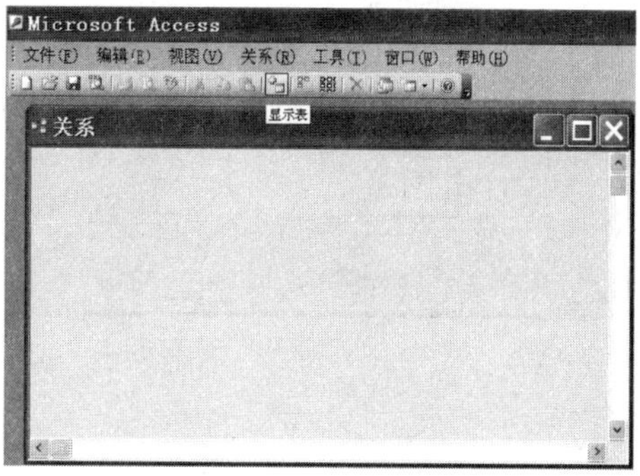

图 8-20　“关系”编辑窗口

(2) 在工具栏中，单击“显示表”按钮，打开如图 8-21 所示的对话框。

(3) 在弹出的对话框中，依次选择其余各表，单击“添加”按钮，所选择的表就会添加到关系视图中，把添加的表拖放到关系窗口的适当位置。

(4) 在建立关系时，只需要用鼠标选择客户常用资料表中的“房间编号”，拖动这个字段到客户来访记录中的“房间编号”字段上，然后松开鼠标。这时就会弹出“编辑关系”对话框，如图 8-22 所示。直接单击“新建”按钮，这时在表的关系图中，就会在两个关联的字段之间出现一条连接线，表示创建关系成功。

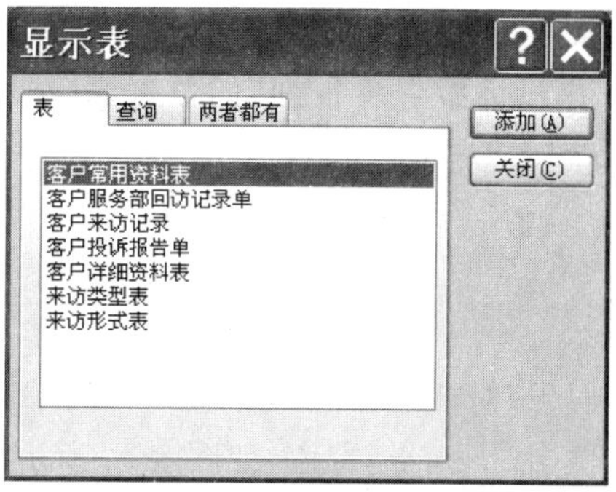

图 8-21　“显示表”对话框

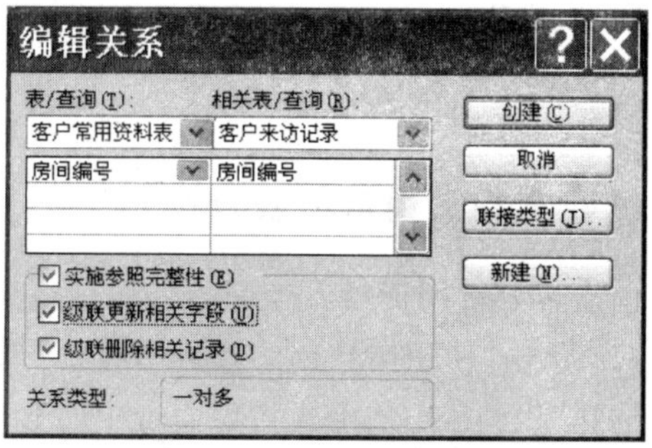

图 8-22　“编辑关系”对话框

(5) 由于选中了“实施参照完整性”复选框，则在连接字段的直线两端显示 1 和∞符号。使用同样的方法，创建其他表之间的关系。创建后的结果如图 8-23 所示。

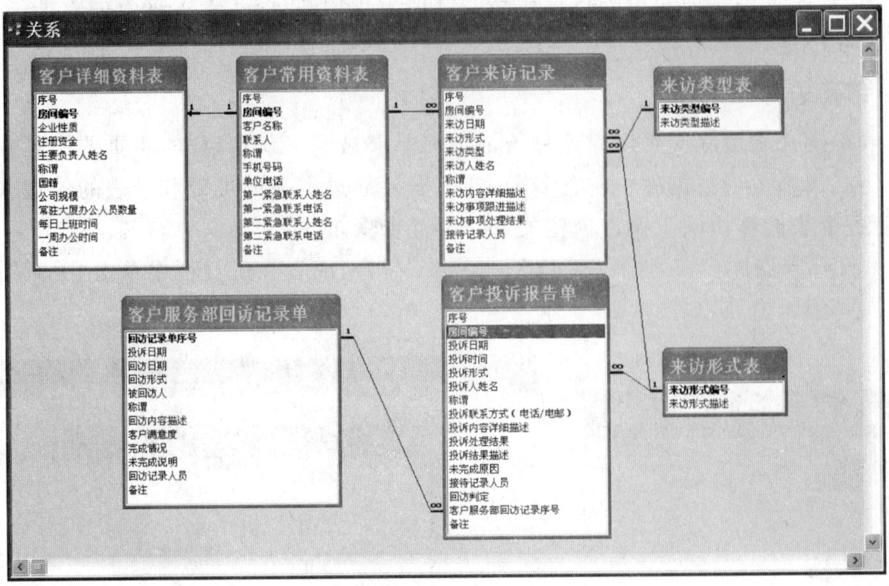

图 8-23　各表之间的关系

第四节　系统查询设计及其实现

来访投诉管理子系统中，需要创建 6 个查询，分别为“客户常用资料表查询数据源”、“客户详细资料表查询数据源”、“客户来访记录查询数据源”、“客户投诉报告单查询数据源”、“客户服务部回访记录单查询数据源”和“需回访客户投诉报告单查询数据源”。

其中“客户常用资料表查询数据源”和“客户详细资料表查询数据源”是用来作为“客户资料综合查询”窗体的数据源；“客户来访记录查询数据源”是用来作为“客户来访记录综合查询”窗体的数据源；“客户投诉报告单查询数据源”和“客户服务部回访记录单查询数据源”是用来作为“客户投诉报告单综合查询”窗体的数据源；“需回访客户投诉报告单查询数据源”则是作为“客户回访登记”中“需回访客户投诉报告单查询”的数据源。具体创建步骤如下。

一、创建客户常用资料表查询

创建客户常用资料表查询的操作步骤如下。

(1) 单击“使用向导创建查询”，打开“简单查询向导”对话框。在“表/查询”下拉列表框中选择“表：客户常用资料表”，选中所有字段后，单击“下一步”按钮，如图 8-24 所示。

(2) 在打开的对话框中，选择“明细(显示每个记录的每个字段)”单选按钮，单击“下一步”按钮，如图 8-25 所示。

(3) 在打开的对话框中，选择“客户常用资料表查询”，选择“打开查询查看信息”单选按钮，单击“完成”按钮，如图 8-26 所示。

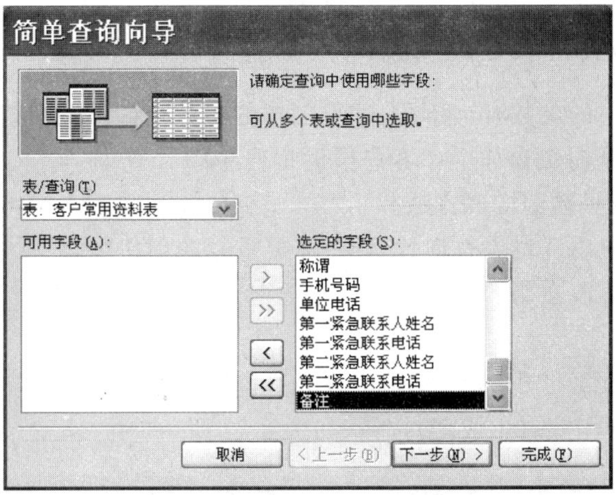

图 8-24　“简单查询向导”对话框

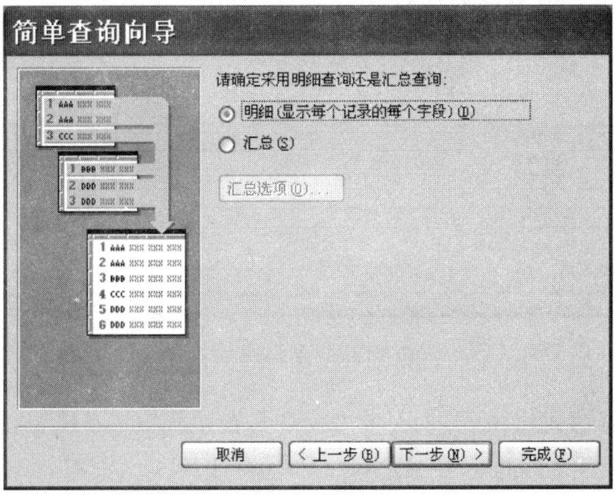

图 8-25　确定采用明细查询还是汇总查询

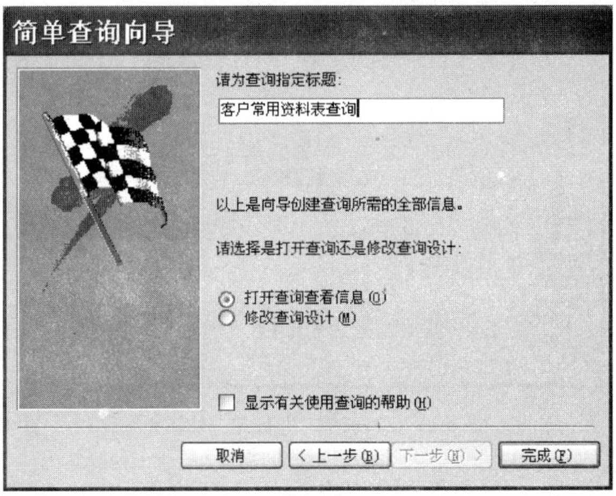

图 8-26　为查询指定标题

二、创建客户常用资料表查询数据源

与 Access 中普通的参数查询不同,这里创建的参数查询不是在查询运行时要求用户输入的参数值,而是从有关窗体上(“客户投诉报告单综合查询”窗体上)的控件中获取参数的数值。下面介绍具体的实现方法。

(1) 创建“客户常用资料表查询数据源”需要重复在创建“客户常用资料表查询”过程中的步骤(1)、(2)、(3),在“请为查询指定标题”界面中,输入“客户常用资料表查询数据源”。

(2) 利用设计视图,打开“客户常用资料表查询数据源”,选中“房间编号”列的“条件”单元格,在工具栏中单击(生成器)按钮,如图 8-27 所示。

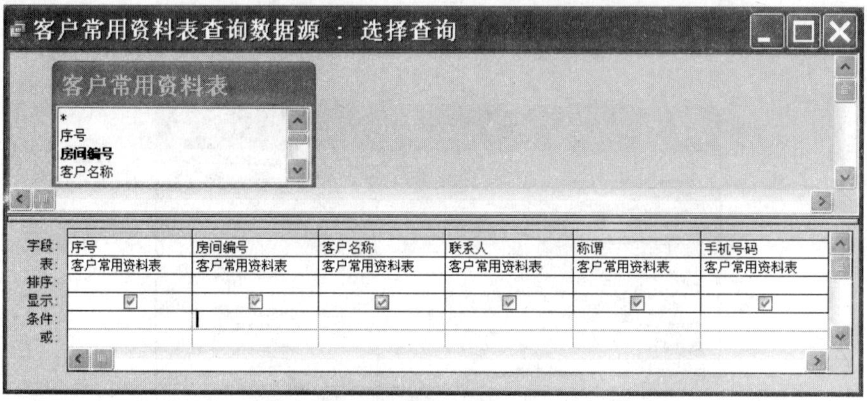

图 8-27 查询设计

(3) 在打开的“表达式生成器”对话框中,输入表达式“Like IIf(IsNull([Forms]! [客户资料综合查询窗体]! [房间编号]),'*',[Forms]! [客户资料综合查询窗体]! [房间编号])”,如图 8-28 所示,然后单击“确定”按钮。

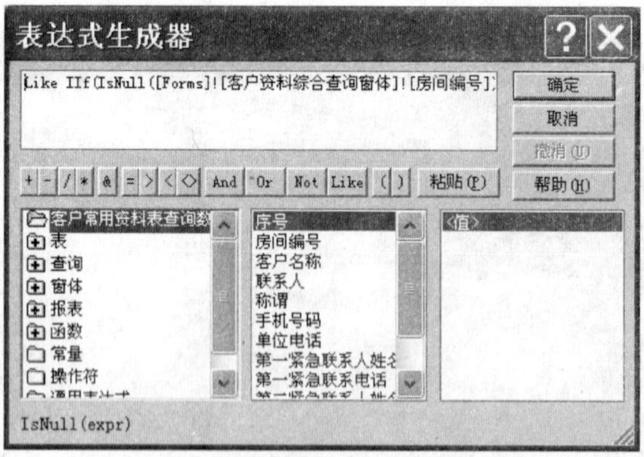

图 8-28 “表达式生成器”对话框

(4) 在“客户常用资料表查询数据源”查询的设计视图中,在相应列的“条件”单元格中分别直接输入以下字段,进行查询条件设置。

① 对“客户名称”字段设置的条件为“Like IIf(IsNull([Forms]! [客户资料综合查询窗体]! [客户名称]),'*',[Forms]! [客户资料综合查询窗体]! [客户名称])”。

② 对“联系人”字段设置的条件为“Like IIf(IsNull([Forms]! [客户资料综合查询窗体]! [联系人]),'*',[Forms]! [客户资料综合查询窗体]! [联系人])”。

③ 对“单位电话”字段设置的条件为“Like IIf(IsNull([Forms]! [客户资料综合查询窗体]! [单位电话]),'*',[Forms]! [客户资料综合查询窗体]! [单位电话])”。

(5) 关闭“客户常用资料表查询数据源”。

三、创建客户详细资料表查询数据源

与“客户常用资料表查询数据源”相同,“客户详细资料表查询数据源”也是从有关窗体上(“客户投诉报告单综合查询”窗体上)的控件中获取参数的数值。下面介绍具体的实现方法。

(1) “客户详细资料表查询数据源”需要“使用向导创建查询”进行创建。在“请为查询指定标题”中输入“客户详细资料表查询数据源”,选择“修改查询设计”单选按钮,单击“完成”按钮,如图 8-29 所示。

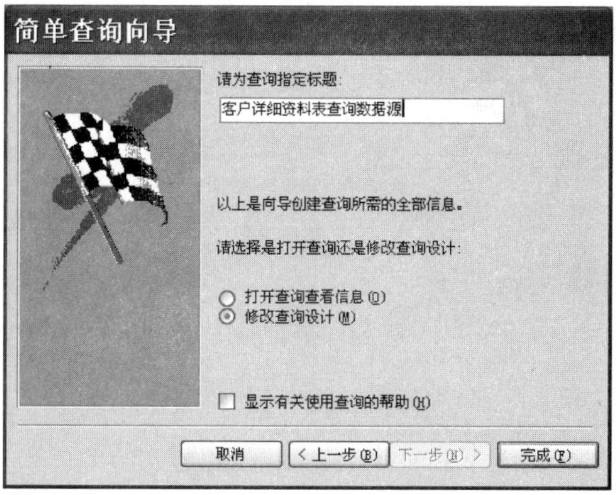

图 8-29　为查询指定标题

(2) 在“客户详细资料表查询数据源”查询的设计视图中,选中“房间编号”列的“条件”单元格,并直接输入“Like IIf(IsNull([Forms]! [客户资料综合查询窗体]! [房间编号]),'*',[Forms]! [客户资料综合查询窗体]! [房间编号])”,进行查询条件设置,关闭“客户详细资料表查询数据源”,创建结果如图 8-30 所示。

四、创建客户来访记录查询数据源

“客户来访记录查询数据源”是从有关窗体上(“客户来访记录综合查询”窗体上)的控件中获取参数的数值。下面介绍具体的实现方法。

(1) “客户来访记录查询数据源”需要“使用向导创建查询”进行创建。在“请为查询

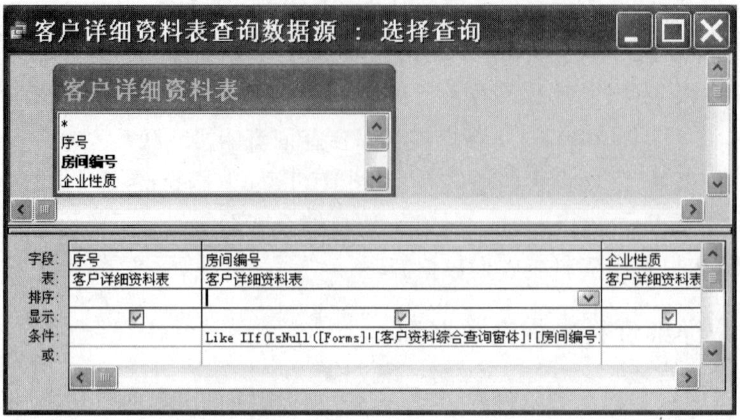

图 8-30　查询设计

指定标题"中输入"客户来访记录查询数据源",选择"修改查询设计"单选按钮,单击"完成"按钮,如图 8-31 所示。

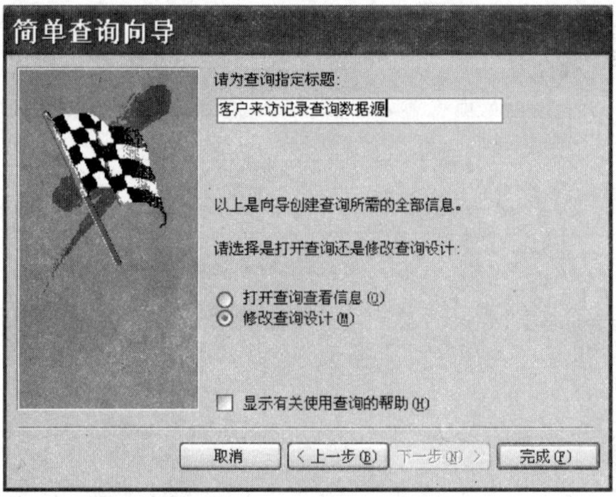

图 8-31　为查询指定标题

(2) 在"客户来访记录查询数据源"查询的设计视图中,选中"房间编号"列的"条件"单元格,并直接输入"Like IIf(IsNull([Forms]! [客户来访记录综合查询窗体]! [房间编号]),'*',[Forms]! [客户来访记录综合查询窗体]! [房间编号])",进行查询条件设置。

(3) 在"客户来访记录查询数据源"查询的设计视图中,选中"来访日期"列的"条件"单元格,并直接输入"Between IIf(IsNull([Forms]! [客户来访记录综合查询窗体]! [起始日期]),#2000-01-01#,[Forms]! [客户来访记录综合查询窗体]! [起始日期]) And IIf(IsNull([Forms]! [客户来访记录综合查询窗体]! [终止日期]),#2097-10-31#,[Forms]! [客户来访记录综合查询窗体]! [终止日期])",进行查询条件设置。

(4) 在"客户来访记录查询数据源"查询的设计视图中,选中"来访形式"列的"条件"单元格,并直接输入"Like IIf(IsNull([Forms]! [客户来访记录综合查询窗体]! [来访形式]),'*',[Forms]! [客户来访记录综合查询窗体]! [来访形式])",进行查询条件设置。

(5) 在"客户来访记录查询数据源"查询的设计视图中,选中"来访类型"列的"条件"单元格,并直接输入"Like IIf(IsNull([Forms]! [客户来访记录综合查询窗体]! [来访类型]),'*',[Forms]! [客户来访记录综合查询窗体]! [来访类型])",进行查询条件设置。

(6) 关闭"客户来访记录查询数据源",创建结果如图 8-32 所示。

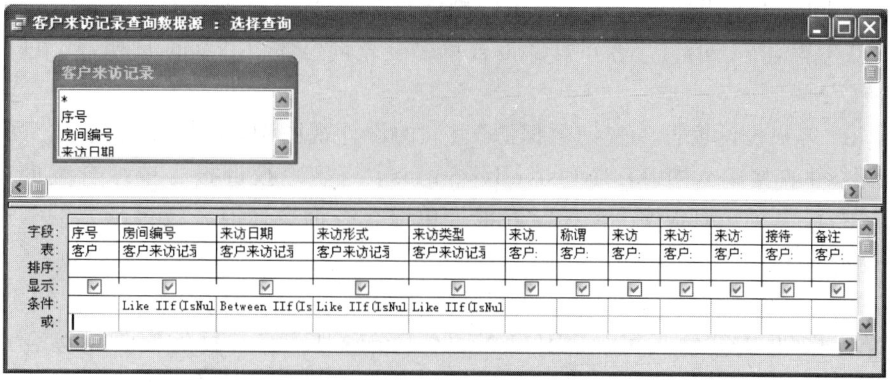

图 8-32　查询设计

五、创建客户投诉报告单查询数据源

"客户投诉报告单查询数据源"是从有关窗体上("客户投诉报告单综合查询"窗体上)的控件中获取参数的数值。下面介绍具体的实现方法。

(1) "客户投诉报告单查询数据源"需要"使用向导创建查询"进行创建。在"请为查询指定标题"中输入"客户投诉报告单查询数据源",选择"修改查询设计"单选按钮,单击"完成"按钮,如图 8-33 所示。

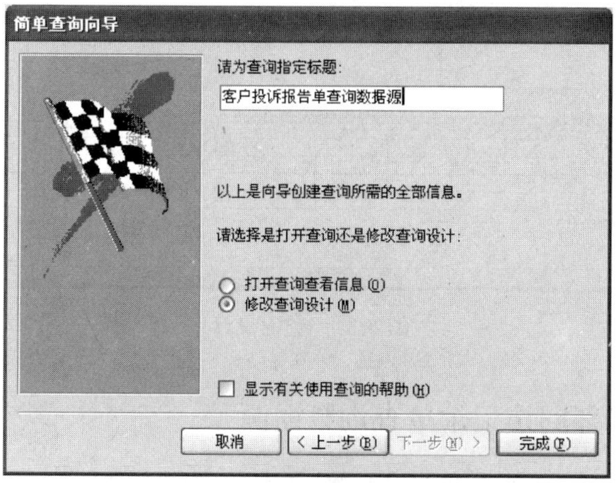

图 8-33　为查询指定标题

(2) 在“客户投诉报告单查询数据源”查询的设计视图中，选中“房间编号”列的“条件”单元格，并直接输入“Like IIf(IsNull([Forms]! [客户投诉报告单综合查询窗体]! [房间编号]),'*',[Forms]! [客户投诉报告单综合查询窗体]! [房间编号])”，进行查询条件设置。

(3) 在“客户投诉报告单查询数据源”查询的设计视图中，选中“投诉日期”列的“条件”单元格，并直接输入“Between IIf(IsNull([Forms]! [客户投诉报告单综合查询窗体]! [起始日期]),#2000-01-01#,[Forms]! [客户投诉报告单综合查询窗体]! [起始日期]) And IIf(IsNull([Forms]! [客户投诉报告单综合查询窗体]! [终止日期]),#2097-10-31#,[Forms]! [客户投诉报告单综合查询窗体]! [终止日期])”，进行查询条件设置。

(4) 在“客户投诉报告单查询数据源”查询的设计视图中，选中“投诉形式”列的“条件”单元格，并直接输入“Like IIf(IsNull([Forms]! [客户投诉报告单综合查询窗体]! [投诉形式]),'*',[Forms]! [客户投诉报告单综合查询窗体]! [投诉形式])”，进行查询条件设置。

(5) 在“客户投诉报告单查询数据源”查询的设计视图中，选中“投诉处理结果”列的“条件”单元格，并直接输入“Like IIf(IsNull([Forms]! [客户投诉报告单综合查询窗体]! [投诉处理结果]),'*',[Forms]! [客户投诉报告单综合查询窗体]! [投诉处理结果]))”，进行查询条件设置。

(6) 在“客户投诉报告单查询数据源”查询的设计视图中，选中“回访判定”列的“条件”单元格，并直接输入“Like IIf(IsNull([Forms]! [客户投诉报告单综合查询窗体]! [需回访]),'*',[Forms]! [客户投诉报告单综合查询窗体]! [需回访])”，进行查询条件设置。

(7) 关闭“客户投诉报告单查询数据源”，创建结果如图 8-34 所示。

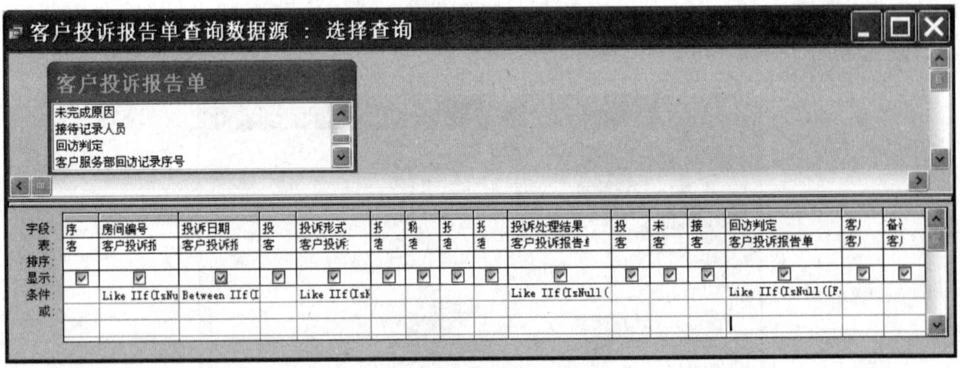

图 8-34 查询设计

六、创建客户服务部回访记录单查询数据源

“客户服务部回访记录单查询数据源”是从有关窗体上(“客户投诉报告单综合查询”窗体上)的控件中获取参数的数值，其实现方法与以上创建查询的方法相同。

(1) 在“客户服务部回访记录单查询数据源”查询的设计视图中，选中“投诉日期”列的“条件”单元格，并直接输入“Between IIf(IsNull([Forms]! [客户投诉报告单综合查询窗体]! [起始日期]),#2000-01-01#,[Forms]! [客户投诉报告单综合查询窗体]! [起始日期]) And IIf(IsNull([Forms]! [客户投诉报告单综合查询窗体]! [终止日期]),#2097-10-31#,[Forms]! [客户投诉报告单综合查询窗体]! [终止日期])”，进行查询条件设置。

(2) 在“客户服务部回访记录单查询数据源”查询的设计视图中，选中“回访日期”列的“条件”单元格，并直接输入“Between IIf(IsNull([Forms]! [客户投诉报告单综合查询窗体]! [起始日期]),#2000-01-01#,[Forms]! [客户投诉报告单综合查询窗体]! [起始日期]) And IIf(IsNull([Forms]! [客户投诉报告单综合查询窗体]! [终止日期]+3),#2097-10-31#,[Forms]! [客户投诉报告单综合查询窗体]! [终止日期]+3)”，进行查询条件设置。在这里“[终止日期]+3”是为了体现在规定时间内客户回访的有效性，使相关动态显示查询及“客户投诉回访率”、“投诉回访满意度导航图”等统计数据图标更加合理准确。具体回访日期可以比投诉日期滞后几天，可以依照不同企业的具体规定进行设定。

(3) 关闭“客户服务部回访记录单查询数据源”，创建结果如图 8-35 所示。

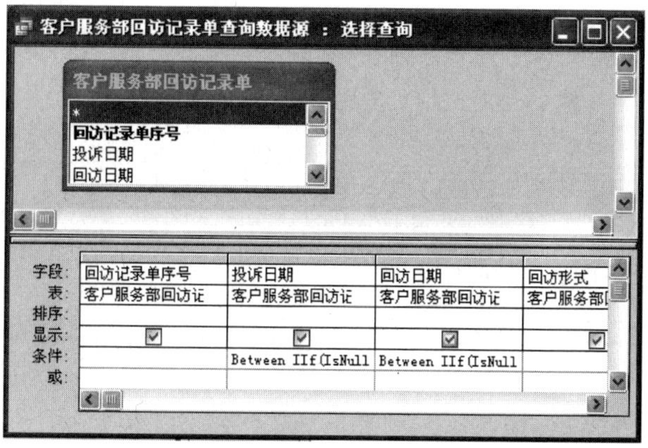

图 8-35　查询设计

七、创建需回访客户投诉报告单查询数据源

“需回访客户投诉报告单查询数据源”是从有关窗体上(“需回访客户投诉报告单查询”窗体上)的控件中获取参数的数值，其实现方法与以上创建查询的方法相同。

(1) 在“需回访客户投诉报告单查询数据源”查询的设计视图中，选中“房间编号”列的“条件”单元格，并直接输入“Like IIf(IsNull([Forms]! [需回访客户投诉报告单查询窗体]! [房间编号]),'*',[Forms]! [需回访客户投诉报告单查询窗体]! [房间编号])”，进行查询条件设置。

(2) 在“需回访客户投诉报告单查询数据源”查询的设计视图中，选中“投诉日期”列的“条件”单元格，并直接输入“Between IIf(IsNull([Forms]! [需回访客户投诉报告单查询窗体]![起始日期]),#2000-01-01#,[Forms]![需回访客户投诉报告单查询窗体]![起始日期]) And IIf(IsNull([Forms]![需回访客户投诉报告单查询窗体]![终止日期]),#2097-10-31#,[Forms]![需回访客户投诉报告单查询窗体]![终止日期])”,进行查询条件设置。

(3) 在“需回访客户投诉报告单查询数据源”查询的设计视图中,选中“投诉形式”列的“条件”单元格,并直接输入“Like IIf(IsNull([Forms]![需回访客户投诉报告单查询窗体]![投诉形式]),'*',[Forms]![需回访客户投诉报告单查询窗体]![投诉形式])”,进行查询条件设置。

(4) 在“需回访客户投诉报告单查询数据源”查询的设计视图中,选中“投诉处理结果”列的“条件”单元格,并直接输入“Like IIf(IsNull([Forms]![需回访客户投诉报告单查询窗体]![投诉处理结果]),'*',[Forms]![需回访客户投诉报告单查询窗体]![投诉处理结果])”,进行查询条件设置。

(5) 在“需回访客户投诉报告单查询数据源”查询的设计视图中,选中“回访判定”列的“条件”单元格,并直接输入 Yes,进行查询条件设置。

(6) 关闭“需回访客户投诉报告单查询数据源”,创建结果如图 8-36 所示。

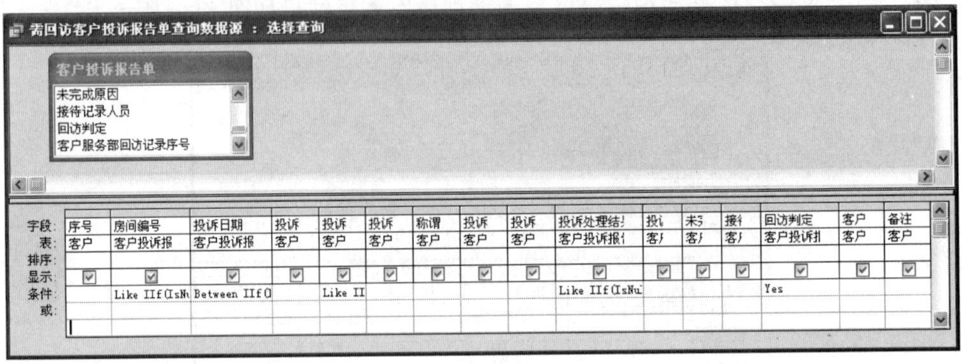

图 8-36 查询设计

第五节 系统窗体的设计与实现

在来访投诉管理子系统中,需要建立多个窗体,分别为“客户常用资料表”窗体、“客户详细资料表”窗体、“客户来访记录”窗体、“客户投诉报告单”窗体、“客户服务部回访记录单”窗体、“客户资料综合查询”窗体、“客户来访记录综合查询”窗体、“客户投诉报告单综合查询”窗体、“导航面板”窗体、“处理结果图形动态分析”、“回访满意度图形动态分析”、“回访完成情况图形动态分析”等,以提供基本的数据编辑和管理功能。

一、创建客户常用资料表窗体

1. 创建窗体

创建窗体的操作步骤如下。

(1) 在数据库窗口的“对象”列表中，选择“窗体”选项，在工具栏中单击“新建”按钮，在弹出的“新建窗体”对话框中选择“窗体向导”，如图 8-37 所示，在“请选择该对象数据的来源表或查询:”下拉列表框中，选择“客户常用资料表”，然后单击“确定”按钮。

(2) 在打开的“窗体向导”对话框中，在“表/查询”下拉列表框中选择“表：客户常用资料表”，并选择全部字段，如图 8-38 所示，然后单击“下一步”按钮。

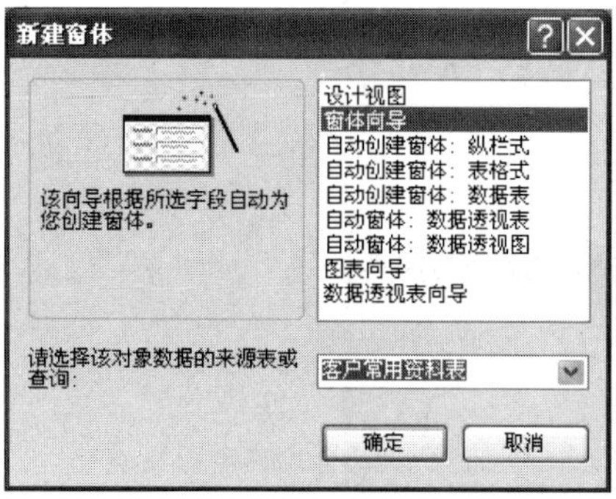

图 8-37　“新建窗体”对话框

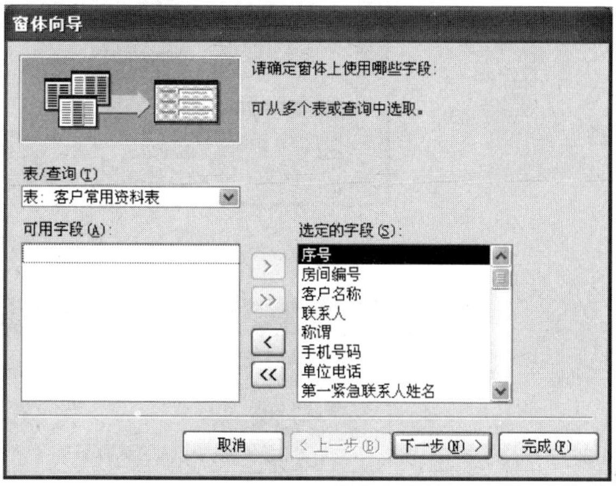

图 8-38　确定窗体上使用哪些字段

(3) 在打开的对话框中，选择“两端对齐”单选按钮，如图 8-39 所示，然后单击“下一步”按钮。

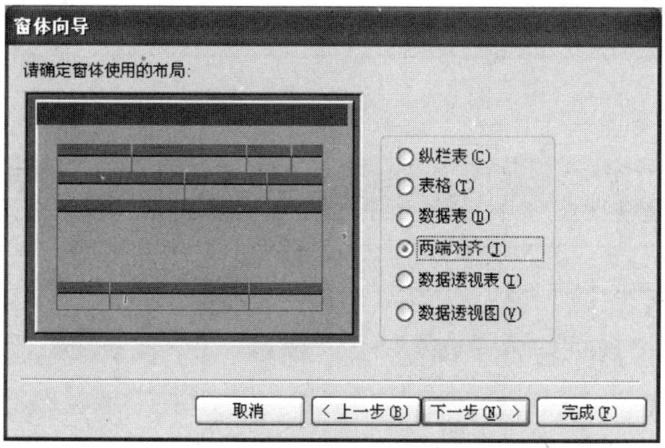

图 8-39　确定窗体使用的布局

(4) 在打开的对话框中，选择“标准”选项，如图 8-40 所示，然后单击“下一步”按钮。

(5) 在打开的对话框中，输入窗体标题“客户常用资料表”，如图 8-41 所示。如果需要修改窗体设计，选择“修改窗体设计”单选按钮，然后单击“完成”按钮。

(6) 打开的窗体设计视图结果如图 8-42 所示。

2. 添加命令按钮

添加命令按钮的操作步骤如下。

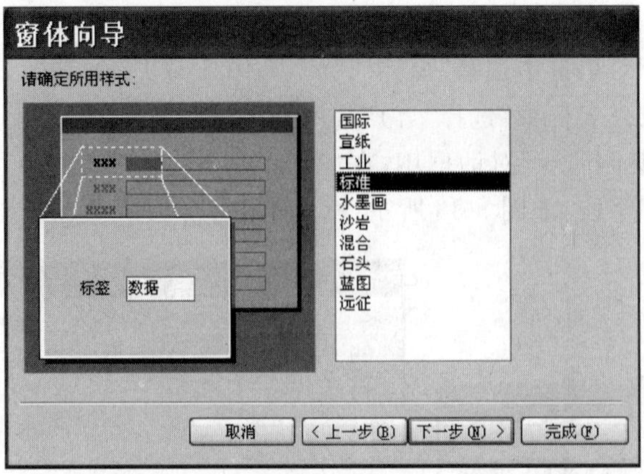

图 8-40　确定所用样式

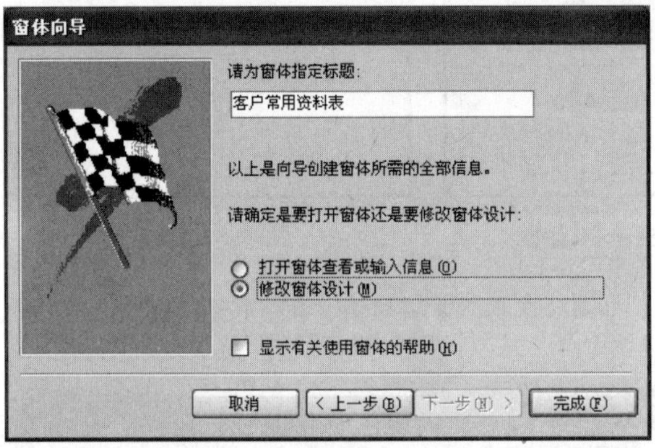

图 8-41　为窗体指定标题

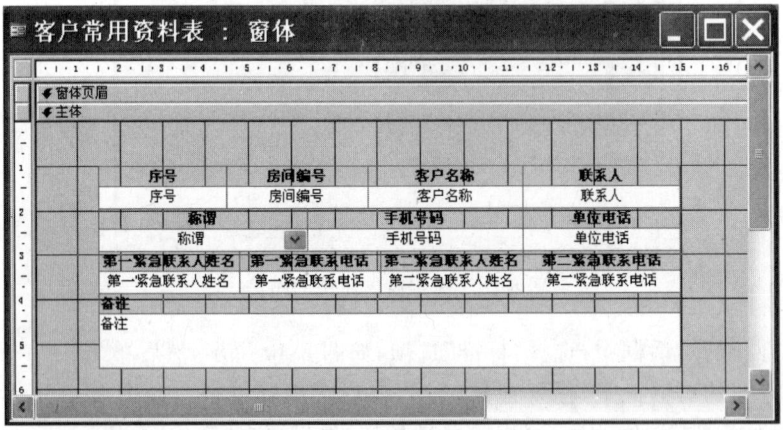

图 8-42　窗体设计视图

(1) 在打开的窗体设计视图中，使用工具栏中的"命令按钮向导"，在窗体主体的下部区域，创建"保存记录并添加到详细资料"命令按钮，按钮的标题采用文字格式。

(2) 在工具箱中，单击(控件向导)按钮，选中控件向导，单击(命令按钮)按钮，在“命令按钮向导”对话框中，选择“记录操作”中的“保存记录”选项，如图 8-43 所示，然后单击“下一步”按钮。

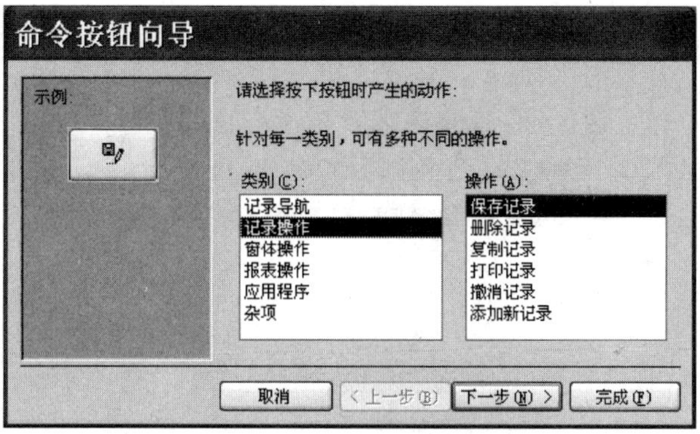

图 8-43　“命令按钮向导”对话框

（3）在打开的对话框中，选择“文本”单选按钮，并输入“保存记录并添加到详细资料”，如图 8-44 所示，然后单击“下一步”按钮。

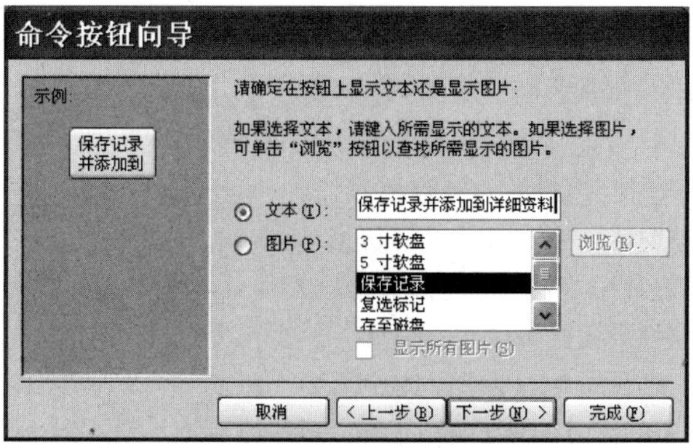

图 8-44　确定在按钮上显示文本还是显示图片

（4）在打开的对话框中，输入“保存记录并添加到详细资料”，如图 8-45 所示，然后单击“完成”按钮。

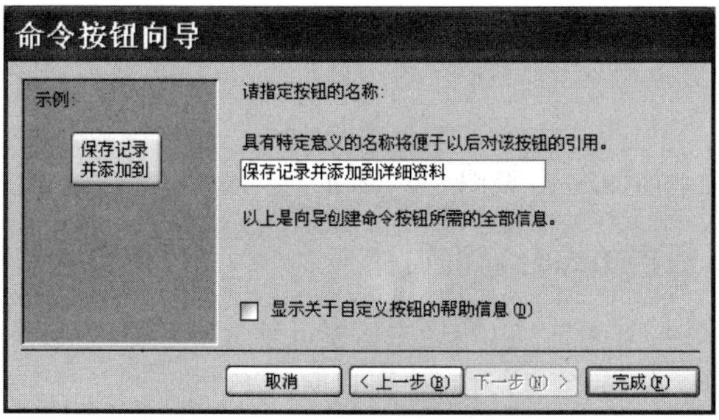

图 8-45　指定按钮的名称

(5) 单击(选项组)按钮,形成一个矩形包围"保存记录并添加到详细资料"按钮,并删除选项组标签,完成后保存窗体,如图 8-46 所示。

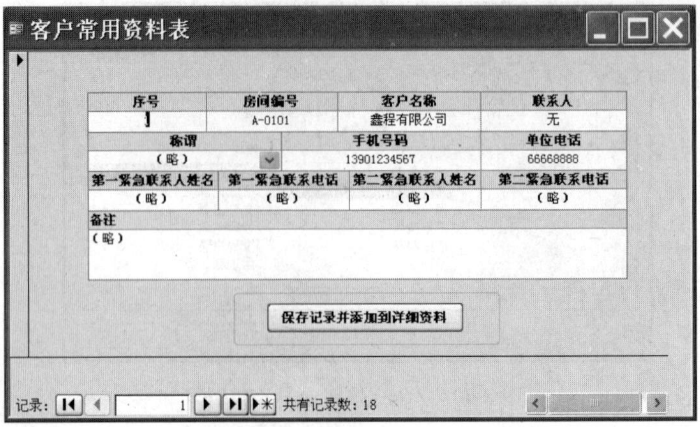

图 8-46　创建窗体命令按钮结果

3. 设置窗体属性

窗体初步完成后,还不太美观,需要进一步修改。打开窗体设计视图,在工具栏中,单击"属性"按钮,打开窗体属性对话框。选择"全部"选项卡,对窗体的属性进行设置,如图 8-47 所示。

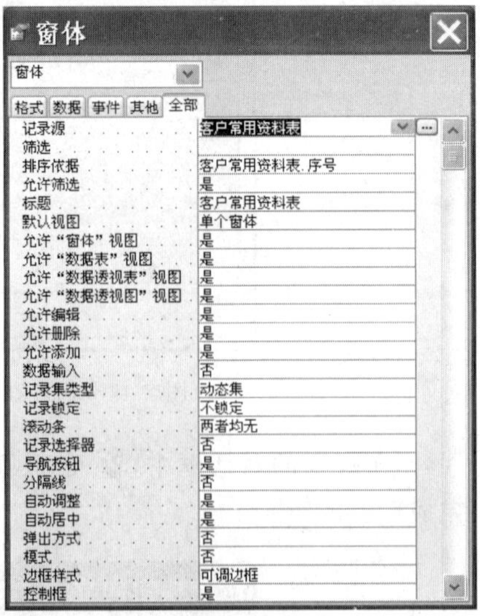

图 8-47　窗体属性对话框

"客户详细资料表"窗体、"客户来访记录"窗体、"客户投诉报告单"窗体、"客户服务部回访记录单"窗体的创建与"客户常用资料表"窗体的创建方法相同,窗体修饰和属性设置的方法也都一致。

其中,"客户服务部回访记录单"窗体中需要添加两个按钮,分别是"需回访客户查询"和"返回客户投诉报告"。单击"需回访客户查询"按钮可以打开"需回访客户投诉报告单查询"窗体,可以实现对于需要回访客户投诉信息的查询;单击"返回客户投诉报告"按钮,则打开"客户投诉报告单"窗体,实现客服部回访后在"客户投诉报告单"中加入对应的"客户服务部回访记录序号"信息。

创建后的结果分别如图 8-48 至图 8-51 所示。

二、创建客户投诉报告单综合查询窗体

"客户投诉报告单综合查询"窗体是"来访投诉管理子系统"中最重要的窗体。通过它可以实现对所有投诉按"房间编号"、按"查询日期"、按"投诉形式"、按"处理结果"、按"需回访"进行查询;同时,还可以实现对回访按"查询日期"的查询,这种查询是一种多项查

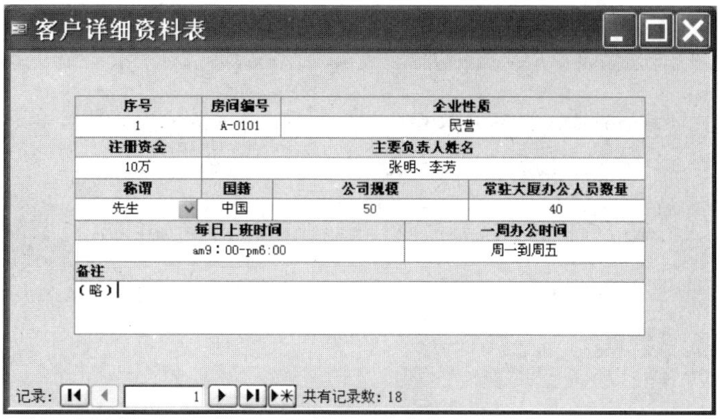

图 8-48　“客户详细资料表”窗体

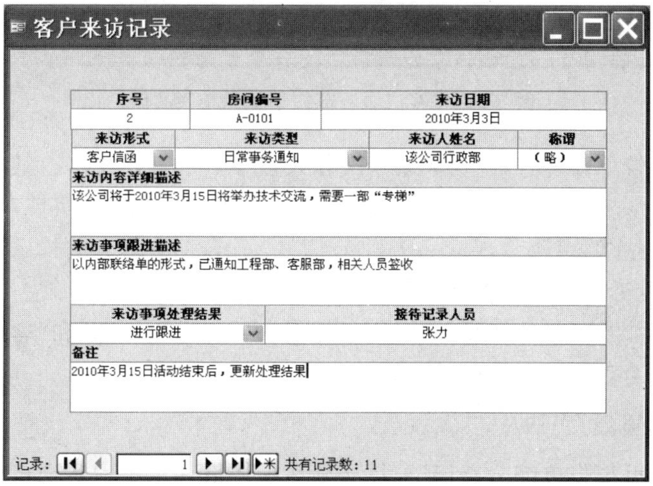

图 8-49　“客户来访记录”窗体

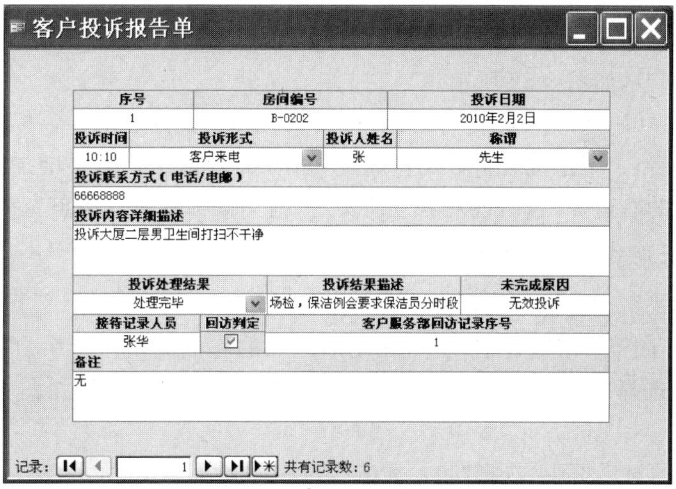

图 8-50　“客户投诉报告单”窗体

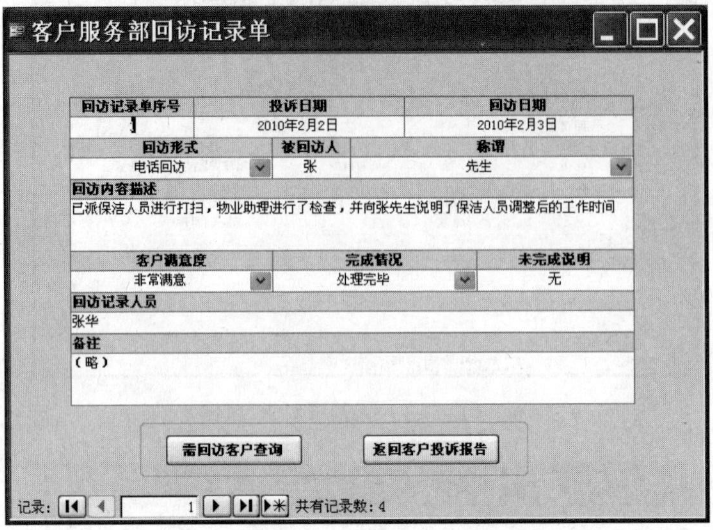

图 8-51 “客户服务部回访记录单”窗体

询。“客户投诉报告单综合查询”窗体属于交互式多参数的查询窗体。其参数的设计和实现是不能使用 Access 提供的参数查询实现的，必须使用 VBA 代码实现，具体实现的代码将在本章第七节中介绍。

另外，“客户投诉报告单综合查询”窗体是一种主子窗体的复杂形式，也就是在查询窗体中还嵌入子窗体，其子窗体就是以“客户投诉报告单查询数据源”和“客户服务部回访记录单查询数据源”为数据源所创建的窗体。

1. 添加窗体页眉/页脚

创建“客户投诉报告单综合查询”窗体必须在窗体设计视图中实现，创建的步骤如下。

(1) 在数据库窗口的“对象”列表中，选择“窗体”选项，然后单击“在设计视图中创建窗体”图标，打开新建窗体的设计视图。

(2) 选择“视图”→“窗体页眉/页脚”命令，在窗体设置视图中，除了主体节之外，增加了窗体页眉/页脚节，如图 8-52 所示。

(3) 窗体节的高度和宽度都是可以调整的，只需要用鼠标选中分节标志，当鼠标指针变成双箭头形状后，上下拖动就可以调整高度，如图 8-53 所示。若要增加节的宽度，则把鼠标指针放在节的右边界，当出现左右双箭头后，拖动鼠标就可以调整宽度。

2. 添加投诉形式组合框控件

添加投诉形式组合框控件的操作步骤如下。

(1) 在工具箱中，单击组合框控件，在矩形区域的左侧画出一个组合框。打开“组合框向导”对话框，选择“使用组合框查阅表或查询中的值”单选按钮，如图 8-54 所示，单击“下一步”按钮。

(2) 在打开的对话框中，选择“表：来访形式表”，如图 8-55 所示，然后单击“下一步”按钮。

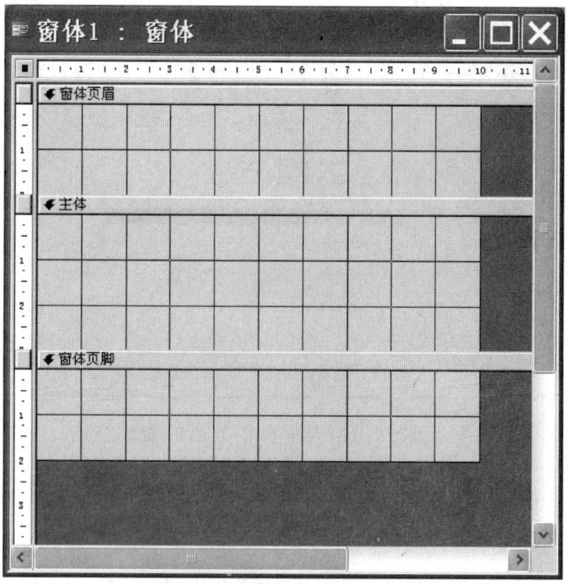

图 8-52　增加了窗体页眉/页脚后的窗体视图

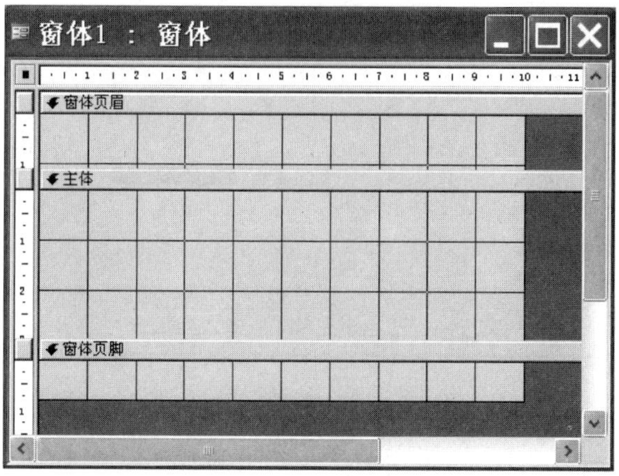

图 8-53　调整节的高度

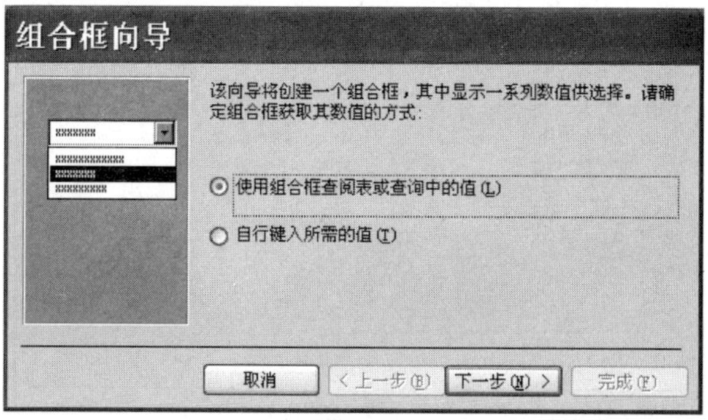

图 8-54　“组合框向导”对话框

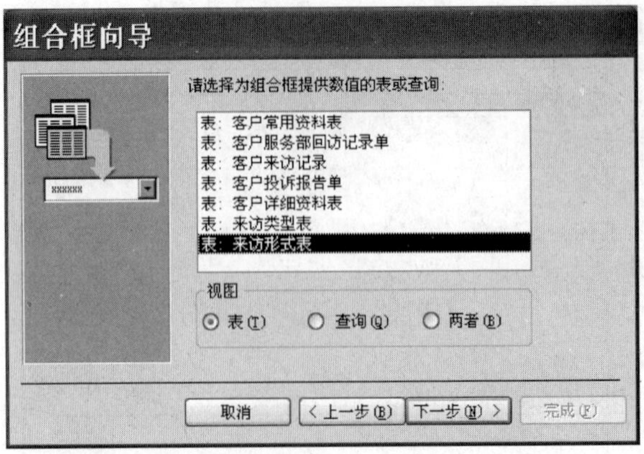

图 8-55　选择为组合框提供数值的表或查询

(3) 在打开的对话框中,单击[>>]按钮,选择所有字段,如图 8-56 所示,然后单击“下一步”按钮。

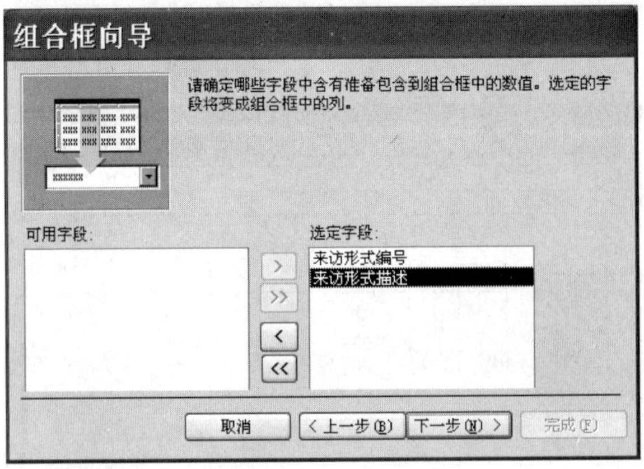

图 8-56　选择字段

(4) 在打开的对话框中,选择“来访形式编号”,排序方式为默认“升序”,如图 8-57 所示,然后单击“下一步”按钮。

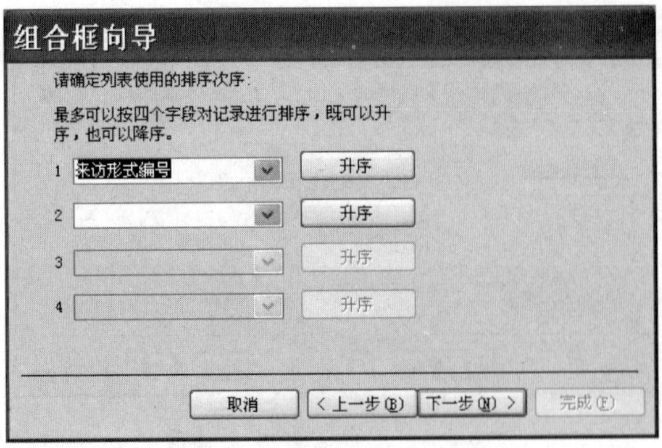

图 8-57　确定列表使用的排序次序

(5) 在打开的对话框中,不做任何修改,如图 8-58 所示,单击"下一步"按钮。

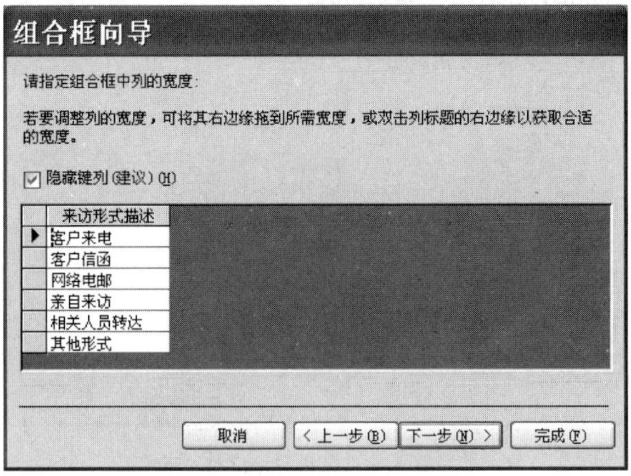

图 8-58　指定组合框中列的宽度

(6) 在打开的对话框中,采用默认标签名称"来访形式描述",如图 8-59 所示,然后单击"完成"按钮。

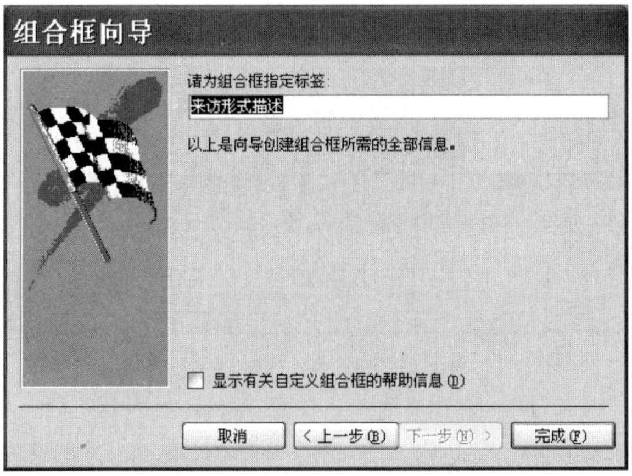

图 8-59　为组合框指定标签

这里所创建的"来访形式描述"组合框,是为了给按"投诉形式"查询提供数据源做准备的。

3. 添加处理结果组合框控件

添加处理结果组合框控件的操作步骤如下。

(1) 在工具箱中,单击组合框控件,在矩形区域的左侧画出一个组合框。打开"组合框向导"对话框,选择"自行键入所需的值"单选按钮,如图 8-60 所示,单击"下一步"按钮。

(2) 在"第 1 列"字段中分别输入:处理完毕、处理进行中、未完成,如图 8-61 所示,单击"下一步"按钮。

(3) 在打开的对话框中输入"处理结果",如图 8-62 所示,单击"完成"按钮。

这里所创建的"处理结果"组合框,是为了给按"处理结果"查询提供数据源。

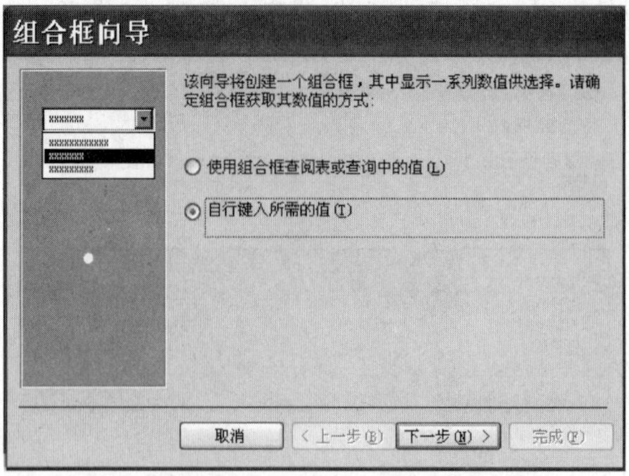

图 8-60 “组合框向导”对话框

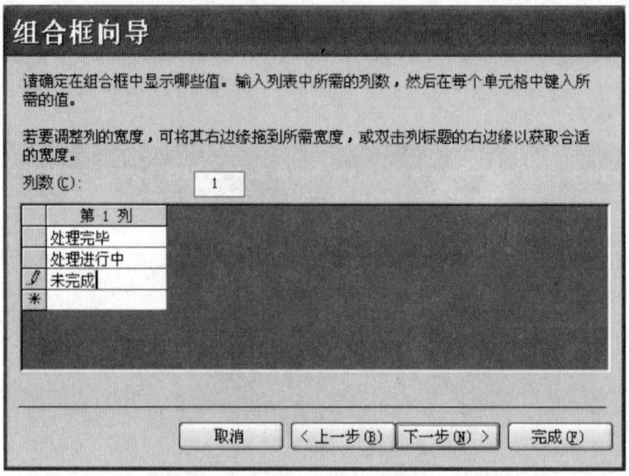

图 8-61 设置组合框显示值

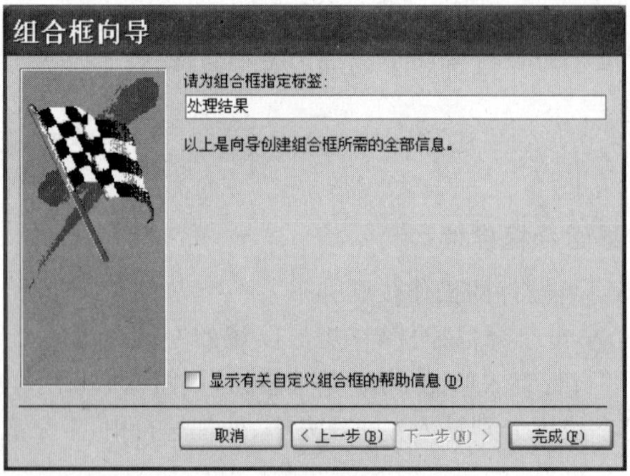

图 8-62 为组合框指定标签

4. 添加命令按钮

添加命令按钮的操作步骤如下。

(1) 在工具箱中,单击(控件向导)按钮,取消控件向导,单击(选项组)按钮,添加"命令按钮"。

(2) 在窗体页眉节中,单击(命令按钮)按钮,在矩形框内依次添加"查询"、"清除"、"投诉预览"和"回访预览"4 个命令按钮(不使用命令按钮向导),完成后保存窗体。

(3) 使用对齐和排列控件的方法,把 4 个命令按钮均匀排列,均匀分布。设置后的结果如图 8-63 所示。

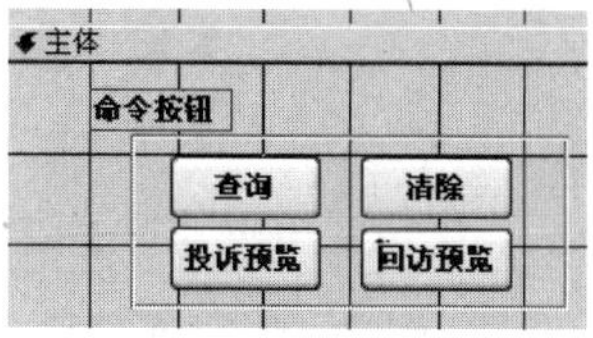

图 8-63　创建命令按钮

对"查询"和"清除"命令按钮还需要编写事件代码,具体编程将在本章第七节介绍。"投诉预览"和"回访预览"命令按钮需要打开报表,具体方法将在本章第六节介绍。

5. 添加文本框及选项按钮

添加文本框及选项按钮的操作步骤如下。

(1) 使用文本框控件,在矩形区域内部添加一组文本框,然后分别命名文本框为"房间编号"、"起始日期"及"终止日期"。设置完成后,需要把与文本框相关联的标签标题修改为"查询日期"和"至"。注意,在窗体视图中,并不能看到文本框的名称和组合框的名称或标题,看到的只是标签的标题。

(2) 添加一个文本框,其显示名称为"日期",文本框名称为"今天",用于显示当前日期。最后调整排列和对齐方式。

(3) 使用选项按钮控件,在"查询条件"矩形区域内部添加一个选项按钮,名称为"需回访"。设置的效果如图 8-64 所示。

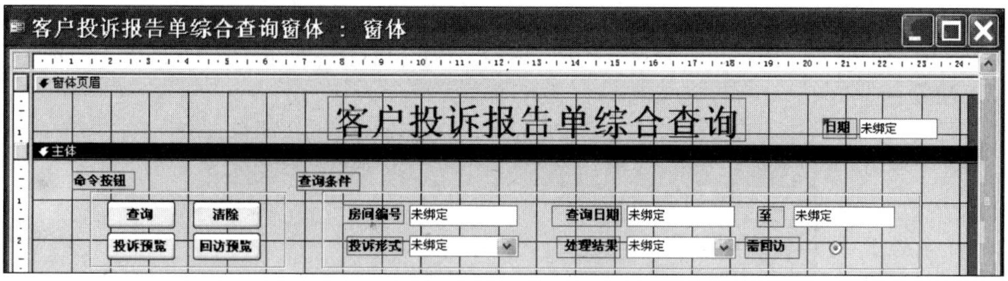

图 8-64　在窗体主体上设置控件后的结果

6. 设置"今天"文本框的数据源和格式

设置"今天"文本框的数据源和格式的操作步骤如下。

(1) "今天"文本框用于在打开窗体后显示当前的日期。双击"今天"文本框,打开日期属性对话框,选择"全部"选项卡,在"格式"属性栏中,单击右侧的下拉按钮,选择"长日期",如图 8-65 所示。

(2) 单击"控件来源"右边的按钮,打开"表达式生成器"对话框。在对话框下部左

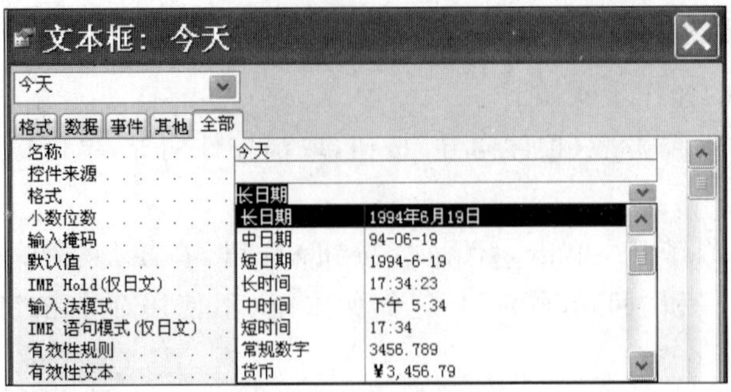

图 8-65　日期属性框

侧窗格中，选择“函数”→“内置函数”，则在中间窗格中出现函数列表，在列表中选择“日期/时间”函数，在右侧窗格中，选择 Date 函数。此时在上部的表达式窗口中，出现所选的表达式，如图 8-66 所示，然后单击“确定”按钮。

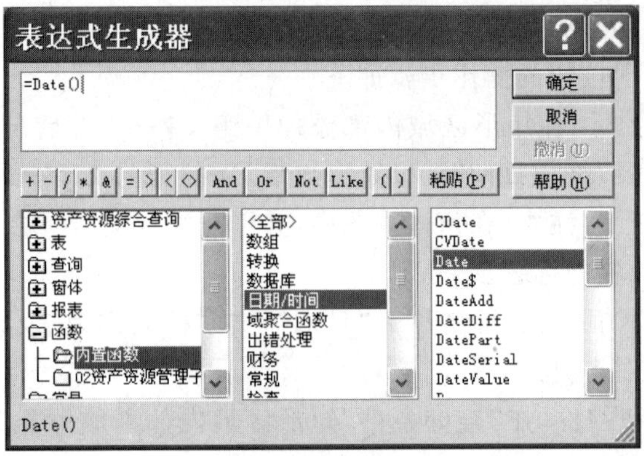

图 8-66　“表达式生成器”对话框

(3) 返回到“今天”属性对话框中，在“控件来源”属性处显示“=Date()”，如图 8-67 所示。设置与“今天”文本框相关联的标签的标题为“今天”。

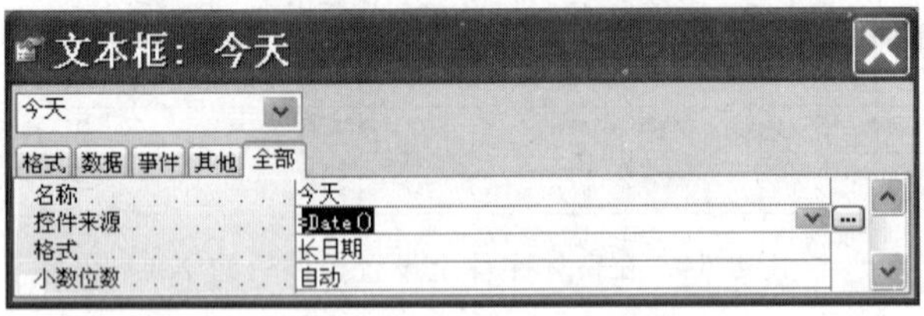

图 8-67　设置控件来源

应该指出，对于类似显示日期这样简单的表达式，最简单的方法是用户直接在控件来源属性的文本框中输入。

7. 设置起始日期和终止日期的数据类型

双击“起始日期”文本框，打开属性对话框。选择“全部”选项卡，在“格式”属性栏中，单击右侧的下拉按钮，选择“长日期”并设置“输入掩码”，如图 8-68 所示。

按照同样的方法把“终止日期”文本框的格式选择“长日期”并设置“输入掩码”，如图 8-69 所示。

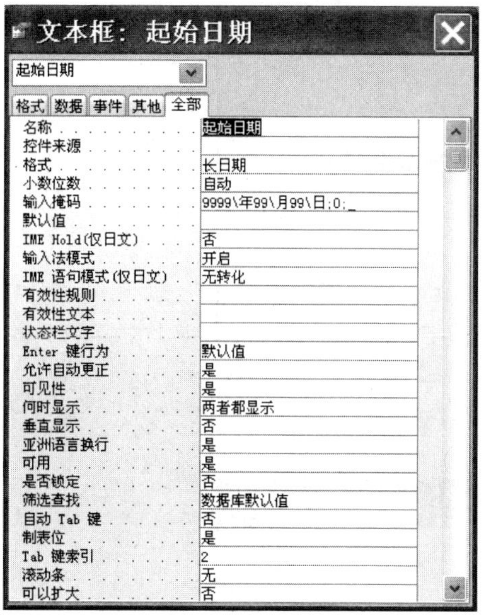

图 8-68　日期属性框

图 8-69　设置文本框后窗体上显示的结果

8. 设置窗体属性

对于“客户投诉报告单综合查询”窗体属性，把窗体中的“滚动条”的属性设置为“两者都有”，“记录选择器”和“导航按钮”的属性均设置为“否”，“分隔线”的属性设置为“是”，如图 8-70 所示。

9. 添加子窗体

添加子窗体有多种方法，最基本的方法是使用子窗体/子报表向导。下面使用该方法为设备查询窗体添加子窗体。

(1) 以设计视图打开“来访投诉综合查询”窗体，在工具箱中，单击（子窗口/子报表）按钮，在窗体主体节中画出一个矩形框，这时打开“子窗体向导”对话框，如图 8-71 所示，单击“下一步”按钮。

(2) 在打开的对话框中，选择“查询：客户投诉报告单查询数据源”查询，然后单击 >> 按钮，选中全部字段，如图 8-72 所示，再单击“下一步”按钮。

(3) 在打开的对话框中使用默认的名称即可，如图 8-73 所示，然后单击“完成”按钮。

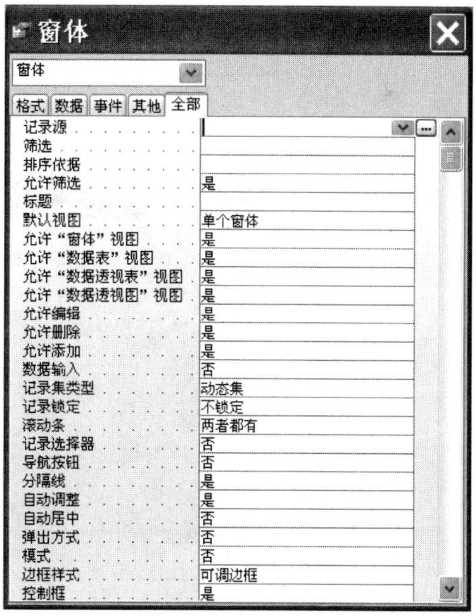

图 8-70　窗体属性

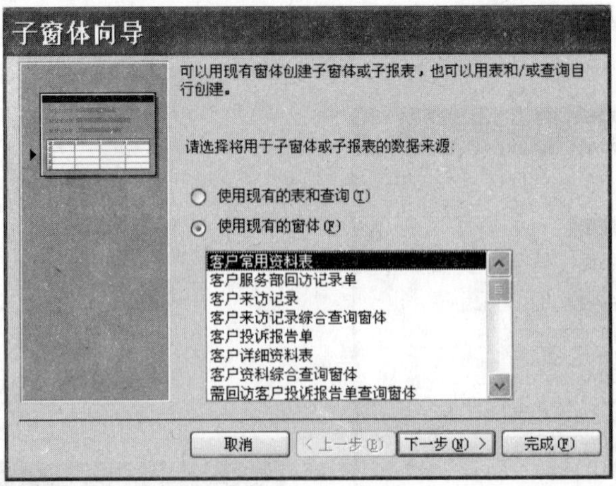

图 8-71 “子窗体向导”对话框

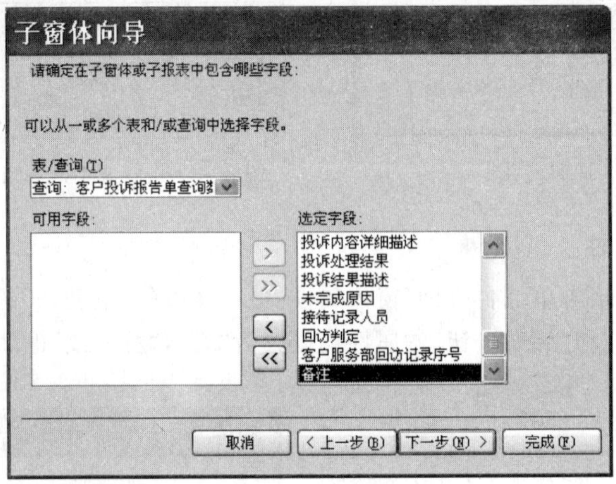

图 8-72 确定在子窗体或子报表中包含哪些字段

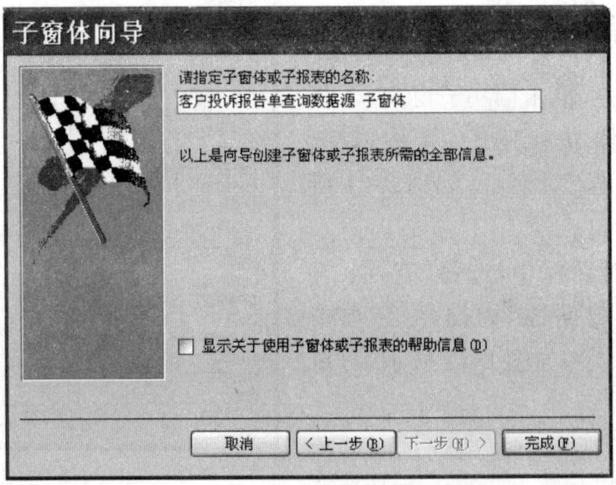

图 8-73 指定子窗体或子报表的名称

(4) 子窗体创建后的结果如图 8-74 所示,保存窗体。

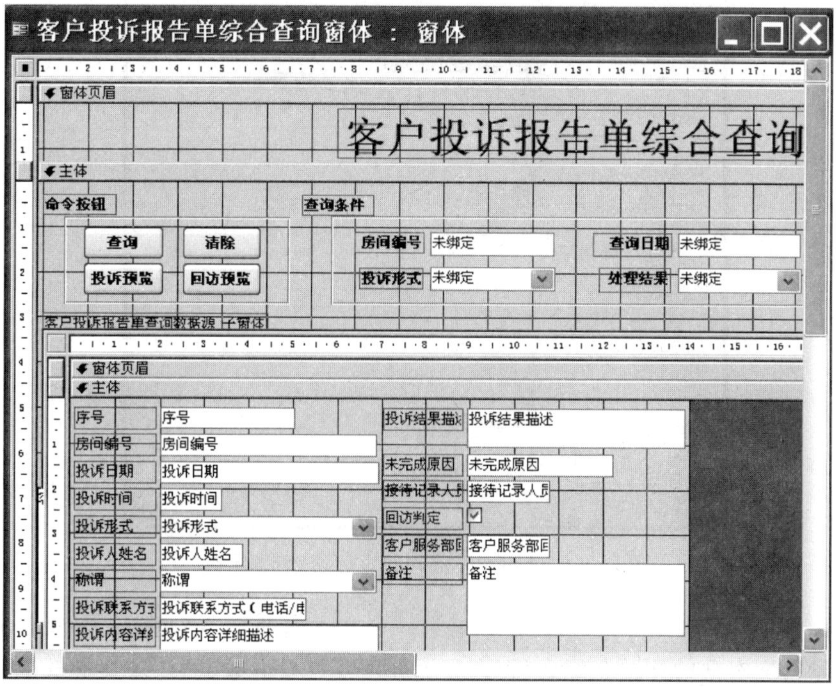

图 8-74 创建子窗体后的结果

10. 在子窗体添加计算型控件

在 Access 中,计算型控件使用表达式作为自己的数据源。表达式可以使用窗体或报表的基础表或基础查询中的字段数据,也可以使用窗体或报表上的其他控件的数据。

来访投诉管理子系统中,需要在两个子窗体中分别添加若干计算型控件,以便对查询出的数据进行动态显示。在"客户投诉报告单查询数据源 子窗体"中需要添加一个计算型控件,用于统计"查询显示客户投诉回访数量"。在"客户服务部回访记录单查询数据源子窗体"中需要添加三个计算型控件,分别用于统计"查询显示处理客户投诉数量"、"查询显示客户满意数量"和"查询显示客户投诉回访数量"。

添加计算型控件的步骤如下。

(1) 在设计视图中打开"客户投诉报告单综合查询"窗体,在"窗体页脚"中添加一个文本框,用于计算子窗体中客户投诉回访数量。拖动"窗体页脚"标志,增加页脚窗格的高度。

(2) 双击文本框打开属性对话框,设置文本框的标签标题为"查询显示客户投诉回访数量",文本框的标题名称为"查询显示客户投诉回访数量"。在文本框中直接输入"=DCount("[序号]","[客户投诉报告单查询数据源]","[回访判定]=Yes")"。设置结果如图 8-75 所示。

(3) 在设计视图中打开"客户投诉报告单综合查询"窗体,在"窗体页脚"中添加三个文本框,分别用于计算子窗体中处理客户投诉数量、客户满意数量、客户投诉回访数量。拖动"窗体页脚"标志,增加页脚窗格的高度。

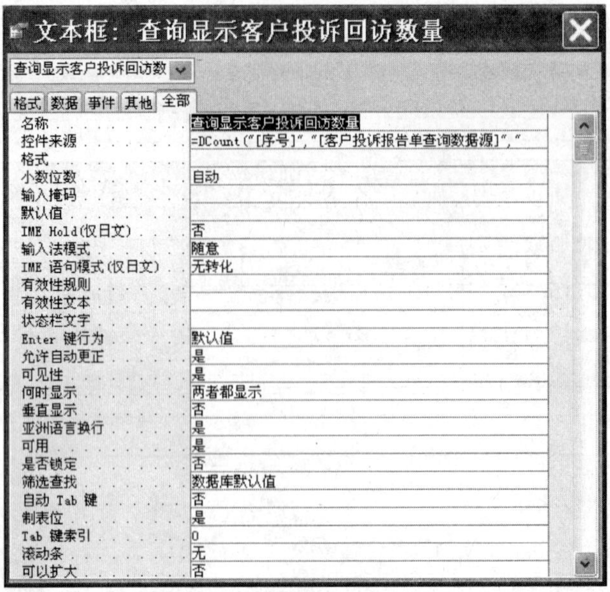

图 8-75 “查询显示客户投诉回访数量”属性

(4) 双击文本框打开属性对话框，设置第一个文本框的标签标题为“查询显示处理客户投诉数量”，文本框的标题名称为“查询显示处理客户投诉数量”。在文本框中直接输入“=DCount("[回访记录单序号]","[客户服务部回访记录单查询数据源]")”。设置结果如图 8-76 所示。

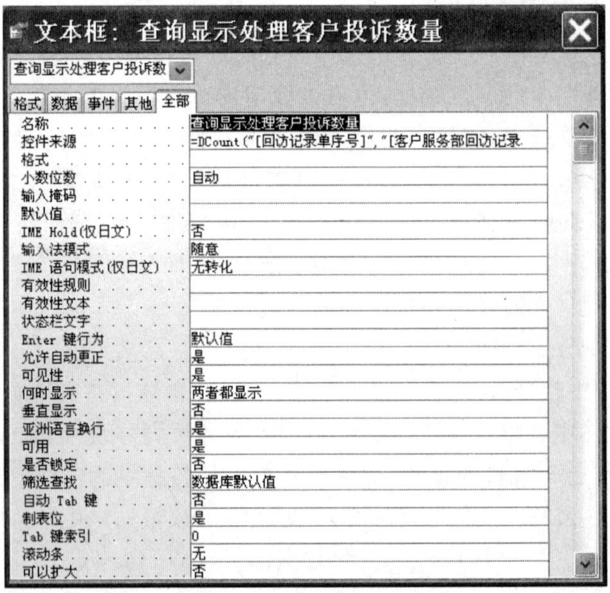

图 8-76 “查询显示处理客户投诉数量”属性

(5) 设置第二个文本框的标签标题为“查询显示客户满意数量”，文本框的标题名称为“查询显示客户满意数量”。在文本框中直接输入“=DCount("[回访记录单序号]","

[客户服务部回访记录单查询数据源]","[客户满意度]='非常满意'")+DCount("[回访记录单序号]","[客户服务部回访记录单查询数据源]","[客户满意度]='满意'")"。设置结果如图 8-77 所示。

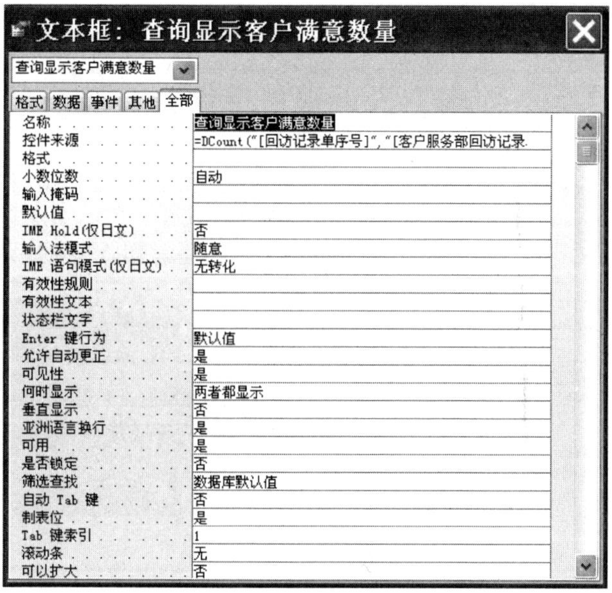

图 8-77 "查询显示客户满意数量"属性

(6) 设置第三个文本框的标签标题为"查询显示客户投诉回访数量",文本框的标题名称为"查询显示客户投诉回访数量"。在文本框中直接输入"=DCount("[回访记录单序号]","[客户服务部回访记录单查询数据源]")"。设置结果如图 8-78 所示。

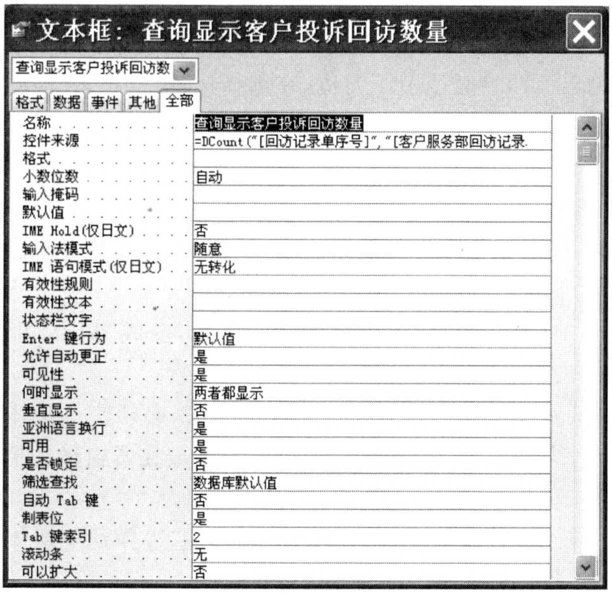

图 8-78 "查询显示客户投诉回访数量"属性

(7) 在工具箱中，选择 ab|（文本框）控件按钮，在“窗体页脚”节中先后添加三个文本框，然后把它们垂直排列。

(8) “客户投诉报告单综合查询”窗体子窗体计算型控件设置结果如图 8-79 所示。

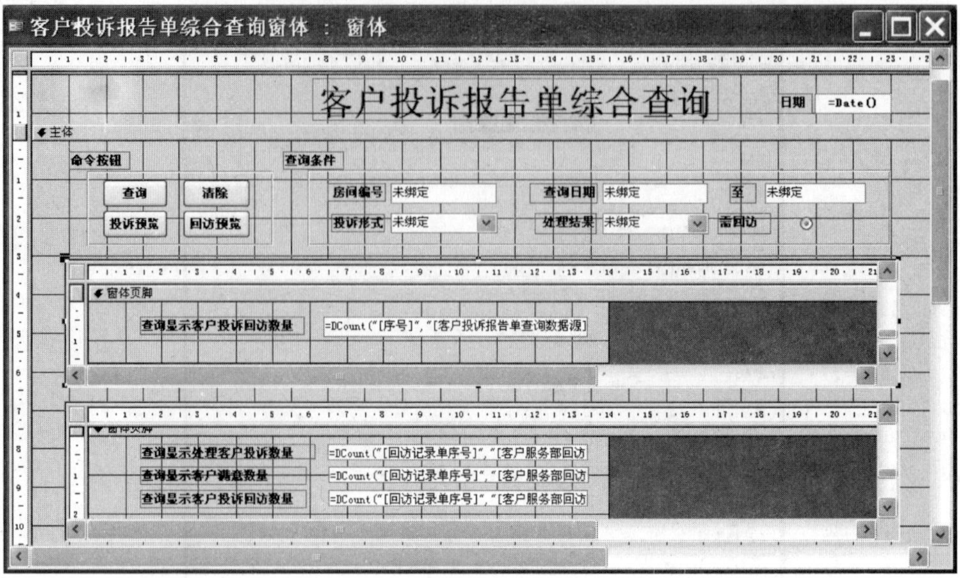

图 8-79　计算控件的设置结果

11. 修饰子窗体

创建完成后的子窗体，还需要进行编辑修改，以实现视觉上的美观和获得理想的操作结果。修饰子窗体的操作步骤如下。

(1) 删除子窗体的标签。选中子窗体的标签，不要选中子窗体。注意观察子窗体四周有没有黑色方块(黑色方块又称为控制点)，如果没有表示没有选中子窗体，否则就选中了子窗体。为了避免选择标签时选中子窗体，在选择标签后，把鼠标指针放在标签的左上角，出现“指形”指针。

(2) 拖动鼠标，使标签离开子窗体一定距离。重新选择标签选择窗体上的控件。除了使用双击的方法，还可以用鼠标拖动出一个矩形框进行选择。

(3) 按 Delete 键，把标签删除。如果不小心同时删除了子窗体，可以按住 Ctrl+Z 快捷键撤销删除操作，然后重新选择。

(4) 选中子窗体，把鼠标指针移到子窗体的左上角，变成“指形”指针，拖动子窗体到主窗体主体节的左上角位置。

(5) 扩展子窗体的宽度。由于子窗体的字段项很多，必须使子窗体达到最大宽度，才可以显示尽可能多的字段。选中子窗体后，把鼠标指针放在子窗体的黑色控制点上，变成双箭头后进行拖动。

(6) 把主窗体扩展到屏幕最大宽度，拖动子窗体的左边界到主窗体的左边界，然后拖动子窗体的右边界，使子窗体的宽度达到屏幕宽度。

(7) 调整字段宽度。把“客户投诉报告单综合查询”窗体视图转换到窗体设计视图，把鼠标指针移到字段的分隔线处，这时指针变成带有竖线的双箭头。双击，字段宽度就自动调整为最佳宽度。也可以拖动分隔线到最佳宽度处。依次调整所有字段到最佳宽度。结果如图 8-80 所示。

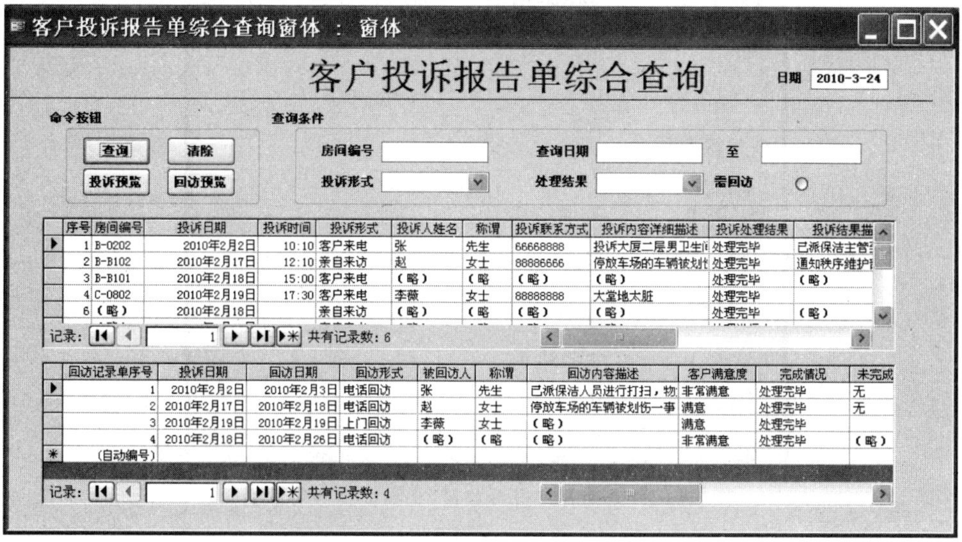

图 8-80　“客户投诉报告单综合查询”设置结果

12. 在主窗体上添加计算控件

为了使主窗体上能够显示所查询的相关统计数据，需要在“主窗体页脚”节中添加 12 个计算型文本框。

(1) 按照在子窗体中添加计算型控件的方法，在设计视图中打开“客户投诉报告单综合查询”窗体，拖动“窗体页脚”标志，增加页脚窗格的高度。在“主窗体页脚”节中添加 12 个文本框，对其中 6 个文本框的标签标题进行删除，只保留 6 组文本框的标签标题，分别为“处理客户投诉数量”、“客户投诉回访数量”、“客户投诉回访率”、“客户满意数量”、“客户投诉回访数量”和“投诉处理满意率”，并对创建的文本框进行排列。

(2) 标签标题为“处理客户投诉数量”的文本框，后边跟随的两个文本框标题名称分别为“处理客户投诉数量”和“查询显示处理客户投诉数量”。

(3) 双击“处理客户投诉数量”文本框，打开属性对话框，在“控件来源”字段中直接输入表达式“=DCount("[回访记录单序号]","[客户服务部回访记录单]")”。之后，双击“查询显示处理客户投诉数量”文本框，打开属性对话框，在“控件来源”字段中直接输入表达式“=[客户服务部回访记录单查询数据源 子窗体].Form! 查询显示处理客户投诉数量”。设置结果分别如图 8-81 和图 8-82 所示。

(4) 按照上述方法，设置第二组标签标题为“客户投诉回访数量”的文本框后边跟随的两个文本框标题名称分别为“客户投诉回访数量”和“查询显示客户投诉回访数量”。

(5) 双击“客户投诉回访数量”文本框，打开属性对话框，在“控件来源”字段中直接输入

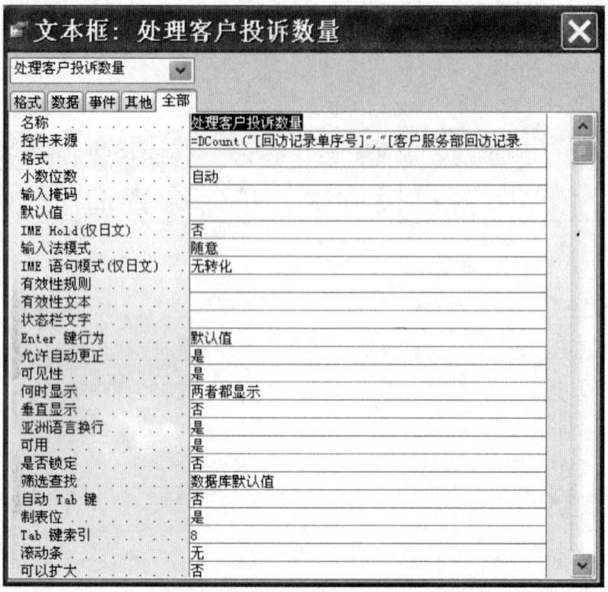

图 8-81 “处理客户投诉数量”文本框属性对话框

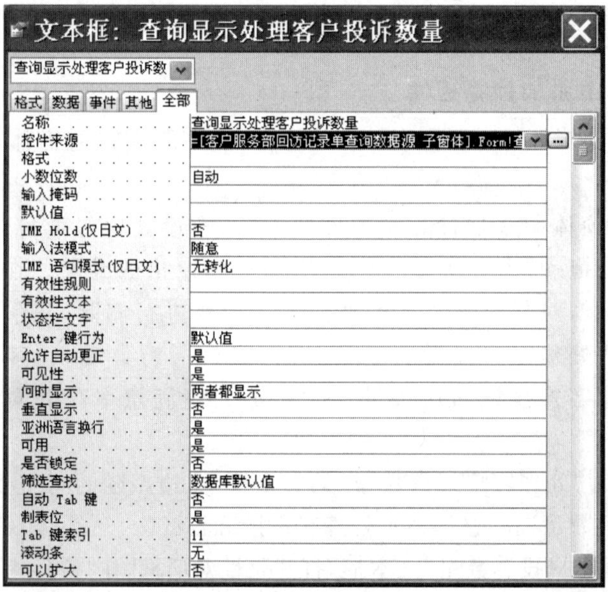

图 8-82 “查询显示处理客户投诉数量”文本框属性对话框

入表达式“=DCount("[序号]","[客户投诉报告单]","[回访判定]=Yes"”。之后，双击“查询显示客户投诉回访数量”文本框，打开属性对话框，在“控件来源”字段中直接输入表达式“=[客户投诉报告单查询数据源 子窗体].Form！查询显示客户投诉回访数量”。设置结果分别如图 8-83 和图 8-84 所示。

(6) 按照上述方法，设置第三组标签标题为“客户投诉回访率”的文本框后边跟随的

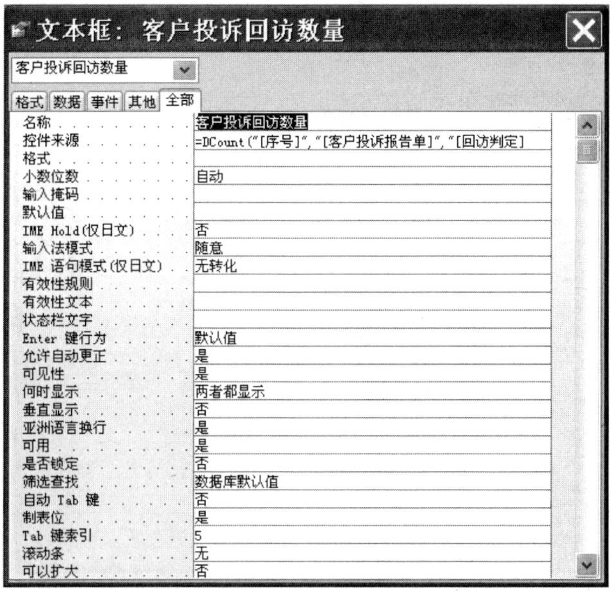

图 8-83　“客户投诉回访数量”文本框属性对话框

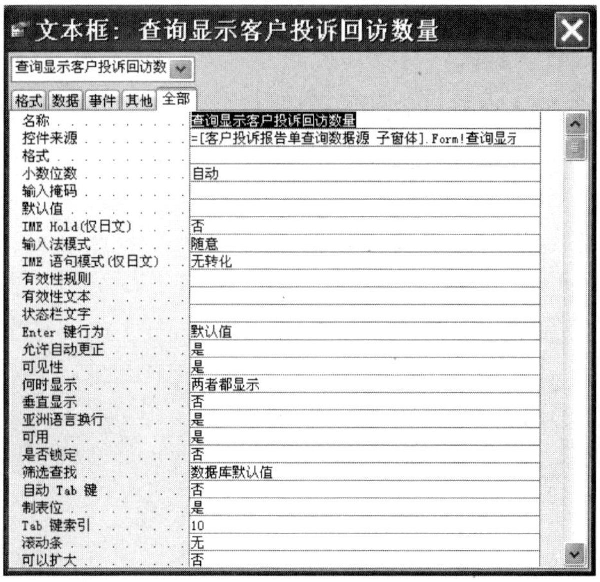

图 8-84　“查询显示客户投诉回访数量”文本框属性对话框

两个文本框标题名称分别为“客户投诉回访率”和“查询显示客户投诉回访率”。

(7) 双击“客户投诉回访率”文本框，打开属性对话框，在“控件来源”字段中直接输入表达式“=[处理客户投诉数量]/[客户投诉回访数量]”。之后，双击“查询显示客户投诉回访率”文本框，打开属性对话框，在“控件来源”字段中直接输入表达式“=[查询显示处理客户投诉数量]/[查询显示客户投诉回访数量]”。同时，设置“格式”为“百分比”，“小数位数”为 2。设置结果分别如图 8-85 和图 8-86 所示。

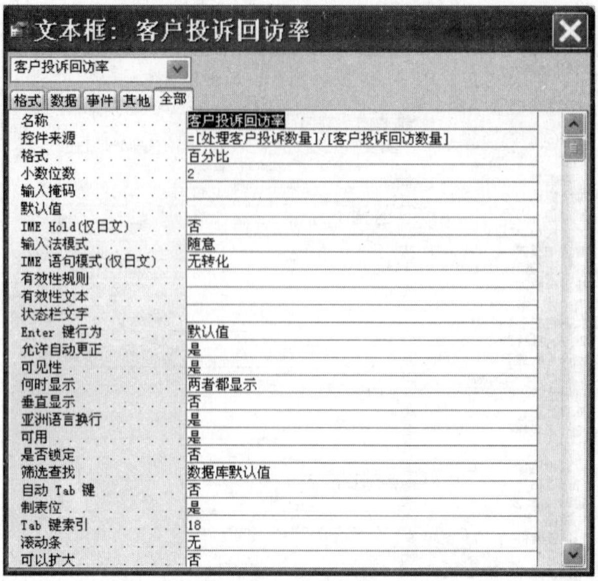

图 8-85 “客户投诉回访率”文本框属性对话框

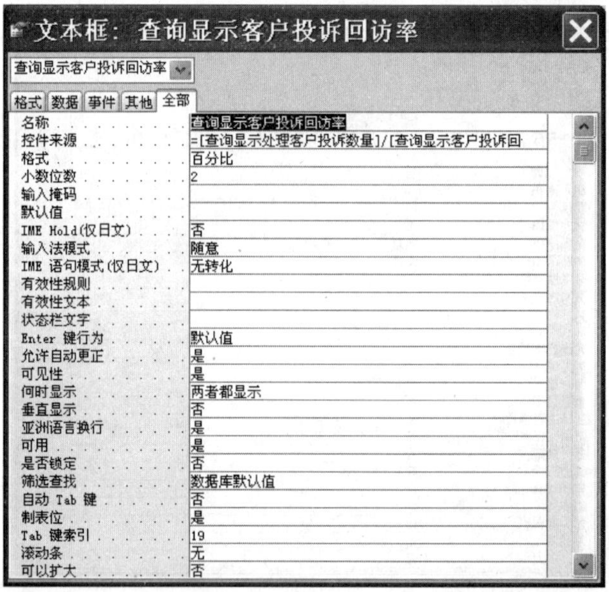

图 8-86 “查询显示客户投诉回访率”文本框属性对话框

(8) 按照上述方法，设置第四组标签标题为“客户满意数量”的文本框后边跟随的两个文本框标题名称分别为“客户满意数量”和“查询显示客户满意数量”。

(9) 双击“客户满意数量”文本框，打开属性对话框，在“控件来源”字段中直接输入表达式“=DCount("[回访记录单序号]","[客户服务部回访记录单]","[客户满意度]='非常满意'")+DCount("[回访记录单序号]","[客户服务部回访记录单]","[客户满意度]='满意'")”。之后，双击“查询显示客户满意数量”，打开属性对话框，在“控件来源”字段中直接输入表达式"=[客户服务部回访记录单查询数据源 子窗体].Form! 查询显示客户满意数量"。设置结果分别如图 8-87 和图 8-88 所示。

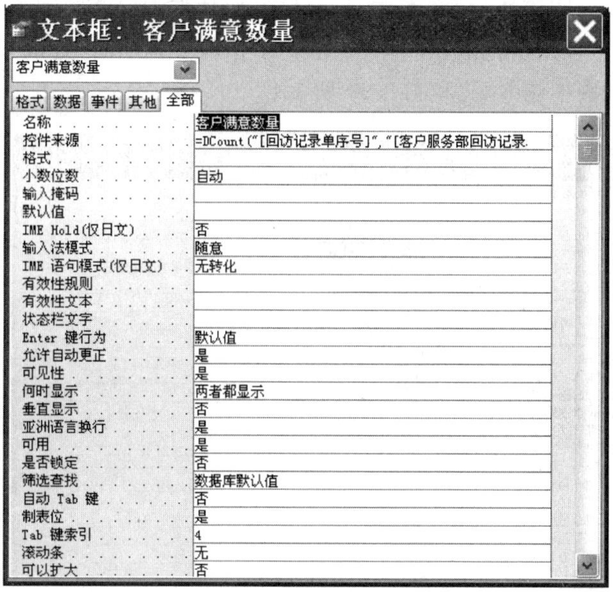

图 8-87 "客户满意数量"文本框属性对话框

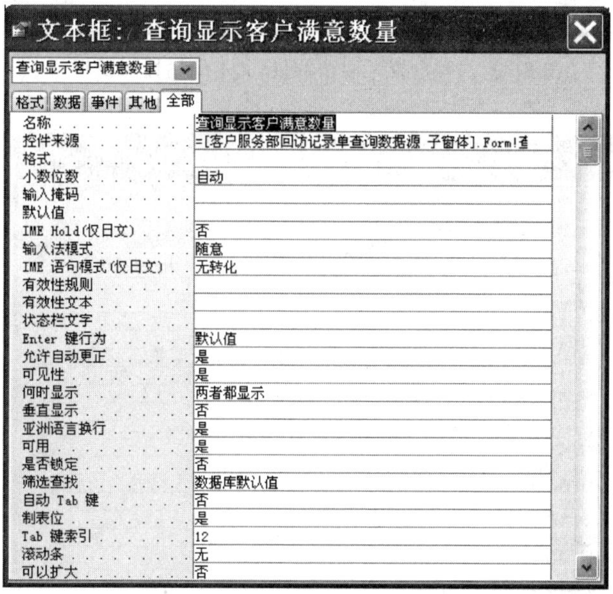

图 8-88 "查询显示客户满意数量"文本框属性对话框

(10) 按照上述方法，设置第五组标签标题为"客户投诉回访数量"的文本框后边跟随的两个文本框标题名称分别为"客户投诉回访数量"和"查询显示客户投诉回访数量"。

(11) 双击“客户投诉回访数量”文本框，打开属性对话框，在“控件来源”字段中直接输入表达式“=DCount("[回访记录单序号]","[客户服务部回访记录单]")”。之后，双击“查询显示客户投诉回访数量”文本框，打开属性对话框，在“控件来源”字段中直接输入表达式“=[客户服务部回访记录单查询数据源 子窗体].Form! 查询显示客户投诉回访数量”。设置结果分别如图 8-89 和图 8-90 所示。

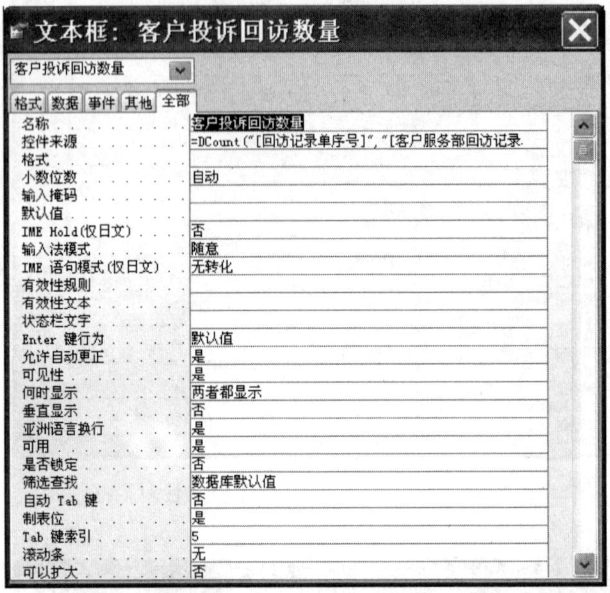

图 8-89 “客户投诉回访数量”文本框属性对话框

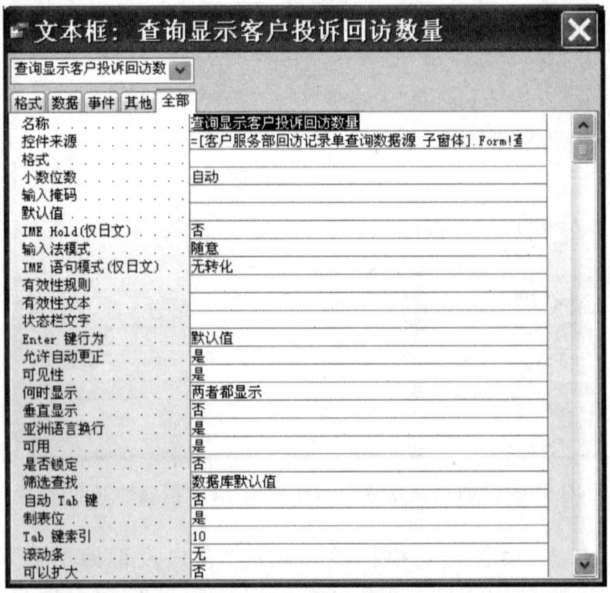

图 8-90 “查询显示客户投诉回访数量”文本框属性对话框

（12）按照上述方法，设置第六组标签标题为“投诉处理满意率”的文本框后边跟随的两个文本框标题名称分别为“投诉处理满意率”和“查询显示投诉处理满意率”。

（13）双击“投诉处理满意率”文本框，打开属性对话框，在“控件来源”字段中直接输入表达式“=[客户满意数量]/[客户投诉回访数量]”。之后，双击“查询显示投诉处理满意率”文本框，打开属性对话框，在“控件来源”字段中直接输入表达式“=[查询显示客户满意数量]/[查询显示客户投诉回访数量]”。同时，设置“格式”为“百分比”，“小数位数”为 2。设置结果分别如图 8-91 和图 8-92 所示。

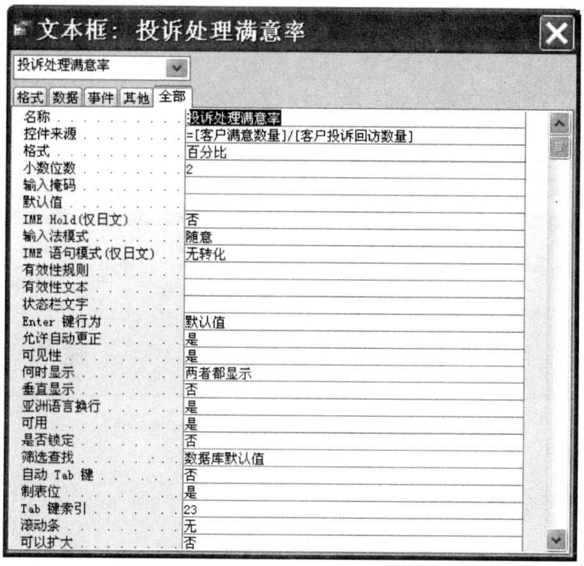

图 8-91　“投诉处理满意率”文本框属性对话框

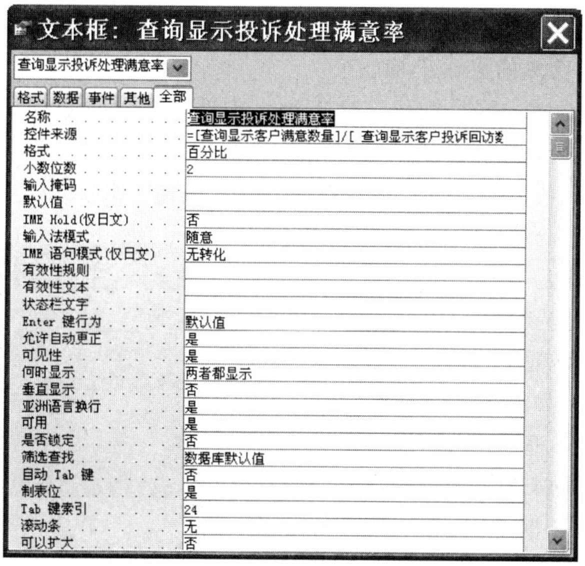

图 8-92　“查询显示投诉处理满意率”文本框属性对话框

(14) 在工具箱中,单击(选项组)按钮,添加"累计结果"和"查询结果"。设置完成后转换到窗体视图,可以看到设置的结果,如图 8-93 所示。

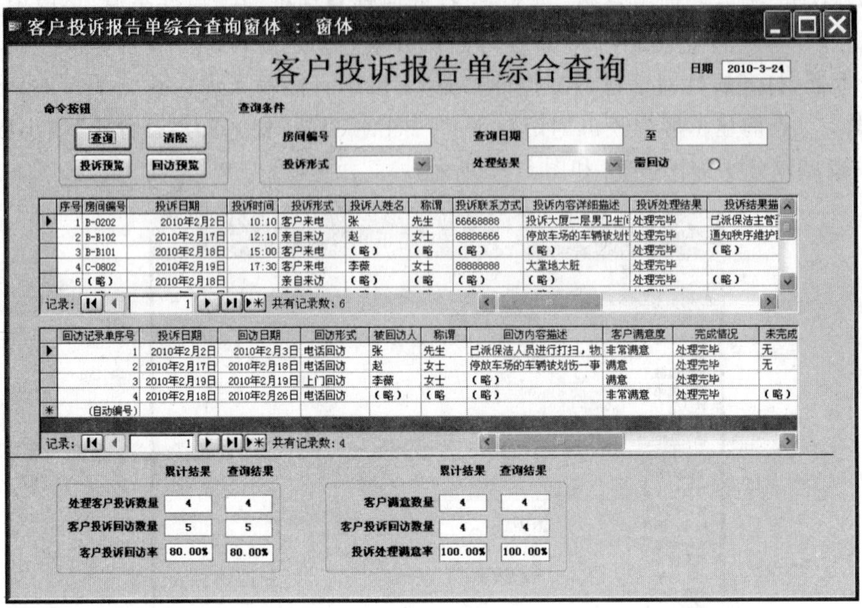

图 8-93 "客户投诉报告单综合查询"窗体

13. 创建图形动态分析窗体

根据"客户投诉报告单综合查询"窗体的查询结果,可以自动生成投诉处理结果图形动态分析、投诉回访完成情况图形动态分析和投诉回访满意度图形动态分析,物业服务企业可以通过这些数据来判断物业服务情况,并调整规划服务工作改进方式。

以图形或图表形式显示数据,其效果比数字更直观。图表窗体就是用图形来显示数据的。创建图表分析窗体的操作步骤如下。

(1) 在数据库窗口中,选择"窗体",在工具栏中单击"新建"按钮,打开"新建窗体"对话框。选择"图表向导"选项,在"请选择该对象数据的来源表或查询"下拉列表框中选择"客户投诉报告单查询数据源"选项,然后单击"确定"按钮,如图 8-94 所示。

(2) 在打开的"图表向导"对话框中,选择"投诉处理结果"字段,然后单击"下一步"按钮,如图 8-95 所示。

(3) 在打开的对话框中,选择"三维饼图",然后单击"下一步"按钮,如图 8-96 所示。

(4) 在打开的对话框中,不做修改,然后单击"下一步"按钮,如图 8-97 所示。

(5) 在打开的对话框中,选择"否,不显示图例"和"修改窗体或图表的设计"单选按钮,然后单击"完成"按钮,如图 8-98 所示。

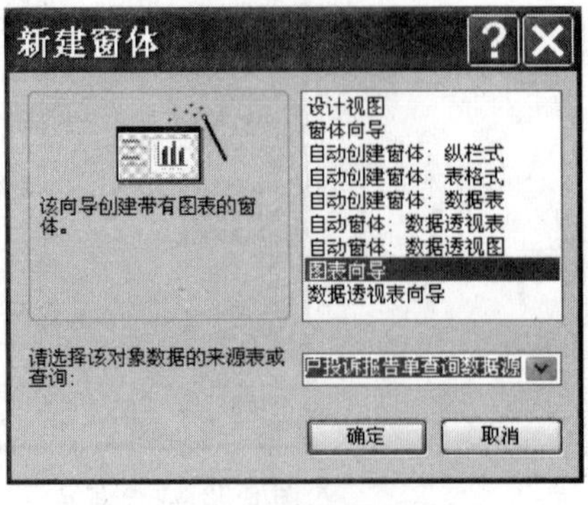

图 8-94 "新建窗体"对话框

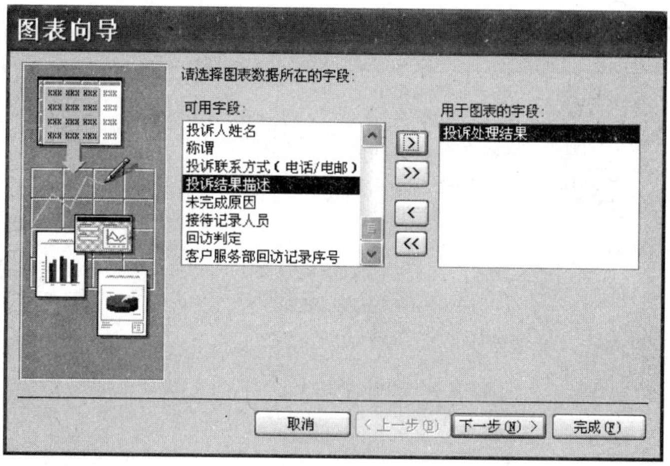

图 8-95　选择图表数据所在的字段

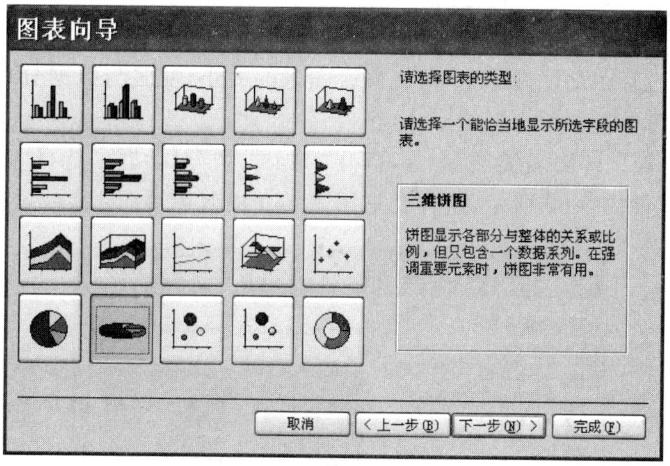

图 8-96　选择图表的类型

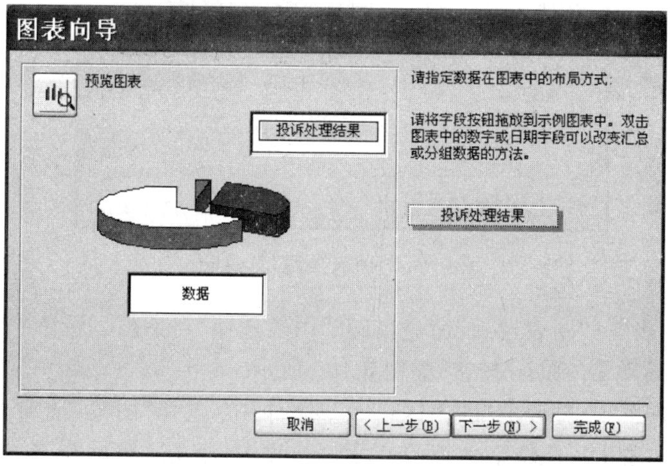

图 8-97　确定数据在图表中的布局方式

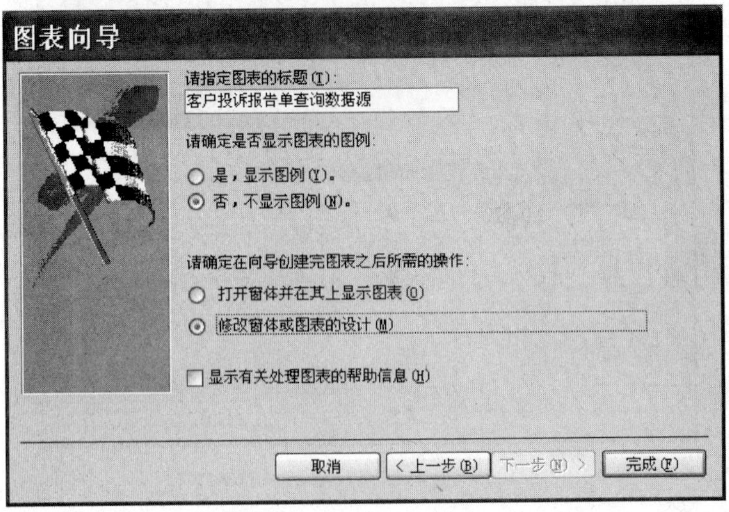

图 8-98　指示图表的标题

(6) 在打开的窗体设计视图中,首先修改图表的大小,使之与数据分析窗体的高度和宽度相等。

(7) 选择"图表"→"图表类型"命令,打开"图表类型"对话框。选择"蓝色饼图",然后单击"确定"按钮,如图 8-99 所示,这样就把图表转变成蓝色饼图。

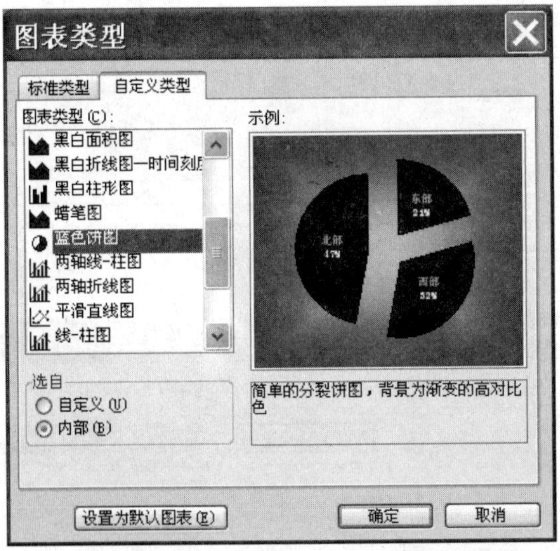

图 8-99　"图表类型"对话框

(8) 选择"图表"→"图表选项"命令,打开"图表选项"对话框。选中"类别名称"和"百分比"复选框,然后单击"确定"按钮,如图 8-100 所示。

(9) 双击图表区,在打开的"图表区格式"对话框中,选择"图案"选项卡,选中蓝色,然后选择"字体"选项卡,选择字体颜色为黑色,字号为 16,然后单击"确定"按钮,如图 8-101 所示。

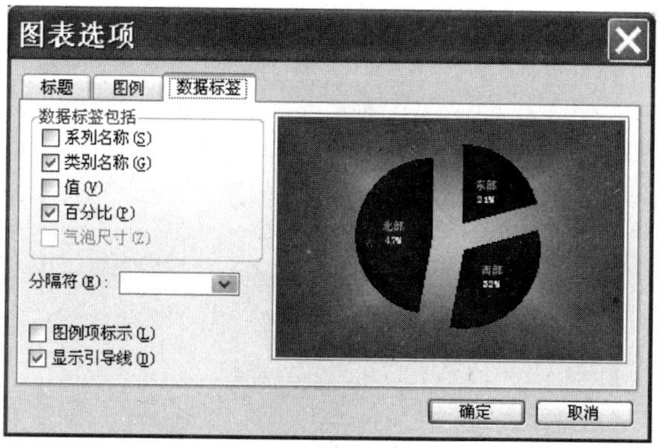

图 8-100　“图表选项”对话框

(10) 单击窗体右上角的“关闭”按钮，在弹出的“保存”对话框中，把窗体命名为“处理结果图形动态分析”，然后单击“确定”按钮。双击打开窗体属性对话框，进行窗体属性设置。设置结果如图 8-102 所示。

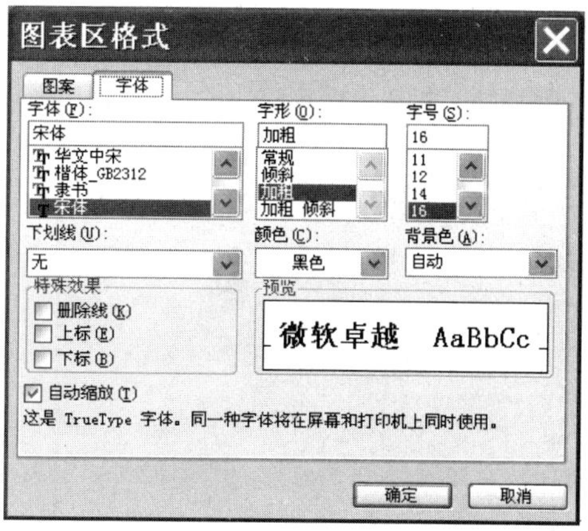

图 8-101　“图表区格式”对话框

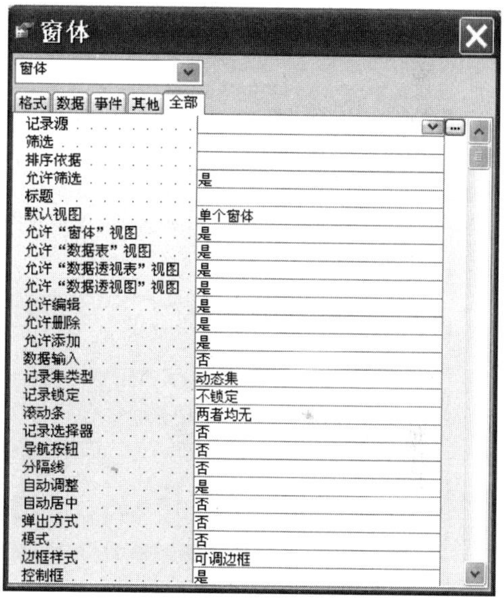

图 8-102　窗体属性对话框

至此，窗体创建完成，如图 8-103 所示。

(11) 按照同样的方法，可以分别创建“回访满意度图形动态分析”和“回访完成情况图形动态分析”窗体。

(12) 在工具箱中，单击(选项组)按钮，添加“分析图形”。

(13) 打开“客户投诉报告单综合查询”窗体设计视图，创建“投诉处理结果导航图”按钮、“投诉回访完成情况导航图”按钮和“投诉回访满意度导航图”按钮，分别打开“处理结果图形动态分析”、“回访完成情况图形动态分析”和“回访满意度图形动态分析”窗体。

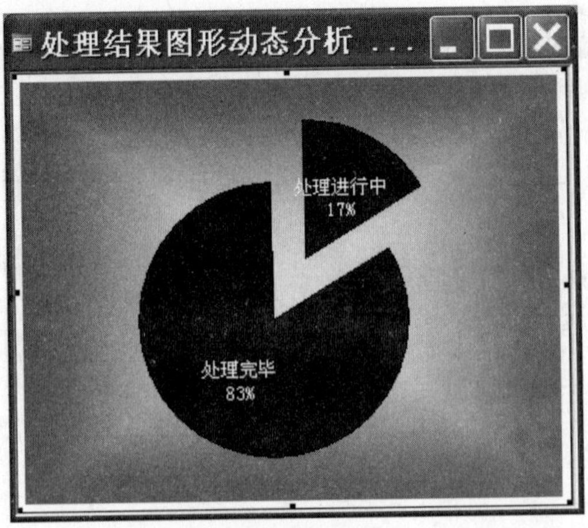

图 8-103　“处理结果图形动态分析”窗体的创建结果

(14) 现在窗体基本设置完成,但是不太美观,还需要进一步修饰。对于比较复杂的窗体,为了达到美观,需要反复在设计视图中修改,在窗体视图中反复查看,直到满意为止,如图 8-104 所示。

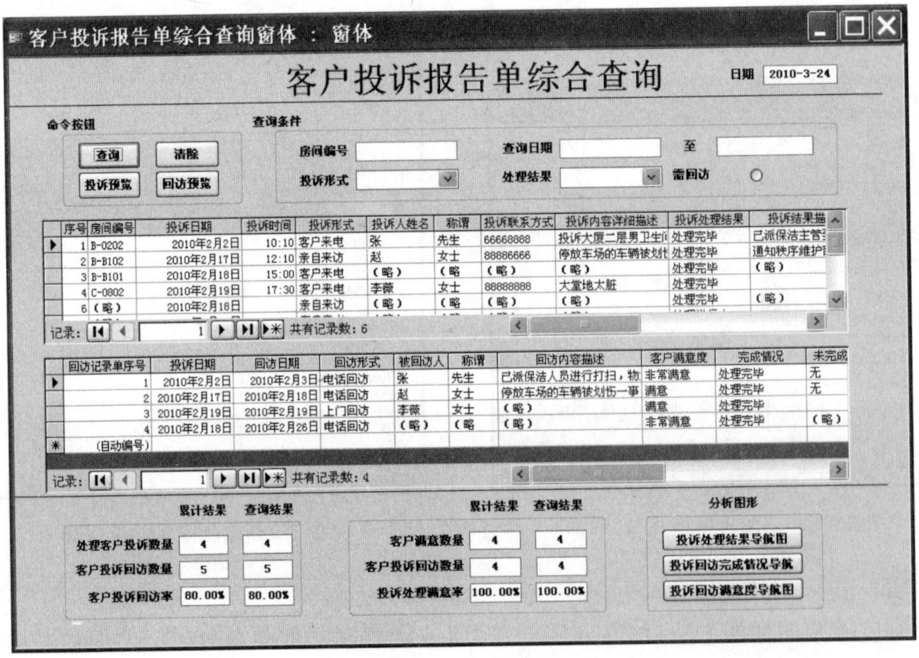

图 8-104　“客户投诉报告单综合查询”窗体显示结果

使用同样的方法,可以分别创建“客户资料综合查询”窗体、“需回访客户投诉报告单查询”窗体和“客户来访记录综合查询”窗体,这里不再赘述。

创建“导航面板”窗体将在本章第八节介绍。

第六节 系统报表的设计与实现

一般情况下，一个数据库系统的最终操作是打印输出，而报表就是数据库中的数据通过打印机输出的特有形式。

根据需求分析，来访投诉管理子系统所需要的报表是在相关数据源查询中的明细报表。在来访投诉管理子系统中，报表的主要用途是完成数据的小计、分组和汇总工作。

制作报表如同制作窗体一样，有多种方法，本节将使用“报表向导”方式创建“客户投诉报告单查询数据源”查询报表。

一、创建报表

使用报表向导创建客户常用资料表查询报表的操作步骤如下。

(1) 在数据库窗口中，选择“报表”。在工具栏中单击“新建”按钮，打开“新建报表”对话框。选择“报表向导”，在“请选择该对象数据的来源表或查询：”下拉列表框中选择“客户投诉报告单查询数据源”，如图 8-105 所示，然后单击“确定”按钮。

(2) 在打开的对话框中，单击[>>]按钮，把全部字段添加到“选定的字段”列表框中，在“选定的字段”列表框中选择“类别名称”字段，如图 8-106 所示，然后单击“下一步”按钮。

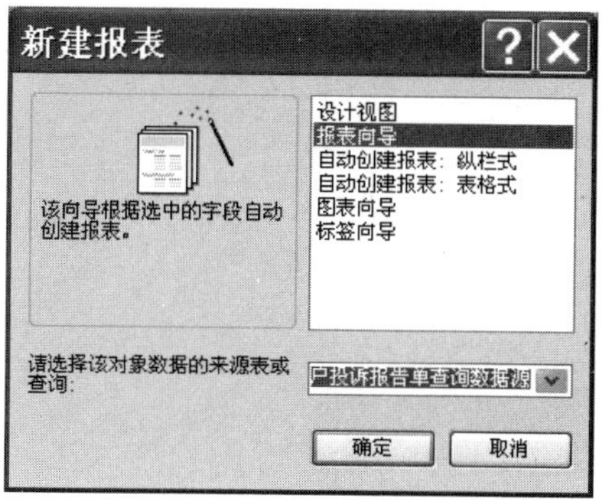

图 8-105 “新建报表”对话框

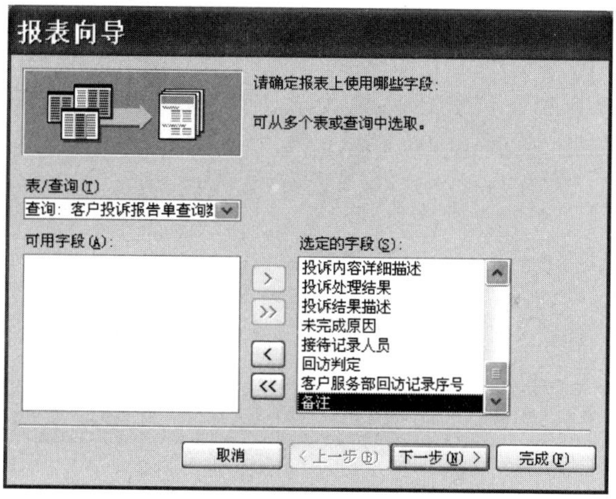

图 8-106 确定报表上使用哪些字段

(3) 在打开的对话框(图 8-107)中单击“下一步”按钮。

(4) 在打开的对话框中，“升序”栏中选择“序号”字段，如图 8-108 所示，然后单击“下一步”按钮。

(5) 在打开的对话框中，选择“表格”单选按钮和“横向”单选按钮，如图 8-109 所示，然后单击“下一步”按钮。

(6) 在打开的对话框中，选择“组织”，如图 8-110 所示，然后单击“下一步”按钮。

(7) 在打开的对话框中，使用默认标题“客户投诉报告单查询数据源”。然后，选择“修改报表设计”单选按钮，如图 8-111 所示，然后单击“完成”按钮。

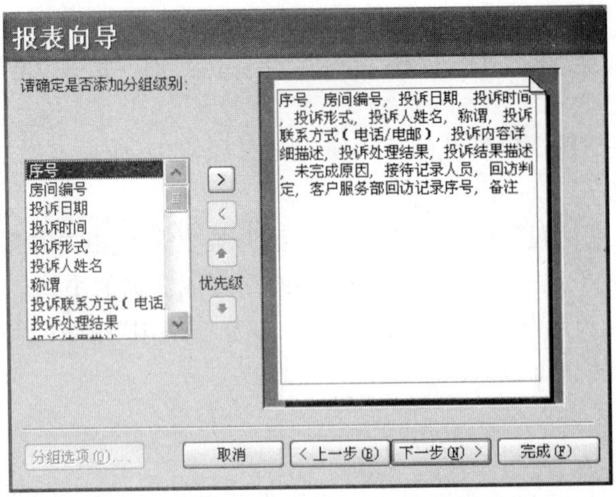

图 8-107　确定是否添加分组级别

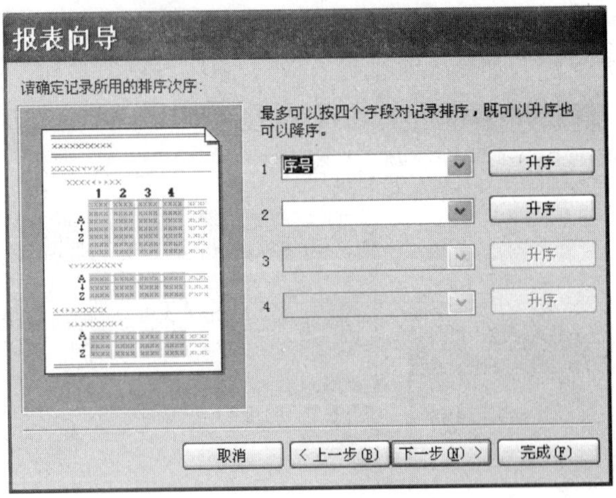

图 8-108　确定记录所用的排序次序

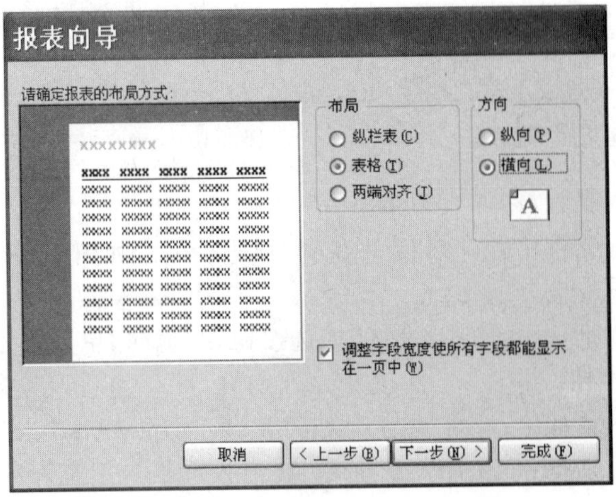

图 8-109　确定报表的布局方式

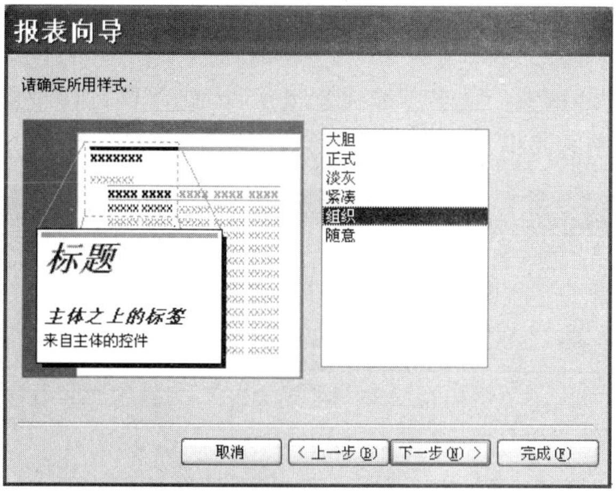

图 8-110　确定所用样式

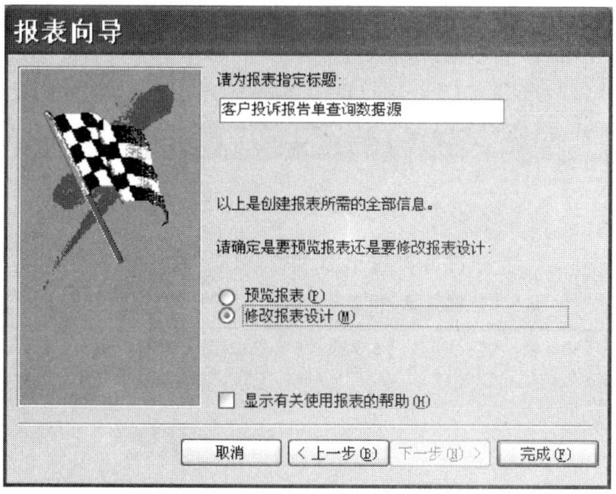

图 8-111　为报表指定标题

(8) 打开报表设计视图,可以对报表进行编辑和修改,如图 8-112 所示。

图 8-112　报表的设计视图

二、调整标签的大小与位置

在设计视图中，有些标签的文字不能完整显示，因此需要进行调整以完整显示文字，然后适当调整字段文字的大小。修改完成后的报表如图 8-113 所示。

图 8-113　修改后的设计视图

设计完成后的报表如图 8-114 所示。

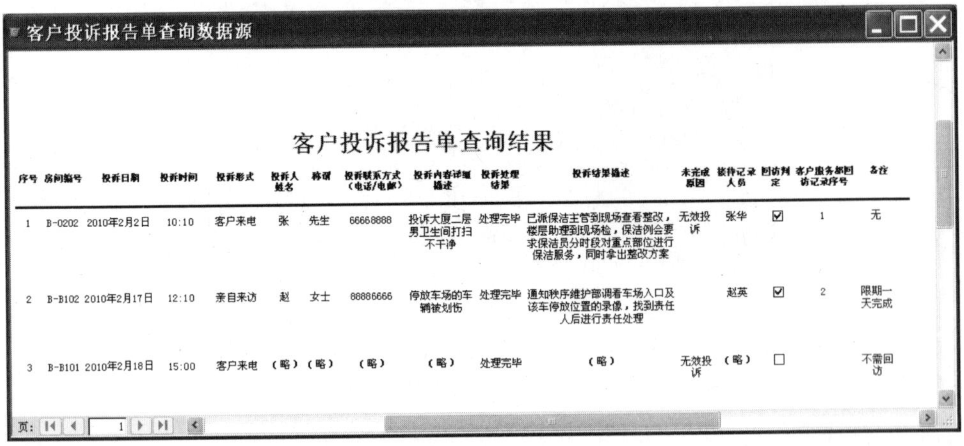

图 8-114　设计完成后的报表

按照同样的方法，可以创建“客户常用资料表查询数据源”报表、“客户详细资料表查询数据源”报表、“客户服务部回访记录单查询数据源”报表和“客户来访记录查询数据源”报表，并被综合查询窗体中的“预览”和“打印”按钮所引用。

第七节　系统编码实现

本系统所涉及的编码比较多，主要包括“客户资料综合查询”窗体、“客户来访记录综合查询”窗体、“客户投诉报告单综合查询”窗体和“需回访客户投诉报告单查询”窗体中的“查询”、“清除”及“打印”、“预览”按钮代码。

一、“客户资料综合查询”窗体代码

1. “查询”按钮代码

```
Private Sub 查询_Click()
On Error GoTo Err_查询_Click
'如果有错误转到错误处理
Dim strWhere As String
strWhere="" '设定初始值-空字符串
    If Not IsNull(Me.房间编号)Then
   If Len(strWhere)>1 Then
  strWhere=strWhere & "AND([房间编号]='"&Me.房间编号 &"')"
  Else
  strWhere="([房间编号]='"& Me.房间编号 &"')"
  End If
 End If
    If Not IsNull(Me.客户名称)Then
   If Len(strWhere)>1 Then
  strWhere=strWhere & "AND([客户名称]='"& Me.客户名称 &"')"
  Else
  strWhere="([客户名称]='"& Me.客户名称 &"')"
  End If
 End If
    If Not IsNull(Me.联系人)Then
   If Len(strWhere)>1 Then
  strWhere=strWhere & "AND([联系人]='" & Me.联系人 &"')"
  Else
  strWhere="([联系人]='"& Me.联系人 &"')"
  End If
 End If
   If Not IsNull(Me.单位电话)Then
   If Len(strWhere)>1 Then
  strWhere=strWhere & "AND([单位电话]='" & Me.单位电话 &"')"
  Else
  strWhere="([单位电话]='" & Me.单位电话 &"')"
  End If
 End If
'让子窗体应用窗体查询
Debug.Print strWhere
Me.客户常用资料表查询数据源_子窗体.Form.Filter=strWhere
Me.客户详细资料表查询数据源_子窗体.Form.Filter=strWhere
'Filter-筛选,显示满足查询条件的记录集。本语句设置子窗体的查询筛选条件
Me.客户常用资料表查询数据源_子窗体.Form.Filter=Ture
Me.客户详细资料表查询数据源_子窗体.Form.Filter=Ture
```

```
'FilterOn 应用设置的查询筛选条件
DoCmd.DoMenuItem acFormBar, acRecordsMenu, 2, , acMenuVer70
Exit_查询_Click:
  Exit Sub
Err_查询_Click:
    MsgBox Err.Description
    Resume Exit_查询_Click
End Sub
```

2. “清除”按钮代码

```
    Private Sub 清除_Click()
On Error GoTo Err_清除_Click
Me.房间编号=Null
Me.客户名称=Null
Me.联系人=Null
Me.单位电话=Null
Exit_清除_Click:
  Exit Sub
Err_清除_Click:
    MsgBox Err.Description
    Resume Exit_清除_Click
End Sub
```

3. “打印”按钮代码

```
Private Sub 打印_Click()
On Error GoTo Err_打印_Click
    Dim stDocName As String
    stDocName= ChrW(23458) & ChrW(25143) & ChrW(24120) & ChrW(29992) & ChrW(- 29372) &
    ChrW(26009) & ChrW(-30616) & ChrW(26597) & ChrW(-29726) & ChrW(25968) & ChrW(25454) &
    ChrW(28304)
    DoCmd.OpenReport stDocName, acNormal
Exit_打印_Click:
    Exit Sub
Err_打印_Click:
    MsgBox Err.Description
    Resume Exit_打印_Click
End Sub
```

4. “预览”按钮代码

(1) “常用预览”按钮代码

```
Private Sub 常用预览_Click()
On Error GoTo Err_常用预览_Click
    Dim stDocName As String
```

```
    stDocName=ChrW(23458) & ChrW(25143) & ChrW(24120) & ChrW(29992) & ChrW(-29372) &
    ChrW(26009) & ChrW(-30616) & ChrW(26597) & ChrW(-29726) & ChrW(25968) & ChrW(25454) &
    ChrW(28304)
    DoCmd.OpenReport stDocName, acPreview
Exit_常用预览_Click:
    Exit Sub
Err_常用预览_Click:
    MsgBox Err.Description
    Resume Exit_常用预览_Click
End Sub
```

（2）“详细预览”按钮代码

```
Private Sub 详细预览_Click()
On Error GoTo Err_详细预览_Click
    Dim stDocName As String
    stDocName=ChrW(23458) & ChrW(25143) & ChrW(-29722) & ChrW(32454) & ChrW(-29372) &
    ChrW(26009) & ChrW(-30616) & ChrW(26597) & ChrW(-29726) & ChrW(25968) & ChrW(25454) &
    ChrW(28304)
    DoCmd.OpenReport stDocName, acPreview
Exit_详细预览_Click:
    Exit Sub
Err_详细预览_Click:
    MsgBox Err.Description
    Resume Exit_详细预览_Click
End Sub
```

二、“客户来访记录综合查询”窗体代码

1. “查询”按钮代码

```
    Private Sub 查询_Click()
On Error GoTo Err_查询_Click
    '如果有错误 转到错误处理
    Dim strWhere As String
    strWhere="" '设定初始值-空字符串
            If Not IsNull(Me.房间编号)Then
          If Len(strWhere)>1 Then
         strWhere=strWhere & "AND([房间编号]='" & Me.房间编号 &"')"
        Else
         strWhere="([房间编号]='" & Me.房间编号 &"')"
        End If
      End If
            If Not IsNull(Me.Combo35)Then
          If Len(strWhere)>1 Then
         strWhere=strWhere & "AND([Combo35]='" & Me.Combo35 &"')"
```

```
        Else
         strWhere="([Combo35]='" & Me.Combo35 &"')"
        End If
      End If
            If Not IsNull(Me.Combo31)Then
          If Len(strWhere)>1 Then
         strWhere=strWhere & "AND([Combo31]='" & Me.Combo31 &"')"
        Else
         strWhere="([Combo31]='" & Me.Combo31 &"')"
        End If
      End If
          If Not IsNull(Me.起始日期)Then
      '"起始日期"有输入
       If Len(strWhere)>1 Then
         strWhere=strWhere & " AND([来访日期]>=#"& Me.起始日期 &"#)"
        Else
         strWhere="([来访日期]>=# " & Me.起始日期 &"#)"
        End If
      End If
If Not IsNull(Me.终止日期)Then
      '"终止日期"有输入
       If Len(strWhere)>1 Then
         strWhere=strWhere & " And([来访日期]<=#" & Me.终止日期 &"#)"
        Else
         strWhere="([来访日期]<=# " & Me.终止日期 &"#)"
        End If
      End If
    '让子窗体应用窗体查询
  Debug.Print strWhere
  Me.客户来访记录查询数据源_子窗体.Form.Filter=strWhere
  'Filter-筛选,显示满足查询条件的记录集。本语句设置子窗体的查询筛选条件
  Me.客户来访记录查询数据源_子窗体.Form.Filter=Ture
   'FilterOn 应用设置的查询筛选条件
 DoCmd.DoMenuItem acFormBar, acRecordsMenu, 2, , acMenuVer70
Exit_查询_Click
  Exit Sub
Err_查询_Click:
    MsgBox Err.Description
    Resume Exit_查询_Click
End Sub
```

2. "清除"按钮代码

```
    Private Sub 清除_Click()
On Error GoTo Err_清除_Click
Me.房间编号=Null
```

```
Me.起始日期=Null
Me.终止日期=Null
Me.Combo35=Null
Me.Combo31=Null
Exit_清除_Click:
  Exit Sub
Err_清除_Click:
    MsgBox Err.Description
    Resume Exit_清除_Click
End Sub
```

3. “打印”按钮代码

```
    Private Sub 打印_Click()
    On Error GoTo Err_打印_Click
        Dim stDocName As String
        stDocName=ChrW(23458) & ChrW(25143) & ChrW(26469) & ChrW(-29761) & ChrW(-29776)
& ChrW(24405) & ChrW(26597) & ChrW(-29726) & ChrW(25968) & ChrW(25454) & ChrW(28304)
        DoCmd.OpenReport stDocName, acNormal
    Exit_打印_Click:
        Exit Sub
    Err_打印_Click:
        MsgBox Err.Description
        Resume Exit_打印_Click
    End Sub
```

4. “预览”按钮代码

```
    Private Sub 预览_Click()
    On Error GoTo Err_预览_Click
        Dim stDocName As String
        stDocName=ChrW(23458) & ChrW(25143) & ChrW(26469) & ChrW(-29761) & ChrW(-29776)
& ChrW(24405) & ChrW(26597) & ChrW(-29726) & ChrW(25968) & ChrW(25454) & ChrW(28304)
        DoCmd.OpenReport stDocName, acPreview
    Exit_预览_Click:
        Exit Sub
    Err_预览_Click:
        MsgBox Err.Description
        Resume Exit_预览_Click
    End Sub
```

三、“客户投诉报告单综合查询”窗体代码

1. “查询”按钮代码

```
    Private Sub 查询_Click()
On Error GoTo Err_查询_Click
    '如果有错误 转到错误处理
```

```
Dim strWhere As String
strWhere="" '设定初始值-空字符串
        If Not IsNull(Me.房间编号)Then
      If Len(strWhere)>1 Then
     strWhere=strWhere & "AND([房间编号]='" & Me.房间编号 &"')"
    Else
     strWhere="([房间编号]='" & Me.房间编号 &"')"
    End If
  End If
        If Not IsNull(Me.处理结果)Then
      If Len(strWhere)>1 Then
     strWhere=strWhere & "AND([处理结果]='" & Me.处理结果 &"')"
    Else
     strWhere="([处理结果]='" & Me.处理结果 &"')"
    End If
  End If
 '让子窗体应用窗体查询
Debug.Print strWhere
Me.客户投诉报告单查询数据源_子窗体.Form.Filter=strWhere
Me.客户服务部回访记录单查询数据源_子窗体.Form.Filter=strWhere
'Filter-筛选,显示满足查询条件的记录集。本语句设置子窗体的查询筛选条件
Me.客户投诉报告单查询数据源_子窗体.Form.Filter=Ture
Me.客户服务部回访记录单查询数据源_子窗体.Form.Filter=Ture
'FilterOn应用设置的查询筛选条件
DoCmd.DoMenuItem acFormBar, acRecordsMenu, 2, , acMenuVer70
Exit_查询_Click:
  Exit Sub
Err_查询_Click:
    MsgBox Err.Description
    Resume Exit_查询_Click
End Sub
```

2. “清除”按钮代码

```
    Private Sub 清除_Click()
On Error GoTo Err_清除_Click
Me.房间编号=Null
Me.起始日期=Null
Me.终止日期=Null
Me.投诉形式=Null
Me.处理结果=Null
Me.需回访=Null
Exit_清除_Click:
  Exit Sub
Err_清除_Click:
```

```
    MsgBox Err.Description
    Resume Exit_清除_Click
End Sub
```

3. “打印”按钮代码

```
Private Sub 打印_Click()
On Error GoTo Err_打印_Click
    Dim stDocName As String
    Dim MyForm As Form
    stDocName=ChrW(23458) & ChrW(25143) & ChrW(25237) & ChrW(-29751) & ChrW(25253) &
    ChrW(21578) & ChrW(21333) & ChrW(26597) & ChrW(-29726) & ChrW(25968) & ChrW
    (25454) & ChrW(28304) & ChrW(22270) & ChrW(24418) & ChrW(21160) & ChrW(24577) &
    ChrW(20998) & ChrW(26512)
    Set MyForm=Screen.ActiveForm
    DoCmd.SelectObject acForm, stDocName, True
    DoCmd.PrintOut
    DoCmd.SelectObject acForm, MyForm.Name, False
Exit_打印_Click:
    Exit Sub
Err_打印_Click:
    MsgBox Err.Description
    Resume Exit_打印_Click
End Sub
```

4. “预览”按钮代码

```
Private Sub 预览_Click()
On Error GoTo Err_预览_Click
    Dim stDocName As String
    Dim stLinkCriteria As String
    stDocName=ChrW(23458) & ChrW(25143) & ChrW(25237) & ChrW(-29751) & ChrW(25253) &
    ChrW(21578) & ChrW(21333) & ChrW(26597) & ChrW(-29726) & ChrW(25968) & ChrW
    (25454) & ChrW(28304) & ChrW(22270) & ChrW(24418) & ChrW(21160) & ChrW(24577) &
    ChrW(20998) & ChrW(26512)
    DoCmd.OpenForm stDocName, , , stLinkCriteria
Exit_预览_Click:
    Exit Sub
Err_预览_Click:
    MsgBox Err.Description
    Resume Exit_预览_Click
End Sub
```

四、"需回访客户投诉报告单查询"窗体代码

1. "查询"按钮代码

```
    Private Sub 查询_Click()
On Error GoTo Err_查询_Click
    '如果有错误转到错误处理
    Dim strWhere As String
    strWhere="" '设定初始值-空字符串
          If Not IsNull(Me.房间编号)Then
        If Len(strWhere)>1 Then
       strWhere=strWhere & "AND([房间编号]='" & Me.房间编号 &"')"
      Else
       strWhere="([房间编号]='" & Me.房间编号 &"')"
      End If
    End If
          If Not IsNull(Me.处理结果)Then
        If Len(strWhere)>1 Then
       strWhere=strWhere & "AND([处理结果]='" & Me.处理结果 &"')"
      Else
       strWhere="([处理结果]='" & Me.处理结果 &"')"
      End If
    End If
  If Not IsNull(Me.起始日期)Then
     '"起始日期"有输入
      If Len(strWhere)>1 Then
       strWhere=strWhere & "AND([投诉日期]>=# "& Me.起始日期 &"# )"
      Else
       strWhere="([投诉日期]>=#  "& Me.起始日期 &"# )"
      End If
    End If
  If Not IsNull(Me.终止日期)Then
     '"终止日期"有输入
      If Len(strWhere)>1 Then
       strWhere=strWhere & "And([投诉日期]<=# "& Me.终止日期 &"# )"
      Else
       strWhere="([投诉日期]<=#"& Me.终止日期 &"# )"
      End If
    End If
   '让子窗体应用窗体查询
  Debug.Print strWhere
  Me.需回访客户投诉报告单查询数据源_子窗体.Form.Filter=strWhere
  'Filter-筛选,显示满足查询条件的记录集。本语句设置子窗体的查询筛选条件
```

```
  Me.需回访客户投诉报告单查询数据源_子窗体.Form.Filter=Ture
  'FilterOn 应用设置的查询筛选条件
 DoCmd.DoMenuItem acFormBar, acRecordsMenu, 2, , acMenuVer70
Exit_查询_Click:
  Exit Sub
Err_查询_Click:
    MsgBox Err.Description
    Resume Exit_查询_Click
End Sub
```

2. “清除”按钮代码

```
Private Sub 清除_Click()
On Error GoTo Err_清除_Click
Me.房间编号=Null
Me.起始日期=Null
Me.终止日期=Null
Me.投诉形式=Null
Me.处理结果=Null
Exit_清除_Click:
  Exit Sub
Err_清除_Click:
    MsgBox Err.Description
    Resume Exit_清除_Click
End Sub
```

第八节　系统的集成与功能浏览

到此,“来访投诉管理信息子系统”的主要对象已经创建完成了。下一步,需要把这些对象统一地组织起来,在一个窗体中实现对子系统各个对象的控件。在这里,控制窗体被定义为导航面板。

一、创建导航面板窗体

导航面板就好比一个控制台,使用导航面板可以完成对整个数据库各个模块的管理和控制。导航面板是无数据的窗体,在此窗体上主要放置多个命令按钮,使用这些命令按钮可以打开相对应的窗体。创建导航面板窗体的步骤如下。

(1) 在数据库窗口中,选择“窗体”,并在“窗体对象”列表窗格中,单击“在设计视图中创建窗体”图标,打开窗体设计视图(图 8-115)。

(2) 在工具栏中,单击 Aa (标签)按钮,添加文字“导航面板”,字号 26,粗体,颜色为黑色,并把标签拖放到“主体”的上部。关闭“控件按钮”,单击 (选项组)按钮,在窗体中分别建立“客户数据维护”、“日常业务处理”和“信息分类查询”,如图 8-116 所示。

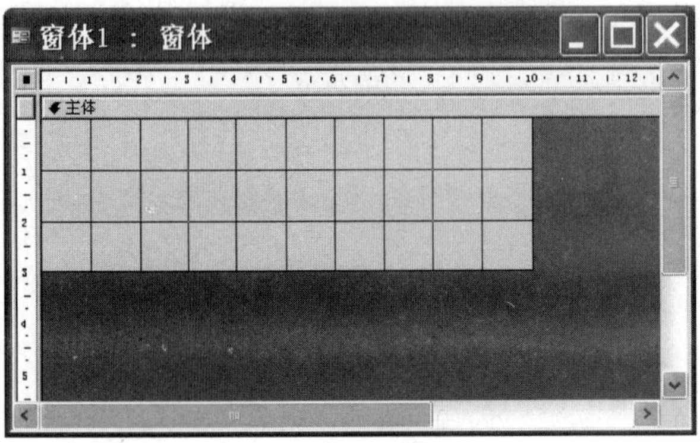

图 8-115　窗体设计视图

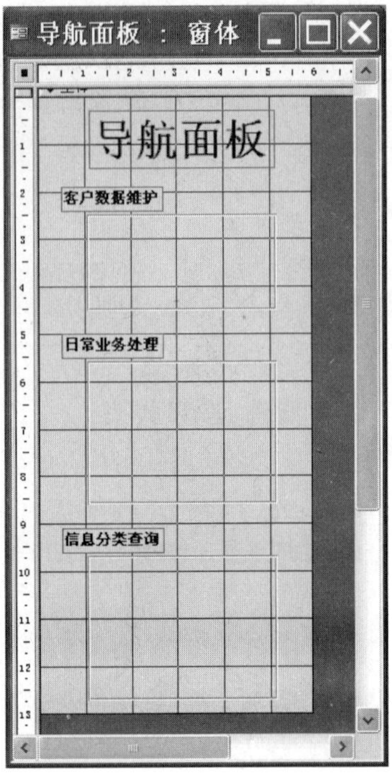

图 8-116　“导航面板”设计窗体

(3) 打开控件向导，单击（命令按钮），利用控件向导选择“窗体操作”、“打开窗体”，之后单击“下一步”按钮，如图 8-117 所示。

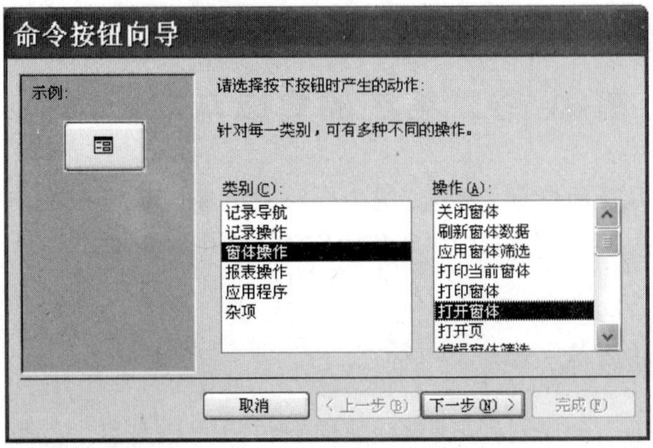

图 8-117　选择按下按钮时产生的动作

(4) 在打开的对话框中，选择“客户常用资料表”选项，之后单击“下一步”按钮，如图 8-118 所示。

(5) 在打开的对话框中选择“打开窗体并显示所有记录”单选按钮，之后单击“下一步”按钮，如图 8-119 所示。

(6) 在打开的对话框中，选择“文本”单选按钮，同时输入“常用联系方式”，之后单击“下一步”按钮，如图 8-120 所示。

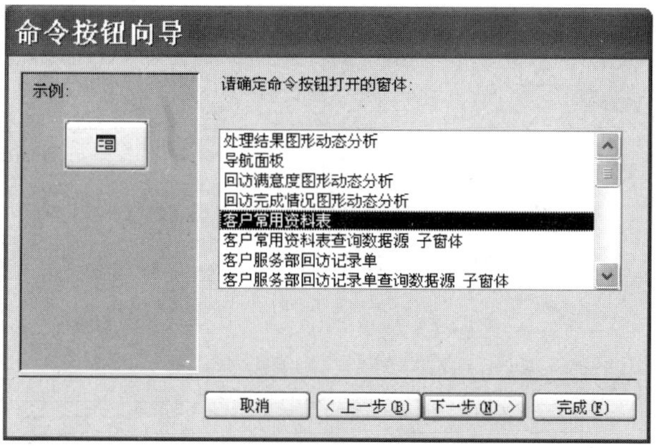

图 8-118　确定命令按钮打开的窗体

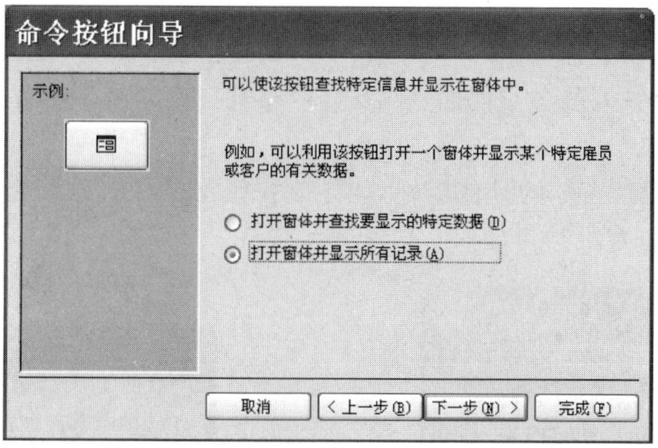

图 8-119　选择"打开窗体并显示所有记录"单选按钮

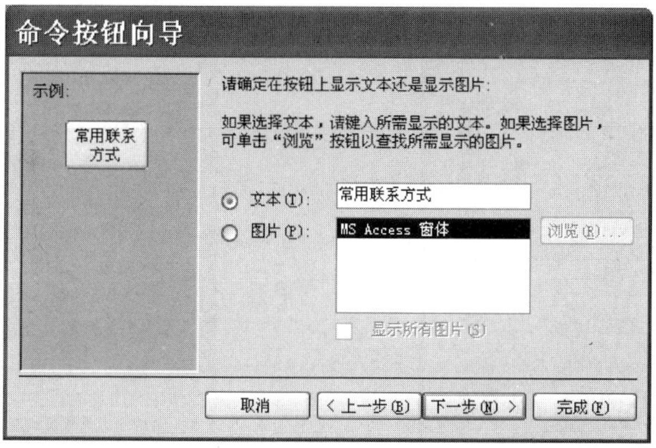

图 8-120　确定在按钮上显示文本还是显示图片

(7) 在打开的对话框中，输入"常用联系方式"，之后单击"完成"按钮，如图 8-121 所示。

(8) 按照同样的步骤，分别在相应位置建立"客户详细资料"、"客户来访记录"、"客户

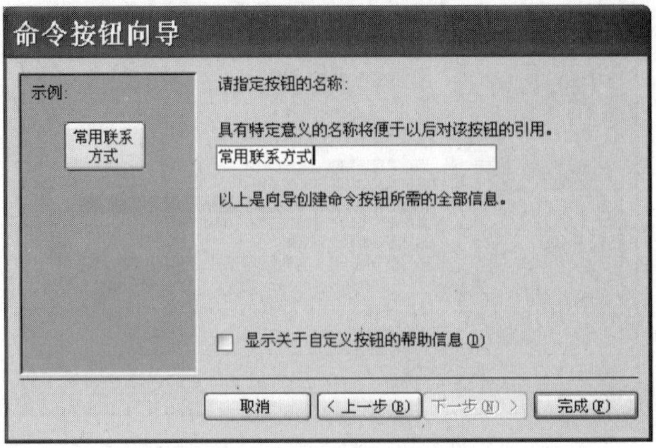

图 8-121　指定按钮的名称

投诉报告”、“客户回访登记”、“客户资料查询”、“来访记录查询”、“投诉报告查询”等按钮。在对齐调整中,选中排列的各个控件,然后选择“格式”→“对齐”→“左对齐”命令,结果如图 8-122 所示。

(9) 对“导航面板”窗体的其他属性,如导航按钮、分隔线、记录选定器等设置与本系统其他窗体相同。创建的结果如图 8-123 所示。

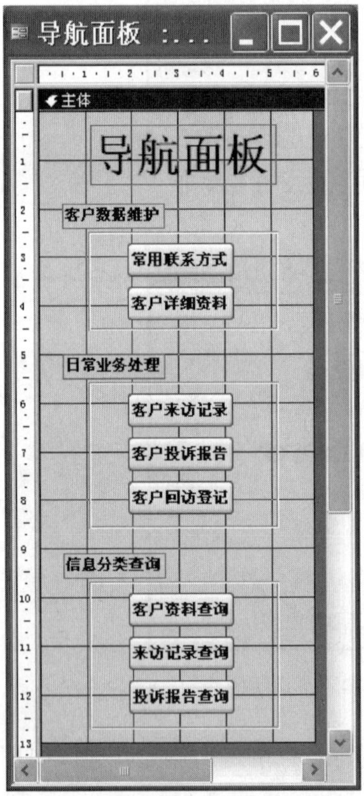

图 8-122　创建“导航面板”窗体

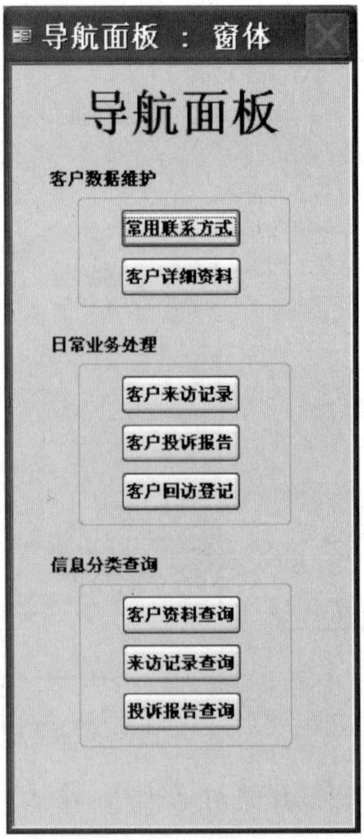

图 8-123　“导航面板”窗体创建结果

二、系统的功能浏览

现在总览一下来访投诉管理子系统的大致功能。

(1) 在打开子系统后，单击“导航面板”的“常用联系方式”按钮，即可实现对客户常用资料信息的新建、编辑、修改、添加、删除和查询等操作，如图 8-124 所示。

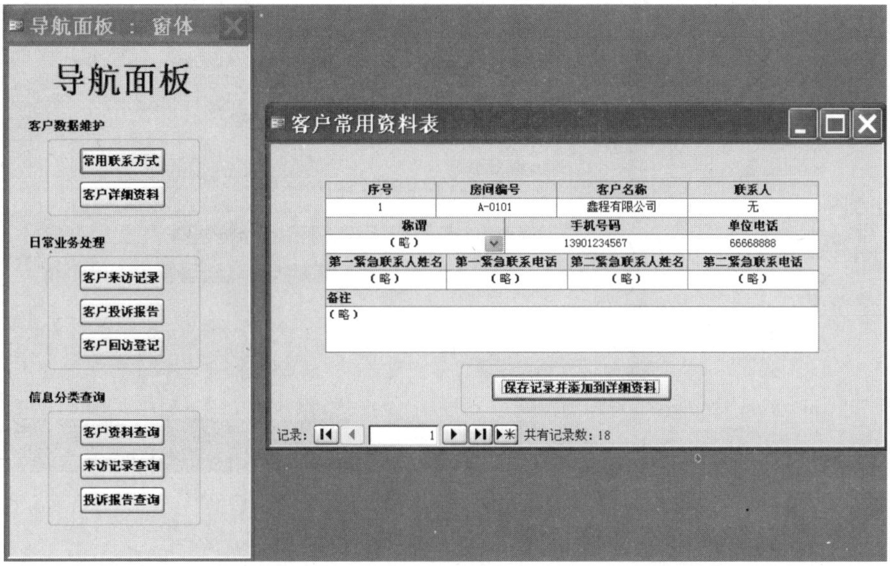

图 8-124　“常用联系方式”显示功能

(2) 在打开子系统后，单击“导航面板”的“客户详细资料”按钮，即可实现对客户详细资料信息进行新建、编辑、修改、添加、删除和查询等操作，如图 8-125 所示。

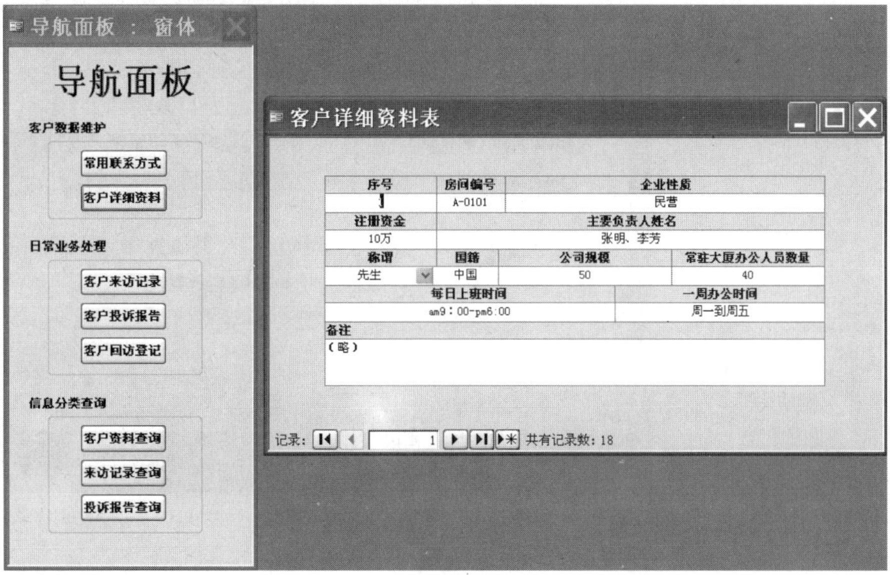

图 8-125　“客户详细资料”显示功能

(3) 在打开子系统后，单击“导航面板”的“客户来访记录”按钮，即可实现对客户来访信息进行新建、编辑、修改、添加、删除和查询等操作，如图 8-126 所示。

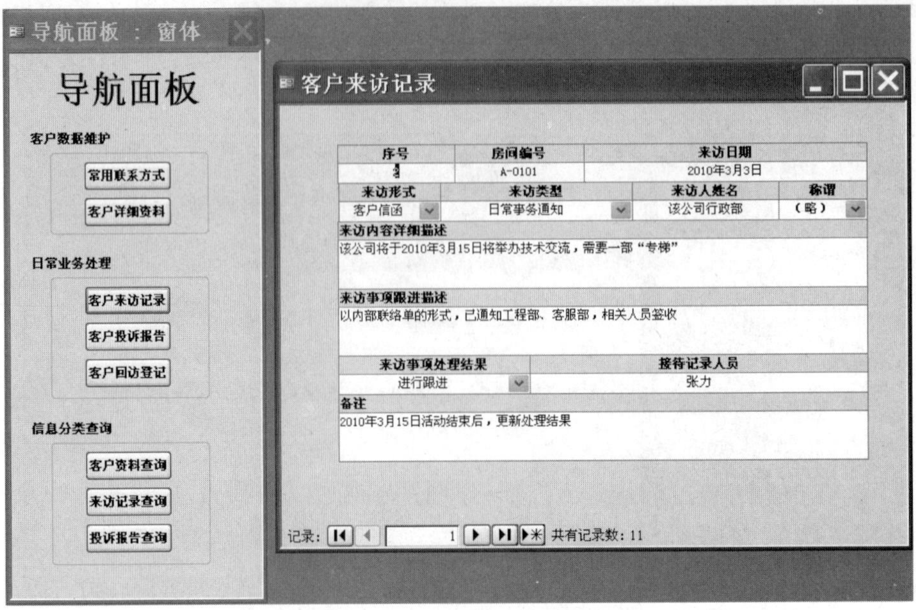

图 8-126 “客户来访记录”显示功能

(4) 在打开子系统后，单击“导航面板”的“客户投诉报告”按钮，即可实现对客户投诉资料信息进行新建、编辑、修改、添加、删除和查询等操作，如图 8-127 所示。

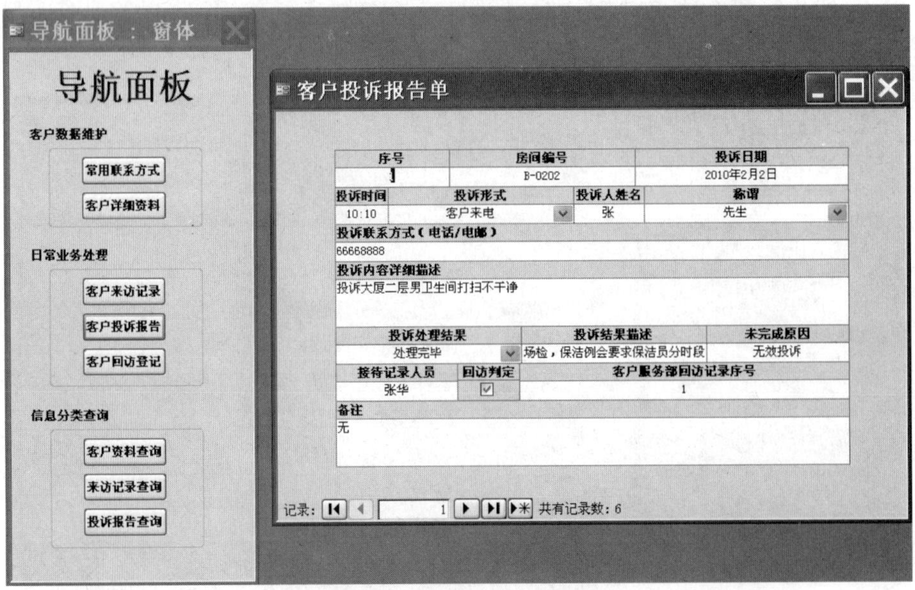

图 8-127 “客户投诉报告”显示功能

(5) 在打开子系统后，单击“导航面板”的“客户回访登记”按钮，即可实现对客户回访资料信息进行浏览和打印等操作，如图 8-128 所示。

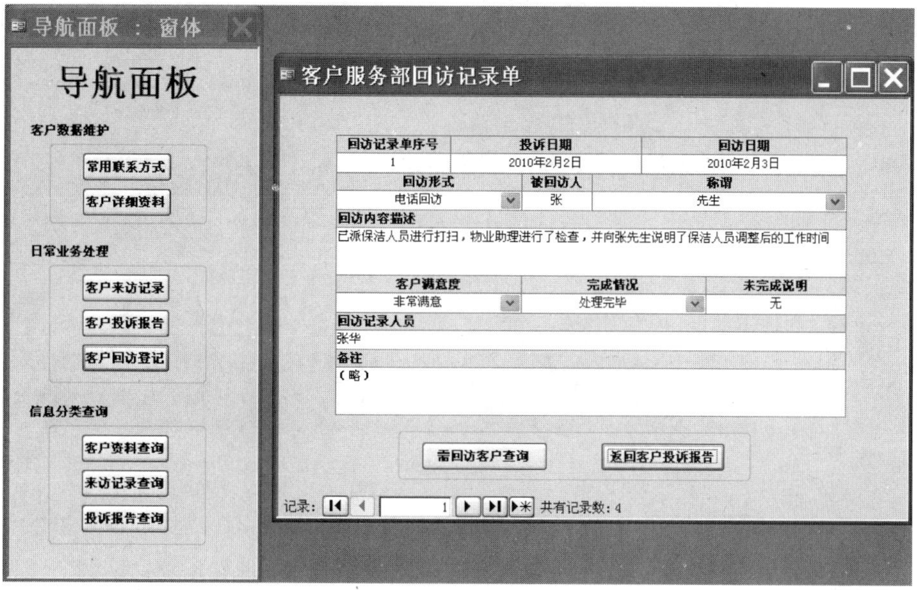

图 8-128　“客户回访登记”显示功能

(6) 在打开子系统后，单击“导航面板”的“客户资料查询”按钮，即可实现对客户资料信息进行综合查询，并可单独或综合按照“房间编号”、“联系人”、“客户名称”、“单位电话”等信息实施对资料的综合查询，如图 8-129 所示。

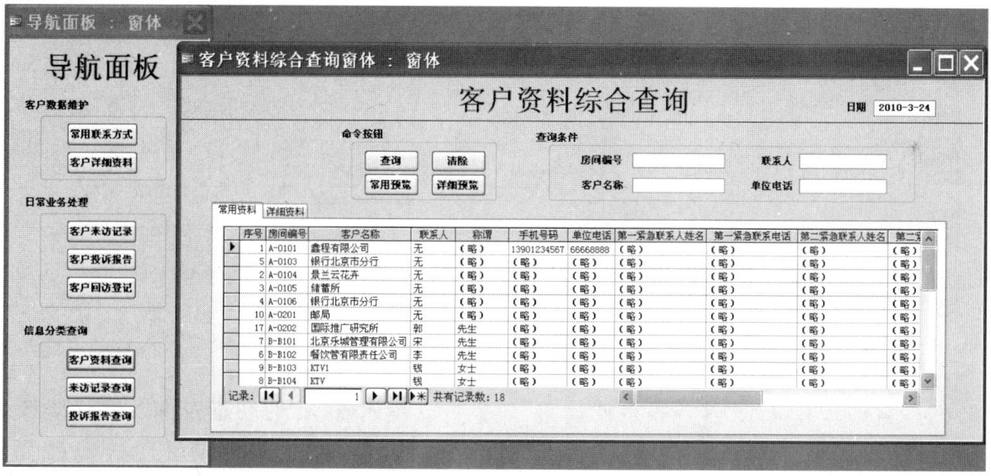

图 8-129　“客户资料查询”显示功能

(7) 在打开子系统后，单击“导航面板”的“来访记录查询”按钮，即可实现对客户来访资料信息进行综合查询，并可单独或综合按照“房间编号”、“查询日期”、“来访类型”、“来访形式”等信息实施对资料的综合查询，如图 8-130 所示。

(8) 在打开子系统后，单击“导航面板”的“投诉报告查询”按钮，即可实现对客户投诉

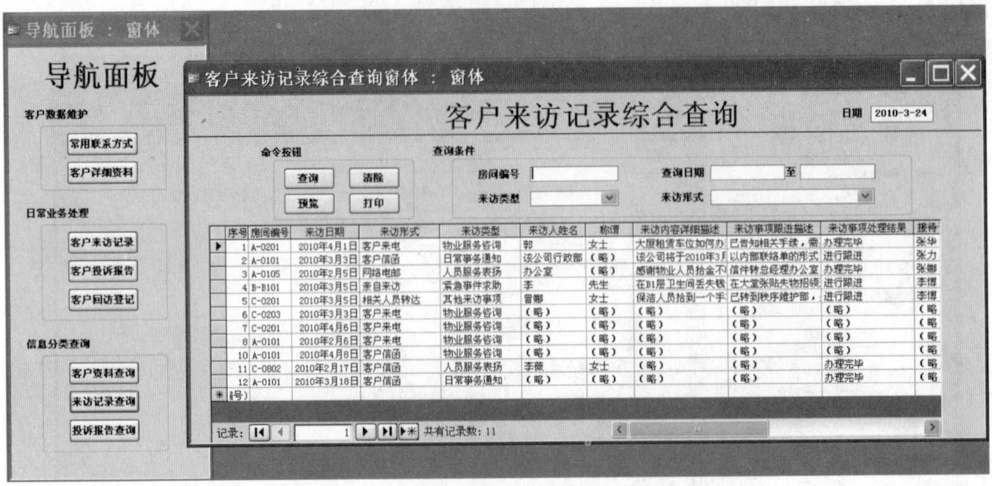

图 8-130 “来访记录查询”显示功能

及回访相关资料信息进行综合查询,并可单独或综合按照“房间编号”、“查询日期”、“处理结果”、“投诉形式”和“需回访”等信息实施对资料的综合查询,如图 8-131 所示。

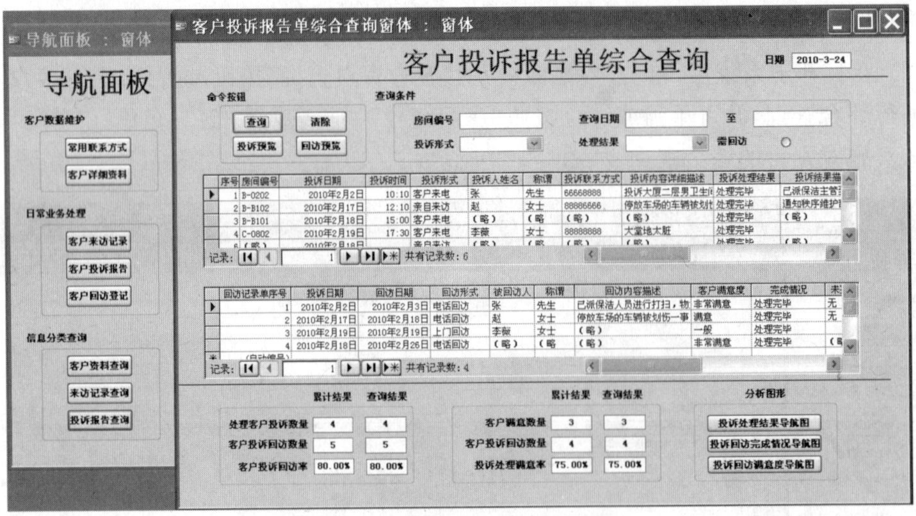

图 8-131 “投诉报告查询”显示功能

同时,自动计算显示“客户投诉回访率”、“投诉处理满意率”的动态查询及累计统计结果,并生成“投诉处理结果导航图”、“投诉回访完成情况导航图”和“投诉回访满意度导航图”。

以上的各项综合查询结果,均可以实现打印输出。

(9) 打开“客户投诉报告单综合查询”窗体,单击“投诉处理结果导航图”按钮,即可对符合查询条件的信息实现投诉处理结果图形显示,如图 8-132 所示。

(10) 打开“客户投诉报告单综合查询”窗体,单击“投诉回访完成情况导航图”按钮,即可对符合查询条件的信息实现投诉处理结果图形显示,如图 8-133 所示。

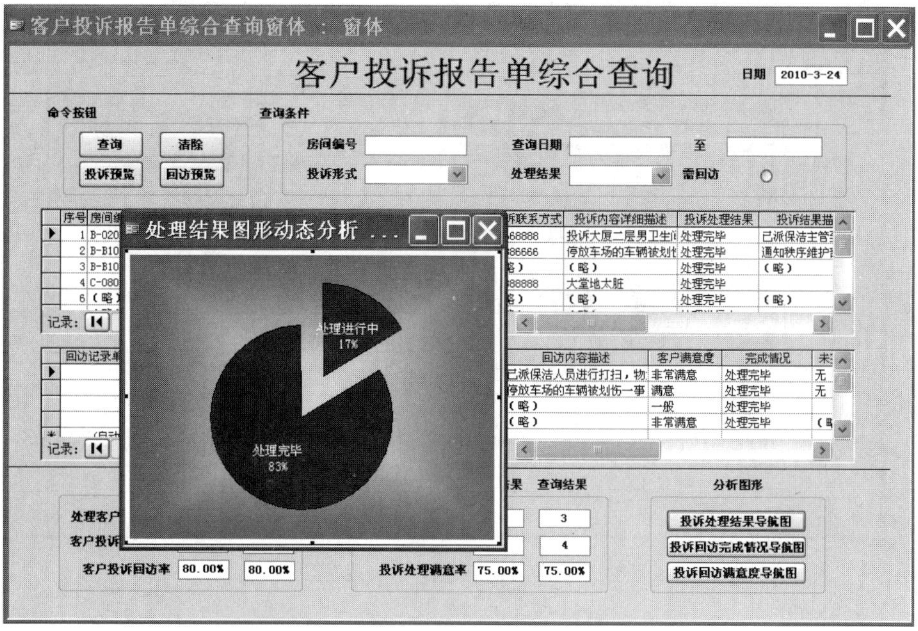

图 8-132 “投诉处理结果导航图”显示功能

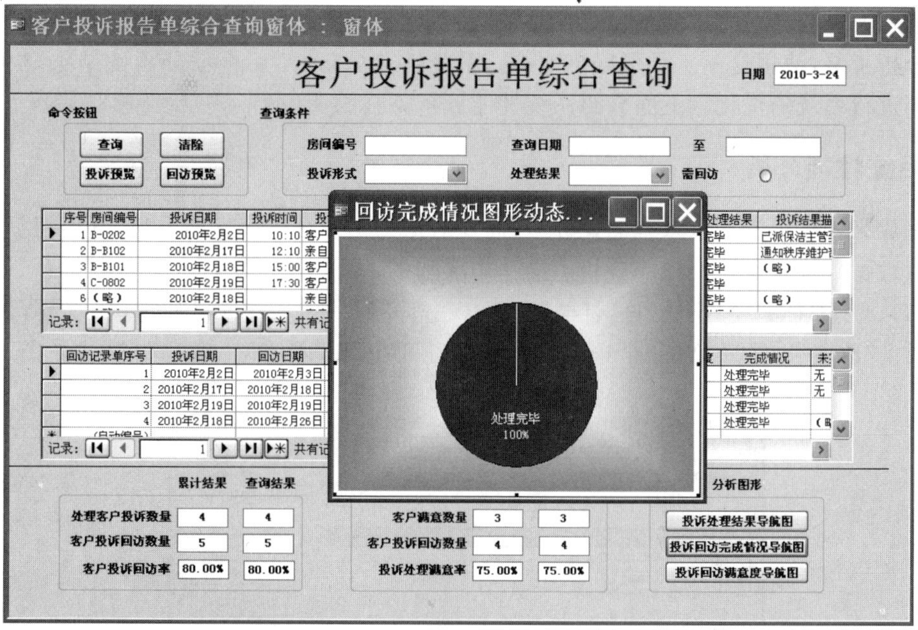

图 8-133 “投诉回访完成情况导航图”显示功能

(11) 打开“客户投诉报告单综合查询”窗体,单击“投诉回访满意度导航图”按钮,即可对符合查询条件的信息实现投诉处理结果图形显示,如图 8-134 所示。

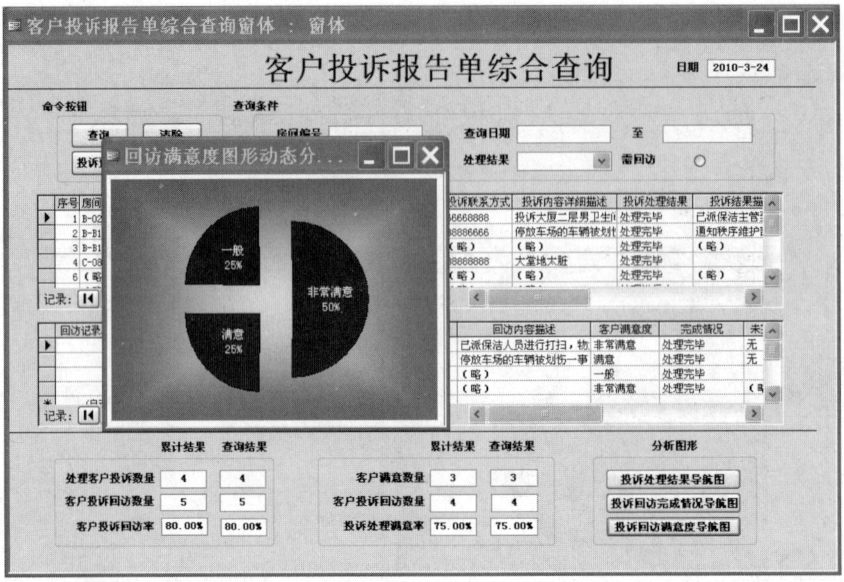

图 8-134 “投诉回访满意度导航图”显示功能

第九节 系统的调试与发布

系统调试的另一项重要工作就是用来进行优化程序、优化系统。Access 提供了系统性的分析工具,使用这一工具可以自动进行系统性能分析,然后根据分析的结果,决定是否需要进行系统的优化。下面介绍系统性能分析工具的使用。

一、系统性能分析

完成来访投诉管理子系统的设计后,需要对这一子系统进行性能分析,然后根据分析结果对数据库进行优化。性能分析的操作步骤如下。

(1) 选择“工具”→“分析”→“性能”命令。在打开的“性能分析器”对话框中,选择“全部对象类型”选项卡,然后单击“全选”按钮,选中全部对象,再单击“确定”按钮,如图 8-135 所示。

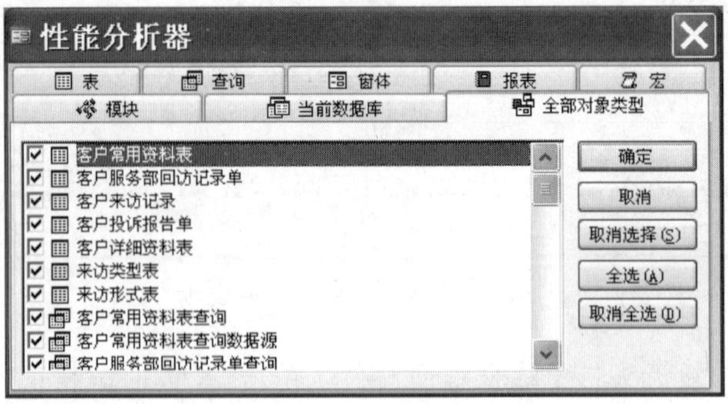

图 8-135 “性能分析器”对话框

(2) 系统开始对全部对象进行性能分析，分析结束后系统将给出分析结果，如图 8-136 所示。

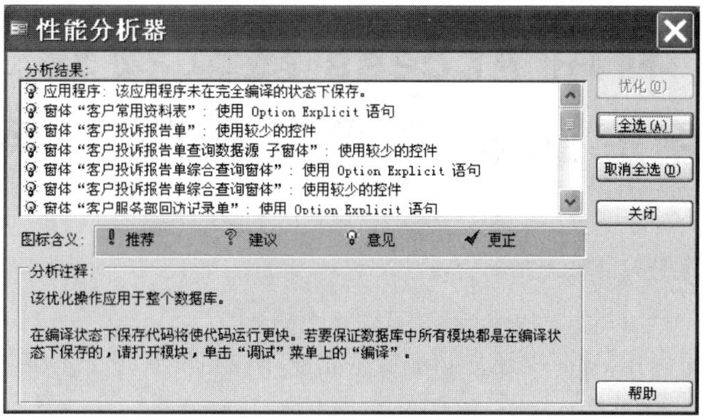

图 8-136　性能分析结果

性能分析器将列出三种分析结果：推荐、建议、意见。当单击"分析结果"列表框中的任何一个项目时，在列表下的"分析注释"框中会显示建议优化的相关信息。在执行建议优化之前，应该先考虑潜在的权衡。若要查看关于权衡的说明，要单击列表中的"建议"，然后阅读"分析注释"框中的相关信息。Access 能执行"推荐"和"建议"的优化项目，但"意见"项目的优化必须要用户自己来执行。

二、设置启动选项

检查系统没有任何错误以后，就可以设置"启动"选项了。选择"工具"→"启动"命令，打开"启动"对话框。在"应用程序标题"文本框中输入"来访投诉管理子系统"，在"显示窗体/页"下拉列表框中选择"导航面板"选项。用事先准备好的应用程序图标作为窗体和报表的图标，设置后的"启动"对话框如图 8-137 所示。单击"确定"按钮，关闭"启动"对话框完成设置。

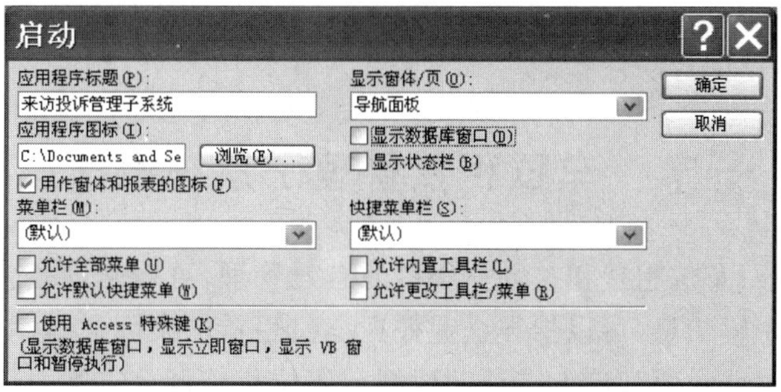

图 8-137　"启动"对话框

三、系统的发布

设置完成后的数据库就可以进行发布了。用 Access 开发的数据库系统的发布十分简单，只要复制到安装有 Access 及其以上版本的计算机中就可以使用了。

第九章

利用 Access 建立物业服务企业车位租赁管理子系统

本节介绍如何利用 Access 建立物业服务企业车位租赁管理子系统，该子系统具有以下特点。

第一，打开子系统便可以按照系统设定好的条件自动弹出显示“每日提醒信息”，对未缴车位费信息、即将到期车位信息等重要数据进行实时提醒，并显示明细资料，以便企业服务人员在掌握相关信息后提前着手开展业务。

第二，该子系统的导航面板根据业务流程办理顺序，被设计为流程图的样式，不仅方便业务人员办理车位租赁，而且可以极大地减少人为因素对于正常业务的干扰；在最后的流程模块中，子系统可以根据车位流水号自动生成并打印车位收费通知单，真正实现车位租赁服务业务的全程无纸化办理。

第三，在车位信息管理中，增加了“管理驾驶舱”功能，相关的已租和未租车位信息以及车位的分布数量信息等情况一目了然，可以作为企业管理层调整车位租赁经营策略的参考依据。

第四，该子系统可以实现对于车位图片、车辆图片等进行保存、修改、查询等管理，极大地方便了物业服务企业的车位租赁业务开展，同时也方便企业服务人员对车辆信息进行识别。

第五，在车位收费信息综合管理查询中，可以实现对于应收车位费数量、未缴费车位数量和车位费收缴率的自动计算。

第一节 车位租赁管理子系统设计说明

物业服务企业对车位租赁相关数据资料的有效管理，可以帮助企业了解车位租赁的经营状况、车主及车辆信息，可以指导企业根据车位租赁的实际运行状况，科学有效地调整调配和使用资源，并在此基础上有目的地制定车位租赁调整方案。因此很有必要使用 Access 数据库开发一个适合企业自身的车位租赁管理子系统。

一、子系统主要操作功能

可以通过车位租赁管理子系统，按照车位租赁业务流程的办理顺序，实现对物业服务企业车位租赁相关数据资料的管理，并在此基础上实现对车位、车主、车辆、收费资料的综合查询功能，能够实现把查询的结果进行打印输出。系统提供的“管理驾驶舱”功能，可以实现自动图形显示已租和未租车位信息、车位的分布数量信息。子系统可以实现对于车位图片、车辆图片等进行保存、修改、查询等管理。

二、子系统辅助操作功能

可以通过车位租赁管理子系统，辅助完成各种操作。辅助功能主要包括对车主信息资料、车位信息资料、车位收费情况等实现录入、保存、修改等。“每日提醒信息”功能可以实现对未缴车位费信息、即将到期车位信息等重要数据进行实时提醒，并显示明细资料。

第二节 车位租赁管理子系统数据库设计

数据库的结构设计是一个非常重要的问题，数据库结构设计的好坏将直接对系统的使用效率以及实现效果产生影响。

一、数据库需求分析

根据系统的数据功能要求，需要设计如下数据信息。

(1) 车位信息，包括车位编号、车位类别、车位描述、照片路径、是否已出租等。

(2) 车主信息，包括房间号、公司名称、车牌号码、经办人姓名、经办人称谓、身份证号码、保险单名称、保险单号码、车位租赁协议编号、经办人手机号码、公司座机电话、备注等。

(3) 车辆信息，包括车牌号码、车辆品牌、颜色描述、车型描述、车辆状况、照片路径等。

(4) 车位收费，包括车位办理流水编号、车位编号、车牌号码、收费标准(元/位/月)、计费起始日期、计费终止日期、租赁期限(月)、应收金额、实收金额、减免金额、原因、是否收缴、收缴日期、是否退租、备注等。

(5) 车位类别，包括类别编号、类别名称等。

二、数据库总体设计

所要设计的车位租赁管理子系统数据库，分别实现对于车位收费相关数据资料信息和车主车辆相关数据资料信息的管理。

三、数据库中表的设计

车位租赁管理子系统需要建立 5 个数据表来分别存放相关的数据信息。

1. 车位信息

车位信息的设计见表 9-1。

表 9-1 车位信息

字段名称	数据类型
车位编号	文本
车位类别	文本
车位描述	文本
照片路径	文本
是否已出租	是/否
备注	备注

2. 车主信息

车主信息的设计见表 9-2。

3. 车辆信息

车辆信息的设计见表 9-3。

表 9-2 车主信息

字段名称	数据类型
房间号	文本
公司名称	文本
车牌号码	文本
经办人姓名	文本
经办人称谓	文本
身份证号码	文本
保险单名称	文本
保险单号码	文本
车位租赁协议编号	文本
经办人手机号码	文本
公司座机电话	文本
备注	备注

表 9-3 车辆信息

字段名称	数据类型
车牌号码	文本
车辆品牌	文本
颜色描述	文本
车型描述	文本
车辆状况	文本
照片路径	文本
备注	备注

4. 车位收费

车位收费的设计见表 9-4。

5. 车位类别

车位类别的设计见表 9-5。

表 9-4 车位收费

字段名称	数据类型
车位办理流水编号	自动编号
车位编号	文本
车牌号码	文本
收费标准(元/位/月)	货币
计费起始日期	日期/时间
计费终止日期	日期/时间
租赁期限(月)	数字
应收金额	货币
实收金额	货币
减免金额	货币
原因	文本
是否收缴	是/否
收缴日期	日期/时间
是否退租	是/否
备注	备注

表 9-5 车位类别

字段名称	数据类型
类别编号	自动编号
类别名称	文本

第三节 创建数据表和索引

下面介绍 Access 中建立数据库的方法。

一、创建数据库

创建数据库的操作步骤如下。

(1) 运行 Access，在任务窗格(图 9-1)中，单击“新建”选项组中的“空数据库”选项。

(2) 在打开的对话框中的“文件名”下拉列表框中输入“车位租赁管理子系统”，“保存类型”采用默认值，“保存位置”设置为“数据库”文件夹，如图 9-2 所示，单击“创建”按钮。

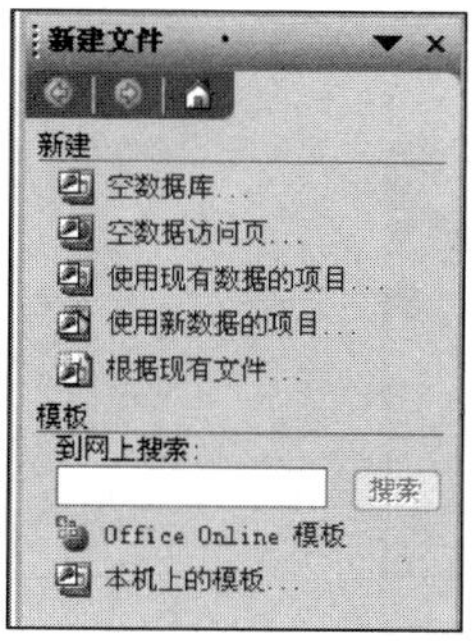

图 9-1　任务窗格

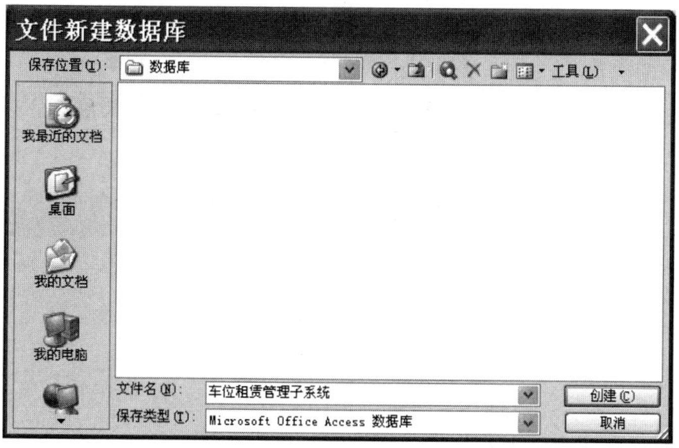

图 9-2　“文件新建数据库”对话框

二、创建表

在完成数据库的创建后，就可以开始创建表了。

1. 创建车位信息

由于在 Access 所提供的向导中没有比较合适的模板，因此这里需要选择“使用设计器创建表”。

(1) 在打开的窗口中，在左边“对象”栏中选择“表”选项，并选择“使用设计器创建表”。双击图标或者选择后单击“设计”按钮，就可以打开表设计器窗口，如图 9-3 所示。

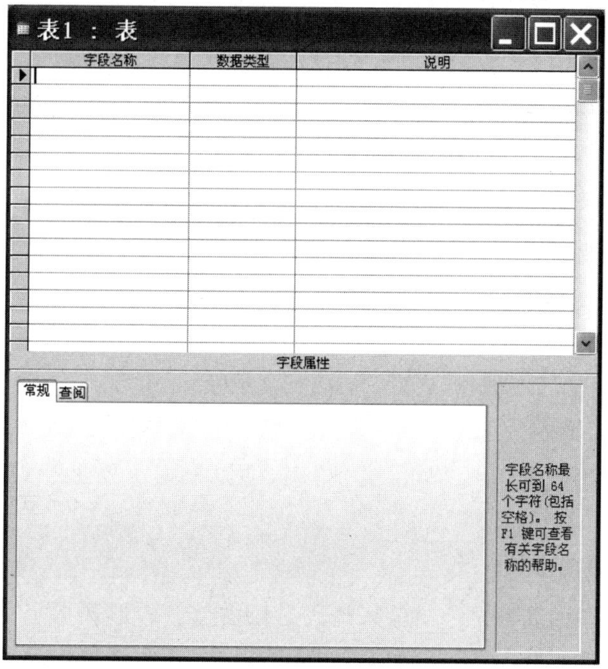

图 9-3　表设计器窗口

(2) 在表设计器窗口中,在“字段名称”栏中输入字段名称,在“数据类型”中选择这个字段的类型,然后在“说明”栏中输入这个字段的说明文字。当选择一个字段时,下面还会显示关于这个字段的信息,在这里可以修改字段的长度以及字段的默认值、是否为空等信息。“车位信息”的设计如图 9-4 所示。

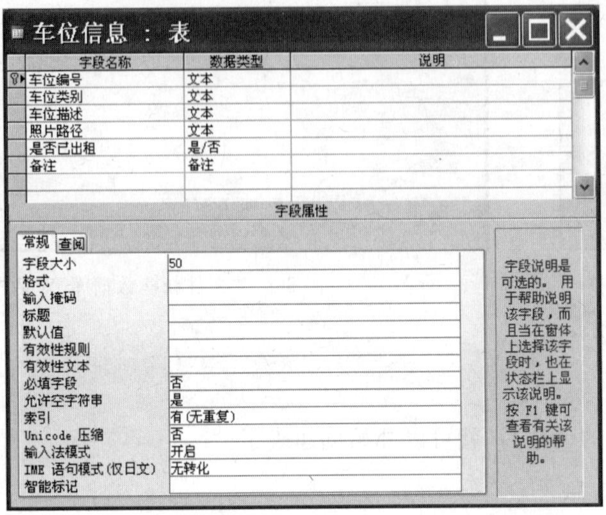

图 9-4 “车位信息”的设计

(3) 在为表命名并保存后,就会弹出提示设定主键的对话框,如图 9-5 所示。

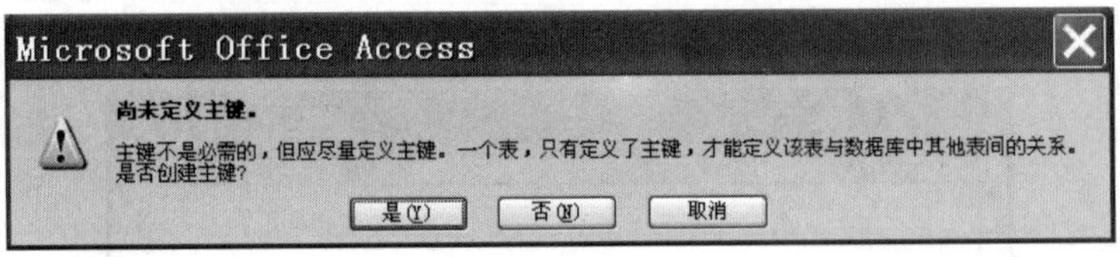

图 9-5 提示设定主键的对话框

(4) 单击“是”按钮,系统就会自动为这个表添加一个字段,并且把这个字段定义为主键;单击“否”按钮,就会关闭这个对话框而且系统不会为这个表添加主键,这时就需要自行添加主键。

其他表的设计方法与此基本相同,按照同样的方法,可以创建“车主信息”、“车辆信息”、“车位收费”和“车位类别”等。

2. 初始数据的输入

需要输入的初始数据包括“车位类别”表,可以根据需要进行设置,输入的数据如表 9-6 所示。

3. 设置输入掩码

输入掩码是字段的属性之一。输入掩码是以占位符的形式指定字段的显示格式,这样当用户输入数据的时候,系统就会给出明确的提示,从而避免用户在输入数据时,出现输入格式和数据位数上的错误。输入掩码适用于数据的格式和数据位数确定的字段,例如日期、货币、邮编和电话等字段。下面将以“车位收费”中“计费起始日期”字段为例，介绍输入掩码的设置方法。

(1) 以设计视图打开“车位收费”，选中“计费起始日期”字段，在“字段属性”栏中，选中“输入掩码”选项，然后单击右侧的[...]按钮，首先弹出“输入掩码向导”提示框，如图 9-6 所示，单击“是”按钮。

表 9-6　“车位类别”表

	类别编号	类别名称
+	1	地上平面
+	2	地下一层（平面）
+	3	地下一层（机械）
+	4	地下二层（平面）

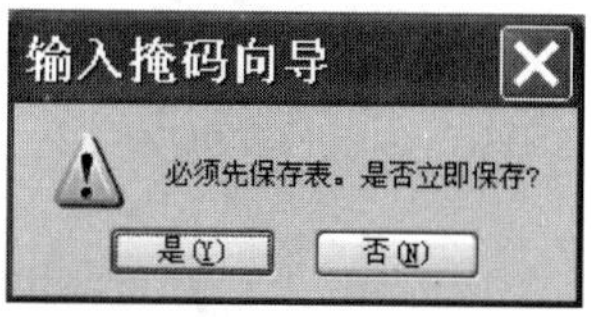

图 9-6　“输入掩码向导”提示框

(2) 在打开的对话框中，选择“长日期(中文)”选项，如图 9-7 所示，然后单击“下一步”按钮。

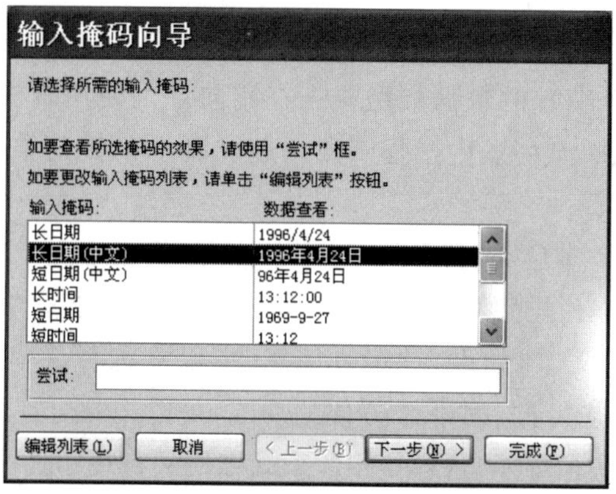

图 9-7　选择所需的输入掩码

(3) 在打开的对话框中，给出了“计费起始日期”字段的“输入掩码”默认格式。在“占位符”下拉列表框中，给出了占位符符号，这里是“-”符号。在“占位符”下拉列表框中，还可以选择其他形式的占位符，这里采用默认值，如图 9-8 所示，然后单击“下一步”按钮。

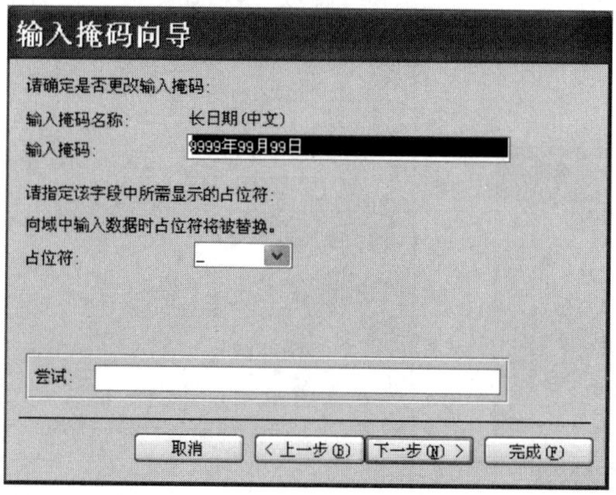

图 9-8　确定是否更改输入掩码

(4) 在打开的对话框中单击“完成”按钮。

(5) 返回到“表属性”窗口，在“计费起始日期”字段的“输入掩码”属性框中，显示所设置的输入掩码的结果，如图 9-9 所示。

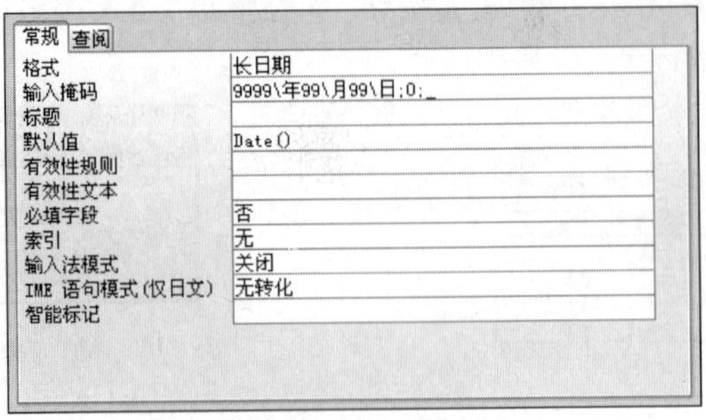

图 9-9 “计费起始日期”字段的输入掩码设置结果

4. 设置查阅数据类型

在 Access 中有一个特殊的数据类型——查阅向导。使用查阅向导可以实现查阅另外一个表中的数据或从一个列表中选择字段。这样既可以提高数据录入的效率，又可以保证录入数据的准确性。

在“车位信息”表中，“车位类别”字段是与“车位类别”表的主键“类别名称”字段相互关联，“车位信息”表中的“车位类别”字段的值必须是在“车位类别”表中的一个值。而“车位类别”表本身是数字形式的文本，如果在“车位信息”中以这种形式显示，将非常不直观。而 Access 提供的查阅向导提供了一种非常方便的功能，可以把“车位类别”字段以“车位类别”表中的“类别名称”的字段值显示，这样使用起来既方便又直观。其设置的具体步骤如下。

(1) 以设计视图打开“车位信息”，选择“车位类别”字段。单击“数据类型”下拉列表框，选择“查阅向导”，如图 9-10 所示。

(2) 在打开的“查阅向导”对话框中，选择“使用查阅列查阅表或查询中的值”单选按钮，如图 9-11 所示，然后单击“下一步”按钮。

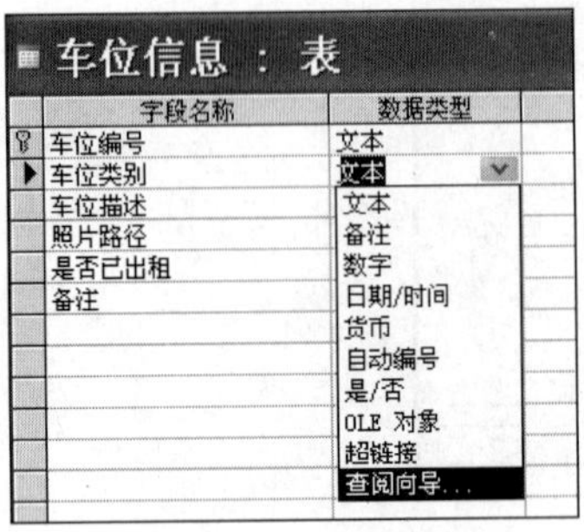

图 9-10 选择“查阅向导”

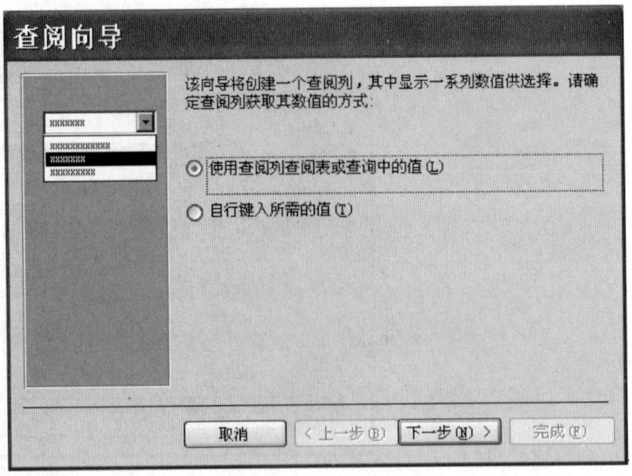

图 9-11 “查阅向导”对话框

(3) 在打开的对话框中，选择“表：车位类别”，如图 9-12 所示，然后单击“下一步”按钮。

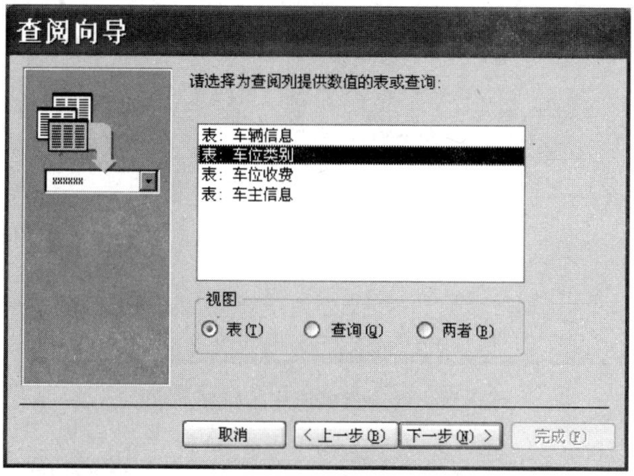

图 9-12　选择为查询列提供数值的表或查询

(4) 在打开的对话框中，选择“类别名称”字段，如图 9-13 所示，然后单击“下一步”按钮。

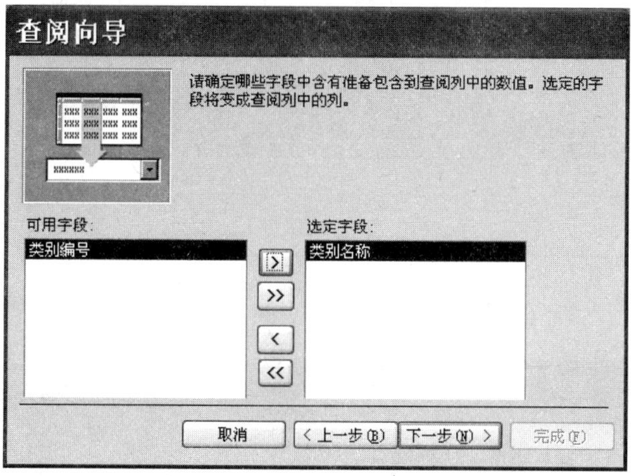

图 9-13　确定哪些字段中含有准备包含到查阅列中的数值

(5) 在打开的对话框中，选择(无)，如图 9-14 所示，然后单击“下一步”按钮。

(6) 在打开的对话框(图 9-15)中，单击“下一步”按钮。

(7) 在打开的对话框中采用默认值，如图 9-16 所示，单击“完成”按钮。

(8) 弹出“查阅向导”提示框，如图 9-17 所示，单击“是”按钮。该提示框表明，在进行查阅向导设置过程中，实际上是建立了两个表之间的关系。

(9) 保存“车位信息”并回到正常显示视图，单击“车位类型”字段，就可以打开一个下拉列表，在输入“车位类型”时，可以从中选择一种类别，结果如图 9-18 所示。

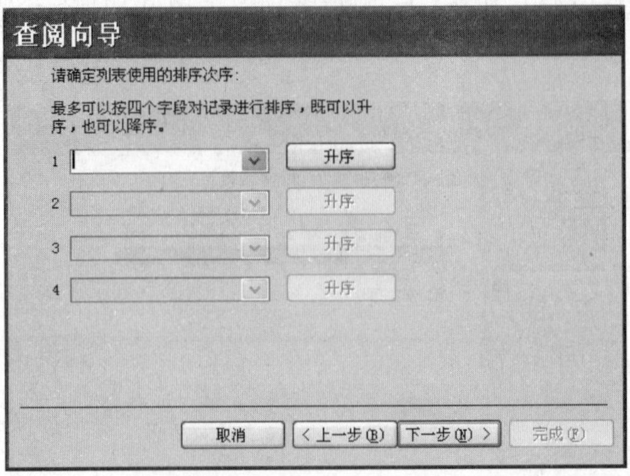

图 9-14　确定列表使用的排序次序

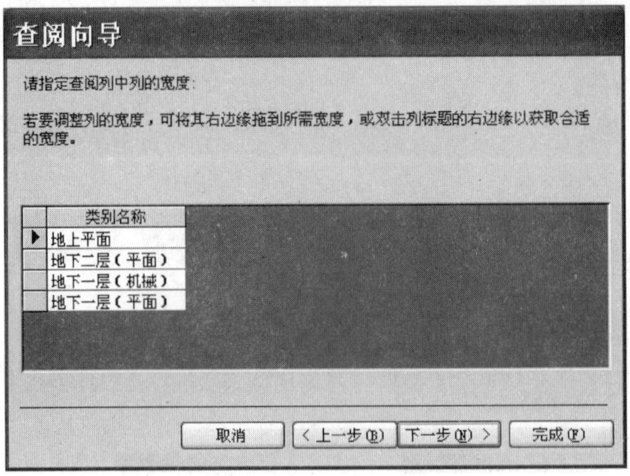

图 9-15　指定查阅列中列的宽度

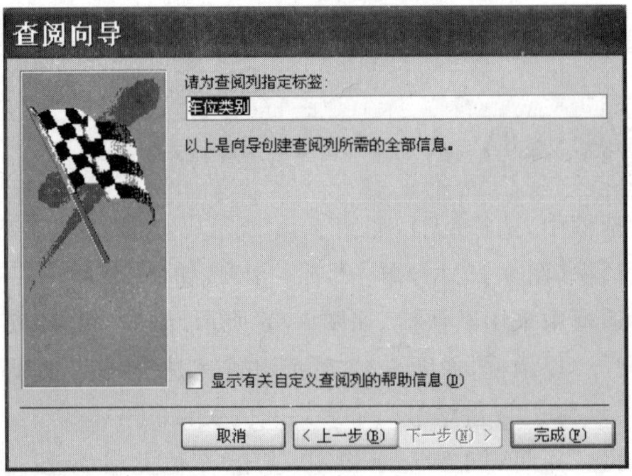

图 9-16　为查阅列指定标签

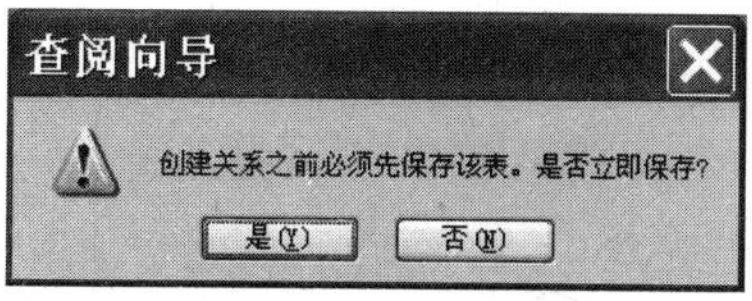

图 9-17　“查阅向导”提示框

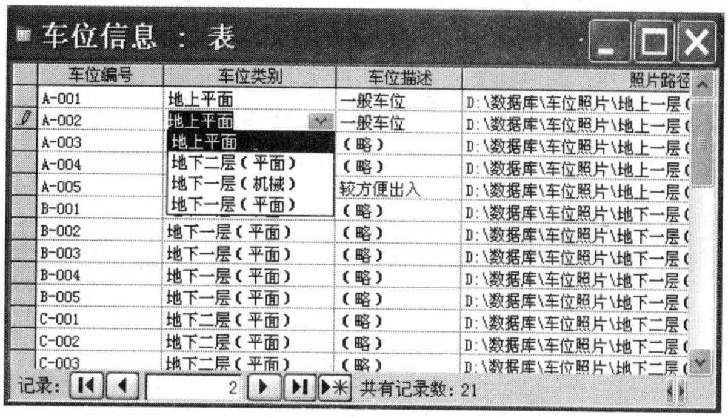

图 9-18　显示车位类别的下拉列表

三、创建关系和索引

1. 创建主键

打开“车位信息”，在表设计器中单击要作为主键的字段左边的行选择按钮。在这里选择“车位编号”字段，选择“编辑”→“主键”命令，或者右击，在弹出的快捷菜单中选择“主键”命令。这时在该字段左边的行选择器上就会出现钥匙标志，表示这个字段是主键，如图 9-19 所示。

2. 创建关系

在表中定义主键除了可以保证每条记录都能够被唯一识别以外，更重要的是在多个表之间建立关系。当数据库中包含多个表时，需要通过主表的主键和子表的外键来建立连接，使各个表能够协同工作。创建关系的设置步骤如下。

(1) 打开数据库窗口，选择“工具”→“关系”命令，或者在工具栏中单击“关系”按钮，打开“关系”编辑窗口，如图 9-20 所示。

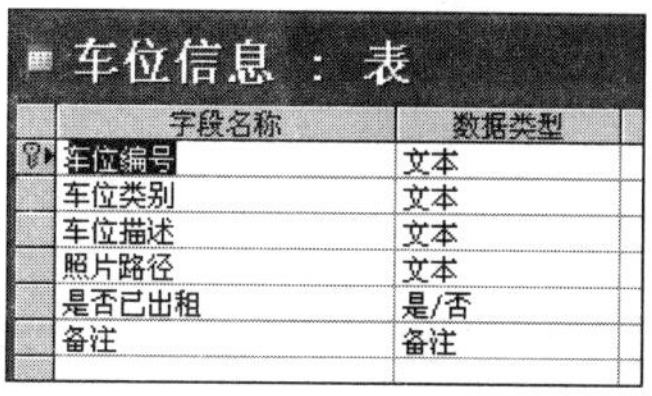

图 9-19　创建主键

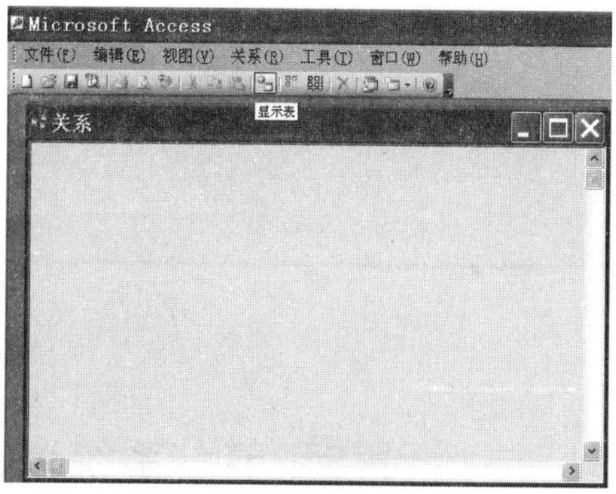

图 9-20　“关系”编辑窗口

(2) 在工具栏中，单击“显示表”按钮，打开如图 9-21 所示的对话框。

(3) 在弹出的对话框中，依次选择其余各表，单击“添加”按钮，所选择的表就会添加到关系视图中，把添加的表拖放到关系窗口的适当位置。

(4) 在建立关系时,只需要用鼠标选择“车主信息”中的“车牌号码”,拖动这个字段到“车位收费”中的“车牌号码”字段上,然后松开鼠标。这时就会弹出“编辑关系”对话框,如图 9-22 所示。直接单击“新建”按钮,这时在表的关系图中,就会在两个关联的字段之间出现一条连接线,表示创建关系成功。

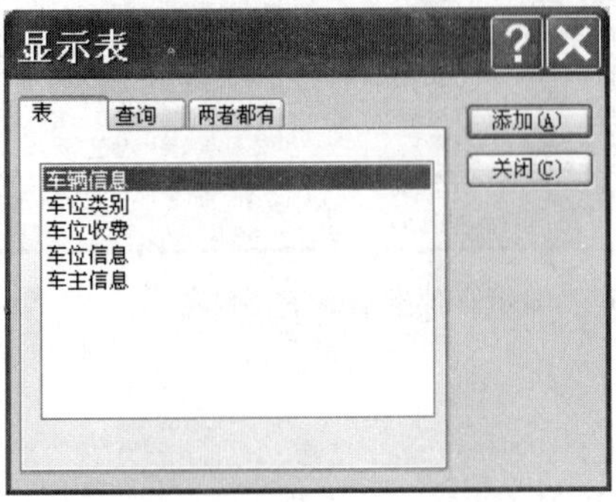

图 9-21 “显示表”对话框

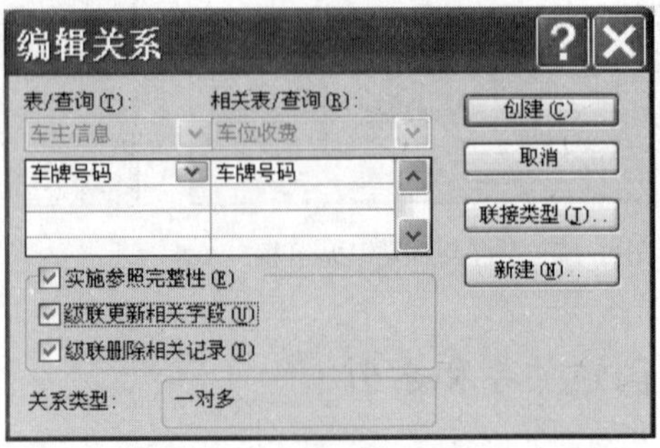

图 9-22 “编辑关系”对话框

(5) 由于选中了“实施参照完整性”复选框,则在连接字段的直线两端显示 1 和∞符号。使用同样的方法,创建其他表之间的关系。创建后的结果如图 9-23 所示。

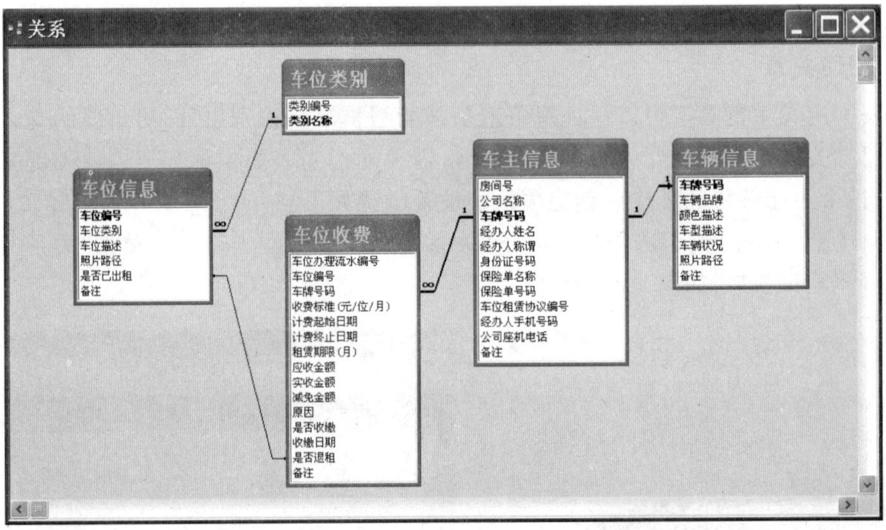

图 9-23 各表之间的关系

第四节 系统查询设计及其实现

车位租赁管理子系统中,需要创建 14 个查询,分别为“车辆信息查询数据源”、“车主信息查询数据源”、“车位收费查询数据源”、“车位收费通知单”、“车位信息_交叉表”、“车位信息 合计_交叉表”、“车位信息 未出租_交叉表”、“车位信息 已出租_交叉表”、“车位信息查询数据源”、“车主信息查询数据源”、“弹出计费终止日期明细”、“计算车位收费金额”、“空车位查询数据源”和“未缴费明细”。

其中“车主信息查询数据源”和“车辆信息查询数据源”是用来作为“车主车辆信息综合管理查询”窗体的数据源；“车位收费查询数据源”和“车位信息查询数据源”是用来作为“车位收费信息综合管理查询”窗体的数据源；“车位收费通知单”是作为“车位收费通知单”的数据源；“车位信息 合计_交叉表”、“车位信息 未出租_交叉表”和“车位信息 已出租_交叉表”是用来作为“维护窗体：车位信息”窗体的数据源；“计算车位收费金额”是用来作为“维护窗体：车位收费”窗体中“计算月份”、“计算金额”按钮的数据源；“空车位查询数据源”是用来作为“维护窗体：车位信息”窗体中“查询空车位信息”按钮的数据源；“弹出计费终止日期明细”是用来作为“提示信息”窗体中“查询明细”的数据源；“未缴费明细”是用来作为“提示信息”窗体中“查询明细”的数据源。具体创建步骤如下。

一、创建车主信息查询数据源

与 Access 中普通的参数查询不同，这里创建的参数查询不是在查询运行时要求用户输入参数值，而是从“车主车辆信息综合管理查询”窗体上的控件中获取参数的数值。下面介绍具体的实现方法。

(1) 单击“使用向导创建查询”，打开“简单查询向导”对话框。在“表/查询”下拉列表框中选择“表：车主信息”，选中所有字段后，单击“下一步”按钮，如图 9-24 所示。

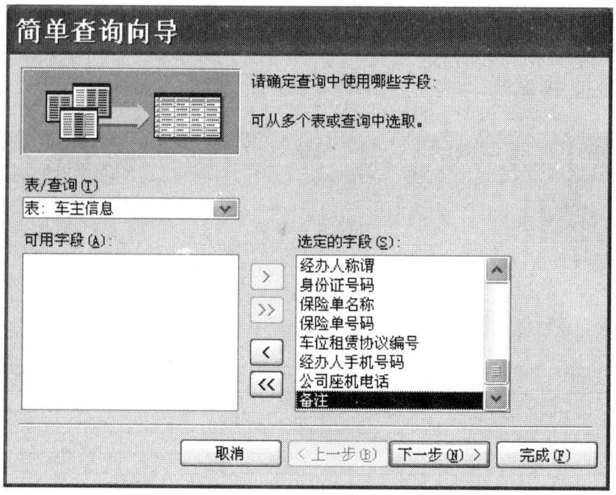

图 9-24 “简单查询向导”对话框

(2) 在打开的对话框中，输入“车主信息查询数据源”，同时选择“修改查询设计”单选按钮，单击“完成”按钮，如图 9-25 所示。

(3) 利用设计视图，打开“车主信息查询数据源”，选中“房间号”列的“条件”单元格，输入表达式“Like IIf(IsNull([Forms]! [车主车辆信息综合管理查询]! [房间号]),'*',[Forms]! [车主车辆信息综合管理查询]! [房间号])”，进行查询条件设置。

(4) 选中“公司名称”列的“条件”单元格，输入表达式“Like IIf(IsNull([Forms]! [车主车辆信息综合管理查询]! [公司名称]),'*',[Forms]! [车主车辆信息综合管理查询]! [公司名称])”，进行查询条件设置。

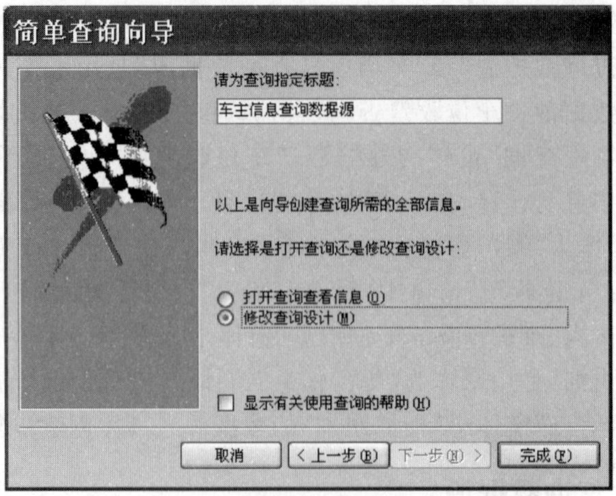

图 9-25　为查询指定标题

(5) 选中"车牌号码"列的"条件"单元格，输入表达式"Like IIf(IsNull([Forms]![车主车辆信息综合管理查询]![车牌号码]),'*',[Forms]![车主车辆信息综合管理查询]![车牌号码])"，进行查询条件设置。

(6) 选中"车位租赁协议编号"列的"条件"单元格，输入表达式"Like IIf(IsNull([Forms]![车主车辆信息综合管理查询]![协议编号]),'*',[Forms]![车主车辆信息综合管理查询]![协议编号])"，进行查询条件设置。

(7) 关闭"车主信息数据源"，结果如图 9-26 所示。

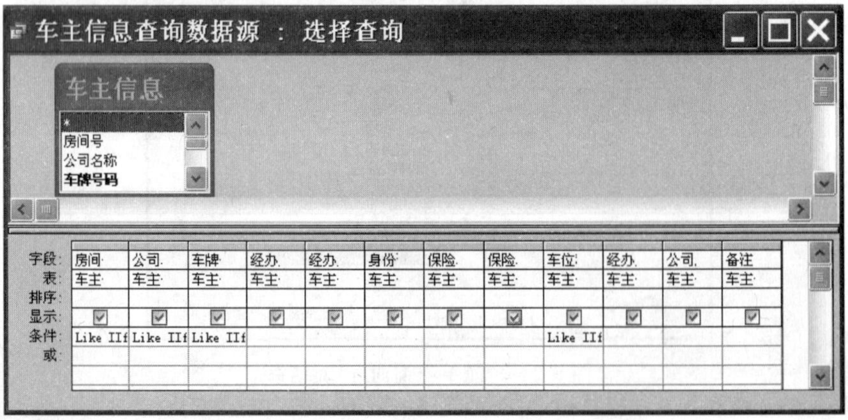

图 9-26　查询设计

二、创建车辆信息查询数据源

与"车主信息查询数据源"相同，"车辆信息查询数据源"也是从"车主车辆信息综合管理查询"窗体上的控件中获取参数的数值。下面介绍具体的实现方法。

(1) "车辆信息查询数据源"需要"使用向导创建查询"进行创建。在"请为查询指定标题"界面中，输入"车辆信息查询数据源"，同时选择"修改查询设计"单选按钮，单击

“完成”按钮，如图 9-27 所示。

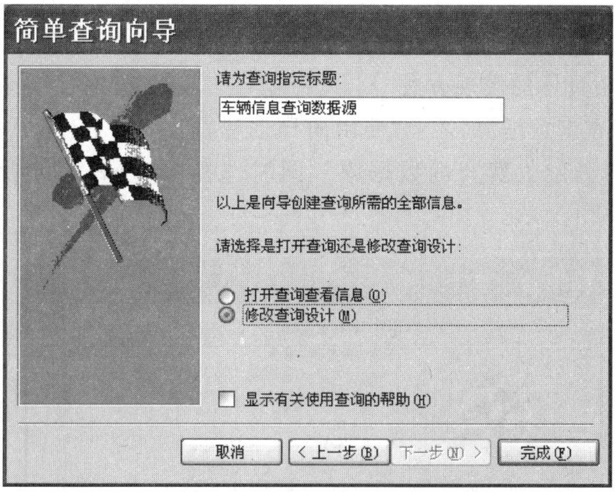

图 9-27　为查询指定标题

(2) 在“车辆信息查询数据源”查询的设计视图中，选中“车牌号码”列的“条件”单元格，并直接输入“Like IIf(IsNull([Forms]! [车主车辆信息综合管理查询]! [车牌号码]),'*',[Forms]! [车主车辆信息综合管理查询]! [车牌号码])”，进行查询条件设置。

(3) 在“车辆信息查询数据源”查询的设计视图中，选中“车辆品牌”列的“条件”单元格，并直接输入“Like IIf(IsNull([Forms]! [车主车辆信息综合管理查询]! [车辆品牌]),'*',[Forms]! [车主车辆信息综合管理查询]! [车辆品牌])”，进行查询条件设置。

(4) 在“车辆信息查询数据源”查询的设计视图中，选中“颜色描述”列的“条件”单元格，并直接输入“Like IIf(IsNull([Forms]! [车主车辆信息综合管理查询]! [颜色描述]),'*',[Forms]! [车主车辆信息综合管理查询]! [颜色描述])”，进行查询条件设置。

(5) 关闭“车辆信息查询数据源”，创建结果如图 9-28 所示。

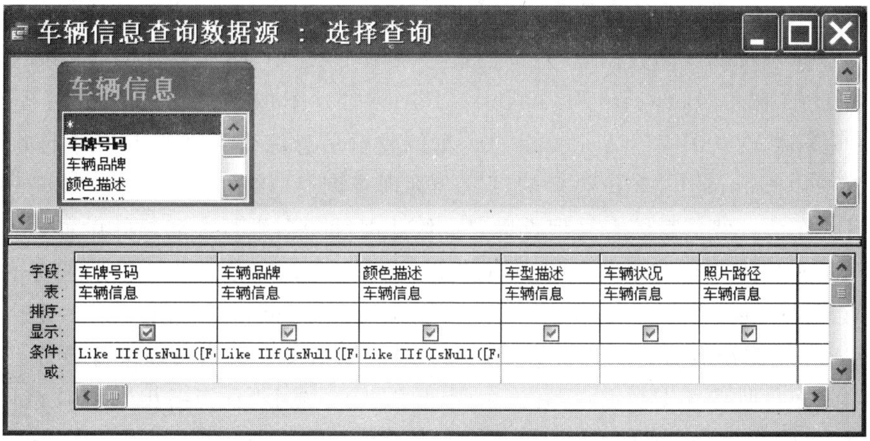

图 9-28　查询设计

三、创建车位收费查询数据源

“车位收费查询数据源”也是从“车位收费信息综合管理查询”窗体上的控件中获取参数的数值。下面介绍具体的实现方法。

（1）“车位收费查询数据源”需要“使用向导创建查询”进行创建。在“请为查询指定标题”界面中，输入“车位收费查询数据源”，同时选择“修改查询设计”单选按钮，单击“完成”按钮，如图 9-29 所示。

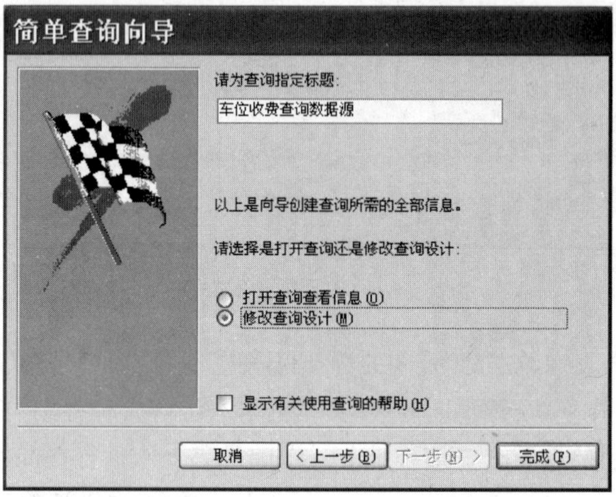

图 9-29　为查询指定标题

（2）在“车位收费查询数据源”查询的设计视图中，选中“车位编号”列的“条件”单元格，并直接输入“Like IIf(IsNull([Forms]! [车位收费信息综合管理查询]! [车位编号]),'*',[Forms]! [车位收费信息综合管理查询]! [车位编号])”，进行查询条件设置。

（3）在“车位收费查询数据源”查询的设计视图中，选中“车位编号”列的“条件”单元格，并直接输入“Like IIf(IsNull([Forms]! [车位收费信息综合管理查询]! [车牌号码]),'*',[Forms]! [车位收费信息综合管理查询]! [车牌号码])”，进行查询条件设置。

（4）在“车位收费查询数据源”查询的设计视图中，选中“计费终止日期”列的“条件”单元格，并直接输入“Between IIf(IsNull([Forms]! [车位收费信息综合管理查询]! [起始时间]),#2000-01-01#,[Forms]! [车位收费信息综合管理查询]! [起始时间]) And IIf(IsNull([Forms]! [车位收费信息综合管理查询]! [终止时间]),#2097-10-31#,[Forms]! [车位收费信息综合管理查询]! [终止时间])”，进行查询条件设置。

（5）在“车位收费查询数据源”查询的设计视图中，选中“是否收缴”列的“条件”单元格，并直接输入“Like IIf(IsNull([Forms]! [车位收费信息综合管理查询]! [已缴费]),'*',[Forms]! [车位收费信息综合管理查询]! [已缴费])”，进行查询条件设置。

（6）在“车位收费查询数据源”查询的设计视图中，选中“是否退租”列的“条件”单元格，并直接输入 No，进行查询条件设置。

（7）关闭“车位收费查询数据源”，创建结果如图 9-30 所示。

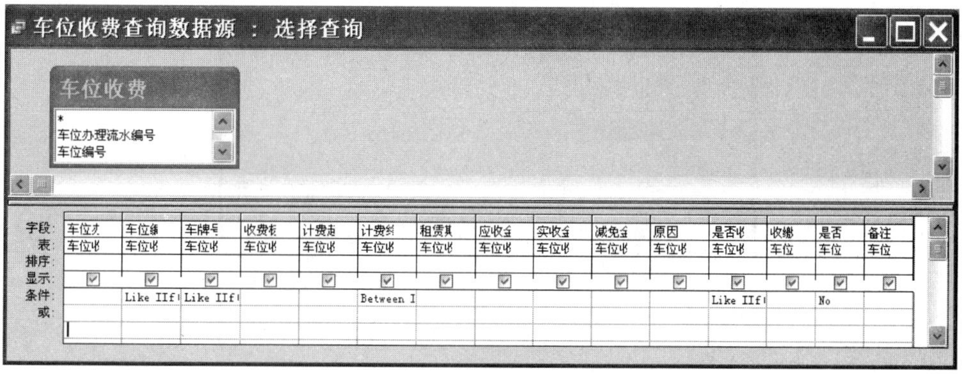

图 9-30　查询设计

四、创建车位信息查询数据源

"车位信息查询数据源"也是从有关窗体"车位收费信息综合管理查询"窗体上的控件中获取参数的数值。下面介绍具体的实现方法。

(1)"车位信息查询数据源"需要"使用向导创建查询"进行创建。在"请为查询指定标题"界面中,输入"车位信息查询数据源",同时选择"修改查询设计"单选按钮,单击"完成"按钮,如图 9-31 所示。

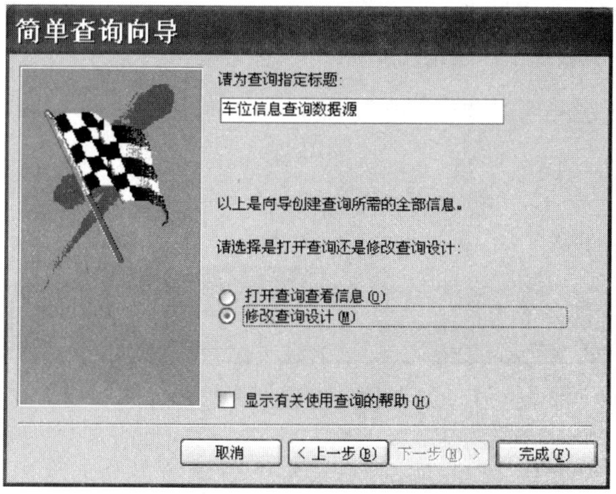

图 9-31　为查询指定标题

(2) 在"车位信息查询数据源"查询的设计视图中,选中"车位编号"列的"条件"单元格,输入表达式"Like IIf(IsNull([Forms]! [车位收费信息综合管理查询]! [车位编号]),'*',[Forms]! [车位收费信息综合管理查询]! [车位编号])",进行查询条件设置。

(3) 关闭"车位信息查询数据源",如图 9-32 所示。

五、创建弹出计费终止日期明细

为了在"提示信息"窗体中显示即将到期车位信息,需要创建"弹出计费终止日期明

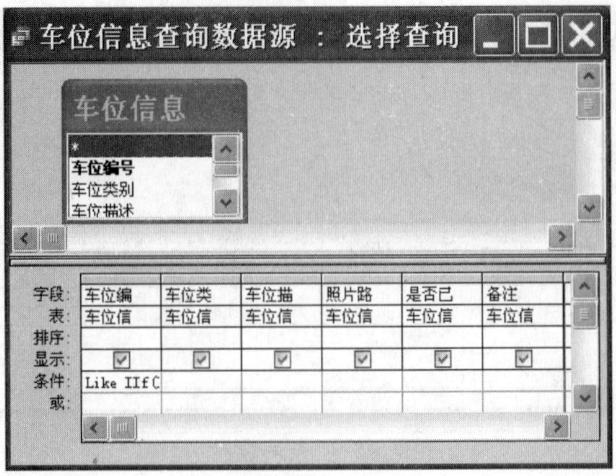

图 9-32 查询设计

细”,其属于 Access 中的普通参数查询,创建方法比较简单。具体的实现方法如下。

(1) 单击“使用向导创建查询”,打开“简单查询向导”对话框。在“表/查询”下拉列表框中选中“表:车位收费”,选中所有字段后,单击“下一步”按钮,如图 9-33 所示。

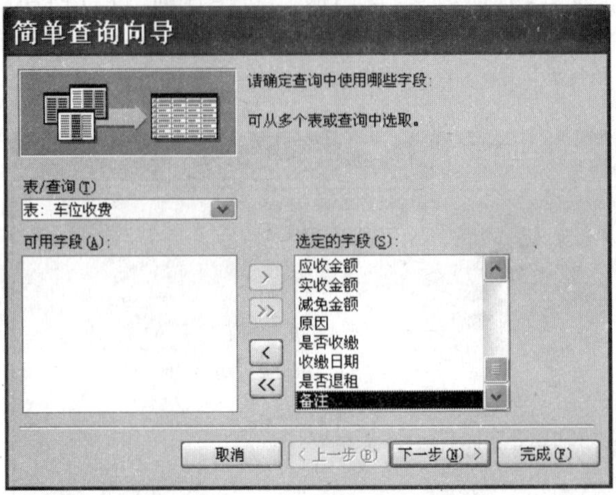

图 9-33 “简单查询向导”对话框

(2) 在打开的对话框中,选择“明细(显示每个记录的每个字段)”单选按钮,并再次单击“下一步”按钮,如图 9-34 所示。

(3) 在打开的对话框中,输入“弹出计费终止日期明细”,同时选择“修改查询设计”单选按钮,单击“完成”按钮,如图 9-35 所示。

(4) 利用设计视图,打开“弹出计费终止日期明细”,选中“计费终止日期”列的“条件”单元格,输入表达式“Between Date() And(Date()+30)”,进行查询条件设置。

(5) 利用设计视图,打开“弹出计费终止日期明细”,选中“是否退租”列的“条件”单元格,输入表达式 No,进行查询条件设置。

(6) 关闭“弹出计费终止日期明细”,结果如图 9-36 所示。

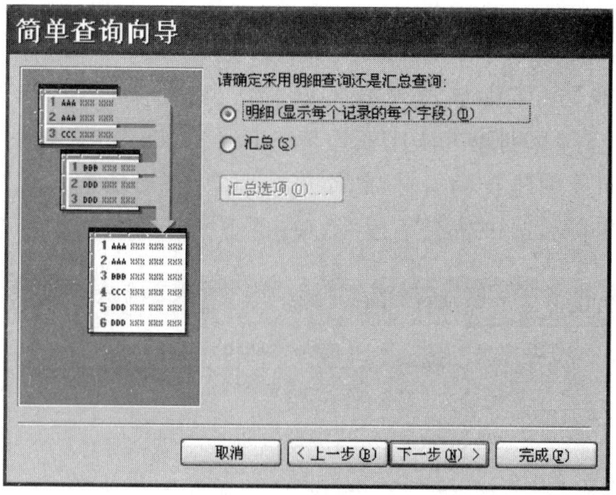

图 9-34　确定采用明细查询还是汇总查询

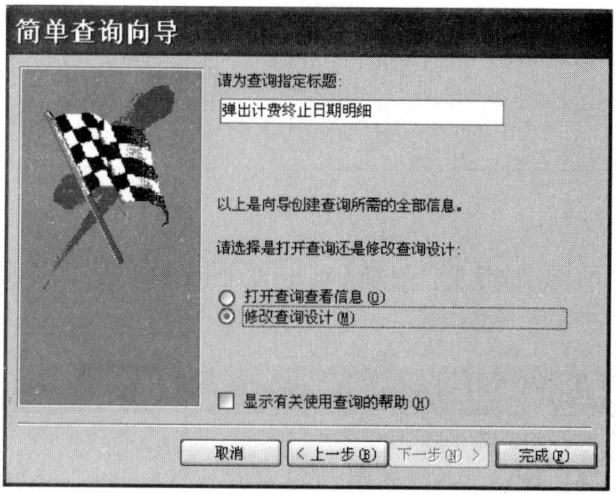

图 9-35　为查询指定标题

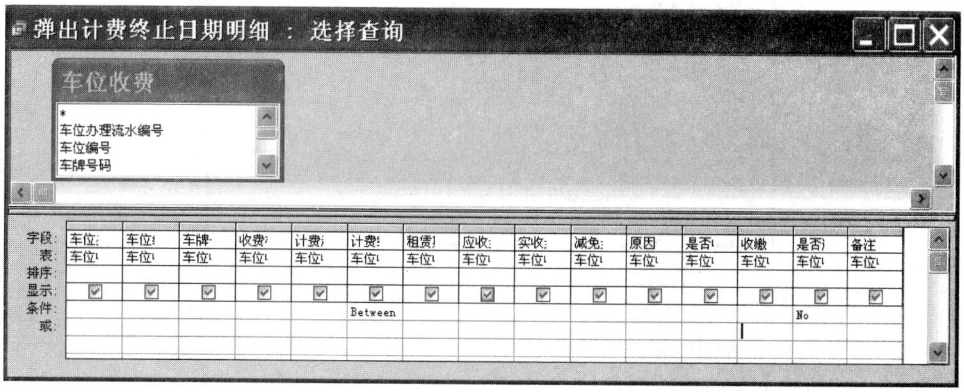

图 9-36　查询设计

六、创建未缴费明细

为了在“提示信息”窗体中显示未缴车位费信息，需要创建“未缴费明细”，其属于Access中的普通参数查询，创建方法比较简单。具体的实现方法如下。

(1) 单击“使用向导创建查询”，打开“简单查询向导”对话框。在“表/查询”下拉列表框中选中“表：车位收费”，选中所有字段后，单击“下一步”按钮，如图9-37所示。

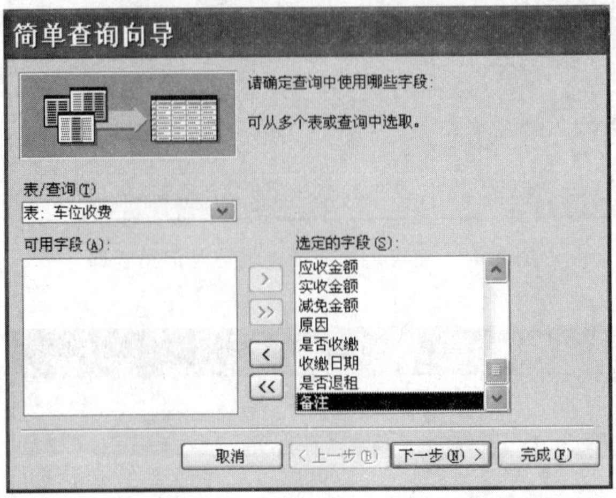

图9-37 “简单查询向导”对话框

(2) 在打开的对话框中，选择“明细(显示每个记录的每个字段)”单选按钮，单击“下一步”按钮，如图9-38所示。

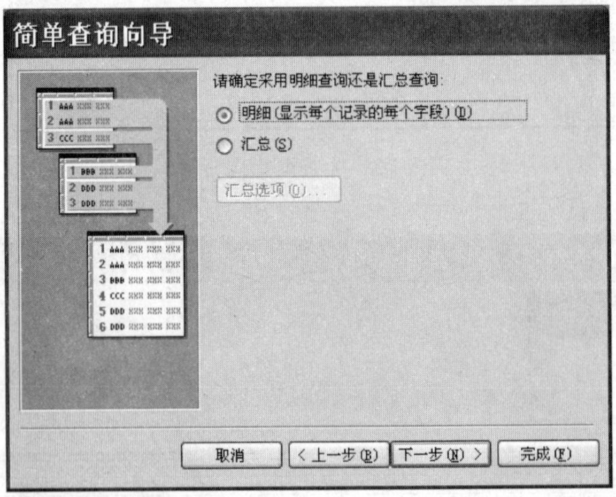

图9-38 “简单查询向导”对话框

(3) 在打开的对话框中，输入“未缴费明细”，同时选择“修改查询设计”单选按钮，单击“完成”按钮，如图9-39所示。

(4) 利用设计视图，打开“未缴费明细”，选中“是否收缴”列的“条件”单元格，输入表

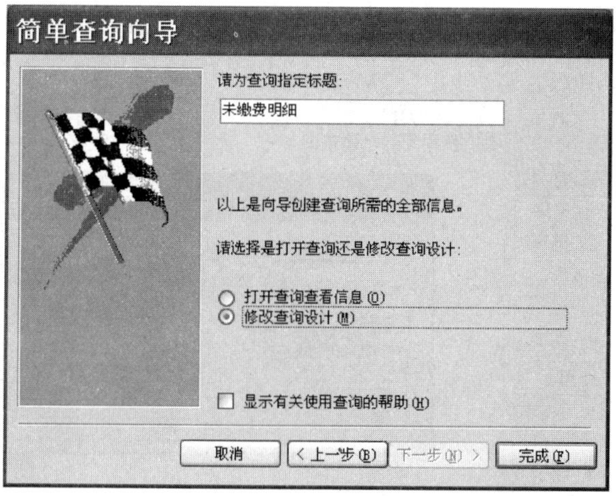

图 9-39　为查询指定标题

达式 No,进行查询条件设置。

(5) 利用设计视图,打开"未缴费明细",选中"是否退租"列的"条件"单元格,输入表达式 No,进行查询条件设置。

(6) 关闭"未缴费明细",结果如图 9-40 所示。

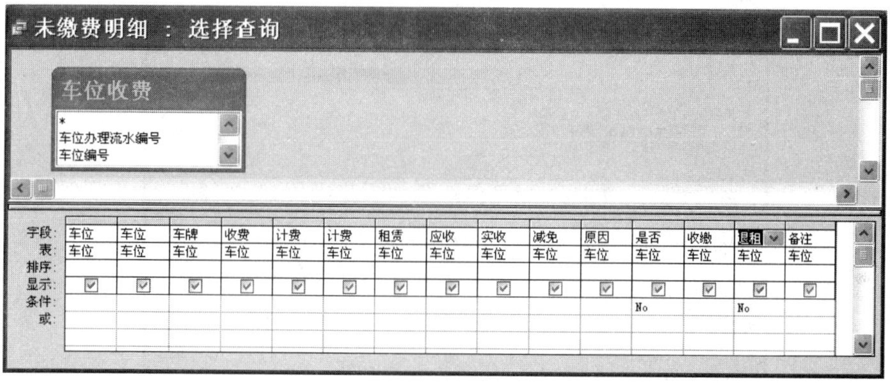

图 9-40　查询设计

七、创建车位信息主交叉表

为了宏观掌握租赁车位的可出租情况以及各层车位的可出租、已出租分布数量,物业服务企业需要分析租赁车位的各种数据。例如,按车位类别进行分析查询等都是为了给分析租赁车位提供数据源的。以上的查询属于交叉表查询,使用交叉表查询可以计算并重新组织数据的结构,这样可以更加方便地分析数据。下面以创建车位信息交叉表为例,介绍交叉表查询的创建步骤和方法。

(1) 在数据库窗口中,选择"查询"选项,打开"查询"窗口。然后单击"新建"按钮,打开"新建查询"对话框。选中"交叉表查询向导",单击"确定"按钮,如图 9-41 所示。

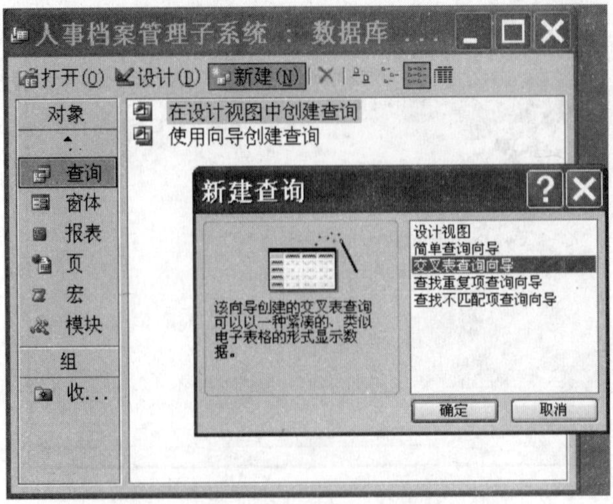

图 9-41 “新建查询”对话框

(2) 在打开的“交叉表查询向导”对话框中，选择“表：车位信息”选项，然后单击“下一步”按钮，如图 9-42 所示。

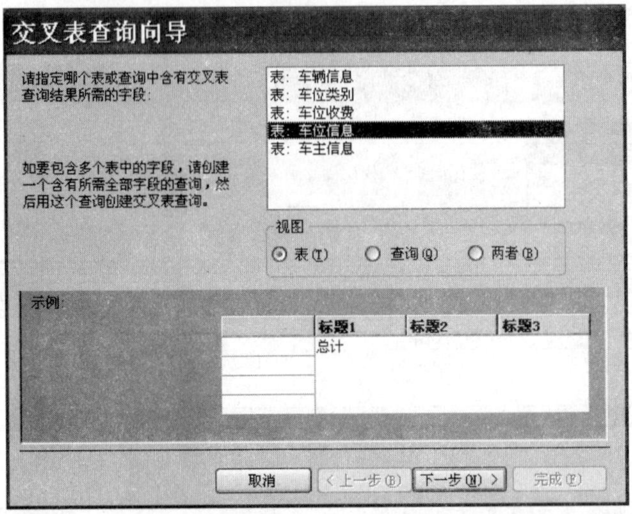

图 9-42 指定哪个表或查询中含有交叉表查询结果所需的字段

(3) 在打开的对话框中，双击“车位类别”选项，然后单击“下一步”按钮，如图 9-43 所示。

(4) 在打开的对话框中，单击“是否已出租”字段，然后单击“下一步”按钮，如图 9-44 所示。

(5) 在打开的对话框中，在“函数”列表框中单击“计数”选项，然后单击“下一步”按钮，如图 9-45 所示。

(6) 在打开的对话框中采用默认值，然后单击“完成”按钮，如图 9-46 所示。

(7) 打开“车位信息_交叉表”视图，如图 9-47 所示。

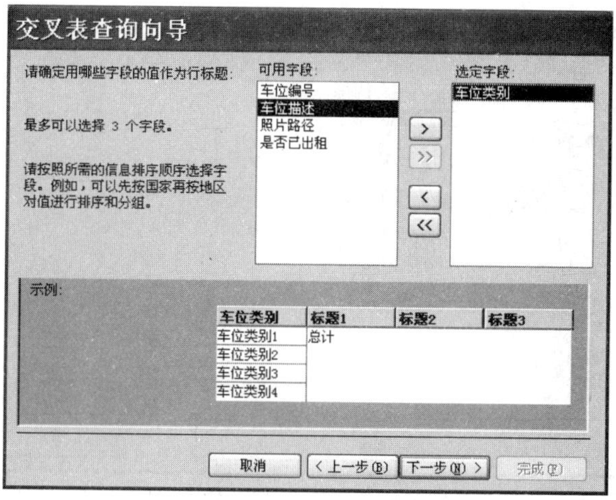

图 9-43　确定用哪些字段的值作为行标题

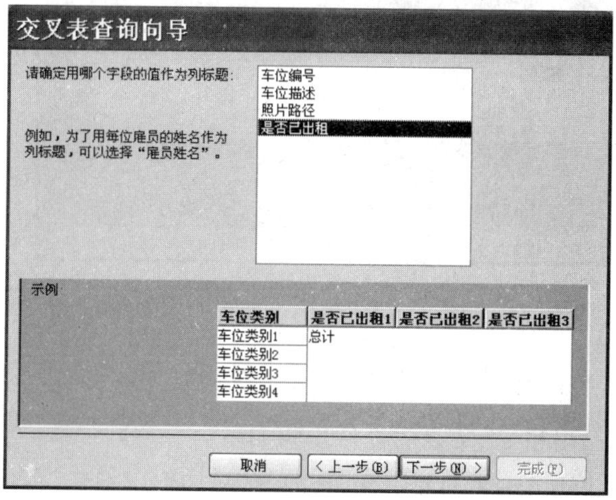

图 9-44　确定用哪个字段的值作为列标题

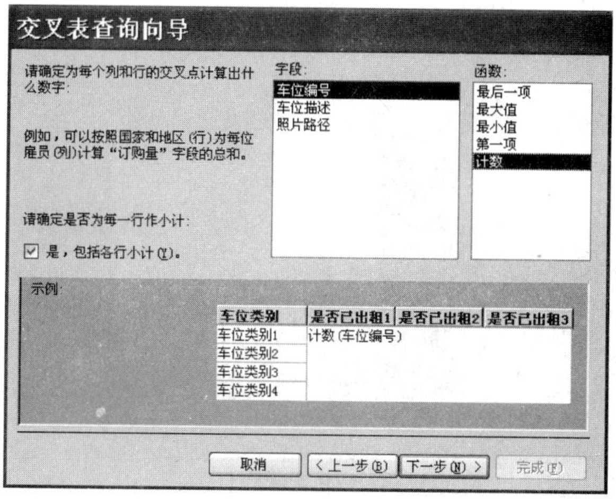

图 9-45　确定为每个列和行的交叉点计算出什么数字

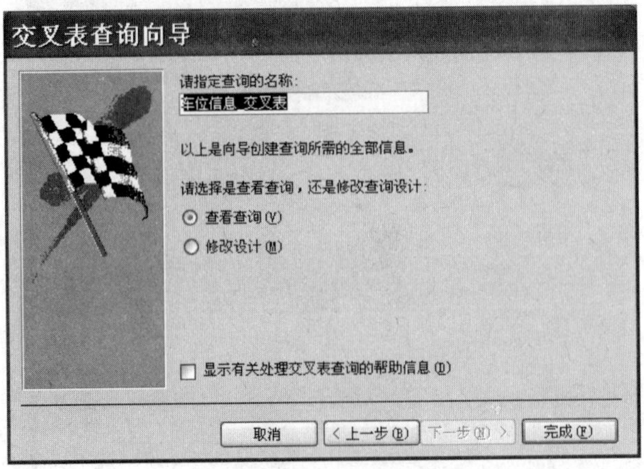

图 9-46　指定查询的名称

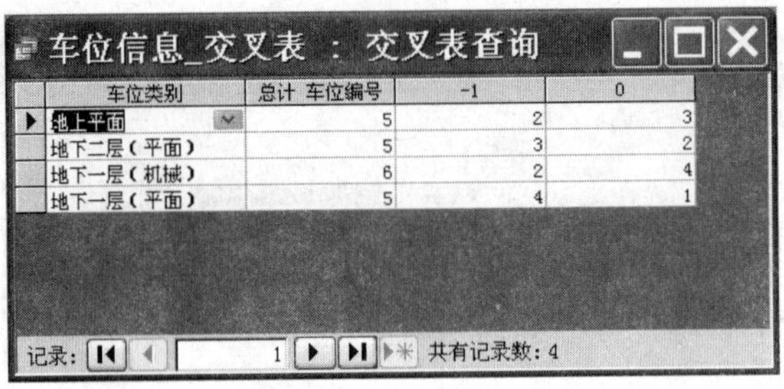

图 9-47　查询设计视图

八、创建车位信息　已出租_交叉表

创建车位信息　已出租_交叉表的操作步骤如下。

(1) 复制粘贴“车位信息_交叉表”，在“粘贴为”对话框中输入“车位信息　已出租_交叉表”。

(2) 打开“车位信息　已出租_交叉表”视图，在标题为“总计　车位编号”的列上，右击，选择“隐藏列”命令，如图 9-48 所示。

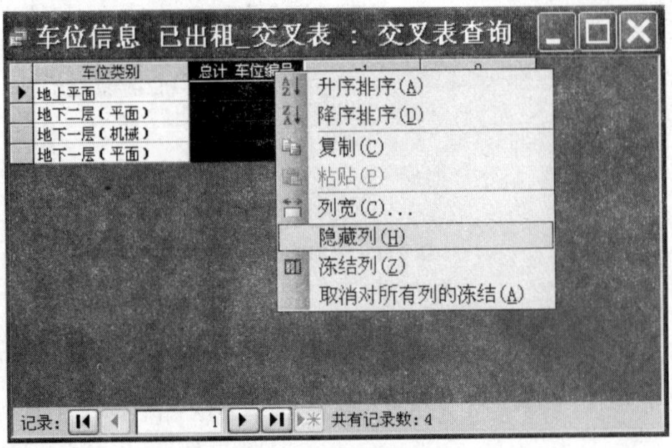

图 9-48　查询隐藏列

(3) 打开"车位信息　已出租_交叉表"视图，在标题为 0 的列上，右击，选择"隐藏列"命令，结果如图 9-49 所示。"车位信息　已出租_交叉表"作为生成"管理驾驶舱"中"已出租车位比例及数量"图的数据源。

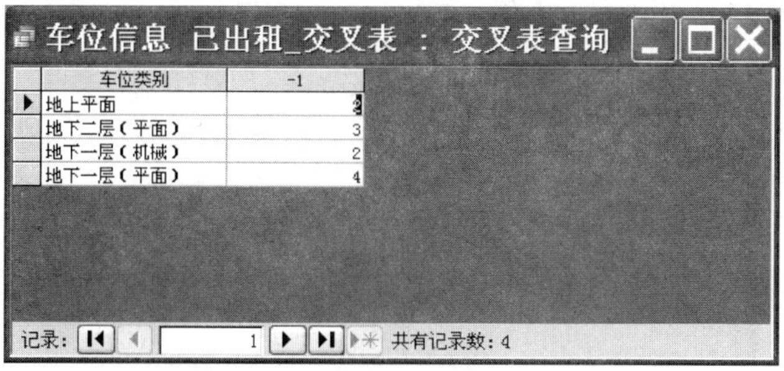

图 9-49　"车位信息　已出租_交叉表"视图

(4) 采用同样的方法，可以创建"车位信息　未出租_交叉表"和"车位信息　合计_交叉表"，结果分别如图 9-50 和图 9-51 所示。

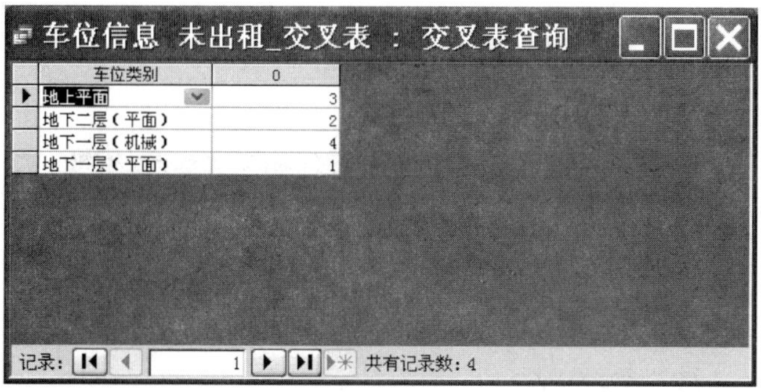

图 9-50　"车位信息　未出租_交叉表"视图

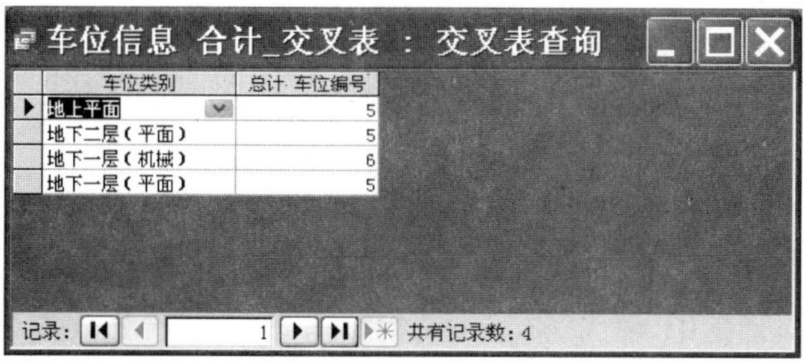

图 9-51　"车位信息　合计_交叉表"视图

九、创建空车位查询数据源

为了在"维护窗体：车位信息"窗体中的"查询空车位信息"按钮显示相应空置车位的信息资料及图片，需要创建"空车位查询数据源"，其属于 Access 中的普通参数查询，创建方法比较简单。具体的实现方法如下。

(1) 单击“使用向导创建查询”,打开“简单查询向导”对话框。在“表/查询”下拉列表框中选择“表：车位信息”,选中所有字段后,单击“下一步”按钮,如图 9-52 所示。

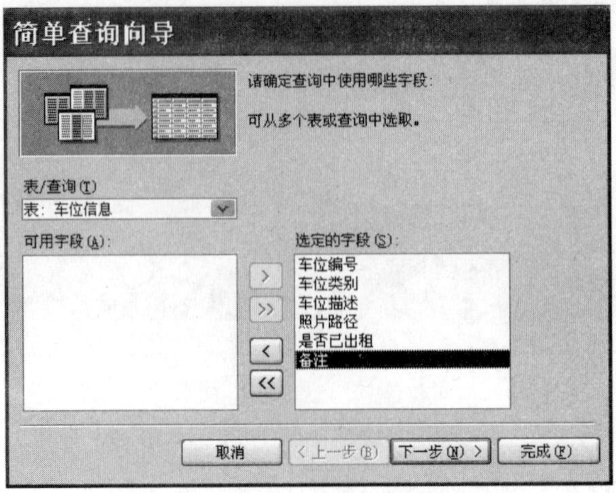

图 9-52 “简单查询向导”对话框(1)

(2) 在打开的对话框中,选择“明细(显示每个记录的每个字段)”单选按钮,单击“下一步”按钮,如图 9-53 所示。

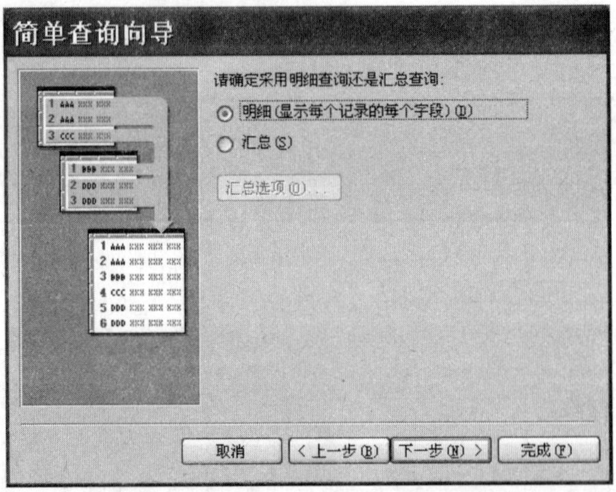

图 9-53 “简单查询向导”对话框(2)

(3) 在打开的对话框中,输入“空车位查询数据源”,选择“修改查询设计”单选按钮,单击“完成”按钮,如图 9-54 所示。

(4) 利用设计视图,选中“是否已出租”列的“条件”单元格,输入 0,进行查询条件设置。

(5) 关闭“空车位查询数据源”,如图 9-55 所示。

十、创建计算车位收费金额

为了在“维护窗体：车位收费”窗体中实现“租赁期限(月)”和“应收金额”的自动计

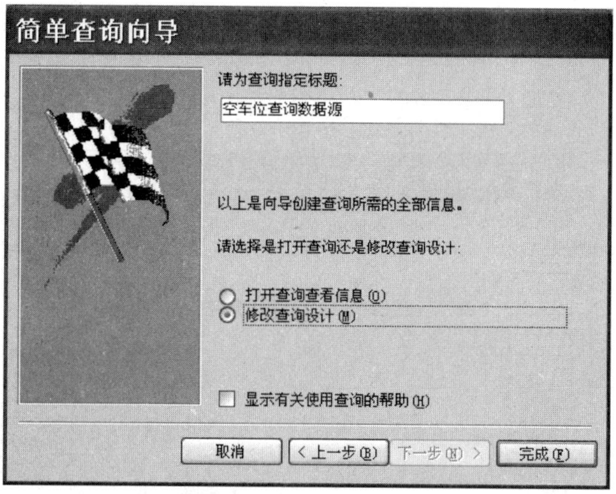

图 9-54　为查询指定标题

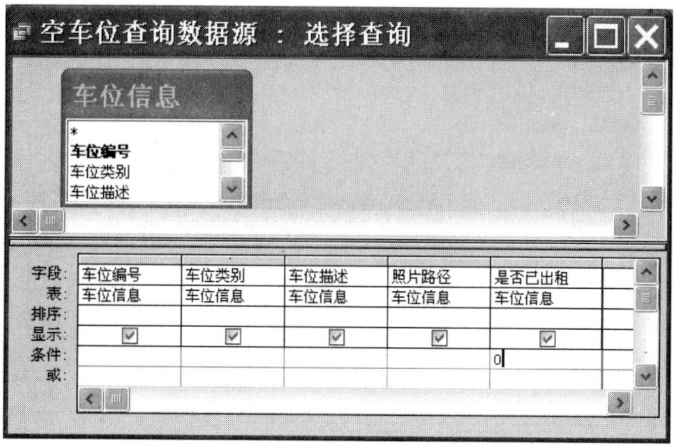

图 9-55　查询设计

算，需要创建“计算车位收费金额”，其属于 Access 中的更新查询。具体的实现方法如下。

(1) 双击“在设计视图创建查询”，打开“显示表”对话框，选中“表”选项卡中的“车位收费”字段(图 9-56)，单击“添加”按钮，之后单击“关闭”按钮。

(2) 打开查询设计视图，选择“查询”→“更新查询”命令，并在查询设计视图下边的“字段：”中选择“租赁期限(月)”字段，在“表：”中选择“车位收费”，并在“更新到：”中输入“([计费终止日期]－[计费起始日期])/30”。再选择新的一列，在“字段：”中选择“应收金额”，在“表：”中选择“车位收费”，并在“更新到：”中输入“[收费标准(元/位/月)]*[租赁期限(月)]”，关闭查询设计视图，在“查询名称”中输入“计算车位收费金额”，如图 9-57 所示。

(3) 保存后，双击“计算车位收费金额”，打开查询的数据表视图，可以看到查询的创建结果，单击“是”按钮(图 9-58)，开始执行追加查询，检查正确无误后保存。

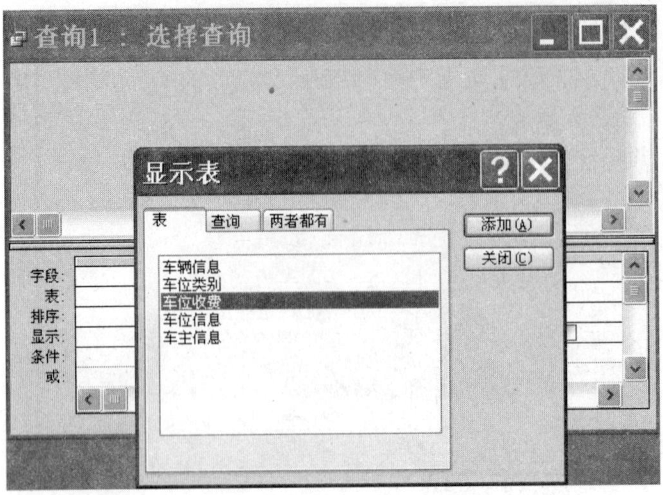

图 9-56 “显示表”对话框

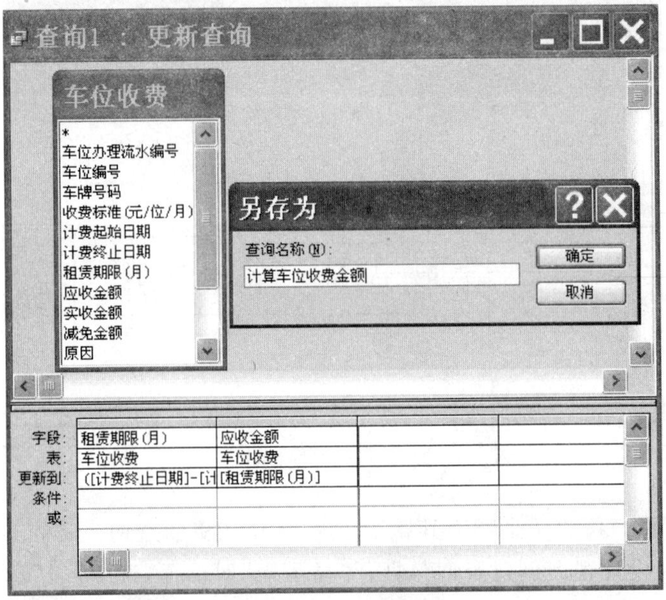

图 9-57 查询设计视图

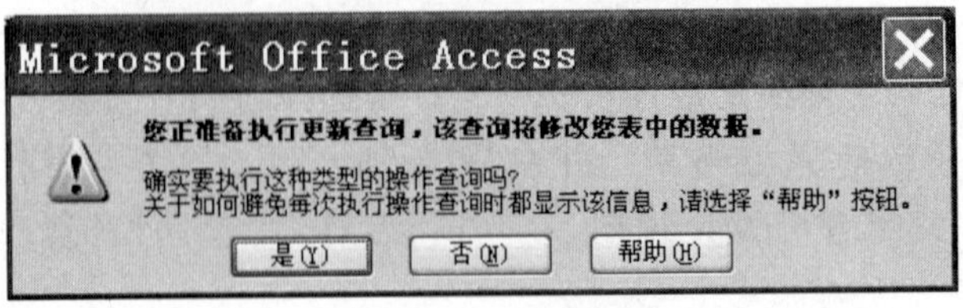

图 9-58 提示框

十一、创建车位收费通知单

按照车位租赁服务业务办理流程，在进行完“录入车位信息”、“录入车辆信息”以及“录入收费信息”工作后，需要由子系统自动生成对应的“车位收费通知单”，并根据指定的“车位办理流水编号”打印输出。因此，需要创建“车位收费通知单”，其属于 Access 中的普通参数查询，创建方法比较简单。具体的实现方法如下。

(1) 单击“使用向导创建查询”，打开“简单查询向导”对话框。在“表/查询”下拉列表框中选择“表：车位收费”选项，选中所有字段后，单击“下一步”按钮，如图 9-59 所示。

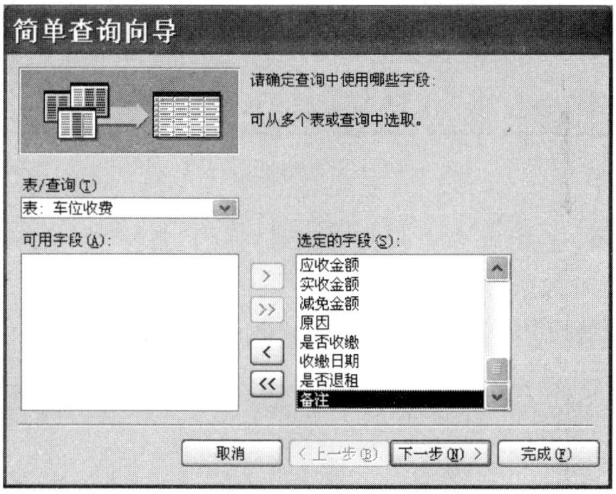

图 9-59　“简单查询向导”对话框(1)

(2) 在打开的对话框中，选择“明细(显示每个记录的每个字段)”单选按钮，单击“下一步”按钮，如图 9-60 所示。

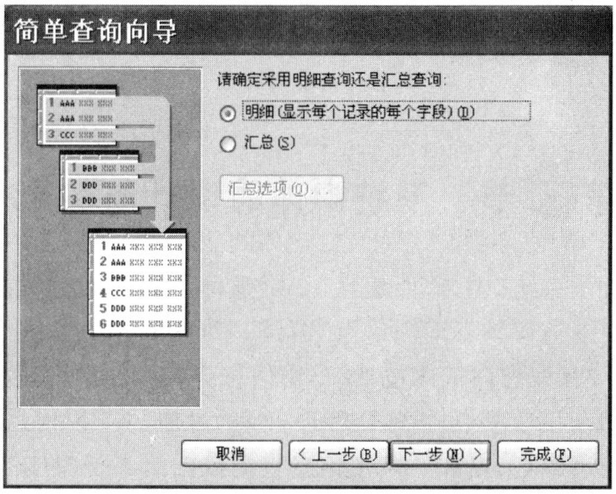

图 9-60　“简单查询向导”对话框(2)

(3) 在打开的对话框中，输入“车位收费通知单”，选择“修改查询设计”单选按钮，单击“完成”按钮，如图 9-61 所示。

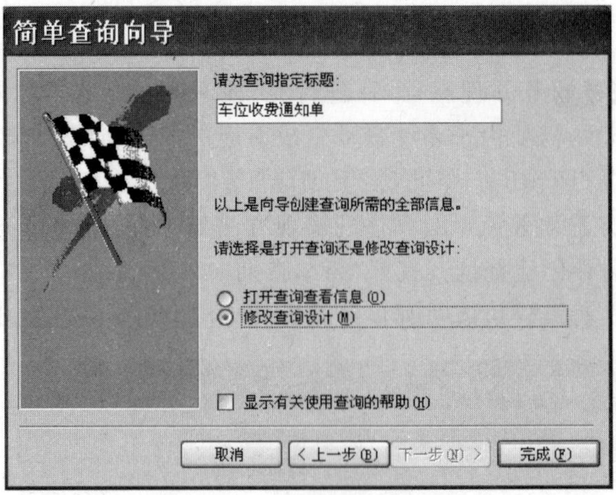

图 9-61　为查询指定标题

(4) 利用设计视图,选中"车位办理流水编号"列的"条件"单元格,输入"[请输入车位办理流水编号]",进行查询条件设置。

(5) 关闭"车位收费通知单",结果如图 9-62 所示。

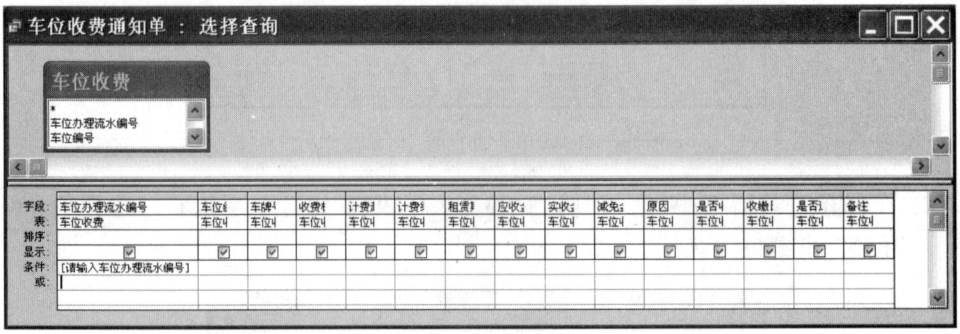

图 9-62　查询设计

第五节　系统窗体的设计与实现

在"车位租赁管理子系统"中,需要建立 19 个窗体。其中数据维护窗体包括"维护窗体: 车主信息"窗体、"维护窗体: 车辆信息"窗体、"维护窗体: 车位信息"窗体、"维护窗体: 车位收费"窗体等;有关查询窗体包括"车辆信息查询数据源"窗体、"车位收费查询数据源　子窗体"窗体、"车位收费信息综合管理查询"窗体、"车位信息查询数据源"窗体、"车主车辆信息综合管理查询"窗体、"车主信息查询数据源　子窗体"窗体等;其他有关窗体包括"开机"窗体、"导航面板"窗体、"提示信息"窗体、"已出租"窗体、"未出租"窗体、"合计"窗体、"空车位查询数据源"窗体、"显示空车位图片"窗体、"显示空车位图片数据源"窗体等,以提供基本的数据编辑和管理功能。

在窗体设计过程中,需要在数据库中处理图片。把图片放进数据库,图片的格式最好是.bmp，这样就可以在窗体上显示出来，不过这样数据库的体积会暴增。不把照片放入数据库，只把照片的路径保存到数据库中，动态加载，这样可以支持很多种图片格式，做法是在窗体上放一个图像控件。

一、创建“车主车辆信息综合管理查询”窗体

“车主车辆信息综合管理查询”窗体是车位租赁管理子系统中比较重要的窗体。通过它可以实现对所有车主车辆信息按“房间号”、按“公司名称”、按“车牌号码”、按“颜色描述”、按“车辆品牌”、按“协议编号”等信息进行查询。“车主车辆信息综合管理查询”是一种多项查询窗体，属于交互式多参数的查询窗体。其参数的设计和实现是不能使用 Access 提供的参数查询实现的，必须使用 VBA 代码实现，具体实现的代码将在本章第八节介绍。

另外，“车主车辆信息综合管理查询”窗体是一种主子窗体的复杂形式，也就是在查询窗体中还嵌入子窗体，其子窗体是分别以“车辆信息查询数据源”和“车主信息查询数据源”为数据源所创建的窗体。

1. 添加窗体页眉/页脚

创建“车主车辆信息综合管理查询”窗体必须在窗体设计视图中实现。创建的步骤如下。

(1) 在数据库窗口的“对象”列表中，选择“窗体”选项，然后单击“在设计视图中创建窗体”图标，打开新建窗体的设计视图。

(2) 选择“视图”→“窗体页眉/页脚”命令，在窗体设置视图中，除了主体节之外，增加了窗体页眉/页脚节，如图 9-63 所示。

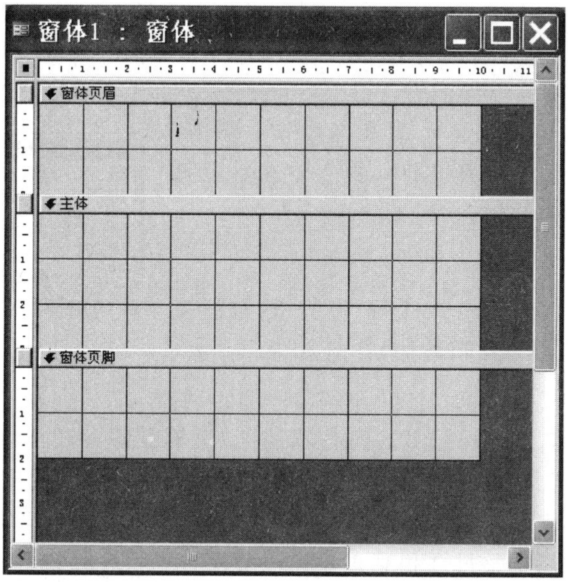

图 9-63 增加了窗体页眉/页脚后的窗体视图

(3) 窗体节的高度和宽度都是可以调整的，只需要用鼠标选中分节标志，当鼠标指针

变成双箭头形状后，上下拖动就可以调整高度，如图 9-64 所示。若要增加节的宽度，则把鼠标指针放在节的右边界，当出现左右双箭头后，拖动鼠标就可以调整宽度。

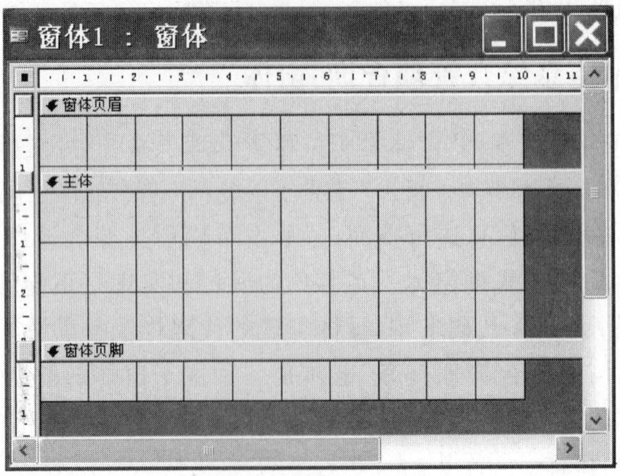

图 9-64　调整节的高度

(4) 使用工具箱中的“标签”，为窗体在窗体页眉中添加标题“车主车辆信息综合管理查询”。

2. 添加命令按钮

添加命令按钮的操作步骤如下。

(1) 在工具箱中，单击(控件向导)按钮，取消控件向导，单击(选项组)按钮，添加“命令按钮”。

(2) 在窗体主体节中，单击(命令按钮)按钮，在矩形框内依次添加“查询”、“清除”、“车主信息”和“车辆信息”4 个命令按钮(不使用命令按钮向导)，完成后保存窗体。

(3) 使用对齐和排列控件的方法，把 4 个命令按钮均匀排列，均匀分布。“查询”和“清除”按钮的具体实现代码将在本章第八节中介绍；“车主信息”和“车辆信息”涉及的打印报表将在本章第六节中介绍。设置后的结果，如图 9-65 所示。

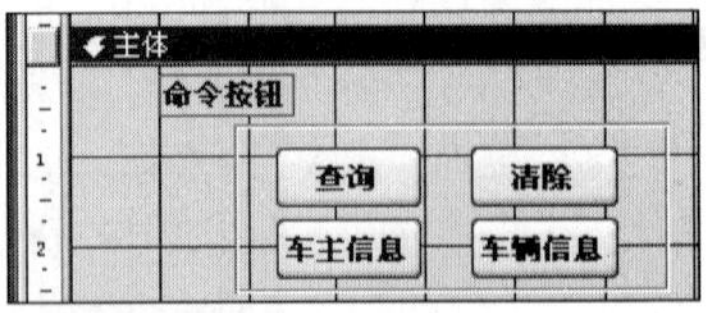

图 9-65　创建命令按钮

3. 添加文本框

(1) 在工具箱中，单击(控件向导)按钮，取消控件向导，单击(选项组)按钮，添加“查询条件”。

(2) 使用文本框控件，在矩形区域内添加一组文本框，然后分别命名文本框的名称为“房间号”、“公司名称”、“车牌号码”、“颜色描述”、“车辆品牌”和“协议编号”。注意，在窗体视图中，并不能看到文本框的名称和组合框的名称或标题，看到的只是标签的标题。

(3) 在窗体页眉中添加一个文本框，其显示名称为“日期”，文本框名称为“今天”，用于显示当前日期。最后调整排列和对齐方式。设置的最后效果如图 9-66 所示。

4. 设置“今天”文本框的数据源和格式

设置“今天”文本框的数据源和格式的操作步骤如下。

(1) “今天”文本框用于在打开窗体后显示当前的日期。双击“今天”文本框，打开日

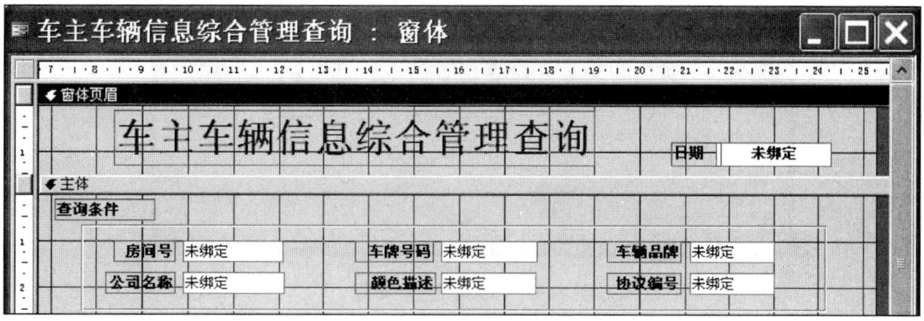

图 9-66　在窗体上设置控件后的结果

期属性对话框。选择“全部”选项卡，在“格式”属性栏中，单击右侧的下拉按钮，选择“长日期”，如图 9-67 所示。

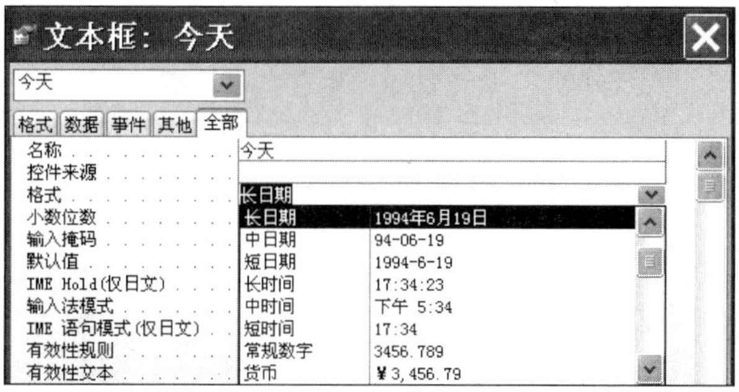

图 9-67　日期属性框

(2) 单击“控件来源”右边的[...]按钮，打开“表达式生成器”对话框。在对话框下部左侧窗格中，选择“函数”→“内置函数”，则在中间窗格中出现函数列表，在列表中选择“日期/时间”函数，在右侧窗格中，选择 Date 函数。此时在上部的表达式窗格中，出现所选的表达式，如图 9-68 所示，然后单击“确定”按钮。

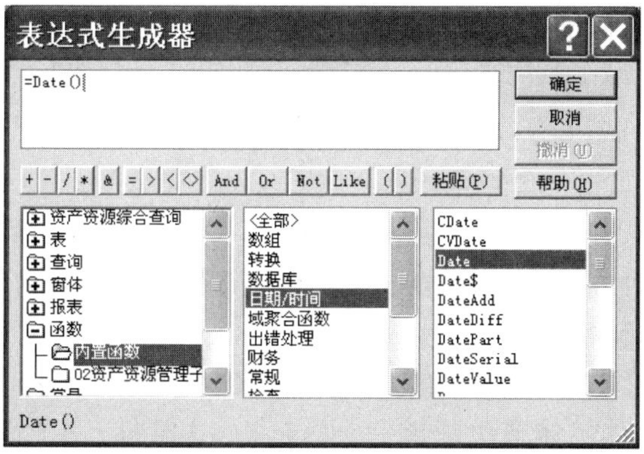

图 9-68　“表达式生成器”对话框

(3) 返回到“今天”属性对话框中，在“控件来源”属性处显示“=Date()”，如图 9-69

所示。设置与“今天”文本框相关联的标签的标题为“今天”。

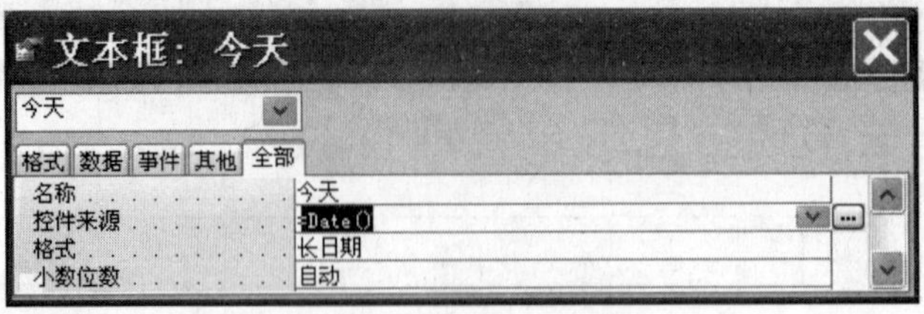

图 9-69　设置控件来源

5. 设置窗体属性

采用设置“车主车辆信息综合管理查询”窗体属性的方法，把窗体中的“滚动条”的属性设置为“两者都有”，“记录选择器”和“导航按钮”的属性均设置为“否”，“分隔线”的属性设置为“是”，如图 9-70 所示。

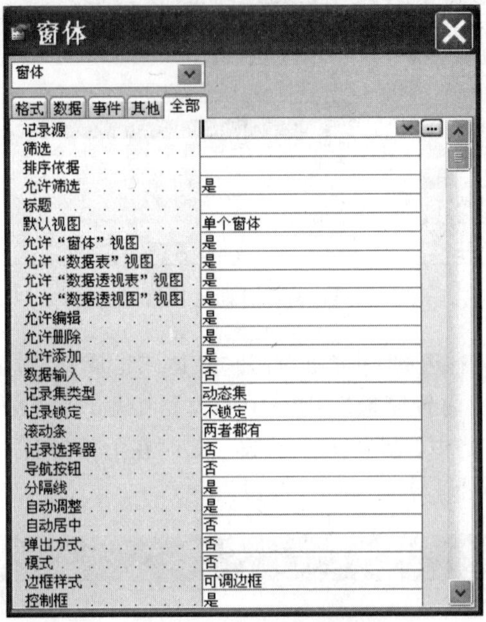

图 9-70　窗体属性

6. 添加子窗体

添加子窗体有多种方法，最基本的方法是使用子窗体/子报表向导。下面使用该方法为设备查询窗体添加子窗体。

(1) 以设计视图打开“车主车辆信息综合管理查询”窗体，在工具箱中，单击(子窗口/子报表)按钮，在窗体主体节中画出一个矩形框，这时打开“子窗体向导”对话框，如图 9-71 所示，单击“下一步”按钮。

(2) 在打开的对话框中，在“表/查询”下拉列表框中选择“查询：车主信息查询数据源”，然后单击»按钮，选中全部字段，如图 9-72 所示，单击“下一步”按钮。

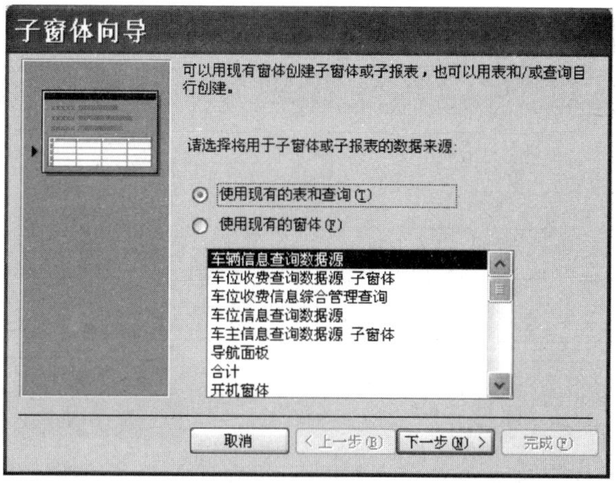

图 9-71　“子窗体向导”对话框

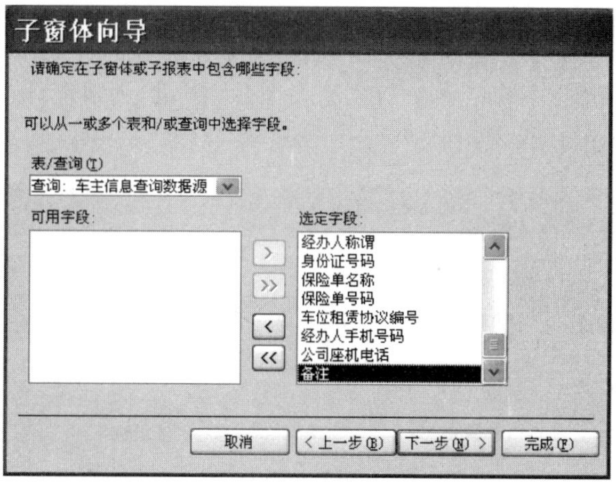

图 9-72　确定在子窗体或子报表中包含哪些字段

(3) 在打开的对话框中，使用默认的名称即可，如图 9-73 所示，单击“完成”按钮。

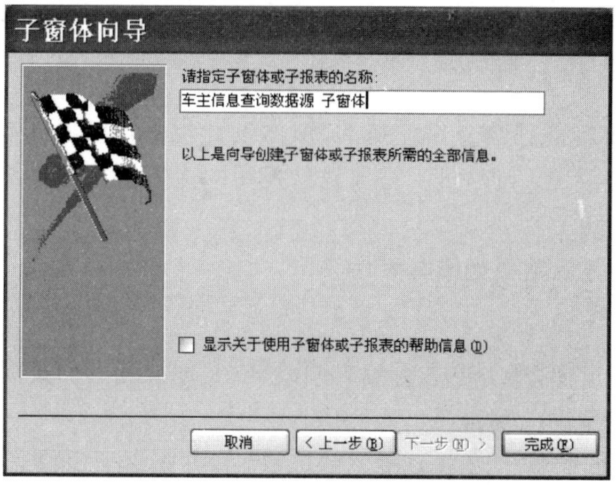

图 9-73　指定子窗体或子报表的名称

(4) 删除子窗体的"标签",创建的结果如图 9-74 所示,然后保存窗体。

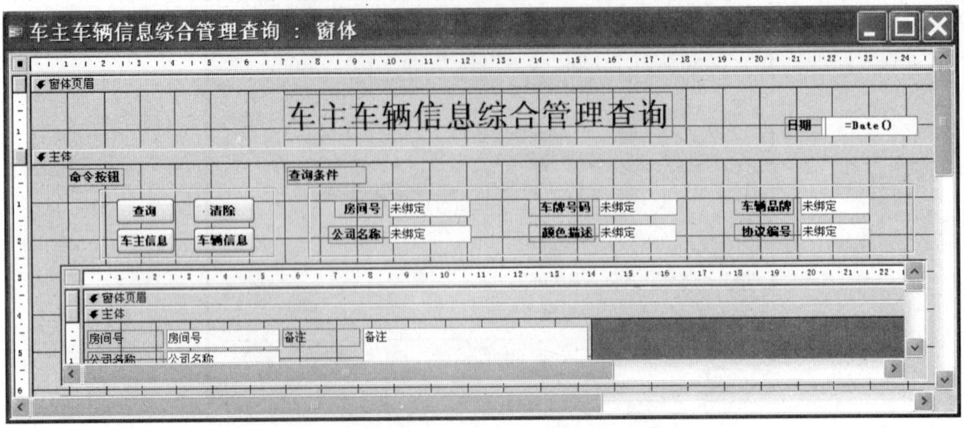

图 9-74　添加"车主信息查询数据源　子窗体"

(5) 在添加显示图形的子窗体"车辆信息查询数据源"时,要注意,先复制粘贴"维护窗体:车辆信息",并删除"添加/更改"和"删除图片"按钮,创建窗体的名称定义为"车辆信息查询数据源",如图 9-75 所示。

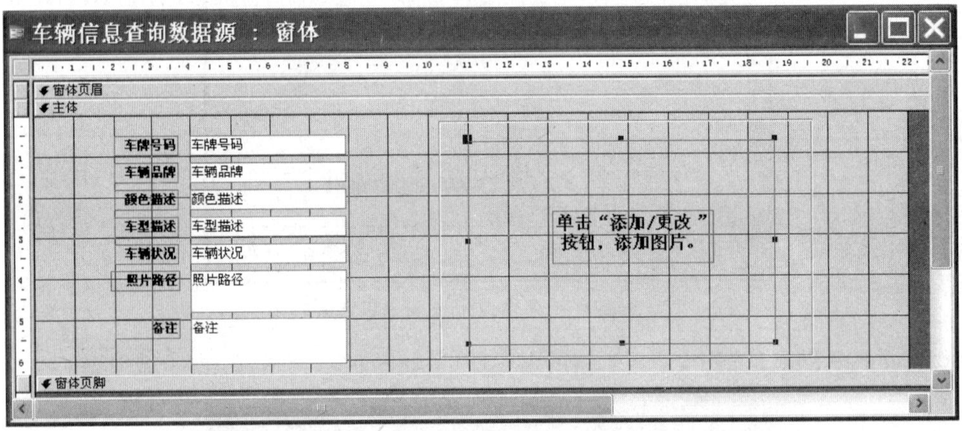

图 9-75　"车辆信息查询数据源"窗体

(6) 打开"车主车辆信息综合管理查询"窗体设计视图,拖动"车辆信息查询数据源"窗体到"车主车辆信息综合管理查询"窗体设计视图的主体中并释放,删除子窗体的标签,如图 9-76 所示。

添加子窗体后的显示结果如图 9-77 所示。

7. 修饰子窗体

创建完成后的子窗体,还需要进行编辑修改,以实现视觉上的美观和获得理想的操作结果。修饰子窗体的操作步骤如下。

(1) 删除子窗体的标签。选中子窗体的标签,不要选中子窗体。注意观察子窗体四周有没有黑色方块(黑色方块又称为控制点),如果没有表示没有选中子窗体,否则就选中

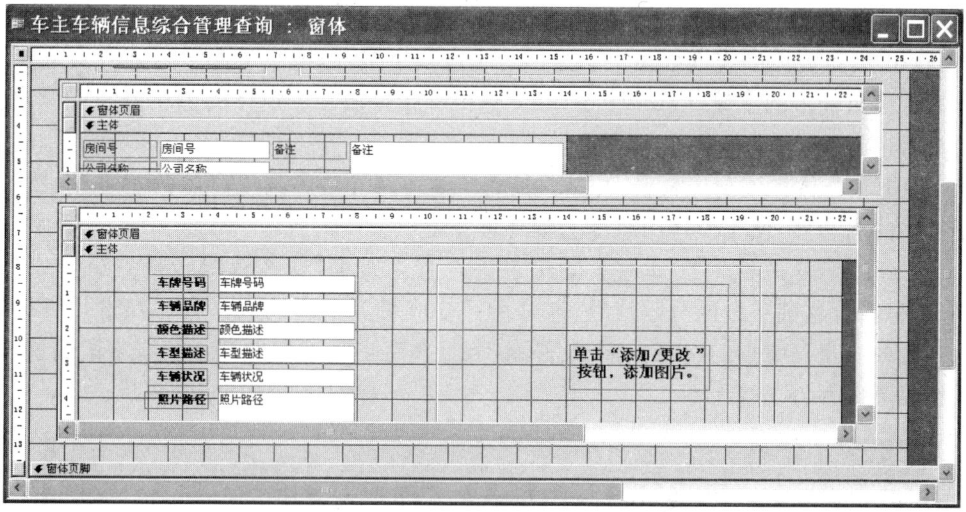

图 9-76　添加"车辆信息查询数据源"

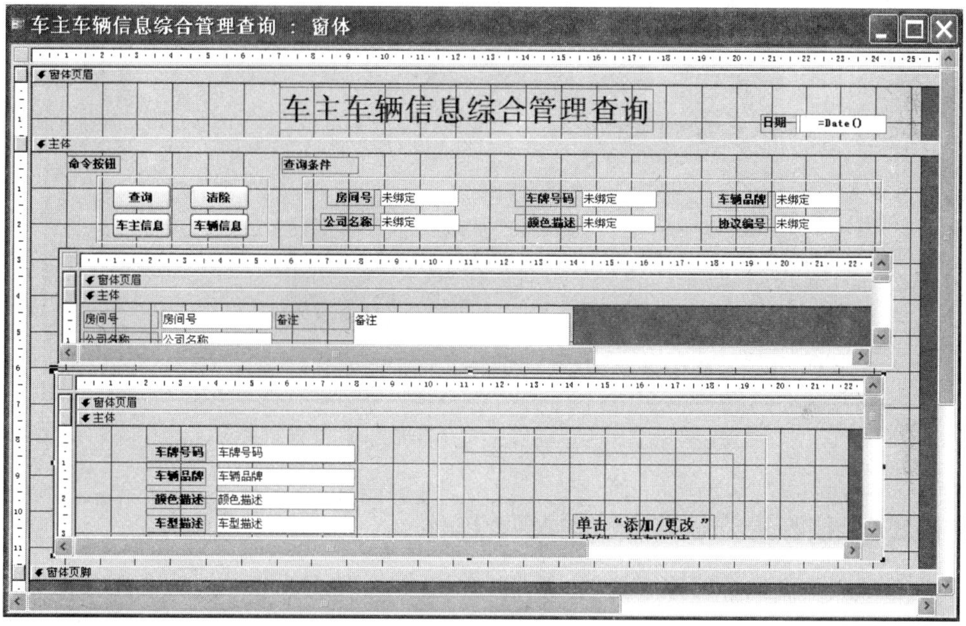

图 9-77　创建子窗体后的结果

了子窗体。为了避免选择标签时选中子窗体，在选择标签后，把鼠标指针放在标签的左上角，出现"指形"指针。

(2) 拖动鼠标，使标签离开子窗体一定距离。重新选择标签选择窗体上的控件。除了使用双击的方法，还可以用鼠标拖动出一个矩形框进行选择。

(3) 按 Delete 键，把标签删除。如果不小心同时删除了子窗体，可以按住 Ctrl+Z 快捷键撤销删除操作，然后重新选择。

(4) 选中子窗体，把鼠标指针移到子窗体的左上角，变成"指形"指针，拖动子窗体到主窗体主体节的左上角位置。

(5) 扩展子窗体的宽度。由于子窗体的字段项很多,必须使子窗体达到最大宽度,才可以显示尽可能多的字段。选中子窗体后,把鼠标指针放在子窗体的黑色控制点上,变成双箭头后进行拖动。

(6) 把主窗体扩展到屏幕最大宽度,拖动子窗体的左边界到主窗体的左边界,然后拖动子窗体的右边界,使子窗体的宽度达到屏幕宽度。

(7) 调整字段宽度。把"车主车辆信息综合管理查询"窗体视图转换到窗体设计视图,把鼠标指针移到字段的分隔线处,这时指针变成带有竖线的双箭头。双击,字段宽度就自动调整为最佳宽度。也可以拖动分隔线到最佳宽度处。依次调整所有字段到最佳宽度。结果如图 9-78 所示。

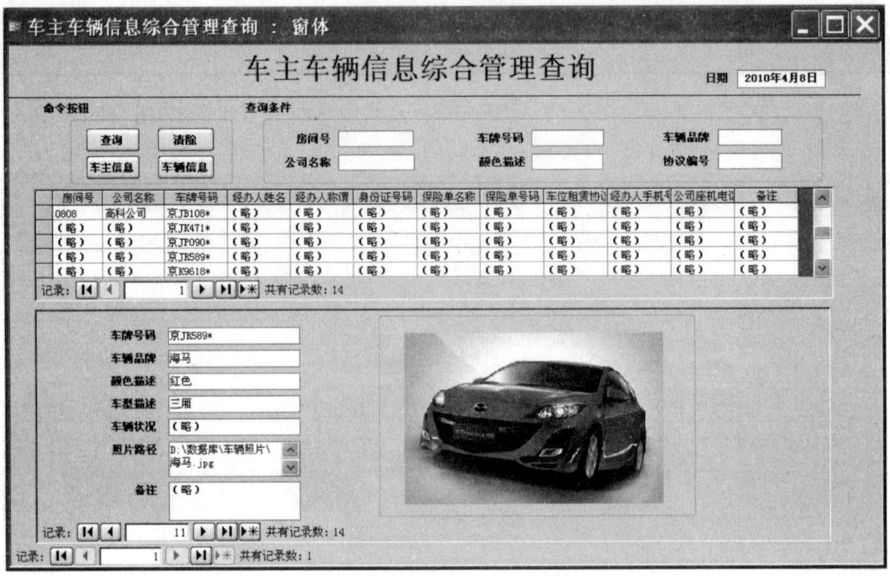

图 9-78 "车主车辆信息综合管理查询"设置结果

二、创建"车位收费信息综合管理查询"窗体

"车位收费信息综合管理查询"窗体是车位租赁管理子系统中又一个比较重要的窗体。通过它可以实现对所有租赁车位信息按"车位类别"、按"车牌号码"、按"终止日期"、按"车位编号"、按是否"已缴费"等信息进行查询。同时,对于"应收车位费总户数"、"已缴费用户数"、"未缴费用户数"和"缴费比例"自动计算并显示。"车位收费信息综合管理查询"是一种多项查询窗体,属于交互式多参数的查询窗体。其参数的设计和实现是不能使用 Access 提供的参数查询实现的,必须使用 VBA 代码实现,具体实现的代码将在本章第八节介绍。

此外,"车位收费信息综合管理查询"窗体也是一种主子窗体的复杂形式,也就是在查询窗体中还嵌入子窗体,其子窗体是分别以"车位收费查询数据源"和"车位信息查询数据源"为数据源所创建的窗体。

其创建过程大部分与"车主车辆信息综合管理查询"窗体的创建过程相同，下面仅就两个查询窗体在创建时的不同的地方加以强调。

1. 添加车位类别组合框控件

添加车位类别组合框控件的操作步骤如下。

(1) 在工具箱中，单击组合框控件，在"查询条件"矩形区域的左侧画出一个组合框。打开"组合框向导"对话框，选择"使用组合框查阅表或查询中的值"单选按钮，如图 9-79 所示，单击"下一步"按钮。

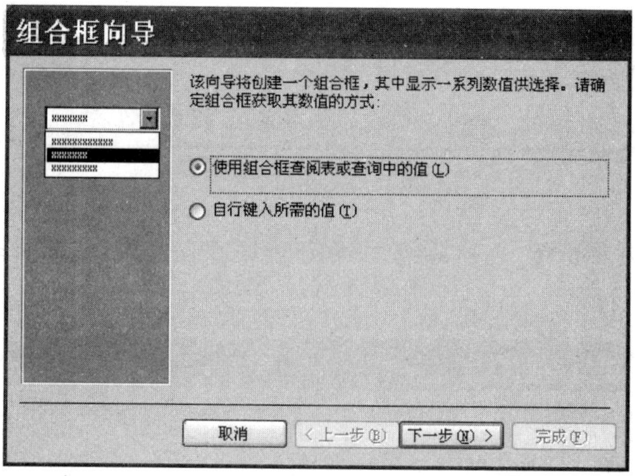

图 9-79　"组合框向导"对话框

(2) 在打开的对话框中，选择"表：车位类别"，如图 9-80 所示，然后单击"下一步"按钮。

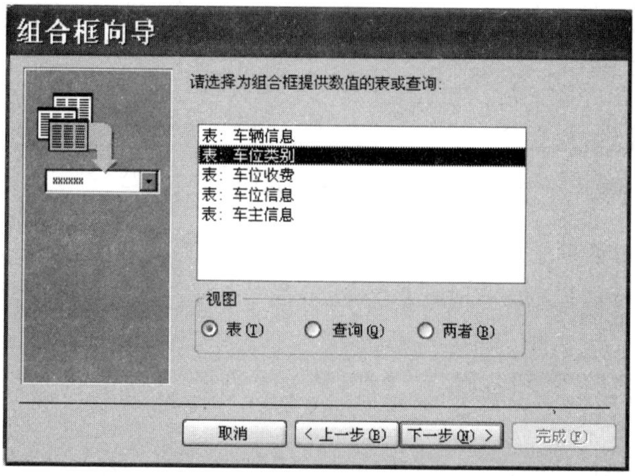

图 9-80　选择为组合框提供数值的表或查询

(3) 在打开的对话框中，单击[>>]按钮，选择所有字段，如图 9-81 所示，然后单击"下一步"按钮。

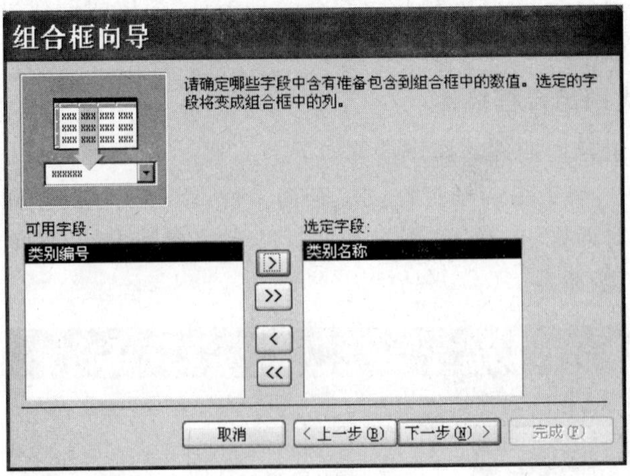

图 9-81　选择字段

（4）在打开的对话框中，选择“类别名称”，排序方式为默认“升序”，如图 9-82 所示，然后单击“下一步”按钮。

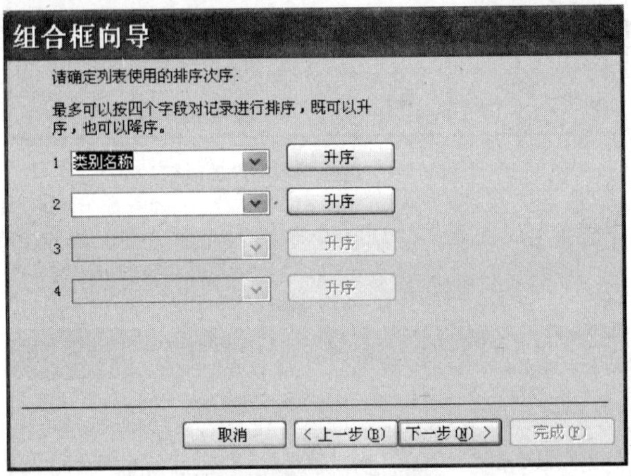

图 9-82　确定列表使用的排序次序

（5）在打开的对话框中，不做任何修改，如图 9-83 所示，单击“下一步”按钮。

（6）在打开的对话框中，采用默认标签名称“类别名称”，如图 9-84 所示，然后单击“完成”按钮。

（7）这里所创建的“类别名称”组合框，是为了给按“类别名称”查询提供数据源做准备的。

2. 添加选项按钮

打开“车位收费信息综合管理查询”窗体的设计视图，使用选项按钮控件，在“查询条件”矩形区域内部添加一个选项按钮，名称为“已缴费”。设置的最后效果如图 9-85 所示。

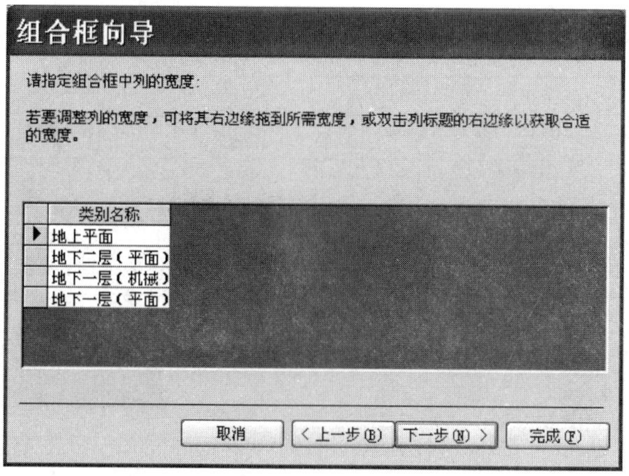

图 9-83　指定组合框中列的宽度

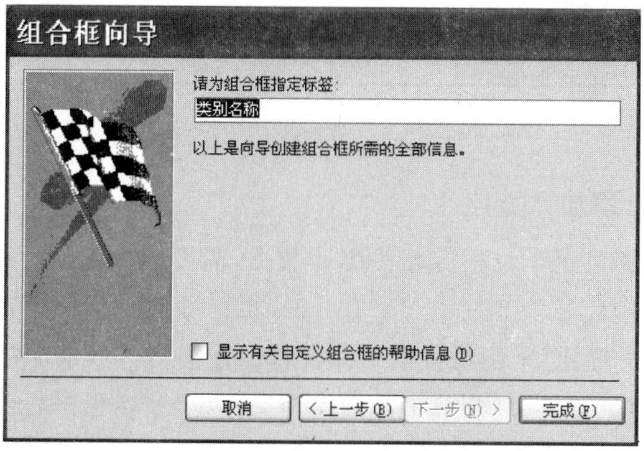

图 9-84　为组合框指定标签

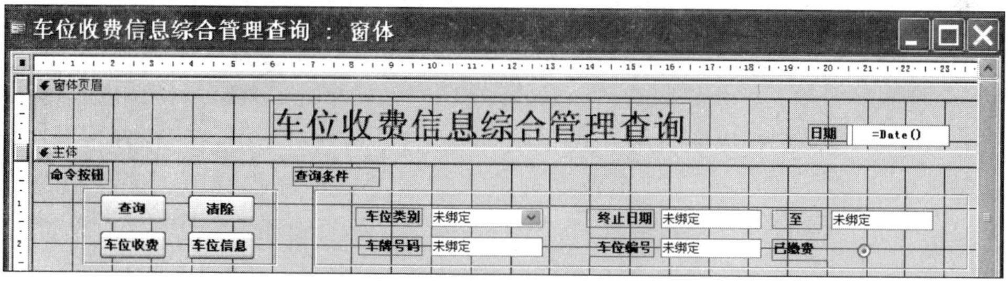

图 9-85　在窗体主体上设置控件后的结果

3. 添加和修饰子窗体

添加和修饰子窗体的方法与“车主车辆信息综合管理查询”窗体添加和修饰子窗体的方法基本相同。这里使用的子窗体数据源分别为“车位收费查询数据源”和“车位信息查询数据源”。添加和修饰子窗体后的效果如图 9-86 所示。

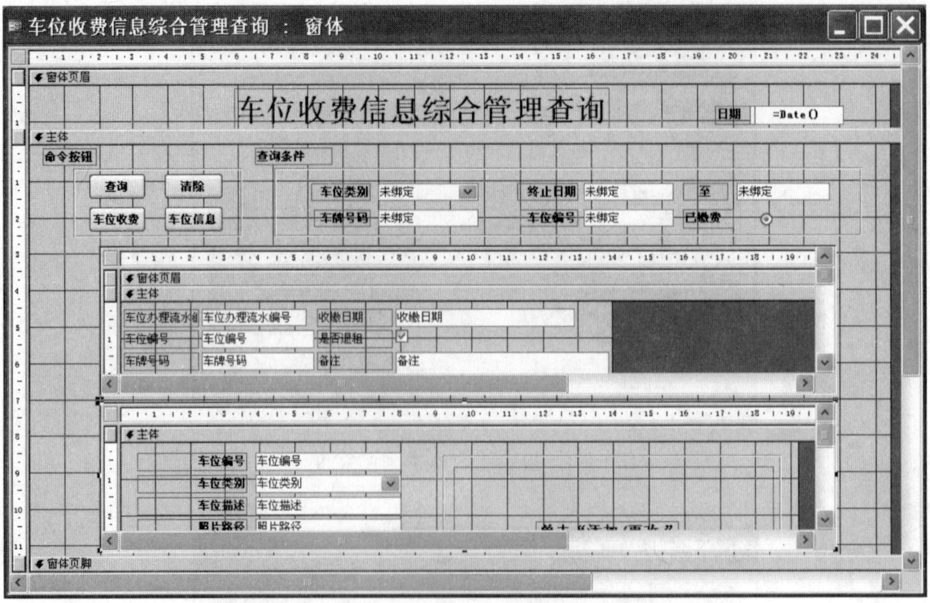

图 9-86　添加子窗体结果

4. 在窗体页脚上添加计算控件

为了使窗体上能够显示车位租赁相关统计数据，需要在“主窗体页脚”节中添加 4 个计算型文本框。

(1) 在设计视图中打开“车位收费信息综合管理查询”窗体，拖动“窗体页脚”标志，增加页脚窗格的高度。在“窗体页脚”节中添加 4 个文本框，文本框的标签标题分别为“应收车位费总户数”、“已缴费用户数”、“未缴费用户数”、“缴费比例”，并对创建的文本框进行排列。

(2) 双击标签标题为“应收车位费总户数”的文本框，打开属性对话框，在“控件来源”字段中直接输入表达式“=DCount("[车位办理流水编号]","车位收费")－DCount("[车位办理流水编号]","车位收费","[是否退租]=－1")”。设置结果如图 9-87 所示。

(3) 双击标签标题为“已缴费用户数”的文本框，打开属性对话框，在“控件来源”字段中直接输入表达式“=DCount("[车位办理流水编号]","车位收费","[是否收缴]=－1")－DCount("[车位办理流水编号]","车位收费","[是否退租]=－1")”。设置结果如图 9-88 所示。

(4) 双击标签标题为“未缴费用户数”的文本框，打开属性文本框，在“控件来源”字段中直接输入表达式“=DCount("[车位办理流水编号]","车位收费")－DCount("[车位办理流水编号]","车位收费","[是否收缴]=－1")”。设置结果如图 9-89 所示。

(5) 双击标签标题为“缴费比例”的文本框，打开属性对话框，在“控件来源”字段中直

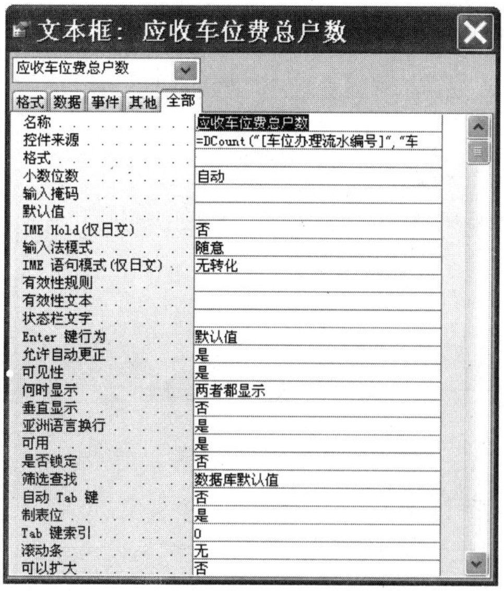

图 9-87 “应收车位费总户数”文本框属性对话框

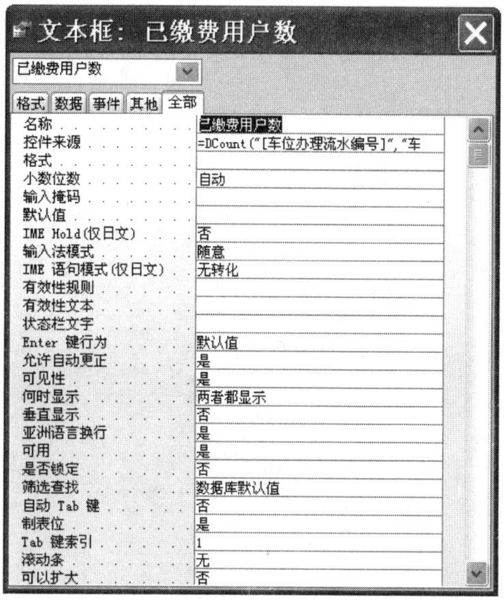

图 9-88 “已缴费用户数”文本框属性对话框

接输入表达式“=[已缴费用户数]/[应收车位费总户数]”。同时，设置“格式”为“百分比”，“小数位数”为 2。设置结果如图 9-90 所示。

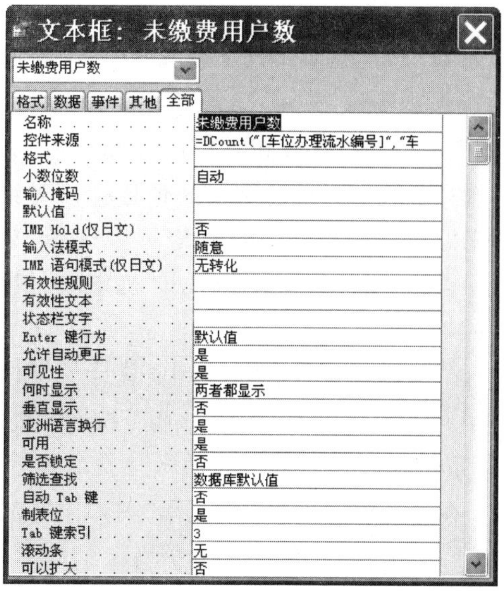

图 9-89 “未缴费用户数”文本框属性对话框

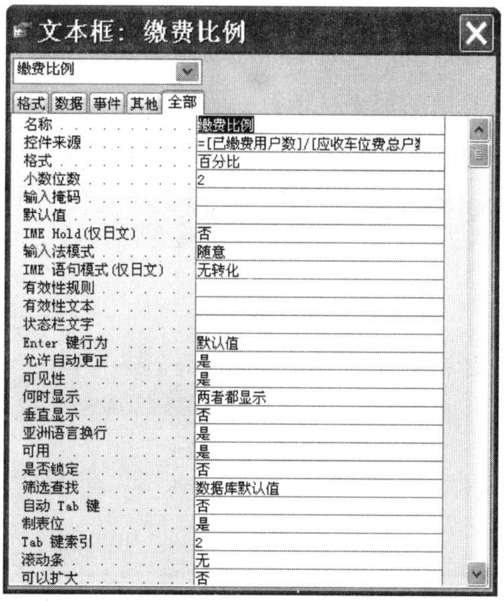

图 9-90 “缴费比例”文本框属性对话框

(6) 设置完成后转换到窗体视图，可以看到设置的结果，如图 9-91 所示。

三、创建图形分析窗体

根据“车位信息_交叉表”的查询结果，子系统可以自动生成“停车场车位比例”、“已出租车位比例”和“可选空车位比例”图形，作为车位租赁的“管理驾驶舱”数据，可以作为企

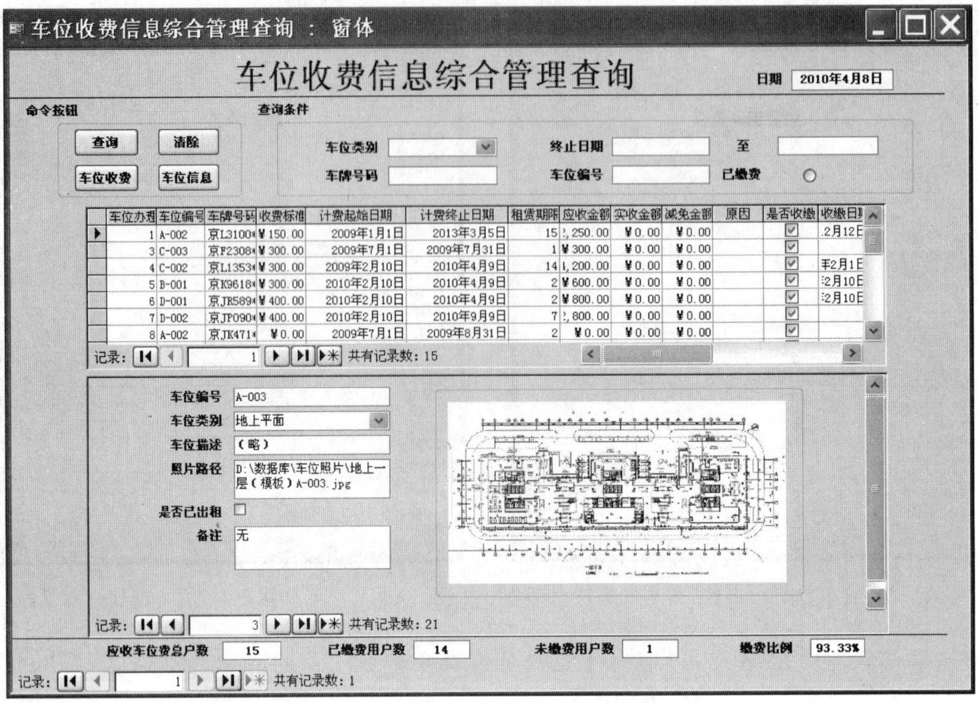

图 9-91 “车位收费信息综合管理查询”窗体

业管理层决策的参考依据。以图形或图表形式显示数据，其效果比数字更直观，而图表窗体就是用图形来显示数据的。创建“合计”窗体的操作步骤如下。

（1）在数据库窗口中，选择“窗体”。在工具栏中单击“新建”按钮，打开“新建窗体”对话框。选择“图表向导”选项，在“请选择该对象数据的来源表或查询:”下拉列表框中选择“车位信息 合计_交叉表”选项，单击“确定”按钮，如图 9-92 所示。

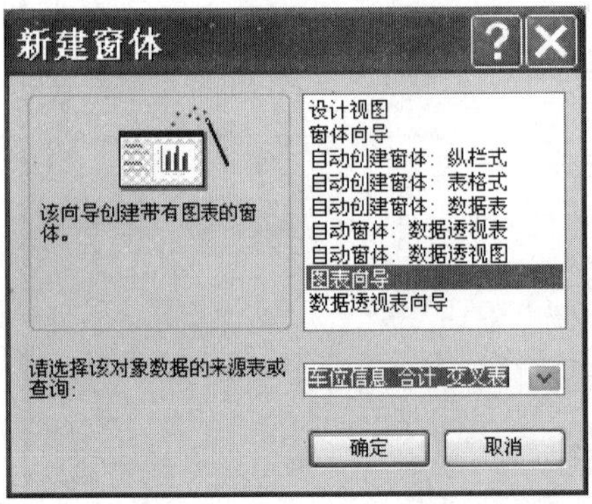

图 9-92 “新建窗体”对话框

（2）在打开的对话框中，选中“总计 车位编号”字段，然后单击“下一步”按钮，如图 9-93 所示。

（3）在打开的对话框中，选择“圆环图”，然后单击“下一步”按钮，如图 9-94 所示。

（4）在打开的对话框中，不做修改，单击“下一步”按钮，如图 9-95 所示。

（5）在打开的对话框中，选择“否，不显示图例”和“修改窗体或图表的设计”选项，然后单击“完成”按钮，如图 9-96 所示。

（6）在打开的窗体设计视图中，首先修改图表的大小，使之与数据分析窗体的高度和宽度相等，如图 9-97 所示。

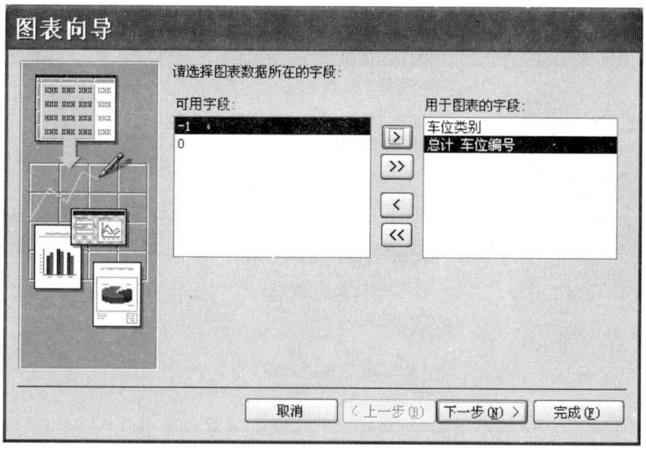

图 9-93　选择图表数据所在的字段

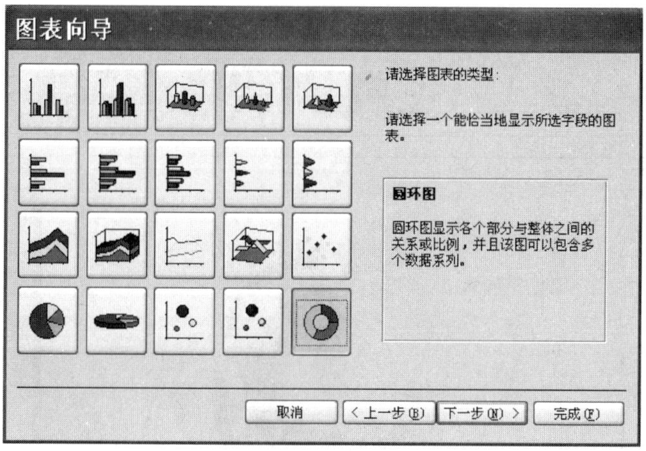

图 9-94　选择图表的类型

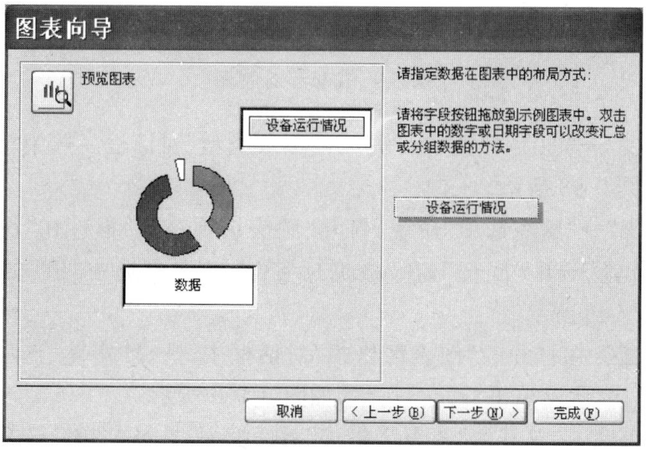

图 9-95　确定数据在图表中的布局方式

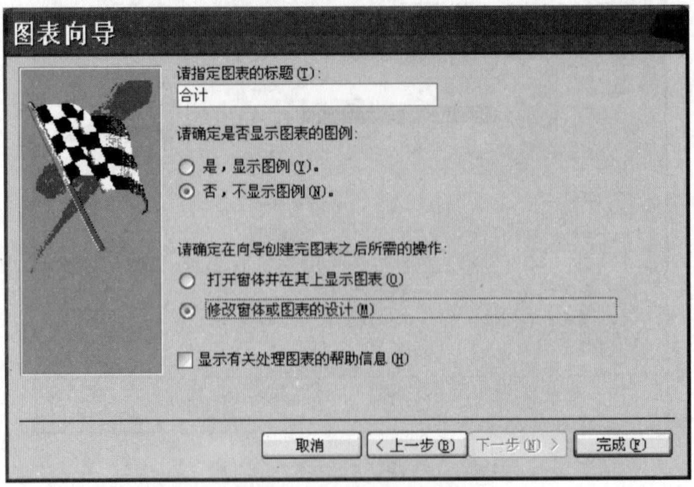

图 9-96　指定图表的标题

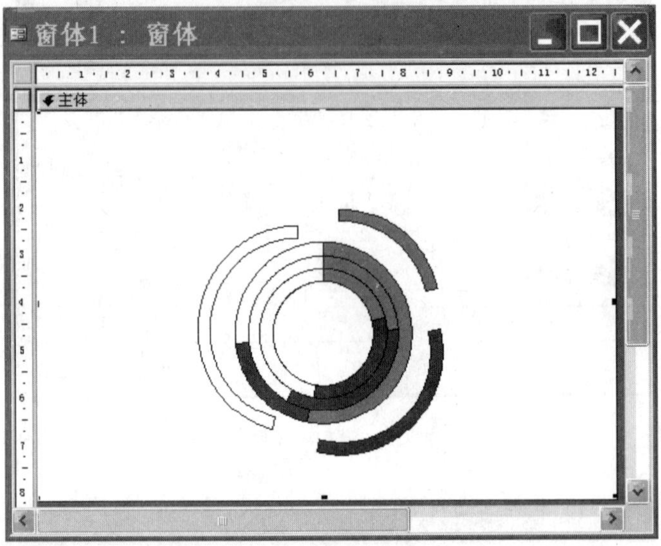

图 9-97　窗体设计视图

(7) 选择“图表”→“图表类型”命令，打开“图表类型”对话框。选中“圆环图”，然后单击“确定”按钮，如图 9-98 所示。

(8) 选择“图表”→“图表选项”命令，打开“图表选项”对话框。在“图例”选项卡中选中“显示图例”，“位置”选中“底部”；在“数据标签”选项卡中选中“值”复选框，然后单击“确定”按钮，如图 9-99 所示。

(9) 双击图表区，在打开的“图表区格式”对话框中，选择“字体”选项卡，选择字体颜色为黑色，字号为 10，然后单击“确定”按钮，如图 9-100 所示。

(10) 双击图表区，在打开的“图表区格式”对话框中，选择“图案”选项卡，“边框”选中“无”，并进行填充效果的设置，如图 9-101 所示。

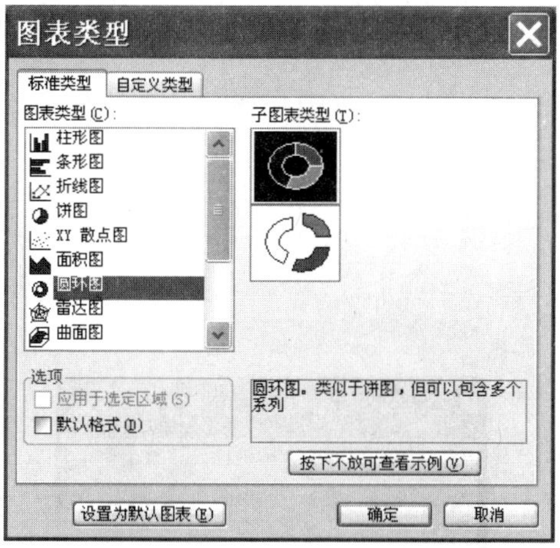

图 9-98　“图表类型”对话框

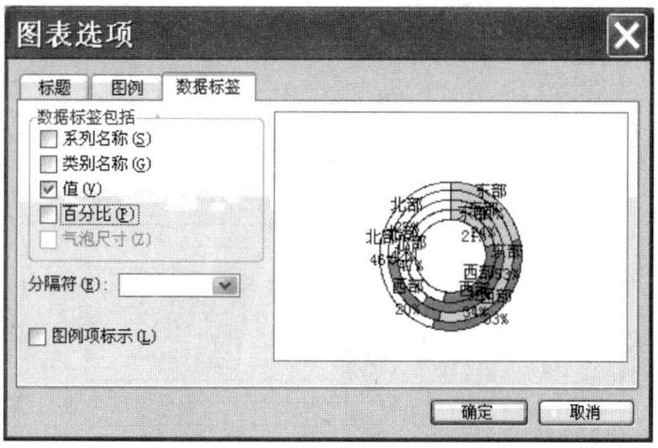

图 9-99　“数据标签”选项卡

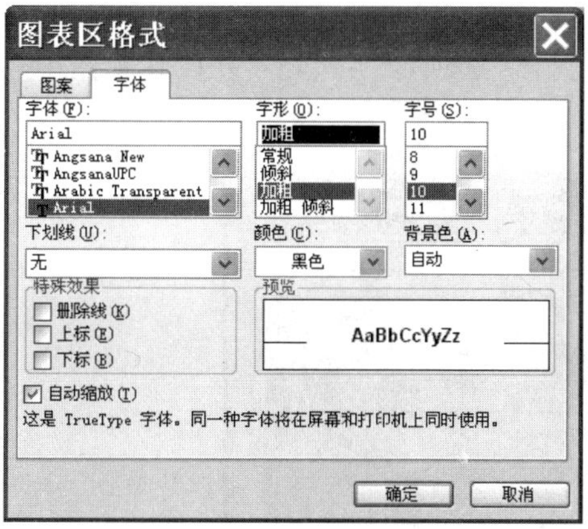

图 9-100　“图表区格式”对话框

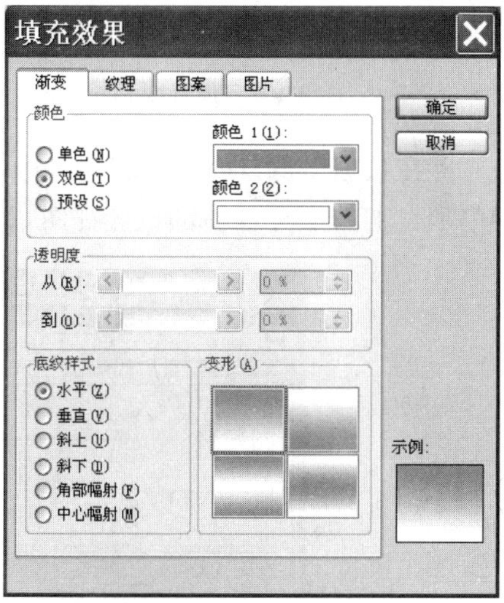

图 9-101　“填充效果”对话框

(11) 单击窗体右上角的“关闭”按钮，在弹出的“保存”对话框中，把窗体命名为“合计”，然后单击“确定”按钮。双击打开属性对话框，进行窗体属性设置。设置结果如图 9-102 所示。

至此，窗体创建完成，如图 9-103 所示。

按照同样的方法，利用“车位信息　未出租_交叉表”查询，可以创建“未出租”窗体；利用“车位信息　已出租_交叉表”查询，可以创建“已出租”窗体。

现在窗体基本设置完成，但是不太美观，还需要进一步修饰。对于比较复杂的窗体，为了达到美观，需要反复在设计视图中修改，在窗体视图中反复查看，直到满意为止。

四、创建“显示空车位图片”窗体

创建“显示空车位图片”窗体的操作步骤如下。

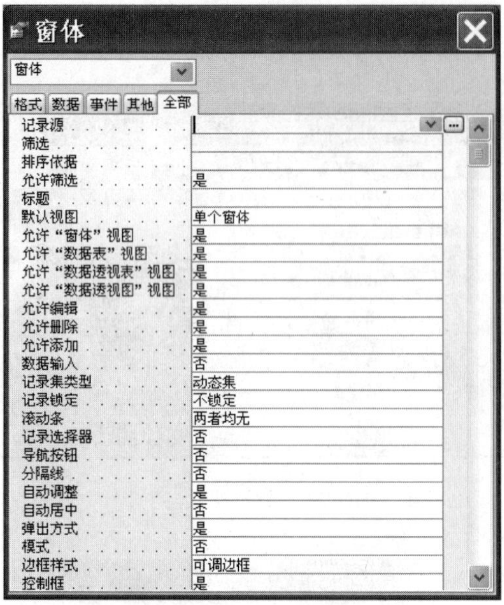

图 9-102　属性对话框

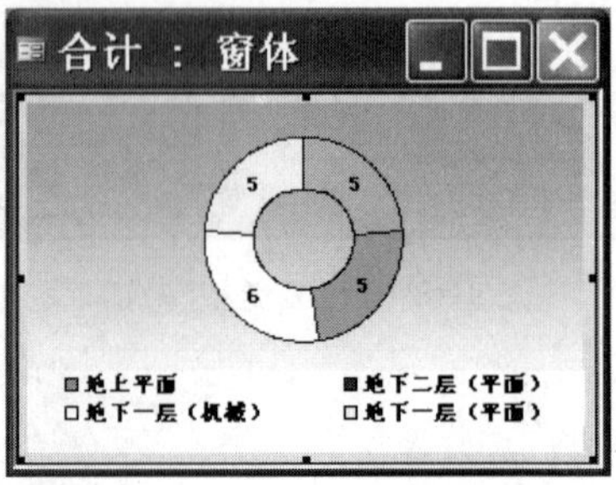

图 9-103　“合计”窗体的创建结果

(1) 在数据库窗口的“对象”列表中，选择“窗体”选项，然后单击“在设计视图中创建窗体”图标，打开新建窗体的设计视图，如图 9-104 所示。

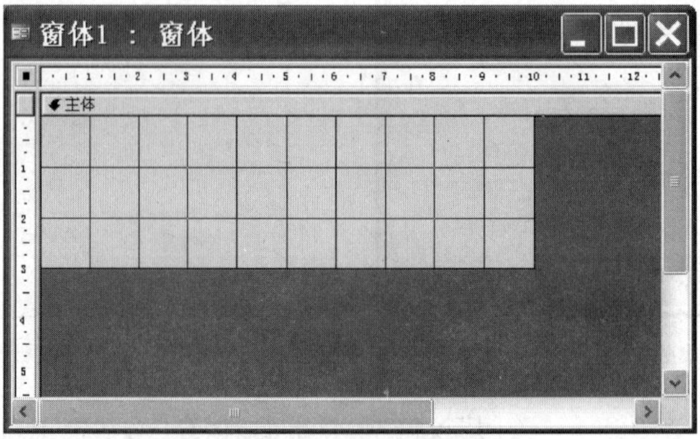

图 9-104　新建窗体的设计视图

(2) 打开窗体的设计视图，在窗体的主体上添加“图像”，能够显示图片的区域越大越好，保存为“显示空车位图片”。其属性如图 9-105 所示。

五、创建“显示空车位图片数据源”窗体

创建“显示空车位图片数据源”窗体的操作步骤如下

(1) 在数据库窗口的“对象”列表中，选择“窗体”选项，然后单击“在设计视图中创建窗体”图标，打开新建窗体的设计视图，如图 9-106 所示。

(2) 使用文本框控件，添加一个文本框，命名文本框为“车位编号”，在文本框中

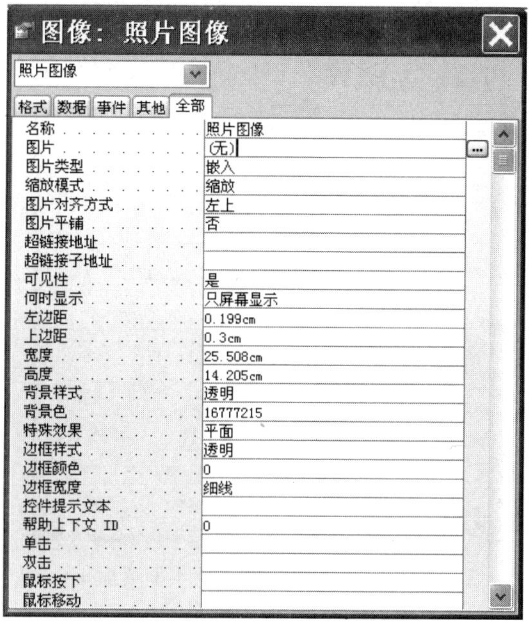

图 9-105 “图像：照片图像”属性

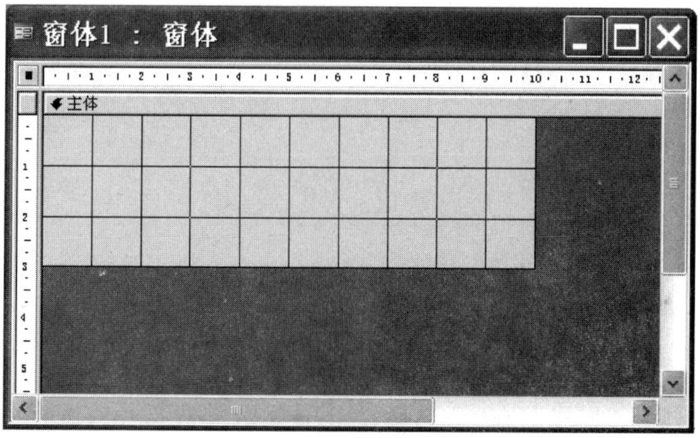

图 9-106 新建窗体的设计视图

直接输入“＝Forms！空车位查询数据源！车位编号”，设置文本框属性，如图 9-107 所示。

(3) 窗体名称为“显示空车位图片数据源”，添加“显示空车位图片”子窗体。打开“显示空车位图片数据源”窗体设计视图，同时拖动“显示空车位图片”窗体到“显示空车位图片数据源”窗体设计视图的主体中并释放，删除子窗体的标签。创建结果如图 9-108 所示。

六、创建“空车位查询数据源”窗体

创建“空车位查询数据源”窗体的操作步骤如下。

(1) 以在查询中已经创建好的“车主信息查询”为数据源，打开“新建窗体”对话框。

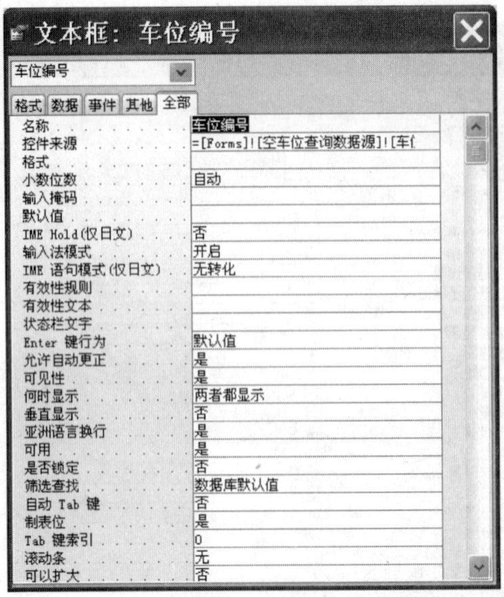

图 9-107 “车位编号”文本框属性

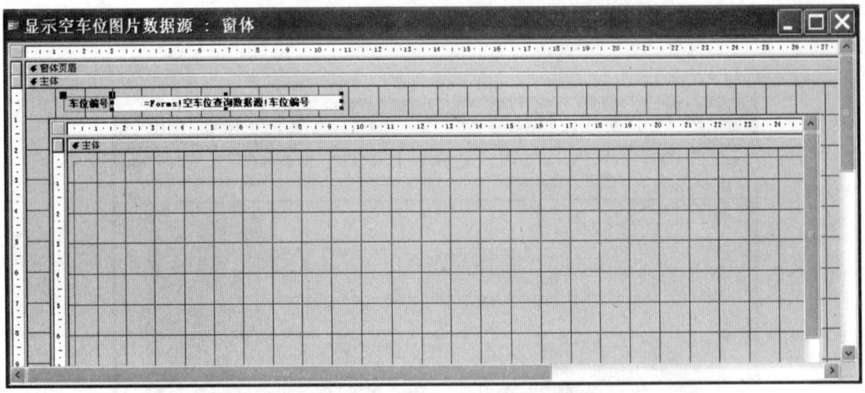

图 9-108 创建“显示空车位图片数据源”窗体

选择“自动创建窗体：表格式”，在“请选择该对象数据的来源表或查询：”下拉列表框中选择“车位信息查询”，然后单击“确定”按钮，如图 9-109 所示。

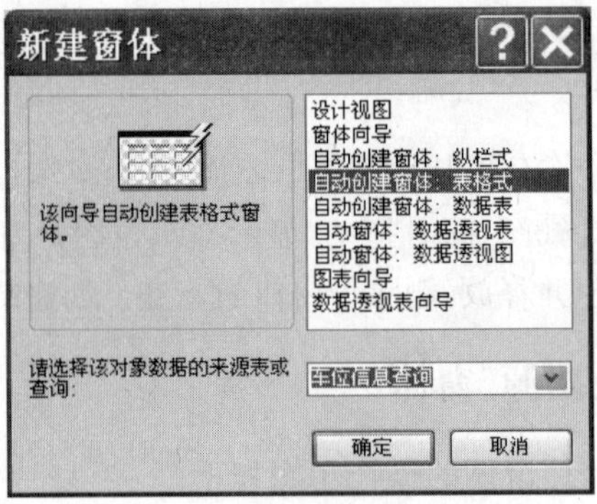

图 9-109 “新建窗体”对话框

(2) 打开"空车位查询数据源"窗体的设计视图,对相关信息进行排列,并删除"照片路径"、"是否已出租"和"备注"字段,同时在设计视图主体右端添加一个按钮,执行"显示空车位图片"的动作。窗体创建结果如图 9-110 所示。

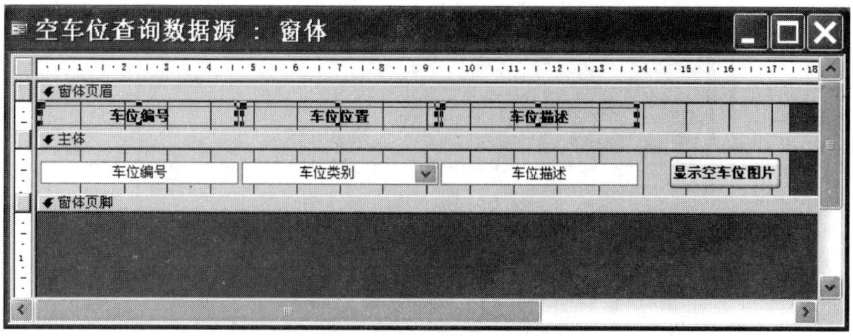

图 9-110 "空车位查询数据源"窗体

七、创建"维护窗体:车辆信息"窗体

1. 创建窗体

创建窗体的操作步骤如下。

(1) 在数据库窗口的"对象"列表中,选择"窗体"选项,在工具栏中单击"新建"按钮,在弹出的"新建窗体"对话框中选择"窗体向导",在"请选择该对象数据的来源表或查询:"下拉列表框中选择"车辆信息"选项(图 9-111),然后单击"确定"按钮。

(2) 在打开的"窗体向导"对话框中,在"表/查询"下拉列表框中选择"表:车辆信息",并选择全部字段,如图 9-112 所示,然后单击"下一步"按钮。

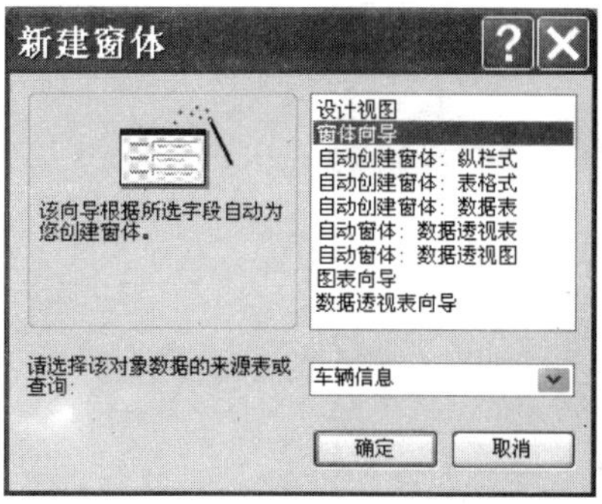

图 9-111 "新建窗体"对话框

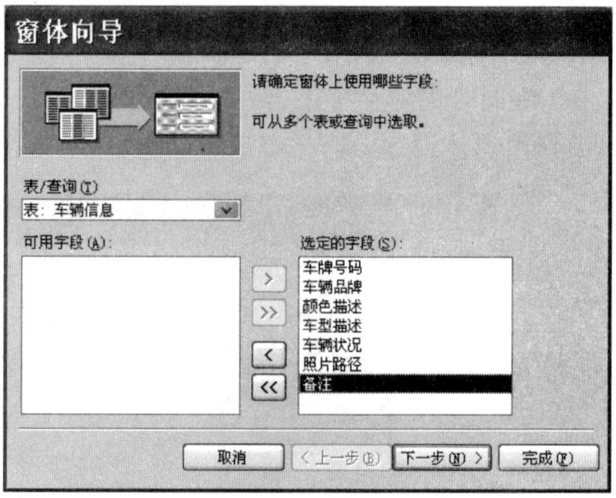

图 9-112 "窗体向导"对话框

(3) 在打开的对话框中,选择"纵栏表"单选按钮,如图 9-113 所示,然后单击"下一步"按钮。

(4) 在打开的对话框中,选择"标准",如图 9-114 所示,然后单击"下一步"按钮。

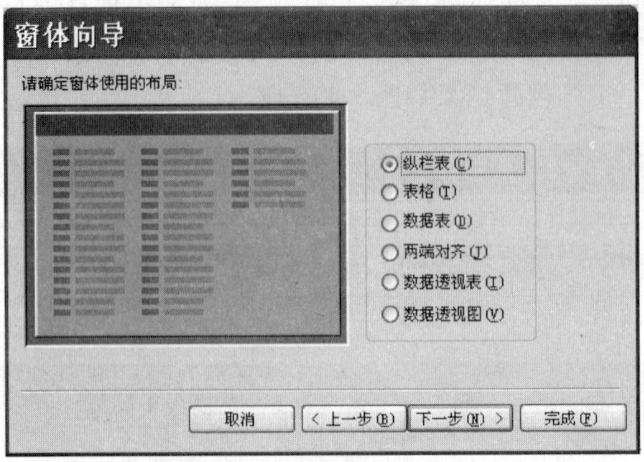

图 9-113　确定窗体使用的布局

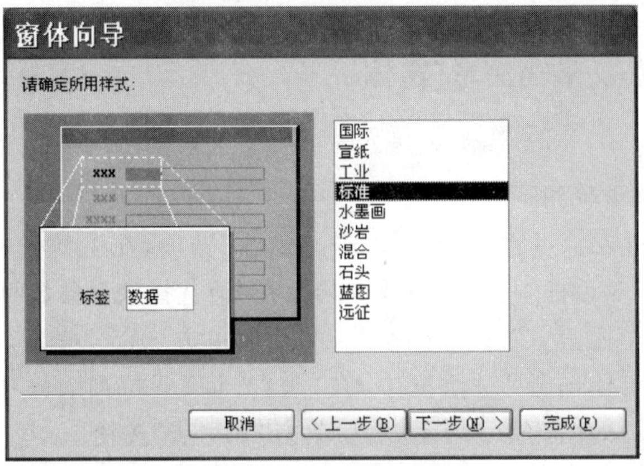

图 9-114　确定所用样式

(5) 在打开的对话框中,输入窗体标题"维护窗体:车辆信息",如图 9-115 所示。如果需要修改窗体设计,选择"修改窗体设计"单选按钮,然后单击"完成"按钮。

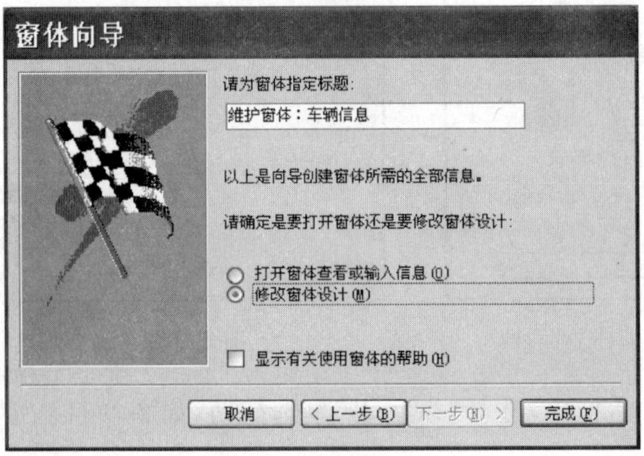

图 9-115　为窗体指定标题

2. 添加图像框及提示标签语

添加图像框及提示标签语的操作步骤如下。

(1) 打开“维护窗体：车辆信息”窗体的设计视图，添加“图像”，其属性如图 9-116 所示。

(2) 打开“维护窗体：车辆信息”窗体的设计视图，添加“标签”，名称为“错误信息”，标题为“单击‘添加/更改’按钮，添加图片。”其属性如图 9-117 所示。

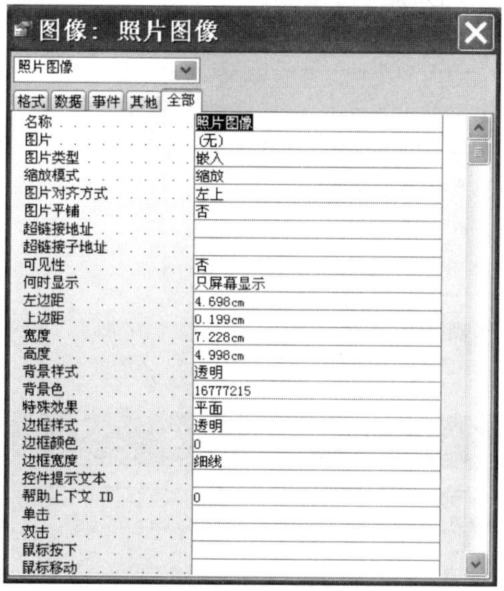

图 9-116　“图像：照片图像”属性

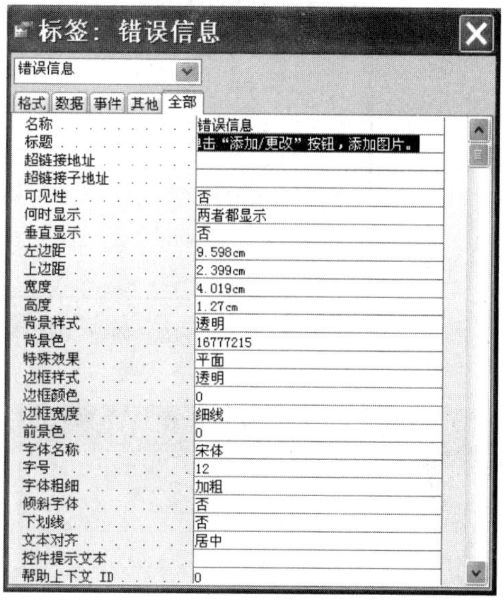

图 9-117　“标签：错误信息”属性

3. 添加命令按钮

添加命令按钮的步骤如下。

(1) 在工具箱中，单击(命令按钮)按钮，依次添加“添加/更改”和“删除图片”两个命令按钮(不使用命令按钮向导)，完成后保存窗体。

(2) 使用对齐和排列控件的方法，把两个命令按钮均匀排列，均匀分布。

(3) 单击(选项组)按钮，在“维护窗体：车辆信息”窗体的右侧形成一个矩形，包围“错误提示”标签、“图像”框、“添加/更改”按钮、“删除图片”按钮，并删除选项组标签，完成后保存窗体。设置后的结果如图 9-118 所示。

对“添加/更改”、“删除图片”命令按钮还需要编写事件代码，具体编程将在本章第八节介绍。

4. 设置窗体属性

窗体初步完成后，还不太美观，需要进一步修改。打开窗体设计视图，在工具栏中单击“属性”按钮，打开窗体属性对话框。选择“全部”选项卡，对窗体的属性进行设置，如图 9-119 所示。

“维护窗体：车主信息”窗体的创建与“维护窗体：车辆信息”窗体的创建方法相同，窗体修饰和属性设置的方法也都一致。创建后的结果如图 9-120 所示。

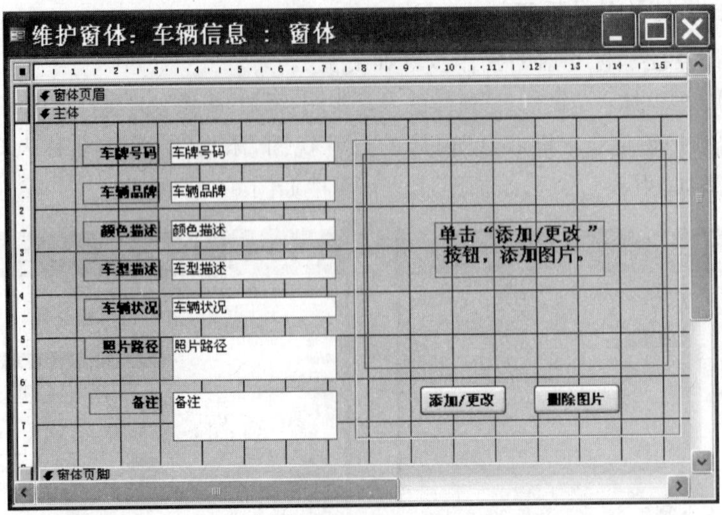

图 9-118 创建“维护窗体：车辆信息”窗体结果

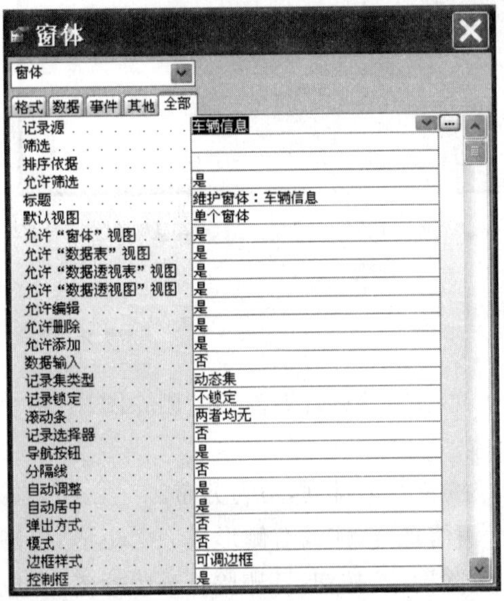

图 9-119 窗体属性对话框

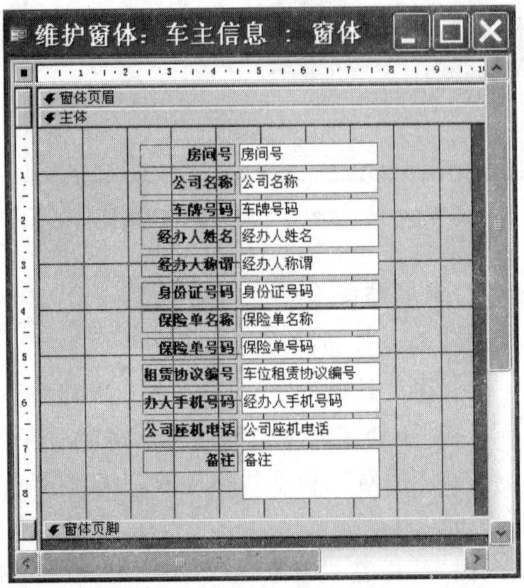

图 9-120 “维护窗体：车主信息”窗体

八、创建“维护窗体：车位收费”窗体

创建“维护窗体：车位收费”窗体的步骤与创建“维护窗体：车辆信息”窗体的步骤基本相同，只是在添加命令按钮的内容上有所区别。

1. 添加命令按钮

添加命令按钮的操作步骤如下。

(1) 打开“维护窗体：车辆信息”窗体的设计视图，在工具箱中使用命令按钮向导，单击▬(命令按钮)按钮，依次添加“计算月份”、“计算金额”、“刷新窗体”和“确认车位出租状态"4 个命令按钮。其中通过"计算月份"和"计算金额"命令按钮运行查询。

(2) 打开命令按钮向导,"类别"选择"杂项","操作"选择"运行查询",如图 9-121 所示,然后单击"下一步"按钮。

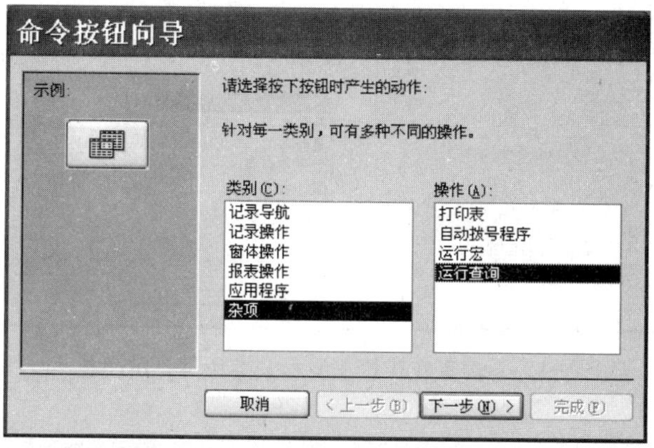

图 9-121　"命令按钮向导"对话框

(3) 在打开的对话框中,选择"计算车位收费金额",如图 9-122 所示,然后单击"下一步"按钮。

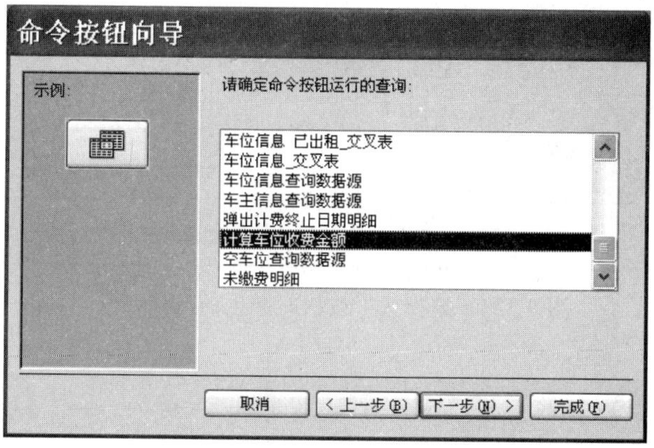

图 9-122　确定命令按钮运行的查询

(4) 在打开的对话框中,选择"文本"单选按钮,输入"计算月份",如图 9-123 所示,然后单击"完成"按钮保存窗体。

(5) 对"计算金额"按钮进行设置,打开"计算车位收费金额宏"(相关宏的创建步骤详见本章第七节)。

(6) "刷新窗体"命令按钮创建方法为打开命令按钮向导,"类别"选择"窗体操作","操作"选择"刷新窗体数据",如图 9-124 所示,然后单击"下一步"按钮。剩余步骤与"计算月份"按钮设置方法基本相同。

(7) "确认车位出租状态"命令按钮创建方法为打开命令按钮向导,"类别"选择"窗体操作","操作"选择"打开窗体",如图 9-125 所示,然后单击"下一步"按钮。

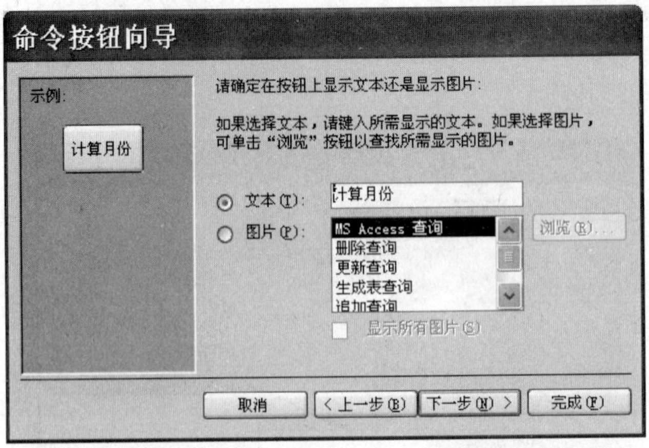

图 9-123 确定在按钮上显示文本还是显示图片

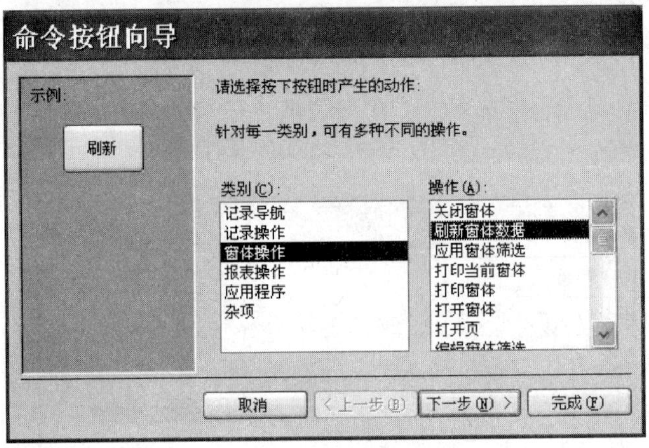

图 9-124 选择按下按钮时产生的动作(1)

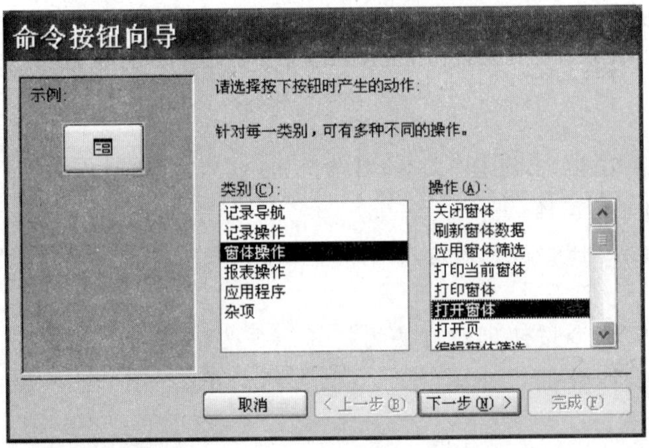

图 9-125 选择按下按钮时产生的动作(2)

(8) 在打开的对话框中，选择“维护窗体：车位收费”，如图 9-126 所示，然后单击“下一步”按钮，按钮名称显示为“确认车位出租状态”。剩余步骤与“计算月份”按钮设置方法基本相同。

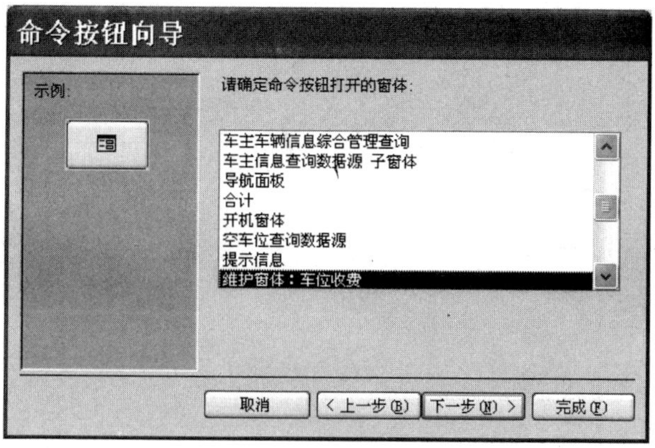

图 9-126　确定命令按钮打开的窗体

(9) 使用对齐和排列控件的方法，把两个命令按钮均匀排列，均匀分布。单击(选项组)按钮，在“维护窗体：车位收费”窗体的右下部分形成一个矩形，包围“计算月份”、“计算金额”、“刷新窗体”和“确认车位出租状态”4 个命令按钮，完成后保存窗体。设置后的结果如图 9-127 所示。

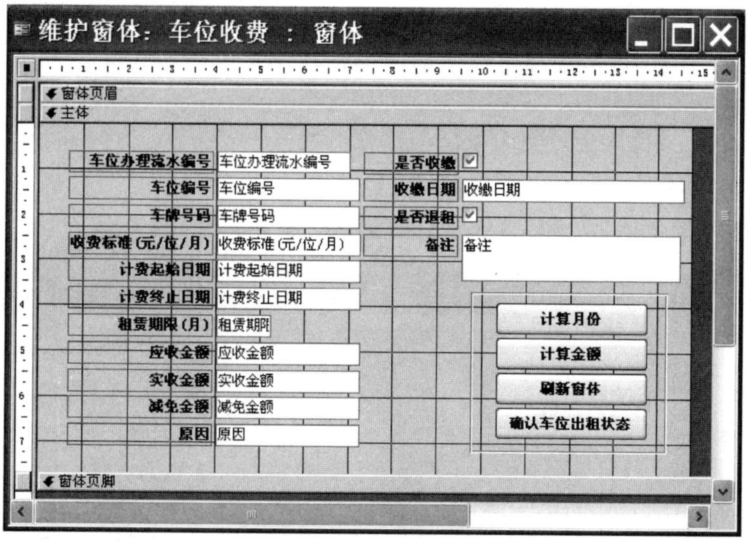

图 9-127　创建“维护窗体：车位收费”窗体结果

2. 设置窗体属性

窗体初步完成后，还不太美观，需要进一步修改。打开窗体设计视图，在工具栏中单击“属性”按钮，打开窗体属性对话框。选择“全部”选项卡对窗体的属性进行设置，如图 9-128 所示。

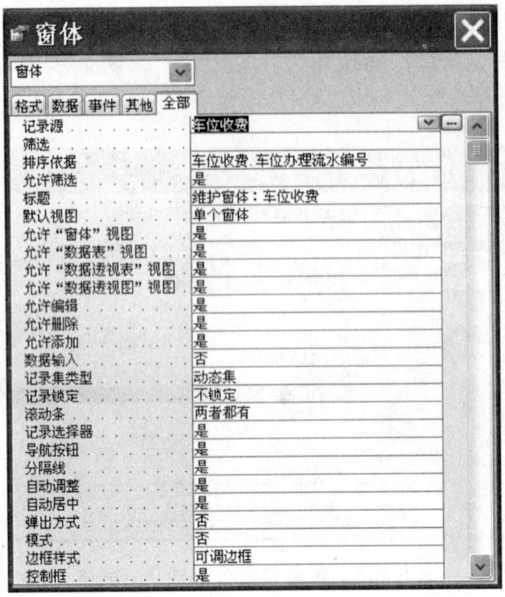

图 9-128　窗体属性对话框

九、创建“维护窗体：车位信息”窗体

1. 创建窗体主体

创建窗体主体的操作步骤如下。

“维护窗体：车位信息”窗体主体中的内容，与“维护窗体：车辆信息”窗体的创建步骤基本相同，这里不再赘述。

在“维护窗体：车位信息”窗体主体中还需要添加“查询空车位信息”按钮，执行的动作是打开“显示空车位图片数据源”窗体。

“维护窗体：车位信息”窗体主体部分的创建结果如图 9-129 所示。

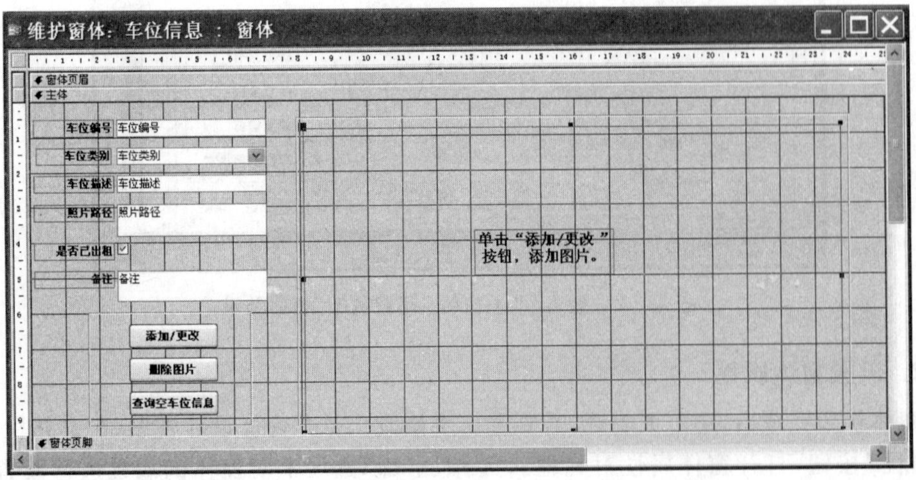

图 9-129　窗体主体部分

2. 创建窗体页脚

创建窗体页脚的操作步骤如下。

(1) 选择“视图”→“窗体页眉/页脚”命令，在窗体设置视图中，除了主体节之外，增加了窗体页眉/页脚节。窗体节的高度和宽度都是可以调整的，只需要用鼠标选中分节标志，当鼠标指针变成双箭头形状后，上下拖动就可以调整高度。若要增加节的宽度，则把鼠标指针放在节的右边界，当出现左右双箭头后，拖动鼠标就可以调整宽度。

(2) 打开“维护窗体：车位信息”窗体设计视图，拉伸窗体页脚区域，并单击 Aa（标签）按钮，在窗体页脚区域添加三个标签，分别为“停车场车位比例及数量”、“已出租车位比例及数量”和“可选空车位比例及数量”。其中，“停车场车位比例及数量”标签属性如图 9-130 所示。

(3) 打开“维护窗体：车位信息”窗体设计视图，单击 ab|（文本框）按钮，在窗体页脚区域添加三个文本框，标题均为“合计数量：”。之后分别在三个文本框中直接输入表达式“=DCount("[车位编号]","车位信息","[是否已出租]=-1")+DCount("[车位编号]","车位信息","[是否已出租]=0")”、“=DCount("[车位编号]","车位信息","[是否已出租]=-1")”和“=DCount("[车位编号]","车位信息","[是否已出租]=0")”。

(4) 设置三个文本框的属性，分别如图 9-131 至图 9-133 所示。

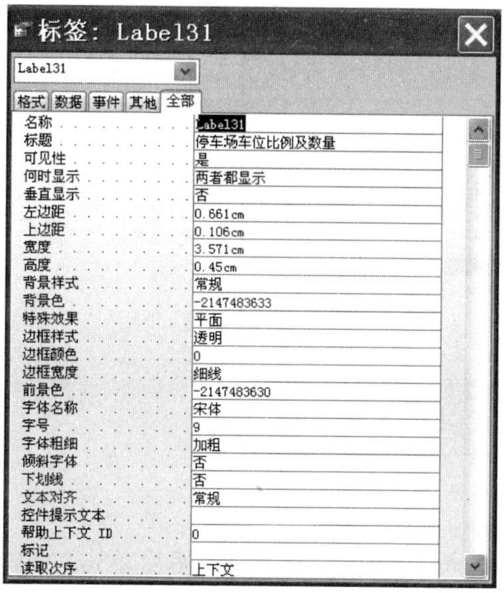

图 9-130　标签属性

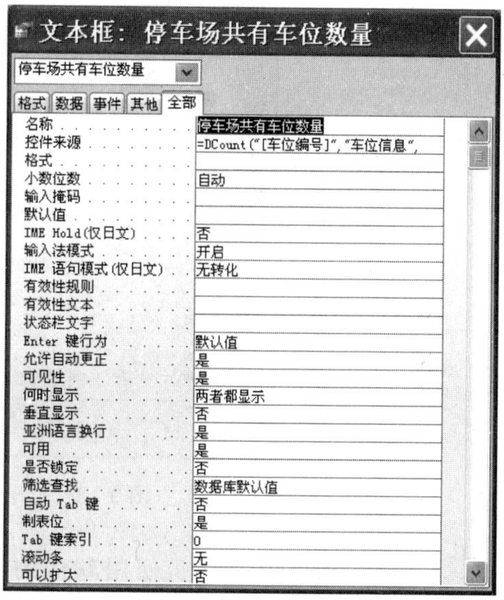

图 9-131　“停车场共有车位数量”文本框属性

3. 添加子窗体

为了在“维护窗体：车位信息”窗体中显示各种类型的车位比例，需要创建相应的分析图窗体，形成“管理驾驶舱”。这里的分析图窗体是通过添加子窗体实现的。下面使用子窗体/子报表向导方法为“维护窗体：车位信息”窗体添加子窗体。

(1) 以设计视图打开“维护窗体：车位信息”窗体，在工具箱中单击（子窗口/子报

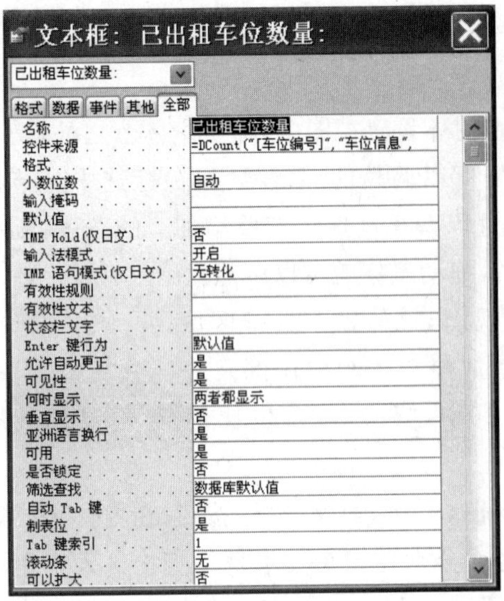

图 9-132 “已出租车位数量”文本框属性

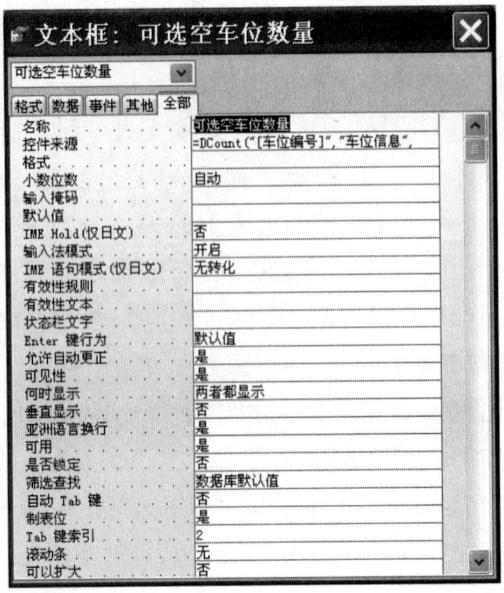

图 9-133 “可选空车位数量”文本框属性

表)按钮,在窗体主体节中画出一个矩形框,这时打开“子窗体向导”对话框,如图 9-134 所示,单击“下一步”按钮。

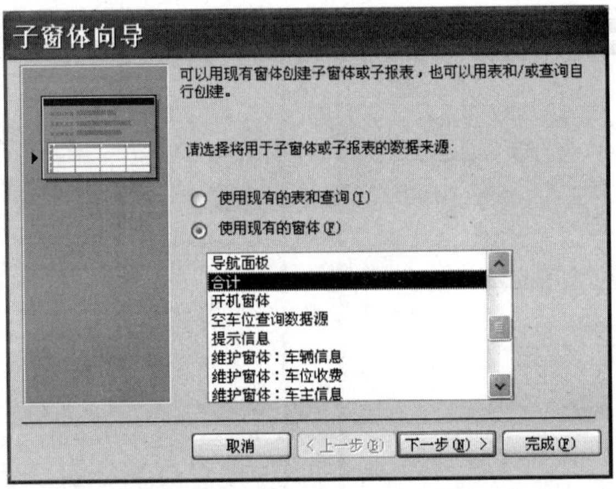

图 9-134 “子窗体向导”对话框

(2) 在打开的对话框中,使用默认的名称即可,如图 9-135 所示,然后单击“完成”按钮。

(3) 使用同样的方法,添加“未出租”和“已出租”子窗体。子窗体创建后的结果如图 9-136 所示,保存窗体。

十、创建开机窗体

创建开机窗体的目的是在打开子系统后弹出一个欢迎界面,该窗体可使用“在设计视图中创建窗体”的方式创建。创建结果如图 9-137 所示。

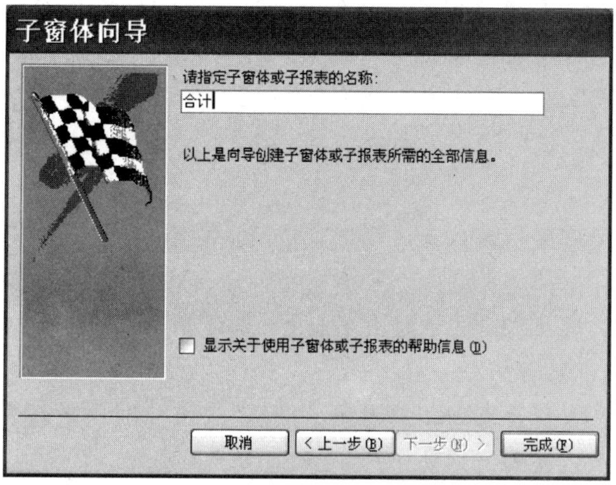

图 9-135　指定子窗体或子报表的名称

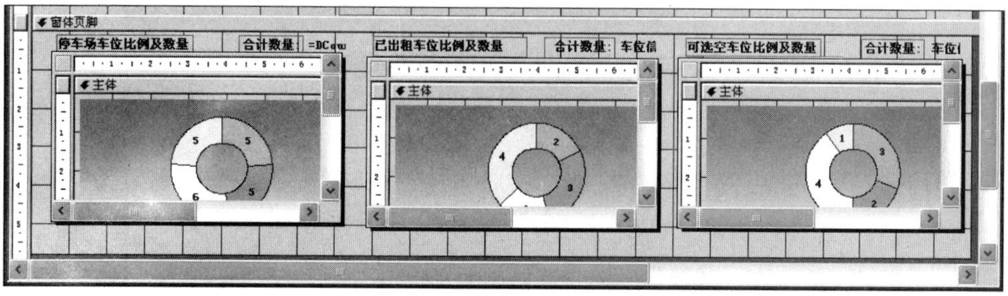

图 9-136　窗体页脚创建子窗体后的结果

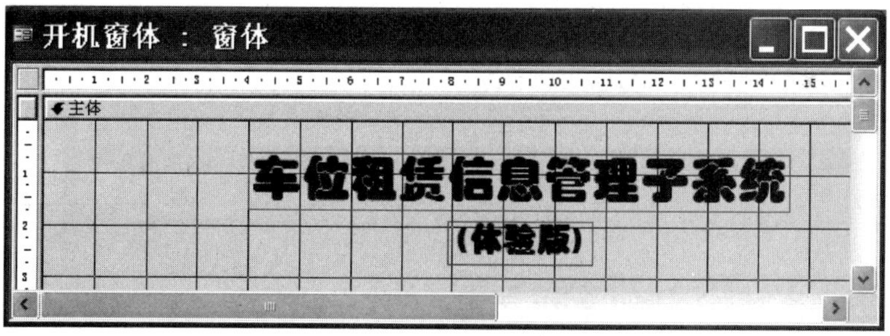

图 9-137　开机窗体

十一、创建提示窗体

创建提示窗体的方法与创建“车主车辆信息综合管理查询”窗体的方法基本相同。在文本框中，需要输入对应的表达式。

文本框“应收车位费数量”，输入表达式“=DCount("[车位办理流水编号]","车位收费")-DCount("[车位办理流水编号]","车位收费","[是否退租]=-1")”。

文本框“未缴费车位数量”，输入表达式“=DCount("[车位办理流水编号]","车位收费")－DCount("[车位办理流水编号]","车位收费","[是否收缴]＝－1")"。

文本框"起始日期",输入表达式"＝Date()"。

文本框"终止日期",输入表达式"＝Date()＋30"。

文本框"车位缴费比例",输入表达式"＝([应收车位费数量]－[未缴费车位数量])/[应收车位费数量]"。

文本框"到期车位数量",输入表达式"＝DCount("[车位办理流水编号]","弹出计费终止日期明细")"。

添加的两个"查询明细"按钮分别用来打开"未缴费明细"和"弹出计费终止日期明细"。

添加的两个"进入收费管理"和"关闭提示信息"按钮分别用来打开"车位收费信息综合管理查询"窗体和执行关闭窗体动作。

创建结果如图 9-138 所示。

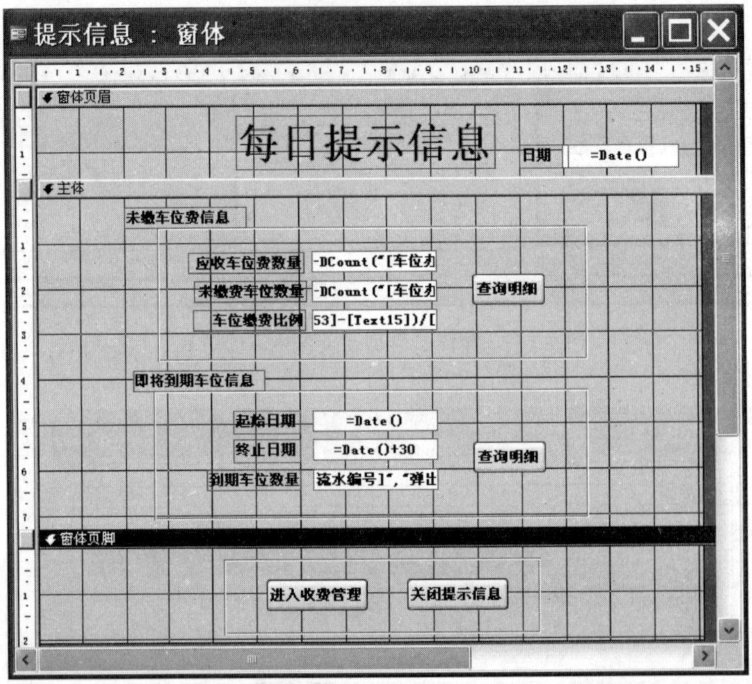

图 9-138　提示窗体创建结果

第六节　系统报表的设计与实现

一般情况下,一个数据库系统的最终操作是打印输出,而报表就是数据库中的数据通过打印机输出的特有形式。

根据需求分析,车位租赁管理子系统所需要的报表是在相关数据源查询中的明细报表。在车位租赁管理子系统中,报表的主要用途是完成数据的综合查询汇总工作。

一、创建“车位收费查询数据源”报表

制作报表如同制作窗体一样，有多种方法，本节将使用报表向导方式创建各种查询报表。创建“车位收费查询数据源”报表的操作步骤如下。

(1) 在数据库窗口中，选择“报表”。在工具栏中单击“新建”按钮，打开“新建报表”对话框。选择“报表向导”，在“请选择该对象数据的来源表或查询:”下拉列表框中选择“车位收费查询数据源”，如图 9-139 所示，然后单击“确定”按钮。

(2) 在打开的“报表向导”对话框中，单击 >> 按钮，把全部字段添加到“选定的字段”列表框中，如图 9-140 所示，然后单击“下一步”按钮。

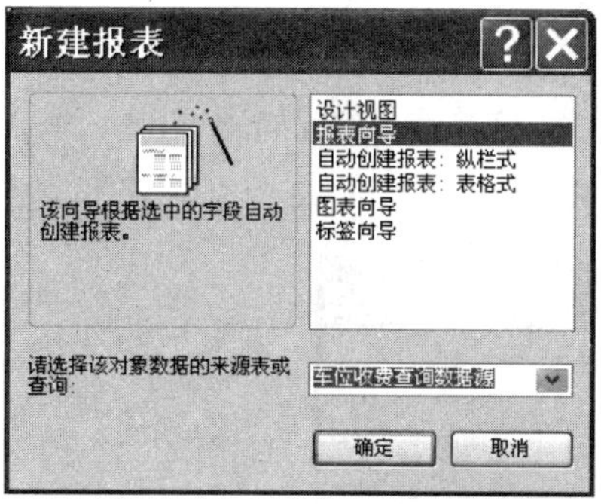

图 9-139　“新建报表”对话框

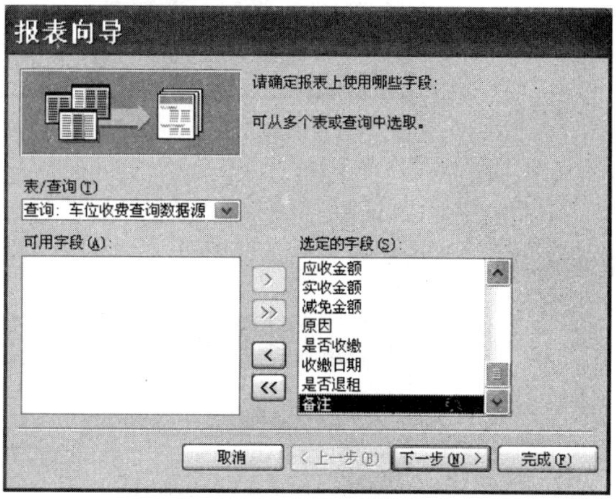

图 9-140　“报表向导”对话框

(3) 在打开的对话框(图 9-141)中单击“下一步”按钮。

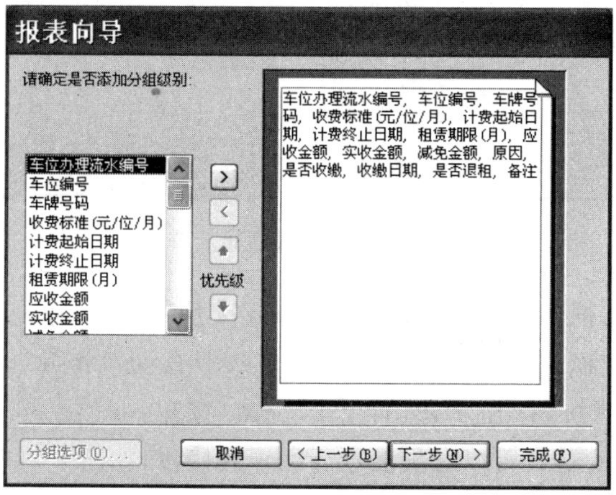

图 9-141　确定是否添加分组级别

(4) 在打开的对话框中，“升序”栏中选择“车位办理流水编号”字段，如图 9-142 所示，然后单击“下一步”按钮。

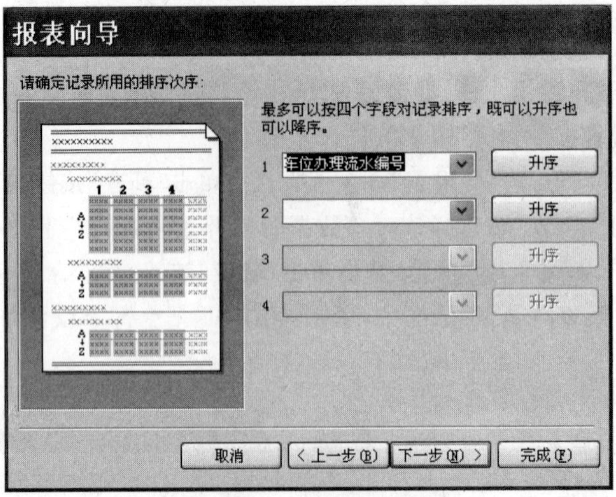

图 9-142　确定记录所用的排序次序

(5) 在打开的对话框中，选择"表格"单选按钮和"横向"单选按钮，如图 9-143 所示，然后单击"下一步"按钮。

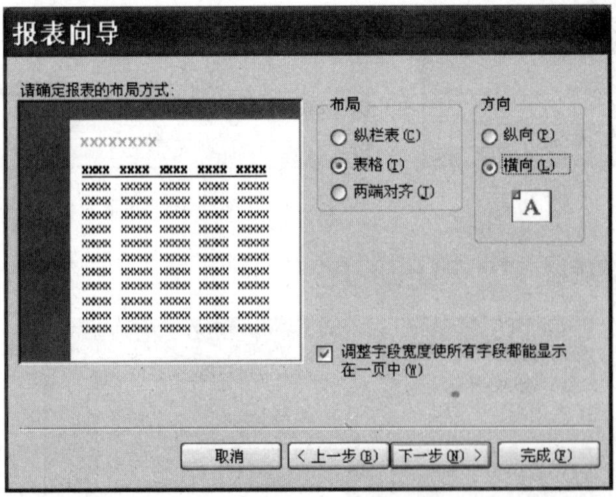

图 9-143　确定报表的布局方式

(6) 在打开的对话框中，选中"组织"，如图 9-144 所示，然后单击"下一步"按钮。

(7) 在打开的对话框中，使用默认标题"车位收费查询数据源"。然后，选择"修改报表设计"单选按钮，如图 9-145 所示，然后单击"完成"按钮。

(8) 打开报表设计视图，可以对报表进行编辑和修改，如图 9-146 所示。

二、调整标签的大小与位置

调整标签的大小和位置的操作步骤如下。

在设计视图中，有些标签的文字不能完整显示，因此需要进行调整以完整显示文字，

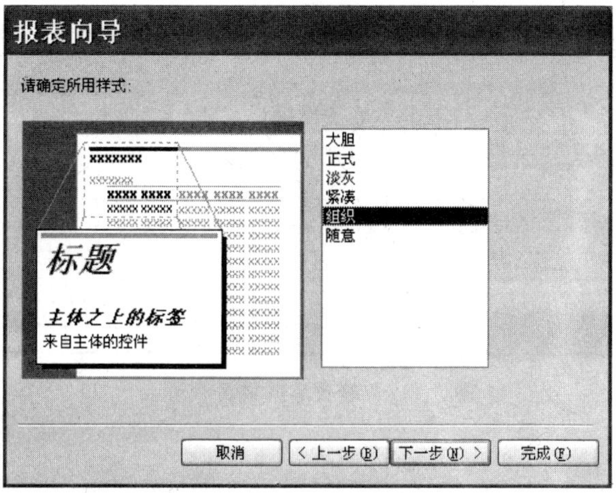

图 9-144　确定所用样式

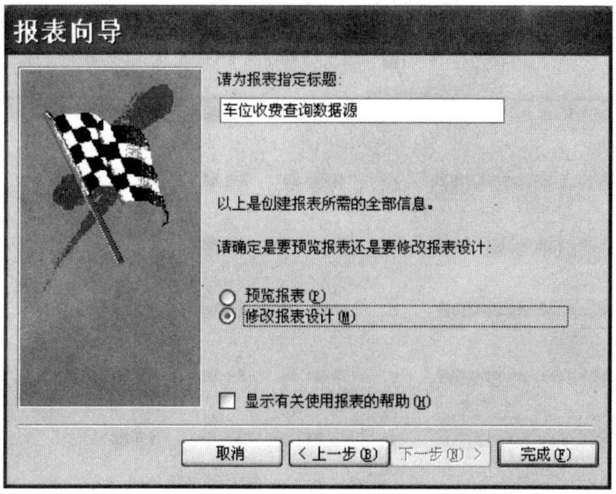

图 9-145　为报表指定标题

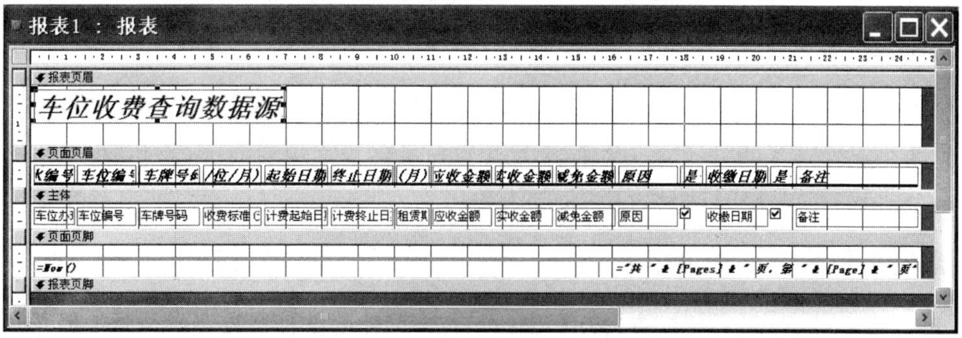

图 9-146　报表的设计视图

然后适当调整字段文字的大小。修改完成后的报表如图 9-147 所示。

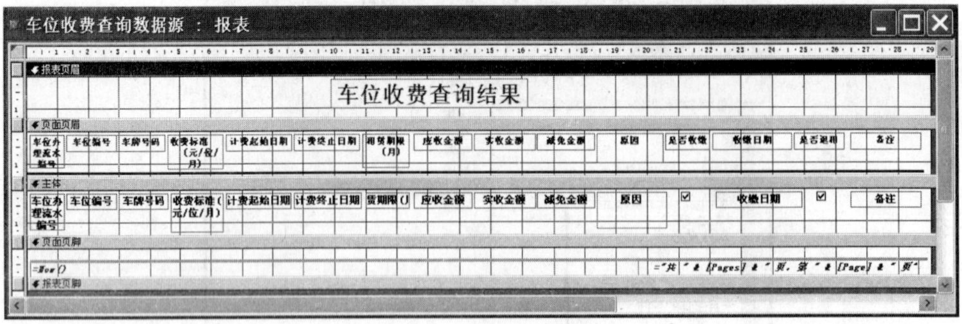

图 9-147　修改后的设计视图

设计完成后的报表如图 9-148 所示。

收费标准 (元/位/月)	计费起始日期	计费终止日期	租赁期限 (月)	应收金额	实收金额	减免金额	原因	是否收缴
¥150.00	2009年1月1日	2013年3月5日	51	¥7,650.00	¥0.00	¥0.00		☑
¥300.00	2009年7月1日	2009年7月31日	1	¥300.00	¥0.00	¥0.00		☐
¥300.00	2009年2月10日	2010年4月9日	14	¥4,200.00	¥0.00	¥0.00		☑
¥300.00	2010年2月10日	2010年4月9日	2	¥600.00	¥0.00	¥0.00		☑
¥400.00	2010年2月10日	2010年4月9日	2	¥800.00	¥0.00	¥0.00		☑
¥400.00	2010年2月10日	2010年9月9日	7	¥2,800.00	¥0.00	¥0.00		☐
¥0.00	2009年7月1日	2009年8月31日	2	¥0.00	¥0.00	¥0.00		☐

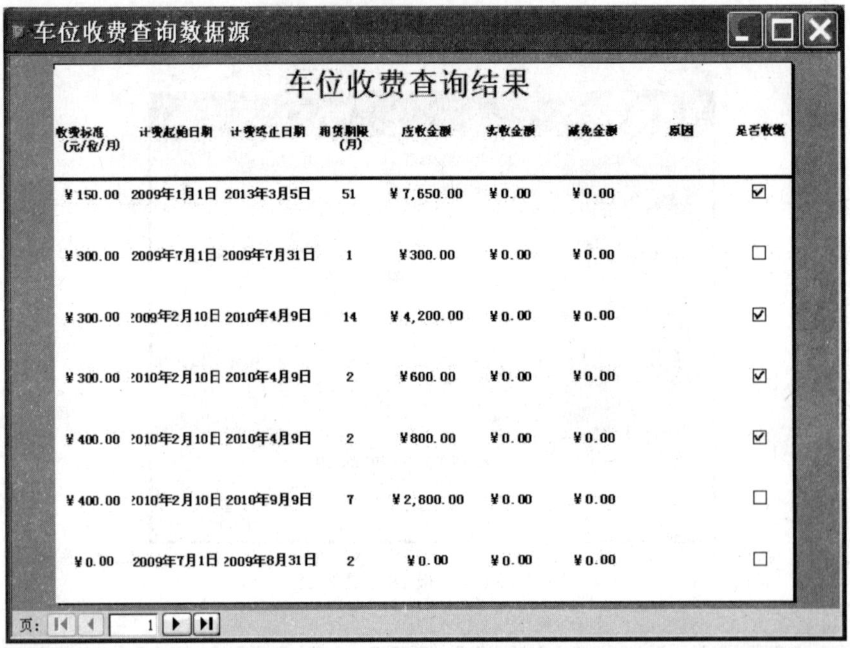

图 9-148　设计完成后的报表

　　按照同样的方法,可以创建"车辆信息查询数据源"报表、"车位信息查询数据源"报表、"车主信息查询数据源"报表,并被"车位收费信息综合管理查询"窗体和"车主车辆信息综合管理查询"窗体中打印报表按钮所引用。

三、创建车位收费通知单报表

　　由于"车位收费通知单"报表,要引入格式表单,创建的过程比较特殊。具体操作步骤如下。

　　(1)与创建"车位收费查询数据源"报表前几步基本相同,使用报表向导通过"车位收费通知单"查询生成"车位收费通知单"报表,如图 9-149 所示。

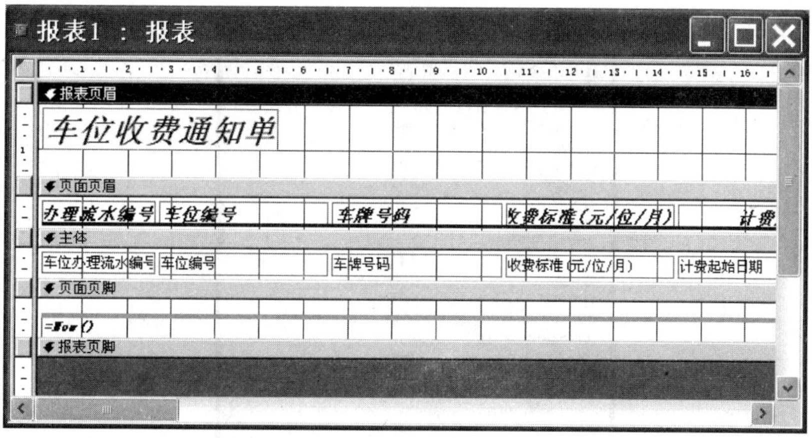

图 9-149　“车位收费通知单”报表

(2) 利用在 Excel 中生成的“车位收费通知单”表格，复制后粘贴到“车位收费通知单”报表设计视图的窗体主体中，如图 9-150 所示。

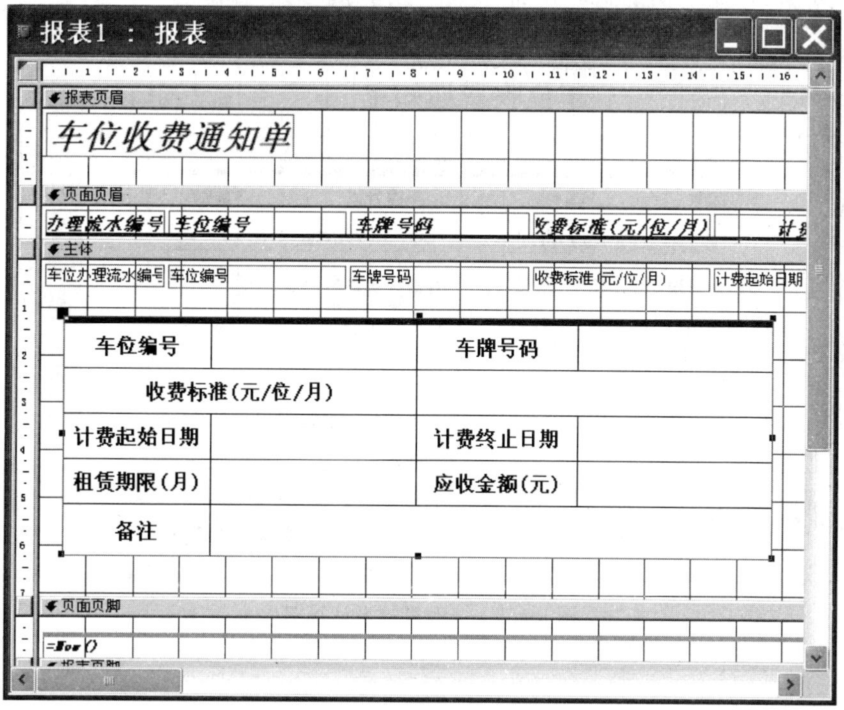

图 9-150　“车位收费通知单”报表设计视图

(3) 选中“车位收费通知单”表格，进行属性设定，“背景样式”设置为“透明”，如图 9-151 所示。

(4) 在设计视图中，调整标签的大小与位置。修改完成后的报表，如图 9-152 所示。

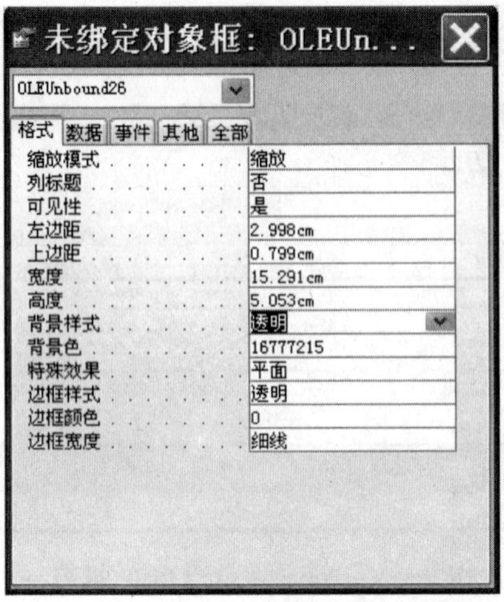

图 9-151 “车位收费通知单”属性设置

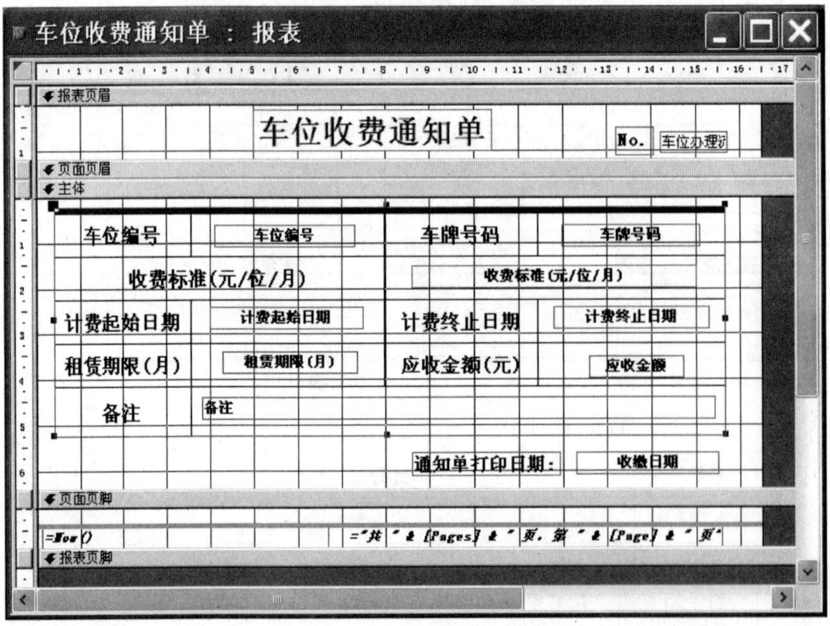

图 9-152 修改后的设计视图

第七节 创建并运行宏

宏是由一系列操作组成的命令集合，可以对数据库中的对象进行各种操作，使用宏可以为数据库应用程序添加许多自动化的功能，并将各种对象连接成一个有机的整体。

车位租赁管理子系统需要创建两个宏，分别为“提示信息”和“计算车位收费金额”宏，分别用来实现在打开子系统符合设定条件时，显示必要的车位租赁资料提示信息，自动计算车位收费时需要的月份金额。

一、创建“提示信息”宏

创建“提示信息”宏的操作步骤如下。

(1) 在“对象”列表中，选择“宏”，在工具栏中单击“新建”按钮，打开“宏”对话框。单击工具栏中的(条件)按钮，打开如图 9-153 所示的对话框。

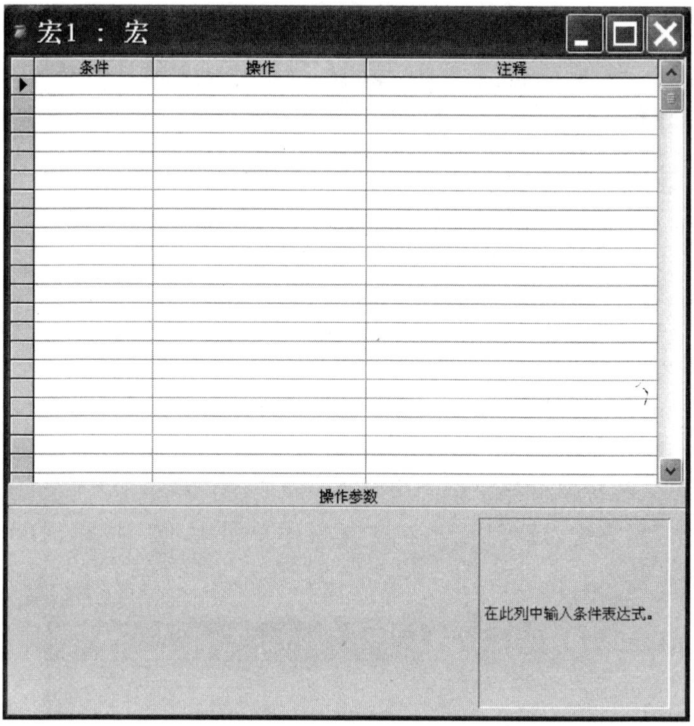

图 9-153　“宏”对话框

(2) 在“操作”列中选择 OpenForm，在下面操作参数的“窗体名称”文本框中选择“导航面板”。

(3) 在“操作”列中选择 Close，在下面操作参数的“对象类型”文本框中选择“窗体”，“对象名称”文本框中选择“开机窗体”。

(4) 在第三行“条件”字段中输入表达式“(DCount("[车位办理流水编号]","车位收费")－DCount("[车位办理流水编号]","车位收费","[是否收缴]=－1"))>=1”，在“操作”列中选择 OpenForm，在下面操作参数的“窗体名称”文本框中选择“提示信息”。

(5) 在第四行“条件”字段中输入表达式“DCount("[车位办理流水编号]","弹出计费终止日期明细")>=1”，在“操作”列中选择 OpenForm，在下面操作参数的“窗体名称”文本框中选择“提示信息”。

(6) 关闭“提示信息”宏，如图 9-154 所示。

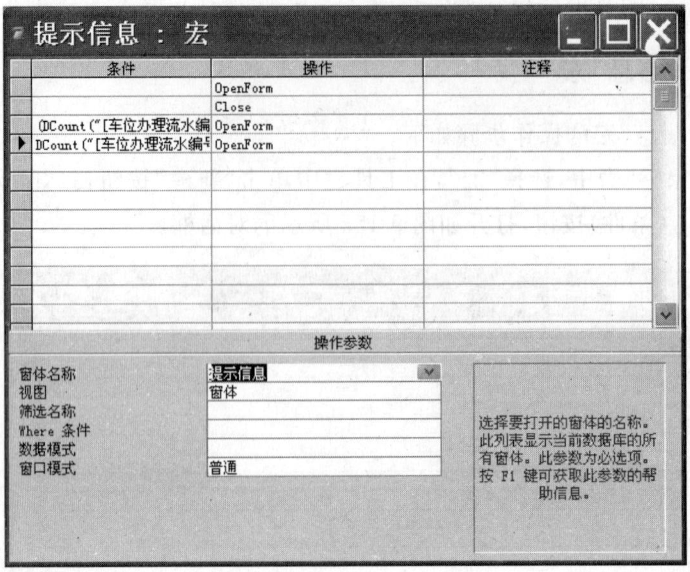

图 9-154　宏操作对话框

二、创建“计算车位收费金额”宏

创建“计算车位收费金额”宏的操作步骤如下。

(1) 在“对象”列表中，选择“宏”，在工具栏中单击“新建”按钮，打开宏对话框，如图 9-155 所示。

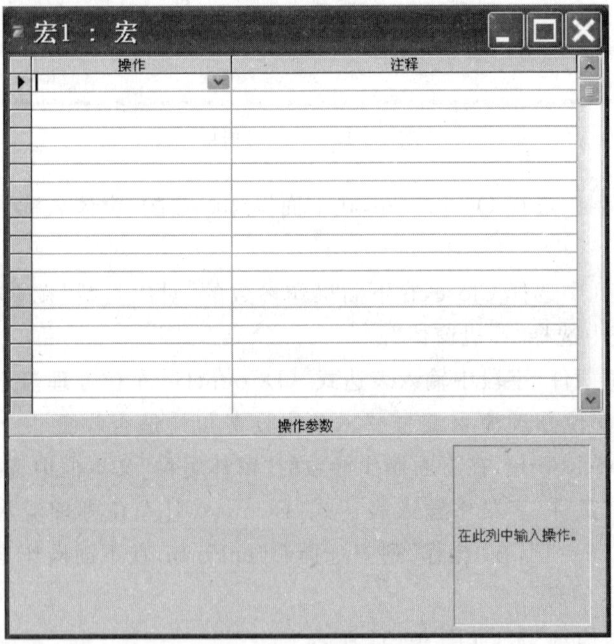

图 9-155　“宏”对话框

(2) 在"操作"列中选择 OpenQuery，在下面操作参数的"查询名称"文本框中选择"计算车位收费金额"，名称为"计算车位收费金额宏"，如图 9-156 所示。

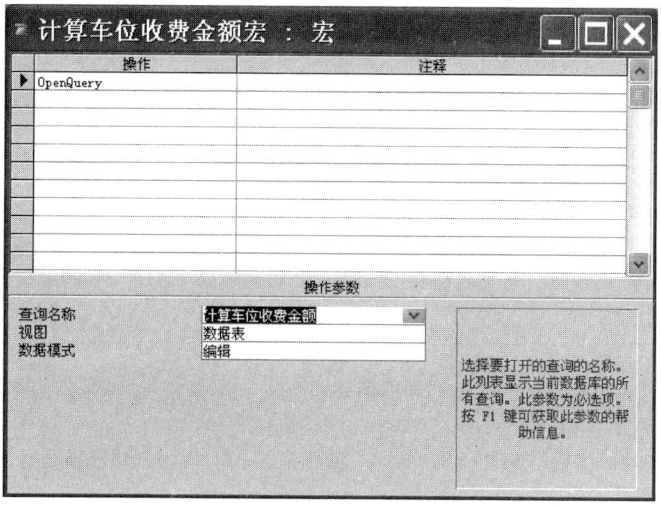

图 9-156　宏"计算车位收费金额宏"对话框

第八节　系统编码实现

本系统所涉及的编码比较多，主要包括"车主车辆信息综合管理查询"窗体中的"查询"、"清除"及"车主信息"、"车辆信息"按钮代码；"车位收费信息综合管理查询"窗体中的"查询"、"清除"及"车位收费"、"车位信息"按钮代码。此外，还包括在"维护窗体：车位信息"窗体中的"添加/更改"和"删除图片"按钮代码，"维护窗体：车辆信息"窗体中的"添加/更改"和"删除图片"按钮代码。

一、"车主车辆信息综合管理查询"窗体中"查询"按钮代码

```
Private Sub 查询_Click()
On Error GoTo Err_查询_Click
    '如果有错误　转到错误处理
    Dim strWhere As String
    strWhere="" '设定初始值-空字符串
            If Not IsNull(Me.房间号)Then
          If Len(strWhere)>1 Then
        strWhere=strWhere & "AND([房间号]='" & Me.房间号 & "')"
      Else
        strWhere="([房间号]='" & Me.房间号 & "')"
      End If
    End If
            If Not IsNull(Me.车牌号码)Then
```

```
        If Len(strWhere)>1 Then
      strWhere=strWhere & "AND([车牌号码]='" & Me.车牌号码 & "')"
    Else
      strWhere="([车牌号码]='" & Me.车牌号码 & "')"
    End If
  End If
          If Not IsNull(Me.公司名称)Then
        If Len(strWhere)>1 Then
      strWhere=strWhere & " AND([公司名称]='" & Me.公司名称 & "')"
    Else
      strWhere="([公司名称]='" & Me.公司名称 & "')"
    End If
  End If
          If Not IsNull(Me.颜色描述)Then
        If Len(strWhere)>1 Then
      strWhere=strWhere & " AND([颜色描述]='" & Me.颜色描述 & "')"
    Else
      strWhere="([颜色描述]='" & Me.颜色描述 & "')"
    End If
  End If
        If Not IsNull(Me.车辆品牌)Then
        If Len(strWhere)>1 Then
      strWhere=strWhere & " AND([车辆品牌]='" & Me.车辆品牌 & "')"
    Else
      strWhere="([车辆品牌]='" & Me.车辆品牌 & "')"
    End If
  End If
        If Not IsNull(Me.协议编号)Then
        If Len(strWhere)>1 Then
      strWhere=strWhere & " AND([协议编号]='" & Me.协议编号 & "')"
    Else
      strWhere="([协议编号]='" & Me.协议编号 & "')"
    End If
  End If
    '让子窗体应用窗体查询
Debug.Print strWhere
Me.车主信息查询数据源_子窗体.Form.Filter=strWhere
Me.车辆信息查询数据源.Form.Filter=strWhere
'Filter-筛选,显示满足查询条件的记录集。本语句设置子窗体的查询筛选条件
Me.车主信息查询数据源_子窗体.Form.Filter=Ture
Me.车辆信息查询数据源.Form.Filter=Ture
'FilterOn应用设置的查询筛选条件
DoCmd.DoMenuItem acFormBar,acRecordsMenu,2,,acMenuVer70
Exit_查询_Click:
```

```
Exit Sub
Err_查询_Click:
    MsgBox Err.Description
    Resume Exit_查询_Click
End Sub
```

二、"车主车辆信息综合管理查询"窗体中"清除"按钮代码

```
Private Sub 清除_Click()
On Error GoTo Err_清除_Click
Me.房间号=Null
Me.车牌号码=Null
Me.公司名称=Null
Me.颜色描述=Null
Me.车辆品牌=Null
Me.协议编号=Null
Exit_清除_Click:
Exit Sub
Err_清除_Click:
    MsgBox Err.Description
    Resume Exit_清除_Click
End Sub
```

三、"车主车辆信息综合管理查询"窗体中"车主信息"按钮代码

```
Private Sub 车主信息_Click()
On Error GoTo Err_车主信息_Click
    Dim stDocName As String
    stDocName=ChrW(-28826) & ChrW(20027) & ChrW(20449) & ChrW(24687) & ChrW(26597)
    & ChrW(-29726) & ChrW(25968) & ChrW(25454) & ChrW(28304)
    DoCmd.OpenReport stDocName,acPreview
Exit_车主信息_Click:
    Exit Sub
Err_车主信息_Click:
    MsgBox Err.Description
    Resume Exit_车主信息_Click
End Sub
```

四、"车主车辆信息综合管理查询"窗体中"车辆信息"按钮代码

```
Private Sub 车辆信息_Click()
On Error GoTo Err_车辆信息_Click
    Dim stDocName As String
    stDocName=ChrW(-28826) & ChrW(-28794) & ChrW(20449) & ChrW(24687) & ChrW(26597)
```

```
    & ChrW(-29726) & ChrW(25968) & ChrW(25454) & ChrW(28304)
     DoCmd.OpenReport stDocName,acPreview
Exit_车辆信息_Click:
     Exit Sub
Err_车辆信息_Click:
     MsgBox Err.Description
     Resume Exit_车辆信息_Click
End Sub
```

五、"车位收费信息综合管理查询"窗体中"查询"按钮代码

```
End Sub
Private Sub 查询_Click()
On Error GoTo Err_查询_Click
    '如果有错误 转到错误处理
    Dim strWhere As String
    strWhere="" '设定初始值-空字符串
             If Not IsNull(Me.车位编号)Then
           If Len(strWhere)>1 Then
         strWhere=strWhere & " AND([车位编号]='" & Me.车位编号 & "')"
       Else
         strWhere="([车位编号]='" & Me.车位编号 & "')"
       End If
     End If
             If Not IsNull(Me.车牌号码)Then
           If Len(strWhere)>1 Then
         strWhere=strWhere & " AND([车牌号码]='" & Me.车牌号码 & "')"
       Else
         strWhere="([车牌号码]='" & Me.车牌号码 & "')"
       End If
     End If
             If Not IsNull(Me.车位类别)Then
           If Len(strWhere)>1 Then
         strWhere=strWhere & " AND([车位类别]='" & Me.车位类别 & "')"
       Else
         strWhere="([车位类别]='" & Me.车位类别 & "')"
       End If
     End If
    '让子窗体应用窗体查询
Debug.Print strWhere
Me.车位收费查询数据源_子窗体.Form.Filter=strWhere
Me.车位信息查询数据源.Form.Filter=strWhere
'Filter-筛选,显示满足查询条件的记录集。本语句设置子窗体的查询筛选条件
Me.车位收费查询数据源_子窗体.Form.Filter=Ture
```

```
Me.车位信息查询数据源.Form.Filter=Ture
'FilterOn 应用设置的查询筛选条件
DoCmd.DoMenuItem acFormBar,acRecordsMenu,2,,acMenuVer70
Exit_查询_Click:
Exit Sub
Err_查询_Click:
    MsgBox Err.Description
    Resume Exit_查询_Click
End Sub
```

六、“车位收费信息综合管理查询”窗体中“清除”按钮代码

```
Private Sub 清除_Click()
On Error GoTo Err_清除_Click
Me.车牌号码=Null
Me.车位编号=Null
Me.车位类别=Null
Me.起始时间=Null
Me.终止时间=Null
Me.已缴费=Null
Exit_清除_Click:
Exit Sub
Err_清除_Click:
    MsgBox Err.Description
    Resume Exit_清除_Click
End Sub
```

七、“车位收费信息综合管理查询”窗体中“车位收费”按钮代码

```
Private Sub 车位收费_Click()
On Error GoTo Err_车位收费_Click
    Dim stDocName As String
    stDocName= ChrW(- 28826) & ChrW(20301) & ChrW(25910) & ChrW(- 29383) & ChrW
    (26597) & ChrW(-29726) & ChrW(25968) & ChrW(25454) & ChrW(28304)
    DoCmd.OpenReport stDocName,acPreview
Exit_车位收费_Click:
    Exit Sub
Err_车位收费_Click:
    MsgBox Err.Description
    Resume Exit_车位收费_Click
End Sub
```

八、“车位收费信息综合管理查询”窗体中“车位信息”按钮代码

```
Private Sub 车位信息_Click()
```

```
On Error GoTo Err_车位信息_Click
    Dim stDocName As String
    stDocName=ChrW(-28826)& ChrW(20301)& ChrW(20449)& ChrW(24687)& ChrW(26597)
    & ChrW(-29726)& ChrW(25968)& ChrW(25454)& ChrW(28304)
    DoCmd.OpenReport stDocName,acPreview
Exit_车位信息_Click:
    Exit Sub
Err_车位信息_Click:
    MsgBox Err.Description
    Resume Exit_车位信息_Click
End Sub
```

九、"维护窗体：车位信息"窗体中"添加/更改"按钮代码

```
Option Compare Database
Option Explicit
Dim path As String
Private Type OPENFILENAME
lStructSize As Long
hwndOwner As Long
hInstance As Long
lpstrFilter As String
lpstrCustomFilter As String
nMaxCustFilter As Long
nFilterIndex As Long
lpstrFile As String
nMaxFile As Long
lpstrFileTitle As String
nMaxFileTitle As Long
lpstrInitialDir As String
lpstrTitle As String
flags As Long
nFileOffset As Integer
nFileExtension As Integer
lpstrDefExt As String
lCustData As Long
lpfnHook As Long
lpTemplateName As String
End Type
Private  Declare  Function  GetOpenFileName  Lib  " comdlg32. dll "  Alias
"GetOpenFileNameA"(pOpenfilename As OPENFILENAME)As Long
Sub getFileName()
    Dim fileName As String
    Dim result As Integer
```

```
    Dim ofn As OPENFILENAME
    ofn.lStructSize=Len(ofn)
    ofn.hwndOwner=Me.Hwnd
    ofn.hInstance=Application.hWndAccessApp
    ofn.lpstrFilter="JPEG 图片(*.jpg)"+Chr$(0)+"*.jpg"+Chr$(0)+"BMP 图片(*.bmp)"+
   Chr$(0)+"*.bmp"+Chr$(0)
    ofn.lpstrFile=Space$(254)
    ofn.nMaxFile=255
    ofn.lpstrFileTitle=Space$(254)
    ofn.nMaxFileTitle=255
    ofn.lpstrInitialDir=CurDir
    ofn.lpstrTitle="选择图片..."
    ofn.flags=0
    result=GetOpenFileName(ofn)
    If(result <>0)Then
       fileName=Trim(ofn.lpstrFile)
       Me![照片路径].Visible=True
       Me![照片路径].SetFocus
       Me![照片路径].Text=fileName
       错误信息.Visible=False
    End If
End Sub
Sub showErrorMessage()
    If Not IsNull(Me!照片)Then
       错误信息.Visible=False
    Else
       错误信息.Visible=True
    End If
End Sub
Function IsRelative(fName As String)As Boolean
    IsRelative=(InStr(1,fName,": ")=0)And(InStr(1,fName,"\\")=0)
End Function
Sub hideImageFrame()
    Me![照片图像].Visible=False
End Sub
Sub showImageFrame()
    Me![照片图像].Visible=True
End Sub
Private Sub Form_AfterUpdate()
    On Error Resume Next
       showErrorMessage
       showImageFrame
       If(IsRelative(Me!照片路径)=True)Then
            Me![照片图像].Picture=path & Me![照片路径]
```

```
        Else
            Me![照片图像].Picture=Me![照片路径]
        End If
End Sub
Private Sub Form_Current()
    Dim res As Boolean
    Dim fName As String
    path=CurrentProject.path
    On Error Resume Next
        错误信息.Visible=False
        If Not IsNull(Me!照片)Then
            res=IsRelative(Me!照片)
            fName=Me![照片路径]
            If(res=True)Then
                fName=path & "\" & fName
            End If
            Me![照片图像].Picture=fName
            showImageFrame
            Me.PaintPalette=Me![照片图像].ObjectPalette
            If(Me![照片图像].Picture <>fName)Then
                hideImageFrame
                错误信息.Caption="单击"添加/更改"按钮,添加图片。"
                错误信息.Visible=True
            End If
        Else
            hideImageFrame
            错误信息.Caption="单击"添加/删除"按钮,添加照片。"
            错误信息.Visible=True
        End If
End Sub
Private Sub Form_RecordExit(Cancel As Integer)
    错误信息.Visible=False
End Sub
Private Sub 添加照片_Click()
    getFileName
End Sub
Private Sub 照片路径_AfterUpdate()
    On Error Resume Next
        showErrorMessage
        showImageFrame
        If(IsRelative(Me!照片路径)=True)Then
            Me![照片图像].Picture=path & Me![照片路径]
        Else
            Me![照片图像].Picture=Me![照片路径]
```

```
        End If
End Sub
Private Sub 查询空车位信息_Click()
On Error GoTo Err_查询空车位信息_Click
    Dim stDocName As String
    Dim stLinkCriteria As String
    stDocName=ChrW(31354)& ChrW(-28826)& ChrW(20301)& ChrW(26597) & ChrW(-29726)&
    ChrW(25968)& ChrW(25454)& ChrW(28304)
    DoCmd.OpenForm stDocName,,,stLinkCriteria
Exit_查询空车位信息_Click:
    Exit Sub
Err_查询空车位信息_Click:
    MsgBox Err.Description
    Resume Exit_查询空车位信息_Click
End Sub
```

十、“维护窗体：车位信息”窗体中“删除图片”按钮代码

```
Private Sub 删除照片_Click()
    Me![照片路径]=""
    hideImageFrame
    Me![照片图像].Picture=""
    错误信息.Visible=True
End Sub
```

十一、“维护窗体：车辆信息”窗体中“添加/更改”按钮代码

```
Option Compare Database
Option Explicit
Dim path As String
Private Type OPENFILENAME
lStructSize As Long
hwndOwner As Long
hInstance As Long
lpstrFilter As String
lpstrCustomFilter As String
nMaxCustFilter As Long
nFilterIndex As Long
lpstrFile As String
nMaxFile As Long
lpstrFileTitle As String
nMaxFileTitle As Long
lpstrInitialDir As String
lpstrTitle As String
```

```
flags As Long
nFileOffset As Integer
nFileExtension As Integer
lpstrDefExt As String
lCustData As Long
lpfnHook As Long
lpTemplateName As String
End Type
Private Declare Function GetOpenFileName Lib " comdlg32. dll " Alias
"GetOpenFileNameA"(pOpenfilename As OPENFILENAME)As Long
Sub getFileName()
    Dim fileName As String
    Dim result As Integer
    Dim ofn As OPENFILENAME
    ofn.lStructSize=Len(ofn)
    ofn.hwndOwner=Me.Hwnd
    ofn.hInstance=Application.hWndAccessApp
    ofn.lpstrFilter="JPEG 图片(*.jpg)"+Chr$(0)+"*.jpg"+Chr$(0)+"BMP 图片(*.bmp)"+
    Chr$(0)+"*.bmp"+Chr$(0)
    ofn.lpstrFile=Space$(254)
    ofn.nMaxFile=255
    ofn.lpstrFileTitle=Space$(254)
    ofn.nMaxFileTitle=255
    ofn.lpstrInitialDir=CurDir
    ofn.lpstrTitle="选择图片..."
    ofn.flags=0
    result=GetOpenFileName(ofn)
    If(result<>0)Then
       fileName=Trim(ofn.lpstrFile)
       Me![照片路径].Visible=True
       Me![照片路径].SetFocus
       Me![照片路径].Text=fileName
       错误信息.Visible=False
    End If
End Sub
Sub showErrorMessage()
    If Not IsNull(Me!照片)Then
       错误信息.Visible=False
    Else
       错误信息.Visible=True
    End If
End Sub
Function IsRelative(fName As String)As Boolean
    IsRelative=(InStr(1,fName,":")=0)And(InStr(1,fName,"\\")=0)
```

```
End Function
Sub hideImageFrame()
    Me![照片图像].Visible=False
End Sub
Sub showImageFrame()
    Me![照片图像].Visible=True
End Sub
Private Sub Form_AfterUpdate()
    On Error Resume Next
       showErrorMessage
       showImageFrame
       If(IsRelative(Me!照片路径)=True)Then
            Me![照片图像].Picture=path & Me![照片路径]
       Else
            Me![照片图像].Picture=Me![照片路径]
       End If
End Sub
Private Sub Form_Current()
    Dim res As Boolean
    Dim fName As String
    path=CurrentProject.path
    On Error Resume Next
       错误信息.Visible=False
       If Not IsNull(Me!照片)Then
            res=IsRelative(Me!照片)
            fName=Me![照片路径]
            If(res=True)Then
                fName=path & "\" & fName
            End If
            Me![照片图像].Picture=fName
            showImageFrame
            Me.PaintPalette=Me![照片图像].ObjectPalette
            If(Me![照片图像].Picture <>fName)Then
                hideImageFrame
                错误信息.Caption="单击“添加/更改”按钮,添加图片。"
                错误信息.Visible=True
            End If
       Else
            hideImageFrame
            错误信息.Caption="单击“添加/删除”按钮,添加照片。"
            错误信息.Visible=True
       End If
End Sub
Private Sub Form_RecordExit(Cancel As Integer)
```

```
    错误信息.Visible=False
End Sub
Private Sub 添加照片_Click()
    getFileName
End Sub
Private Sub 照片路径_AfterUpdate()
    On Error Resume Next
        showErrorMessage
        showImageFrame
        If(IsRelative(Me!照片路径)=True)Then
            Me![照片图像].Picture=path & Me![照片路径]
        Else
            Me![照片图像].Picture=Me![照片路径]
        End If
End Sub
```

十二、“维护窗体：车辆信息”窗体中“删除图片”按钮代码

```
Private Sub 删除照片_Click()
    Me![照片路径]=""
    hideImageFrame
    Me![照片图像].Picture=""
    错误信息.Visible=True
End Sub
```

第九节　系统的集成与功能浏览

到此，车位租赁管理信息子系统的主要对象就都已经创建完成了。下一步，就需要把这些对象统一地组织起来，在一个窗体中实现对子系统各个对象的控件。在这里，控制窗体被定义为导航面板。

一、创建导航面板窗体

导航面板就好比一个控制台，使用导航面板可以完成对整个数据库各个模块的管理和控制。导航面板是无数据的窗体，在此窗体上主要放置多个命令按钮，使用这些命令按钮可以打开相对应的窗体。创建导航面板窗体的步骤如下。

(1) 在数据库窗口中，选择“窗体”，在“窗体对象”列表窗格中，单击“在设计视图中创建窗体”图标，打开窗体设计视图，如图 9-157 所示。

(2) 在工具栏中单击 Aa (标签)按钮，添加文字“导航面板”，字号 26，粗体，颜色为黑色，并把标签拖放到“主体”的上部。关闭“控件”按钮，单击 (选项组)按钮，在窗体中分别建立“业务办理流程”和“综合管理查询”，如图 9-158 所示。

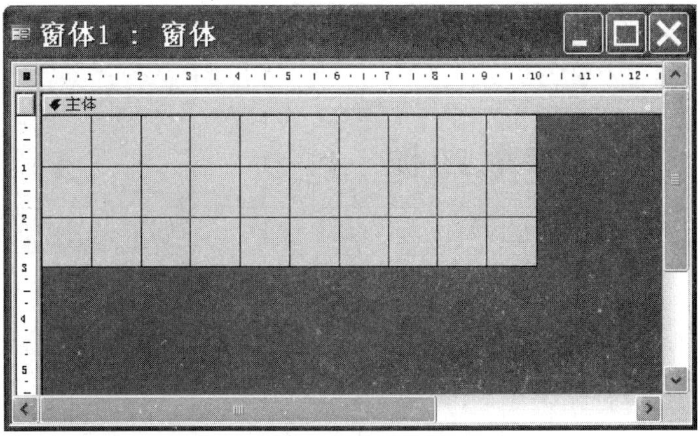

图 9-157　窗体设计视图

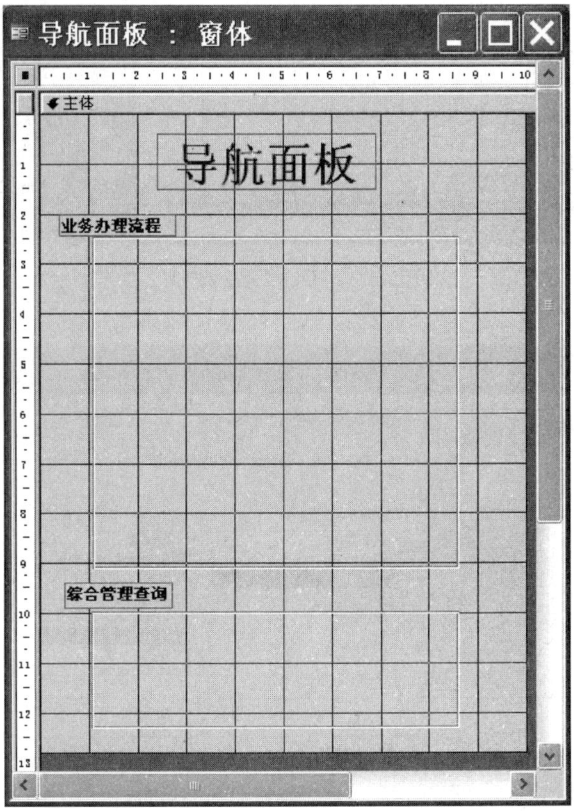

图 9-158　“导航面板”设计窗体

(3) 打开“控件向导”，单击 (命令按钮)按钮，利用控件向导进行“导航面板”设置，如图 9-159 所示。“命令按钮向导”打开后，选择“窗体操作”、“打开窗体”，之后单击“下一步”按钮，打开如图 9-160 所示的对话框。

(4) 在打开的对话框中，选择“维护窗体：车位信息”选项，之后单击“下一步”按钮，

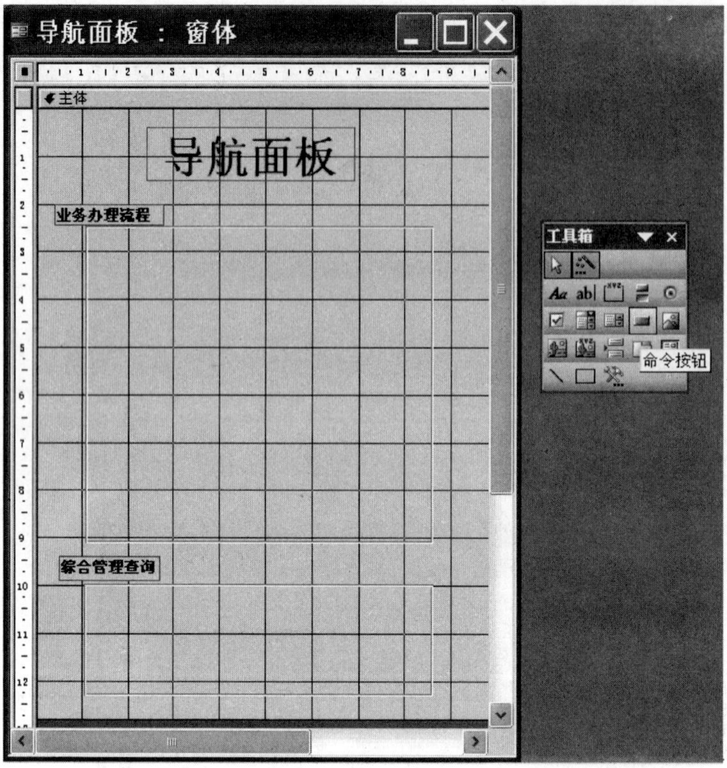

图 9-159　单击“命令按钮”

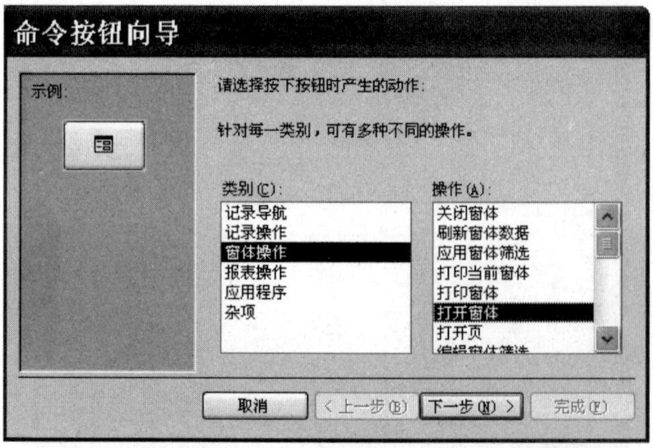

图 9-160　“命令按钮向导”对话框

如图 9-161 所示。

(5) 在打开的对话框中选择“打开窗体并显示所有记录”单选按钮，之后单击“下一步”按钮，如图 9-162 所示。

(6) 在打开的对话框中，选择“文本”单选按钮，同时输入“车场车位信息”，之后单击“下一步”按钮，如图 9-163 所示。

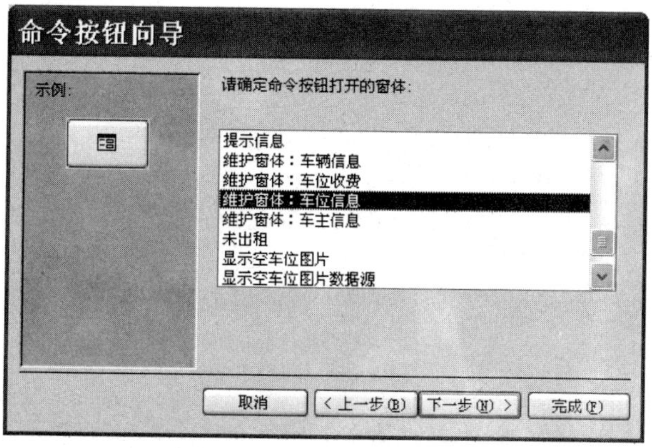

图 9-161　确定命令按钮打开的窗体

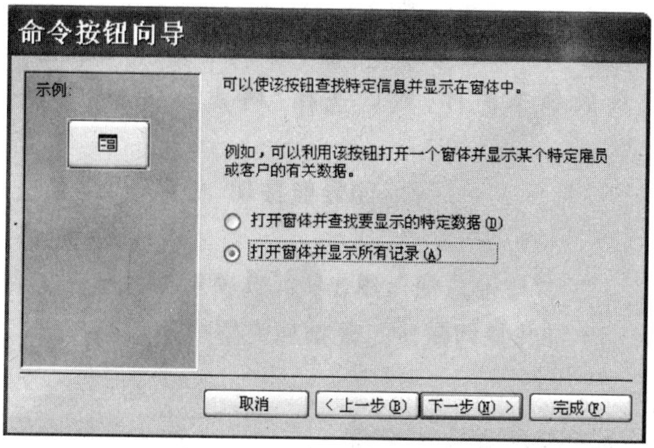

图 9-162　选择“打开窗体并显示所有记录”单选按钮

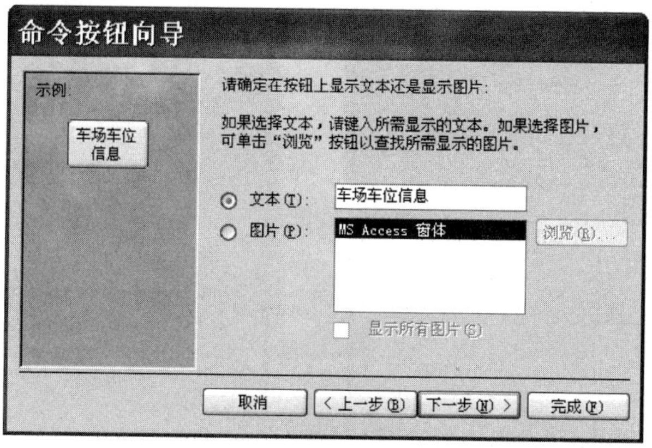

图 9-163　确定在按钮上显示文本还是显示图片

(7) 在打开的对话框中，输入“车场车位信息”，之后单击“完成”按钮，如图 9-164 所示。

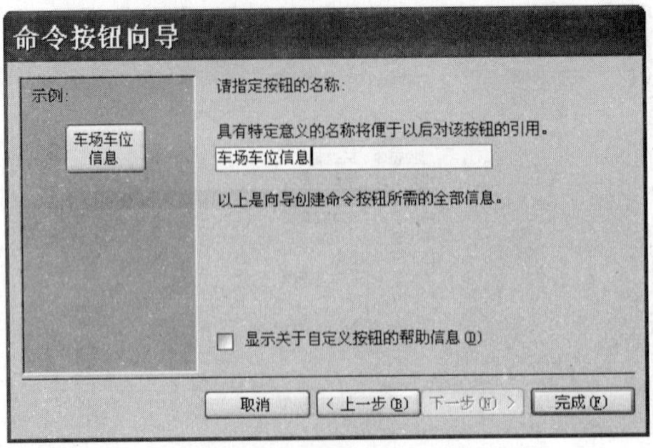

图 9-164 指定按钮的名称

(8) 按照同样的步骤,分别在相应位置建立"录入车主信息"、"录入车辆信息"、"录入收费信息"、"预订空车位"、"打印收费单"、"车主车辆信息"、"车位收费信息"等按钮。在对齐调整中,选中排列的各个控件,然后选择"格式"→"对齐"→"左对齐"命令,如图 9-165 所示。

(9) 对"导航面板"窗体的其他属性,如导航按钮、分隔线、记录选定器等的设置与本系统其他窗体相同。

(10) 在工具栏上,关闭"控件按钮",单击 (选项组)按钮,在窗体中分别建立"重新选择车位"和"现场确定车位并签约缴费",并添加流程线条。

创建的结果如图 9-166 所示。

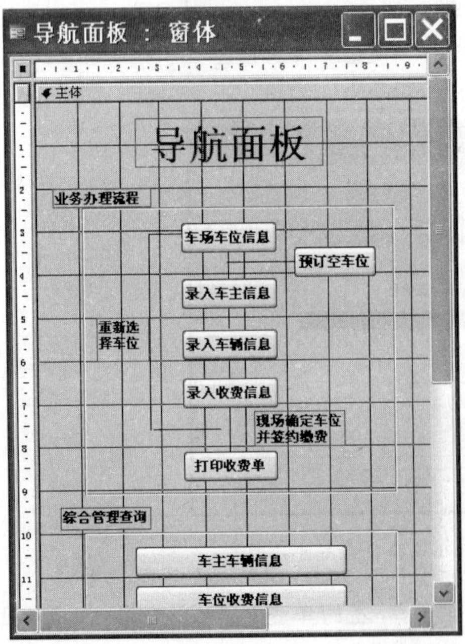

图 9-165 创建"导航面板"窗体

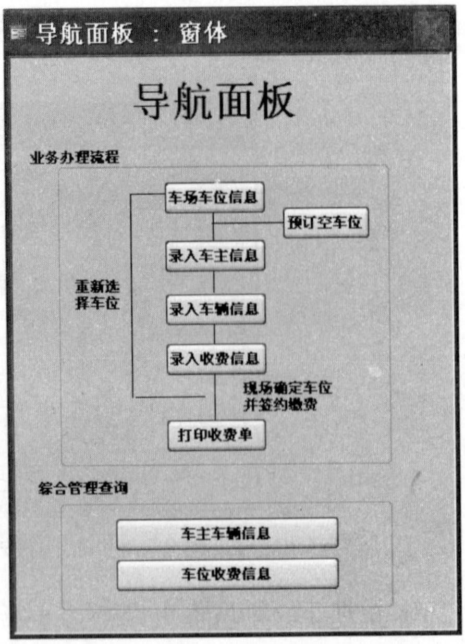

图 9-166 "导航面板"窗体创建结果

二、系统的功能浏览

现在总览一下车位租赁管理子系统的大致功能。

(1) 在打开子系统后，单击"导航面板"的"车场车位信息"选项，即可实现对车位信息的新建、编辑、修改、添加和查询等操作，浏览"管理驾驶舱"，添加、修改或删除车位图片，查询空车位信息等，如图 9-167 所示。

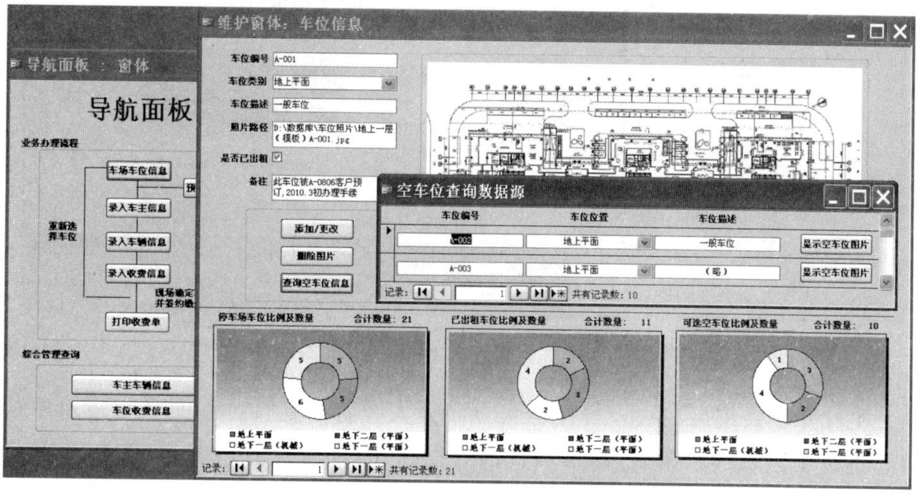

图 9-167　"维护窗体：车位信息"显示功能

(2) 在打开子系统后，单击"导航面板"的"录入车主信息"选项，即可实现对车主相关资料信息进行新建、编辑、修改、添加和查询等操作，如图 9-168 所示。

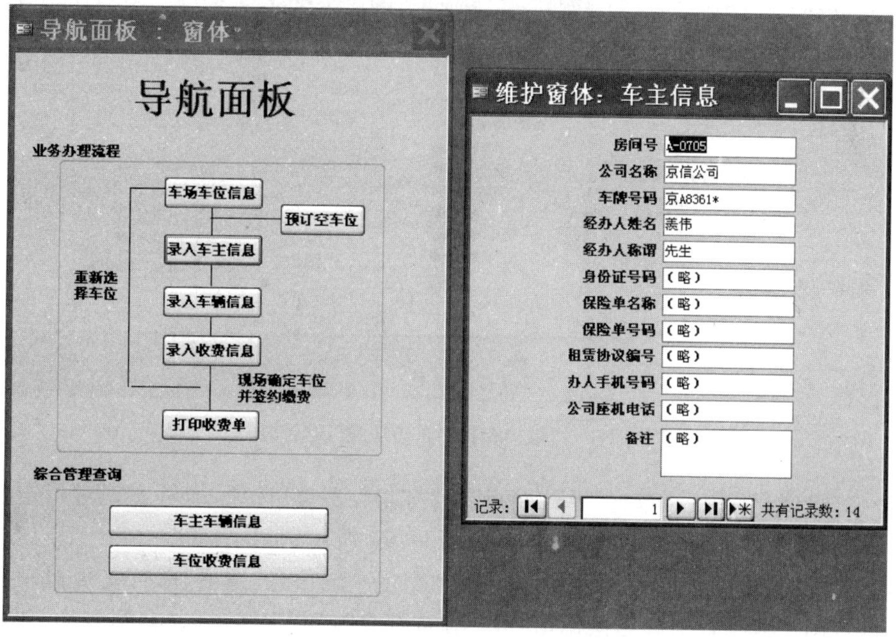

图 9-168　"维护窗体：车主信息"显示功能

(3) 在打开子系统后,单击"导航面板"的"录入车辆信息"选项,即可实现对车辆信息的相关资料信息进行新建、编辑、修改、添加和查询等操作,如图 9-169 所示。

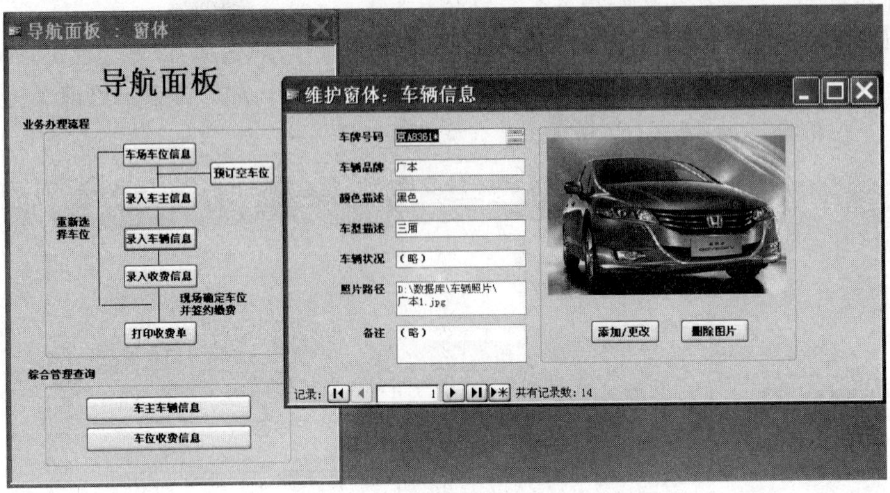

图 9-169 "维护窗体：车辆信息"显示功能

(4) 在打开子系统后,单击"导航面板"的"录入收费信息"选项,即可实现对车位租赁收费信息进行新建、编辑、修改、添加和查询等操作,自动计算月份及金额,确认车位出租状态等,如图 9-170 所示。

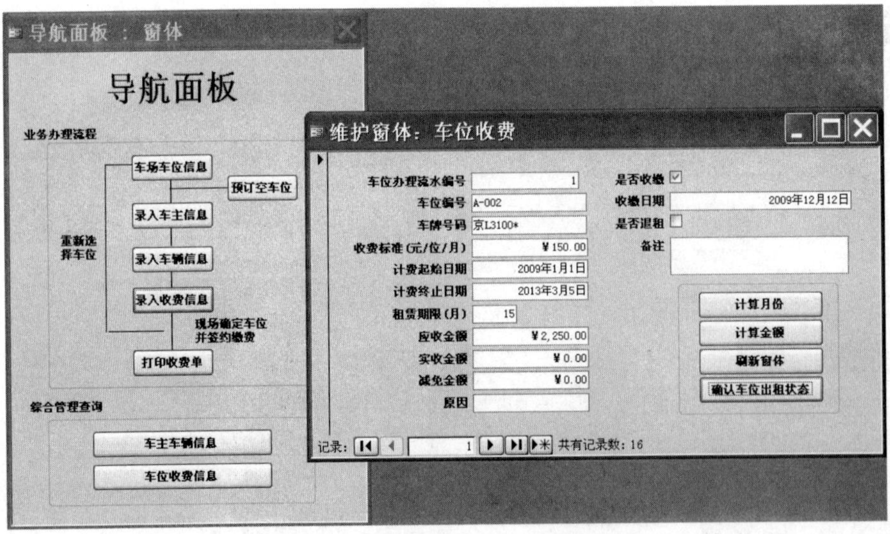

图 9-170 "维护窗体：车位收费"显示功能

(5) 在打开子系统后,单击"导航面板"的"打印收费单"选项,即可实现对指定业务办理流水号的"车位收费通知单"实施打印,如图 9-171 所示。

(6) 在打开子系统后,单击"导航面板"的"车主车辆信息"选项,即可实现对车主及车辆信息进行浏览和综合查询等操作,并可单独或综合按照"房间号"、"公司名称"、"车辆号

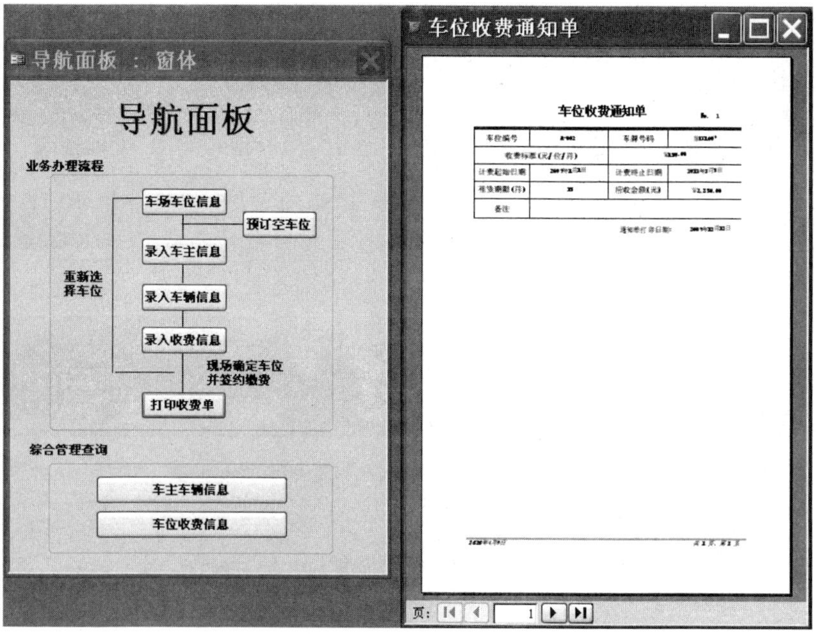

图 9-171 “车位收费通知单”显示功能

码”、“颜色描述”、“车辆品牌”、“协议编号”等信息实施对资料的综合查询,能够实现对查询结果的打印输出,如图 9-172 所示。

图 9-172 “车主车辆信息综合管理查询”显示功能

(7) 在打开子系统后,单击“导航面板”的“车位收费信息”或“预订空车位”选项,即可实现对车主及车辆信息进行浏览和综合查询等操作,并可单独或综合按照“车位类别”、“车牌号码”、“终止日期”、“车位编号”和“已缴费”情况等信息实施对资料的综合查询,能够实现对查询结果的打印输出,如图 9-173 所示。

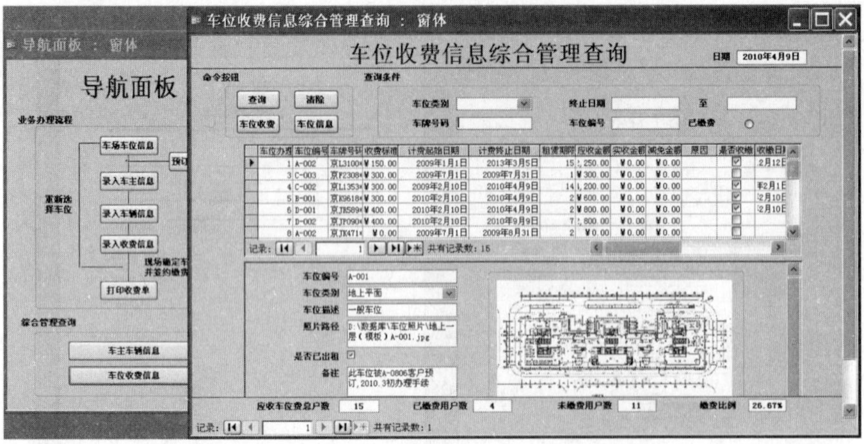

图 9-173 “车位收费信息综合管理查询”显示功能

第十节　系统的调试与发布

系统调试的另一项重要工作就是用来进行优化程序、优化系统。Access 提供了系统性的分析工具，使用这一工具可以自动进行系统性能分析，然后根据分析的结果，决定是否需要进行系统的优化。下面介绍系统性能分析工具的使用。

一、系统性能分析

完成车位租赁管理子系统的设计后，需要对这一子系统进行性能分析，然后根据分析结果对数据库进行优化。性能分析的操作步骤如下。

（1）选择“工具”→“分析”→“性能”命令。在打开的“性能分析器”对话框中，选择“全部对象类型”选项卡，然后单击“全选”按钮，选中全部对象，再单击“确定”按钮，如图 9-174 所示。

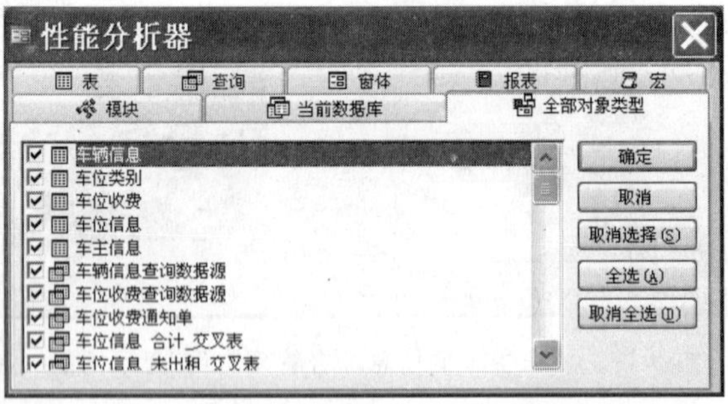

图 9-174 “性能分析器”对话框

（2）此时，系统开始对全部对象进行性能分析，分析结束后将给出分析结果，如图 9-175 所示。

（3）性能分析器将列出三种分析结果：推荐、建议、意见。当单击“分析结果”列表框

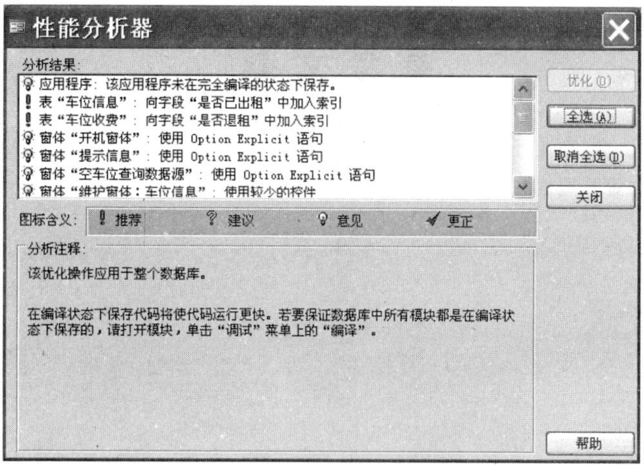

图 9-175 性能分析结果

中的任何一个项目时，在列表下的"分析注释"框中会显示建议优化的相关信息。在执行建议优化之前，应该先考虑潜在的权衡。若要查看关于权衡的说明，要单击列表中的"建议"，然后阅读"分析注释"框中的相关信息。Access 能执行"推荐"和"建议"的优化项目，但"意见"项目的优化必须要用户自己来执行。

二、设置启动选项

检查系统没有任何错误以后，就可以设置"启动"选项了。选择"工具"→"启动"命令，打开"启动"对话框。在"应用程序标题"文本框中输入"车位租赁管理子系统"，在"显示窗体/页"下拉列表框中，选择"开机窗体"选项。用事先准备好的应用程序图标作为窗体和报表的图标。设置后的"启动"对话框如图 9-176 所示。单击"确定"按钮，关闭"启动"对话框完成设置。

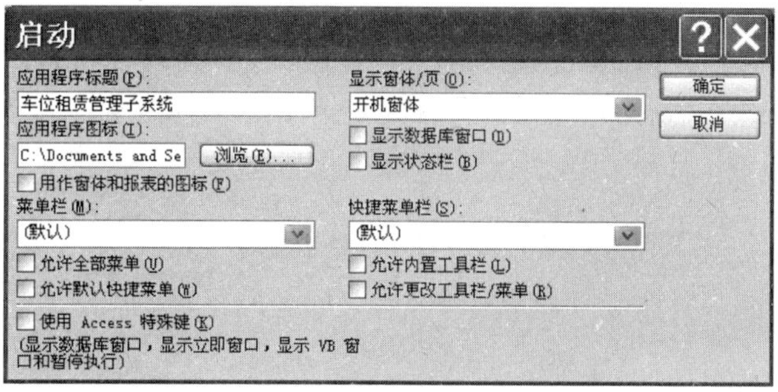

图 9-176 "启动"对话框

三、系统的发布

设置完成后的数据库就可以进行发布了。用 Access 开发的数据库系统的发布十分简单，只要复制到安装有 Access 及其以上版本的计算机中就可以使用了。

参 考 文 献

1. 中国物业管理协会.物业经营管理.北京：中国建筑出版社，2006.
2. 吕玉惠主编.物业管理信息系统.南京：东南大学出版社，2000.